有爱的青春陪伴者

破风吸引
上
吃草的老猫 著
江苏凤凰文艺出版社
JIANGSU PHOENIX LITERATURE AND ART PUBLISHING

**图书在版编目（CIP）数据**

被风吸引 ： 全2册 / 吃草的老猫著. — 南京 ： 江苏凤凰文艺出版社，2024.7

ISBN 978-7-5594-8116-0

Ⅰ. ①被… Ⅱ. ①吃… Ⅲ. ①长篇小说－中国－当代 Ⅳ. ①I247.5

中国国家版本馆CIP数据核字(2023)第229819号

**被风吸引**

吃草的老猫 著

---

责任编辑　王昕宁
特约编辑　裴欣怡
责任校对　言　一
出版发行　江苏凤凰文艺出版社
　　　　　南京市中央路165号，邮编：210009
网　　址　http://www.jswenyi.com
印　　刷　长沙鸿发印务实业有限公司
开　　本　880mm×1230mm　1/32
印　　张　16
字　　数　444千字
版　　次　2024年7月第1版
印　　次　2024年7月第1次印刷
书　　号　ISBN 978-7-5594-8116-0
定　　价　65.80元（全2册）

---

· **第一章**
初见 / 001

· **第二章**
邀请 / 030

· **第三章**
贪欲 / 057

· **第四章**
特权 / 082

· **第五章**
才能 / 116

· **第六章**
夏日 / 157

· **第七章**
坠入 / 180

· **第八章**
承诺 / 202

目录 contents


· **第九章**
赠礼 / 235

· **第十章**
奔赴 / 267

· **第十一章**
故友 / 290

· **第十二章**
沉沦 / 327

· **第十三章**
吃醋 / 363

· **第十四章**
赌注 / 385

· **第十五章**
新生 / 413

· **第十六章**
圆满 / 450

· **番外一**
这些年 / 469

· **番外二**
那些年 / 492

· **番外三**
*Stars and Wings*/ 499

# 第一章 初见

“杺杺，好了没？”

“好了。”正在收拾画具的徐杺抬起头应了一声。

明明正是盛夏，人也容易等得暴躁，可顾闻还是因为徐杺温凉的嗓音而变得一点脾气都没有了。

“你今天就穿这身啊？”等徐杺拿着东西不紧不慢地走出来时，顾闻上下打量了她一眼，边走边说，“听说今天大三的师兄来给我们当模特啊，还是咱们学校的门面班的……帅哥美女一箩筐哦！”

徐杺听懂了顾闻的话，然而她只是浅浅一笑：“所以我这样的小透明还是老老实实隐没在美色中吧。”

顾闻早就习惯了徐杺这样，明明在 A 大服装设计（1）班她的美得天独厚，别人羡慕都羡慕不来，她却总是让自己往路人的存在感靠拢。

可她长得一点都不路人。

就连顾闻这样挑剔的人也不得不说，徐杺真是传统诗词里描写的那种江南美人。

那话怎么说来着？

态浓意远淑且真，肌理细腻骨肉匀。

“你看着我干吗？”徐杺歪头，笑着说。

发呆的顾闻回过神来，神色复杂地“啧啧”两声，歪过头说：“暴殄天物，造孽啊……”

对于顾闻时常出现的不明所以的感叹，徐杺早就习惯了，也不回应，浅笑着跟在她身旁。

掐指一算，今天正好是徐杺到B市学习的第三个年头。

日子总是过得很快，时间尤其擅长不知不觉从指缝中溜走，特别是在这浑浑噩噩的、没有多少值得追寻怀念的年少时光里。

顾闻和徐杺到得很早。

她们（1）班是服装设计八个班里竞争最大的班级，三十个人都是从入学考试中脱颖而出的，不仅专业成绩优秀，文化课也是佼佼者，只是大家大部分时间都埋头在专业上拼高下，剩下的大概也只有英语这门文化课能让他们上点心。

顾闻是B市人，从B市最好的高中考入A大。徐杺当时的入学成绩是全校第四，顾闻是第十六，两人恰好被分到了同一个宿舍，既是同学又是舍友，关系也就慢慢好了起来。

为什么说是慢慢呢？顾闻有时候也会想这个问题，不过最后得出的答案总是一样——徐杺实在太慢热了。

不仅是指性格，还有为人处世各方面。

徐杺似乎对所有人都不熟络，但是又对所有人都很礼貌，可是这样反而会让人觉得她在以客气的方法与别人保持距离；她没有脾气，生活上规规矩矩又很细心，但都不是刻意为之，而更像是保持着自己生活的一种习惯，经过长期的相处就能发现她总是不紧不慢，像是任何事情都影响不了她。

这种性格让徐杺大学两年以来很少交到新的朋友，她就像是长在角落里的一盆清雅的水仙花，如果不注意，很容易错过花香。

这节课是写生课。

服装设计（1）班在这种时候总是拥有许多优先资源。

原本学校给他们安排的模特是同年级大二服装表演班的学生，但因为排课主任的失误，不仅造成服装设计（1）班和服装设计（2）班撞了课，分配的模特也撞了。

他们学校服装设计的课排得相当满，要再调显然不现实，后来实在闹得太难看，领导感到十分头疼，最后努力协调，把大二的服装表演班分配给了服装设计（2）班，又临时通知今天没有课的大三服装表演班过来交给了（1）班的文丽老师，这才算让两个班的班主任勉强满意。

这样一来，服装设计（1）班的学生简直是意气风发。

谁都知道 A 大的服装表演班是 B 市所有大学里头相关专业质量最高的，尤其是如今大三的服装表演班，是公认的 A 大五年内质量最优的一届，当年入学名单出来的时候就引起了很大的轰动。

学校有为服装表演班设立专门的教室，平时除了写生课或者与服装设计专业有小组作业时会用到，其余时间基本都是空着。

顾闻一边收拾东西找位置，一边嘀咕："真是命好，我们服装设计虽然是校内重点专业，但是连个专门用的教室都没有，每次上课都要抢来抢去。服装表演班平均一周只上一节课，却有专门的教室……学校真的偏心到家了。"

顾闻选好位置收拾好画箱后，就看到徐杺已经挑了个角落的位置坐了下来。

那个角落靠着窗户，不知道是出于什么原因，和周围一比，那里显得空荡荡的。

这间教室平常应该被服装表演班的人当成了杂物间，地上脏乱不堪，唯独那个角落，虽然只摆了几张椅子，但就是比其他地方干净整洁。

徐杺大概是图方便，用纸巾擦了其中一张椅子就坐了下来。

那边光线虽然好，但始终是个角落，老师平时讲课做范画基本都在前面。顾闻撇撇嘴，还是放弃了和徐杺坐在一块的想法，在自己找的位子上坐下，开始铺画纸削铅笔。

徐杺也在削铅笔，她低着头，目光沉静专注，修长的手指拿着铅笔，削得又快又稳。

她坐在窗下，肌肤白得近乎透明，睫毛盛住了阳光，在眼睛下方打出明显的阴影。室内空调缓缓吹着，偶尔会带动她的头发拂上脸颊。

教室里渐渐来人了，都是大二服装设计（1）班的学生，他们大多是吃完了午饭才结伴过来的。

徐杺稍微抬头观察一圈，发现女生们今天肉眼可见的兴奋，打扮得相较往日也显得更加精致艳丽，像是准备去约会的。

徐杺也没有太在意，拿起笔在白纸上画草图，都是一些简单的设计线条，在一个圆形两个正倒三角形的简笔画上勾着抽象轮廓，同时耳朵里也传来女生们断断续续的讨论：

"今天他会不会来啊？"

"会的吧？我听师兄说，他们班平时很自由，但写生课是不准缺席的。"

"怎么办？我好兴奋啊！"

"我也是……近距离看到他我会不会晕过去？上次在食堂遇见，那个气场简直了！"

他？谁？

徐杺在心里搜索一圈，大三服装表演班到底是谁风头那么大，能让女生们如此兴奋？

她绞尽脑汁也没能想出个所以然。他们年级的大课作业向来都是分开进行的，而且这一届大三每年的期末大秀一票难求，其他方面她也很少去关注。

徐杺对大三服装表演班仅剩不多的印象大概就是每当他们有活动的时候，宿舍里的人都会尤其兴奋，每晚熄灯前都会讨论得热火朝天。她们都知道徐杺不关注这些，因此每次都没特意叫上她参与。

她的人生大概就是这么无聊……

徐杺又一次清晰地感受到了这点。

直到一群人的脚步声和喧闹声由远而近，才打断了她的思绪。

教室里的人听到动静都不约而同地安静下来，女生们互相推搡着，充满期待地看向门口。

“哈哈哈，这也太逗了！”

“周近，你能不能小点声？我要聋了。”

“你就会嫌弃我！”

“笑得像缺心眼似的，我不嫌弃你嫌弃谁？”

一男一女互相抬杠的笑骂声，还夹杂着其他人起哄的声音，让原本安静的教室顿时变得热闹起来。

“哎哟，都到了啊？师弟师妹们就是守时啊。”

刚才一直在大笑的男生率先走进来，他长得很高，人瘦腿长，脸很小，颧骨明显。

他见教室里已经坐了不少人，而且都看着自己，乐得朝后面喊：“你们快点啊，人家都等好久了！”

“周近，你再吵吵？”刚刚一直和他说话的女生踹了他一脚，先走进来，然后随便找了个位置坐下。

“小柔，你最近很嚣张啊！阿朔，快来管管！”

服装设计班的女生听到这声“阿朔”，都以肉眼可见的速度骚动起来。

“阿朔怕是还没有睡醒。”另一个高高瘦瘦的男生接话。

在身边浅浅倒吸气的声音中，徐杺抬头，看见了那个被所有人期待着出场的主角。

看清对方长相的时候，徐杺就明白了为什么班上的女生会这么激动。

那的确是一张很俊的脸，不是现在电视上看到的那种奶油小生的俊秀，而是剑眉星目、线条流畅的那种俊朗，有点类似古装电视剧里的男主角。可他那明明是很正统的英俊，却因为薄唇而让气质添了几分邪气。

他不是最高的那一个，但是以一个专业美术生的眼光看去，他却是众人里比例最好、身材最好的。

“喂，同学，那是我的位子。”

直到面前这人似笑非笑地看着自己，那慵懒又带了点痞的声音响起，才让徐杺在众人的目光中不着痕迹地回过神来。

韩朔身边的几个男生见状，纷纷笑了，一群已经找好位子坐下来的人，眼神都在韩朔和徐杺身上转悠。

徐杺看了一眼周围，位子都已经被坐完了，她如果现在让出位子，也不知道要坐在哪儿。

然而大家都在看着他们，面前的这个人也没有退让的意思，脸上的表情还带着几分漫不经心，有点没礼貌，让徐杺有点不适。但她还是抱着画板站起来，对韩朔说：“抱歉，我不知道。”

她的声音温温凉凉，很恬静，是标准的南方口音，清澈如夏日荷塘，让人听起来很舒服。

徐杺站起来之后，旁边的人都下意识地让开了些，为中心的两人腾出可以挪动的空间。

就在徐杺抱着画板要跨过那堆画具出教室找椅子的时候，老师刚好走了进来。

徐杺愣了愣。

下一秒，周围的人也愣住了。

只见韩朔随手拽住要越过他走出去的徐杺，等徐杺停住之后又快速松手，他轻抬下巴对旁边的男生说：“猴子，去隔壁搬张椅子过来。”

旁边的男生正坐着看好戏，被突然点名也像是习以为常，露出了一个比刚才更不怀好意的笑容，随后一个鲤鱼翻身蹦起来往外走，说：“遵命！”

韩朔却像是没事发生一样走到刚刚徐杺的位子上坐下。明明都是坐在阳光下，他坐在那里和徐杺坐在那里时的存在感就是截然不同。

周围的女生们都红了脸，低下头偷偷摸摸地看韩朔。而韩朔对此仿佛早已习惯，嚼着口香糖低下头开始玩手机，没再看任何人。

他的手臂皮肤的颜色和黑色T恤对比分明，好看的肌肉随着他手部动作时而显露出流畅的线条。徐杺注意到离她最近的女生偷偷吞咽的动作。

没多久，那个叫猴子的男生就把椅子搬了过来，还很体贴地把椅子放到徐杺身旁，笑嘻嘻地说："小姐姐，坐啊！"

面对这样灿烂讨好的笑颜，徐杺不知如何拒绝，并且难得被这声"小姐姐"哽了一下，只能说："……谢谢。"

等这位男生回到自己位子上去后，徐杺看了看椅子和模特的距离，又默默把椅子往后拖了一点，才像是什么事都没发生般坐下。

这个动作被猴子用余光瞅见了，顿时乐得不可自抑，在微信里狂戳韩朔。

猴子：阿朔，你有想法啊？

韩朔的微信窗口一直有消息提示，他不得不从手游界面里切出来，回了猴子一个问号。

猴子：别装了！是不是看上人家妹子了？以前您老人家可没这么仁慈！

竟然还使唤他去搬椅子！

了解韩朔的人都知道，这祖宗向来霸道，才不会在意有没有让人难堪，更不会为对方解围。哪怕对方是女生，他也从来不会有什么怜香惜玉的心思，搞不好他心底那盗版字典里面压根儿就没这个词儿。

Ethan 朔：滚。

猴子：嘿嘿嘿，小姐姐长得很好看哦！

韩朔没再理他，把手机界面切回去继续玩游戏。

其实韩朔刚才根本没有仔细看对方的脸，他稍微抬眼，不着痕迹地打量了徐杺一秒，又重新垂下眼帘。

等猴子再看过去，刚起床的韩朔这会儿又靠在窗边睡着了。

相比起其他女生的心不在焉，徐杺却是心无旁骛，下笔流畅。

面前这个人……怎么说呢，真的是天生的衣架子，头身比例完美，身段也是三七分，显得四肢尤其修长，透过肌肉就可以看出骨架匀称，肩宽腰窄，是那种一眼看去就让人想提起画笔的身材。

徐杺埋头画得认真，素描纸上的人物轮廓慢慢浮现出来，先是饱满的额头，然后是眉毛、狭长的眼角……

她一时觉得手感很好，落笔毫不犹豫，就连旁边的人都忍不住多看了她几眼。

韩朔就是在笔尖与纸面摩擦的唰唰声中，缓缓把眼睛睁开一条缝，看了对面一眼，没说话。

似乎是感觉到什么，徐杺抬起头，只见被画的人姿态放松，闭着眼，头靠在窗边，长腿霸道地横在地上撑出两道笔直的线条，从那条腿延伸的范围内无人敢靠近，像一头在草原上圈出自己地盘正休息的狼。

仿佛刚才的视线只是一种错觉，徐杺重新低下头去。

两节课过后，老师先行起身离开，临走前，她把示范画搭在黑板框上，画纸标注了让大家注意的部位。

身边响起椅子移动的声音，大家都开始收拾东西，徐杺还没画完，正在纸上细化最后的腿部线条。

“杺杺，好了没？”顾闻收拾好东西走过来，发现这一圈的人都没走。

再看，她心下了然，正主都没走呢，这周围的女生自然是不会先走的，甚至还有不少女生磨磨蹭蹭地收拾了半天都没舍得离开。

“阿朔！走啦！”周近伸了个懒腰坐起来，看到韩朔睁开眼睛，以为他也刚醒，便越过人群走过去。

猴子他们也在等他。

他们班十七个人，十男七女，平时基本都是一起行动的，吃喝玩乐都在一块儿，感情很好。

韩朔的确是刚醒，从喉咙里蹦出一声“嗯”，还有点沙哑。

他缓缓站了起来，T 恤有点皱也毫不在意，眼睛半阖着，从裤兜里掏出一部黑色的手机。

他的手指很长，指关节微微突起，骨节性感漂亮，周围的女生不约而同地因为这一幕顿了顿，移不开目光。

徐杺没有看韩朔，她刚画好，正放下笔，一只大手就在她眼前把她的画抽了出来。

徐杺几乎是立刻抬起头，有些惊讶地看着跟前的人。

顾闻就站在徐杺身后，见状立刻皱起眉头，她正想阻止，韩朔却抢先在一片寂静中开口。

“还不错。”韩朔手指捏着画，看着画中的自己，眼睛眯了眯，似乎在打量。

他朝着徐杺晃了晃画纸，下一秒，他笑了笑，在所有人都不敢置信的目光中说道：“没收了。”

徐杺人还愣着，韩朔长腿一迈，走向自己的同伴。

一群人玩味地交换眼神，却都没说什么，结伴走出了教室。

教室里的女生们这才从吃惊中缓过神来，纷纷神色复杂地看了徐杺一眼，然后转头追了出去。

走廊里隐约传来她们问“学长可以加微信吗”“你们今晚还去 Yeap（酒吧名）吗”“不如一起啊”之类的谈话，随着脚步声越来越远。

“……这都是什么事儿啊？”顾闻对方才的一幕也感到十分诧异。

不是？这尊大佛怎么突然就来了捉弄人的兴致？

她再看看徐杺，见徐杺正看着窗户发呆，良久后才挠挠头叹了一口气。

“没事吧？生气了？”顾闻还没见过徐杺生气呢，不过作业被抢，任谁都会觉得莫名其妙吧，但顾闻见徐杺似乎没什么反应，以为她是敢怒不敢言。

结果，徐杺看向顾闻，反问："这画要交的……怎么办？"

这是重点吗？

顾闻一脸"我服了"的表情坐下来，陪徐杺收拾东西："我也不知道……自认倒霉？说不定他是记恨你刚才抢了他位置。"

徐杺顿了一下，过了一会儿迟疑地说："不会吧？他起码二十二岁了吧？"

顾闻一副"你有所不知"的表情，低头帮徐杺收拾画箱："我初中高中都和他同校，这位主儿是出了名的怪脾气。"

"怎么说？"

"就是顽劣程度非常人能比，往好听点说就是个熊孩子，难听点叫没脑子，四肢发达头脑简单，除了长相和专业以外，没有任何优点。从初中那会儿就是年级倒数，家里有点钱就什么也不怕，样样坏事少不了他，还以为上了大学后能变好一点，结果和以前也没什么两样。"

徐杺很少听到顾闻会这么评价一个人，不由得也产生了好奇："听你的语气好像挺讨厌他？"

顾闻挥挥手："不算太讨厌，但也不喜欢。以前看着他那张脸还能脸红心跳一下，但久而久之就免疫了。年轻不懂事的时候觉得颜值最重要，年纪越大就越觉得脸什么的最不能当饭吃。幸好身边长得好看的不是每个人都像他一样，不然指不定我还真能从颜控党毕业了。"

徐杺默默听完，也不发表意见。

可能对方真的就是为了小小地报复自己一下，可是……

"作业要怎么办呢？"

徐杺心不在焉地跟在顾闻身后出了教室，注意力已经没放在顾闻的嘀咕上了。

之前离去的一群人已经快要走出校门。

周近最先忍不住，搭着韩朔的肩膀问道："你抢人家姑娘的作业干吗？”

韩朔捏着画，闻言，随手把画叠了几下放进裤兜里，然后懒洋洋地眯起眼睛，说：“不为什么，刚刚那女生吵得我没好好睡着觉。”

晚上，大三服装表演班的十七个人一起出现在了一家名叫“Yeap”的酒吧里。

这家酒吧是韩朔的父亲注资的，和韩朔关系不错的人大概都知道他的父亲从事娱乐圈相关的行业，名下有很多酒吧和会所供艺人聚会，查违禁品极其严格，不像其他场子里乱七八糟的人很多。他们学校服装表演班的同学都喜欢蹭着韩朔的名义在这里驻扎。

一群人在一个卡座里玩骰子，只是韩朔今天似乎没什么心情。他昨天熬了通宵，才在宿舍睡了一个多小时又被喊起来上写生课，一天下来眼皮都是肿的，眼睛就没彻底打开过，这会儿正半躺着昏昏欲睡。

“你这么累还去上什么写生课？还欺负人家小学妹，估计没一会儿消息都传到校外去了。”小柔端着酒走过来，很自然地在韩朔身边坐下，还轻轻推了韩朔一把，让他不要在这里睡着。

她说得也没错，韩朔作为A大名人，每天做什么都有许多人盯着。不仅喜欢他的人多，讨厌他的人也很多，那些人擅长把他的一举一动放大上传到各大社交平台带节奏。

猴子也坐在韩朔身边，闻言贼兮兮地说：“我也是这么想，阿朔今天起床气这么重，我就纳闷了为什么一开始没发脾气，没想到后来秒打脸。”

有人竖起耳朵：“什么什么？今大那个学妹吗？”

“阿朔今天的确好脾气……话说那姑娘长什么样啊？我都没仔细看，一直背对着我。”

“你还别说，长得跟朵海棠花儿似的，可纯了。”

小柔听着这话，端着酒，没说什么。

韩朔听着他们左一句右一句讨论个没完，也懒得解释自己今天难得乖乖上课是因为答应了他爸最近不惹事。他踹了身旁人一脚，薄唇毫不留情地吐出一句话："闭嘴，吵得我头疼。"

"知道你没留意人家姑娘长什么样，我这不是特意描述给你听吗？话说那张画你真的不打算还给人家啊？听文丽说要交的。"猴子说道。

听到这话，韩朔像是愣了一下，随后慢悠悠地从兜里掏出一张叠得皱巴巴的素描纸。

不用他解释，大家也都知道那是什么了，纷纷无语。

"你要完了。"周近说。

韩朔扯了扯嘴角，然后把纸递给猴子，一副无所谓的样子："那你帮我还给她吧。"

猴子伸手接过："还？这还能交吗？还有用？"

"这怕是要给人家当裸模补偿了，不裸说不过去。"有人开起韩朔的玩笑。

大家听了都纷纷发出几声意味不明的笑：

"嘿嘿嘿，还是我朔哥懂套路。"

"太少儿不宜了……"

"烦死了。"听到一群人起哄，韩朔有些不耐烦，他站起来一人踹了一脚，拿起玻璃桌上的车钥匙就往外走。

"你去哪儿啊？"

这祖宗说不过就走？

"回家睡觉！"韩朔头也不回，声音里充满了不耐烦，"我要困死了。"

众人忍不住哈哈大笑。

大二服装设计专业这学期几乎每天都是满课，工艺、造型、软件课等等，每日课程不同并且挤作一团，作业量也是上学期的两到三倍不止。

主要是因为大三开始，他们就要细分主攻专业，而最终的专业划分要按学期成绩进行优先调剂，越热门的专业选的人越多，因此如今正处于大二下学期的服装设计专业的学生们每天都像是被鞭打的陀螺一样转得停不下来。

服装设计（1）班竞争压力很大，每个人都铆足了劲，为了大三时能挤进想去的专业而努力，因此每天学校的服装机器房里都是密密麻麻的人影。

徐杺和顾闻一向是结伴等机器房开门的，为了能确保抢到机器使用，两人每天都是七点准时起床，吃过早饭就去占位子。

这天两人在机器房待到中午，顾闻伸了个懒腰抬起头，看着徐杺低头的侧脸，问："杺杺，你吃什么啊？我去买。"

徐杺正在操作着手里的缝纫机，闻言头也不抬地说道："和你一样吧……"

这时，门口有一个男生朝着里头喊了一句："谁是徐杺？有人找！"

突然被点名，徐杺抬起头，和顾闻两人面面相觑。

徐杺在学校里基本没有什么朋友，宿舍的人有事也会用手机找她们，谁会来这里找她？

徐杺说："我出去看看。"她解开身上的工作围裙，起身走出去。

徐杺走到门口，看到来人时，愣了愣。

猴子见她出来，朝刚才帮忙喊人的男生道了谢。他站在门口像根细长的柱子，两人接近三十多厘米的身高差让路过的男男女女都忍不住投来视线。

猴子"嘿嘿"笑着开口，问："小姐姐，你还记得我吗？"

徐杺想说不记得，可这声"小姐姐"又实在算不上陌生，因为两天内她已经听到这个称呼两遍了。

徐杺朝猴子点点头，说："我记得，你是大三服装表演班的师兄。"

"哎呀，其实我比你们小，不过是因为我读书比你们早两年所以就大三了。你叫我猴子就好了……就是那个啥……我早上去教学楼逛了一圈找你结果没找到，打听了一下才知道你今天都在机器房。你们专业每次都要换教室上课实在太麻烦了……喏！”

猴子噼里啪啦说了一通，最后才像是想起来正事，从自己宽松的裤兜里掏出一张叠成两半的纸，递给徐杺：“那什么，昨天我兄弟不是抢了你的画吗？我跟你说，那是因为他觉得你画画好看，不然他咋谁都不抢就抢你的呢？不过昨天在我们的痛斥下，他已经深刻认识到自己的错误,所以就让我来还给你,他自己不好意思来……你看看这还能用吗？他个白痴随手就叠成豆腐块儿塞兜里了，等记起来就成这样了……”

徐杺听他啰啰唆唆说完一大堆解释才伸手接过，打开一看，正是自己昨天完成的那幅写生。

只见原本好好的素描纸被叠了至少四下，折痕深得甚至让一些线条都变形了，大概是之后也被用力挤压过，有些地方的铅笔印糊了一大片，很多细节都看不清了。

看纸的状态就知道对待它的人是多么不在乎这张画，因此对于猴子嘴上说的那些好听话，徐杺并没有当真。

徐杺把画叠成两半，然后说：“谢谢你。其实不用麻烦的，我已经重画了一张，也已经交上去了……让你特意跑一趟，不好意思。”

她温声细语的，语气里既没有欣喜，也没有恼怒，就只是十分客气地道谢，像是这点事她根本就没放在心上。

徐杺这态度让猴子把已经想好的一肚子话噎了回去。

他调皮捣蛋惯了，平时也最会活跃气氛，仗着一张甜嘴，轻而易举就能哄得一些小姐姐们开开心心。可现下对着徐杺，他竟难得有一种这话不知道要怎么接下去的感觉。

徐杺的话乍一听是礼貌大方，仔细往深了品就是客气疏离，似乎她根本没有因为昨天抢她画的人是韩朔而有什么别的想法，并且也透露出一种这件事就此打住，以后互不打扰的态度。

才女不愧是才女，从里到外都散发着一股出淤泥而不染的味道。

猴子心里莫名感慨了一下，完全没意识到无形中把自己在内的其他人比成了“淤泥”。随后，他从怀里掏出两张票，就像生怕徐杺再说出不可反驳的拒绝话一样迅速塞到她手里，一脸“诚恳”地说：“小姐姐，你这样说就真的让我更加不好意思了！这样，这是这周日我们秀场的票，送给你，就当是赔罪……听说你们大一大二的想要票的人很多，你拿好，到时候和朋友一起来看，行吗？”

莫名其妙手里就被塞了两张票，徐杺还没来得及展开看，对方就像火烧屁股一样松开她的手：“那就这样！我还有事，先走啦！”

没等徐杺说话，猴子大长腿一迈，很快就跑远了。

徐杺这才把被他捏皱的票抚平，打开来看。

服装表演班的服装秀一学期只会举办三次，大二也是同样，基本是由服装设计班和服装表演班老师联合准备课题，由两个专业的学生自发组成合作小组，以“1+1”或者“2+1”模式完成课题作业。老师们会在秀展后进行评分，分数低的小组直接挂科下学期重修，可谓是极其严格。

这周日的走秀也是大三服装设计班和服装表演班的一次期中共同课题，按老规矩，场地定在 A 大专用的礼堂，并且全校只会发出两百张坐票，其余的人哪怕想尽办法进场也只能在边上站着看。

徐杺想起顾闻曾经说起过，韩朔他们那一届从大一开始，每一场都不会少于四百人进场，人数足足是坐票的两倍有余。当时顾闻还感慨过，这要是等毕业秀的时候得是多么轰动的场面！

一直在不远处默默观察的顾闻看见猴子走后才钻出来，她看着徐杺手里的两张票，好奇地问：“你们这对只有 面之缘的男女是在搞什么奇怪的交易？”

徐杺无奈地把素描纸展开给她看：“对方说弄坏了我的画，这两张票就当是赔罪。”

顾闻一脸不相信，大概也是认为韩朔并不是会给谁赔罪的人，但是徐杺手里的画和票却让她不知道怎么反驳。

“那你去吗？”顾闻盯着徐杺手里的票。

徐杺和她认识两年了，一眼就看出来她在想什么，便问道：“你想去吗？”

顾闻老实点头：“说实话啊，我很想去，之前也跟班长要过票，可是要不到。听说咱们大二每个班才两张票……不过你要是不想欠人情，咱们就不去了。”

闻言，徐杺看了看手里的票，最后笑了笑，说：“去吧，也说不上欠人情那么严重，而是我也不知道怎么给人还回去。”

“也是，他们弄坏了你的画也是事实，而且走秀的就是他们班，他们手上肯定有很多内部票。”顾闻肉眼可见地兴奋起来，“原本我都放弃了，杺杺，你真是撞大运了！连带我都跟着沾光！”

她虽然不大喜欢这届大三服装表演班平时那些做派，但是他们走秀质量水平高也是事实，这么好的学习观摩机会，她也不想错过。

徐杺失笑，而后恍然。

这算是撞大运吗？

看到顾闻兴致勃勃的模样，徐杺又看了看手里皱巴巴的素描纸，忽然发现自己好像忘记了一个问题——

纸上没有写名字，为什么韩朔会知道自己叫徐杺？

宿舍另外二人知道徐杺和顾闻拿到了周日的票后，顿时发出一阵哀号：“你们怎么拿到票的？我求咱们班班长好几天了，班长都没给。”

A大的宿舍是四人间，并且优先一个专业分配。徐杺的宿舍也同样，不过她和顾闻是（1）班的，李欣然和文青青分别在（2）班和（3）班。

宿舍空间不大，服装设计专业要用的工具和材料又相当多，几乎每个宿舍都被面料、画具塞得满满当当，只剩上床下桌勉强够四人日常活动。徐杺她们运气好，宿舍靠近操场这边，还有个小小的阳台，要比另一边的宿舍看着宽敞些。

顾闻晒好衣服回宿舍的时候，刚好看到文青青拿着徐杺桌上的票羡慕得直叫唤，便“嘿嘿”一笑，说道：“耐不住人品好啊。放心，姐之后会好好向你们转述每一个细节的，你们周日就安心在宿舍睡大觉吧。”

“我呸。”文青青放下票，怒目圆睁，“才不要你这过目就忘的人给我们转述！周日那天我就在门口等着了！找机会跟老班一起进去！”

徐杺一直在看书，这两人的吵吵闹闹让她有些分心，便合上书本抬起头看着她俩拌嘴。

这时，李欣然敷着面膜从洗手间走出来，拿起桌上的票看了看，问：“不过为啥你们会有票啊？不是说每个班才两张，你们班长居然舍得给你们？”

顾闻刚想说话，就看见徐杺微笑着对她摇摇头。顾闻了然，随后话音一转，插科打诨过去：“山人自有妙计，运气好的人不用挤破头，票都能从天上掉下来。”

挤破头也没能拿到票的文青青闻言，咬牙切齿地把顾闻扑到椅子上，“家法伺候”。

顾闻被挠得哈哈大笑，两人闹了一会儿才消停。

顾闻抹着眼泪推开文青青，坐好，说：“还真别说，你们两个那天早点到，运气好的话碰见文丽或者老班，让他们带你们进去。”

她原本就是这么打算的，幸好徐杺拿到票，周日可以不用早起了。

文青青翻了一个大白眼：“还用你教？”

文青青和李欣然不是一个班的，在票优先（1）班的情况下，她们两个本来拿到票的机会就不多，早起蹭老师带入场这种事情当然是没少做。

服装设计专业的几个班主任里只有（1）班的文丽老师和（3）班的李班老师比较好说话。李班是因为年纪大，性子随和，大家都爱亲切地叫他“老班”。阮文丽虽然是（1）班的班主任，但因为年纪不大，又同时教大家软件这一块，所以和每个班的学生关系都很好，很多学生有什么事情都会去找她帮忙，因此带学生入场蹭秀看这种事她也算是熟练工。

她们一直闹，徐杺看了一眼时钟，时针正好指到了“9”，她便拿起小毛巾站起来："我去跑步了。"

对于徐杺每晚九点都去运动众人早已习惯，闻言挥挥手，让她早去早回。

看着徐杺离开的背影，文青青趴在椅背上，数不清自己是第几次这样感叹道："明明身材那么好，还每晚坚持去跑步，杺杺真的太有毅力了！"

走秀当天。

徐杺和顾闻到礼堂的时候，人已经来了不少，她们找到自己的位子坐下，没过多久人就全部到齐，场内能站的地方都站满了人。

头顶的灯光慢慢变暗，T 型台上的地灯在一瞬间全亮了起来，围着 T 台照出并不刺眼的白光。

随后音乐从进场的伴奏变成了更急促的交响曲，T 台最末端那块原本一片空白的长方形展板被两边的 3D 投影仪投射出各种花瓣图案，仔细一看，会发现这些花瓣交错的缝隙中还有各种图形元素，交织起来的华丽度让距离近的人忍不住发出一声小小的惊呼。

音乐随后插进清晰的鼓点，这在现场仿佛一个开关，众人突然安静下来，因为这表示要正式开场了。

几分钟后，就在所有观众都彻底安静下来的那一刻，T 台侧边的灯光一下子变得比刚才亮了很多，打在大理石色的地面上反射出的光泽几乎能映照出两侧观众的倒影。

这时音乐骤然响起，负责走开场的模特就在大家都毫无防备时从展板侧边走了出来。

投影的图案落在女模特身上，让所有人都在第一时间注视着她。

女人头顶白色纱帽，垂落的雪纺下是一张妆容精致的脸，眼影也抹上同样的银白色。她直视着前方，眼神淡漠，把身上这件单侧边不规则纱裙完全托了起来，在傲人的身高下，裙子一点都不显累赘，反而让人觉得英秀灵动。

她随着音乐的鼓点声往前，走的是无可挑剔的猫步，左腿从大腿部分开始就完全露出来，腿型笔直而纤瘦，而右腿则是于三层白纱中若隐若现，随着走动隐隐透出有力的线条，带动白纱飘动起舞。

很快，她就走到T台最前面，下巴以一个不容易让人察觉到的弧度轻轻扬起，宛如女王。

徐杺记得她，是那天写生课一直和其中一个男生拌嘴的女生，好像叫小柔。

那会儿她虽然也化了妆，却远远比不上现在的气场——此时她站在T台上显得凌厉又霸气。

等顾闻小声发出赞叹的时候，开场模特已经转身，和第二名模特擦肩而过。

“不愧是我们学校的王牌专业，这一届的气场太强了。”

顾闻瞪大双眼，忽然就对不久前文青青说的他们大二服装表演班还有很多欠缺这句话感到心服口服。这样对比下来，她们这一届的服装表演班的确还有许多欠缺，临场经验和大三这届明显没有可比性。

徐杺闻言，只点了点头，没有说话。

她的双眼一直没有离开过T台，目光从最开始被开场模特惊艳，很快又回到了衣服本身。

大三师兄师姐们的设计不论是最基础的完成度，还是设计和润色手法上，都要比大二的更加成熟。徐杺的思绪跟着音乐节奏转得飞快，像是海绵吸水一样想把眼前的一幕幕牢牢记住。

在众人满怀惊喜与期待中，模特已经过去十二个人。

很快要到压轴环节，众人不自觉屏气，所有人都心知肚明地等待着那个意料之中的压轴。

徐杺看着展板的方向，也在默默等待着。

“啊啊啊……来了！”

伴随着耳边顾闻努力压低的呼声，徐杺看着台上缓缓走出的男人，有些愣怔。

即便心里早有准备，A 大的王牌压轴必定不会让人失望，可这也是头一次让徐杺脑海里出现如此清晰的念头——

原来这世上真的有人天生自带一种气场，是如此适合走在 T 台上，任何语言都不足以形容这份契合。

男人如同高山上孑然而立的松柏，面容与气质皆是坚韧而孤冷。和上一名模特错身而过的刹那，那人面无表情目视前方，让人不禁屏息凝视。

他黑衣黑发，身上斗篷式外套的肩膀处以灰黑色镂空纱质层层缠绕，紧贴皮质面料，几种材质相互交错、相互融合。

随着他缓缓走到台前，他脸上略显浓重的西方金属感妆容撞入大家的眼球，一刹那竟把衣服细节给人的惊艳都要压下半分。

然而这种感觉只是一闪而过，很快他就走到了灯光最盛的地方，自然地把脸侧过去。白色的光线打在他脖颈以下，黑色皮质缝合纱质的斗篷重新映入人们视线。在那笔直脖颈的衬托下，大家这才发现斗篷每一处同样有着精细雕花镂空，衬着打底的黑色长袍，给人呈上层次感分明的视觉享受。

长袍是类似于莫代尔质感的面料，一直垂落到模特的脚踝位置，让他刚毅的气质顿时被中和，反倒显出几分道不明的妖艳来。

这时候，服装设计专业的学生几乎都下意识拿起手里的小本子，上面写着这次走秀的主题和简介。

课题是纱质与镂空。

开场的唐小柔，从头到脚几乎都被白纱包裹，以最干脆直接的方式让课题元素抓住所有人的眼球。

最后压轴的韩朔，仿佛为了对应开头，在结尾处重重点题一般，用与之对比强烈的墨色，以一身极巧妙运用了局部法和叠加法的欧式斗篷，再次点亮了这一次的课题。

这是一场十分出色，且让人印象深刻的走秀。

可所有人都在感叹的同时，却都没有忘记是谁轻而易举、彻彻底底把这最后的高潮推出来，让人惊艳，彻底拜服。

是韩朔，这次走秀名副其实的压轴。

老师在现场打分的时候，负责控场的学生们已经开始组织观众有序退场。

众人还沉浸在刚才的余韵里，不满地起身往门口走，显然并不舍得那么快离去。

方才的走秀显然让许多人都意犹未尽，离后台比较近的女生们此刻都在张望，希望能有好运气看到后台此刻的场景。

文青青和李欣然挤着人群走了过来，龇牙咧嘴地对徐杺和顾闻说："文丽要我们进去帮忙收拾东西，人不够，你们要不要一起去？"

善后工作的确需要更多人帮忙，徐杺还没说话，顾闻已经拼命点头："去去去，可是我的心跳得还是很快怎么办？"

文青青抓住一切机会嘲笑她："谁当初不服气？现在秒打脸。"

顾闻难得没有和她呛声，和她们艰难地逆着人群往后台走去，发出一声叹息："服气的，想不到这届水平真的那么高，以前我都没来看过，简直太浪费了……对比起来，邹蓝就像是从乡下来的土狍子，傻并土气。"

邹蓝是大二服装表演班的学生，也是顾闻的男友。

"……女人真善变，邹蓝听完要哭了。"

"走吧走吧，文丽在门口等我们了。"

徐杺默不作声地跟着她们一起，绕过展板进到后台。

一进后台，果不其然，大家都乱成了一团，不过四人都不是第一次参加秀场工作，自然对此习以为常。

服装表演班的化妆间在左边，后台杂物和换下来的服装都放在右边，四人很自觉地往右边走，帮着师兄师姐们整理。

这时候，大二的服装表演班的学生踩着结束的点也到了后台，一个两个嬉皮笑脸边打招呼边钻进化妆间。

刚才被顾闻说傻并土气的邹蓝在门口转了一圈，发现自己女友的身影，兴冲冲地站在靠右边的过道，喊了一声：“你们怎么在这儿啊？”

这傻孩子并不知道刚才自己还被女友嫌弃得一文不值，文青青和李欣然纷纷对他射出“心疼”光波，没有搭理他。

邹蓝一脸问号，看上去憨厚又好笑。

顾闻面无表情地走到他跟前：“来帮忙啊，瞎呀？”

“哦。”邹蓝乖乖地应着，不敢顶嘴。

这时，身后化妆间里发出爽朗的笑声，他有些好奇地竖起耳朵，想要回头看热闹，偏偏双眼瞧着女友又不舍得挪开。

顾闻见他这样，拍了他一下，说：“去吧，不用管我们。”

“待会儿一起走啊？”邹蓝觉得反正她们和自己班熟得不能再熟，基本大家都认识。

顾闻看了看她们这边的进度，正想说话，邹蓝他们班的人见他一直没进来，几个人出来寻他，正好也看到了她们，便笑着打招呼：“徐杺也在啊？”

打招呼的人是之前小组课题时和徐杺搭档过的周文远，一个很阳光活泼的男孩儿，和邹蓝关系很好，所以和她们几个也比较熟。

徐杺在不远处对他点了点头。

文青青和李欣然累得直起腰活动活动，见到熟人也抬抬手当作打了招呼。

化妆间的门敞开着，里面的人自然也听见了这声“徐杺”。都认识徐杺的大二服装表演班的人自然没什么反应，可猴子原本在卸妆，闻言却丢下化妆棉，把椅子往后一推，他隔着众人的缝隙看到被叫名字的人，顿时高兴地大喊：“啊！小姐姐！你真的来了！”

大家都被猴子这声叫唤吸引过去。

只见一个女孩站在衣服堆里，长发微微垂落在胸口，深色的牛仔布衬着她雪白的肌肤，让她显出一种干净清爽的恬静与雅致。

见自己突然被这么多人注目，徐杺也不羞不慌，对着猴子笑了笑，说："谢谢你的票。"

站在徐杺身边的文青青和李欣然闻言顿时倒吸一口气，瞪大眼睛看着面不改色说出这句话的徐杺，再看看顾闻的反应，显然早就知道。

所以徐杺的两张票真的是大三服装表演班的学长给的？

这就很刺激了。

可更刺激的还在后头。

猴子仿佛还不知道自己的话引来了多少人的注目，闻言还一脸无害地笑着挠头说："别啊，反正是阿朔给你赔罪的，不关我的事。"

猴子的话音刚落，在一旁偷听的学生们的表情顿时变得更加五彩斑斓，一个两个纷纷扭头去看到底是谁那么大面子，居然能让韩朔送票赔罪。

被点名的男生刚刚才在几百人面前秀了全场最大的存在感，如今却坐在最角落的地方。

原本谁也没有看他，而猴子的话让所有人都看了过来。他在众人的目光中轻抬眼角,还没卸下的金色眼妆让这一眼变得无比慵懒和犀利。

韩朔看着不远处那张哪怕此时也波澜不惊的脸。

两人的视线在半空对上，无声无息地交织，一个在打量，一个带着了然。

徐杺知道，那票并不是韩朔给她的，有些人是什么性格，光凭外表就能看出来。

她知道他不会做这种事。

徐杺原本以为韩朔会解释，可是过了半晌，韩朔什么也没有说。

他重新对着镜子卸妆，像是默认了猴子的说法，只若有似无地勾起了嘴角。仔细看，那笑容还带了一丝嘲讽和意味深长。

可是除了徐杺，没有别人注意到。

最后两人什么都没说，十分默契地把头一转，各干各的事。

徐杺在好友强忍八卦的目光中和她们一起把衣服打包好，结束后结伴离开。而化妆间里的人根本没胆子盘问韩朔，几个大二的一个劲地偷偷问猴子是怎么回事，偏偏猴子贱兮兮地摆出一副“天机不可泄露”的模样，对谁的提问都拒不合作，惹来一阵骂声。

但和韩朔一个班的人都大概心里有数，哪里有什么赔罪，多半是猴子最近闲得无聊，拿韩朔开玩笑。

这可急坏了熊熊燃烧八卦心的大二的学弟学妹们。

之后还是班主任走进来才止住了他们的吵闹。

大三服装表演班的班主任在业内颇有名望，进来后见他们挤作一团也没有说什么。她拿起本子对除韩朔以外的每一个人都点评出刚才走秀的一些毛病，最后到韩朔的时候，和以前一样留下一句“走得不错”就转身离开了。

周围的人听她批评，都敷衍几声表示自己有在听，只有韩朔头也不回，对着镜子继续卸妆，直到把脸上的化妆品卸干净。

小组课题结束的晚上大家自然是要嗨起来的，大二服装表演班的人几乎全来了，还有几位今天也抽出时间来看秀的大四学生，四五十个人在“Yeap”的大厅占了一大块角落，玩得群魔乱舞。

一位大四服装表演班的师兄坐到了韩朔旁边，给他递了一杯酒。

见韩朔伸手接下喝了一口，这位师兄才说：“今天秀走得不错，听《蓝秀》那边的人说，下一回有个版块想要邀请你，我们工作室老大让我问问你去不去，别到时候你想去，我们工作室还扒拉着上去争取，白费那工夫。”

这位师兄是一家文艺杂志的长期男模特，平时也总跟韩朔他们一块儿玩，所以也算比较熟。

闻言，韩朔懒洋洋地说：“不去，约了别家。”

“那行！两家都有钱赚。”师兄闻言也高兴，反正只要韩朔说不去，他们工作室大概率都可以拿下。

要紧的事情问完，对方明显放松下来，还有心思问点八卦：“听周近说你们工作室那个服装助理辞职了？怎么，被你甩了就不干了？那你们最近怎么办？外聘兼职，还是找别的工作室借？”

这师兄说的那位服装助理是韩朔的前女友，比韩朔年长两岁，本来一直在韩朔的工作室担任服装助理，后来和韩朔好上了，可还没到两个月呢，就听说被韩朔甩了。

分手之后，对方自然甩手不干，而原本韩朔的工作室就很缺服装助理，这会儿更是捉襟见肘。

听了对方八卦的询问，韩朔冷冷地瞅了不远处的周近一眼，然后才靠在柔软的靠背上舒展筋骨，说：“不请兼职，不借，过阵子招一个。”

师兄对韩朔的行事作风也有一些了解，闻言露出了一副十分怀疑的表情：“不是我说，你们工作室对服装助理的要求真的有点变态，这几年统共也没招几个。你瞧瞧我们工作室，随便数数都有十个以上，你们呢？”

韩朔不想回答。

事实上，他们工作室的服装助理只有三个，还有一个前段时间因为和他分手离职了。

本来工作室的事情谁任性都无所谓，上面有人管，偏偏韩朔自己就是老板，从运营到人事都是自己做主。所以对于招助理这方面，周近他们也没有什么发言权，只能看着工作室里那两位被老大迫害得恨不能长出六只手的同伴，默默心疼一把。

师兄见韩朔对这个话题明显失去兴趣，也识趣地嘟囔了几句就撤了。反正得到了自己想要的消息就好，他今天来的主要目的也是这个。

唐小柔见人走开，自然就坐了过来：“服装助理还没有人选？”

“嗯。”韩大少爷明显烦这事儿，所以语气显得不太好。

周近就坐在一旁，闻言说：“要不问问咱们这届的服装设计班有没有谁想要过来？那个齐豫不是挺好的吗？今天你那身衣服听说打分很高。”

韩朔挑剔地皱了皱眉，评价道：“浮夸。”然后哼笑一声，“人家自己也是大少爷，会来听咱们使唤？不是所有人都愿意干这苦差事。”

周近也愁了：“也是。”

当他们工作室的服装助理要干的活儿真的挺多，一是原本助理就不多，二是服装助理基本也等同于他们的私人助理，不说平时跟场地拍摄这些必要工作，就连他们的私服也要自己画图、出款、打样，外加跟样衣进度，哪怕再忙也要抽出时间逛各种面料市场，有时候甚至得跟出国走秀和购置当季流行服等等。

做他们工作室的服装助理的工作量基本是其他工作室的三四倍，要不是因为工资高，加上跟着韩朔能得到的机会也比别处多，基本没有人愿意来面试。

最重要的是，韩大少爷脾气不算好，对衣服品味也极其挑剔，能找到一个两个合他眼缘的助理是难上加难。工作室现在那两位每天都要忍受韩朔嫌弃的指责，其中一位“受害者”的原话是——“要不是看在他长得帅的分上，早就把衣服甩他脸上然后送他一套劳动仲裁官司了。”

周近越想越觉得之前和韩朔分手的那位走得十分可惜，同时也在心里斥责着韩朔这明知窝边草不多，还要犯懒就近吃窝边草的行为。

“猴子。”

“啊？”一直在和别人猜拳的猴子听到身后韩朔喊他，头也不回地应了声。

“想办法帮我搞到大二服装设计（1）班平时的小组作业，还有入学以来大小考试的作品。”

“哦。”猴子随口应下，随即又察觉到不对，回头问，“不找大三的了？”

周近在一旁替韩朔回答：“大三的我们合作三年了，阿朔要谁早就要了。”

“不对啊，嘿嘿嘿，我看阿朔是真的对徐杺小姐姐感兴趣，上次写生课隔天就打听到别人叫什么了。”猴子凑近韩朔，“你其实就是想看她的作业吧？”

谁知，韩朔一个抬眼，直接反问：“不行？”

三人顿时沉默。

猴子抽搐着嘴角说：“行，您说什么就是什么。”

猴子和周近翻了个白眼，回去跟大伙儿一起玩了。

反倒是在那之后一直没说话的唐小柔不再沉默，她叫了韩朔一声。

“嗯。”

“你看上那丫头了？”

“哪种看上？”韩朔揉揉后脖颈，似乎觉得她这说法好笑，瞥了她一眼。

“她不是个善茬。”唐小柔犹豫了一下，随后说，“今天在那么多人面前，她看起来不慌不忙的，也没和你撇清关系。”

韩朔喝了口酒，没有说话。

见他不放在心上，唐小柔皱了皱眉：“把这样的人放在身边，你也放心？”

韩朔听完这句话倏地笑了，把头埋在手臂底下，笑得浑身都在颤抖。

他想起今天那人看着自己的眼神。

平静，无畏。

还有明明看到他笑却十分自然转过头去的那一幕，无惊无喜，不羞不恼。

这让他忽然就来了兴趣。

不过不是男人对女人的那种兴趣。

唐小柔见韩朔笑弯了腰，似乎她讲的是个笑话，神情渐渐变得有点复杂。过了一会儿，见他还是停不下来，她低声骂："韩朔你个神经病……"

等笑完了，韩朔看向唐小柔。

他用三根手指夹着个金属打火机，转着玩。突然间，黄色的火苗在他眼前燃起，让他的双眼显得黑漆漆的，像是一个望不到底的黑洞。

那样的黑色让人仔细看的时候觉得仿佛会被吸进去。

这邪乎劲儿倒是让唐小柔有一种错觉——他和刚才她口中的某人有些相像。

韩朔保持着这姿势，扬起嘴角问："难道我看起来像好人？"

一句话噎得唐小柔无话可说。

唐小柔走回人群中的时候，周近撞了她一下，好奇地问："你跟阿朔说什么呢，他笑这么开心？"

唐小柔没好气地把他的胳膊甩开。

她坐下来之后就一直没有说话，就在周近以为等不到她回答刚想耸肩趴回去的时候，就听见她沉沉开口："韩朔是疯了。"

周近瞥了她一眼，低"呵"了一声，目光又回到自己手里的牌上："又不是第一天认识他，他看起来不就是一疯子吗？"

隔日，猴子就把韩朔想要的资料都拿去了工作室。

工作室是一幢别墅，是韩朔要上大学时他有钱的老爸送的。韩朔一向是个不矫情的人，既然是送给他的，他就秉承不要白不要的心态收了，后来还自己花钱重新装修弄成了工作室。

不过韩朔很久没回了，一来是之前忙着期中走秀，二来是有不少家杂志版面的事等着他去谈，为了图方便，他不是回学校就是住酒店。

韩朔虽然平时脾气又傲又臭，但是工作室的合作基本都是由他亲自把关的，不管是他的，还是周近、猴子，还是别人的。他没有请职业经纪人，工作室成立初期，不管大小事都要自己跟，所以他才会整天都是一副睡眠不足的样子。

接过猴子手上那沓资料时，韩朔“啧”了一声，似乎是嫌沉。

猴子见他黑着脸，还“体贴”地提醒他：“我把小姐姐的放在第一份了。”

韩朔冷冷瞥了猴子一眼，见猴子一脸明知故犯想要嘲笑他的样子，干脆光明正大把底下其他人的全都甩到桌上，只留了第一份，展开慢慢看了起来。

猴子愣了愣。

服装设计专业的作业真的很多，大小考试也数不胜数，所以一人份的量也很吓人。

猴子见韩朔看得认真，耸耸肩，掩上门出去了。

# 第二章 邀请

徐杺回去之后就被舍友围着逼问，她十分淡定地把之前写生课上的事情一一道来，最后还加上一句“我看是给票的那个学长在开玩笑”，才让李欣然和文青青半信半疑地放过了她。

顾闻在一边看了半个小时热闹，看徐杺终于被她们放过了才把人拉到了自己怀里，像母鸡护崽一样，对另外两人说：“韩朔那个人你们还不知道？一向喜欢的都是那些浓妆艳抹妖艳挂的，怎么会一眼就看上我们杺杺啊？再说了，我们杺杺这么乖，怎么会喜欢那种花心渣男！”

文青青看了看徐杺的脸，老实说：“还真说不定，杺杺长得这么漂亮。”

虽然徐杺平时不化妆，但清水出芙蓉，那皮肤好得让人羡慕得不行。

徐杺轻轻掰开顾闻的手，对她们说：“本来就没有的事，你们想太多了。”

徐杺都这么说了，大家也就不好再说什么。

徐杺的为人大家也了解，她真要是想和谁交往，也不会大学两年了都还单身。学校的单身好青年也是有很多的，对徐杺表达出好感的也不少，只是徐杺一直以来都不愿意把心思放在恋爱上，不管面对谁的追求都没有回应。

或许有的女生拒绝别人是因为觉得对方不合适，但她们宿舍的人都知道徐杺不是，她只是的确对谈恋爱不感兴趣罢了。

文青青看着徐杺走进浴室洗澡的身影，忽然想，要是哪一天，真的出现了一个能让徐杺也感兴趣的男人，那个男人会是什么样的呢？难道真的连韩朔那样的也不行？

然而她们都没想到，三天后，顾闻就被狠狠打脸了。

下课的时间刚到，（1）班的众人看着门口突然出现的高大身影，纷纷瞪大眼睛倒吸了一口凉气。

（2）班和（3）班也在隔壁上课，大家正准备去食堂吃午饭，一个两个结伴走出教室，看到堵在走廊上的那人时也都一脸惊讶，纷纷放慢了脚步，没一会儿走廊上就堵满了人。

徐杺原本在收拾东西，准备跟顾闻一起去食堂，突然听见身边的人低骂了一句。她疑惑地抬起头，顺着身边人的目光看向前门，就看见韩朔跟个柱子似的靠在门框上。

韩朔眼睛一眯，精准捕捉到徐杺的视线。随即，在一片狠狠的倒吸气声中，他伸出手指了指徐杺：“你，过来。”

众人又目瞪口呆地转过头去看徐杺。

这时，文青青和李欣然都在后门看着，听到韩朔说话，也都盯向徐杺，一脸诧异。

突然被万众瞩目，徐杺手里的动作顿了顿，眉头不自觉地轻皱一下。

眼看着闻讯而来的人越来越多，徐杺低头先把剩下的东西收拾好，然后对一旁的顾闻低声说：“你们先去食堂，不用等我。”

说完，她站起身，走到韩朔面前。

韩朔打量她几眼，然后率先转身走向电梯。

众目睽睽之下，徐杺也不好问他来意，只能安静地跟上。

明明是放学时间，走廊上人山人海，然而敢跟着他们两个人进电梯的却一个都没有。

两人一前一后进了电梯，之后韩朔按下按钮，电梯门缓缓关上，数字屏显示正往下移动。

顿时，整层楼的人像是水滴进了沸油里，一下子就炸开了锅。

文青青和李欣然走进教室，在众人的一片讨论声中揪住顾闻：

“这这这……这是什么情况？”

“韩朔不是一向不爱来教学楼上课吗？今天怎么会过来？”

顾闻这时候已经完全反应过来，闻言完全是一副没好气的表情，翻了个白眼：“我怎么知道？”

她才是最蒙的人好吗？

事实上，韩朔也不是为了上课才过来的。

他这两天一直住在外面，今天凌晨四点才睡下，刚起床就开车过来找人了。

这些徐杺自然是不知道的，她也没兴趣问。

两人下到一楼的时候惹来更多人的惊呼注目，但韩朔通通无视，领着身后安静的人出了校门。他的机车就停在校门外小卖部前面。

“有事跟你谈，去我工作室还是在这里？”

韩朔站在校门口，开口直截了当，让徐杺自己选。

徐杺看着他那辆拉风的黑色机车，又看了看车头那顶头盔，才看着他说：“在这里吧。”

韩朔似乎也不惊讶徐杺的选择，甩着钥匙十分熟练地走进了小卖部旁边的韩式烤肉店，徐杺跟在他身后也走了进去。

韩朔是这里的常客，事实上，那些不爱光顾食堂的A大学生几乎都是这家韩餐的常客。

现在是饭点，人开始多了起来，但韩朔还是很幸运地找到一个空的软座，而且是一个偏角落的位置。

他们一路走过去也没引起刚刚在学校时那么大的关注，大概是店里光线太暗，大家根本没有注意到的缘故。

两人坐下后，韩朔把菜单推到对面。

徐杺看着他，似乎想开口，却不知道要怎样说才能让他以后不要再这样突然出现在她面前，毕竟他的高调实在夸张，只要一出现就能轻易扰乱她的周遭。

这个人好像走到哪儿都能成为人群的焦点，他自己对此也心知肚明，并且毫无避讳的打算。

韩朔看到徐杺的神情，也大概知道她想说什么。见她久久不翻开菜单，他便招来服务员，熟练地点了几份烤肉和蔬菜，等服务员走后，才懒洋洋地说：“习惯就好。”

习惯就好？

徐杺双手放在大腿上，安静地看着他，问：“你找我有什么事？”

她如此单刀直入，倒与他想象中的不一样，他以为她好歹会装着客套一下，看得出是对今天的事相当不满。

韩朔用舌头顶了顶嘴角，也没立刻回答，只用那双黑色的双眸打量她。过了一会儿，他笑了一声，说：“我看过你这两年的作业。”

徐杺等他继续往下说。

“最近我的工作室有个活儿，偏偏这时候服装助理不够，我临时也找不到符合心意的人选。”韩朔的指尖无意识地点着木质桌面，可眼睛依旧盯着徐杺，过了一会儿，等她明白了自己的意思后才接着说，“我想请你到我们工作室试试，当然，不是兼职，要是你能干到毕业，我这儿也能给你开一份不错的实习证明。事实上，你来我这儿干的就是正职，薪资待遇都按同行大厂的来。如果你表现得好，待遇也会往上拔。”

徐杺看着面前这人英俊的脸，他说话时的表情有点淡漠，也有点随意，似乎只是在和她商量一件再普通不过的事。

这件事在圈子里并非一件普通事。

“为什么是我？”

“我说了，我看过你这两年的作业，全部。”韩朔似乎已经开始有点坐不住了，他的耐心并不允许他把很多时间放在给她好好解释前因后果上，“我看过你的作业，认为你能力不错，最重要的是现在我暂时找不到比你更好的，也没有工夫一个个去找。

“不过这事儿讲究你情我愿，和你大三开始要找相应的实习一样，只是时间提前了几个月。你如果愿意试试，就直接来我工作室找我，不想来，就当我今天……”

他顿了顿，随即用带着点嘲讽的语气说：“……是来赔罪的。猴子用的是这个词吗？”

徐杺愣了愣。

韩朔说完后在桌旁边抽了一张烤肉店的宣传单，又拿出别在一边用来点餐的铅笔，在宣传单上龙飞凤舞地写下一个地址，递给她。

“你自己决定，想好了就来，不来也不用特意告诉我。我的邀请十天以内都有效。”

之后两人再没有过别的交谈。

等肉和蔬菜全部上齐，韩朔挑挑拣拣地吃了一些，他这样一个大高个儿食量却并不是很好的样子，很快就放下了筷子，结了账，甩着车钥匙离开了。

这个人真的太过洒脱，仿佛对一些人情世故毫不在意，虽然容易让人不快，但难得的是让人感觉不到任何做作。

徐杺看着手里的宣传单，上面铅笔的字迹说不上好看，一笔一画都如其人般随性妄为。

她刚刚也没吃多少，但是一点都不饿。桌上还剩了许多吃的，可她还是放弃了打包，站了起来，直接回了宿舍。

她回宿舍没多久，舍友们就从食堂回来了。

文青青见徐杺坐在书桌前，目光专注地看着电脑屏幕，便走到自己的书桌前趴在椅背上打量她，撇撇嘴说：“杺杺啊，你要火了。”

徐杺点开电脑，正往百度输入“韩朔”这两个字，查他的相关信息。

弹出的网页有很多——

△韩朔 百度图片

△韩朔 模特排名 模特中国

△网红 vichen 直播表示喜欢的类型：韩朔……

△韩朔拒绝签约 YB

△《蔷薇》力排众议，不拘一格封面选用新秀

徐杺边看边轻轻“嗯”了一声，表示她听见了文青青的话。

等顾闻拉了张椅子钻到她身边坐下，徐杺才说：“韩朔请我到他的工作室当服装助理，没聊别的事。”

徐杺的声音不大，却足以让宿舍里的人听得清清楚楚。

她话音刚落，离得稍远一点的两人也都迅速钻到徐杺身边。

“不是吧？韩朔的工作室？”文青青简直不敢置信，她从大一开始就关注韩朔，自然知道韩朔工作室的不少信息，“可是他工作室一向要求很高啊，你看他们这届大三，模特也只签了周近几个，更别说服装助理了。听说韩朔对助理真的很挑剔，他那个女朋友之前不就是他工作室的助理吗？咦，等等……”

文青青说到这个，像是想起什么似的连忙点开手机贴吧翻了翻，然后瞪大眼睛：“难怪啊，原来分手了！难怪韩朔突然缺人……”

“怎么？”顾闻不是很八卦这些，她知道韩朔在这两年注册了一个工作室也是因为邹蓝跟她提起过，说他们服装表演班不少人想签在韩朔手下，然而韩朔实在太挑，最后大二的一个也没选上，为此邹蓝跟顾闻抱怨过好几次。

“韩朔的前女友之前就是他工作室的服装助理，是我们专业毕业的学姐吧，之前是在大厂，后来被挖过去了，前两个月听说跟韩朔好上了。可我刚才逛贴吧，又有人说她被甩后也就辞职了。听说他们工作室的服装助理本来就不多，现在还走了一个……”说着，文青青眼神复杂地看着徐杺，“他主动来找杺杺，那应该就是查过杺杺，觉得挺满意的吧，大三这届韩朔可是一个都没看上。”

徐杺这时候恰好点开韩朔之前在《佳人》的平面杂志图。

画面中，韩朔穿着某国际大牌最新一季秋冬高领毛衣，无框眼镜架在笔挺鼻梁中央，他轻轻提起衣领遮住下半张脸，下巴微微仰起，眼

神透过镜片看着镜头，显得慵懒而禁欲。

杂志四周仔细标出了模特身上从头到脚的衣物和装饰品简介，每一件单品都价格不菲。

这一期杂志封面用的也是韩朔，同系列不同图，干净的白底照，“佳人”二字清晰而显眼地标注在最上方，男人在白色光影下露出完美的半侧脸，深邃的瞳孔经由特写放大轻易攥住所有人的目光。

徐杺凝视着此刻如同也在凝视她的那双眼，身旁文青青似乎还说了些什么，但她一个字都没听进去。

徐杺花了三天时间把接下来要开的课程预习一遍，再把英语课一周内要背的内容全部背下。

宿舍里的其他人见她一直没什么动静，以为她是要拒绝韩朔，惊讶之余也不打扰她学习，每天当作什么都不知道的样子各自复习做作业。

而徐杺对于这些天班上一些女生的试探询问也是态度温和，却没有透露一丝半点消息，于是渐渐地，女生们从假装友好地过来搭话，到后面变成几乎都是围成小团体背着徐杺窃窃私语。

只有顾闻一直该干吗干吗，和徐杺相处也是跟以前一样。

第三天晚上，徐杺合上书本，拿起小毛巾站了起来：“我出门了。”

“嗯啊！回来给我带根冰棒！”顾闻躺在床上有气无力地应了一声。

徐杺点头，下楼的时候熟练地把小毛巾在脖子上绕了一圈，然后小跑到操场。

这个点跑步的人并不多，零零散散的，几乎都是情侣，还有几个其他专业的老师在散步。

徐杺在他们之间跑过。黑暗下不需要伪装，她全程面无表情。

三圈慢跑下来，毛巾已经变得微湿。原本她在这会儿就该停下来歇一歇，只是今日思绪有些杂乱，所以她抿了抿唇，继续默不作声地跑。

五圈、七圈……徐枞的气息已经失去了节奏。她深吸一口气抬头看了看天上，最后憋了一口气又跑了三圈。

十圈下来，哪怕是她每日坚持锻炼，这会儿也累得脸色发白，双腿都在发软颤抖。

徐枞去小卖部买了一瓶水，边喝边往教学楼走。

她坐电梯到了顶楼，此时的顶楼静悄悄的。

她推开顶楼天台的门，不锈钢门发出一声难听的“吱呀”声，她却早已习惯，眉头都不曾皱一下。

夜晚的夏风迎面吹来，好歹吹散了身体里的一点燥意，徐枞走到栏杆边缘，一手拿毛巾擦着汗，一手把水放到地面上，随即手下意识摸向口袋，却在摸到小方盒时顿了顿，有点犹豫。

半晌，她收回手，双手撑在胸前的石栏上，看着今夜无月也无星的天空。

——“如果你活得并不开心，那么我所做的一切才是徒劳。”

恍惚间，有少年微沉的嗓音在耳边响起。

过了许多年，那道声音仍仿佛近在咫尺，后来她翻阅许多书，才发现那人说的这句话是出自一本很有名的书中，在这些年一直支撑着她走到现在。

可如今徐枞看着眼前一片空茫的黑色，还是第无数次止不住地想，到底怎么样才算是活得开心？

学很多知识，做自己想做的衣服，交信赖自己也让自己信赖的朋友……这些事情在这几年里徐枞都一一尝试了，却好像并没有太多感触。她仍然和当年的自己一样迷茫，就算随着年岁不断积累看更多，似乎还是找不到能真正打动她的事。

然后她想起了韩朔，还有他那个直截了当的邀请。

又过了十分钟，徐枞转身离开顶楼。

当年因为那个人，她爱上了东野圭吾的小说，高二高三时常在没有人知道的时间里沉浸其中。

他的作品里曾出现过这么一段话——

△所谓活着并不是单纯的呼吸，心脏跳动，也不是脑电波，而是在这个世界上留下痕迹。要是能看见自己一路走来的脚印，并确信都是自己留下的印记，这才叫活着。

当年看了这段话后，徐杺在高二下学期快要结束的时候决定转艺术生，为了能选择服装设计这门专业。

对于如此突然的决定，父母不解，老师不解，她却仍旧坚持。

这也是她第一次如此坚持。

没有天赋，便用更多的努力去弥补，缺失的专业课就用所有的精力去填补。直到后来，连指导老师都惊讶了，再不提“时间不够”和“天赋”二字。

她顶着父母的责备与不理解参加考试，最后一切尘埃落定，以专业第四的成绩进了A大服装系（1）班，成全了自己当初第一次想要“活着”的心愿。

如今，同样因为这段话，徐杺觉得自己可以做出任何选择，反正她没有什么可失去的。只要是这么一想，所有可能性都值得她去尝试。

第四天。

猴子和周近正坐在别墅的大厅沙发里玩游戏，服装助理在一楼二楼之间上下忙碌，哪怕开着空调也累得满头大汗。两相对比强烈到连扫地阿姨都忍不住摇摇头，拿起遥控又把空调调低了几度。

阿姨打扫完玄关，刚开门准备出去清扫下院子，正好看见一个穿着T恤和牛仔裤的年轻女孩站在院门外打量。

女孩手里攥着一张饭店的宣传单，此刻正在对门牌号，因为这组合实在有些诡异，阿姨犹豫了一会儿才问道：“姑娘，你找谁啊？”

闻言，女孩稍稍愣了愣，然后那张过于精致的脸上露出一个浅浅的笑，是恰到好处的弧度。她开口，声音在炎炎夏日里显得清澈温良：

"您好……我找韩朔。"

猴子躺在周近身上，隐隐约约听见熟悉的声音，然后是一声"韩朔"，他突然瞪大眼睛，跳了起来。

周近猝不及防被他往下压，差点把才吃了没多久的饭吐出来。他咒骂一声坐起来，骂骂咧咧地朝冲门口跑去的人喊："臭猴子，你发什么神经？"

"是小姐姐！"

"什么鬼？"周近也走到门口。

六目相对。

"这这这……这不是？"周近目瞪口呆。

阿姨见状连忙打开院门让徐杺进来。

徐杺面不改色地走到台阶下，朝他们微微一笑，然后向着猴子问："韩朔在吗？"

"在在在，等你好久了！"

周近一脸蒙："什么叫等你好久？阿朔之前去找的服装助理是她？"

猴子一手掀开他，一副没时间和他解释的模样，然后殷切地带着徐杺走到楼梯口，往上一指，说："这儿上去右转到尽头的房间，阿朔在里头呢，你自己上去吧。"

徐杺点头，随后和刚好在楼梯旁忙活的两人对视一眼。看到他们手上拿着的面料，她大概能猜到这两位就是韩朔说的工作室剩下的两个服装助理。她朝他们轻声说了一句"以后多多指教"，也不等对方回应，抬脚往上走。

被打招呼的两位男生这会儿正忙得晕头转向，看见徐杺也没搞明白来人是怎么回事，只反射性地对她点点头。等他们从那句"多多指教"回过神来时，对方已经转过拐角上了二楼，那一束清爽的黑马尾甩过一个好看的弧度，很快消失不见。

"猴哥，这是老大请来的助理？"其中一个服装助理张檬转头看向猴子。

另一位助理也双眼放光，目光直勾勾地等着猴子的确定。

猴子拍拍张檬的肩膀，点了点头："都跟你说多多指教了应该没跑了，以后多一个人帮忙，你们就不用那么辛苦了。"

闻言，两位服装助理顿时都快感动哭了。

周近此刻勉强消化完这个新消息，也走到楼梯口，巴巴地问："不是啊？阿朔什么时候看上人家的？我怎么不知道啊？"

猴子嫌弃他："你这只吃饱了睡睡饱了吃的猪，能知道什么呀？"

"呦——"

"啊！近哥，这套你拿去试试，新做好的样板，看看哪里不合适得赶紧拿去改……"张檬见气氛不对，马上转移话题。

二楼现在没有其他人，徐杺按照猴子的说法上楼梯后右转，就看见走廊尽头有一个房间。此刻门正半掩着，徐杺逐渐走近，能听见韩朔说话的声音。

她走到房前轻轻敲门，正在通电话的韩朔转过头来，看到她的时候眼神里没有任何波澜，似乎对她的到来一点都不觉得意外。

他朝她点点头并示意她进屋，电话也没挂断，似乎是在谈杂志版面的问题，语气有几分强硬。

她坐到韩朔对面等着。五分钟后，韩朔挂了电话，他的脸色有些差，明显极度缺乏睡眠和休息，挂电话后的表情还算和善。

他看着徐杺，手机被他在掌心翻来覆去把玩，铝合金壳有一下没一下地敲击桌面，似乎磕坏了也不会心疼。

"你来晚了，六天之后拍平面，活儿还剩很多，在这之前，你每天都得加班。"

韩朔的语气那么坦荡，仿佛他明明说着给她十天时间考虑她却没有早点来，最后工作堆积如山也是她活该。

徐杺没有说话，随后看见韩朔从抽屉里翻出一份早就准备好的劳动合同，上面已经签上了他的名字。他抽出笔，和合同一起推到她跟前，和那天推菜单的动作一样随意。

“我们这儿服装助理基本上什么都要做，拍杂志、宣发或者其他杂七杂八的物料，只要需要更换服装都要到现场亲自跟。平时要设计原创服饰，数量随便，没有统一要求，但要是一个月出不了一套我满意的搭配就立刻打包走人。

“我们工作室一个季度要出一次宣传样片，从主题到拍摄也要服装这边提供方案和制作，基本上没有可以让你练手的空间。虽然还没毕业，但你在我这儿和外头的设计师没差别，平时做好本职工作是基础，要是负责到我的话要求只会更多，我们的私服很多时候也需要你们来维护打理。

“剩下的大概就是一些出国的工作，签证你也得准备好，有困难跟我说，工作室可以帮你准备。

“一旦上工就必须是全职，禁止另外在外面打零工。我给正式员工的合同上都写着，干得好，每个季度会给提成发红包。你的话有试用期，工资折半，转正时间由我来决定。我知道你们大二课程多，但我们工作室走的是校企合作模式，只要你做好这边的工作，学校的学分我能帮你解决，平时忙起来也可以不去上课。至于其他，像作业什么的自己搞定，只要不是差得太离谱，毕业不会有问题。”

韩朔说话不紧不慢，咬字清晰，足以让她听清楚并慢慢消化。他有条不紊地把所有问题都交代清楚，一句话里甚至没有多余的字。

徐杺边听边打开合同自己看了起来。

合同上每个条例都分得很仔细，甚至还有严格的保密要求，最后面落款处有工作室印章以及韩朔的个人签名。

韩朔撑着下巴，懒洋洋地看着她：“当然，钱什么的都是其次，在这儿最大的好处是，不管是实战经验，还是人脉，现在我都能提前让你接触到并且快速积累。等你在这行干久了就会知道，这是一笔很大的资源，我不是谁都给。”

徐杺忽然开口问：“工作室的助理都是负责所有人？连你也没有

私人助理？”

韩朔闻言凝视徐杺半晌，而后在她直视自己的目光下蓦地笑出声，似乎因为这个提问变得十分愉悦。

他一只手支着自己半边身体，身子往前倾，他这一个动作让他看起来变得极具侵略性。

他看着徐杺无畏无惧的表情，慢慢咧起嘴角，傲慢的话语从唇缝里吐出：“一流的模特只穿一流的衣服。你才刚来多久，就把自己当名牌了？

“名声是自己挣的。在这个行业，你想做什么，想要什么，都得靠自己的本事去争取。我的确没有私人助理，你有野心也是好事，只是在我这儿，一切得拿实力说话。”

最后一句话韩朔说得冷漠，若是别人肯定会认为对方是在嘲笑她的不自量力，但徐杺直视他的目光，明白他只是实话实说。

她拿起笔，快而稳地在合同最后签上自己的名字。

她写的是最标准的正楷，一笔一画规规矩矩。

“我会的。”

她这样说。

从韩朔的角度看过去，徐杺低下头的时候，眼睫毛几乎可以盖住她的瞳孔，像是一道天然的屏障，阻挡着他的打量。而当她抬起眼的时候，那双总是敢直视人双眼的褐色双眸又看不出来任何情绪，哪怕她嘴上说着那么轻狂的话，目光也没有丝毫动摇。

她的眼神分明很静，嘴角却习惯了一样勾起来，可当韩朔再仔细看，才发现那是因为她的嘴角旁有个浅浅的小窝，让她看起来好像时刻在笑。

对于徐杺的到来，整个工作室最欢迎的不外乎是如今堪比珍稀动物的两位服装助理。

张檬主动给徐杺做介绍：“我叫张檬，他叫陈华，我俩都是 A 大毕业的，算是你师兄。”

徐杺点头："我叫徐杺，木字旁，心情的心。"

简单熟悉之后就开始抓紧时间分配工作，然而这个环节反倒是让张檬和陈华犯了难。他们一边打量着徐杺的身板，一边怀疑，这么个白嫩瘦弱的妹子真的能适应这么高强度的工作吗？

最后两人商量，决定先把一些简单容易上手的工作分给她。

张檬打开文件夹，里头夹着几张表格，上面密密麻麻写满了标注，譬如哪一件衣服几月几日要用，哪一件衣服几月几日要归还或入仓。

张檬对徐杺说："你今天就负责这个，归类的工作倒不是很着急，按规矩，我们会先把过几天要用到的衣服都抽出来检查，然后送去干洗，看到有损坏的要自己补好……过几天的平面拍摄有几组照片是要穿我们工作室自己衣服的，老大好不容易才谈拢了时间，所以衣服上面绝对不能出差错……"

徐杺点头，知道他说的"老大"是指韩朔，然后接过文件夹看了看，问道："为什么拍平面会用到我们自己的服装？"

据她所知，像韩朔能谈得上的杂志社基本都是国内潮流时尚杂志，一般会和国际服装品牌或者国内热门服装品牌挂钩，照片从头到尾要用到的衣服和饰品也由他们一手包办，模特只需要给出时间就好。

张檬闻言"嘿嘿"一笑，解释道："因为咱们老大厉害呗，当时和杂志社谈合作的一个大条件就是可以租用杂志社的摄影棚和摄影师，毕竟咱们工作室目前的摄影条件比不上杂志社的专业，所以我们只管出人和服装，摄影后期摄影棚都得靠借。虽然老大一直在说要搞一个自己的摄影棚，不过他太忙了，这个活儿工作量也大，具体什么时候弄好我们也不知道……我们现在忙得跟狗一样主要也是因为那天还得拍我们自己的样片，时间会安排得很紧，得速战速决，不能超过规定时间，否则就没有下次了。"

张檬拿出手机点开微博："这是我们工作室的账号，里面会定期做一些宣传，照片也会给品牌方做甄选用，所以马虎不得。公众账号就是得多花点时间经营，这一块目前也是我和陈华负责在做，现在那些杂志社都看这些，受众和流量越多，以后可以谈的机会就更多。”

徐杺拿过张檬的手机看了一眼，韩朔工作室的微博叫“风行Wind”，微博认证蓝V，粉丝居然还不少，有六十几万，与同类模特经纪公司的微博粉丝数相比要高接近一倍。

而且最重要的是韩朔的工作室账号只开了一年多，目前还处于经营初期，这样还能有那么多粉丝真的是一件很厉害的事。

“牛吧？不过咱们工作室台柱还是老大，这六十几万粉丝少说三分之二都是老大的粉丝。”

徐杺把手机还给张檬，然后自己拿出手机，连上网络打开了自己好久不用的微博，搜索找到工作室微博先点了关注，然后再搜了韩朔的微博，也点了关注。

韩朔的微博十分简单，一条原创微博都没有，全都是工作室微博的转发。他的个人微博也是金V，粉丝数量120万，比工作室微博粉丝还高了整整一倍。

之后，徐杺又在张檬的指引下把工作室的签约模特、陈华和张檬的微博都分别点了关注，等再回到自己关注列表的时候，原本只关注了几个人的列表里，此刻有快三十人。

“因为还有六天就是拍摄日，所以这几天来的人都不多。我和陈华基本是要天天来的，因为你也知道，我们真的比熊猫还稀缺，工作量又很大，基本是全年无休……”张檬又说。

徐杺点点头表示知道了。

过了一会儿，张檬去帮陈华的忙，徐杺见状便钻进了仓库，开始按照清单的款式把要用的衣服挑出来。

仓库就在一楼厨房旁边，徐杺进去以后才知道里头的衣服不仅多，还放置得十分杂乱，每一套衣服外面都有防尘套，有的被分类放好，有的还来不及放好，就随意挂在龙门架上。

徐松在角落里抽出一个空着的龙门架，先对着表格把能快速找到的都先找出来挂在上面，然后才开始从那堆被挂得乱七八糟的衣服里寻找目标。

等全部找齐，已经到了中午。徐松擦了擦汗，把龙门架推到里头。

仓库靠里面放着一张八九米长的大木桌，上面摆满针线、面料和不同型号的裁缝机，能想到的不能想到的配件被分门别类装在成排的亚克力盒子里。不用猜也知道这里就是张檬和陈华平时的工作台。墙边还放着一台洗衣机和干洗机，真是麻雀虽小，五脏俱全。

陈华趁着休息时间进来问徐松进展如何，见她已经把表格上的衣服都找出来后还夸她找得快，她表示这并没有什么。

陈华见还有时间，便手把手教徐松用干洗机，之后两人合伙把衣服分类洗了。直到把衣服全部晾晒到后院，陈华才汗流浃背地招呼徐松回屋吃中饭。

“我今天没带饭。”徐松抿了抿唇，她没想到今天就直接上工，什么都没准备。

“不用不用，咱们工作室啥都包，要是晚上加班回不去也可以住这儿，有空房间。”陈华忙活了一上午，身上也沾满了布屑和碎线头，看着十分疲惫，可语气还算轻快。

徐松点头表示明白，心里头却在想，工作室这样多的开支，收入得多高才能负担得起？

两人走出仓库拐向餐厅，此时饭桌上已经坐了人。

周近和猴子今天一整天都在别墅里，此刻正在低头玩手机，一如往常无所事事。三名服装助理也到齐了，三人坐在一起，徐松坐在最后方。

负责做饭的是今天早上打扫庭院的陈姨，此刻她正在厨房忙碌。

饭桌上显而易见缺了最重要的一位。

张檬对此习以为常，见陈华和徐松回来，他屁颠屁颠跑到楼梯口吼了一嗓子：“老大，吃饭啦！”

那嗓门大得跟装了扩音器一样。

五分钟后，韩朔才慢悠悠下楼。他还穿着今早徐杺见他时的那身灰色纯棉T恤，下半身套了一条夏威夷风格的热沙滩裤，脚上踩着一双宽大的人字拖。

韩朔下楼后先看了徐杺一眼，坐到饭桌主位上示意陈姨可以开饭了，随后再次转向徐杺的方向，似笑非笑道：“我们未来的一流设计师现在灰头土脸的，像只土拨鼠。”

韩朔话音刚落，徐杺就看见桌子上的其他人全都齐刷刷地把头转向她。

下一秒，周近和猴子发出几声“嘎嘎嘎”的笑声，连张檬和陈华都在咧嘴笑。

猴子就坐在徐杺的斜对面，边笑还边不忘“好心”地伸长胳膊随手拿来一块镜子，对着徐杺让她自己看。

只见镜中原本来时干净白皙的少女，此刻因为在仓库待了一上午，整张脸似乎都比原来黑了几度，连眼睫毛上都像是被扑了一层灰。她身上的白色T恤比陈华还要夸张，白色本来就显脏，她不像是去整理仓库，反倒像掉进了什么脏东西里再被捞起来的一样。

徐杺看了看，随后面无表情地按下镜子，伸手拍了拍自己的头发和肩膀。

旁边的陈华憋笑也憋得难受，刚才忙起来压根儿没注意，连忙反省自己应该提前想到这一点，让徐杺以后来这边不要再穿浅色衣服，不仅容易弄脏，也难洗掉。

陈姨正在给每人盛饭，看一桌人都在笑，有点不明所以，摇摇头又进厨房了。

倒是“罪魁祸首”在等待的当口撑着下巴好整以暇地看着徐杺，再开口时已经又恢复了那副懒洋洋的语调：“阿檬。”

张檬边笑边应了一声。

“下午让她改完那批衣服就去帮你们的忙，不用让她做这些。”

“啊？哦哦哦，我也是没想到，想着这些活儿简单一点，她也好上手……”

韩朔笑了声，随后用不大不小的声音说：“人家的目标是一流设计师，以后指不定梦想成真想起今天，你要跪下赔罪的。”

这话说得太挑事了。

也不知道徐杺那句“私人服装助理”戳到了韩朔哪个点，他今天一直逮着她不放。

徐杺在一桌人明显憋笑的表情中抬起头，远远看着韩朔，不着痕迹地皱起眉头。

后者挑起眉，勾起嘴角，一副“老子最大，你想怎样”的表情。

徐杺沉默了一会儿，等他们笑得差不多了才说道：“不需要迁就我，目前来说，这些工作我来做比较合适，毕竟我刚来，熟悉流程和仓库也很有必要，这样以后干活的时候效率更高。”

在大家以为徐杺要发难时，她却只是轻描淡写地把话题带了过去，并且直接忽略了韩朔的存在。

她说完没有再看任何人，伸手接过陈姨递过来的米饭，说了一声“谢谢”后低下头安静吃起来。

而韩朔仍旧保持着一个姿势没有动，只是这会儿也移开目光，接过陈姨手里的碗说了一句“吃”，众人才拿起筷子，仿佛刚才只是一段小插曲，又开始聊别的话题。

张檬端着碗，看看徐杺，又看看韩朔，心底难得乐呵。

这徐杺看起来脾气很好，但实际好像并不如此，只是她生气不会表现在脸上，和韩朔完全是相反的类型，可真有意思。

徐杺吃饭的时候虽然总是小口吃着，但速度在女生里还算是比较快的。张檬和陈华刚吃完两碗饭，徐杺也正好吃完了满满一碗，速度像是控制好似的。

三人同时离桌去工作，饭桌上就只剩韩朔、周近和猴子三人。

见徐杺走进仓库并关上门，周近才暗暗地挪了挪椅子，凑到韩朔旁边，问："阿朔，你干吗老欺负她？"

韩朔搁下筷子，瞥了他一眼："吃醋了？"

"……你好恶心啊，什么跟什么？"

"那你八卦什么？别说我不提醒你，你最近每晚吃夜宵别以为我不知道，称过体重没？"韩朔伸手毫不留情地按着周近的后颈，然后在周近的呼疼声中伸了个懒腰，起身上楼，还不忘边走边下命令，"下午好好待着，等张檬给你们量尺寸，再在群里说一声，明天全员都得到齐，谁这两天量好的尺寸到拍片那天衣服不合身，就扣掉这个月工资。"

周近被撺得猝不及防，只能按着后脖子酸疼的那块，目瞪口呆地看着韩朔消失在楼梯转角。

回过身的时候，周近发现猴子正端着碗笑得一脸幸灾乐祸。

"你笑什么？"

猴子笑吟吟地看着周近："笑你傻呗，好端端去碰什么虎须，送上门让人撺。"

"难道你不好奇？"

"不好奇啊。"猴子吃完最后一口，打了个饱嗝，一脸心满意足，"对啥都不好奇的人才能活到最后，像你这样的，在电视剧里顶多活半集，工资只够领一份便当的那种。"

下午，徐杺在工作台前忙了快两个小时，才总算把检查出来的衣服上的瑕疵处理完成。

其中有几件衣服也不知道怎么回事，下摆破了好几个洞，不知道是不是老鼠咬破的，洞口撕扯十分严重，徐杺细细研究了好久也不确定，索性放弃，寻思着要让张檬在仓库准备一些驱鼠药。

她见这些都是偏嘻哈风格的服装，便在一旁的袋子里翻出了几个风格相近的补丁，缝了上去。

做完这些以后，她把衣服重新挂上龙门架，这才感觉到方才心头被某人激起的那份久违的烦躁感消减了大半。

徐杺也不知道自己是怎么了，三番五次都在不知不觉间被韩朔牵着鼻子走，这种感觉让她有些无所适从。

徐杺摘下工作围裙后去走廊尽头的房间找张檬，顺便也问问之后还有什么需要帮忙的。

可没想到徐杺刚打开房门，就看到周近和猴子只穿着一条内裤光脚踩在地板上，正对着墙壁上的落地镜显摆自己的肌肉。

周近最先反应过来，他从镜中看见徐杺愣住的表情，吓得猛地倒吸一口气，下意识夹紧双腿转过头。

猴子正把双手举过头顶，手撑在脑袋后面欣赏自己不存在的胸肌，余光瞥见身旁的人一个大动作，一脸疑惑地转过身去，和徐杺四目相对的刹那，大声嚷了一句“天啊”。

徐杺的手还握在门把上，猝不及防撞到这么尴尬的场面，头一回感到进退两难。

她不是第一次看见男生半裸的身体，在学校里做课题的时候也给男生量过尺寸，那时候对方也是几乎全裸的状态，只是老师们对作品尺度有规定，男生们会默契地穿四角内裤。像此时眼前这两位一样只穿着轻薄款平角内裤的……还真没有过。

徐杺白皙的脸颊不知什么时候染上红晕，她先把目光投向地板，免得让场面变得更加尴尬，然后在对面两人惊恐的目光中，还算是镇静地开口：“你们在干什么？”

周近张了张嘴，结巴着说：“量、量尺寸啊……”

猴子双手环胸，猛地点头。

“你们在干吗？”是张檬的声音。

徐杺转过头一看，见张檬手里拿着一个塑胶盒，正一脸疑惑地看着她。

徐杺默默退后一步。

张檬走近一看，立刻明白了是怎么回事：“哈哈哈……”

听到张檬哈哈大笑，周近恨不得一件衣服盖过去：“你别笑得那么猥琐！还嫌我们不够窒息吗？”

“不对啊，你们两个又不是没让女设计师看过和量过尺寸，为什么那么紧张？”张檬笑够之后好心地提醒他们。

闻言，周近和猴子才后知后觉地面面相觑。

周近摸着胸口一副心有余悸的表情：“是哦……我、我也不知道……可能……可能是徐杺太年轻了吧？刚才徐杺开门的一刹那，我居然产生了一种类似偷看小姑娘洗澡的心虚。”

猴子举手：“我也是。”

比他们小一届的徐杺无法反驳。

“徐杺，来，别不好意思。”张檬把盒子放在地上，然后招呼徐杺过去。

徐杺走近，发现盒子里面都是一些软尺和别针，软尺有四五卷，别针散乱得一盒子都是。

张檬把软尺递给徐杺，然后说：“量尺寸不用教你了吧？”

徐杺点头。

“去吧。”

“……嗯。”

见周近和猴子自觉立正站好，徐杺忽然觉得有些想笑，连带心头的一点尴尬也减弱不少。

张檬在一旁笑眯眯地摆摆手：“你得习惯才行，咱们工作室都是男模特，明天还有十几个，你看多了就习惯了。以后还要经常跟这些人的身体打交道，你把他们当人台就行了。”

之后，张檬拿出一块垫板，上面夹着几张表格，表格上有一半都已经被填好了，每个人名下都有定期记录的各种尺寸——上身：三围、摆围、领围、身长、袖长、肩宽；下半身：腰臀围、前后裆、臀长、裤长；下脚围。

里面每一个尺寸变动虽然很细微，有的甚至几乎不变，但仍然每一次都要测量精准，以保证做出来的服饰完全合身。

张檬指示徐杺去帮周近和猴子测量，然后自己揣着一筐衣服就坐在另外一头的地板上，把要改动设计的衣服抽出来，一件件拆线剪开。

徐杺拿着软尺走近，先看着猴子。

见状，猴子干咳一声，马上直起腰，伸长脖子，双脚微张与肩同宽，乖乖地做好准备。周近在旁边捞起一件外套，能遮一会儿是一会儿。

徐杺先量三围。

过程中与对方身体离得极近，徐杺看样子是没有什么感觉，一直目不斜视，量一处就用笔记一处。倒是猴子，在一开始被她的呼吸喷得浑身一紧之后，顿时在心里头大骂自己矫情做作三百遍，然后才勉强放松身体，把目光落在镜子上，却不经意间扫到周近在一旁暗暗偷笑。

猴子龇牙咧嘴与周近用口型对骂，他嘴巴一动，腹部就一缩一缩的。

徐杺察觉到，动作停了一下，然后抬起头：“别动。”

她声音明明温温凉凉又不严厉，却让猴子立刻就安分了下来，在一旁看着的周近笑得身子几乎要翻过去。

可是轮到自己的时候，周近就笑不出来了。

徐杺看着腰围数字，为了确保准确又量了一次，随后对周近说：“腰围长了四厘米。”

周近闻言浑身一僵，刚想反驳一句不可能，就看见自己此刻最怕的那人不知道什么时候下了楼，正倚在门框上。

听到徐杺的话，男人皮笑肉不笑：“等下去称体重。”

怕什么来什么。

周近一脸要哭的表情。

徐杺这时候正跪着给周近量臀围，她就像看不见韩朔一样，连余光都不曾分给他。

她双手展开绕过周近胯部的时候，因为韩朔一直在门口盯着，周近不知为何感到一阵不自在，努力站直了些。

徐杺全程面不改色，韩朔在那之后也没有再开口，看着她迅速地把余下尺寸都量好，随后站起身来低头记录数据。

“老大，你下来干吗？”坐在一边的张檬抬起头，闲着问了一句。

韩朔看着徐杺的侧脸，过了一会儿才回答道：“复尺。”

他说话的语速慢悠悠的，生怕别人听不清楚似的。

徐杺的手顿了顿。

“啊？”周近和猴子闻言也诧异地张了张嘴。

平时韩朔忙起来的话，这些事都是在楼上单独搞定的，可随即他俩又想到那个一直帮韩朔一对一服务的人前不久才辞职,才了然地点头，没再说什么。

徐杺示意周近可以去称体重，猴子先他一步踩上体重秤，仔细看后一脸轻松地跳下来：“七十一公斤”。徐杺用笔写上，随后周近苦着脸踩上去，徐杺上前一看，说：“七十八公斤。”

“哎哟，真险。”猴子听了，边嘲笑周近边套上裤子。

周近捂着心口下了体重秤：“吓死了……不点外卖了，这个月都不点外卖了。”

猴子笑骂：“差两公斤就超了还惦记你那口外卖呢？再吃一顿外卖就扣工资，一顿外卖秒变千把块，看你还想不想吃……从明天开始，你踏踏实实跟我出去跑步吧！”

周近很烦运动，闻言顿时垮下肩来。

这时，韩朔已经在旁边开始脱衣服，他两手往后颈一扒，灰色上衣就被利落地脱了下来。徐杺正好记完体重转过头来，一眼就看见他大片的背脊和清晰的骨骼。

韩朔的皮肤极白，肌肉紧实有力，两道肩胛骨和脊线此刻正因为他的动作勾出一道极好看的长线。

似乎察觉到落在自己身上的目光，韩朔转了过来，三两下把裤子也脱掉了。

徐杺觉得耳朵似乎在微微发烫。

她暗骂自己心思太多，同时也不想让某人抓住把柄被嘲笑，她面不改色地走过去，举起卷尺开始往他身上丈量。

男人的身体毫无遮掩地朝她舒展开。

走近了，徐杺才看得更清楚，他的身体果然每一寸都像被打磨过，是老天爷赏饭吃的类型。

周近和猴子虽然高，但人很瘦，腰胯位置虽然没有赘肉，但也没肌肉。可韩朔不是，他的身材虽说不是那种常年健身的强壮类型，但是小腹六块稍显的腹肌让他的身体更具吸引力，四肢的比例脱了衣服看依旧几乎接近完美，加上体毛很少，让他看上去就像是一座石膏雕像，简直是一个艺术生理想的要求。

而韩朔也明显对自己的身体十分自信，和周近、猴子一开始的僵硬不同，他大大方方地在徐杺面前展示着自己，没有丝毫不自然。

韩朔身高一米九五，比周近要矮一些，和猴子差不多，所以徐杺不需要费劲把手抬到最高就能够到。

她从上往下先量他的脖围，然后是肩宽、胸围、腰围、手长……手指每一次碰到韩朔的身体，她都能感觉到对方的目光若有似无地落在她身上。

不远处周近和猴子两个人聊得十分起兴，压根儿没有把目光放在他们这边，因此对他俩之间微妙的气氛毫无察觉。

等量完胯间比较尴尬的部分，徐杺在心里头默默松了一口气。她也不知道是为什么，总觉得韩朔从两人见面以来一直都在试图挑动她的情绪，她不清楚是他向来如此还是兴之所至，只是每一次的度都把握得相当精确，总是在让她感到稍微不快的时候就自然而然收敛，让她有种被试探底线的不痛快。

不，或许也不止不痛快，还有烦躁不安，因为他的性格实在跋扈，并且难以捉摸。

徐杺了解自己，一直就不擅长应对此类。

等下半身全部量完，徐杺准备站起来，可这时原本好好站着的人却忽然一动，似是往前迈了一步。

她原本就离韩朔极近，察觉到他这个动作后几乎是下意识就把身体往后仰。眼看着就要一屁股坐到地上，手臂却骤然一紧，一只大手牢牢地攥住自己的手臂往上使力，下一秒，她整个人就被提了起来。

她踉跄了一下，不能第一时间站稳，只能微微往前倾。那一瞬，她心里一紧，慌乱之下只能抬起手往前撑了撑，于是便清晰明了地感觉到掌心下男人结实的肌理和隐约传来的心跳。

这样的姿势让徐杺觉得难堪又尴尬，此时她终于察觉到韩朔是故意的，原本就被他激起的焦躁使她双眼迅速升温。

她生气时候的眼神像是冰山下的熔岩，清晰地迸溅着火光，看得韩朔玩味地挑起眉。

“有意思吗？”

徐杺听见自己毫无感情的问话。

哪怕在这种时候，她的声音也是低沉而冷静的，压着声音只让他听清。

这个细节让韩朔笑出声来。

他学她一样刻意压低嗓音，脸颊贴在她太阳穴旁，语气恶劣又得意：“看你这副没意思透了的样子一点点裂开，你说有意思吗？”

两人僵持间，猴子和周近似乎终于察觉到空气中的安静有点不对劲，纷纷抬起头来。

周近问：“怎么回事？一转过头来就看到你俩这么如胶似漆，你们背对着我们干什么么了？”

就在他们抬头的同时，韩朔已经面不改色地松开了徐杺的胳膊，然后十分自然地走到体重秤上，低头看了看，转头似笑非笑地对徐杺报了一句“七十五公斤”。

好像根本没有听到周近的质疑一样，他的神情十分坦荡。

而徐杺的表情此刻还是有些僵硬，她很明白自己在这场较量中落了下风。闻言，她默默深吸一口气，在表格上写下数字。

韩朔在她身后走过，带来一阵风，也像一种无声的挑衅。

徐杺没有回头，在身后两道炽热而八卦的目光下调整好心态，然后走向张檬，把手里夹着表格的垫板递给他：“给。”

张檬还醉心在工作里，并没有发现此刻徐杺的表情有多僵硬。接过垫板后，他拍拍身边的地板让徐杺坐下，把旁边装服装的篮子朝她推了推，说：“这儿有图，你把老大他们三个的衣服挑出来按着图上改……喏，像我这样。”

说完，他把手里拆好线的衣服递给她看。

韩朔走到周近身边，不慌不忙地先穿衣服，再把沙滩裤套上。

这时，周近再次不长记性，按捺不住一颗八卦的心，小声问道：“你们刚在嘀咕什么？徐杺妹子的脸都僵了。”

韩朔闻言斜了他一眼。

就这一眼，让周近突然想到中午吃饭时猴子对自己的劝告，他恨不得痛骂自己为什么就是不长记性，连忙夹紧尾巴用手在嘴巴前做了一个“闭嘴”的手势。

韩朔嗤笑一声后转身，留下一句让周近和猴子都一脸蒙的话：“心思绕得像盘山公路，看着真不爽啊。”

周近和猴子愣了愣。

韩朔也不管他们听没听懂，伸了个大大的懒腰：“大概是最近真的太累，人都变得没有容忍度了……忙完米娜那天的拍摄出去浪，我请。”

周近和猴子头顶的问号变得更大了，心里满是槽点——不是，您老人家有过容忍度这东西吗？

韩朔拍了拍周近的肩膀，转身走了，留下两人面面相觑。

他们不约而同地看向徐杺和张檬，随即互相交换眼神，不知道在用哪个频道的脑电波交流。

张檬的余光扫到韩朔离开，这才抬起头跟个狐獴一样抻长脖子："老大刚叨叨叨说啥了？"

徐杺闻言也抬起头，看向周近。

周近被徐杺的眼神看得在心里打了个哆嗦，不知道为什么，他还是没有把刚才韩朔那句意味不明的话转述出来，只能挠挠头，支支吾吾说："好像是说拍完请我们出去浪……"

张檬这阵子都快被工作榨干了，闻言欢呼一声："老大万岁！"

而徐杺听了几乎是马上低下头去，就差没把"不感兴趣"四个字写在脸上。

# 第三章 贪欲

虽说按工作量而言大家每天都得加班，但张檬和陈华担心徐杺晚上回学校不安全，于是晚上十点前就让她先回去了，毕竟第一天也得有个适应时间。

从韩朔的别墅坐地铁到学校只需要半个小时，等徐杺拖着一身疲惫回到宿舍，顾闻第一个从床上探出头来，惊讶地问：“杺杺，你今天去哪里了？一大早就不见人！”

还这么晚回来，都错过了她每天雷打不动的跑步时间。

这一天发生了太多事，徐杺累得不想说话，回来后先坐在椅子上把脸埋在双臂间歇了一会儿，等缓过气来才起身收拾东西准备去洗澡，还顺便回答顾闻：“去韩朔的工作室报到。”

“啊？”文青青闻言迅速从电脑前转过头来，等回过神来后似乎觉得自己反应太大了，她眼睛转了转，然后嗫嚅着动了动唇，问徐杺，“杺杺不是不打算去吗？”

徐杺还没有答话，就听见顾闻说：“杺杺可没这么说过好吧？前几天一直在看书就是为了腾出时间吧？”

文青青嘟囔：“是吗？我还以为她不打算去了呢，一直拖到现在。”

徐杺在找睡衣，没有吭声，倒是顾闻趴在床上替徐杺操心着：“说到底韩朔的工作室还是有实力的，我这几天特意抓了邹蓝问了好多，才知道他们工作室的资源那么强，如果杺杺错过也太可惜了。虽然韩朔那人那啥了点……不过我觉得杺杺肯定没问题，好好把握机会积累点人脉，咱们这一行太需要这个了。”

文青青听顾闻这么说，撇撇嘴，没有再说什么，只是把头转回电脑前面去了。

自从韩朔上一次到班上找徐杺后，文青青对徐杺的态度就一直有些微妙。对于她的那点小心思，徐杺看在眼里，也明白是为什么，只是如今自己实在没有精力去开解别人，只能在心里叹了一口气。

徐杺进浴室后没多久，文青青忽然开口问顾闻：“你说，杺杺会不会对韩朔有意思啊？”

顾闻正躺在床上和邹蓝微信聊天，闻言没好气地说：“我看不像。”

喜欢一个人总是有迹可循的，可徐杺……顾闻看着一点都不像是在喜欢着谁的样子。

李欣然这时候才从图书馆回来，开门后听到顾闻这句话，疑惑地问：“不像什么？”

文青青闷在自己位置上，过了一会儿才回答：“没什么。”

徐杺当天晚上早早地休息了，第二天早早就起床去了工作室。

昨天没来的模特们今天都到齐了，除了周近和猴子，韩朔的工作室名下还有五个大二到大四的男生，分别叫张晖、林允生、周峋、顾泽雨、赵更。

这五个男生都不是A大的学生，而是隔壁电影学院的服装表演生，他们两所学校是国内服装表演专业的顶尖高校，平时课业多，因此他们大部分人都是隔三岔五两头跑。

他们这五个人里，张晖和赵更是毛遂自荐后被韩朔相中的，剩下三人是和韩朔在一些合作走秀中被韩朔邀请来的，大家年龄相仿，看着十分活泼好动。

他们见到徐杺时都表现出了明显的好奇，一群人围着徐杺，问她多大了，是哪个学校的。徐杺一开始有点手忙脚乱，但适应之后又觉得他们就像一群长不大的大男孩，虽然给人的第一印象比较轻浮聒噪，可一天相处下来，徐杺倒是觉得他们人都不坏。

比起昨天的尴尬，这五个人脱起衣服裤子倒是自然爽快多了，一点都没有因为徐杺是个女生就表现得含糊，反而是大大咧咧的，一副任君欣赏的模样。

当徐杺准备好软尺转过头来看到齐刷刷五具半裸的男人身体时，足足愣了几秒钟才回过神来，并在他们的调笑下快速把数据量完。

这一天，韩朔始终不曾出现，听周近说他去跟杂志社确认拍摄场地和摄影师，早上七点多就出门了，估摸着今晚也回不来。

虽说徐杺第一天来的时候就知道韩朔的工作室并没有职业经纪人，可等真的连续好几天亲眼见韩朔忙得连工作室都不回，还是让徐杺对他的印象稍稍有了一些改观。

最起码韩朔对待工作的态度的确是有目共睹，所有拍摄物料和细节都要亲自一一确认。

可惜的是，这个人似乎只对工作如此。

有一天，徐杺“随口”提起这一点，当时周近就在沙发上玩手机，闻言，他抬头望了徐杺一眼：“那还用说？阿朔和我们不一样，他将来可是要成为超模的，嗯……大概就是跟奥普瑞的地位差不多的那种。”

徐杺愣了愣。她当然知道奥普瑞是谁，不由得露出一个微妙的表情。

周近看到徐杺的表情乐得笑出了声来：“为什么你一脸我在说梦话的样子？幸好阿朔不在……哎，讲点道理，我们阿朔不差的好吗？模样和身材最少和奥普瑞有四六开呀！不过就是亏在人种和血统没人家有优势。”

周近回忆起当年，还有些怀念：“当年阿朔入学考试那场秀也算是一战成名，上了多少热搜，又有多少学校抢着要，国内几家最大的经纪公司那会儿背地里都抢破头了，要不是阿朔全都拒绝了，他现在都已经走远了，哪还用得着他现在这样东奔西跑。不过他出来自己单干，流量依旧比国内大部分公司强，要是他愿意靠他老爹那点关系，哪还轮得到那些二流货色借着公司的手抢资源。四大刊这些还不是都得排着队让他选。”

“那他为什么要自己开工作室？”徐杺问道。

周围人都说韩朔并不缺钱，而且听周近的说法，韩朔的父亲的确从事娱乐圈相关行业，可以称得上是一个坚实强硬的后台。

周近对韩朔的家世其实也只知道个大概，他们一群人好像都差不多，虽然看着离韩朔很近，其实对他的很多事都没有太深入的了解。

周近耸耸肩，说：“可能是心气儿高，不愿意自己的事情让别人做主吧，也或者是纯粹不想靠家里。他就是那样，在有些方面很随便，有些方面又很较真。你别看他现在住着他爸给的房子，那是因为不要白不要，可咱们工作室的所有花销、资源都是阿朔自己挣的。你都不知道，因为这点，我们在外面有多扬眉吐气。

“不过也因为他真的那么厉害，我们才愿意跟着他干。这些年要挖我们的经纪公司也不是没有，只是没有人能比他更让我们服气。”

周近谈起韩朔，一脸显而易见的自豪。

徐杺却沉默下来，陷入自己的思绪里。

知道韩朔的人，说他嚣张任性、随心所欲；欣赏他的人，说他天生就是为舞台而生；喜欢他的人，说他英俊帅气、个性独特。

徐杺想起她来这里的第一天，韩朔对她说的话。

他说，他是一流的模特，只穿一流的衣服。

仔细一想，他说这句话，大概也只是他对自己实力的一种深信不疑罢了，不管别人怎么看待他，他都能抛开所有人的目光，只专注于自己。

徐杺以为韩朔要到拍摄当天才会出现，但他却在前一晚回了工作室。

这一周，他们三个助理加班加点，总算是把活儿全都赶出来，得以在最后一晚有了一阵难得的空闲。

张檬和陈华看上去都十分憔悴，眼袋重得像被谁打过，可这会儿大概是忙习惯了一时也睡不着，于是便拉着周近和猴子在客厅吹牛。其他人下午就回去休息了，要准备明天早起。

徐杺最后检查了一遍，确认没有遗漏才从仓库出来，看了眼时间，也打算早点走。就在这时，门外隐约传来车声，过了一会儿门被打开，韩朔浑身湿透地走进来，左手拽着钥匙，右手提着一大袋一次性餐盒。

“下雨了？”张檬看到韩朔这模样愣了愣，连忙爬到沙发背上掀开窗帘往外看。

还真下雨了，虽然不大，但是雨点挺密的，难怪从车库进来就一小段路，韩朔浑身都湿了。

周近却没空关心这个，他眼中只有韩朔手里拿着的东西。

等韩朔换了鞋子走到客厅，周近已经速度飞快地清空了茶几上的杂志和各种堆积的杂物，然后一脸狗腿地朝韩朔说：“心情这么好？还给我们带夜宵。”

韩朔把东西放下，随意地把钥匙甩在一边的柜子上，嘲弄地勾起唇：“随你，反正明天拍摄。”

闻言，周近立刻从哈士奇变成泰迪，可怜巴巴地缩在一边，看着张檬和陈华两人欢天喜地拆开袋子。

韩朔淋得一身湿，此刻衣服黏在身上难受极了，把东西放下后他转身上楼，看样子是洗澡去了。

张檬一样样打开，刚好六碗粥、一盒炒面、一盒炒河粉，对于他们来说分量刚刚好。

张檬把粥分好。

陈华从厨房拿了碗，招呼徐杺过来吃夜宵。

徐杺平常晚上很少吃东西，一来没这习惯，二来也的确不是很饿。可是一旁的四人闻到香味后已经顾不得这么多了，就连周近见韩朔走后也立刻抛开刚才可怜兮兮的模样，抢到一双筷子就往饭盒里伸，卷走一大筷子面，坐在沙发一角大快朵颐。

徐杺拒绝的话到了嘴边，最后还是咽了回去。

她看了看那两盒碳水炸弹，见实在油腻不好下口，便默默端起眼前的粥，安静地喝了起来。

北方的粥普遍煮得很稀，肉也切得碎，然而韩朔带回来的这份却煮得十分黏稠，更像是南方人的做法，里面混着大块瘦肉和皮蛋，肉质滑嫩，徐杺才吃了两口，鼻尖就冒出细汗。

“徐杺，你怎么不吃面？”张檬一边吃着，注意到徐杺没动筷子，便随口问道。

“我不饿，粥就够了。”

“哦。”张檬也没在意，只觉得女生的食量的确很小，“老大也很少吃这些，因为太油了。他平常很少买的，也不知道今天遇到什么开心事儿了。”

其他人闻言耸耸肩。

很快，韩朔就下来了。他洗了个战斗澡，头发都没吹干，就那么湿漉漉垂着，一绺绺服帖的刘海挡住了额头，难得让他显得乖顺。

他下来时脚步飞快，猴子见状立刻给他腾出一个位置。他看也没看直接坐下，打开跟前仅剩的那份粥，喝了一大口。

大抵是热粥下胃，他的脸色好看不少，就是最开始被粥烫了一下发出一小声“嘶”。

韩朔见周近吃得一嘴油，居然也没说什么，眼睛随意扫视着桌上，见多出来个空碗，便用余光扫了徐杺一眼，问道：“怎么不吃？”

徐杺还是一样地回答：“不饿。”

她垂眸，看都不看韩朔，哪怕吃的还是他带回来的夜宵。

韩朔哼笑一声，然后拿起她面前的空碗，把剩下的炒粉炒面一股脑全都夹到碗里。

“白给的都不吃，放你去变形计正合适。”

“噗——”这一声来自离韩朔最近的猴子。

他看了看韩朔，又看了看徐杺，然后把头低下去，笑得差点把头埋进粥里。

徐杺也难得噎了一下。

她不算挑食，实在是晚上吃油腻的食物太难消化才选择不吃，却没想到会被这样说。

更没想到几天不见，韩朔一开口就是那么熟悉的挑事儿。

韩朔今晚像是饿坏了，损完了徐杺后嘴里就没蹦出过一个字，他几大口把一碗粉面全都干掉，粥因为还热着被他放到了最后，缩在一旁一勺一勺慢慢喝。

大概是被第一口粥烫到了，韩朔之后每一勺都仔细吹凉了再放入口，每吃一口还轻轻皱着眉头，那模样让徐杺想起以前邻居家养的猫。

徐杺一边这样想着，一边把剩下的粥全喝完了。粥已经不烫了，进到胃里让人觉得很舒服。

雨还在下。

等韩朔也吃完，周近起身收拾桌子。徐杺帮着他一起把碗筷收进厨房的洗碗机里。

张檬躺在沙发上消食，看了看外头的雨，转头对徐杺说："徐杺啊，你带伞了没？"

"带了的。"

她每天出门前都会看天气预报。

"要不你让老大开车送你吧？"

这雨下得还挺人的，从这里走去地铁站还有段距离，又是别墅区，路上没几个人。

张檬难免会有些担心，反正这儿离学校也不远，来回也就半小时。

徐杺刚想说不用，猴子就笑出声来，说："阿朔在你心里什么时候变得这么有爱心了？"

吃饱喝足的韩朔正窝在单人沙发上，闻言懒懒抬了一下眼，对猴子说：“那你送？”

“你还真打算送啊？”猴子没想到自己吐槽了一句都能被牵扯，瞪大眼睛。

见韩朔睡眼惺忪没做出反应，猴子直摇头，对徐杺说：“我看老大困得连眼睛都睁不开了，开车上路更不安全。徐杺，你今天睡这儿得了，空房间多的是，反正明天也要去摄影棚，住这儿还方便。”

“不用了。”徐杺看了看手表，才晚上九点四十五，回去大概十点半不到，“不算太晚，我走快点很快就能到。”

她拿起一旁的包包和伞准备站起来。

韩朔原本躺在沙发上看了她一会儿，见她就要出门，居然站起了身。

众人见状都看向他，以为他真的突发善心要去送徐杺。

没想到韩朔走到客厅的酒柜前，从里头随手翻出五十块钱，然后在众人无语的目光下递给徐杺：“叫个车回去。”

徐杺愣了愣。

韩朔见她不接，挑眉晃了晃手里的钱：“我刚洗完澡，是不可能送你的，这屋里的人只有我有驾照。给你打车钱，省得有人在心里头说我没良心。”

“……谁说你？”徐杺看着那五十块钱。

“谁知道呢？现在口不对心的人那么多。”韩朔意有所指，后来也渐渐不耐烦了，直接把五十块钱拍到她手里，“拿着……大晚上出了事还是我的责任。”

说完，他没再给徐杺拒绝的机会，伸了个懒腰，转身上楼睡觉了。

徐杺拿着五十块，沉默了。

张檬打了一个嗝，对徐杺说：“徐杺，你拿着吧，这么大的雨别折腾了，打个车回去还能早点休息。本来加班就是会报销打车费的，这些小事儿用不着跟老大客气。”

在韩朔看来，这世上绝大多数的烦恼都能用钱解决。他的时间比任何东西都宝贵得多，因此平时更不会把心思放在这上头，能用钱解决的，他都会毫不犹豫选择花钱。

他对自己手底下的人阔绰大方，因为这些外在的东西也远远没有和身边的人处得舒服重要。他工作越玩命，私下便越肆意，只要他自己乐意。因此和韩朔打交道的这些人里就没有人会去跟他计较这些，他给多少就拿多少，各取所需，互惠互利。

如今徐杺在他们工作室工作，自然也算是“自己人”，张檬完全不会觉得这有什么不对。

当晚，徐杺拿着韩朔给的五十块钱打车回了学校。

第二天，徐杺起了个大早。

今天宿舍的人也难得早起，打算结伴去图书馆补英语。

见到徐杺出门，顾闻还喊了一声：“加油。”

徐杺笑着出门了。

李欣然在一旁吃着土豆饼，感慨道：“杺杺真的好忙啊！”

“当然了，韩朔的工作室资源那么多。”文青青正在化妆，闻言回了一句。

想起徐杺临走前的笑容，文青青不知为何突然有些烦躁，眼线怎么也画不好。她有点自暴自弃地把眼线笔甩到桌面上，用化妆棉擦掉糊了的一角。

只是顾闻和李欣然在聊天，谁也没有察觉。

徐杺赶到工作室的时候才刚八点，往常这个时间一屋子人都没起来，今天陈姨却已经在给一桌人端早饭了。

大伙儿精神都不错，就连一贯起床气很重的韩朔此刻都能睁开眼了，看来昨晚休息得很好。

一群男人们看到徐杺，迅速给她腾出一个座：“徐杺，坐下吃点？”

“我吃过了。”徐杺婉拒，然后把包包放下，进仓库准备搬东西。

外头停着三辆进口车，还都是大座驾，应该就是他们平时的工作用车。车身保养得很好，车漆锃亮，看着很新。

等他们几个人吃饱喝足才慢悠悠地往车上坐。三个服装助理坐最后一车，和陈姨一起把衣服搬上车后，一行人才浩浩荡荡地出发，驶往米娜杂志社的办公楼。

像米娜这种规模的杂志社都会有自己的摄影棚，需要用得提前申请，上面审核通过才能往下安排，时间一般卡得很紧，有专门的人控场。

今天拍摄的是一组时装平面，品牌方指定韩朔做单独跨页，另外搭档猴子一起宣传即将上市的夏秋新款。

一般和韩朔工作室合作就是这种绑定模式，要捎带上除他以外的一到两个模特，只是韩朔的篇幅会更大，配比基本是8∶2或7∶3。

杂志社的服装负责人把韩朔和猴子领到化妆间，剩下的人则是去了另外一个化妆间候场，等杂志社的拍摄结束后，他们会直接上去拍工作室物料。韩朔工作室有两个惯用的外聘化妆师，今天也跟着。

拍平面用的都是品牌方的衣服，有专门的人负责，张檬轻车熟路地带着徐杺去和品牌方负责人做对接。

对方先告知了他们拍摄的衣服顺序，然后指了指旁边被挂满的龙门架，示意服装都在那边。张檬见状走过去把衣服都拉了过来，和徐杺一起一件件检查并排好顺序。一切办妥后，他把徐杺和陈华留在这里，自己则去了另外一个化妆间盯进度。

大概半小时后，韩朔和猴子化好妆做好造型，徐杺和陈华按照顺序把衣服一一递给他们。

第一套主打朋克牛仔风，外套和裤子都是同系列牛仔材质。

两人从更衣间走出来时，猴子抱怨着裤子的拉链不好拉，裤头也很松。徐杺和陈华什么也没说，利索地蹲下身给他们做调整。

他们的主要工作就是这个，要把品牌方的成衣在现场调整到合身，并且在归还之前还原。

徐杺在来之前已经跟着张檬大概学习过一些基本手法，因此显得毫不慌乱。

猴子的裤子拉链的确有些不好弄，五金有磨损，很难拉到底，徐杺一边给他调整裆部的拉链环，一边用别针临时改窄裤头。

虽然如今调整这些部位的时候还是有些脸热，但是徐杺已经开始慢慢适应了，因为大家都是如此。猴子看来更是毫不在意，正在和她吐槽这季节穿这么厚的外套是想热死谁。

徐杺一边听他唠叨，一边很快就把裤子调整好，随即站起来给他整理外套领子。

陈华在这方面已经是熟手，迅速为韩朔调整好了裤腰的宽度和裤腿的长度。

韩朔和猴子走到布景前开始拍摄。

张檬在另一个化妆间还没回来，徐杺和陈华便提前准备好第二套衣服，在一旁看他们拍摄。

为了配合秋冬这个系列的亮点，场景被布景师弄得十分贴近主题，背景布刻意绘制成油画笔触、边缘分明的风格，几个灌木丛往地上一搁，一个简单有趣也有完成度的场景就搭建出来了。

摄影师要求韩朔和猴子站在中间，随着快门声响起，两人也在不停换着角度和姿势。

因为徐杺就站在场边，所以看得很清楚，韩朔和猴子站在背景布前的时候，周围的工作人员都明显地开始停下或者放慢手里的动作看着他们。

而视线中心的两人却像是对于这些注目早已习惯，一边漫不经心地交谈，一边不停地做着双人互动，每一个动作都游刃有余。

两人身高相近，做搭肩或撑腰的动作时，每一帧都养眼得不得了。徐杺不时能听到身边杂志社的员工发出小声的惊叹，二十五六岁的工作人员拿着工作牌遮住半脸，眼睛直勾勾地看着闪光灯下的两人，嘴里小声念叨着“好帅啊”。

陈华当然也注意到了周围，他瞅了徐杺一眼，忍不住笑了笑，对她说：“还是你的反应更有趣。”

徐杺明白他的意思，说：“见过他们在工作室的样子，就算长得再帅也很难兴奋起来吧？”

“我看你刚来的时候也没怎么兴奋过啊。”陈华哭笑不得。

闻言，徐杺笑了笑。

有些人的确天生就是为舞台而生，哪怕他们私底下懒散随便、不修边幅，可在镜头前，在属于他们的领域里，他们就是那般耀眼、光彩夺目。

而人是趋光性动物，总是会不受控制被这些人吸引，或因相貌，或因气质。

徐杺很清楚自己的心到底有没有因他们的存在而动摇，他们是那样的截然不同。

这时，摄影师喊了一声“停”，韩朔和猴子便站在原地继续聊天。有化妆师过来给他们补妆，他们两人微微弯下腰迁就着化妆师的身高，就连韩朔在这种时候看上去也难得乖巧。

摄影师看完这卷片后比画了一个“OK”的动作，两人才开始换下一套衣服。

他俩进休息室的时候，徐杺和陈华已经熟练地递过来要更换的第二套衣服，他俩也没怎么看，一手接过直接去了换衣间。

毕竟现在省下的时间都是用在之后工作室的拍摄上，他们四人配合默契，把时间压榨到每分每秒。

等张檬从隔壁过来时，韩朔和猴子已经在拍最后一套了。

张檬擦着汗：“怎么样？”

陈华看了看腕表：“还行，没出什么状况，拍完这边留给我们的时间大概能有两个小时多一点。”

“那就好，完全够了。”张檬松了一口气，“那边都换好衣服化好妆了，等老大下来让化妆师改下妆面，然后换衣服，我带他们先到这边来。”

徐杺跟着张檬去了隔壁化妆间，把还没换到的衣服重新熨烫一遍。

可没想到回来之后，摄影棚的气氛不知为何变得压抑起来，周围的工作人员小心翼翼地观察着场地中央。

只见韩朔和摄影师正站在电脑前交涉，表情与刚才徐杺和张檬离开前截然不同。韩朔抿着唇一脸冷漠，摄影师嘴动得很快，随着他说越多，韩朔的眉头就皱得越紧。

猴子已经进了更衣间，张檬看到这一幕也停住了。

张晖跟在后面，见状一脸疑惑：“这是怎么了？”

一直等在这边的陈华压低声音对他们说：“听说星宇那边突然改档把时间提前到今天了，摄影师说要压我们这边的时间来配合星宇，现在老大正在跟他们交涉。”

“啊？要压多久？”

“一个小时。”

张檬立刻就提高了音量：“我们这边八个人，一个小时？当初说好的我们每个人都要拍三卷，这怎么够？”

徐杺问：“不能延后吗？”

陈华摇头：“后面都排满了。”

真是当头一棒。

对方是国内一线娱乐公司，遇到这种情况，杂志社肯定是想也不想就优先星宇的，韩朔不管流量再大，背后的工作室在娱乐圈也远称不上一流。况且不止他们被压了时间，原本预定的下一批要使用摄影棚的公司也同样需要临时做出调整。上面的决策很明确，就是要优先星宇的拍摄。

张檬急得一头汗，但也帮不上忙，这个地方没有他们说话的余地。

徐杺和其他人一样，看向韩朔。

因为摄影师说话声音很大，隐约能听到他说“真的不是我能做主”“上面要求的”“你得跟负责人说”这样的话。

韩朔的表情也沉得吓人，他本来就高大，压着眉头看起来更凶狠。

摄影师似乎很紧张，额头一直在冒汗。

就在摄影师抓耳挠腮再次试图说服韩朔的时候，韩朔伸手止住摄影师的话头，随后他低声说了什么，于是众人就见摄影师顿时露出一副松了一口气的表情，对他点了点头。

两人似乎达成了协议，摄影师朝着布景那边大喊了一声“动作快点儿”，随即马上到自己的工具箱前更换相机镜头。

韩朔转过身时的表情比刚才还要可怕，沉着脸往徐杺这边走来。

“准备好的人现在立刻过去，每人三卷改成拍一卷半，拍完立刻进去换衣服准备下一组，最后一组多人的取消，换成双人，拍两卷。张檬，把下一期要用到的主题先挑出来拍掉，然后一套套往后换，能拍几套是几套。一个小时内要全部拍完。”韩朔冷声下着命令。

众人连忙点头，没有人提出质疑。

张晖和赵更率先走过去，其余的人立刻跟上。

摄影师已经调好设备，背景布撤下，换上了韩朔这边提前准备好的单色背景。

韩朔站在原地黑着脸看了一会儿，直到摄影师开始工作，才转身进了化妆间。

事发突然，很多人有些手忙脚乱，只是他们工作室这边有韩朔在指挥，所以才有条不紊。

八人动作迅速，镜头一次到位，废片率很低，加上三位助理的紧密配合，换装的时间一点都没拖后腿，短短一个小时，还真的让他们有惊无险地掐着点拍完了最后一卷胶带。

摄影师放下相机的时候也是一脸释然，看过电脑之后，对着韩朔比了一个完成的手势。

所有人都松了一口气，除了韩朔。他松了松领口，面无表情地走到笔记本电脑前开始检查图片。

工作人员已经开始收拾现场给星宇腾场子。

韩朔让自己工作室的人回去换衣服准备离开。

拍摄一结束，韩朔就又变回那副别人欠了他几千万没还的死人脸。

摄影师走到他面前代表杂志社跟他赔不是，眼睛还一直扫向门口，生怕错过星宇那边的人。

徐杺走近，就听到韩朔说：“……这事儿不怪你，没事，下次再合作……不打扰你工作，你先忙。成片还是老规矩，到时候发我邮箱。”

毕竟是他们理亏在先，摄影师当然点头称是。

韩朔的工作室 Wind 虽然比不上星宇，但人气也不低，韩朔更是最近时尚资源新宠，被很多品牌方点名，如果没有今天这事儿，他们也不会主动得罪，可也总不能两头不讨好，干他们这行的，这种事只多不少。

事已至此，韩朔也没有再和对方客套，拍了拍摄影师的肩膀，转身就往徐杺这边走来。

“怎么？”韩朔脚步未停，一边摘着身上的饰品，一边问。

徐杺跟在他身侧，闻言张了张嘴，发现自己也不知道该说什么，只能回道：“张檬催你去换衣服，更衣间很快可以空出来。”

“知道了。”韩朔随口应了声，也没有在意。

一群人换好衣服回到车上。

下楼之前，徐杺亲眼看到那个临时改期的星宇旗下艺人正从电梯里走出来，杂志社的员工全都迎了上去，态度和对着他们的时候完全不同，说是众星捧月也毫不夸张。

回去的路上，韩朔坐到副驾驶座上，全程闭着眼睛没有说话，张檬和陈华都看得出来他还在气头上，也不敢吭声。

最后，张檬见韩朔脸色稍微转好，才在后座上巴巴地说：“老大，刚刚你干吗不争取一下，让他们找个时间把那一小时给咱们补回来啊？

本来就是他们违诺在先，事后让他们补偿一小时也不过分啊。”

他就是心疼，原本准备好那么多套衣服只用了一半，下下期的工作室宣传照又得另外想办法。他也心疼韩朔，为了今天的拍摄忙活协调了大半个月，最后就这么被搅浑了水，真是让人发愁。

可没想到韩朔开口却说：“争取？怎么争取？让他们把往后排好的档期为了我们全部改掉？要能这样，今天还会轮到他们来压咱们的时间吗？

“没得争取，也没得讨价还价，刚刚要不是立刻答应他们，留给我们的时间连一个小时都不会有，就算吵一个小时，时间到了我们也只能收拾东西走人，懂吗？你以为我不想拍完？与其在那儿僵持最后将摄影师弄恼火了把我们一顿瞎拍，还不如当作不计较让他给咱们有多少拍多少，最起码还能拿到像样的成片。”

韩朔一开口，一车子人都闭嘴了。

韩朔此刻明显压着火气，语气冰冷强硬。等说完这些，他再也没有开口，双手环胸，重新闭目小憩，也不知道是真在休息，还是在想事情。

徐杺坐在后排靠窗的一边，她只能看见韩朔的小半边侧脸。

韩朔刚才说的话，让徐杺想到那天在办公室他对她说的话——

“在这行，想做什么，想要什么，都得靠自己去争取。”

不然就只能像现在这样，被压减时间也只能无奈接受，还得在明明是对方不守诺言的情况下说着“完全没关系”这样的客套话。

徐杺没想到，自己才刚来，就经历了这么生动又深刻的一课。

当天晚上，韩朔请客，带着整个工作室的人一起在“Yeap”里定了一个大包间。

徐杺原打算拒绝，可吃完饭大家兴致都高，还说要给徐杺举办个新人接待会。如此热情，徐杺实在找不到机会推拒，只能也跟着去。

都是在这个圈子里浸淫过的人，对于白天的不愉快大家很快就当作没事发生一样，就连韩朔回到别墅之后表情也没那么吓人了。

众人卸下白天用到的物品换好衣服，又是三辆车整整齐齐一起出发。到酒吧包厢坐下后，张檬大手一挥，点了十几打啤酒还有一桌小吃，豪气得像他才是请客的那个。

大家喊着“朔哥有钱，朔哥万岁”，围在桌子旁边喝喝笑笑，分成几拨人开始玩骰子或者真心话大冒险。

猴子和周近好久没一展歌喉了，两人各自占了一个麦克风一口气点了好多歌，把整个包厢当作 KTV 一样扯着嗓子嘶吼，众人听后愤怒地丢着薯片大骂“辣耳朵”。

于是握着麦克风的两人把身子扭成波浪状，揉捏作态地边躲边搞怪，逗得一群人哈哈大笑。

徐杺很少来这种地方，只觉得耳朵都要被震碎了。她心有余悸地往最角落挪，却发现韩朔也坐在角落里。见她靠近，他挑眉看向她。

徐杺被他这眼神看得不再上前，可此刻退后又显得不自然，最后权衡半晌，便坐在他身旁半个身位的地方，转头看向那边闹腾着的人。

昏暗中，徐杺似乎听到韩朔冷哼了一声。

她微愣，以为自己听错了。

可还没等她转头去问他哼什么的时候，包厢的门突然从外面被打开，随即钻进来五个女生，个个都肤白貌美，人瘦腿长。

她们左顾右盼，先是熟络地朝离门口最近的那桌打招呼，似乎彼此都认识，然后目光扫到韩朔，纷纷眼睛一亮。

徐杺不知道她们是谁，下意识坐远了些，静观其变。

“阿朔！”其中一个女生穿着背心热裤，毫不羞涩地展现出自己的好身材，和韩朔的目光对上之后，甜甜地叫了他一声，十分自然地挤了过来。

听到这嗲到不行的称呼，猴子忍不住嗤笑出声。透过麦克风，这声笑被放大若干倍。但那些女生似乎一点都不在意，几乎是眨眼的工夫，韩朔就被五位女生牢牢包围了。

“刚听经理说你们工作室的人一起来了，过来找你玩儿。”刚才甜甜地叫韩朔的那个女生此时离他最近，此刻正旁若无人地凑在韩朔身边说话，“你最近都不来找我们玩儿了，在忙什么？你们今天平面拍完了吧？”

赵更正坐在徐杺前面的小凳上，一回头见徐杺在看着韩朔那边，以为她是在好奇那几位女生的身份，便抬起头跟她咬耳朵：“电影学院的妹子，表演专业的，不过和咱们一样，平时也有一些杂志资源，算是半个同行。”

徐杺不懂赵更为什么要特意说这些，不过她还是点头表示知道了，随即低头喝饮料。

那边的对话还在继续。

韩朔听她们一人一句叽叽喳喳，居然也没有不耐烦，大爷似的双手一摊搁在两侧，从徐杺的角度看上去就像是在左拥右抱一样。

韩朔表情平静：“没拍完。”

“啊？那你们被抢时间是真的啊？周红真的和你撞了时间？”

“嗯。”

“她可真讨厌，阴魂不散……那你怎么不过来找我借摄影师？你过来借我就借你了嘛。”

韩朔瞅了她一眼：“那你借啊。”

“你过来和我们玩儿，我立刻打电话。”

“呵。”

基本上都是那些女生说一句，韩朔懒洋洋地回一句，不主动挑起话题，却又表现得来者不拒。

那群女生似乎是想说动韩朔去她们包厢玩儿，左一句撒娇右一句试探，可韩朔那股懒劲儿上来了，就是不愿意挪窝。

后来那群女生也不开心了，只有最开始那位长得最漂亮的女生看出来他实在不愿意去，便不着痕迹地转移了话题：“听说你和你们工作室那个分手了？”

韩朔笑她虚伪：“明知故问。”

“新来的是男是女啊？”

徐杺没有动，垂眸看着自己的饮料。

韩朔往徐杺那边一指：“那么大个人，没看见？”

顿时，五双眼睛齐刷刷地看向徐杺。

徐杺在心里叹了一口气。

那五个女生仔细打量了徐杺一眼，见她头也不回，像老僧入定，似乎很是内向，一时也搭不上话，便回过头继续和韩朔说话。

那个问话的女生看着和韩朔最熟络，聊着天的时候不知不觉已经快要靠在韩朔怀里了。她看了徐杺最久，片刻后才把头一抬，对韩朔说：“我现在也单身。”

那个女生说话很轻，包厢里闹哄哄的，工作室的其他人都没有听见，只见那些女生止不住地暗笑。她们明明没有在起哄，偏偏眼神中都带着起哄意味，让气氛变得微妙又暧昧。

徐杺目光没有挪动分毫，安静地坐在两拨人中间，杯子里的橘子气泡水倒映着包厢房顶的灯光，在她眼里折射出漂亮的颜色。

“哦，好巧。”韩朔不为所动。

“没别的了？”那女生不甘心地推了他胸口一把。

“还想有什么？”

“咱们，嗯？一起得了。”

“啧。”韩朔不说愿意也不说不愿意。

“那跟我过去玩儿？”

“没意思。”

“是跟我谈恋爱没意思，还是过去玩儿没意思？”那女生追着不放。

韩朔忽然站起身，长手一伸，拉起坐在一边的徐杺丢到那五个女生中间，随后在六人一脸蒙的时候丢下一句“尿急，你们无聊找我们新人玩，她这人比我有意思”，就转身打开包厢门，去上厕所了。

徐杺和五个姑娘面面相觑，场面十分尴尬。

最后那五个女生一脸悻悻然，似乎早就习惯韩朔这样的态度，也没有和徐杺聊什么，默默看了她一眼，也起身走了。

徐杺难得又在心里头骂韩朔。

这人，是真的有病。

猴子他们唱得很嗨，过了一会儿才发现韩朔人不见了，怕他趁没人注意溜掉，就让徐杺出去找他。

放眼过去，这里只有徐杺一个人无事可做，正好她也想让自己的耳朵休息一下，便点点头，开门走出去。

她左顾右盼，看了眼天花板上幽暗的指示牌，往洗手间的方向走。

没走几步，她就看到刚刚依偎在韩朔胸口的那个女生从转角处走了出来。

对方的表情似乎有些难看，见到徐杺明显愣了愣，抿着唇，什么也没说，和徐杺擦肩而过。

徐杺看到她进了一个包厢，似乎连背影都带着气恼。徐杺回过头看着前方不远处的拐角，心里产生了一个微妙的直觉。

她放轻脚步靠近，身后的长廊空无一人，一些喧哗吵闹声隔着墙壁从门缝里泄露出来。

徐杺面前只有安装在墙壁上的一盏小灯和卫生间的指示牌，越靠近，周围便越安静。

徐杺听见有交谈声响起，很近，大概就在转角的另一边，她下意识停住了脚步。

“你还是那么受欢迎，刚刚那个是拾月新签的小花吧？青涩得很，你也真是来者不拒。”

有一个女人在说话，听口音也是北方人，声音有些熟悉，好像宿舍其他人看电视剧或综艺时经常能听到。

几乎就是浮起这个回忆的一瞬间，徐杺就把这道嗓音和方才包厢里那个女生口中提到的某个名字画上了等号——

周红。

也是今天让他们无奈压减拍摄时间，还被杂志社众星捧月的星宇公司旗下的那位艺人。

“说正事儿。”下一秒，韩朔的声音响起。

听起来两人是认识的。

韩朔的语气还是老样子，懒懒散散没个正形，尤其是在这样的环境下，这种吊儿郎当的语气仿佛带了轻视，让人听了就会下意识皱起眉头。

但周红没有，她的语气仍然云淡风轻，不自觉表现出一种上位者的姿态。

“不是我为难你，早答应和我一起搭档签约，也不会碰见今天这样的事。这些年你那么努力也就那样，拖着一大群人你也不嫌累。”

周红的语气淡淡的。

徐杺没听到韩朔回答。

不过她猜，以他的性子，现在大概也就是懒得回话罢了。

可对方也是了解韩朔的人，知道他不说话就是不愿意搭理。

一阵诡异的寂静后，周红再次开口：“你现在答应我，还来得及。韩朔，我知道你想要什么，但是想走国际 T 台需要知名度，也需要资源，我们公司对那边的发展也有相应的策略，对你达成目标有利无害。你瞧瞧你今天那受气样子，谁都可以压过你一头，你明明不应该被那样对待。

“我真的挺喜欢你的，也看好你，你有资质，又有能力，签了我们公司，我们一起发展，还像以前那样，不好吗？”

周红刚说完，韩朔就嗤笑出声。

“周红。”他叫了她的名字，如今风靡影视圈的两个字被他这样吊儿郎当地咬在嘴里，仿佛也变得廉价无比，“到底以前是有什么误会，让你觉得自己在我这儿有多不同？我懒得搭理你，你还当我在躲着你，你是拍狗血剧拍多了，入戏太深出不来？”

他的声音一旦冷下来就给人一种刀锋般的残酷感。

“跟以前一样？”

顿了顿，他俯下身，贴着对方的耳边：“你也不怕我得病？”

周围很安静，徐杺把这两句话听得一清二楚。

猝不及防间，韩朔走了出来。

转角处，她在暗，他在明。

两人都没有被撞见的尴尬，只是第一时间看向对方的眼睛。

双方眼里波澜不惊，一个没有被撞破的尴尬，另一个也不当自己在偷听。

下一秒，韩朔手一伸，攥住徐杺的手臂，把她拉了出去。

他们没有直接回包厢，身后那个人也没有追出来。

韩朔带徐杺走出走廊，一直走到靠近楼梯间的入口。这里是死角，几乎不会让人注意到。停下来后，韩朔手腕使了个巧劲，徐杺差点被甩出去，转了半圈后勉强站稳。

他毫不怜惜，松开手后靠着墙壁，双手环臂，睥睨着她。

“你怎么总有听墙脚的习惯？”

徐杺噎了一下，然后说：“我没有。”

韩朔“嘁”了一声：“在包厢里一次，算上刚才在走廊，一天之内被我逮到两次。”

闻言，徐杺想说第一次她根本没想要偷听，是因为他们根本没有压低声音。

可第二次的确被抓了个现行……

徐杺忍了忍，没有解释。

韩朔见她无话可说，又嗤笑一声。

徐杺看他笑，此刻双眸已平静，便问：“工作室因为你私人原因受牵连，你还笑得出来？”

她一句话就让韩朔气笑了："关我什么事？"

"她为难你，所以才改期。"

这些事情只要脑袋稍微会转，都不难猜到。

原来并不是他没有办法，而是他早就知道对方一开始就是为了为难他而来，所以他根本懒得反抗，只把损失降到最低。

这个男人不仅聪明理智，骨子里也能算得上反骨无情。

韩朔点头，不否认徐杺的猜测，但还是说："那也和我无关，喜欢我的女人那么多，个个求而不得都要往我身上套的话，我要负责到哪年哪月去？"

韩朔眯起眼睛，继续说："不过她有句话倒是说得没错，我的确受欢迎，并且来者不拒，所以她对我还有想法，也不奇怪。"

大概是在这半封闭空间里只有他们两个人，让徐杺失了平时的耐心，也或许是韩朔和她说话的语气，让她从心底不得不把他和别人分开来对待。他恶劣得坦荡、高傲自私，不像是她接触过的任何人。

再开口时，徐杺的语气已经没有习惯性的温和忍让，倒是多了几分显而易见的嘲弄："既然来者不拒，为什么拒绝她？"

察觉到她的语气变化，韩朔看向她的目光里也带了笑意，眼里没有一点惊讶，反问道："你刚没听到吗？"

"什么？"

"我怕得病啊。"

徐杺愣了愣。

这话说得实在有些过分，徐杺隐忍片刻，还是忍不住带着谴责的目光看了他一眼。

他有时候说话真的很讨厌，不管对方是谁，都不会嘴上留情。

徐杺说："你自己好得到哪里去？"

他的私生活在别人眼里也是混乱又放纵。

"好得到哪里去？"韩朔把头靠在墙壁上垂眸看徐杺，语调平静，仿佛在陈述事实，“你问问那些女人，我和谁交往不是你情我愿，一对一，好聚好散？还真的就没人敢像周红那样一边朝别人张开怀抱，一边又想把我捆在身边。当老子是奢侈品？我是来者不拒，但也是非卖品。”

大概是想到了什么让他觉得恶心的事，韩朔的语气有些阴恻恻地道：“对我来说，这世界上只有两种女人，有用的女人和坏女人。能被我看上的，都是好女人，脸正，三围更正，懂得自己要什么，更懂得怎么和我各取所需……”

韩朔忽然俯下身，脸离徐杺越来越近。

最后，韩朔的鼻尖几乎要顶到她的鼻梁，近到能清晰闻见彼此的气息。

可徐杺看着他，没有退开。

两人的双眸紧紧凝视彼此，她眼中的是无畏无惧，他的则是打量和嘲弄。

“……而你，是坏女人。”

韩朔这样点评道。

“没有目的有时候也是一种狡猾，不知道自己想要什么，还想要在别人身上得到，这世上怎么会有你这么贪心的女人？”

他们在昏暗中四目相对。

徐杺不自觉地攥住了拳头，多年来学到的隐忍，在他面前仿佛成了笑话。

她胸口有些闷，仿佛一口气上不来也下不去，丢下一句“不关你的事”，转身就走。

可身后那人不让，絮絮叨叨跟了上来。

“在心里骂我呢吧？啧，说中了就不爱听了。”

快走到包厢门口时，徐杺心底的一股气快要憋到喉咙。她暗暗咬牙，正想转头让韩朔闭嘴，然而他却像是早料到她的一举一动，大掌忽然盖住她的头顶，稍一用力，把她的脑袋转过来对着自己。

他瞳孔里的黑色深重如墨，映着头顶的灯光又仿佛在熠熠发光。他俯视着她，脸上都是张扬的笑意：“既然没想好要什么，就老老实实听我的话。我这儿什么都有，就看你有没有本事来拿。”

# 第四章 特权

这一晚，徐杺没有陪他们玩到最后，坐到晚上十点多就以宿舍门禁为由先离开了。

第二天到工作室的时候，徐杺就明白了韩朔口中的“来者不拒”是什么意思。

虽然之前就听顾闻说过韩朔换女友的速度很快，几乎没有空窗期，可徐杺没想到那么快就能在工作室里亲眼看到当事人。

对方正是昨晚恨不得趴在韩朔怀里的姑娘。

徐杺刚进门，就看到她揉着眼睛穿着背心短裤从楼上下来。

客房都在一楼，楼上只有两个房间，都是韩朔在用。

“阿姨，早饭呢？”姑娘问道。

陈姨从厨房里钻出头来，似乎对此见怪不怪，忙说：“弄好了，可是他们还没醒，你要不先吃吧？”

“好呀！”

昨晚大伙儿喝到大半夜，最后还是叫的代驾把人一个个扛回来的，现在这个点肯定都还睡得不省人事。

客厅里只有徐杺和那个女生。

对方看到她似乎一点也不觉得尴尬，困顿地打了个哈欠，还有工夫自我介绍：“我叫李璐，你叫什么名字？”

“徐杺。”

“哪个心？爱心的心？”

“木字旁带一个爱心的心。”

“哦……”李璐坐在餐桌前，手撑着下巴想了想，才迟钝地点点头，“昨晚还以为阿朔在开玩笑，你真的是服装助理啊？”

徐杺点了点头，准备进仓库干活儿，昨天用完的衣服还没有收起来，放了一个晚上都该皱了。

然而李璐却叫住了她。

徐杺转头，看到李璐坐在餐桌前上下打量着她。

两人再次对视后，李璐朝徐杺甜甜一笑：“你长得挺好看的耶，有没有兴趣来我们公司发展啊？你应该和张檬他们一样是服装设计专业的吧？我身边正好也缺服装助理，工资很高哦，而且都是女生，干活儿多自在。”

没想到李璐会突然说这个，徐杺愣了愣。

她昨晚在墙边听说了一些李璐的事，可她很快也回过神来，看着李璐说：“谢谢，可我学的是男装，大概不合适。”说完，她也没等对方回应，转身进了仓库。

今天并没有那么忙，干这行工作强度本来就十分不稳定，昨天拍摄结束后，未来一个月内工作室的工作重心都会放在出成片上，那是外包的工作，他们当助理的就可以趁机喘口气。

但徐杺没忘记当时来的第一天韩朔说过的话，为工作室提供原创设计也是他们平时要完成的工作之一，因此徐杺把昨天用到的衣服都整理好以后，就在工作台前坐了下来。她翻出工作室和张檬等人的微博开始了解他们近一年的服装风格以及私服穿搭，并不时在纸上做着简单的记录。

等她看到中午陈姨招呼着她去吃午饭的时候，昨夜宿醉的一群人才陆陆续续起床。

韩朔仍然是最后才到位的，他穿着一条大花裤衩，上半身只穿了一件黑色背心，发型乱成鸡窝，双眼也因为宿醉而浮肿，脸色看上去极为吓人。

如果让他的粉丝看到他这副胡子拉碴、不修边幅的模样，不知道要脱粉多少。

“早。”

“早……”

周近几人边打着哈欠边和韩朔打招呼。

韩朔的眼睛肿成一条缝，和周近他们几个人打起了哈欠 N 重奏。他坐在餐桌前双肩一塌，头往后靠，哑着声音叫了一声：“陈姨。”

陈姨在厨房里应了一声，然后开始往餐桌上端饭菜。

李璐不知道什么时候从电视前挪到了韩朔身边，今天偌大的餐桌坐满了人。

徐杺几乎坐到了最后头，和前面隔了足足五个位置。

她看着李璐抱着韩朔的手臂，把那傲人的胸部使劲往他手臂上贴，还抱怨道：“你干吗起那么晚？我早上无聊死了。”

韩朔被她缠得不行，伸手捋了一把脸，力气大得脸都揉变形了。他勉强睁开那双核桃般的肿眼对李璐说：“无聊死了就回去，你不看看我昨晚喝了多少？”

有起床气的韩朔的可怕程度大概仅次于在工作时的他，而且和工作状态上的有一说一不同，现在的他坏脾气是完完全全摆在脸上的，上面写满了“老子没力气伺候，爱留留，不留滚”几个大字。

要是说昨晚的韩朔还是耐心地应付着李璐的扭捏作态版本，现在的韩朔就是体力告罄的大魔王，谁撩咬谁。

李璐撇撇嘴，也不敢再作了，乖乖坐好吃饭。

周近一直迷迷糊糊地看着他俩，直到陈姨把一桌子菜上完了，才后知后觉问了句：“你昨晚睡这儿？你们成了？”

韩朔还没说话，李璐就笑眯眯应道：“可不是，单身狗看单身狗，一拍即合！”

徐杺一边听着，一边低下头吃饭，心想李璐这句话说错了，他俩应该算是王八看绿豆，至于谁是王八，谁是绿豆，大抵都半斤八两。

这两位一看就是一类人，鸡汤里典型的都市欲望男女。韩朔说得没错，李璐这种类型才是能和他各取所需的“好女人”。

所以他说自己是坏女人的时候，徐杺一点都没有生气。

她气的不是这个。

一桌人看韩朔没否认，也没再说什么，反正谁都知道韩朔谈恋爱的时间也不会比他的空窗期长多少，什么时候他不换女人了才是一件稀罕事。

吃完饭，张檬和陈华挪了一大堆牛仔布放在大厅沙发上，打算研究怎么做下一个季度的宣传成衣和私服。

这年头，私服要想不那么容易和别人撞款，一是买高价奢侈品，二是自己做原创。

虽然韩朔很能挣钱，但要全花在这些场面活儿上是不可能的，平日里算上工资、租借摄影棚和摄影师的费用都不是小数目，所以韩朔只能“剥削”几个助理。

工作室里八个模特的私服起码有一半都是工作室产出，其他的要不就是他们本人的私服，要不就由工作室随缘采购。

一般到国外工作都是工作室大出血的时候，一件T恤几千块那都是小零碎。韩朔本人的衣柜更夸张，随便拎出来一件就没有低于四位数的。张檬小声向徐杺吐槽，他们给韩朔做的衣服都不敢和他买的衣服放在一块儿，都是单独腾出一个衣柜放着的，这些高价成衣不仅质量一般，平日里清洗打理还十分麻烦，简直是造福自己，折腾别人。

张檬他们不去仓库，徐杺也不想一个人在里头浪费电，便也和他们待在一起。

徐杺拿起自己的素描本写写画画，顺便观摩学习张檬和陈华的设计思路。

然而这两个“老司机”连草图都不画，在一堆面料里挑挑拣拣，笔一落，剪刀一挥，“咔嚓咔嚓”就剪下好几片牛仔布，然后放在桌上想着要怎么拼才能弄成一条撞色补丁牛仔裤。

周近坐到徐杺身边看了一眼，嫌弃地“咦”了一声，说：“能别再搞牛仔裤了吗？我难受。”

“哦哦！那我给你做一件外套。”张檬十分好说话，闻言又剪了一大块布。这块布的颜色深，看起来更复古，拿来做外套正好。

陈华在一旁比画着要给猴子做一套T恤：“猴哥，上次我给你做的那件香蕉图案的用的是猴子还是狮子来着？”

“猴吧？”

“那要不做个系列得了。”

“随你啊……”猴子玩手机玩得头也不抬，这会儿估计就算让他把猴套在身上他也没空腾出手反抗。

猴子的长相偏稚气，加上他本来年纪就最小，前段时间陈华突发奇想给他印了一件十分可爱减龄的香蕉图案T恤，在微博引来女粉丝一波“可爱”好评，陈华便干脆听从群众的意见给他搞个系列款。

见猴子没什么意见，陈华低下头在本子上画起草稿。

徐杺注意到他在画草图的时候左手也不停，操控着绘图板把草稿里的图一比一复刻在了AI软件上，几乎同步完成。

韩朔原本和李璐挤在单人沙发上玩游戏，抬头见徐杺看得出神，嘲讽地勾起嘴角，说：“虚不虚？你未来可是要和他们拿一样的工资。”

徐杺在没人注意的角度斜了他一眼。

李璐正跟一只树袋熊一样挂在韩朔身上，闻言笑得花枝乱颤：“你真讨厌，干什么欺负人？”

韩朔没理会李璐的话，只看着徐杺嗤笑一声，低头继续教李璐玩游戏。

一旁的陈华见状偷偷抬起头对徐杺笑道：“别听老大的，都是被逼出来的，我们以前也老被骂。”

徐杺点点头，表示她并没有在意，随即也打开 AI，准备把刚才想到的花纹先画上。

韩朔忙完了一阵暂时无事一身轻，也不想动身去谈别的活儿，一下午就和李璐在角落腻歪，腻歪得身心舒畅。

猴子和周近去了一楼的健身房锻炼了两个小时，然后洗了个澡出来吃晚饭。

夜晚，和韩朔腻歪了一天的李璐居然回去了，没有留下来过夜。

等徐杺在本子上抬起头，发现已经快九点了。

这时，韩朔从楼上下来。

他换了一身衣服，不再是休闲夹克衫配牛仔裤，而是难得素净地穿了一件深色短袖衬衫配黑色长裤。他从鞋柜里翻出一双新跑鞋穿上，整个人乍一看清爽干净许多，有种介于少年和男人之间的气质。

他拿着车钥匙，下楼后指了指徐杺：“跟我出门一趟。”

众人都一脸茫然地抬起头。

只有张檬像记起什么，“啊”了一声，问：“是不是老郑和你说的那事儿？”

韩朔“嗯”了一声，然后皱着眉看着一动不动的徐杺：“走啊。”

“为啥要带徐杺去啊？”周近不解。

韩朔懒得解释，已经拿起车钥匙往车库去了，出门前还喊了一嗓子让徐杺跟上。

徐杺只能关上电脑站起来。

张檬在她身后笑得贼兮兮的，跟周近卅坑笑似的说：“因为咱们这儿就徐杺看起来最乖呗，光老大一个去见老郑，也太没有说服力。”

等徐杺坐上副驾驶座，韩朔一声不吭踩上油门。

车窗两边的景色飞快倒退，徐杺忍了忍，没忍住，还是开口问：“我们要去哪儿？”

“谈点事儿。”

韩朔一个字都懒得多说。

歇了一天，他那股大爷劲儿又上来了。

徐杺暗暗深吸一口气，对他说：“韩朔，我不喜欢这么不明不白地被你使唤来使唤去。”

这是她进工作室以来第一次对韩朔的“工作安排”提出不满，这让韩朔玩味地挑起眉示意她继续说：“然后？”

徐杺看着他的侧脸：“……如果你需要我帮忙，你就得让我知道具体是什么情况，这样我能更好地帮你。我不喜欢这种眼前一抹黑的感觉，也讨厌做效率不高或者浪费时间的事。”

像去酒吧放松这些事，对于她来说就是在浪费时间。

徐杺原以为她的态度足够严肃，却没想到韩朔听完后反倒哼笑一声。他拍拍方向盘，说：“不想浪费时间，就乖乖听我话，我说什么你做什么，别老在脑子里拐了十七八个弯才跟上，这才叫效率不高。”

徐杺抿紧唇，扭头看向窗外，连背影都写满了拒绝。

过了一会儿，韩朔“啧”了一声：“大四的郑老师你认识吗？”

徐杺这才重新看向他：“郑老师？”

“嗯，大四服装设计班班主任，绥阳娱乐的股东之一，郑东魁。”

徐杺只听说过这个老师的名字，但他们大二和大四本来就接触不多，因此根本不可能认识。

“我们要去见他？为什么？”

韩朔说：“今年我们学校要和隔壁电影学院搞一场业内交流性质的合作走秀，老郑说要在我们学校和他们学校选一边做主场，并且要一起拟定走秀名单。每个学校大二到大四各抽三人，开场和压轴位置得凭本事争取。”

徐杺有些听不懂：“这个……能赚钱？”

韩朔笑出声：“你能别那么俗吗？”

徐杺噎了噎。

“这场秀没什么钱赚，因为是以学校名义出的人，美其名曰互相交流学习，可因为这场秀是郑东魁负责的，所以投资肯定不用担心，到那时也会有很多品牌负责人过来看，说白了也是一次甄选会。”

徐杺闻言似懂非懂，韩朔一脸嫌弃地继续解释：“咱们学校除了服装表演是门面，还有什么专业出名？”

徐杺好像明白他的意思了：“服装设计。”

“这就是为什么郑东魁要上赶着负责这事的原因。一个甄选会，对方看的不仅仅是两家学校的模特质量，还有服装水平。这一点我们可比电影学院那群人强多了。咱们学校这些年的服装设计人才大多都是靠这些平台走出去的，张檬和陈华就是例子。”

徐杺还是不解：“可是负责你们这场秀的应该也是大三大四的师兄师姐。”

轮不到她这个大二的。

闻言，韩朔笑了一声：“所以才要带你过去走个后门。这么好的机会，我怎么能便宜了别人？”

徐杺呆住了。

原来这就是他非拉着她出来的原因。

走后门都能说得这么理直气壮，徐杺一时之间也找不出更贴切的形容词来形容韩朔。

只是她心里也明白，这是多少人都羡慕不来的机会。

按理说这种规模的合作还远远轮不到她一个大二的服装设计生参与，如今服装设计行业就业越发趋于饱和，这本来就是一个与时间赛跑的专业，晚一年入行都有可能脱离主流趋势，从而错失许多经验与良机，韩朔这是要用他的方法来帮她真正跃进这个圈子里来。

张檬和陈华当年都是经历过这些的人，他们才华出众，也很早就在各种展出和商业项目上收获奖项与知名度。

混这个圈子的人都知道韩朔工作室的模特资源和工作室几乎是深度捆绑的。张檬和陈华虽然做着幕后工作，但他们本身在这个圈子里就自带流量，每次工作室发宣传微博，造型服装后面都会标注他们的名字。某种程度上，这种形式的宣发也具有一定导向性，说明他们从一开始就要把时尚资源紧密相连。

这就像经营一个隐形的品牌，韩朔他们本身就是这个品牌的最佳展示台。

时尚是具有嗅觉的，并且不可能单一类型独立，所有模块都在看不见的地方相互捆绑、互相影响，这在市场上就是一种双赢的结合。

这几年张檬和陈华被许多公司挖过，都没能成功，因为韩朔工作室的这种模式更好地体现出了他们的价值。如今韩朔这么做其实不只是为了徐杺，更是为了让工作室多添一员猛将，从而使工作室能够发展更多可能性。

他一直以来都很清楚自己想要一个什么样的平台——不仅仅是简单的经纪包装，而是一条更长远的道路。

韩朔混迹这个圈子的时间还不是很长，比他经验老到的前辈和经纪公司有很多，可他却比大多数人目标专一，并在注册工作室的时候就已经想好了这种“1+1”模式。

他挑选服装设计师的门槛比模特更高，并且早早自己培养，因为他很清楚模特是时尚的载体，服装便是渠道，这两者是天生的利益共同体，如果要把他们比作将士，那么包装他们的一切都是铠甲，越好的，便越坚实，能助他们无往不胜。

所以他们工作室的服装助理并不是人人都能做，他要千里挑一，用最好的，也最合适的。

“现在还说我在浪费时间吗？”

徐杺没吱声。

“所以让你听我的话、讨我欢心，你是不是把我的话当耳边风了？不过我话说在前面，我现在费那么多心思带你，要是以后你翅膀硬了敢飞别家，看我不弄死你。”

韩朔带徐杺去的是一家清吧。

听说今晚不只是他们，电影学院的负责人也把得意门生带来了，对方和韩朔一样都是大三服装表演专业的，在圈内算是比较有名的竞争对手。

清吧内音乐舒缓，气氛不像其他酒吧热烈。韩朔个子高，一眼在最里头的位置看到要找的人，迈开长腿走过去。

徐杺紧跟而上。

“郑老师，您等的人来了。”

说话的人大概三十来岁，中等身材，见韩朔走近，他似笑非笑地朝着身旁一个看上去五十多岁的男人说道。

坐在这个男人身边的还有一位少年，从身高可以判断应该就是路上韩朔提过一嘴的服装表演生，名叫许峰。

五十来岁的男人这会儿也看到他们了，朝他们招手：“来得这么慢，臭小子。”

“堵车。”韩朔走近后没有多寒暄，径直坐下了。

没了高大身影的遮挡，徐杺骤然出现在一桌人的目光中。她见韩朔一言不发，似乎没有打算为她做介绍的意思，心里也不慌，礼貌地先向对方问好：“郑老师您好。”

这位年纪稍长的便是郑东魁，他虽然是A大的老师，可对服装表演班以外的学生都很眼生。闻言，他点了点头应了一声，随即眼角一扫看向韩朔，意思是询问他为什么带别人来。

“老郑，这是咱们大二服装设计（1）班的，叫徐杺。”韩朔解释。

听到并不是什么乱七八糟的人，郑东魁的脸色明显放松了不少。他笑着看向徐杺，话却是对着韩朔说的：“你从哪儿拐来的这么一个大才女？”

A大服装设计（1）班的学生几乎能算是国内服装设计专业大学生里最好的了。

“她现在在我工作室干活儿，我带她来长长见识。有张檬和陈华在，显得她跟个乡巴佬似的。”

“混账，怎么说话的？”见徐杺一脸早已习惯地坐下，郑东魁斥了韩朔一句，可到底是自己最看好的学生，所以他语气虽严厉，实则并不凶，尤其是听到张檬和陈华两个名字之后，眉宇更是带了一股笑意，“他们两个还在跟你那儿瞎混？”

“在呢。”

他们俩师徒你一句我一句，几乎把隔壁电影学院的两人晾在一边。等郑东魁反应过来自己又被这臭小子绕进去了，便暗带警告地瞪了韩朔一眼，然后转过头对身边人说：“不好意思啊，陈老师，咱们学校这臭小子一向没什么规矩。”

“没关系。”被称作陈老师的男人也客气地笑着。

倒是一旁的许峰，徐杺看过去的时候发现他正打量着自己。

陈老师接着说：“郑老师严师出高徒，韩朔的名气在圈内也是响当当的呢，我听说想签他的公司就不下十家。”

韩朔没说话，郑东魁倒是笑着挥挥手，一副“这小子我也拿他没办法”的样子：“他就是傲！自己没什么本事，还这个看不起那个看不起！还自己开工作室呢，仗着自己有点儿姿色就蹬鼻子上脸。”

他这话说得明贬实褒，对韩朔的骄傲无一不透露在眼角眉梢里。

韩朔扯了扯嘴角。

徐杺离他近，余光瞥到这一幕，在心里哼了一声。

既然都到齐了，一桌人就开始谈正事。

韩朔和许峰作为两所学校服装表演专业的顶梁柱，这次走秀名单上有他俩那是板上钉钉的事，可谁都知道光走是不行的，开场和压轴肯定得排好，别等校内出最后名单了再往中间安排。

郑东魁当然觉得以韩朔的条件和专业水平，最重要的压轴肯定是非他莫属，可明面上到底不能太明目张胆地偏袒自家，所以想着和对方负责人谈一谈。开场其实也很重要，可对方能不能满足于此，就得看今晚能不能谈妥一切。

可看对方不卑不亢的态度，A 大在座的三位都明白，对方肯定是冲着争取压轴来的。哪怕争取不到压轴，作为交换，开场和中场重要的两个位置都得争取过去。

可偏偏此时此刻，一向能说会道的韩朔却一句话都没说，一副任凭差遣的模样。

许峰也什么都没说，往沙发背上一靠，两条大长腿一左一右，非常对称。

倒是中间两个人谈话间暗流汹涌。

聊了一会儿，双方都没让步，陈老师一阵口干舌燥，低头喝了一口饮料，余光扫了扫对面不动也不说话的韩朔，心底忍不住暗暗拿他和许峰作对比。

这时，韩朔终于开口了："老郑，我看这事儿也别争了，彩排的时候走一场，比画比画不就分出来了。"

郑东魁闻言，瞥了韩朔一眼。

韩朔手上把玩着打火机，笑得漫不经心。

韩朔这样说，陈老师反倒有些犹豫了。

他看了看许峰，后者也正眯着眼看着韩朔，没有吭声。

然后，郑东魁哼笑一声："臭小子……不过这主意也不错，陈老师，少年人血气方刚，你看要不……"

陈老师见郑东魁这么痛快就同意了这个建议，顿时脑子一转，立即打断了郑东魁的话，说："可等彩排的时候再选定是不是有点仓促？其实咱们许峰平时在学校里也多是打头阵的，我看这一点咱们就别争了，开场和压轴都一样，您说是吧？"

陈老师话锋一转，态度顿时转变一百八十度。

他也实在是被逼无奈。这里明眼人都能看出来，虽然韩朔和许峰身材接近，但论相貌和气场来说，明显还是韩朔压许峰一头，要是到彩排的时候在那么多人面前被韩朔比下去，学校那边更不好交代。

陈老师心里斟酌了一番，认为实在赌不起。

原本想着争取一下压轴，哪怕气场压不过都无所谓，可没想到韩朔一点面子都不给，一点空子都不让他们钻，陈老师心底那叫一个气。

像是明白了陈老师的想法，一旁安静坐了一晚的许峰也悠悠开口："我也觉得这样安排不错，韩朔的秀我看过，他放最后肯定压得住。"

这话说得既显谦逊也听着让人高兴，郑东魁满意地点了点头。

这事情就这么定了。

其实陈老师也知道今晚多半是抢不到压轴位置的，可就这么结束，心中到底有些不甘，便试探地对郑东魁说："那郑老师，中场的位置您看……"

没想到郑东魁大手一挥，十分洒脱道："哎，既然陈老师你都说了开场和压轴没啥两样，那么一共十八个模特，中场两家学校各出一个！陈老师你放心，我这人一向是很公平的。"

陈老师欲哭无泪。

他想要的明明是中场两个位置，压轴这事儿本来就已经亏了他们一头，现在中场两个位置也没有占到多大便宜，难保回去之后不会被校方领导埋怨。

可如今郑东魁都已经开口了，再争下去就显得他们斤斤计较，所以陈老师也只能咬碎牙往肚子吞，点了点头表示同意。

就在大家结束了讨论正事，气氛正好放松下来的时候，许峰看着徐杺，突然叫了她的名字。

徐杺抬起头回以疑惑的目光，同时也察觉到身旁的人也抬眸看向对面。

许峰其实长相是偏斯文干净那一款的，和韩朔那种攻击性极强的长相截然不同。

他问："开学那场大二的迎新秀，周文远身上那套《冥想的鱼》，是你的作品吧？”

徐杺有些愣怔，没想到许峰会在这种场合说起这件事。

因为大一下学期的时候专业排课太满，学校把结课考试的那场秀延迟到了他们大二开学，并作为迎新秀录制了一系列宣传视频。当时周文远和徐杺搭档的服饰作品就是许峰口中那套《冥想的鱼》，后来徐杺这套作品被专业老师打了极高的分数，一系列成衣与配套的装饰也被放在了教学楼一楼的展览厅里展览了半个月。

韩朔仔细看过徐杺入学以来的所有作品，当然也知道。

徐杺点点头，说：“是的。”

这时，郑东魁听到了他们的话，好奇地问：“怎么？”

“也没什么。”许峰笑着摇头，转向郑东魁说，“只是因为那场秀我也去看了，多亏 A 大的朋友替我多要了一张票。当时徐杺那套作品让我印象很深。我曾经在拍《悦读》杂志的时候穿过一套据说是用云南白族扎染工艺做成的长袍，那有点像泼画又不是泼画的感觉让我至今难忘，徐杺当时的作品也给了我一样的感觉，所以见到本人就忍不住想问问。”

带服装表演班的老师对衣服的制作工艺并不了解，闻言两个老师都是一脸疑惑。

徐杺则是点点头，对许峰说：“的确是扎染工艺，我高三暑假的时候在云南专门学过。其实这门技艺在我们学校也有专门的课程，不过是选修的，而且讲述得并不完整。你觉得印象深刻，大概是因为大一的时候我们年级其他人还没有接触过这类技艺，所以当时除了我没有别人用。”

当时老师们对徐杺称赞有加，并且说她手法准确，运用巧妙，才最后决定把那套作业放在展柜里让别的同学观摩学习。

大家当时都猜徐杺为了做这个专门去校外找老师学的，其实不是，她对扎染工艺一向感兴趣，高三毕业的时候就亲自去了一趟云南，找当地的老师专门学了这门技艺。一个暑假下来，加上平时私底下也有钻研，所以她才能用得这么好，为她的作品添上了较为惊艳的一笔。

闻言，郑东魁也向徐杺投去了赞赏的目光。

郑东魁暗暗踹了韩朔一脚，大概有些明白他带徐杺来的目的了：“你这次不打算找别人做了？”

韩朔收回目光，“嗯”了一声。

“也好。”郑东魁点点头，然后压低了一点声音，在韩朔耳边说，“这么个好苗子，留着自己用。”

好苗子这时候正在和许峰说话，基本是许峰问一句，她答一句。

大概是聊到衣服的话题，她表情尤其专注，许峰对衣服的制作工艺似乎也很感兴趣，哪怕中间隔着三个人，他们也聊得起兴。

韩朔“啧”了一声，坐起身来对郑东魁说：“您老担心我干吗？还是好好想想大二大四的名单吧。”

“你小子……”郑东魁见他一副不耐烦的样子，忍不住骂他，“那你记得给我在班上好好挑。大三我就不管了，名单你到时候微信发我，敢随便选到时候丢学校的脸，看我不削你！”

“行。”

后来坐到十点半，郑东魁便表示要先撤了。

分别之前，许峰要了徐杺的微信号，还笑着说以后有机会可以合作。

徐杺也不可能当着别人的面拒绝，便拿出手机加了。

可没想到韩朔送她回学校的路上，一直在阴阳怪气：“才刚说完不准飞别家就和别家交换了微信。”

徐杺一愣。

“我可先警告你，咱们工作室是不能接私活儿的，尤其是你们三个。”

“我知道。”徐杺本来也没打算真的和许峰有什么合作。

“知道你还加？”

徐杺深吸一口气，忽然看着他，伸出手说道：“手机给我。”

这时候刚好红灯亮了，韩朔踩下刹车，挑眉看着她。

下一秒，他用舌头顶了腮帮一下，从裤兜里掏出手机，解了锁，丢给她。

徐杺安静地拿出自己的手机，点开微信扫一扫。

△我通过了你的朋友验证请求，现在我们可以开始聊天了。

徐杺把手机还给他："微信号也给你了，你别再说话，好好看路。"

她的语气，仔细听还有种淡淡的无奈和不耐烦。

一直只有自己对别人不耐烦，从未被人如此对待的韩朔有点蒙。

等反应过来后，韩朔气笑了："你这是把我当小孩哄啊？"

他虽这么说，却还是接过手机，然后单手改了备注，把手机揣回兜里。

"加了微信也不能通敌叛国，许峰那人，呵，跟你一样，假得要死。你最好离他远一点，免得将来变成个假人。"

直到车停到女生宿舍楼下，韩朔才像是啰唆累了，摆摆手让徐杺滚下车。

这会儿离宿舍关门还有几分钟，阿姨在门口张望，见徐杺站在车前，便扬声提醒徐杺赶紧进去。

徐杺应了一声就关上车门往宿舍走。

身后的人好像懒得在原地多待一秒，徐杺一转身他就踩足油门，车子在黑夜中扬长而去。

车辆带起的那阵风也似乎融入了夏夜之中，拂过徐杺的手臂。

她回头，夜幕之下，已经没有一个人影了。

这次秀展很快就如韩朔所说被公开提上日程，连同九名被挑选的模特以及服装设计生们都纷纷开始忙碌起来。

大二的邹蓝和周文远也在名单中。

除了韩朔自己选定了徐杺，剩余八人的服装都由大三和大四服装设计班的老师选定的每个年级专业成绩前四的学生负责。

当名单公布后，大家发现韩朔这次的合作对象竟然是一名大二服装设计生时，也引起了学校内部一轮不小的轰动。

虽然校方宣称是希望大二到大四每个年级都能派人参加，但韩朔和徐杺的组合实在差距太大。有人说徐杺运气好，也有同年级的学生表示徐杺的专业水平的确很高，但更多人则质疑徐杺是靠韩朔的关系才拿到的这个名额的，毕竟那天韩朔到班上找徐杺这件事许多人都知道。

然而话题中心的两位对于校内的议论纷纷似乎并不在意，韩朔是压根儿不去关注，徐杺则是抽不出时间，她很快就因为这个名额变得忙碌起来，不仅要把后面的课业尽量提前完成，还要时不时和其他参与者一起参加各种会议。

没过多久，两边终于敲定了这次走秀的所有细节。

为了配合今年的秋冬四大时装周，这次合作秀定下的主题为巴尔曼风格，以华丽的古典戏剧及摇滚元素为主旨创作，以此致敬巴尔曼十年秋冬的“巴洛乐摇滚”经典系列。

因为今年时装周定在来年一月到三月，所以郑东魁把这次走秀安排在了十二月，美其名曰致敬和为时装周预热，实则是铁了心要把这场秀的性质与国际接轨，为这次走秀打响知名度。

近年复古风潮盛行，又是以往没有做过的类型，因此对于选用这个主题，两边学校的老师都没有提出异议。

倒是服装设计生们为此开始犯愁，因为这是他们都并不擅长的风格。

为了不让学生提早设计思路固化，学校一直以来都很少会选择开展这类品牌风格明显的课程，他们大部分人对于高端定制的要求和巴尔曼风格的主要印象几乎都只来源于课本或选修课。

徐杺是这次参与的服装设计学生中年纪最小的一位，换句话说，是经验最浅的一位。

会议过后，文丽也不掩担忧地私下和徐杺谈过，表示如果徐杺有什么需要帮忙的，可以尽管联系她。

因为这场秀需要占用很多时间，所以学校也免去了参与学生的各专业考试，他们期末的专业成绩直接以这次走秀结果来评分。

等老师们都离开会议室后，韩朔伸了个大大的懒腰，随即伸手戳了戳徐杺的后脑勺，问："怕不怕？"

徐杺回过头在别人看不见的地方把他的手撇开，想了想，反问道："你这些年里参加的服装秀都是校级以上的吧？"

"干吗？"

"你先回答我。"徐杺直视他的双眼，语气十分认真。

韩朔和她对视几秒后，忽然伸出手把她的脸罩住。

在感受到手心那人又一次皱起眉头时，韩朔站了起来。他似乎知道徐杺想要什么，没等她解释缘由便对她说："明天直接来我办公室。"

说完，他收回手，也不等徐杺答应，踏着懒洋洋的步子离开了。

徐杺摸了摸自己的脸颊。

刚才他收回手的那一刻，徐杺看见了他右手的掌纹，每一条都清晰而细长。不知为何，忽然就让她有些忐忑的心慢慢安定下来。

第二天，徐杺到了别墅后，第一时间就放下包上了二楼。

二楼的书房门没关，徐杺走近，见李璐也在。韩朔在低头捣弄电脑，李璐坐在书桌上俯下身去看。

徐杺没来得及出声，便听见李璐跟韩朔撒娇："咱们出去玩吧？姐妹们都到了。"

徐杺敲敲门，韩朔抬头看到她，说："过来。"

李璐嘟着嘴把位置让开。

徐杺坐到书桌对面，韩朔把笔记本一推，屏幕转向她的方向。

徐杺一看，电脑界面正停在一个文件夹上，里面一共有二十多个视频。

韩朔看着像是昨晚没怎么休息，胡楂泛青，头发也跟鸡窝一样。他无视了李璐埋怨的目光，指了指电脑，对徐杺说：“都在这儿了。”

徐杺看着他。

她昨天问他是不是参加过的服装秀都是校级以上，就是想知道他参加过的走秀有没有被记录，她好让文丽帮忙导出来。

她第一次和韩朔合作，需要了解他更多，包括他的气质和个人风格。可没想到他早就知道她想要什么，还把视频都给她准备好了。

徐杺看着这些视频文件，忍不住想：他是整理了一个晚上吗？

徐杺拿起鼠标点开第一个视频，长度接近五十分钟。她有点惊讶，随后拖了拖进度条，发现视频有简单拼接过的痕迹，不只是他在校内的秀，还有许多校外的，甚至他的入学考试都被剪进了视频里。

这并不是短时间内就能整理出来的，徐杺怀疑他昨晚根本没睡。

听着视频里的背景音乐，韩朔点了支烟醒神，眼睛一瞥，正好和李璐的视线对上。

后者一副泫然欲泣的模样。

韩朔顿觉头疼得要死。

“你自己去玩。”他指了指自己的两个黑眼圈，“我再不睡真的要猝死在你面前。”

李璐“哼”了一声。

韩朔从抽屉里拿出一张卡递给李璐，选择破财免灾。

果然，李璐拿了卡，立刻又高兴起来，当着徐杺的面抱住韩朔亲了一大口，余光往旁边一瞥，见徐杺正埋头在电脑前，似乎已经看入迷了，完全沉浸在自己的世界里。

李璐悻悻地起身，拍了拍韩朔的脸，娇声道：“那我走啦，想我就给我打电话。”

韩朔敷衍地点点头。

李璐这才起身拿过一旁的包包，头也不回地走了。

徐杺连李璐是什么时候走的都不知道，直到一个视频快看完，她愣了愣，想要伸手把进度条往回拖，耳旁却出现一道低沉男声，制止了她的动作。

“别拖，一口气看完。”

男人说话的时候带来一阵浓郁的烟草味，还伴随着一股清冽的薄荷漱口水的味道，可惜只出现一会儿就被烟味掩盖了，又呛又烈，并不好闻。他的声音也因为缺乏睡眠而变得低哑至极，整个人像是一个行走的生化武器。

所有复杂的气息都集中在一起攻击着徐杺的五感，霸道得让人难以忽视。

见她没有反应，韩朔直接帮她关了这个视频，点开了下一个。

他看了一会儿后大概是实在困得受不了，用食指敲敲桌子示意徐杺认真看完，随后转身出去了。

韩朔的房间就在书房斜对角，片刻后，徐杺注意到隔壁传来淋浴的声音。

之后什么动静都没有了。

徐杺重新把注意力拉回到屏幕上，注意到了一个细节。

每一个视频里，韩朔走秀的风格都是相近的。

她回想起刚才的视频也同样如此，所有主题或风格相似的演出都被有意归类到一起，难怪她在看的过程中对过渡的部分没有产生太多违和感。

这个人在专业上呈现出的专注度和他本人的生活态度简直是云泥之别。

视频里的韩朔，时而张扬嚣张，时而森冷阴郁，每一次出现，都无一不是踏着秀场最大的呼声。

能看出来，无论是青涩的他还是成熟的他，从很早开始就是每一场秀的压轴角色，甚至有的时候还身兼开场位置，早早就展现出了惊人的天赋。

徐杺在接触服装设计两年多的时间里，从未见过谁能像韩朔一样能适配所有风格。准确来说，并非是服装衬托他，或者是他衬托起服装，而是只要一种风格套在他身上，就能很好地与他本身融合，仿佛每一种表现形式他都能轻松驾驭。

在徐杺的认知中，或碍于长相、人种、气质，许多模特都总有自己擅长驾驭与不擅长驾驭的风格，并且很难有所突破，因此才产生出了每一个主题都有其本身无法改变的局限性。

可韩朔却完全属于老天爷赏饭吃的类型，这些视频里，他的风格跨度极大，却每一次都压不住他本身那种极强的与服饰个性的交叠。他和时尚的表达之间仿佛不存在边界，任何基于时尚的启示在他身上似乎都变得合理起来。

徐杺花了一个下午看完五个视频，期间韩朔的房间里静悄悄的，他似乎彻底陷入了沉睡。

最后，徐杺的专注度是被饥饿感打断的。眼睛一停下来，徐杺才发觉自己在思考时精力消耗得有多快。她闭上眼用手轻揉眼角，叹了一口气，暂停了视频。

她下楼去，发现客厅一片狼藉。

地上和沙发上都堆满了衣服鞋子，根本找不到可以下脚的地方，张檬和陈华一直在客房和客厅间穿梭，手里的衣服一套接一套地捧进来丢出去。最里头的房间似乎十分热闹，赵更他们不知道是什么时候来的，不时传出他们打闹的声音。

“徐杺，你看完啦？”张檬忙得脚不沾地，余光瞥见徐杺出现在楼梯口，抬起头问她。

张檬和陈华似乎都知道她和韩朔搭档参加服装秀的事，作为A大的毕业生，他们和郑东魁似乎也很熟。

徐杺摇头：“还没有……你们在干什么？”

“哦哦！就是昨晚老大借了李璐工作室的摄影师来给我们拍照，之前不是没拍完吗？哎哟，忙死了，突然就来了，我们一点准备都没有。你看，搞得这儿乱糟糟的！老大到底什么时候能把摄影这块弄好，选个摄影师有那么难吗？”哪怕开着空调，张檬的脸上也全是汗，他累兮兮地朝徐杺抱怨道，“每次拍平面都搞得手忙脚乱，再这样下去我真的会短命几年……你在这里等会儿啊，我们快弄完了，等收拾好就能吃饭。要不你先上去叫老大起床，我半个小时前上去看他还在睡！”

说完，客房里就有人喊张檬的名字。

张檬连忙应了一声，捧着衣服艰难地走进走廊尽头的房间。

徐杺看了眼客厅的惨状，也没有去帮忙收拾，不了解情况只能是帮倒忙。

她转身上楼，打算听张檬的话去叫韩朔起床。

门是紧关着的，徐杺轻轻拧开门把，发现里面的空调开得很低，厚重的窗帘全部被拉紧，使得窗外的太阳明明还没全部下山，房间里就像是彻底入夜了一般。

徐杺努力适应了黑暗，小心翼翼地踏进房间，裸露在外的皮肤接触到干冷的空气几乎是瞬间起了一层鸡皮疙瘩，这样的环境让徐杺下意识皱起眉。

她把门开得更大了些，想去找灯的开关，可躺在床上的人似乎对光十分敏感，只是门外一点光亮他就醒了。他在床上动了动，然后哑着嗓子，语气十分凶狠地对门口的人命令道：“门关上。”

徐杺听着这样嘶哑的嗓音，不知为何，心底突然添了些烦躁。她没有听他的话，反而彻底把门开到最大，借着走廊的光线找到窗户的位置，唰的一声把两边窗帘拉开，然后推开了窗户。

如今正是傍晚，昏黄的光线顷刻如流水般涌满整个房间。

夏日燥热的空气也同时十分迅速地进入房间里，缓和了让徐杺觉得过于冰冷的温度。

然后，徐杺清晰地听见床上的男人骂了句：“张檬，你有病啊？”

韩朔猝不及防被光刺中，下意识抬起手捂住双眼。他以为又是张檬上来烦他，毫不留情地开骂。

可对方一句话都不说。

察觉到不对，韩朔烦躁地放下手，眯着眼睛看向光线射进来的方向。

他努力想把窗前站着的那人看清楚，表情因为强压火气而变得十分狰狞。

等视线清晰看清来人的那一刻，韩朔胸口高涨的火气突然一下子硬生生憋在肺里。

皮肤白皙、容貌清丽的少女正面无表情地站在他床前，因逆着光，她身后的晚霞光柔柔地洒在她身体轮廓周遭，渡出一圈清晰的光晕。

她对浑身上下透露出起床气的他毫不畏惧，双眼直视着他，直到他彻底清醒。她的目光丝毫没有躲闪，像在等待他的发难。

直到燥热的空气猝不及防滚上韩朔的手臂，让他的体感温度明显上升，他才猛地用手搓了一把脸，咬牙切齿地说道：“徐杺，你真的有毒！”

闻言，徐杺淡淡地对他说：“空调开那么低，容易得空调病。”

空调病就类似感冒，会让人免疫力降低，不仅如此，还会使人皮肤变差，四肢僵硬不协调。

他这样一直把自己长时间关在黑暗封闭的空调房里，对他的身体有害无益。

她在暗示他，他现在浑身上下最值钱的就是他的身体，要他好自为之。

韩朔听得出来徐杺在拐弯抹角提醒他，恶狠狠地扫了她一眼：“鬼才得空调病。”

韩朔咒骂着掀开被子，他似乎完全受不得热，连睡觉都是裸睡。

被子一掀开，男人颀长的身躯立刻暴露在空气中，还好他还知道穿一条内裤。

徐杺只看了一眼，便把目光移到被褥上，随后听见他冷声道："有没有空调病我都是第一，你的担心太多余了。"

徐杺维持住波澜不惊的目光，应道："你为我做这么多，我担心你也是应该的。"

"啧！"

徐杺见韩朔一副想过来抽她的表情，顿了顿，接着说："两个月后的服装秀，结果不论是对你还是对我，都很重要。你再这样下去，精神状态就输了人家一头，并不是所有临场发挥都见效，这一点你应该比我清楚。"

作为一个优秀的模特，平日里健康的作息和生活习惯本来就十分重要。一个人的身体状态是能直接反应在容貌和体态上的，他现在对自己的不自律，只是因为仗着老天爷给口饭吃，可长久来看并不是一件好事。

韩朔都要被她烦死了。

他翻身下床，完全没有在意自己的衣着，叉着腰越过床尾走到徐杺跟前，忽然伸出手擒住她的下巴，让她抬起头迎接自己不耐烦的目光。

"我虽然让你别老像个假人，但也没让你用这种态度跟我说话，你胆子真是越来越大了！嗯？"

他洗过澡，身上的气息出乎意料的干净。原来他不沾烟酒的时候身上会有一股淡淡的香根草味，不知道是沐浴露的味道还是平时他惯用的香水，也或许都有，一靠近便觉清冽好闻，犹如踏进秋冬，能让人联想到风、枯裂的枝头，与一望无际的旷野。

可很快，被他抓住的下巴开始隐隐作痛，徐杺微不可察地皱起眉，说："我只知道，你要一直这样，身体很快就会熬不住。"

她没被韩朔三言两语把话绕开，仍然指着他这混乱的生活习惯作点评，话语里的认真让他回忆起自己高中时候的班主任。

眼前这人油盐不进软硬不吃，韩朔头疼地倒吸一口气："你这人怎么这么拧巴呢？”

他咬紧牙关用力捏住她下巴晃了晃，像在泄愤。

徐杺皱紧眉头去掰韩朔的手，他这才顺势松开她，长长地叹了一口气。

“我为了给你做这破视频一晚上没睡，难得睡个好觉起床后还要被你批评得狗血淋头，你有没有觉得自己很过分？”

韩朔挠挠脖子，松了松筋骨，一边散漫地说着，一边转身往衣柜走去。他每回敷衍别人都是一样的语气，尤其是敷衍女人的时候。

徐杺站在原地，听他这么说，垂下眼帘，回道："韩朔，或许在你印象中，女孩都需要你的特别照顾，但你既然能请我来为你做事，就该知道我和她们都不一样。你本就不该为我牺牲你的时间，你对我，可以像对张檬和陈华一样。累和苦我都不会在乎，有不足的地方，我也会慢慢追上。”

韩朔并未回头，他弯着腰，一半身子探进衣柜里，显出他腰间的一截线条又直又漂亮，也不知道有没有在听她说话。

“这次服装秀的事情我很谢谢你，你给了我这个机会，我对你不是没有感激，可再多的，我不需要。要是这点小事都需要你耗费精力替我去做，那我当初就不会对你说那样的话。”徐杺的目光落在那道弧线上，顿了顿，继续道，“你只把我当作你踏上未来道路上的垫脚石就好，因为我也会这么做。”

徐杺的声音柔软细腻，却也不卑不亢，从到这里来的第一天，她就没有掩饰过自己的野心与骄傲。

她也极敏慧，明白韩朔做这些事的由衷。

换做别人遇到今天这事儿，一定会十分感动，并对他示以感激。可她偏不是，她骨子里的韧劲和她的外表截然不同。

说完，徐杺离开了他的房间。

韩朔慢悠悠地从衣柜里找出一件短 T 恤套上。

转身时，韩朔看向空无一人的窗前。外头的天色不知不觉间已经暗了下来，仿佛那人的离开也带走了残余的霞雾。

在天彻底黑下去之前，韩朔忽然勾起嘴角，进浴室洗了把脸，最后一点起床气也消失殆尽。

韩朔下楼吃饭的时候，大厅仍旧乱得像打过仗一样，可韩朔一点都没生气，反像是习以为常。

徐杺坐在餐桌前，韩朔坐下后两人谁也没看谁，刚才在卧室里两人对峙的一幕像是没有发生过。

今天大家齐齐整整地围了一桌，陈姨炒了十个菜熬了一锅汤，忙活了一整天午饭都来不及吃的一群人几乎是饭一端出来就狼吞虎咽起来。

平时个个都是计算着卡路里只吃一碗饭的人，今天破天荒都添了饭，一向要吃两碗饭的猴子今天吃完第一碗的时候才发现锅里的米饭一点都没剩下，只能目瞪口呆地拿着空碗，一脸不敢置信。

韩朔因为睡了一天刚起来，食欲不是很好，吃了一碗饭又喝了半碗汤就停筷了。

他扫了一眼饭桌最末端的位置，不知道什么时候，人已经离开了。

徐杺在一桌子人还在抢第二碗米饭的时候，就已经吃饱上楼继续看视频去了。

她原本打算把这些视频都拷到自己电脑里看，然而二十个原画画质的视频加起来接近100G，拷贝起来实在太费时间，她便想着今天尽量能看多少就看多少，剩下的带回去在学校里看。

可没想到吃饱喝足后精神头上来了，这次一开始看就忽略了时间，等她随意一瞥电脑时间，才发现居然已经半夜十二点了。

徐杺愣了片刻，几乎是下意识摸出手机。被调成静音的手机此时显示有十多条未接来电和微信消息，都是顾闻发来的，问她为什么还没回宿舍。

这时，韩朔推门进来。

这段时间韩朔都没有进来看徐杺的进度，更没有来提醒她时间已经不早了宿舍要关门。

他进来后瞥了徐杺一眼，把手里拎着的一套衣服丢到她怀里。

徐杺翻了翻，是一套新的女式居家服，外头便利店里常见的款式。

“去洗澡，我要睡觉了。”

徐杺想问她洗澡和他要睡觉这两者有什么冲突，可脑子一转就想起来，楼下只有一个公共卫生间，平时都是张檬、陈华，或者周近他们几个男人在用，现在这个点肯定是供不应求，而楼上韩朔卧室里的那个卫生间，每天都只有韩朔一个人在用。

徐杺刚想说什么，韩朔就一脸刻薄地打断她，张嘴就是一顿阴阳怪气：“你别想多了，这可不是对你特殊照顾，我只是忍受不了有人臭烘烘还一脸油地坐在我办公室里。”

这个人真的很爱斤斤计较。

韩朔哼笑一声，随后坐在自己的办公椅上，手轻轻一拖，把笔记本的屏幕转过来并随手点开一场秀看了起来。

徐杺抿了抿唇，拿着手里的东西去了隔壁房间。

她锁好门，先握着手机给顾闻回信息，把今晚的事情大概解释了一通，并说自己今晚不回去了，然后才准备脱衣服洗澡。

突然，徐杺愣了愣，停住了动作。随即，她迟疑地从被揉成一团的睡衣睡裤里扒了扒，果然在里面扒出一条未拆封的一次性内裤。

徐杺盯着这团小小的布料，忍不住揉了揉有些僵硬的脸。她的耳根有些烫，最后她把一次性内裤放下，进淋浴区快速洗了个澡。

出来前，徐杺用吹风机把头发吹得八成干完全不会滴水了，才踩着鞋走到隔壁。

犹豫了一会儿，徐杺开口问道：“我身上这些……是谁买的？”

韩朔闻言从电脑前抬起头。

他先是挑剔地从头到脚看了她一遍，然后露出了十分嫌弃的表情，说：“李璐之前买的。”

“哦。”徐杺稍稍松了一口气。

“下午才被批评一通，晚上就去给你买换洗衣服，我看起来贱得慌？”

徐杺无奈地扯了扯睡衣下摆，重新坐回韩朔对面，伸手把他的电脑挪了过来。

这次韩朔没有阻止，伸了个懒腰站起来准备回房。

临走之前，他丢下一句：“困了就睡沙发。”

书房的沙发是大型双人座，不仅比一般的沙发要宽敞，皮质也柔软舒服，一米六八的徐杺睡上去绰绰有余。

平时韩朔大概也有在上面休息，沙发靠背上还搭着一条褐色苏格兰风毛毯，看起来像是纯羊毛的，在灯光的照耀下光泽自然柔和，有膘光感。

徐杺从毛毯上收回目光，头也不回地“嗯”了一声，心底却明白自己大概用不上。

自从学了这门专业以后，熬夜对于徐杺来说是常有的事，她早已习惯。

在这几年里，只有在学习上付出时间徐杺才觉得不是一种浪费，设计于她而言就像是一条突然出现在眼前的路，她在其中漫无目的地往前，不在乎前方有多少泥泞。因为她很清楚，只有当清风拂过烂泥的那一刻，才有可能造就真正的人。

她正在寻找这一阵风，她是那么想要清醒地活着，为此她可以扛住所有压力与疲惫。

不知不觉，窗外的天空从伸手不见五指的黑，慢慢变成一片朦胧的藏蓝色，再如同被油画笔铺开，成了带着几分橘色的靛蓝。

徐杺原以为这一夜会很漫长，三点多的时候她觉得有些冷，犹豫了半晌还是把毛毯盖在身上。织物上残留着淡淡的香根草与烟草混杂的气味，她深吸一口气，困意消退不少。

当时针指向九，所有视频都播放完毕，徐杺舒了一口气，往后靠在椅背上，用手揉了揉眉心。

虽然她精神尚可，眼睛却清楚地向她表达了疲惫。

徐杺仔细听了听，发现别墅里一片安静，知道今天大家肯定又是中午才起，一时之间也不想动弹，就着这个姿势靠着，看着天花板出神。

她想着所有视频里出现的韩朔，或精致、或性感、或冷酷，虽然所有风格都能驾驭，可他真正最擅长的风格，徐杺却看不出来。

她曾经听一门专业课老师说过，一个模特的气质在服装表演上占据着最重要的位置。

当一个人可以从神态和表演方式控制自身气质的细小转变，从外部看来，说明这个人有着极佳的专业水平，可对于服装设计师来说，反而是一个让他们兴奋又痛苦的存在。

就像在一张铺开的白纸上作画一样，看着很简单，只要把线勾上颜色铺开就好，可大家都心知肚明，第一笔恰恰是最难的。

徐杺止不住地在脑海里想象，她把自己能想到的元素、颜色、风格一一在脑子里往韩朔身上套，却发现在自己有限的认知中，还无法选出其中一种能与他、与这次秀展的主题融合。

想着想着，徐杺不知不觉靠在椅子上睡着了。

也不知道过了多久，仿佛是从梦中骤然惊醒，徐杺睁开眼睛，发现自己正躺在角落的白色沙发上，毛毯还好好盖在身上，耳边有不间断的键盘敲击声，仿佛梦中也出现过。

徐杺愣了愣，一时居然无法分辨眼前是梦境还是现实。

她坐了起来，往办公桌方向看去，韩朔正面无表情地坐在他的座位上看着电脑。

他坐得笔直，表情淡淡的，眼神却专心致志，手指落在桌面上总是无意识地轻搓。这是他工作时的习惯，仿佛只有在这种时候，他才能完全看不出平日里的散漫和轻佻，专注力和投入度都十分惊人。

徐杺看了他一会儿，站起来后随手把毛毯叠好放在原位，走到他跟前才注意到此刻窗外阳光灿烂得让人目眩。韩朔坐在那里，背部完全暴露在太阳下，逆着光的身影周围晕染出一层柔和。

韩朔原本专心致志，似乎丝毫没被光线打搅，直到余光见她走近，思维从电脑前收回。像是感觉到什么，他伸出手反向摸了摸被晒得滚烫的背部，当即低骂一声，转身拉下窗帘。

“睡醒了？”他坐回椅子上，看着徐杺明知故问。

徐杺一时找不到自己的手机，在桌面上扫了几眼，随口问：“几点了？”

“两点，没给你留饭。”韩朔点了点鼠标，开始继续打字，边打还边嘲讽，“前一天才像个管家婆一样让人注意身体注意休息，转过头就熬大夜，女人的两面三刀真是让我刮目相看。”

徐杺已经习惯了他的阴阳怪气，因此没有搭理，只是有点诧异自己居然睡了几个小时不自知，连他是什么时候进来的也没有察觉。

徐杺在打字声中找到了自己的手机，在书桌靠里面的位置。她绕过桌子走到韩朔不远处，见他没有保密的意思，拿起手机后看向他的屏幕。

韩朔正在打字聊天，聊天框是微信电脑版，对方手速也很快，几乎都是秒回，韩朔也同样。而且徐杺注意到他还不止在和对方聊，好几个头像框都接二连三弹出消息提示，他熟练地切换着窗口，应付自如。

“……城家……装修公司？”

徐杺眯着眼睛，有些艰难地读出其中一人的备注。

韩朔闻言有些不耐烦，头也不抬地说：“饿了自己下楼做吃的，别在这里碍手碍脚。”

“你要装修别墅？”徐杺看到韩朔给对方发了一份电子文件，文件名是他们别墅的门牌号外加“平面图”几个字。

再回想下刚才他切换之前的聊天框内容，徐杺又问：“是准备做摄影棚吗？”

对于徐杺每次都选择性听话这一点，韩朔气得牙痒痒。他拍了拍桌面，扭过头来的下一秒眼神变得十分危险：“我警告你，你再离我这么近，我是不是可以怀疑你对我别有用心？”

闻言，徐杺把目光从电脑屏幕前收回来，随即才发现自己刚才为了看清对话框的内容，腰都要贴到韩朔背上去了。

她退开了些，见韩朔冷哼一声转回头去，忽然说：“去 KTV 那晚，第二天早上李璐是从你房间下来的吧？”

吓唬谁呢？

韩朔听她这么说，“嘁”了一声。他没着急辩解，手指快速地敲起了键盘。等按了发送，他才慢悠悠地转头看向她：“你这么懂？有经验？”

这么没有礼貌的问题，徐杺理所当然无视。

她深吸一口气，不想中他的圈套，转身往外走，准备去把身上这套睡衣换了，然后下楼吃点东西。

“弄吃的话给我也来一份，发顿火把我都给气饿了。”

闻言，徐杺翻了个白眼。

最后看在韩朔把自己搬到沙发上睡觉的分上，徐杺并没有介意他故意恶心自己的事。

她去厨房煮了一锅鸡蛋面，加点葱花和香油，最后把中午吃剩下的炒肉放进去滚了滚，分成了两份，还给他端了上去。

两人坐在书桌前面对面吃着，最后还是让徐杺问出来了韩朔打算弄摄影棚的事。

其实早在半年前，韩朔就已经看上了一个叫顾邱泽的摄影师，当时他正在《蓝秀》杂志社工作，韩朔就是在一次合作中看上了他拍出来的一组样片。

事后，韩朔立刻就向顾邱泽发出邀请，光明正大地要挖《蓝秀》的墙脚。顾邱泽也是十分爽快就答应了，说与其在杂志社里一直被老摄影师压着不愠不火，不如换个环境一枝独秀。

可当时因为顾邱泽的工作合同还有大半年到期，所以韩朔答应他位置给他留着，而自己这半年里也对此事只字不提。

徐杺发现韩朔在某些方面挺心大的，对自己看中的人总有一种莫名的自信。

半年多的时间，足够一个真正优秀的摄影师一炮而红，摄影这行和他们一样都是很看机遇的，变动性很强，说句不好听的，要是半年里顾邱泽忽然火了，他就算拒绝去韩朔的工作室也是无可厚非。

两人之间并无书面协议，只有口头承诺，倘若半年后顾邱泽还是在原地踏步，只能说明韩朔看错了人，届时哪怕对此不满也很难推掉自己亲手给出去的邀约。这对于韩朔这种挑剔的人来说，简直可以称得上是酷刑。

韩朔对于徐杺话里话外表露出的不赞同嗤之以鼻，他边吃面边把屏幕往她的方向转，一脸气愤地说："我怎么可能看走眼？所以这货现在真的红了，居然敢跟老子讨价还价！当初是谁慧眼识珠在他人生迷茫时期向他抛去的橄榄枝？都是白眼儿狼！"

徐杺看了看韩朔和顾邱泽的对话，忍不住莞尔一笑。

这个顾邱泽看上去也是个欠收拾的人，当时能说出"换个环境一枝独秀"这样的话，现在也同样能让韩朔气得牙痒痒。

对话里，顾邱泽先是表达出自己还记得当初两人约定的事，随后又委婉地"透露"了目前几家杂志社开给他的价格，最后贱兮兮地"恳求"韩朔给他签高待遇合同，这样的话，他二话不说就收拾包袱投奔过来。

韩朔在电脑前骂人，在对话框里倒还在游刃有余地跟顾邱泽绕圈子，从最开始语气淡漠的"嗯""哦""我知道"，慢慢变成了"你随便去哪儿最后也只能成为一块值钱的垃圾"这种画风，毒鸡汤熬得十分娴熟，对面几度要跟他终结聊天。

徐杺把电脑还给韩朔，然后问："那你现在怎么打算？"

微信聊天还停留在韩朔一句态度不明的话语上。

韩朔瞄了徐杺一眼："他可比你值钱，我有什么好犹豫的？"

徐杺挑起眉。

等做完这个动作，徐杺微微一愣，惊觉自己什么时候对他做起这种表情来也可以完全不假思索？

可韩朔完全没看出来徐杺心里的波动，也没觉得不对劲。他吃完最后一口面，满足地眯起眼睛，心情似乎好了不少，居然有耐心回答她的问题，大概是看在她做出来的面味道还不错的分上："他想要的无非就是一份符合他能力的薪资，这些我当然会给他。和他说那么久只是为了让他明白，哪怕他在外头名声再怎么大，在我这儿，还是我说了算，在我的工作室里他摆不了任何架子。当年我发现了他，现在他能火也变相地证明了我的眼光没有错，现在我也同样可以挖掘别人，主动权在我，而不是他。"

徐杺点点头。

"明天装修公司就会上门做简单的改建，你吃完就下去收拾客厅，看他们把客厅弄成了什么鬼样。"

徐杺吃完最后一口面，听了他的命令，她伸手连带着他的碗也端起来，只说了一句"知道了"，就转身下楼干活儿去了。

徐杺和张檬、陈华两人一起花了一下午的时间才把客厅收拾好。因为有徐杺的帮忙，张檬和陈华难得把仓库也收拾规整了。

晚上吃饭前，韩朔下楼，宣布了新摄影师明天来报到和要把最里头的房间改成摄影棚的消息。

张檬感慨："这样咱们工作室就齐活儿了。"

闻言，韩朔还是打击了他一下："摄影棚就一个是不够用的，不过以目前咱们工作室的收入来说，要再弄一个像模像样的摄影棚性价比太低，一些工作室宣传硬照可以在工作室应付，再高些要求的还得出去租。"

可大家都已经觉得很满足了，实在是这两年的工作时间里，光是去不同摄影棚的时间和经济成本就已经占了相当大的比重。而且租摄影师的费用和人情都是实打实压在韩朔和整个工作室上的，如今有了自己的摄影师，相当于在这事儿上面不需要再看人脸色，遇到像被对方调档期这种事的时候也不会手忙脚乱。

最后留在别墅的几个人又把最里头的房间都收拾干净，等明天装修团队来了就可以直接动工。

# 第五章 才能

第二天还有课，周近、猴子和徐杺一起回了学校，只为了明天早上能多睡会儿。

下班之前，徐杺找张檬要了一份书单，上面都是张檬罗列出来的关于定制服装和巴尔曼品牌相关的资料书，徐杺打算明天上午去学校图书馆找找看。

第二天，徐杺早早到了图书馆，按照书单找了几本，一看就是一上午，也没有注意到已经是午饭时间了。

张檬介绍的参考书十分有针对性，解决了徐杺不少对于概念和手法上的困惑，里面有些书甚至记录了从巴尔曼品牌创立初期到近几年时装周上使用过的经典案例，还有品牌总监的解说和评析员的报道。

徐杺看得正入迷，突然手机来了一条短信，是周近问她在哪儿，吃饭了没有，要是没吃就一块儿去食堂吃饭。

他们大三服装表演班这时候刚下课，周近大概也是了解她这一学习起来就不看时间的毛病，特意来提醒。

明明徐杺到工作室的时间并不长，可不知不觉间已经融入进了这个团队里，被一群年轻男人归入到“自己人”行列。

徐杺回了周近一句，随即把书签夹在内页中，将这几本都刷卡借走，才不紧不慢地朝食堂走去。

到了食堂二楼，徐杺才发现不只是工作室的几个，大三服装表演班的人几乎都在，三张并列的桌子几乎都被坐满了。

韩朔身边还坐着李璐，大概是电影学院离这里近，她就过来陪韩朔吃饭。

徐杺走近的脚步放慢了下来，似乎在犹豫该不该过去。

可周近面对着楼梯口，这时已经瞧见了她，站起身来朝她挥手。

他们那一片的人几乎都下意识往徐杺的方向看了过来。

徐杺叹了一口气，最后还是走了过去。

猴子见徐杺过来，忙拍了一下旁边的人让他腾出位置，然后朝徐杺招了招手，让她坐到自己旁边。

徐杺坐下，发现韩朔就坐在她的斜对面。

李璐看到她，微微一笑朝她问好，然后继续把头靠在韩朔的胳膊上玩手机。

李璐旁边坐着唐小柔，徐杺记得她。唐小柔见徐杺坐下，只微微抬了一下眼，很快就专心吃自己的。

韩朔看徐杺抱着一摞书，笑了一声："可真是学霸。"

徐杺习惯性无视他。

这里是自选餐厅，徐杺点了一份白菜豆腐粉丝汤，很快服务员就送来了。

徐杺的午饭过于清淡，周近看着都觉得嘴里没味儿，忍不住问道："你平时在学校都吃这些？肉都没几块？我这儿很多,你赶紧夹一些。"

徐杺摇摇头："陈姨做的饭太香了，在工作室总忍不住吃很多，在学校我得吃清淡点。"

猴子闻言点了点头，十分赞同："那是，吃了陈姨做的菜，我连我妈的厨艺都嫌弃。"

周近吃着自己香喷喷的宫保鸡丁盖饭，附和两人："有时候我都怀疑陈姨是不是对手公司派来的卧底，让我们根本不可能控制体重。"

"饭从家中煮，锅从天上来！"

“你还知道‘控制体重’四个字怎么写吗？”

“易胖体质还管不好嘴，学学猴子，人家好歹还出去跑步。”

旁边坐着的伙伴们闻言忍不住和猴子一起嘲笑他。

周近被踩中痛点，怒目圆睁：“去去去，我每次称体重都是安全通过的，你们少忌妒我！”

“笑死，什么时候踩线飘过也算是安全通过了？”猴子白了他一眼。

大家你一言我一语，边吃边聊，气氛十分愉快。

倒是李璐和唐小柔不怎么在状态。李璐一直靠在韩朔胳膊旁边没抬头，也没有像在工作室里似的参与进他们的话题。唐小柔则是边吃边和旁边的几个女生说话，注意力也并没有放在其他人身上。

后来一群人闹得周近恼羞成怒，欢脱的打骂声渐渐在食堂里吸引了更多人的注意。

其实他们这三桌存在感本来就很强，作为A大引以为傲的门面专业，又是入学以来就备受瞩目的一届，自从他们出现在食堂，周围人的目光就几乎没有从他们这几桌人身上挪开。

韩朔的存在感是其中最高的，哪怕是坐在他对面，徐杺也能感受到周围炽热的目光。她不露痕迹地扫了周围一眼，附近几乎都是女生，她们的眼神总是忍不住看向这边，然后红着脸和同伴们低声窃语。

对于这种现象，韩朔班上的人似乎都见怪不怪。徐杺其实不是很习惯，可也没表现出来，她一边看他们闹，一边一口一口安静地吃着自己的午餐。

可周近他们吃饱喝足后精力旺盛，闹得越发厉害，一个个按着对方的头就要往桌面上磕，后来整张桌子的震动幅度大得碗里的汤都要洒出来了。

只见身旁猴子“哟呵”一声把桌上的饭端了起来，下一秒，徐杺碗里的白菜粉丝汤居然被狠狠地荡了出来，洒了徐杺一身。

徐杺感觉到腹部一热，下意识地皱着眉站了起来。旁边也有几个反应不及衣服遭了殃的，此刻正骂骂咧咧地擦着衣服，指责周近他们。

这一下周围更多人看向这边，还有人拿出手机拍照。

“傻站着干吗？”韩朔不知何时来到徐杺身后，手一伸把她整个人转了过去。

徐杺抬头看见他两道剑眉皱了起来。他上下打量了她一眼，随后一言不发拉着她离开座位。

李璐站了起来，看着他们走远。

走到洗手盆前，韩朔才松开徐杺，见她没有反应，没好气地问：“要我帮你洗？”

徐杺顺着他的目光看向自己的手背，才发现那里不知道什么时候被烫红了一片，还油腻腻的。

比起隔着衣服被汤洒上的小腹，这样明显的烫红才更触目惊心。

徐杺抿着唇拧开水龙头，把自己的手放在冷水下冲。水滑过手背，带来一股细密的麻和痒。

这时，徐杺才有点后怕，幸好汤已经搁了有一会儿了，虽然烫，但没有起水泡，证明并不是很严重。

见他们两个到旁边冲水，一群人也早就消停下来。

周近小跑到他们身边，看着徐杺浸在冷水里的手，讷讷地说：“徐杺，对不起啊……玩疯了都没有注意到……疼不疼？”

“没关系，不是很严重。”徐杺见冲得差不多了，便想收回手。

可旁边那人却一直盯着她，见状立刻命令道：“继续冲，冲满五分钟。”

徐杺只能又把手伸了过去。

周近怯怯地看了徐杺的手两眼，就心虚地不敢再看了，然而没想到视线一挪开，就撞上韩朔阴恻恻的目光。

周近愣住了。

韩朔靠在一旁，双手插兜，两人对视后，韩朔冷冷地问：“好玩儿吗？”

周近不敢说话。

徐杺感觉到韩朔似乎有些生气，低声说：“我没事，你别……”

韩朔语气很冷：“我跟你说话了？刚才反应迟钝，现在回话倒那么快。”

徐杺抿唇，闭上了嘴，低头安静冲水。

周近开始冒冷汗。

伤员都被撑了，他感觉自己离死不远。

“要是今天是刚上的热汤，那桌子上随便一个人中招，留了疤，你是不是也一句对不起就完了？或者你觉得就算留疤的是你也无所谓？”

韩朔的语气此刻冷得近乎没有温度。

气氛骤然凝固，不远处正在观望这边的人都站了起来，瞪大眼睛看着韩朔教训周近，却没有一个人敢上来。

“跟你们说过的话全都当耳边风，要是只想做三流模特靠做平面赚钱，也不在乎以后能不能走 T 台，就趁早滚蛋。你觉得无关紧要无所谓，可你不要连累别人。”

周近张了张嘴，最后在韩朔的话语中深深低下了头。

“我冲好了。”徐杺平静地打破这僵局，声音里有着微不可察的安抚。

韩朔垂眸扫了她的手一眼，转身离开，饭也不继续吃了。

一直在不远处看着的李璐见状，拿起包包追了过去。

一群人见韩朔走了，立刻围了上来，先询问徐杺怎么样了，然后安慰周近说：“没事的，阿朔也就是顺势教训你，明天就消气了。”

徐杺也对周近说：“我真的没事。”她把手伸出来给他看，那块被烫到的皮肤虽然还泛着红，可明显已经开始消了。

周近看着徐杺的手，一脸后怕地点点头，随即又懊恼道：“这次也是我不好……刚才真的吓死……好久没见他发那么大的火了。”

猴子说：“你也是活该。徐杺，你别担心了，不关你的事。你别看阿朔刚说那么狠的话，其实他也是为我们好。这臭小子是惯犯了，以前跟人打架差点破相，那一次也是被韩朔冷了足足半个月……”

周近在一旁有气无力道：“我都这么惨了能不能别翻旧账？”

猴子没好气地说：“你也知道丢人啊？没关系，这不又加了一笔新账吗？”

周近愣住了。

徐杺听猴子这么说，忽然就想起当初顾闻跟自己说过的话，她像是随口问道：“那韩朔他自己就从不打架吗？”

此时一直在一旁的服装表演班的一个男生笑了一声，回答道：“哪能啊？有时候别人欺负到脸上还是得还回去，不过阿朔那个人，别人说他什么他都不会在乎，要不是真的踩到他的底线，他是不会亲自动手的。打起架来也是速战速决并且走位风骚，能一腿定胜负绝不动手，他那张脸要是划花了，怎么说都是他比较吃亏。”

众人闻言都在笑。

猴子见这饭也吃不下去了，挠挠头，问徐杺：“……那什么，徐杺，你等下跟我们一起回去吗？”

徐杺原本在走神，听到这句“回去”愣了愣。

猴子说：“今天不是有新人要来吗？”

徐杺这才想起来：“嗯……我下午没什么事，跟你们一起走吧。”

“行吧，那你先回宿舍换身衣服？”

“嗯。”

猴子拍拍周近，然后对他们班上的人说：“你们呢？跟我们一起？”

“傻猴儿，下午还有课呢。”

猴子耸耸肩：“反正阿朔肯定也回去了，我们就不去上课了，你们帮我们请个假吧。”

“好。”

徐杺拿上从图书馆借的书先回宿舍把脏衣服换下来，然后和周近、猴子一起打车回工作室。

他们到的时候顾邱泽已经到了。

昨晚徐杺回到宿舍后就上网找了顾邱泽的很多资料，还把他的微博也翻了翻，里面几乎都是他转发的为《蓝秀》拍的商业片，还有一小部分是给明星们做的硬照宣传。就这天天硬性营业的账号，粉丝居然有六十万之多。

徐杺还翻到一篇杂志软文上对他的点评，称他是近两年最具商业代表性的摄影师之一，对人物有审视商品一样的灵敏。

这对于一个摄影师来说或许不是极好的评价，可在时尚行业里反倒彰显出了他的价值。

如今这位佼佼者正履行他的诺言，抛弃了老东家，收拾包袱坐在了新金主的别墅客厅里。

客厅里的物品此刻几乎全被裹上了防尘罩，地上也零碎地铺了一些硬纸板，铺得太随便了几乎没有什么效果，空气中肉眼可见尘土飞扬，里头装修团队正在“哐哐哐”用机器凿墙，要把两个房间打通成一个来用。

徐杺他们三个刚到别墅就看到一个身形高大的男人跷着二郎腿坐在沙发上，哪怕周围那么吵，他开了电视仍旧看得津津有味。

顾邱泽留着一把鸡窝似的卷毛，脸部轮廓硬朗，双目大而有神，看身材和长相完全就是北方男人。

周近捂着耳朵走过去套近乎，顾邱泽懒懒点了支烟，又向周近和猴子递烟盒。见对方拒绝，他才回答刚才周近问的话：“我辽宁的。”

这浓重的口音，外加室内嘈杂的噪音，徐杺几乎听不清他在说什么。倒是声音听上去还挺低沉富有磁性的，就是可能因为烟抽多了似乎有点烟嗓，不过并没有减弱他声音的质感。

顾邱泽好像这会儿才注意到进门后就没说话的徐杺，目光上下扫了她一圈，问：“她是干啥的？你们妞？”

徐杺也没吐槽他那后半句话，把烫伤膏放到茶几上，回过头做自我介绍：“我叫徐杺，是这儿的服装助理。”

"哟！"顾邱泽一听顿时来了兴趣，坐直了身板，"原来咱工作室还有女同志呢？单身？有喜欢的男明星没？圈内很多我都熟啊，可以给你弄签名！"

这人看着好像比韩朔还要不正经，韩朔是在待人处事上都是一副爱搭不理的态度，而这人……语言动作都带着一股匪气。

"谢谢，我不追星。"

闻言，顾邱泽撇撇嘴："现在哪儿有小姑娘不追星啊？而且你一做衣服的，不关注明星怎么行？现在的明星都抢时装模特的饭碗来做，你看看那个！"

顾邱泽指了指电视上刚好出现的女演员。

那么巧，是周红。

顾邱泽说："上次她的个人写真就是在我老东家摄影棚拍的，还是我掌的机，身上那套维秘新款！够味儿！"

他咬着烟，眯起眼，似乎在回味："女人就该这样！"

徐忪别过头去。

"阿朔呢？"周近在一旁悄悄地问顾邱泽。

顾邱泽闻言指了指楼上："上面呢，中午就回来了，见我来了丢给我一份合同，签完就不理我了。他那妞见他黑着一张脸后来也走了，不过我看他妞好眼熟，好像在哪里见过。"

闻言，周近重新戴上痛苦面具。

徐忪已经见到了顾邱泽，她看装修一时半会儿完不了工，便直接去了仓库，那里比外头清静些。

下午快六点的时候装修团队才离开。

今天隔断墙拆完了，明天只需要重新把墙面砌平铺上墙纸，再按照设计图的方案添上储物柜就好。

张檬几人回来的时候，看着地上脏兮兮的泥印子，目瞪口呆。

"怎么不找东西垫一垫？"

张檬和陈华因为知道今天别墅装修，刚好今天面料图书馆在大红门有一个布料展览，两人就特意去了一趟。逛了一天下来，他们给工作室买了不少常用面料和一些琐碎物件儿，两只手都拎满了，累得他们也懒得摘掉沙发上的防尘罩了，直接坐下来歇息。

顾邱泽踢了踢地上工人们扔下的纸板，说道："随便铺了点，那位说懒得费那事儿，等搞完了直接请清洁公司大扫除。啧啧啧……有钱人啊。"

张檬同意："咱们老大穷得只剩下钱和脸了，你说气不气？"

顾邱泽点头："也能理解，毕竟我也就剩脸和才华。"

众人一愣。

"你怎么了？一脸垂头丧气的？"张檬一眼就瞧见周近在一旁无精打采的，拍了拍他膝盖，问道。

也不是好事儿，周近不想说，便翻了个白眼，躺在沙发上装死。

于是新来的这位摄影师十分"热情"地把自己套出来的话跟张檬和陈华复述了一遍。

张檬听完后的反应和猴子一样，摆摆手，安慰周近："没事儿，老大的气一会儿就消了。倒是徐杺，你的手怎么样？不严重吧？"

徐杺来的路上已经买了烫伤膏，付完款拆开就涂上了，手上现在已经完全消红了。

闻言，她举起手给张檬看："没事，都好了。"

张檬和陈华歇够了，兴致勃勃地拿出今天的战果和徐杺分享。

不得不说，今天出去一趟也是很值当的，淘到了很多特色面料，小样什么的都有。张檬知道徐杺对扎染工艺感兴趣，还特意选了一些扎染面料回来让徐杺练手。他们三个人凑在茶几前，说着其他人完全听不懂的话。

到了饭点，韩朔下楼的时候已经没有最开始那股低气压了。

周近怯怯地向他道歉并保证再没有下次。

韩朔在周近几乎要痛哭流涕的悔过中冷冷回了一句"下不为例"，

这事儿就算翻篇了。

这半个月过得很快，随着B市的秋天缓缓到来，摄影棚也改装完毕，正式投入使用。

自打十月初顾邱泽在微博转发了工作室的最新一季硬照后，工作室立刻受到了一轮高度曝光。人们注意到这组照片的摄影师署名后，纷纷在微博询问关于顾邱泽换东家的事,并且还顺势关注了韩朔的工作室。

顾邱泽对此形容工作室是“如虎添翼”，得到了众人的一轮嗤之以鼻。

顺着这波网上关注热度，最近工作室的八位模特也是忙得不可开交。

韩朔前些日子一口气给工作室接下来的活儿几乎全部都在这时候开始——品牌的新品发布会、主题派对走秀、广告、写真、杂志平面……他自己更是早在六月就受一个国际服装大牌的邀请，要前去巴黎走秋冬季品牌发布秀，时间就在十月中旬，因此上半个月他几乎把自己的行程排得满满当当，连喘口气的时间都没有。

他们这么忙，作为服装助理只能比他们更忙。工作室未来三个月的宣传照都压在了月初三天内完成，之后他们还要分批陪同八人去不同的场地参加摄影工作。

徐杺因为和韩朔要准备十二月的校内时装秀，所以大家都默认她要跟韩朔去巴黎，不过在此之前，她也得一个人掰成两个人用。

周近十月除了一家男士服装代言，还有国内二十四场服装发布秀要走，从北到南要去十七八个城市，前期准备最夸张的时候一天要换上将近一百套衣服。

其中有一天是徐杺跟的行程。他连喝水的时间都没有，几乎是麻木地重复着换衣服、补妆、拍照的动作，一天下来，他穿在新鞋里的脚跟都磨出了水泡。徐杺见状快速去了附近的药店一趟，回来后趁着休息的间隙给他擦药再缠上纱布。

“这不算什么。”周近感激地看着徐杺给自己揉脚，虽然有些不好意思，但太累了也顾不上客气，感慨了一声，“能忙起来才好，我们其实最怕忙不起来。做这行和混娱乐圈一样，吃的都是青春饭，现在不累点，以后就真的只能去当三流模特了。”

徐杺头也不抬，按得专心致志：“不要说话，省点力气。”

周近的嘴明显闲不住，安静了一会儿又问：“阿朔现在在准备巴黎的秀吧？那边要求可比这里还要严，他真是疯了，这样逼自己。”

徐杺听着周近的嘟囔，没有说话。

他们晚上精疲力竭地回到别墅时，发现大家的状态都差不多。

见他们回来，张檬辛苦地要爬起来：“你们回来了？坐会儿，我上去喊老大下楼吃饭。”

徐杺摇头：“我去吧。”她知道今天张檬一天都跟着韩朔，工作量就数他们两人最多。

徐杺上楼，先去韩朔的卧室打开门看了看，居然不在，她又转身走向书房。

开门的一刹那，徐杺微微愣住。

此时夜幕已经降临，书房里面没有开灯，一片昏暗，书桌前的男人头靠在椅背上睡得很沉。似乎是因为受不了窝着的姿势，他两条长腿直直地搁在了桌上，双手交叉叠着搭在小腹上，是一个十分放松又具有防备性的姿势。

电脑屏幕上发出的淡淡光线映照着他英俊又疲惫的侧脸，徐杺静静走过去，目光落在他的双脚上。

他没有穿鞋，比起周近的脚，他的脚磨损起泡的程度更严重，让徐杺看了都忍不住皱起眉。

这次韩朔参加的那场巴黎服装发布秀主打中性美，男模特们的服装中甚至有细矮跟军靴，这些天他每天都得踩近乎整天的高跟，此刻脚踝的上方已经有了一圈清晰的红痕，脚后跟也有几块触目惊心的水泡。

平常只要眼皮接触到光就能醒的人，此刻已经累得有人进了房间也察觉不到。

徐杺悄然回身下楼，拿了给周近买的药膏和纱布，再回到书房，轻轻掩上门。

手心抚上韩朔脚底的时候，徐杺的眉头越皱越深，他的脚板此刻僵硬得连她都能清晰感觉到。她微微用力按了按，然后顺着脚板的形状从上往下给他按揉起来。

他脚后跟的水泡已经快磨破了，徐杺拿出药膏挤了一点涂在伤口上，又稍微加了把劲揉了一会儿后，能感觉到他的脚开始微微发烫。

“你干什么？”

在这样的动静下，韩朔不可能还醒不过来，只是他也没有第一时间收回脚，而是先把目光放在徐杺身上，眼神还有些迟钝，更多的是困倦。

“你再不注意点的话，巴黎的秀你走不了。”

徐杺见他醒了，干脆抽过椅子在他身边坐了下来，让他一条腿放在自己膝盖上，低下头更用力地揉着。

韩朔又闭上了眼睛。

“没想到你还会这个。”他嗓子微哑，每个音节都透着疲惫。

“来上班之前，我做了很多调查。”徐杺从袋子里翻出戳水泡的针，然后单手消毒，“那时候学的，反正是能派上用场的东西。”

戳破水泡的时候，韩朔微微皱眉，腿下意识动了一下，很快就被徐杺按住了。

她做得专心，手脚麻利，快速挑破水泡之后拿棉签一点点擦掉脓水，再消毒了一遍，用纱布为他缠上：“就缠到明天早上，在车上解下来就行。”

被她处理过的右脚此刻因疼痛有些发麻，但其他被药膏涂上的地方凉凉的，让韩朔舒服不少。

韩朔缓过那阵睡意，这才睁开眼，一手撑着下巴，视线停在徐杺身上，打量着她。

可徐杺一眼都没有看他，注意力都放在他的双脚上。因为低着头，她颊边有一绺头发垂落下来，在这昏暗的夜色中，衬得她的侧脸难得的温柔。

此刻徐杺的心里也是感慨万分。

她手中捧着的，是一名真正的模特才能拥有的一双脚，脚骨坚硬，脚板厚实微肿，比起他身上别处的皮肤要更粗糙，伤口嶙峋。

这是徐杺见过的最伤痕累累的脚。

“你签证弄好了吗？”

冷不丁地，韩朔打破了沉默。

徐杺回道：“在办了。”她顿了顿，然后问，“真的要带我去？”

她抬起头，猝不及防撞进韩朔深邃的双眸里。

他正凝视她，对视后也不躲闪，目光坦荡。

他微微勾唇：“我这块垫脚石，难道不是在这种时候才最有价值？”

“韩朔，你不记仇会死吗？”徐杺忽然微微一笑，手上按摩的动作未停。随即，她十分自然地低下头去，那绺发再次垂落，不过这次却稍稍挡住了她的双眼。

徐杺顿了顿，仿佛下了某种决心：“学校那边的定稿……我会在我们回国前决定下来。”

其实设计图她早已想好，只差最后一笔。

只是她想亲眼看看，站在国际舞台上的他又会是什么模样。

会变得怎么令她、令所有人再次深深刻进脑海里，再也不会忽略他的存在，让所有人都知道，有这么一个人，天生就适合站在 T 台上。

出发那天艳阳高照。

整个工作室能来送别的只有现在没什么活儿的顾邱泽。别的人这个点早就开始了工作，连周近都已经不在 B 市了，正在开启他走秀的第一站。

巴黎这场品牌发布秀里只有韩朔一个中国模特，所以该品牌负责人给韩朔和徐杺订了机票以后也没再管了，只嘱咐他们落地后去规定的酒店安置行李，随后直接去秀场报到。

顾邱泽趁着徐杺去办行李托运，拍拍韩朔的肩膀，对他说："等你回来，我大概就能谈下跟我老东家那边的买卖了，到时候写真我亲自给你操刀。"

韩朔点头："嗯。"

最近《蓝秀》在筹备出一本近五年模特大赛中几位冠军的写真特辑，为此特意前来探顾邱泽的口风，毕竟韩朔正是三年前那届模特大赛的冠军。当时韩朔才大一，他也是因为那次比赛而崭露头角，如今更是经常上微博热门话题。

顾邱泽对待老东家一点也没客气，径直提出两点要求——韩朔拍摄部分他负责掌机，其次就是服装由他们工作室自己提供。

顾邱泽很明白，这只是杂志旗下自己的项目，并未打算全部服化道都与品牌方合作，毕竟只是一本观望市场方向的写真，还不需要投入那么高的成本。在《蓝秀》工作这些年，顾邱泽也知道杂志社里有专门负责这一块的服装师和造型师，这次的提案就是由《蓝秀》的造型总监提出来的，可这么好的机会，顾邱泽怎能便宜别人？

在某些方面，顾邱泽和韩朔一样，都是野心极大，不喜肥水流外人田。

徐杺很快就办理好了手续，检查完机票和证件，两人和顾邱泽道别，随即一起登机。

从B市去巴黎大概十五个小时，期间韩朔一直在休息，而徐杺则是抓紧时间在平板上完善设计稿，并且看饰品的样图。

她在珠宝系有认识的同学，这一次校内的走秀，饰品方面她请了这位同学有偿帮忙。她看过对方以前的专业作品，质量都很高，并且这次也等于替对方打广告，所以对方的态度也很认真，每一次画好图都会先给她看，每一个步骤和细节都会再三确认和她沟通。

如今最终稿的模型已经渲染好了，对方发了多角度图片以及建模视频让徐杺过目。

徐杺再三检查，确认没问题了才睡下。

下飞机的时候，两人都神色怏怏，徐杺只睡了一小半时间，但她本来就不习惯睡太多，这会儿精神头还算充足。而韩朔是实打实睡了全程，连飞机餐都没有吃。徐杺知道接下来的日子他连休息的时间都宝贵，所以也没有特意叫醒他。

两人到了规定的酒店办理入住之后，就短暂地分头行动，徐杺一个人去了酒店餐厅吃饭，而韩朔为了省事，直接叫的送餐服务。

等徐杺收拾好去找他的时候，巴黎才下午五点。

韩朔来开门的时候，只在下半身围了条白色浴巾，上半身什么都没穿。

他吃完饭后还泡了澡，此刻头发上和身上的水珠还没擦干，透明的水滴清楚地沿着他线条分明的上身滑下，最后渗进白色浴巾边缘，那里因为沾了水，颜色深了一块，变得尤其性感。

可徐杺这些日子早就见惯了，现在哪怕韩朔只穿着条内裤站在她面前，她大概都能不为所动。

她面不改色地走进去，从他的行李箱中找出自己上个星期给他做好的衬衣和长裤放在床上，最后在行李箱中翻出一件偏厚的夹克。

这件夹克也是徐杺做的，耗了她不少时间，而且是百忙之中被他逼着加班加点才做成的。

款式偏向骑士夹克，深褐色立领拉链加双排扣，全都是依着韩朔的喜好来。背后有一只猎鹰的图案，被徐杺特意处理成发旧的效果，细腻的针线让这件夹克更有质感。

夹克做出来之后，韩朔就把它收进了衣柜里，和他那堆昂贵的衣服放在一起，并且最近 B 市只要晚上一降温他就会套上。

连张檬都打趣说，自从徐杺给韩朔做了私服，韩朔穿的次数明显要比以前多，说徐杺更捉得住韩朔的审美。

韩朔是一个很臭美的人，再冷的天都不愿意让自己显得臃肿，这一点大概天下所有模特都一样。

他今天不想穿外套，因为想着基本在室内也用不着，只是十月的巴黎气温已经降下来，为了他的身体着想，徐杺还是坚持让他穿上。

韩朔在这些事上一向拧不过她，最后出门前还是冷着脸不情不愿地穿上了。

TE 这个品牌是欧洲老厂牌，在国际上有着极高的地位，这一次破格使用亚洲模特，也是因为负责这次发布秀的设计总监在一次平面杂志上一眼看中了韩朔的气质，并且直接邀请他走开场，可谓是品牌历史上一次前所未有的尝试。这个消息传出去之后也引起过国际不少 TE 追随者的一阵哗然，不少人在震惊的同时也在观望。

徐杺从韩朔口中还得知了一件别人都不知道的事。TE 这边其实早已跟韩朔交流过，只要这次韩朔能走出 TE 所给出的质量要求，未来一年的在华代言合同也将会是韩朔的囊中之物。这一次表面是邀请，实则是一次考察，考察韩朔是否有资格拿下这份合同。

TE 的这次发布会负责设计师是 TE 如今的服装设计总监 Christian Lauren（克里斯蒂安·劳伦），是位五十八岁的英裔男人。对方留着微白的胡楂，看上去有着欧洲男士独有的英伦绅士气质，事实上他也十分平易近人，选用韩朔走这次发布会开场也是他坚持的。

Christian Lauren 与徐杺不是第一次见面，之前在国内韩朔试妆的时候他就在现场，也曾和徐杺打过交道，知道她是韩朔的服装助理后，他曾表示十分惊讶，因为她看上去实在太年轻。

两人到了场馆后，发现其他人都已经到了，他们是最后到达的。

徐杺把韩朔丢下，要他和其他模特碰头，自己跑去跟服装设计师与负责人报到。这次她是作为韩朔的私人助理随行的，走秀期间负责韩朔所有工作的交接。

韩朔随意点了点头，示意她快去快回。

等徐杺拿到衣服检查完，交还给场务，亲眼看着对方在衣服领口夹上带着韩朔英文名的标签后，才转身回去。

她找了一圈，正好看到 Christian Lauren 已经和服装负责人谈完流程，此刻正在秀场中央和几位模特聊天，韩朔就站在他身边。

Christian Lauren 手里捧着韩朔的夹克。

见徐杺走近，Christian Lauren 把衣服还给韩朔，对徐杺不掩夸赞："做工很好，都看不到暗线，Circe（瑟茜），你真的只在读大二吗？"

周围有不少目光投过来，徐杺面不改色地回了一句"谢谢"，随后又不动声色地把这话题翻了过去。

之后就是一轮简单的彩排。

等回到酒店后，两人默不作声回了自己房间闷头倒时差。

第二天早上，徐杺八点就起来了，给隔壁房间的人发了短信。

韩朔很快回了一句"过来吃早饭"。

只要当天有工作，韩朔一般都会起得很早。徐杺收起手机，出门去了隔壁。

韩朔给她开门，依然是裸着上半身只穿了一条睡裤，这条裤子大概也是为了给她开门才套上去的，松松垮垮的。

韩朔点了两份早饭，都是面包、牛奶、培根、鸡蛋，一式两份。

两人坐在餐桌前面对面吃起来，徐杺把走秀当天换装的要点再仔仔细细给他说了一次。韩朔低头吃得认真，也不知道有没有听进去。

突然，徐杺的手机响了起来。

她现在在国外，有谁会打长途给她？

徐杺拿起手机，看着屏幕上的备注，表情不着痕迹地淡了下来。

一直没什么反应的韩朔抬起头看了她一眼。

徐杺起身走到床边，接起了电话，语气乖顺："妈。"

“杺杺，到巴黎了吗？”

“到了。”

“怎么不给我报个平安？”

“一下飞机就去报到，忙忘了，抱歉。”

周蓝玉的语气疏淡，说话速度偏慢，这是她一直以来的工作习惯，连带对自己的女儿也不例外：“没事。现在你们那边是早上吧？准备要去工作了吗？”

徐杺垂下眼帘，对这像是关心实则试探的话语心底起不了一丝波澜：“是的，正在吃早饭，很快就要出门了。”

“嗯。”周蓝玉顿了顿，最后，还是问道，“和你一起去巴黎的同事是男生还是女生？”

徐杺看了眼不远处的韩朔，后者此刻早就放下了刀叉，正一脸玩味地看着她打电话。徐杺收回目光，回答道：“是女生。妈，我赶时间，回国我再给你打电话。”

等她挂上电话，转头就见韩朔挑起眉，似笑非笑地指了指他自己：“女生？”

“快吃吧，准备出门了。”说完，徐杺也不再看他，准备回座位上继续吃早饭。

可没想到后者不依不饶，在她走近之后忽然伸腿绊了她一下。

徐杺没有防备，身子一倾，下一秒手臂就被他准确攥住。男人稍稍用力把她捉到跟前。她站着，身子微躬，少有机会能这样俯视他。

韩朔微微抬头，日光中有散漫不羁的笑意：“我这么见不得人？”

徐杺闻言，静了片刻，才说：“抱歉……这是我的问题。”

她没有向韩朔解释。

也不知道过了多久，韩朔放开了她，说：“吃吧。”

“嗯。”

他不再问，她也不再说。他们都是聪明人，有的事看破不说破，就像徐杺最近已经慢慢习惯在韩朔面前不需要再假装什么，对一个像是早就把你看透的人，徐杺也懒得在上面花费精力。

徐杺坐回自己位子上，和韩朔一样，假装刚才什么事都没有发生，包括那通电话也像是从未响起过，两人安静地把早饭吃完了。

TE 的新品发布秀一共走六场，第一场的时间在一周后，所以这一周每天都是彩排时间，设计总监也要亲自到场监督。

韩朔走的是开场，试走次数最多，Christian Lauren 第一次没有说什么，让韩朔用自己的感觉走，第二次开始就会加入自己的很多要求，譬如一些细微的表情和小动作，会严苛到每一个细节。

韩朔试走期间，徐杺一直在后台，她无法看到韩朔的正面，只能看到他笔直挺拔的背影，直到他转身和后面的模特擦肩而过。

每次他下台换装，徐杺都能看见他的脚肿得越来越厉害，这是在国内时就积压下来的，在中途他根本没有可以处理和休息的时间。

可韩朔面对疼痛眉头都不会皱一下，等徐杺见缝插针地给他冷敷后，一到上台的时间他又会重新站起来。

别人休息的时候，韩朔也会试走，就像一直在找自己的感觉。

徐杺能清楚看见 Christian Lauren 看着韩朔的目光里有越来越多的激赞，似乎韩朔正慢慢朝他所期望的方向走着。到了彩排的中后段，Christian Lauren 对韩朔的纠正次数也越来越少，最后几乎就是在一些个人习惯方面让韩朔自由发挥。

可这样下狠劲的后遗症就是每天彩排结束，韩朔的脚都会有发麻的症状，最严重的时候要缓大半个小时才能重新站起来。回了酒店后，韩朔除了洗澡吃饭和上厕所，其余时间基本不会再走动。徐杺每天晚上都会到他房间给他按摩和用药水浸泡，企图能让他双腿的状态好一点。

其实徐杺并不需要做这些。可韩朔不提，徐杺自己不说，渐渐地这种事就成了两人之间一种微妙的习惯。他们明明关系并不亲密，可唯独对此事有着跨越了边界感的坚持。

走秀当天，后台井然有序。

模特们分成两排各自上妆，助理们在给每一套造型做最后的检查。

韩朔是第一个化好的，为了呼应这次主题，他今天的妆容都是偏中性而柔美的，第一套妆容的眼影用了偏女性化的金棕色，再用饱和度极高的湖蓝藏住了那道犀利的下眼角，削弱了他五官中的棱角感，让他的整体气质添了几分女性独有的妩媚。

韩朔从徐杺手里接过衣服后进了更衣间，出来之后已然是另一副模样——

中世纪风格亚麻长袍的上半部被设计成棉质束手窄袖，有几分英伦骑士风格的坚挺禁欲味道，而下半身的纤柔长裙又如同那时柔弱的女性，不规则裙摆下，男性有力而笔直的小腿与之形成鲜明对比。

他踩着短靴，明明模样似柔软又无畏的少年，可他的眼神却更像下一秒就能披上铠甲奋勇杀敌的骑士。

看着这样的韩朔，徐杺想起一首欧洲民谣的歌词——

> 您去过斯卡布罗集市吗？
> 芫荽、鼠尾草、迷迭香和百里香，
> 代我向那儿的一位姑娘问好，
> 她曾经是我的爱人。
> 叫她替我做件麻布衣衫，
> 芫荽、鼠尾草、迷迭香和百里香，
> 上面不用缝口，也不用针线，
> 她就会是我真正的爱人。

Christian Lauren 的才华和眼光之独到的确能让人为之倾倒，最起码在韩朔出现的那一刻，她完全能理解他设计中的灵感与立意——用东方男人的躯体衬托西方少女的柔和，用柔软的面料和男性带有力量的气质去表达出一个男人心中最珍贵的、最坚定不移的柔情。

所谓中性，并不只是囊括简单的外表和穿着，还有更多的，如男性的坚毅、硬朗与好斗，如女性的感性、细腻与温柔。

这些元素在韩朔身上得到了完美的中和。

那一刻，徐杺清楚地感觉到，他是要展翅高飞了。

她也清楚地明白，他不会再停了。

他不会再停下。

“走了。”

在众人的注目中，韩朔对徐杺说，语气平静，和彩排时并无不同。

随后，他转身走向候场的位置，控场负责人和他低声说着话，他点了点头。

之后发生的一切，很奇怪，就像是按着徐杺在脑内演练过无数次的剧本一样，每一幕都能对应出徐杺想象的细节。

她站在最角落的地方，看着台下不同人种、不同国家的人们脸上显而易见的惊艳的表情，最后目光又缓缓落在场地中央。

她看着韩朔走的每一步踩着灯光和鼓点，每一步都走得极稳，路线笔直，没有一丝犹豫和偏离。

他身上的气场在走上T台的一瞬间发生了肉眼可见的变化——粗硬的发丝被头顶的灯光照成一片白中带蓝的颜色，白皙笔直的脖颈与挺拔的背脊成了一条直线，仿佛一柄利剑，只会向前。

在这欲望横流又需要处处与人逢迎的时代，他是那么耀眼，又带着一股让人羡慕的随心所欲。他懂得自己想要什么，并且只愿意为此前行，从未东张西望，因此总是不被理解，身边也总是夹杂着很多流言蜚语。可他从不在意，不顾旁人的目光，活得肆意张扬。

徐杺也曾在心底想过：他凭什么？凭什么他就可以活得直指本心，不被干扰？

可这一刻，她又觉得那些都不重要了。

就像这世上大多数人，仿佛一片落叶，在空中翻滚、飘摇，最后踉跄着归于尘土。可也一定会有人，极少数人，如同天际之星，沿着固定的轨迹运行。

没有风能动摇他，他内心自有轨道。

她清楚地听见自己心底的声音，清晰而躁动，和当年一模一样。

这无关任何暧昧情感，只是看着那活得并不能让所有人都赞同，却总能那般鲜明自在的他，徐杺忽然有一种无比强烈的直觉：只要能在他身边，或许她总有一天也能活出自己想要的样子。

她看着那道挺拔的背影，安静地想：

神啊，请看着他。

这样的男人，她希望他将来永远都不需要向任何事低头。

韩朔感冒了，一直不会生病的人生起病来真是毫不含糊。

韩朔上车之后就开始咳嗽鼻塞，徐杺坐在他身边，看他皱着眉靠在车上，大长腿毫不客气地往前舒展开，连喷出来的呼吸似乎都带着热度。

回到酒店，和一众同路的模特告别后，徐杺跟他回了房间。

徐杺拨了前台电话，向对方要了一个口腔体温计。

不久后，徐杺拿着体温计面无表情地站在床前，韩朔躺在床上看着她的表情，“啧”了一声。

“我好像告诉过你，秀场空调开得低，让你候场的时候记得把外套穿上。”

真难得，她“凶”起来的时候声音居然也会沉下去，一点平时的冷淡都没有，明显能让对方感受到责备。

韩朔在心里玩味地细品，勾起嘴角似笑非笑，可下一秒喉咙一痒，他忍不住又咳嗽了几声。

他低骂一声，有些烦躁地扯了扯领子。

下一次走秀是在四天后，徐杺看了看手机时间，还是下楼一趟去买退烧药。

药店里卖的药和国内的不一样，徐杺都不太熟悉，担心有的药副作用太大，便仔细问了药师，最后选了一盒药效比较温和的退烧药。

她回到房间时，韩朔正在闭目小憩，被子也不盖，大长腿随意在床上伸展开。

放平时，徐杺或许就无视了他这么一副没正形的姿势，可如今，她把药和热水放在他床头，轻轻一推把他弄醒。

韩朔睁眼后只觉嗓子干到不行，虽然不满徐杺的举动，但还是拿起热水喝了一大口，然后乖乖把药吃了。在这方面他倒是从不矫情，以他对工作的较真劲儿，大概也对自己目前的身体状况感到十分烦躁。

“睡吧。”见他重新躺下，徐杺为他盖上被子，淡淡说道。

韩朔在被窝里抬眼打量她，见她收拾完药盒和水杯就坐在床头的小沙发上打开笔记本开始画设计图，好像没有要离开的打算，才闭上眼睛，缓缓入睡。

很快就到了日下黄昏。

屋内的男人睡得正沉。

徐杺结束了最后一笔，仔细检查完才关掉文件。她用外网打开了国外的社交网站，去搜今天发布秀的关键词。

果然，网上有很多关于韩朔的讨论。

有一篇媒体报道的首张彩图就是韩朔今天走开场的全身照，徐杺点进去。

这篇报道的第一段字十分醒目——气质崭然出众，TE来年最有希望签约代言模特之一，Christian Lauren评价：无色无相，千面多相，看着他的双眼，你永远无法把他忘记。

还有不少去了发布会的人也都纷纷带话题发表评论，几乎所有人都在兴致勃勃地讨论这位亚裔新面孔。其中女性讨论数量居多，都表示韩朔出场的时候自己整个人都要窒息了。

△他一出场就让我顷刻忘记所有。

△能理解为什么TE要用他了，看了现场的人表示这的确是一个正确的决定，反而压轴的Lauridsen（劳里森）走得要比他稍微逊色了些。

△Ethan（伊森）真的会是下一年TE的代言吗？

△这次新装的风格很喜欢啊，模特水平也很高，Christian Lauren不愧是大腕，这场秀展现了TE一贯的高水准。

△已经去了中国的网站关注了Ethan，原来自己开工作室的呢，难怪查不到签约公司。

…………

显然，不说圈内，单从网络社交平台上看，路人对韩朔的兴趣似乎大大超越了对这场发布会本身。

爱美之心不分国界，大家的话题都热切地集中围绕在这次走秀的模特身上，大部分还是好评居多。为此TE的宣传部门还趁势加大力度宣传了第二场发布秀，为TE延续热度，网络上也已经开始有了想要看线上版本的诉求。

而话题热度排名正稳步上涨的当事人，此刻正安安静静地躺在酒店的大床上，浑然不觉自己已经引来多少轰动与关注。

徐杺走到床边，摸了摸韩朔的额头，还是烫的。

大概是鼻子堵得难受，韩朔睡得并不沉，额头上微凉的触感让他缓缓睁开眼。他用力眨眨眼，哑着嗓子问："几点了？"

他说话的时候鼻音很重，说完，他在床头随手抽了一张纸巾，擤了下鼻子。

"七点。"徐杺拿起床头电话，"你躺一会儿，我叫个饭，吃完要是还烧就再吃一次药。"

"嗯。"

伺候韩大少爷喝了热粥并且吃了药以后，徐杺便转告他关于下一场秀的具体时间安排，并替韩朔回复了TE的邮件。等该处理的都处理好后，韩朔嫌室内暖气开太高热得一身汗，便撇下徐杺迫不及待地进浴室洗澡了。

不过也不知道是不是因为洗过澡，或者是药效发挥了作用，从浴室出来之后，韩朔的脸色反倒好了很多。徐杺再去探温度时，已经没有刚刚那么烫了。

这个男人的身体系统简直逆天，别人发烧感冒最少也要蒙一天，可他烧一退，已经又是一副可以大秀全场的模样，这会儿已经拿起手机跟国内工作室了解其他人的情况。也不知道顾邱泽说了些什么，他还懒懒地勾起一抹笑，手指动得飞快。

这时候房门被敲响，徐杺走去开门。是最近和韩朔有来往，被传私生活混乱的男模特 Eson（埃森）。

见开门的是她，Eson 也完全不惊讶，先是笑着跟她问好，八颗牙齿整齐地亮出来。下一秒，人高马大的他窜进房间，看到坐在床上摆弄手机的韩朔就是一通兴奋的邀请："Ethan！我们在顶楼的酒吧开趴！Pejic（佩伊奇）让我喊上你！"

Pejic 是这次参加发布会走秀的其中一名澳洲女超模，和韩朔一样都是最近声名迭起的时尚新宠，代言品牌数和身价一样以肉眼可见的速度往上涨。

而且她的经纪人为她选择的代言无一例外都是澳洲一些老品牌，在澳洲颇有历史底蕴，品牌风格贴合她具有古典风韵的五官，凭此在澳洲也是狠狠吸了许多本土粉。

韩朔正想说不去，Eson 很快又接着说："Lauridsen 也来了，在上面说你坏话呢！还说你是因为靠关系拿的名额，代言也是这么抢来的！哼！我看他是这次被你气场压下去了正恼羞成怒！"

徐杺关好门走进来，恰好听见 Eson 说这句话。

她下意识就看向韩朔。

Lauridsen 就是这次发布秀走压轴的模特，出道有几年了，也是世界榜上有名的男模特，只是一直不算大红大火，距离顶尖这个词还有一定距离。

他从发布秀彩排开始就和韩朔不对付，大概国内那句"一山不能容二虎"是对的，他明显就是把韩朔当成了强力竞争对手，平时两人见面的气氛都剑拔弩张，而且基本都是他挑衅在先。

徐杺心头涌起不好的预感。

下一秒，就见韩朔歪着头，似乎饶有兴致地想了一会儿，然后应道："等我一会儿，我换个衣服。"

徐杺瞪大眼睛。

果然。

这男人平时好像什么流言蜚语都能容忍，可要是撑到他面前给他甩脸，他就要反唇相讥，还要再凭实力往对方身上踩上一脚才肯罢休。尤其是那些说他靠关系、没真本事这样的话，他嗤之以鼻之余还会把对方气得够呛，恨不得把"爸爸始终是你爸爸"几个大字刻在对方脑门上。

徐杺有时候觉得韩朔的大男人主义简直到了无药可救的地步，让他容忍被人质疑靠关系、靠女人，或者是当众被下面子，好像比要了他的命还难受。

"不能去。"

徐杺的声音有些硬邦邦的，难得命令的语气。

Eson 听不懂中文，闻言疑惑地看着她："Circe，你也换衣服啊？一起上去！"

韩朔勾起唇把手机丢在床上，开始大摇大摆地换衣服，完全没把徐杺的反对放在心上。

徐杺走到他身边，捉住他的手，说："你疯了？你还在生病！"

然而，韩朔根本不理她，轻松避开她的手后把裤子蹬掉，套上长裤。某品牌 T 恤经典黑白两色的翅膀图案贴在他的肩膀上，显得他骨架细长，肩宽腰窄，加上他穿的是一条黑色长裤，站起来的时候简直像一块又薄又锋利的刀片。

Eson 在韩朔换衣服的间隙中兴致勃勃走到他床边，拿起徐杺给他做的那件骑士夹克："Ethan，这外套借给我穿一晚行不行啊？"

韩朔没有回答，只是换好衣服后直接伸手把外套抢回来，随手套上，然后下巴一扬："衣柜里的外套你自己挑。"

Eson 看着衣柜里稀松挂着的各种牌子的衣服，撇撇嘴，幽怨地说："……只喜欢你这件啊。"

那些牌子的衣服他衣柜一抓一大把，看着没意思。

徐杺拦在他们出房门的路上，阻拦之意明显。

"啧！"韩朔忽地弯下身，一手扣在她脑袋上，重重一按，然后用好笑的语气对她说，"去换衣服，一起上去。"

"韩朔！"徐杺咬牙想躲开他的手，奈何他太高，制伏她轻而易举。

"别操心了，烧都退了，不信你摸？"韩朔按住她不放，低头的时候眼睛离她极近，像是下一秒就要把额头贴上来让她检查一样，双眼里还带着几分似笑非笑，"别人都在光明正大嚼我舌根了，哪能不去啊？在这行，你退后一步，别人还真当你怕事儿。"

韩朔说的不是没有道理，徐杺知道，但理智告诉她没有什么东西能比他的身体更重要。

"要不你就在这里等？"韩朔见她动摇，好心给出建议。

徐杺看着他这无赖样，心底浮起几分烦躁。

实在是这个人太固执，坚持要做的事情谁都阻止不了。

徐杺盯着他，最后默默深呼吸，努力说服自己妥协。

最后实在不放心韩朔自己上去，半晌后，徐杺对他说："你等我五分钟。"说完，她转身出了房门。

Eson 也不知道韩朔说了什么，这个看起来柔弱实则不好说话的 Circe 居然转身就走了，当即一脸蒙地问："你们到底什么关系？"

韩朔没有理会他。

当徐杺略带气愤地开门离去时，韩朔偏过头去，嘴角藏了一抹坏笑，似乎早就料到这结果。

五分钟后，隔壁房门打开，徐杺换好衣服出现在他们面前。

Eson 一看到她，忍不住吹了声响亮的口哨。

韩朔眯着眼睛看了两眼，什么都没说。

徐杺很少穿裙子，可也不是不能穿，正如今晚她这身及膝套裙就穿得甚合人心意。领口是简约的翻领，长袖白衬衣和罩在外面的呢子裙是相连的，是设计得十分巧妙的假两件套。

Eson 觉得这浅灰色呢子的颜色很好看，她黑色长发放下来，真是秀丽又温婉，中国人常说的江南美人大概就是这样子的。

“Circe，你真好看！”Eson 由衷地发出一声赞美。

虽然在徐杺心里，被这种有模样又有身材的男模特夸奖，实在算不上一件特别让人骄傲的事，可她还是收起对韩朔的不满，朝 Eson 说了声“谢谢”。

“走吧。”韩朔打断他们，率先出门。

电梯里，韩朔靠在墙壁上，从他的角度看过去，能看到徐杺清丽的小半张侧脸，还有黑色长发下隐约露出来的白色脖颈看上去笔直又柔软，像白天鹅一样。

他双手环胸，“啧”了一声，忽然用脚踢了踢她，声音里带着几分漫不经心地问：“平常怎么不见你穿裙子？”

徐杺没有回头理会他幼稚的举动，只冷淡地回答：“因为平时要干活，裤子比较方便。”

说完，她顿了顿，微微侧过头去：“怎么？”

徐杺没细想韩朔的话是什么意思，毕竟在她自己看来，穿裙子并不是一件多么特别的事。平常穿得简单，是因为要工作，怎么方便怎么穿，可简单的穿着在楼上那样的派对场合显然会让人觉得格格不入，偏她这次带来的多是简单到不行的休闲装，好不容易翻出这套裙子的时候，她就毫不犹豫地穿上了。

她不想引人注意，更不想被当作特殊人物由人观赏，因此这样简单又能融入其中的穿着最合适。

而且楼上那些人不是别人，是能把世界各地名家设计的服饰放在身上套个遍的一群人，对设计的敏锐度和挑剔度不会比任何一位设计师差，因此徐杺不想失礼。

在她看来，整理打扮自己也是对别人的一种尊重。

韩朔听着她那句明显带着不满情绪的反问，不知怎么，只想笑。

没等他回答徐杺的话，电梯“叮——”一声，顶楼到了。

酒店的顶楼是一家酒吧，此时夜生活刚开始，周围人影绰绰，算得上十分热闹。舞台上有一个留着络腮胡的男人，手里握着一把旧的木吉他轻轻拨弄着，对着麦克风随性地哼着一首叫*Under a Violet Moon*（《在紫罗兰色的月光下》）的老歌。

Eson也跟着哼。

Dancing to the feel of the drum（随着鼓声起舞），

Leave this world behind（把世界抛在脑后），

We'll have a drink and toast to ourselves（让我们畅饮，为自己干杯），

Under a violet moon（在紫罗兰月光下）……

Raise your hats and your glasses too（举起你们的帽子和酒杯），

We will dance the whole night through(让我们彻夜狂舞)，

We're going back to a time we knew（我们又回到了往日时光），

Under a violet moon（在紫罗兰月光下）……

比起台上略显沧桑的嗓音，Eson那英国少年的声音带着独特的性感。他的舌头微卷，每一个音节的尾调仿佛都撩在了人们的心尖上。

周围有不少女性的目光都随着Eson的身影在缓缓移动，可Eson像是早已习惯，边哼着歌边走到熟人的卡座前。结束后，他吹了声口哨，人们的目光才礼貌地移开。

Pejic 看到他们时率先站起来，笑着腾出旁边的位置，让他们落座。

Lauridsen 坐在半圆沙发的最外边，见状嗤笑一声。

徐杺在韩朔身边坐下，扫了一眼玻璃桌上五彩缤纷的酒杯，随即挪开视线，瞅了韩朔一眼。

她的眼神里分明清晰地写满了"并不会让你碰这些"几个大字，看得韩朔都忍不住笑了，转过头没理她，和一旁兴致勃勃的 Pejic 搭话。

韩朔的口语真的很好，发音地道。

徐杺小声向服务员叫了两杯不带酒精的饮料，过了一会儿，服务员端着饮料上前，弯下腰放在韩朔和徐杺跟前。

身边两人还聊得十分起兴，大部分都是 Pejic 在说，韩朔偶尔应两句。他今晚看着心情不错，回答对方问题的时候难得耐心。

Pejic 真的很开朗，也十分健谈，她才十九岁，大概是这次发布秀里最年轻的模特。

"Ethan，我今天一回酒店就看到你的话题热度上榜了！跟经纪人找了视频看，你走得真好！

"不像我，走到中间看见偶像的时候都蒙了。你有没有看到 Marc Doisneau（马克·杜瓦诺）？就在第一排中间的位置！啊啊啊，我和他对视之后瞬间脑子就空了！"

韩朔回道："没看，不知道。"

Pejic 又说："一想到 Marc，我就想到我男朋友今天进场还迟到了，我很气，所以我今晚罚他一个人在房间，不准他上来一起玩。"

Pejic 的男友也是摄影师，在 Pejic 所在的公司工作。

听到 Pejic 这么说，Eson 也八卦地把头凑过来："你们还没分手啊？"

Pejic 闻言立刻瞪大眼睛："他敢！"

Eson"嘿嘿"一笑："你那么烦人，谁能忍得了你？迟早也要分手的。"

Pejic 气得追着他打："别自己单身就忌妒人家有男朋友啊！有种

自己也找一个！”

Eson 闻言边躲边耸肩：“正在追啊，奈何追不到。”

“因为你渣男！”

最后两个人恨不得在现场打起来。

玩闹过后，Eson 气喘吁吁地把 Pejic 扣在沙发上，看向从刚才开始一直在旁边看戏的韩朔，问：“Ethan，怎么不见你女朋友过来看秀啊？”

他们这些人要拿内部票简直易如反掌。

韩朔闻言，懒懒地应了句：“没有。”

他话音刚落，徐杺微愣。

Eson 瞪大眼睛，一脸不信：“怎么可能？我在中国的时候看你们的那叫什么……微博？上面说你和一位小美人在谈恋爱呢！”

“分手了。”

“啊？什么时候？”

“上个礼拜。”

韩朔的声音很平静，就像在说一件十分普通的事。

徐杺摸着杯壁的手却缓缓停住。

分手？上个礼拜？

他们出发巴黎之前吗？

Eson 发出一声可惜的叹息：“中国女人很不错的。”他说完下意识看向身边唯一一个中国女人，“像 Circe 这样的！”

徐杺转过头去，正好撞上 Eson 一双深邃又多情的大眼睛：“谢谢。”

“Circe 没有男朋友吗？”

“没有。”徐杺微微一笑，觉得 Eson 那困惑的语气有点可爱。

“好可惜啊，多好的女人！”Eson 忽然上前握住徐杺的双手，“Circe！要是我们公司去中国发展开分公司，你来我们公司工作吧！给你介绍很多帅男人！”

徐杺哭笑不得，觉得 Eson 有些时候真的跟个孩子一样，也终于明白为何他的私生活会成为别人品头论足的话题。实在是他天性如此，并且完全没有想过要有所改变，这种过于随性又坦然的性格倒是让身边人讨厌不起来。

可下一秒，韩朔就伸出手去，力道不轻不重地敲了 Eson 的后脑勺一下，没好气地教训道："你小子敢当我面挖墙脚，活腻了？"

Pejic 见状笑趴在沙发上。

Eson 捂着脑袋一脸可怜兮兮地说："中国有句话叫'你情我愿'，Circe 漂亮又优秀，我争取下怎么了？窈窕淑女，君子好逑！"

他诗经不懂意思就乱用，加上又是用英语说的，翻译过来意思显得有些滑稽。

徐杺忍不住，勾起嘴角，偏开头笑了。

韩朔指着徐杺说道："你看，她都嘲笑你了。"

Eson："这明明是我中国的粉丝教我的！"

徐杺闻言，转过头来，耐心跟他解释，告诉他"窈窕淑女，君子好逑"的确是出自中国的《诗经》，他的粉丝没有在骗他，后面又把这句话重新解释了一遍，表示这句话表达的是爱慕，而非邀请。

徐杺还说："中国的语言如果直接翻译过来总是少了几分味道，我笑的是你说的这句话翻译过来太别扭了，还不如直接说'Everyone wants the best（每个人都想要最好的）'合适，并不是在嘲笑你。"

解释的时候，徐杺眉眼弯弯，带着几分放松，几分打趣。

徐杺往日里很少会说这么长一段话，在现场也是做的比说的多，相当低调。可很奇怪的是，当她耐心地说着《诗经》，用生动的形容化解翻译的尴尬时，周围的人都不约而同地安静下来听她说话。她的嗓音清雅而柔缓，口音标准却不死板，让人不自觉就想听她一直说下去。

她说完"Everyone wants the best"的时候，周围的人全都忍不住笑了出来。

气氛变得轻松起来，徐杺下意识看向韩朔，这才发现他也正看着自己。他双手随意展开搭在沙发靠背上，像他夹克背后展翅的猎鹰，那双眼同样墨黑又深邃，似乎把她难得与人开玩笑的模样全部看在眼中。

然后，徐杺在众人的笑声中，看见韩朔微微眯起眼睛收回目光，下一秒，他偏过头去，从唇边扯出一抹笑。

大概是被感染，徐杺也跟着笑了。

她回过头重新坐好，却看见原本一直在观察他们这边的 Lauridsen 突然走到他们跟前。

对方一副来者不善的模样，周围人见状，很快收起笑声看向他。

Lauridsen 没理会其他人，只看着靠坐在沙发上的韩朔，挑衅地勾起嘴角："笑得这么得意，怕是代言合同定下来了？"

众人面面相觑。

众所周知，TE 如今合约期内的区域形象宣传官就是 Lauridsen，而他话语里满满的嘲弄和意有所指也让人听了感到不适。

然而在座的人都知道 Lauridsen 并不会在众目睽睽下做什么出格的事，不过是对 TE 没有续约感到心有不甘，多多少少想要为难韩朔罢了，毕竟合同最终花落谁家根本不是他们在座的任何一个人能控制的，这点 Lauridsen 自己也很清楚。

韩朔虽然在 TE 备受期待，但是众人也没有和他关系好到愿意为了他去开罪 Lauridsen 的地步。

在这行，像两人这样对呛的事情只多不少，今天互相为难，第二天仍然有可能在一个团队里成为临时的工作伙伴。这个圈子就是这么让人啼笑皆非，和娱乐圈一样，很少有真正的交情，大家既是朋友也是竞争对手，很少会为了谁去伤害自己的切身利益。因此在座的人看到这种状况，都选择默不作声地往椅背一靠，端着酒杯，作隔岸观火状。

只有 Eson 和 Pejic 从表情中清晰表达出对 Lauridsen 的不屑，不过他们都没有说话，想看韩朔要怎么应对。

韩朔抬眸看了 Lauridsen 一眼，忽然笑了声："好说。"

他的话里虽然全无呛声的意思，可语气却依旧让人轻易感受到了挑衅。

在 Eson 的窃笑声中，Lauridsen 的脸色微微一沉，扯过一旁的椅子坐在韩朔对面，然后跟服务员喊了句："Hodgepodge（大杂烩）。"

这下子周围坐着看戏的人全都瞪大眼睛，还有不少人吹起了口哨。

"Hodgepodge"是这家酒吧点酒的一种叫法，简单来说就是大杂烩，调酒混合套餐，酒类涵盖各种类型，比如 liquor（烈酒）、liqueur（甜酒）、vermouth（苦艾酒），甚至有用饮料和酒混合的 highball（高杯酒），就是鸡尾酒。用小杯盛满到杯口不溢出，一种酒分两份，按照酒精浓度依次排成对称的长方形，这种喝法有一阵子在地下酒吧很出名，往往是用于玩惩罚游戏。

没想到 Lauridsen 的为难会如此直白，这一份 hodgepodge 全下肚，不说能撑到第几杯，明天保准也是各种头疼后遗症。在座许多人都玩过，知道其中的厉害。

徐杺看着服务员端上来的酒，皱紧了眉头。

韩朔全程没说话，没答应，也没阻止。

桌上很快被服务员清理出一大块地方，然后再被小酒杯摆满。色泽莹润的酒液恰好停留在杯口的位置，映着不同的光，酒也变成好看的混色。

见周围有人在拍照，Lauridsen 笑了一声，对韩朔说："好歹你也是从我手上接过的这份活儿，合同你是接了，就是不知道这酒你敢不敢喝了。"

大家不约而同看向韩朔，似乎都在等待他的回答。

韩朔笑了笑，坐起身来。

可是没等他做出回应，下一秒手臂就被身侧的一只手按住。

徐杺转过头看着他，每一根纤细的手指都带着反对的力道压在他的手腕上方："药店的人叮嘱过，吃完药要忌口，吃了药喝酒，你是不是不要命了？"

"死不了。"

“……你能不能有一次是听话的？”

“不能。”

两人僵持着，徐杺的眉头越皱越紧，韩朔倒是好整以暇，一副完全不着急的模样，嘴上说着不听话，手却也没挣开她。

后来，Lauridsen 按捺不住，阴阳怪气地酸了一声：“喝个酒而已，还需要商量吗？你要是没胆子喝，让这小姑娘替你喝也可以，只要你舍得。”

他话中有话，咬文嚼字地讽刺。

可没想到下一秒，那个看着温柔无害的姑娘忽然回头，幽黑的双眼与 Lauridsen 对视，咬字清晰地问了句：“Sure（确定）？”

徐杺话音刚落，众人一脸怀疑自己听错了的表情，和身边的伙伴们面面相觑。

Sure？她真的明白这些酒全部喝下去是什么后果吗？

Lauridsen 在周围的议论声中回过神来，先是眼神复杂地上下打量了徐杺两眼，然后轻哼：“当然。”

说完，他看向韩朔，语气中写满嘲笑：“想不到你还真的没这胆子，需要一个女人为你挡酒，而且你确定她可以？别玩脱了你这几天就没助理能用了。”

韩朔看都不看 Lauridsen，只盯着徐杺的后脑勺。等 Lauridsen 说完，他伸出手扣住徐杺的后脑勺往后一转，似乎要被她气笑：“你刚说什么？嗯？你再说一遍？”

徐杺用手拨开了他：“你不是不能听话吗？既然非得喝，也能代喝，那就我替你喝吧。”

说完，也不等韩朔拒绝，徐杺当着所有人的面，伸手够上距离自己最近的第一排的第一杯酒，微微仰头，一饮而尽。

周围坐着的一群人先是一阵沉默，然后像是蓦地惊醒一般，尖叫声如同惊雷落地，在人群中炸开！

韩朔在周围欢呼起哄的吵闹声里牢牢盯着徐杺的侧脸，目光划过她轻咽的喉咙，白皙的脖颈在灯下泛出莹润光泽，随即视线缓缓往下，正好看到她把酒杯放回原位，五根手指莹白如玉，柔中带韧。

眨眼间，徐杺已经喝完了第二杯。

开弓没有回头箭，当徐杺的手伸向第三杯酒的时候，人们已经尖叫得跟疯了一样。这时候，Lauridsen 才像是回过神来，咬牙切齿地在众人的起哄声中举起了第一杯酒。

酒液入喉，呛鼻又辛辣，五杯下肚后，徐杺的喉咙到小腹很快就变得滚烫，连带血管的跳动都像是被放大了好多倍，在耳边清晰地鼓动。

其实徐杺的酒量不算特别好，可是她喝酒不上脸，所以在别人看来，她比 Lauridsen 更游刃有余。

“女中豪杰啊！”

人们边鼓掌边感叹，目光落在那个沉着脸一杯杯喝得面不改色的中国女孩身上，片刻都挪不开。

五分钟前，她还在给大家讲《诗经》，语速轻缓，让人感觉如沐春风。五分钟后，她却像是武侠片里的女主角一样，坐在酒桌前替男人挡酒。

战局正酣，有不少人向韩朔投以或羡慕或玩味的目光。

自从徐杺喝下第一杯酒后，韩朔就没有再阻止，他靠在沙发靠背上，紧盯着徐杺的一举一动，观察着她的酒量。

这是第一个敢在他面前挡酒的女人，韩朔这样想着，觉得好笑，同时也觉得新鲜。

很快，桌子上的酒就只剩两行了，徐杺不易察觉地喘了口气。

再看对面，Lauridsen 脸色红得能滴血，他狠狠瞪着她，仰头再喝下一杯。

徐杺觉得自己的头已经很晕了，不仅晕，还很沉，像灌了铅一样。

可已经喝到这里了，剩下的都是低度数酒，停下就代表前功尽弃。徐杺咬咬牙，又拿起了一杯。

带着水果味的微甜鸡尾酒漫过喉咙，让喉间的灼热感消退不少，然而徐杺不知道的是，这些甜酒之所以会放到最后也是有原因的——越到这种时候，人们的心理防线反而越容易被击溃，一旦放松下来，后劲反而上得更快。

到底是经验不足，等茶几上只剩四杯酒的时候，徐杺的脸色越来越白。

不过 Lauridsen 也没好到哪里去，他此刻眼底都是红血丝，明显已经快到临界点，下一杯酒都端不稳了，一只手还捂着小腹，额头冒了虚汗。

就在所有人屏住呼吸死死盯着 Lauridsen 的动作时，徐杺身后的男人猝不及防比 Lauridsen 先动了。

徐杺感觉到属于韩朔的气息骤然靠近，没等她做出反应，眼前伸出一只大手稳稳把她半张脸盖住。下一秒，他稍微使力，徐杺的后脑勺不受控地抵在男人炽热的胸膛上。

徐杺从指缝中看见韩朔用另外一只手端起酒杯。因为他弯下腰，所以她的头也跟着被压了下来，视线被阻挡。徐杺咬牙，伸出手想要阻止，声音在他怀中显得闷闷的："不行……"

她气得几乎要眼前一黑，如果他最后都是要碰酒的，那她挡酒还有什么意义？

韩朔轻易就压制住了她，语气居然还带着几分愉悦："没事。"

他的嗓音低沉，因为感冒没完全好，所以带了些鼻音，在被捂着双眼的徐杺听来有种说不出的性感。

徐杺闻着他身上的气味，忍不住打了一个闷闷的酒嗝。

韩朔终于忍不住笑出声，胸膛因此微微震动。他动作利索，把剩下三杯鸡尾酒一饮而尽。

对面的 Lauridsen 早已离座上厕所吐去了，跟前的四杯酒安静地搁在桌子上，他到底是没坚持到最后，竟然真的被徐杺险胜。

周围人看着 Lauridsen 离去的狼狈背影，哄笑成一片。Pejic 更是笑趴在 Eson 背上，放肆的笑声引来周围不少人注目。

韩朔喝酒的时候，徐杺能清晰感受到他喉咙吞咽时的“咕咚”声，虽然此刻她的头又疼又胀，但还是按捺不住心底的气愤，伸出手用力抠他的大腿，像只爹毛的猫。

她平时一向擅长隐忍，如今众目睽睽之下做出这样的动作，要不就是醉糊涂了，要不就是真的气昏了头。韩朔边笑边用空着的那只手抓住她的两只“爪子”，“嘶”了一声，嘴唇贴在她耳边低语：“就两杯，不碍事。”

韩朔喝酒是海量，这三杯鸡尾酒下肚，他感觉跟喝饮料差不多。

他心情好的时候，对女人说话的语气都会带上几分哄，徐杺不是第一次见识，不过此刻她浑身难受，哪怕听出来他明知故犯也没有力气计较。她呼出一口气，放弃了似的，干脆彻底闭上眼睛，眼不见为静。

她的眼睫毛扫过，韩朔感觉手心泛起一丝痒意。直到她闭上眼不再挣扎，他这才把手放开，看着她明显很难受的表情。

徐杺此刻浑身散发着酒气，但并不难闻，只是这样的她，让人觉得新鲜。

虽然她还有三杯没有喝完，但是在这场众人都不看好的比试中能喝成这样，Lauridsen 其实早就输了。而韩朔不战而胜，面子里子都赢了个盆满钵满。

大家叫着徐杺和韩朔的名字，起哄的、艳羡的，应有尽有。

韩朔用舌头顶了顶腮帮，仍旧把人按在怀里，笑得意气风发。

她可真给他长脸。

因此结束后，韩朔难得好心地把徐杺抱回了房间。

她不知道什么时候在他怀里睡过去了，明明是警惕的性子，却全程都没再醒过来。

韩朔回房后把徐杺丢在床上，一边把自己沾满了烟酒味的衣服裤子脱掉，一边打量着床上的人，再想想今晚发生的事，又忍不住低笑出声。

他把脱下来的衣服裤子随手丢在浴室的洗手台上，夹克外套拿在手里抖了抖，用衣架挂在风口处散味。

之后，韩朔又去洗了个澡，出来的时候徐杺没有一丝动静，看起来完全没有要醒的意思。

韩朔扬起唇单膝跪上床，膝盖内侧紧紧挨着她的大腿，身子悬在她上方，一手撑在床上，另一只手捏住她下巴，让她的脸对着他。

徐杺的脸真的很小，他一只手就能遮住大半。

韩朔见她睡得不省人事，咬了咬牙，笑着说："你还有什么不会的？嗯？"

他嘴唇贴得她很近，声音又低又沉，说不清是性感还是危险，只是这个距离像是下一秒就能放肆亲吻了。

可徐杺没有任何反应，呼吸均匀，眉头舒展。

韩朔凝视着她，目光缓缓从她紧闭的双眼往下落，最后不可抑制地落在她湿润微红的唇上。

她的唇间有酒的芬芳，是龙舌兰混合了其他酒的气味，明明是写满了放纵的味道，可放她身上，偏让人品出几分清淡冷情来。

韩朔慢慢收紧掌心，让她的下巴渐渐贴合他掌心的弧度，变得没有一丝缝隙。

男人瞳色深邃，半晌轻笑出声，放开了她。

韩朔抓着徐杺一边肩膀，手臂微微用力，让她在床上轻巧地翻了个身。

她的长发柔软地顺着脖颈滑落，随后像绸缎一样铺开，挡住了她的脸。

韩朔直起身，拿出手机给 Pejic 打电话。

可接听的却是 Eson，他在电话那头咋咋呼呼地问："怎么了？怎么了？"

韩朔一手撑着腰，气笑了："我打给 Pejic 的，你接什么？"

Eson 被冤枉一样喊着："这丫头还在顶楼呢！醉得不行又不肯回

去，我要把她送回她男朋友那儿！”

韩朔：“死了没？没死就把她带过来我这里。”

Eson 疑惑：“怎么了呢？”

韩朔看了眼床上醉得没有意识的某人：“你管那么多？把人带来。”

“别吧？”说完，Eson 了然地“哦”了一声，然后笑着说，“你不会是想让这醉丫头去照顾另一个醉丫头吧？别闹好吧？她现在走都走不稳了……啊啊啊，你敢吐在我身上？死丫头！”

手机那边一阵惨叫，在自己的耳朵要遭罪之前，韩朔皱着眉挂了电话。

把手机丢到床上另一边，韩朔叉着腰打量着床上的女人。也不知道过了多久，或许是一分钟，也或许是五分钟，韩朔突然嗤笑出声，然后倾身上前，一手按着徐杺瘦削的肩头，一手从她脖子下方找到裙子拉链，毫不犹豫往下拉。

就像是剥鸡蛋一般，她背上一大片如玉般莹白的肌肤随着拉链滑下，毫无防备地出现在男人眼前，可韩朔眼神都没变，利索地抓着袖子两边往下拽，动作不算温柔，但也不粗暴，只一会儿就把她扒得浑身上下只剩一套黑色内衣裤。

韩朔心底是没有欲的，可看到这一片细腻的雪白上佩戴的黑色细吊带，如此对比强烈的颜色，他还是忍不住烦躁地扯了扯领口，随后单手熟练地解开胸衣扣，另一只手准备掀过一旁的被子给她兜上。

可当黑色背扣应声而解时，韩朔的目光却忽然凝在了原本被挡住的一小块皮肤上——

那是一只翅膀。

大约只有半只手掌大小，黑色的，下部略稀疏，像是鹰才会有的强壮羽翼，被仔细地、如同不可磨灭的烙印一般突兀地刻在那纤细的肩胛骨下方，硬生生破坏了这块雪白无瑕的肌肤……

比方才的颜色冲突更为违和且矛盾，又无比美丽。

韩朔一直盯着那块地方，忍不住用拇指按住那只翅膀，力道不轻不重地拂过。

意料之中的擦不掉，看褪色程度，文这个图案的店应该不怎么样，边角处很多细节都处理得有些粗糙，而且那时候她的身体应该还未完全长好，皮肉长开后导致翅膀还有些微微变形，很细微的程度，不仔细看看不到。

而且这文身的位置……平时藏在内衣下，不是亲密的人根本无法知晓。

韩朔的拇指在不知不觉中渐渐用力。

等他回过神来，那块皮肤已经被他摩擦得发红。

过了一会儿，他收回手，面无表情地扬起被子把徐杺整个人盖住。

# 第六章 夏日

其实被抱进房间的时候，徐杺还是有一些知觉的。

被不怎么温柔地摆弄，然后似乎有谁在耳边说话，这些她迷迷糊糊中也能感觉到。

只是当被翻过身，陷进香喷喷的被褥后，意识就彻底离她而去了。

胸口很闷，头很疼，这样的感觉陌生而熟悉，让她一下子就有些分不出来自己到底身在何处。

那年夏天，班上来了个插班生。

是个男生，高高瘦瘦的，眼神明亮而不羁。

看到这样的眼神，徐杺不感兴趣地低下头，再没有看一眼。

在一中，这样看起来特立独行的男生实在算不上稀奇。

之前就传言这位插班生家里头是搞实业的，他父亲还捐了一栋楼，所以他直接进了特进（1）班。

“大家好！我叫陈骁！”

声音倒是十分清亮。

陈骁做了简单的自我介绍后，班主任对徐杺说：“徐杺，下课之后你帮陈骁清点下新书课本。”

徐杺闻言抬起头，温然一笑：“好的。”

徐杺不算是老师们的宠儿，但最起码，她是让老师们最省心的一名学生。

出身好，家教好，性格也很完美，年纪轻轻却很有耐心，和同学相处得也很和谐。

——像她爸爸妈妈一样。

这是老师们对徐杺作出次数最多的评价。

那天徐杺带陈骁去了教学楼一楼领了新书和校服，之后他问了她社团办公室在哪里后，就头也不回地走了。

他刚走过转角处，徐杺脸上的笑容就淡了。

她对这些无忧无虑的小少爷没有任何兴趣。

半个月后。

这一天，徐州平要出去应酬，晚上不回家吃饭，周蓝玉理所当然作为伴侣陪同出席。

早上的时候，周蓝玉一边吃早饭，一边对徐杺说："今晚我叫了阿姨回家做饭，你放学就自己回家吧。"

徐州平闻言皱眉："让司机去接。"

周蓝玉面露不耐烦："临时找不到司机，我们四点就要过去，杺杺学校放学基本五点之后。"

徐州平闻言，脸色一沉。

眼看着饭桌上的气氛越来越严肃，让人不快，徐杺平静地咽下一口粥，对他们说："爸爸妈妈，没关系，我下午打车回家。"

徐州平这才放下眉头，"嗯"了一声："等下给你留钱打车，放学就回家，不要随便乱跑。"

"知道了，爸爸。"

徐杺出生时，父亲徐州平已经是有名的外交官，三天两头世界各地飞，有时候难得回 W 市，也是应酬不断；母亲周蓝玉原本是建筑研究院副院长，嫁给徐州平之后辞职，一边挂着一所建筑大学的教授闲职，一边跟随徐州平四处奔波，为他打理内外。

可不知何时起，反正是徐杺挺小的时候，家里的争吵就接二连三，再没有停过。

大多数引起争吵的都是周蓝玉。

生了孩子后的周蓝玉在某一天像是突然厌倦了这样作为外交官太太的无意义生活，想要回归她原本的研究岗位去。其实她原本就是一个高傲而野心勃勃的女人，当年因为爱情舍弃了这些，后来又因为婚姻的疏淡，或者也是因为徐州平的自私，又渐渐觉得在这段关系中自己曾经的付出并不值得。

女人在婚姻中仿佛很难获得一个优势的地位，正如周蓝玉觉得自己明明很优秀，可在外人看来，她都不过是徐州平的附属品。徐州平用她的优秀衬托自己作为男人更为成功，而她却什么都没有，没了徐州平，她就是一个名不见经传的学院副教授。这让她越来越不甘，也越来越抗拒这种给徐州平充门面一般的生活。

终于有一次，她和徐州平大吵一架之后，果断辞了教授工作，又以原来的职位，被重新聘请到研究院任职。

这是这场婚姻彻底决裂的标志。

可是以徐州平和周蓝玉的身份，这样失败的婚姻是永远不可能公布于众的，况且对方的身份实在对他们各自的事业有着极高的助力。

徐州平和周蓝玉也是聪明人，经过这场决裂，婚姻虽算是名存实亡，但在人前却也能伉俪情深。而人后，他们往往说几句话就会失去耐心，只能勉强在女儿面前维持体面。

因为没有了周蓝玉的协助，徐州平很快找了个年轻貌美的秘书为他打理内务，而周蓝玉也是游走在研究院的一堆教授之间，两人互不干扰。除了一些重要的人际交往周蓝玉会陪同徐州平露面以外，其余的时间，他们两个更像是一对合作伙伴，比陌生人要知根知底，却比亲密的人又少了该有的情感寄托。

而徐杺很小的时候就知道，自己出生在这样的家庭中，根本别无选择。

在所有人看来，她不过是这样一对“优秀夫妻”所生出来的优秀的后代罢了。

徐州平需要徐杺优秀，为自己搏来更多的赞誉，所以从很小的时候开始，他就对徐杺要求严厉，无论成绩、交际，还是言谈举止。

可徐州平并不关心她如何达到这些标准，也不关心她的身心健康，在徐杺看来，自己更像是父母养在家里的一只金丝雀，他们养着她是为了来客人时给客人伸展羽翼，逗客人高兴的。

徐杺也被要求学很多东西，不是因为父母对子女的爱与期许，而是为了他们在人前的颜面。

不过也幸好是这种病态的自私，他们对徐杺的监察还远远没有到密不透风的程度，笼子缝隙很宽，虽不至于让她自由来去，可想要任性地呼吸，还是能够办到。

有时候徐杺会觉得自己正慢慢成长为一个怪物——表面上亭亭玉立、温柔细腻，然而内心深处，却是对世界冷漠、虚伪冷情。

大概基因就是那么一回事，强大且无法逆转，也或许这就是一个早熟且心思聪慧的孩子所经历的最可怕的叛逆期——她总是偷偷摸摸地，又带着一丝报复心理，在内心深处和家长的要求背道而驰。

因此那天徐杺没有去上课，原本老旧的教学楼快要拆了，墙皮剥落，瓦片满地，看着就危险。这里平时没有人来，老师曾多次警告学生们不要靠近这里，可徐杺就常来。

君子不立危墙之下，可她不是君子。

徐杺经常厌烦这样孤独又冷漠的自己，可同时，又隐隐为这样的自己着迷。

她十分矛盾地享受着此时此刻。

“啊！”

身后突然传来一个耳熟的男声。

徐杺吓了一跳。

那一刻，她心底想的第一件事不是要怎么逃跑，而是要怎么在对方告诉老师前倒打一耙。

她转过头去，看见陈骁抱着一堆奇怪的零件站在她背后空地上，看起来像是路过。

大概是看她脸色不善，陈骁看了眼表，再看看她，忽然咧嘴笑着："你别害怕啊，我不告诉别人你旷课。"

害怕？

徐杺愣住了。

等反应过来，她才发现心跳得飞快。

她暗暗咬牙，冷着脸跳下墙垛，转身就想走。

可没想到陈骁却叫住了她："喂！你走什么？我有说无条件帮你隐瞒吗？"

男孩的语气玩味又恶劣，徐杺差点一个趔趄。

"帮我搬一下这些！我手要断了！"

帮陈骁把东西搬到实验室后，徐杺已经气喘吁吁、汗流浃背。

也不知道这些金属块是拿来干吗的，那么沉。

徐杺坐了下来，看着陈骁虽然一身汗，却开始马不停蹄地捣鼓那些金属块和零件。

过了好久，徐杺皱起眉，一边打量着眼前的物件，一边迟疑地问："……机器人？"

陈骁的背已经全部被汗水打湿了，棉质校服贴在少年的脊背上，能清楚看到他脊椎的形状。他擦了擦汗，随口应道："是啊。"

徐杺觉得他脑子有问题。

别家的少爷都是玩篮球台球足球，偶尔捣乱以展示自己时间多且精力充沛，而他却一个人在捣鼓什么机器人。

而且，这"机器人"还挺丑的，陈骁不知道用的什么方法把这些金属块粘起来的，拼接边缘漏出块状白胶，整体看上去有种说不出的寒碜。

徐杺抿抿唇，最后还是什么都没有说，起身准备走了。

她已经耽误太多时间，回去还得说个谎圆过去。

陈骁却在她出门前叫住她：“喂！你明天继续过来吧！”

徐杺忍了忍，最后捏着拳头转头冷冷看着他，说：“凭什么？”

她不知道自己现在的样子有多么像一只被踩着尾巴的猫。

陈骁笑出声来：“因为我现在暂时没有帮手，你就当……就当我是在威胁你吧！不过反正你也没事做，不是吗？”

徐杺想说，就你这样没有证据的威胁还配叫威胁？她若不承认，老师们也会相信她。

可她听完后面那一句，居然意外地没有反驳，更没有把心里的想法说出口。

陈骁已经低下头继续去敲弄那块烂铁，徐杺看了一会儿，扭头就走了。

第二天，掐着点，徐杺又来到了那间实验室。

进去之前，徐杺说服自己，是因为她的确没有什么事情做，特意过来消磨时间的，她也想看看他到底在弄什么。

谁知道，徐杺刚推开门，一下子就愣住了。

昨天那块丑得不行的金属块，今天居然好看了不少，黑色短发少年还是如昨天一样，手里拿着一堆电路板、电线等说不出名字的零件在认真地倒腾着。

他连姿势都和昨天一样，背后的校服同样湿了一片。

不过今天他学聪明了，这儿没有空调，他就买了一个装电池的小电风扇放在桌上。

徐杺终于知道这大少爷今天翘了一天的课是为哪般了，敢情他这一整天都在为这铁片“整容”。

“快过来帮我扶着。”

大少爷忙活得恨不得自己能长出来十双手，这会儿看到徐杺，毫不客气地命令道。

徐杺犹豫了一会儿，还是走上去帮他扶着。

手挨到机器人的时候陡然一沉，徐杺“嗞”了一声，连忙稳住。

陈骁正躺在地板上给机器人调整脚部，见状还笑着说：“没吃饭啊？扶稳，别摔了！”

徐杺咬咬牙，又使了把劲。

扶了十分钟，等徐杺放开机器人的时候，整个左肩都麻了。

“你到底在干什么？”徐杺揉着肩膀，终于忍不住问道。

陈骁上下检查了下细节，感觉挺满意，这才大发慈悲地告诉她：“要去参加这学期的高中机器人大赛。”

“机器人大赛？”徐杺微愣，“你加社团就是为了这个？”

“是啊。”

“……可我们学校对于社团从来不重视，社团比赛也是。”

一中对学习要求是相当严格的，像社团这种东西基本都是摆设。

“那又怎么样？”谁知道陈大少耸耸肩，不慌不忙地把机器人背后的电路板装上去，“我就是要参加，他们还能打断我的手不成？”

没想到陈大少的话很快就一语成谶。

三天后，陈骁的右手上了石膏，当他出现在班上的时候，所有人都吓了一跳，有几个和他比较熟的同学问他这是怎么了。

陈骁坐在自己位置上，随口回道：“被我爸打的。”

他最近缺课缺得明目张胆，班主任便打电话告知了家长。陈骁的父亲是暴脾气，撂了电话就狠抽了他一顿，这手是他反抗的时候撞墙角上弄骨裂的。

那天下午放学以后，徐杺见人都走得差不多了，她又绕道去了实验室。

一开门，右手打着石膏的少年正吃力地用左手拧着螺丝刀，一看到她简直像看到了救星，立刻龇牙咧嘴地朝她喊：“来得正好！快过来帮我扶着！”

就是那一刻，徐杺觉得自己被打败了。

后来不知道从什么时候开始，徐杺就习惯了放学后去实验室帮陈骁的忙。

她对周蓝玉说最近学校在补课，又向班主任暗示自己在参加各学科老师们放学后的加强练习，所以两边都没有怀疑。

她和陈骁渐渐成为了关系微妙的“同伴”。

徐杺对陈骁的了解也更多了，知道他的父母离了婚，现在他跟着父亲生活；知道他很爱看国外的小说，为了不让父亲发现，他会用手机上网找翻译版电子书看。他的兴趣并不多，班上的男生更多喜爱户外运动，他则更喜欢自己一个人在屋里研究电路板或者埋头看小说。

徐杺还知道陈骁的理科很好，明明才高一，做出来的笨重机器人真的能像电视上看到的那样动起来。他虽然是插班进来的，但在上一所学校时的理科成绩一直是年级前三。这些其他同学都不知道。

陈骁是个脾气很倔的人，他说自己在转校之前就一直有在做这些，上一所学校更支持竞赛类项目，在那里他得到的支持更多，也曾组建过一个像样的团队。可到了一中，却连一个帮他的人都没有，只有一位挂名的物理老师愿意给他做简单的指导，并且作为负责人为他报名参加比赛。哪怕这样，他也从来没有停下来过。

陈骁有时候会像个大人一样，敲着手里的金属块对徐杺说：“国外的机器人用途很多，家庭使用已经不算什么了，有人通过机械获得过去没有的能力，也有很多残疾人因为有了这些设备的帮助而重新成为‘正常人’，甚至会有人选择和机器人一起生活。未来人们的选择只会越来越多，现在看起来别人接受不了的生活方式，以后也会变成常态。我想做的就是加速这种‘常态’，让每一个人都能轻松拥有自己想要的生活。”

徐杺安静地听着，她觉得说着这些话的陈骁和平时任何时候的他都不同。他的表情很认真，明明是那么遥不可及的梦想，在他看来却仿佛触手可及。

“那你呢？你想干什么？”

陈骁的话题一丢过来，徐杺就愣住了。

她想做什么？

徐杺这才发现，这个问题居然把自己难住了。

她从未想过自己想干什么，因为她知道，自己的未来已经被父母决定——在杭州附近念个大学，然后进外交院，随后只要像现在这样把所有事情都做到九十分以上，足够让父母脸上有光就可以了。

徐杺的沉默似乎在代替她回答。

陈骁从窗台上跳下来，对她说：“整天做没有意义的事情，所以你才会过得一点都不开心。”

他这句话让徐杺无法反驳，也是在那一刻，徐杺才猛地反应过来，自己这些年的自我叛逆简直毫无意义。她厌恶着束缚着自己的金丝笼，却从没有真正想过要挣脱。

那一刻，徐杺的嘴里涌上了微苦的感觉，她是个胆小鬼，一直都是。

后来她从一本书里看到过一句话——

他们就像时钟里没用的齿轮，每天都重复无意义的生活。

陈骁和她不同，他永远都知道自己想做什么和该做什么。这个世上本就没有无用的齿轮，也只有清楚这个道理的齿轮，才能决定自己的用途。

那是徐杺生平第一次尝到了自惭形秽的滋味。

“杺杺，你怎么了？”周蓝玉不着痕迹地打量着女儿，忽然开口问道。

徐杺心惊了一下，不过表情控制得很好。她咬了一口油条，低声说：“没事。”

周蓝玉这才收回目光：“今晚和你徐伯伯他们吃饭，我让司机去接你，放学后就别补课了，跟老师说一声。”

徐伯伯是父亲的上司，昨晚到的 W 市，他很喜欢徐杺，因为他只有一个儿子，很羡慕徐州平有个这么温柔体己的女儿，所以每次徐州平和他有饭局，都会带上徐杺。

徐杺点点头，说：“好”。

然而今天直到上课铃响了，陈骁都没有来上课。

大家对此似乎早就习惯了，有和陈骁玩得近的男生说：“好像是今天下午放学后就要跟车去实验高中那边参加比赛了，应该是去做最后调整了吧。”

今天比赛？

徐杺下意识攥紧手心。

放学铃声一响，徐杺好像完全忘记了早上母亲叮嘱的话，拔腿就往实验室跑。

直到打开门，看到屋里的人还没走，徐杺紧绷的神经才猛然松了下来。

陈骁倒是被她这大汗淋漓的模样吓了一跳：“又发什么神经？”

被骂了徐杺也不生气，反而只想笑。

“笑什么！”陈骁嘴里叼着笔，指了指已经做好的机器人。

徐杺看向完成品。

它被油漆刷成了白色，头、身子和脚虽说都是方方正正的，但是很符合人们心中对于机器人的形象。只是陈骁画画的水平实在有待加强，机器人的表情被陈骁画得既木讷又滑稽，像个书呆子，硬生生把颜值拉了下去。

徐杺忍不住笑出声来。

不是平时习惯的微微一笑，而是真正愉悦的笑。

见她笑弯了腰，陈骁似乎也知道自己画的脸很搞笑：“笑成这样，有本事你来画。”

“好啊。”

少女的嗓音温和如三月春风。

学校操场，大巴车早就等着了，本市要去参加比赛的人都在一辆车上。车前的负责老师一看到陈骁，一脸恨不得跳起来打他的样子。

好一通教训后，老师和司机一起把包装好的货架抬上大巴的货仓，随后催促陈骁上车。

陈骁走在老师身后，刚踏上大巴，又回过头看着一动不动的徐柗，挑眉道：“上来啊？”

徐柗愣住：“……干吗？”

“去看比赛啊。”陈骁一脸理所当然，“玩得那么高兴，最后关键时刻，不想亲眼看看？”

徐柗其实想诚实地说想。

徐柗感觉像做了一场梦，可是校门口等待的司机，就像徐州平和周蓝玉的存在一般，把她无情地拉回了现实。

“我家里人在门口等我。”

陈骁一脸“这有什么”，说：“你现在上了车，他们还能去实验高中抓你不成？大不了之后被一顿胖揍。”

徐柗很心动。

可她最终还是摇摇头，对他说：“你加油。”

校车驶远了，徐柗才开始朝校门口狂奔而去。

她心里胀胀的，有些兴奋，又有些难受。

她如今还没有足够的勇气，理智也告诉自己，现在的她还没有能力去承受放肆的代价。

看着陈骁上车时的洒脱背影，徐柗觉得很羡慕，又觉得很耀眼，让人看着热血沸腾，她第一次有如此强烈的想要流泪的冲动。

她跑到校门外，打开自家车门坐进去，一边暗自平复呼吸，一边对司机说：“抱歉，下课有点晚，可以走了。”

车子缓缓启动，徐枞看着车窗外，蓝天白云，是个好天气。

她想，希望那个少年一切顺利。

请保佑那个少年，一定要赢。

那天晚上，徐枞“称职”地表现出了徐州平所需要的角色，整个过程对方夸得徐州平眉毛都差点飞起来了。

晚上回去的路上，徐州平心情不错，在车上夸徐枞：“看来这学校把你教得不错。”

徐枞“嗯”了一声，看着车窗外，心不在焉。

第二天她早早去了学校。

陈骁这天破天荒早到，徐枞进教室的时候，他正趴在自己的座位上睡得正沉。

徐枞走过去轻轻拍了拍他的肩。

陈骁揉着眼睛坐起来，看到是她，先伸了个大大的懒腰，然后把手放进抽屉里，拿出一份奖状。

**△W市“能力风暴”机器人大赛青年组一等奖。**

看到中间最大的一行字，徐枞低下头笑了。

陈骁托着下巴看了她几眼，随即说：“这还只是晋级赛，马上就要到全国赛了，听说赢了的人能获得去日本进修的资格。”

徐枞有听说这次比赛其实是日本的大学出资在世界各地联合举办的，点点头：“你想去吗？”

“当然。”陈骁说，“昨天你答应过我的事，还算数吗？”

徐枞点了点头：“当然。”

说起来，徐枞的美术功底还是得归功于以前徐州平毫无目的地为徐枞安排的兴趣班，徐枞学了不少基础。不过因为徐州平说这些业余特长不用学得多精，只要看上去比别人要好就行了，所以后来上高中之后徐枞就没再学了。

现在重新拿起画笔，徐杺发现自己其实并不讨厌画画，明明当年被迫去学习的时候心里满满都是不耐烦，换了一个环境才明白自己讨厌的其实不是画画，而是被安排。

陈骁让徐杺改善一下机器人的造型，琢磨着能不能做出个更好看的改良版去参加全国大赛，所以徐杺平日里只要一放学就会偷溜到实验室，坐在椅子上边想边画，画好了再给陈骁看。

高一上学期就这么过去了，因为机器人大赛定在一月，所以寒假的时候，陈骁也每天往学校跑。

徐杺用各种理由骗过周蓝玉，每天下午花三个小时在学校帮陈骁的忙，然后四点半左右再匆匆回家。

比赛前一天，陈骁打量着机器人那张脱胎换骨的脸，忽然问徐杺："明天你会来吧？"

这次决赛在市中心的大会堂举行，闻言，徐杺说："来。"

可到了第二天一早，徐杺起床后却发现自己的手机不见了。

她以为自己昨晚回来的时候忘在了楼下，急忙下楼去找，可到了大厅，却发现周蓝玉正拿着她的手机坐在沙发上，皱着眉看着手机屏幕。

徐杺的心狠狠一沉。

下一秒，周蓝玉发现了徐杺，她面无表情地放下手机，对徐杺说："坐下！"

语气是从未有过的严厉。

徐杺刚坐下，手机就被重重地摔到怀里。那时候的手机很笨重，砸到身上很疼。徐杺拿起来，看见屏幕正停留在短信界面上，里面都是这个寒假里陈骁约她碰头的信息，句句简洁明了，可看在周蓝玉眼底，却句句都是刺眼的暧昧。

"你给我解释解释，这是怎么回事？"周蓝玉的语气冷冰冰的，像是徐杺每日要润色的那堆冰冷的器械，刺得人浑身发疼，"陈骁？是不是你们班那个不学无术的陈骁？”

“妈妈……”

周蓝玉打断她：“你只需要告诉我，你这个寒假每次说出去和同学交流学习，是不是骗人的？是不是每天都去找他？”

徐柲抿唇，不说话。

周蓝玉的脸上慢慢写满了失望：“柲柲，你实在太不懂事了。”

然而徐柲一点都没听进去。

她低头，看着手机里的时间。

已经八点半了。

比赛十点开始。

周蓝玉勉强平复了下情绪，站起身没收了徐柲的手机，毫不留情地按下关机键。

“今天开始就在家里好好待着，不准出去。手机也别要了，学习为重，本来你们高中生就不该是用手机的时候。”从周蓝玉的角度看，只能看到徐柲的睫毛和鼻子。

徐柲此刻一声不吭，越乖顺，越让周蓝玉感到气愤，她从未想过如此乖顺的女儿会瞒着她做这么离经叛道的事。

可她还是忍耐下来，并没有继续对徐柲发火：“开学我会和你们班主任联系，要不你换班，要不他换班，总之，不要再有来往。柲柲，别再不懂事，他和你不是一个世界的人，一个暴发户，还是那么不学无术的孩子……你好好想清楚，我们花钱送你读书，不是让你读成这样的，不要再让我们失望。”

周蓝玉从未一口气对徐柲说过这么多话，说完，她头也不回地上楼了。

直到楼上传来关门声，徐柲才站起来。那一刻，她脑袋里乱糟糟的，什么想法都有。

她麻木地上楼，回了房间，关上门。

八点四十五了。

她看着闹钟，又坐了五分钟。

八点五十。

徐杺突然站了起来，打开衣柜把睡衣换下，然后从抽屉里翻出自己的钱包，掏出身份证和几张整钞放进裤兜里。

她轻轻打开门。

外面什么动静都没有。

周蓝玉此刻大概还在书房，她对徐杺没有防备，大概是觉得女儿被这么严厉地训斥过后，最起码短时间内不敢再做出格的事。

徐杺憋着一口气，快速而安静地走到大门口。

关上大门的时候，她浑身都是冷汗。

可同时，她又感觉到了那股熟悉的热血沸腾。

她跑了起来。

她穿过屋前的长坡，绕过胡同、大榕树，跑到马路边，拦下一辆出租车。

车子快速往大会堂的方向驶去。

徐杺觉得自己简直是疯了，就像是在电影里看到过的画面，周围光怪陆离，只有她眼前的景象无比清晰。

她的眼眶微热，很快又被她用尽全力压回去。

九点半，车子到达大会堂。徐杺在车上已经给了钱，司机一停下，她立刻打开车门往前跑。

跑进正厅，看着偌大的横幅，徐杺停下喘了口气，才跑进侧厅。

侧厅内满满都是人，徐杺艰难地迈进。挤到中间的时候，她踮起脚尖看了看舞台，还没有轮到他们学校。

“徐杺！”

就在徐杺越发茫然无措的时候，有一个清亮的男声忽然在闹哄哄的人声中清晰地响起，把她唤醒。

这声音就像是他第一天做自我介绍那样，中气十足，自信满满。

徐杺猛地朝声音的方向看去，就见陈骁正站在走廊另一头朝她高高举起手。

徐杺咬着牙挤过去。

“你怎么来得这么晚？在学校等你老半天了！”

“陈……陈骁……”徐杺喘着气，怔怔地看着他，眼睛慢慢被雾气蒙住了。她哽咽着，却发现自己忽然什么都说不出口，“对不起……”

陈骁愣住了。

下一秒，陈骁抬起手摸上她的脸，没一会儿手掌就被泪水浸湿。少女的眼泪来得猝不及防又热烈滚烫，那双一向温和而疏离的眼睛里此刻写满了情绪，像受了无尽的委屈。

陈骁忽然用力一抹，把她的眼泪擦掉，看着她说：“徐杺，我让你做那么多，不是为了看你这个样子的。”

“我知道……我知道！”徐杺一边哭着，一边使劲点头。

徐杺真的很难过。

她知道陈骁是什么意思。

让她帮忙搬东西，让她画机器人设计图，让她来看比赛……

徐杺知道，他其实早就什么都看出来了。

看出了她的孤独、麻木和茫然。

看出了她的无助、胆怯与失落。

看出了她其实从未真正快乐过。

他让她做那么多，是为了让她能真正高兴起来，不是因为别人，而是为了她自己。虽然看起来是她在帮助他，可实则完全相反，他为她做了太多，即使不露痕迹，可心思细腻的她怎么可能察觉不到？

周蓝玉说得对，他们根本不是一个世界的人。

他是太阳底下的人，自信、坦荡、聪敏、善良，而她不过是一只好看的金丝雀罢了，从小在别人的期望中长大，从未真正为自己而活。

今天她第一次想要挣破这笼子，然而哪怕自己已经遍体鳞伤，却连笼子都不能撼动分毫。

可她不后悔。

“你要加油！你一定要赢！”

她来只是想对陈骁说这个，他这样的人，应该属于更高的天空。

陈骁握着一手冰凉的泪水，听着她哽咽的，却又坚定无比、近乎咬牙切齿的声音，他对她说：“徐杺，我一定证明给你看，我能做到的，你也一定能做到。”

他一定会让她知道，人只会在做自己真正想要做的事情时才会笑出来。

只要你想做，并且拼尽全力去做。

他们还年轻，这个麻木的世界，还有那些无情的怪物，就让它们在黑暗里伺机而动吧，他们还有力气反抗，还有力气挣扎，既然想要活得更自由更快意，那就不该停下。

因为只有人的心声，是绝对不能无视的。

他们绝不能让自己也变成那样的怪物。

一中在这次全国青少年组机器人大赛中顺利斩获一等奖，高一下学期的开学典礼上，陈骁作为获胜代表第一次在国旗下发表讲话。

第二天，陈骁的父亲居然亲自到学校为他办理退学手续。

因为这次比赛获得一等奖，陈骁获得了日本那边一所研究院附属高校的在读资格，只要顺利毕业，表现良好，还能直升进相关专业最顶尖的大学就读，未来还有机会进研究院工作。

他用自己的能力和成绩让那些曾经说他不务正业的人闭了嘴，包括他的父亲。

陈骁办好了签证手续，还需要和研究院负责人做最后一轮面试。办完退学手续后，他再没有出现在校园里，徐杺也再没有见过陈骁。

只是徐杺家里对她的监视开始变得密不透风了起来，周蓝玉还差点给她请了心理医生，最后被徐州平阻止了。

徐杺的生活似乎慢慢回到过去的节奏，只是放学以后，她还是会到实验室里去，偶尔画画，偶尔看书。

她不再为了麻痹自己而逃课，只有学习累了、画累了，才会忍不住到这里来，让自己保持清醒。

她好像终于找到了自己感兴趣的事。

然而带给她这些改变的少年，却像是夏天里吹过的一阵风，那年夏天一过，就了无痕迹了。

五月。

这一次期中考，徐杺拿了全年级第一。

拿到成绩单后，周蓝玉神情放松，看着坐在沙发另一边的女儿，淡淡地说："考得不错。"

"谢谢妈妈。"

周蓝玉观察着自己的女儿，半晌，对她说："杺杺，你能想明白，妈妈真的很欣慰。人生的路很长，你还有很多时间慢慢成长，但是要记住，不要再为了无谓的人浪费时间，因为只有你现在学到的知识、积累的经验，才是你自己一个人的，是你自己的财富，你浪费时间在别人身上，就是对自己人生的不负责任，懂了吗？"

徐杺安静地点头。

当天晚上，周蓝玉把手机还给了她。

这比徐杺预料的要早一些。

徐杺重新开机，果然，短信和通讯录都已经全部消除。可徐杺还是熟练地输入一串号码，给那个很久都没有联系过的人发去一条短信。

半分钟后，对方回给她一个航班信息。

徐杺收起手机，躺在床上闭上眼睛。

五月三十一日，周三。

早读铃声响起的时候，徐杺已经熟练地从已经开始重建的旧操场一角走出学校，打了一辆车，直奔机场。

她来到陈骁给的航班号进站口看了一会儿，很快就找到了那抹熟悉的身影。

几个月没见，他头发短了，也长高了，远远看去，高挑而俊朗。这个年纪的少年就像是施了肥的树苗，长得飞快，眉眼中已经隐隐有了男人的气质。

两人目光相对，徐杺笑着走过去，看了看他身后的行李箱，问：“只有你一个人？”

“我爸刚走。知道你要来，就没让他再送。”陈骁耸了耸肩，视线却在打量她。

忽然，他抬起手，用食指轻轻蹭了蹭她的眼睛下方，笑着说：“那么拼？眼袋跟个熊猫一样。”

徐杺没有躲开，摇摇头，说：“是有些累，但不要紧。”

之后是一阵沉默。

最后还是陈骁先笑了笑，打破了这阵安静：“看到你这样，我就放心了。”

徐杺看着他：“陈骁。”她叫了他一声，然后抿唇，对他说，“对不起了。”

这是她第二次道歉。

“你为我做了那么多，我却还是做不到像你那样勇敢，让你费了那么多心思，还差点因为我害你被老师调出特进班……幸好你最后拿了第一，不然我就成罪人了。”

周监王去找班主任的事情陈骁是后来才听说的，不过那时候他已经在办退学手续了，所以这件事根本影响不到他。

他无所谓地摆摆手：“就算退出特进班也不要紧，我虽然做机器人厉害，可读书，和你比还是差远了。”

徐杺闻言笑了。

看着她，陈骁忽然问：“那你现在过得开心吗？”

徐杺微微一笑，却没有回答。

陈骁也低笑一声，似乎也觉得自己忽然这么矫情，显得有些可笑。他伸出手，抱了抱她，像是要给她力量似的拍了拍她的后背，说："如果你活得不开心，那么我所做的一切才是徒劳。"

说完，他顿了顿，才继续说："如果你还当我是朋友，就不要让我白费这份工夫，知道吗？就没有见过比你更不让人省心的姑娘。"

徐杺回抱了他："知道了。"

这时候广播开始提示登机，徐杺放开了他，对他挥挥手。

她的笑容里有许多情绪，大概是温暖，大概是祝福，只是不管怎样，都比陈骁第一次见她时要真实。

"陈骁，能遇见你，真的很好。"

"再见。"

少年转身离去的那一刻，徐杺觉得自己的心意外地平静。

她知道，自己这辈子再也不会忘记这个突然出现在她人生中，为她带来第一束光的男孩了。他就像一阵自由来去的风，吹来的时候带给人生机勃勃的活力，可谁都抓不住，因为他有自己的目的地。

她想，愿他这样的人，今后能尽情在碧海蓝天之下翱翔。

只有这样想着，她才会拥有继续挣破金丝笼的勇气。

徐杺缓缓睁开眼睛。

第一个感觉是眼睛十分干涩，像是在梦中痛哭过一场，肿得几乎睁不开。

第二个感觉才是这场宿醉带来的头痛。

那场回忆明明长达一年之久，可放到梦里就像走马灯一样，顷刻就播放完毕。

人的记忆，真的是一件很奇妙的东西。

徐杺愣愣地看了天花板一会儿，忽然惊醒，因为她发现自己身上居然没有穿衣服。

被体温焐暖的被窝把她整个人卷住，一点空隙都没留。

徐杺侧头，看见韩朔睡在自己身旁，不过他什么都没盖，背对她侧躺着，只留给她一个后脑勺。

徐杺怀疑自己是不是还没醒透，或者还在梦里？

她有些困难地把手伸出被窝，目光扫视一圈，才发现自己的所有衣物都搁在不远处的单人沙发上。

也真奇怪，明明是这样的窘境，徐杺心里头却也没惊起多大波澜，大概是头部的钝痛让她没了这份精力。

她悄无声息地走下床，打开韩朔的衣柜，随便找了件T恤套上。如她所料，他的衣服简直可以当裙子穿，把该遮住的都遮住了。

做完这一切，徐杺才坐到床尾一角，一边撑着额头，一边看着男人沉睡的背影。

徐杺想起当初自己在别墅看到李璐下楼的那一幕，自己现在这样，大概和当时的李璐差不多吧？

徐杺自嘲般勾起嘴角，片刻后又放下。

实在是身体和精神都在哭诉着疲惫，她好像已经很久没有这样的感觉了，也不知道是因为宿醉，还是因为昨晚那场梦太耗费心神。

就在她发愣的时候，床上的男人忽然开口，声音沙哑地问："几点了？"

他微微一动，却没有转身，连脚指头都表现出了起床气。

徐杺捡起小沙发上的手机看了一眼，回答他："十一点半了。"

"嗯……"

韩朔应了一声，又把头狠狠往枕头里埋了进去，像是一只赖床的大型犬。

屋内又是一阵安静，谁都没有提起昨晚发生的事，可是气氛却很自然，没有人觉得无所适从，一个是对这种情况习以为常，一个是并不在乎。

徐杺居然也难得感到放松，思绪放空，慢慢缓过劲来。

韩朔躺在床上，赤着上身，转头看向徐杺。

徐杺正靠在床头，她的长发经过昨晚有些打结，散乱地披在肩头，眼角不知为何有微红的痕迹。她的背微微弯着，一条腿屈起，因为这个动作，宽大的衣服下摆滑落到膝盖下，露出两截小腿，像葱段似的又白又细。可韩朔知道，握上去的感觉肯定跟玉一样莹润，这女人从头到脚仿佛都是精雕细琢的，处处精致。

她好像在发呆，手里握着手机，拇指不自觉地轻蹭屏幕，这些小动作使她浑身上下都散发着一种安静的性感。

明明浑身写满了矛盾，却又从里到外都能拿捏人。

或许是因为此刻的放松，徐杺闭了闭眼，忽然问："韩朔，你为什么和李璐分手？"

半晌，韩朔坐了起来，笑了一声，用一贯任性而慵懒的语气应了句："没有为什么。"

徐杺不说话。

看着她的表情，韩朔反问："那你呢？哭什么？"

闻言，徐杺愣了愣："哭？"

韩朔伸手，用指腹蹭过她的眼角，自然到让她躲闪不及。

徐杺下意识摸了摸被他触碰的地方："可能是因为做了一个梦。"

"做噩梦？"

"不是。"徐杺摇摇头，低声说，也不在乎他能不能听到，"是个美梦。"

很好很好的梦。

背后的文身隐隐发烫，提醒她那个已经逝去的、又永不能忘怀的夏天，如同给她的灵魂打上烙印般，是一份最无私的祝福。

手机忽然响起提示音，徐杺如梦初醒，起身准备去浴室换衣服。

关门之前，她扶着门框，忽然喊了韩朔一声。

韩朔维持着这个姿势，侧头看向她。

“我既然跟着你，你就一定得赢。”少女的脖颈白皙细长，她没有看他，侧脸给人一种柔软而坚韧的感觉，语气平静，却带着让人不容忽视的力度，“为此我已经做好了准备，只要你有用到我的时候，我就算赴汤蹈火也会为你办到。”

# 第七章 坠入

TE 的第二场秀，和第一场一样座无虚席，可气氛却明显比第一场的时候要热烈许多。

此时大家都在做准备，韩朔站在候场区，徐杺抬起手给他整理服装。

“听到没？”

“嗯？”徐杺手上动作不停，利落地为他抚平领口。

韩朔哼笑一声：“外面的每一道声音都写满了对我的期待。”

徐杺为他收紧腰带，手稍一使劲，勒出他劲瘦而笔直的腰肢。听到他发出不满的嘟囔，徐杺松开手，笑着说：“那就好好走，别丢人。准备开始了，我去后面帮忙。”

韩朔闻言，原本高高挂起的嘴角一抽，差点就想伸手把她拽回来。无奈徐杺说完根本不等他反应，转身就走远了，抓都抓不住。

韩朔咬咬牙，转过身去，迅速调整表情。

果不其然，在第一场炒起热度之后，第二场秀的反响要比第一场热烈得多。

而此时作为话题中心的韩朔表现得很安静，也没有在社交账号上更新状态。

他先是拒绝掉大部分公司的邀约，随后和 TE 的副总约好碰面时间，国内的律师紧急赶到现场，双方花了一整个下午在 TE 的会议室敲定代言合同，以及后续的宣传排期问题。

TE 对这次合作表现出了严谨无比的态度，列出的合同条款面面俱到，韩朔在一旁律师的解释下不慌不忙地把合同仔细看完，然后就着一些条款讨价还价一番。

副总似乎很欣赏韩朔的直白，不时低头同意让法务团队修订细节，最后双方愉快地签字盖章，把这件事当场定了下来。

第三次发布秀结束，TE 雷厉风行地举办记者发布会，宣布了韩朔正式成为下一年 TE 形象代言人的消息，并且借此机会一同预热了 TE 来年春夏新装的主题，满足了所有人对代言合同归属的好奇心之后，又狠狠地吊足了众人的胃口。

就在所有人都还没反应过来的时候，关于韩朔和 TE 签约的消息已经迅速霸榜各大时尚报刊和线上宣发版面，连在国内工作室的小伙伴们也纷纷感叹，TE 的这次宣传真的花了大价钱，现在就连国内都有一大波营销号在参与 TE 的话题，韩朔工作室的微博因此在短短半个月内涨了四十万粉丝。

而这期间，韩朔接到了两个人的电话。

第一个是顾邱泽。

电话一接通，他先是一阵邀功，说他老东家那边原本还在犹豫，可现在带着 TE 的话题一炒，对方负责人几乎是跑上门求着顾邱泽赶紧把事情定下来，甚至还承诺给韩朔百分之十的跨页以及首页的最大排版位置，报酬也紧随韩朔如今的身价而定得比当初高了整整一倍。

这个条件放在《蓝秀》里已经是极好的了，加上顾邱泽有自信每一张照片出来的效果都能以一敌十，所以也就装模作样地拿乔了一段时间就没再拖了，爽快地替韩朔谈下了这笔生意。

第二个给韩朔打电话的是郑东魁。

原本郑东魁还挺担心韩朔走 TE 这场发布秀会影响到十二月的两校联合服装秀，可代言人的消息一出，郑东魁乐不可支，打电话给韩朔的时候一边喊着“你这小子真给老子长脸”，又一边骂他这么大的事他都能瞒得密不透风，简直可恶至极。

听郑东魁说这些话的时候，韩朔嘴里还啃着苹果，口齿不清地敷衍应和，像是丝毫不在意的样子。可徐杺在他旁边看得明明白白，他唇边那得意扬扬的笑一会儿都没放下来过。

大概是察觉到徐杺的目光，韩朔叼着苹果对着徐杺翻了个白眼，然后对郑东魁说："没啊，我哪儿得意忘形了？忘什么都不能忘形……行行行，我不贫。嗯，月底就回去了，还有三场，麻溜儿走完回去给您做牛做马。"

郑东魁骂了一句："臭小子。"

韩朔慢条斯理地下了床，把苹果核丢到垃圾桶里，迈着两条大长腿走到徐杺后面，看她已经画好的效果图，漫不经心地说："不说了，您心脏不好，再说下去我该被天打雷劈了……今天恐怕不行，巴黎这边天气好着呢，万里无云……好了，挂了，您赶紧把名单拟好一张张赶去送吧，就这样。"

他说完就挂了电话，然后对着徐杺的屏幕指指点点："这原谅色什么鬼？"

徐杺顺着他指的方向一看，哪里是原谅色，明明是军绿色。

基于这次两校联合秀的主题，再结合韩朔本身的气质，徐杺最后设计出来的是一套以赛车服风格为基调，运用小范围撞色和结合 rock 元素的中世纪军装，整体以军绿色为主。

上身外面是厚实廓形夹克，赛车服和军装结合的风格在其中得到最大体现。夹衣下摆往两边展开，打破了传统的军装，造型做了不规则处理。大竖领以黑色裘皮制成，放下后成为肩挂样式，胸前两边是经典的宽大口袋，左胸缝制法国国旗，右胸则是单色线缝高卢鸡，鸡头往后轻啄自己的背，而双翅则高高扬起，表现出一种欲语还休的法兰西式傲慢。

里面是休闲礼服，简约圆领黑色衬衫，领口竖至喉结下，衬衣下摆规整套进笔筒军裤里，再以同色腰带紧紧勒住，裤与鞋更是连成一体，以皮革制底。鞋是无底长靴，靴上带马刺，这样尖锐又内敛的矛盾表现形式，恰好能突出当时欧洲中世纪文化背景下独有的禁欲美感。

整套服饰的风格给人一种强势、奢靡、性感的视觉冲击，不管是裘皮垫肩，还是其本身所带有的宫廷精致风格，都在还原经典中做了艺术性的加工和突破。巴尔曼的服装精神正是对古典与优雅的独特理解，这套作品是徐杺有史以来最大胆的一次尝试,也是设计语言最多的一次。

见徐杺完全无视自己的话，韩朔捉住她的下巴让她看着自己。后者被打扰了工作，下意识蹙起眉头，可当双眼与他对视，她便很快松开眉头。

韩朔饶有兴致地打量着她的神态，直到她静静看着自己，才一边用拇指磨蹭她白嫩的下巴，一边问："你说这套衣服有我身上独特的个人风格，那你说说，我独特的个人风格是什么？"

他的手上有苹果的香味，指腹的苹果汁黏糊糊的。

可徐杺也没有躲开，安静了一会儿，她才淡淡地说："理智又克制，傲慢又好斗，华丽又奢靡。"

说完，她也没停下，接着说："选择用赛车服作基调，是因为赛车本就是一项危险的比赛运动，往往伴随刺激与快感的追求，可军装更偏向克制与理性，与赛车服是相反的感觉。这样的矛盾在你身上能完美融合，因为你本身就是如此——虽然有既定的目的地，却从不会无视路上遇到的挑战，因为你本身就是傲慢而好斗的性格，所以我选择高卢鸡而不是法国国徽。你从不委屈自己，说白了，是随性、狂妄、纵欲、自我，却也因此具有极强的领导风格，符合我最后提出的一项，这一点也完全贴合巴尔曼本身。"

她耐心地向他解释，毫不遮掩地以自我视角剖析他的特性，让韩朔忍不住想：原来自己也是小看了她，什么时候开始，她能把自己看得那么清楚了？

徐杺顿了顿："其实这次的课题，一听很难，可细细一想，就会发现这对你我有很大的优势，因为你本身的条件就很符合要求。"

徐杺其实没有全部说完，她说的的确是韩朔本身毫不掩饰的个人风格没错，可也不止如此，因为他的内核足够坚硬，才能支撑起整个系列的概念。

可她不说，韩朔听着那些“傲慢”“好斗”“狂妄”“自我”之类的形容词，心底却不是滋味，在这些词的衬托下，那几个“理智”“克制”之类的类似褒义的词语的存在感低得简直可以被忽略不计。

韩朔用舌头顶了顶腮帮，然后默不作声地收紧手心，直到看到徐杺又皱起眉头表示不满，才皮笑肉不笑地说：“你这些话我听着可真不高兴。”

他的语气阴森森的，是发难的前兆。

徐杺并不怕他，抬头对上他的目光：“旁观者清。”

这下韩朔终于忍不住气笑了，用不敢置信的语气低骂了一声。

这是拐着弯骂他恼羞成怒！

六场发布秀顺利结束，结束的第二天，上午韩朔参加完TE的发布会，下午就和徐杺坐上了回国的飞机。

又是漫长的十五个小时。

回到首都机场，徐杺感觉恍如隔世，明明出去了足足大半个月，可期间发生的所有事她都意外地记得相当清楚。

他们打车回到工作室，韩朔几乎是闭眼就踹掉了鞋子，一头栽到沙发上睡觉。徐杺见状，只能先到楼上把毛毯拿下来给他盖上，然后拿出没用完的药贴熟练地包住他的脚腕。期间韩朔完全没有反应，徐杺见时间还早，现在休息不好倒时差，干脆去了仓库打版，开始着手做联合秀的服装。

埋头做了三个小时，徐杺听到门外有人说话的声音，她这才解下围裙走出去。

是张檬一行人回来了，他今天和赵更去天津拍摄，当日来回，累得够呛，看见沙发上躺着个人一开始还吓了一跳，看清后又顿时兴奋起来。

韩朔被吵醒，一脸起床气地坐起来，甩开毛毯上楼洗澡。

对于这人的坏脾气，众人都已经习以为常了，完全没人在意。韩朔一走，众人就拉着徐杺聊天，问她这一趟出去怎么样，顺便也聊聊这阵子工作室发生的事。

奇怪的是，顾邱泽不在其中，徐杺询问之下才知道他趁韩朔不在，几乎天天出去鬼混，这会儿指不定在哪处温柔乡里流连忘返。

徐杺大致说了一些他们在国外的情况，没一会儿，张檬就很兴奋地抢过话头，拿出平板电脑给徐杺看最近网上的报道，还有微博上的评论转发，韩朔这次突然暴涨的关注度，让周近的走秀也得到了相当多的关注。

“周近什么时候回来？”

“快了吧，他本来定的时间和你们差不多。话说你们不是月底才回来吗？怎么提前那么多？”

徐杺说：“TE 那边把记者会提前了，所以也帮我们把机票改签了。”

为此韩朔还十分不情愿，在路上一直嘲讽 TE 不把他当人，他才刚走完秀压根儿没来得及休息，参加完记者会紧接着就坐十几个小时的长途飞机。

张檬点点头：“哦哦。”

徐杺趁着赵更他们在休息，拿出自己的电脑，把设计图给张檬看。

张檬接过一看，明显眼前一亮。

“可以啊，徐杺！”他翻看着她前期的一些意向图，还有搭配详细，给她竖起一个大拇指，“你这种变态的成长速度实在让我压力很大。”

张檬虽然嘴上这么说，可还是很热心地询问了她许多关于这套服装的小细节，在一些很容易做错的细工方面给了她很多建议。

两人不知不觉聊了大半个小时，韩朔泡完澡下楼才打断了他们。

“去哪儿吃？”韩大爷一下来就是那么直接的一句话。

众人闻言立刻弹了起来，报出来的餐厅一个比一个贵，这会儿倒是一个个都不累了，毕竟要出去吃大餐，再累也能爬起来。

韩朔在众人的提议中随便选了一家海鲜餐厅，张檬和一位化妆师负责开车，两辆大座大摇大摆地往海鲜餐厅开去。

下车后，大家都走在前面，徐杺自然而然走在韩朔身边。

韩朔瞥了她一眼：“你往我脚上贴的什么？臭臭的，还难撕。”

闻言，徐杺从包包里拿出一包药贴递给他，解释道：“我问过医生，医生说这个很有用，所以在机场的时候看到免税店有就买了很多。平时你休息的时候就贴上，能缓解你脚部的疲累和疼痛。”

“你是哪家盗版的哆啦A梦？”韩朔见她面不改色地从包包里拿出这么一包像老大爷才会用的包装时，已经开始牙疼，在看到实物丑到不行的配色后，更是再不肯多看一眼就把东西还给她，十分嫌弃，“以后这东西你给我弄，碰一下我手都沾上味儿了……嗯？你什么时候去的医院？你居然还有时间去医院？”

徐杺果断无视了韩朔的前半句话，毕竟她也没有寄希望于他能注意自己的身体，要是他能做到，现在也轮不到她来操心这些事了。对于他后面的问题，徐杺回答道：“那天早上回房间后觉得有点小感冒，趁没有变得更严重之前去了一趟医院，正好看到那边有个针灸理疗科，就过去找医生问了一下。”

“小感冒？”闻言，韩朔勾唇，似是而非地说了句，“这样说还成我的责任了，毕竟那晚我们躺太近了。”

这话说得不对劲，走在他们前面的张檬一脸蒙地回过头来，瞪大眼睛问：“敷脚什么的都算了，可躺太近了又是怎么回事？”

当事人一个挑眉一个沉默，都没有马上回答问题，于是张檬很快又一脸八卦地说：“就出趟差你们两个就发展成不可描述的关系了？讲真，这一次回来以后，你们之间的氛围我一看就觉得有点不对劲！”

张檬的大呼小叫引得前面一群人都一脸惊恐地回身。

赵更对韩朔摇摇头，最先在沉默中开口，语气一本正经：“老大，我觉得你的魔爪还是别再往窝里伸了，别到时候你俩谈崩了徐杺又辞职。说真的，我觉得徐杺比你上一个好多了，要是跑了，张檬和陈华估计第一个不放过你。”

张檬和陈华闻言重重点头。

韩朔哼笑一声，什么也没说，撇下众人走到经理面前让他开了一个大包间，留下徐杺一个人面对剩下七个人的眼神质问。

徐杺腹诽：他一定是故意的，为了报复我前阵子对他的一系列点评。

当天晚上，徐杺被一伙大男人围攻，他们不敢闹韩朔，只能转移目标想办法从徐杺的嘴里撬八卦。然而饭吃到一半，忽然有两个女生敲门走进来。

屋内的热闹戛然而止。

两个女生一眼就看见了韩朔，红着脸又小心翼翼地询问能不能给签个名。

当时包厢的气氛有点微妙的尴尬，工作室的人都不约而同看向韩朔，生怕他说出什么话把人家小姑娘吓哭。

徐杺也看了他一眼。

可韩朔只停了一会儿，就面无表情地继续动筷，一点要搭理的意思都没有。

那两个女孩儿等了会儿，见韩朔这个态度，脸都白了几分，尴尬地站在原地不知道如何是好。

最终，张檬看着韩朔的脸色离座，对那两个女生说：“姑娘，不好意思啊，咱们老人今天身体不舒服，签名什么的还是改天吧。而且这是私人包厢，你们两个这样也不是规矩，要人人都这样，下次我们都不敢出来吃饭了。”

张檬说话很有水平，一边好声拒绝，一边又暗暗表示出不赞同，把那两个女生说得连忙低下头。她们说了句“抱歉”，转身跑了。

过了一会儿，经理闻讯赶到，一开门就是一通道歉，说那两个女孩大概是在门口就注意到他们了，专门等没什么服务员的时候过来的，是他们饭店的疏忽。

韩朔没有在意，在座位上对经理摆摆手。他们工作室是这间餐厅的熟客，经理让服务员给他们送了三只墨西哥红龙，再三道歉后才离开。

门关上后，韩朔招呼大家继续吃饭，众人才重新起筷。

可没想到这事当天晚上就被传到网上去了。

那两个女生之中有一个是小网红，粉丝不少，过后没多久在自己的大号发了这样一条微博——

一个模特高冷得像个明星一样，微博粉丝都不过八位数，还把自己当顶流，不过是个网红罢了。私下碰见礼貌询问能不能签个名，结果态度臭得要死，又不会耽误他多长时间。是谁就不带大名了，傍着TE大腿天天上热搜那一位。

这条微博最开始是在粉丝群里发酵的，当晚居然被买了热门上了热搜，等张檬他们发现的时候，水军已经下场了，一股脑地带词条带节奏，网络舆论扩散得很快。

一些路人的言论也越来越脏：

△早就知道这些模特个个素质都不怎么样，三线偶像都不如。

△承认他长得帅气质也好，可人品并不能和才能相挂钩。听说这位私生活混乱得很，之前不是也有和某一线女演员传过绯闻吗？

△有些人不带无辜的人就不会说话是不是？校园里在一起过又不代表什么，谁年轻的时候都看走眼过，分了八百年了，谢谢。

△那么帅的男人和我玩玩我也认了啊，而且本来人家就不是明星好不好？私底下还是远远看着吧，屏幕还不够你舔的？

虽然其中也有少部分人不赞成私底下去打扰公众人物的私生活，可也很快就被淹没在一堆讽刺和附和的声音中。

因为这件事，TE的公关还特意联系了韩朔，后来两边通了电话，

TE 的公关就开始雷厉风行控制舆论，热度才算稍微降了下来。

然而微博是控制住了，可 A 大贴吧和豆瓣关于韩朔的讨论帖热度一直久居不下，有人用小号发了许多校园偷拍照片，带节奏暗指韩朔在学校内就是横行霸道的性子，私生活混乱，是老师眼中的问题学生。

然而韩朔的粉丝也不是吃素的，混这个圈子的时尚博主很多，其中也有不少博主是韩朔的“事业粉”，甚至有从他 T 台首秀出道起就已经关注的百万粉丝博主。他们并未和网上这些人呛声，而是把近几年韩朔走秀的视频剪辑出来，包括国外媒体上有关 TE 秋冬发布秀片段一起，带话题发布在各个平台上，证明韩朔并不是只有颜值没有实力。

更多粉丝则是对路人高喊着“众所周知，模特不是偶像，不是明星，不是演员，没有义务伺候粉丝”，有关注这个圈子的人才比别人更明白模特的本质。

还有某位 A 大服装表演班校友在论坛里贴出校刊中郑东魁曾评论韩朔的报道，明眼人都能看出郑东魁字字句句都写满了对韩朔的态度，然后下面再贴上所谓爆料人声称韩朔是老师眼中的问题学生的截图，并且打上一个大大的问号。

就在这件事发酵到一定程度，许多不明状况的人开始搜实时相关的时候，Wind 工作室发了一条针对此事的微博回应——

△由于网友@周人 1225 发布的对本工作室模特@Ethan 的污蔑以及带有抹黑性的言论，工作室将对该网友进行相应的法律追究。我方法律团队有监控录像证明，该网友于昨日工作室私人聚餐时无视饭店规定，擅自闯入包厢，因为该行为的不恰当，工作人员代为出面拒绝。

△工作室对于所有影响工作人员私人时间的行为，虽能理解，却不能体谅，往后还请注意遵守社交尺度。工作室也将对此现象，以及所有伤害我方人员的言论，保留所有追究权利。

最后是一条视频。

张檬发了微博之后，就把手机关机摔到沙发上，一副“是老大让我发的，不关我的事”的表情。

徐杺看向韩朔，他指挥完张檬发微博后，就靠在沙发上百无聊赖地看着电视。

“你这样做太冒险了。”过了半晌，徐杺低叹一声，说。

先不说Wind工作室还没来得及组建律师和公关团队，按目前来看，视频公开本身就不是一个万全之策，现在舆论哗然。本来双方各执一词，这视频一放出去，好的结果是杀一儆百，以后能尽量避免此类情况发生，但也有可能会激起一部分人的反抗心理，让事情闹得更难以控制。

韩朔瞥了她一眼，说：“工作室发言绝对比我自己发微博更和谐友好。而且我也奇怪了，什么时候娱乐圈那一套也能照搬到咱们这一行的头上了？”

他跷着二郎腿，摆出一副嫌弃的指指点点的嘴脸：“像这种我们这边占理的事就该硬气回应，现在网上的人受害者有罪论看多了被洗脑了吧？我自己的私生活怎么样和这件事有什么关系？

“而且这事情迟早要来的，那天不那样做，迟早我也会这么做，因为我很清楚我们的定位。要是个个来者不拒，还有完没完了？以后要是出外景怎么办？工作室搞街拍特辑呢？早一点让他们知道咱们的规矩，以后就能省很多事儿。我们的职责说白了根本不是服务群众，而是服务时尚，要是连这点觉悟也没有，可以趁早转行了。”

张檬最先带头鼓掌。

“我就欣赏老大这副撑天撑地撑空气的样子，仿佛下一秒给他点个窜天猴他能上天。”张檬嘿嘿嘿地笑，然后说，“而且话糙理不糙，服务时尚，啧，精辟。”

徐杺也不说话了，她看着说完这番话后又撑着下巴用遥控器换台的那人，过了半晌，低头微微一笑。

算了。

他既然说了不怕，那她也就跟着把心放下。

反正他们都是一条船上的人，徐杺不觉得韩朔会把他们全部拉进海里。

她始终坚信他是要带他们上岸的人。

因为这件事，工作室这几天反倒闲下来了，一来是大家的工作都相继结束，赵更他们气都没喘匀就得爬回学校准备服装表演系的期中考核，而留在工作室的人基本处于断网状态，就连张檬都很久没有登录工作室的账号了，跟着韩朔一起闭关出活。

徐杺回国后没多久也开始更新联合秀的服装进度，她从宿舍收拾了一些换洗衣服带到工作室。因为工作室不停电，最近徐杺都是在工作室睡的，陈姨还特意为她收拾出了一间空房，徐杺因此过了一阵心无旁骛的赶工时间。

让众人都没想到的是，在韩朔被扔到风口浪尖的时候，来工作室探望的第一人居然是李璐。

徐杺开门的时候还愣了愣，因为李璐不是空手来的，她手上提着一个宠物笼，里头躺着一只小东西。

韩朔下来的时候一脸胡子拉碴，还穿着同色背心短裤，丝毫没有形象可言。见到李璐，韩朔十分自然地朝她点了点头，李璐也大大方方打招呼，两人之间完全没有所谓前任相见的尴尬气氛。

韩朔在单人沙发上坐了下来，一抬眼就看见徐杺大腿上趴着一只毛茸茸的东西，愣了愣，脱口问道："这什么玩意儿？"

徐杺的注意力都在小狗身上，没有理会韩朔。

李璐在一旁逗小狗，笑着回答："我们家妞妞生的孩子，还没取名字呢，你们喜欢可以给它取一个。"

韩朔挑眉："怎么？你特意来卖狗的？"

李璐白了他一眼，说："没有买卖就没有伤害懂不懂！我们妞妞血统很纯的，还有证书，生下来的每一只都很漂亮，别的我都送人了，不过这一只先天缺钙，后腿还站不起来，我那些朋友都嫌弃，不肯要。我住的公寓也不能养那么多狗，会被邻居投诉，就顺便来问问你们想不想要。”

韩朔撑着下巴打了个哈欠：“过来看我们才是顺便吧？”

“哎呀，差不多吧，这么一点小事我还犯得着担心你吗？这几天都联系不上你们，肯定个个都断网了吧？现在网上舆论几乎都是向着你们的，你们看看就知道了。”

韩朔和李璐有一搭没一搭地说着，徐杺原本分了心去听，可越到后面，注意力就越被怀里这只小东西完全吸引住了，眼神片刻都挪不开。这小家伙才一个月多点，耳朵都还没竖起来，就会睁着一双水汪汪的黑眼睛可怜兮兮地看着她。

徐杺因为家里的原因，从小就没有养过任何宠物，周蓝玉不喜欢带毛的东西，也没有时间照顾，家里连一缸金鱼都没有。长大后，徐杺在路上看到流浪猫狗，因为知道自己还没有能力抚养，所以也不会主动去触碰它们。这是徐杺第一次亲手抱着毛茸茸的小生物，感觉那么软，也那么脆弱。

小东西到了陌生的环境也全然不怕，乖乖地躺在徐杺的大腿上，偶尔抬头和徐杺对视，这让徐杺感觉既有趣，又新鲜。

徐杺忍不住用拇指轻轻拂过它的头顶，小东西舒服地眯起眼睛，没一会儿就张嘴打了一个大大的哈欠，还没长牙的嘴巴用力张成九十度，随后它一个熟练地翻身，居然仰着肚子在徐杺的大腿中间睡着了。

徐杺嘴边泛起温柔的笑意，更温柔地抚摸它的脖颈。

李璐因为在和韩朔说话，所以几乎是他的眼神落在旁边那人身上时，她就立刻察觉到了。李璐顺着那道目光看向身侧，随后微微一笑，说：“它就是喜欢吃了睡睡了吃。因为生它的时候不容易，我家妞妞差点难产，所以这只小狗底子最弱，到现在都不见好。”

徐杺动了动它的后腿，果然软绵绵的，一点劲都没有。她忍不住问：“这能治好吗？”

“应该不用治吧，我朋友说每天喂钙片就好了，只是站得比其他小家伙要慢些。”

徐杺点头，忽然心底有些怅然。

这小东西太可爱，可要照顾它，的确是要费不少时间和精力，目前她还没毕业，工作室又刚步上正轨，不管怎么想都不是养宠物的好时机。

徐杺在一旁犹豫的时候，韩朔就撑着下巴看着她。

徐杺低着头，有几绺头发因为她的动作而垂下。似乎是担心撩到狗宝宝，下一秒，徐杺十分自然地用手把那绺头发拨到耳后去了，露出的一只耳朵在纯黑的发间显得莹白如玉。她在笑，唇边的笑容和手上的动作一样温柔，每一处都写满了珍惜和喜爱，而且自打那玩意儿沾上她，她的眼神片刻都没有离开过它。

韩朔又看了一会儿，忽然开口：“这小家伙留下吧。”说完，他自然地收回目光，从桌上拿起手机，手指动了没一会儿，李璐的手机就振动了。

这雷厉风行的决断，让两个女人都愣住了。

李璐先反应过来，看了眼手机里提示的到账金额，说：“都说了不要钱了，要就送你们。”

韩朔摆摆手：“没事，就意思意思。”

想到他不喜欢欠人东西，李璐也没话说了。

倒是徐杺皱起眉头：“小狗需要人时常照顾。”

韩朔打了个哈欠：“你来，这里都是大老爷儿们，自己都照顾不好。”

理智告诉徐杺这不是一个合理的决定，可事情都定下来了，再拒绝掉她也不忍心。想想工作室平时也有陈姨在，他们忙起来陈姨可以帮衬照顾，徐杺这才转过头对李璐说：“放心，我们会好好照顾它的。”

李璐笑了：“行，我也算了结了一桩心事，找不到靠谱的主人我会担心得睡不好觉。”

没一会儿，她们两个就开始聊起了养狗心经，韩朔不感兴趣地站了起来，准备上去睡回笼觉。

没走两步，他就听到她们正好说到给小狗取名字。

韩朔忽然停在楼梯口，想了想，回头对她们说："叫奶宝吧。"

李璐一脸惊讶的表情："你认真的吗？"

徐杺也是哭笑不得。

可韩大爷决定好的事情，一向不容他人质疑，听到李璐的话，他丢下一句"就叫奶宝"，随即头也不回地上楼去了。

小家伙完全不知自己被取了一个这么俗气的名字，睡得四条腿都在抖，鼻涕泡都出来了。

李璐欲哭无泪地看了小东西一会儿，也认命了。又过了一会儿，她提起手提包和徐杺告别，说下午还有约。

徐杺把奶宝放在沙发上，送李璐出门。

"就到这儿吧，客气啥？"李璐站在大门外，转身准备走。

徐杺却突然叫住了她，问："你们……为什么突然分手？"

李璐转头。

过了一会儿，她站在原地耸耸肩，说："就咱们这样的男男女女，本来关系就不能长久，什么时候分都不奇怪。不过这次不是我甩的他，是他甩的我，至于原因……谁知道呢，大概是腻了吧？就是在一起的时候没睡到他，到现在都有点不甘心。"

李璐原本没在笑，可看着徐杺的表情，她突然笑出声："你这什么表情啊？不会是心疼我被甩吧？哈哈哈……这有什么。那个人你也不是不知道，只对自己在乎的事情上心。真是够了，谁能受得了谁去要吧，我也不稀罕这么一个。"

说完，她突然压低声音，笑吟吟地对徐杺说："你啊，也别对他太好了，惯着他，他以后只会越来越无法无天。"

最后一句话，李璐说得意味不明。

徐杺挽起被风吹起的头发，看着李璐挥手走远。

忽然，一片银杏叶落在肩头，徐杺抬头一看，才发现院子里的银杏树已经在所有人都没有注意的时候过了最佳观赏期。零落的枝头残留的叶片所剩无几，时而随着冷风又被吹落一些，让院落显得旷达而萧寂。

原来不知不觉，她已经来了半年了。

徐杺走进屋，关上门，回到沙发跟前。

奶宝还在睡，无忧无虑，和人不一样，这个时期的小动物似乎不会有任何疑惑和忧心。

徐杺蹲下，靠在沙发旁摸着奶宝的脑袋。过了一会儿，她把头轻轻贴在奶宝的肚子上，感受着它的心跳。

小东西睡得直抖，还能听到因为舒服而发出的“咕噜咕噜”声。

徐杺听着，像是第一次感受到和自己如此相近贴合的小生命，嘴角慢慢勾了起来。

笑意像水滴落进池塘，抹开了水面渐起的凉意。

真奇怪，明明冬天还没到，她却好像隐隐有预感，今年的冬天不会太冷。

张檬作为一个资深材料收集狂，平常有空就喜欢去逛布料市场和展会，工作室里只要徐杺能想到的材料，仓库里几乎都有，因此徐杺在工作室的这段时间制作进度很顺利。有张檬和陈华的辅导，她在这次联合秀的创作上呈现出了比以往还要高的水准。

期间，徐杺还抽了一天时间去珠宝系的同学那儿取定做的装饰。

成品是一条颈圈，打磨过的牛皮比一般皮带更细更短，绑住脖子一圈后能余下一根手指的长度，上面镶嵌一圈宝石。朋友说这是红绿欧泊，和主题气质度很搭。徐杺对珠宝只是略懂，可仔细看的时候觉得那混合的色彩就像是中世纪油画，被细心打磨成椭圆形镶嵌在颈圈中间，明明没有多余的装饰，却让人感觉庄重典雅。

徐杺满意地支付了报酬，还拿到一袋碎钻，这是出国前徐杺托对方准备的。这女生也是很厚道，不仅半买半送，还替徐杺把每一颗都细细打磨后抛光。徐杺看了很满意，打算把它们嵌在长靴上。

徐杺明显能感觉到这次自己投入的专注度和以往每一次都不同，她像干燥的海绵一样汲取着养分，不知疲惫，思路如潮水般源源不绝涌来。

过了小半个月，徐杺终于完成了接合，整烫完毕后，徐杺上楼打算找韩朔试穿。

刚靠近书房，徐杺就听见韩朔正在和顾邱泽谈写真集的事。他今天难得有休息的空闲，穿着一件宽大得能塞下两个他的 T 恤和一条大裤衩，半躺在沙发上，脚上还贴着昨晚没撕下来的药贴。

顾邱泽坐在旁边的双人沙发上，一边跟韩朔吐槽最近对接的问题，一边向韩朔转达《蓝秀》那边的意思。

顾邱泽手上拿着的是前几天张檬准备的服装总汇，里面有三位助理设计的服装，一共九十套，都还只是设计初稿，供《蓝秀》那边的设计总监挑选。顾邱泽拿回来的是已经被打上记号的本子，听说对方最终选了十来件，还有几套被打上了备用的标志，需要他们重新修改细节。

徐杺敲了敲门，两人看了她一眼继续说话，她便坐在一边没有打扰他们。

徐杺接过顾邱泽随手递过来的册子，翻开看《蓝秀》选中了哪几件，其中张檬被选中的最多，占了接近一半，徐杺和陈华各四五套。

徐杺看了看，发现被选中的基本是冬装，看来《蓝秀》那边是想主打冬季相关主题。在这方面，张檬的风格的确比较亮眼，张檬原本就更擅长这种中性调，整套下来主要色调都是黑白灰，走的是简约的版型设计，近几年国外都比较流行这种。

陈华的风格和张檬相反，整体更活泼生动。

徐杺自己则是更复古一点，张檬说她设计的东西很有时代感，明明是个年轻姑娘，一针一线却都散发着让人怀旧的气息。比起机器，她也更偏爱手工，像是古代那种养在大院里心灵手巧的大家闺秀，女工针线灵动得像是能变出朵真花儿来。

徐杺也曾思考过这是不是一件好事，后来想想服装风格也是个人特色，技艺倒是小问题，她喜欢亲自动手，一来是觉得更好掌控，二来是拆线修改的时候能更简单方便。不过张檬倒是有句话说得对，局限其中并不是一件好事，她还需要更多尝试。

想到这儿，徐杺倒是想起之前在法国接触的波西米亚风格，虽然这种风格在国内也经常能接触到，可当时在法国看到的直观感受又和国内常见的那些不大相同，不仅手工痕迹很重，元素还被无限放大再以巧妙的形式互相融合，色彩有的大胆浓烈，有的则完全统一成单色再以图形表达，不管是哪一种都让人印象深刻。

反而国内的织物始终机器感太重，颜色统一生硬，像是一种模式下的生搬硬套，少了波西米亚风格该有的风情。

思路一上来就是无限延展，徐杺脑子里闪过了几百种重合的方式，连身边谈话的两人都忽视了。

和韩朔谈完后，顾邱泽看向身侧，顿时乐了，抢过徐杺手里的本子笑着说：“回魂了！想什么呢？”

徐杺回过神来，对他们说：“你们谈完了吗？”

“嗯啊！还打算等会儿下楼通知你们可以开始开工了。另外，你们还要各交十套方案给那边，尽快选好，拍摄日期已经定下来了。”

徐杺点头。

“我手里的活儿已经做好了，可以开始做《蓝秀》这边的。”徐杺对韩朔说，“现在下去试试？”

韩朔闻言，伸了个懒腰起身穿拖鞋。

顾邱泽没什么事做，也站起来打算跟他们下去看看热闹。

韩朔换衣服的时候，徐杺和顾邱泽就在旁边看着。顾邱泽是男的，自然也没什么需要回避的，倒是徐杺和他一样自然，全程目不转睛，还时不时上前去告诉韩朔一些纽扣要怎么扣。

顾邱泽不时“啧啧”几声，突然说：“你们俩以后要是在一起了，得少多少情趣啊？好歹是一具完美的男性身体，我一个男人看了都脸热，徐杺你怎么什么反应都没有？你老实跟哥哥说说，你是不是性冷淡？”

韩朔嗤笑一声，垂眸去看胸前那张没有丝毫表情变化的小脸。

徐杺帮他把领子竖起来，转过头面不改色地对顾邱泽说：“你再胡闹就出去。”

顾邱泽马上往嘴边做了一个拉上拉链的动作。

韩朔展开双臂让徐杺看袖子尺寸，随即吊儿郎当地对顾邱泽说：“你脱光了让她看看，说不定她没看过你的，能红下脸。”

张檬知道他们在这儿试衣服，特意过来看看，没想到一进门就听到韩朔这大胆的发言，以及顾邱泽放荡的笑声，“啧”了一声后说：“怎么我一进来就能听到这么少儿不宜的话题？”

顾邱泽笑眯眯地，目光落在张檬怀里的小东西上，嘴上嫌弃，却伸出手要抱：“张檬真是越来越娘了。”

自从奶宝来了工作室，这几个大男人都把它当亲闺女疼，张檬是其中程度比较深的一个，喜欢走哪儿抱哪儿。

闻言，张檬把奶宝抱给顾邱泽，可顾邱泽手劲儿大，抱狗狗的姿势滑稽又别扭，没一会儿奶宝就哼唧哼唧挣扎起来。

顾邱泽“啧”了一声，拗不过它，把它放到地上，看着它用两条前腿拖着后半身往徐杺和韩朔那边爬去。

“你说它黏徐杺我能理解，可黏老大我就不懂了，难道抱大腿这种本领真是小畜生们天生的？老实说，我长得比老大友善多了吧？”

张檬瞥了顾邱泽一眼，说：“应该是吧。”

“……你这眼神就有点问题了，什么叫应该？”

就在张檬和顾邱泽两人拌嘴的时候，韩朔已经换好了整套，踩上靴子，站在全身镜前。

徐杺弯腰抱起一直咬韩朔裤腿的奶宝，也站在韩朔身边和他一起看着镜中。

穿上这一套衣服的韩朔显得高大英俊，镜子映出的画面没有丝毫美化或加工，他只是站在那儿，就像一杆带刺刀的枪，浑身上下都散发着凛然而锋利的气息。

“胳膊紧吗？”徐杺问道。

韩朔动了动，熟练地感受每个关节部位：“正好，腰胯也没问题。”

徐杺点点头，然后把奶宝递给他。

韩朔默契地用手掌托住小东西。

下一秒，徐杺从兜里拿出那条颈圈，站在韩朔跟前，先把他的底衬领子竖高，然后微微抬起双手，把颈圈绑在他的喉结下方。

因为他的外套是敞开的，所以从旁人的角度看去，徐杺几乎整个人都埋在了韩朔怀里，只要他一低头，嘴唇就能碰到她的发顶。

徐杺身上有种干净的味道，像是被太阳晒过的织物，柔软又使人放松，也不知道是天生的女人香还是她房间里有备熏香，只要站在她周围，就会被这股香味包裹。

徐杺的内心此刻也不如表面般平静，她知道韩朔在看自己，平时习惯了可以面不改色，然而今日那视线尤其炽热，让她的心头有些发烫。

带子“咔嚓”一声扣上之后，徐杺下意识要退开，下一秒就见他忽然抬起空着的那只手。徐杺第一反应不是躲，而是先去看他另一只手上的奶宝。此刻奶宝被他一只手稳稳托着，正睁着无辜的眼睛看着他俩。

然后，徐杺耳后的皮肤猝不及防地感到一阵温热，是韩朔用手指轻轻按住那一小块皮肤。

徐杺顿了顿，抬起头看着他的双眼。

男人深邃的眸色里读不出是什么思绪，只觉那样纯粹的黑有种吸人的魔力，一旦没了平日里的散漫慵懒，就是狂野而慑人的，如同某种深渊，让人骤然浑身惊栗，仿佛自己是被凝视的猎物。

见她瞳孔微缩，韩朔的手指稳稳停止，但没有马上挪开。他的大拇指习惯性摩挲那片柔嫩的皮肤，忽然沉沉一笑。

“烫的。”他开口，声音极低，语气里带着懒懒的得意，“看来也不是没有反应。”

闻言，徐杺脸一热。她轻抿嘴唇，幽黑的眼珠往上抬，一时间心思百转千回，说出口的话却是柔韧的：“再胡闹，你也出去。”

说这句话时，她白皙的脸颊也染上了几分可爱的红晕，让她看起来更灵俏生动。

韩朔咬着下唇轻笑一声，收回手，忽然把手里的奶宝托起来往她脸上糊。

徐杺被奶宝挡住视线，下意识就伸出两只手托住它的屁股和前爪，怕它掉下去。

在男人松手的那一刻，徐杺清晰地听见他在自己头顶低笑一声，然后轻哼着说：“反了你，越来越无法无天了。”

她抱着奶宝放下手的时候，韩朔眼底的笑意还没来得及褪去。

那一刻，徐杺的心跳不由大脑控制一般，跳得比平时都要快两拍。

她忽然就深深地凝视着他，一如他凝视自己那样：“是又怎么样？”

兴许连她自己都察觉不到，现在她的模样像极了一只冷漠不理人却被狠狠用食物撩拨了的猫，正举起爪子小小地反击。

只是下一秒，徐杺看见韩朔又笑了，带着点生气，又带着点咬牙切齿，是他经常会在自己面前露出的表情。

那一刻，徐杺止不住地想，人真的很奇妙，他们每个人都像是月亮，只向地球展示出很小的一部分，对待不同的人也会展示出不同的“自我”，就像是从出生起，就注定会被什么事物吸引，而阴暗面总是留给自己的。

自己最能明白自己会为怎样的灵魂而动摇。

相遇既是偶然，也是命运的必然。

就像那年夏天，它把陈骁带到她面前，给了她人生中第一个动摇的征兆。

之后它又让自己遇到韩朔。

也不知道是不是时光在不知不觉中逝去太多，明明记忆中的少年依旧清晰，可眼前的人却总比以前的人要更明媚鲜明。

而命运一直在她耳边反复提醒：要小心，小心这种类型的人。他们太炽烈、太坚定，又太肆意，和你是完全不同世界的人。

可徐柲知道自己躲不掉。

清晰而跃动的心跳告诉她，她无论如何也逃不掉。

她知道，并且清楚地感觉到，好像自韩朔说他和李璐分手的那天起，不，或许是更早，是他直截了当地讽刺她的虚伪，是他自信地向她承诺以后会给她更多之后，她的心里就像燃起了一团火。

原本只是小小地散发着撩人的热度，可经这些日子被他若有似无地撩拨，他或许有心，或许无意，却将这团火撩拨得越来越旺，慢慢困住了她。

她不是看不见，不是躲不开。

但这好比一个太阳就在那里，除非是心甘情愿再次回到内心阴暗潮湿的角落，她一个渴望阳光的人，又能躲到哪里去？怎么可能回去？

真可恨。徐柲平静地想。

明明知道是他令自己身不由己，却停不下来。

她停不下来。

# 第八章 承诺

日子过得飞快，仿佛才一眨眼的工夫，彩排的两天就顺利地通过了。郑东魁在看到韩朔穿着这几套衣服走在T台上的时候，第一次给予了徐杺不一样的目光。文丽看过之后也沉默了很久，拍了拍徐杺的肩膀，说："你做得很好。"

徐杺彻底放下心来。

也不是对自己没信心，只是这样一来，她就更没有什么可动摇的了。

马上就到了两校联合秀前夕。

再一次走在校园里，已经能清楚地感觉到干燥和寒冷，天空灰蒙蒙的，连云都看不见，这一周以来甚至没有一个晴天。

可徐杺一点也不觉得讨厌。

她在初冬的风中眯起双眼，竟头一回希望今年的冬天能持续得更久些。

这一次秀场的布置比以往几次校内秀的规模都要大，几乎整个表演厅都进行了大装修，头顶的灯光装置也做了大范围的更改，几乎让人认不出来这是A大秀场。

四面的整块背景墙都用白色板子遮住，请了艺术系的学生在上面动笔，底色刷成皮草质地的金棕，再用炫金大胆挥洒，用大红和碧蓝点缀，使整个空间散发着奢靡而狂放的气质。悬挂在天花上的是同色系金棕蚕布，数量有五十四左右，从 T 台正上方由内到外悬挂成扩散的漩涡形状，末端处再向四边角落延展，经过多次有序穿插被固定在地面上，被灯光投射出叠加的图形。

秀台背景的那块 LED 大屏据说是郑东魁特意从公司搬来的，几乎和整面墙一样高，由四大块组成，大大地打出“Balmain”“Retrospect”“Classical”“Spirit”“Fashion”几个英文词语，分别代表“回顾”“古典”“精神”“时尚”。

在显示屏前方，重新拆组的 T 型秀台已经被整理干净，盖上加工处理过的化纤，放眼过去，明明每一处都可谓是极尽奢华，却又不感觉厚重和死板。

不得不说郑东魁果然是走在全球秀台前沿的人，经验丰富，审美也在国际认可的水平，对秀场的主题和布置自有他独特的见解。

徐杺和韩朔进场的时候还远远没到入场时间，除了已经到齐的模特、服装师，还有工作人员，徐杺还看到了在秀台前和几位外国人交谈的郑东魁。

等两人走近，郑东魁也看见了他们。

这时，他身边的几个外国人也转过头来，大大方方地用打量的目光看着韩朔。徐杺这才发现其中还有两位中国人，不过没等她看真切，他们就已经转回去笑着对郑东魁说话了。

“是巴尔曼的现任设计总监 Rousteing（鲁斯廷）。”韩朔一边目不斜视地往后台走去，一边对徐杺说，“郑东魁这一次真是下血本了。”

徐杺收回目光，闻言“嗯”了一声，补充道：“还有 DR 的设计总监 Simons（西蒙），进 DR 三年就参与了第一次春夏发布会，服装界的天才设计师。站在他旁边的是 DR 唯一一位华人设计师李见洪，进 DR 才两年，已经进入主设团队，听说今年四大时装周他也会参与。”

交谈间，两人已经掀开幕布走到后台。

韩朔进化妆间前停住脚步，挑眉看向她：“刚进 DR 两年的设计师你也会关注，可以。”

徐杺抬头看他：“我要时刻让自己走在时尚前沿，否则如何为你工作？”

韩朔低笑一声，伸手掐住她的下巴，摇了摇，忽然问：“所以这是你现在一脸紧张的理由？”

徐杺没有说话，可绷紧的双肩不自觉地放松了许多。

“还是那句话，求天求地不如求我。”韩朔勾起嘴角，说话时，拇指轻揉她的下颌线，直到她表情也变得放松，他才放手并转身走向化妆间，丢下一句让徐杺彻底安心的话，“相信我。”

作为设计师，徐杺从化妆到最后都要把关，妆面是造型师早就和徐杺沟通定好的，所以过程中徐杺也只是在一旁看着，等造型师弄头发的时候她再确定一些细节。

周围的人同样有条不紊，经过多次彩排，大家都很冷静。

韩朔去换衣服的时候，徐杺看了看手机时间，还有十五分钟大秀就要开始了。

外面在播放进场音乐，因为隔音并不是很好，所以后台也能听得清清楚楚。

“别紧张。”

韩朔身旁的位置就是许峰，他走的是开场，此刻已经换好衣服，要去候场区准备。

徐杺微微一笑：“没紧张。你也要加油。”

许峰别有深意地看着她：“你确定要替我加油？把韩朔的风头压下去了没关系？”

徐杺回道：“你可以的话。”

许峰笑得极愉悦。

“我果然还是很想聘请你到我的团队。”许峰说，“我这人平时的眼光很一般，只有看衣服和看女人的眼光不错。我知道今天赢不了，你知道为什么吗？”

徐杺没答话，许峰也不在意，自问自答：“因为他有你，伯乐还是要配千里马才行，你说呢？”

“抬爱了。”

“真的，你可以考虑一下我。”许峰勾起嘴角，表情却多了几分认真，“和我合作有很多好处，我们的一切都建立在利益基础上，能省去彼此很多麻烦。韩朔那个人，我承认是很优秀，作为模特他太有个性，也太有魅力，可是当他太吸引你的目光，却不是一件好事。你需要接受更多，才能成为真正优秀的设计师。”

“许峰，谢谢你。”徐杺说。

可她的表情显然没有丝毫动摇。

许峰无奈地摇摇头，对她挥手：“走了。”

徐杺看着他离去。

不一会儿，韩朔就回来了：“又在找机会通敌叛国？”

徐杺回头，见他换好了衣服，走过去帮他戴上颈圈。

她抬手的时候，韩朔已经微微弯腰配合她的身高，说话的时候，他的气息就在耳边，痞痞的，带着男人的坏劲：“他跟你说什么了？”

徐杺感到有些痒，偏了偏头，说：“别动。”

“啧。”

“他让我去他的工作室，我没答应。”徐杺说，“你能不能别老把注意力放在这些事上？”

“我凭本事看上的人为什么不给管着？我不是什么好人，给他人做嫁衣这种蠢事做不出来。”

韩朔这句话说得有歧义，徐杺看了他两眼，忍了忍，也没反驳他。

“好了，我去前面，你好好走。”

韩朔直起身，整了整衣领，对她摆摆手，说：“去吧。”

说完，他就转身，头也不回地走了。

徐杺忽然发现，韩朔每每在上台前总是干脆利落，哪怕发生什么事都从不回头看。记忆中，虽然次数不多，可她好像总是在看着他上台时的背影。

她觉得那样很好。

仰望和追随成为一种习惯并不是一件坏事，因为世间大部分人仅靠自己无法找到前行的轨道，而韩朔这种人就像是为此存在的，他不会自我怀疑，也从不瞻前顾后，他是大多数人理想的化身。

这一次参与服装设计的学生此刻都已经相继在 T 台前坐下。

他们坐在正对舞台靠右一点的位置，正中间是刚刚郑东魁接待的那些外国人，还有很多徐杺都叫得出名字的知名设计师，他们穿着简约，神情放松，哪怕坐在台下也自成一股气场。

徐杺只看了那个方向一眼就收回目光，随后视线落在 T 台上，感觉到心跳从最初的急促随着音乐慢慢变得平稳下来。

当开场的许峰走出来，整个秀场都安静得只能听到音乐声。许峰目光镇定有力，走到前方绕着最外围的圆走了一圈，最后停在正中线靠右的位置上。

接下来是第二个、第三个……模特们渐渐围成一个规则的圆，直到把舞台外围两圈站满。

每三人呈一个稳定的三角，而相隔的距离则有一米五宽，保证从每个角度看都能把后排看得一清二楚。

最后走出来的是韩朔。

没有刻意营造氛围，可他是最后的压轴，这就足以让所有人投以最热切，也最期盼的目光。

他的下巴轻抬，与脖颈形成最自然的九十度，后颈笔直地插进后衣领，连接到背脊，划出一条流畅的直线。他的双眼黑亮，眉宇冷冷下压，眉峰锐利，面无表情，眼神摄人心魄。

他走的每一步都稳而有力，台步不是死板的，而是气势凛然的，那双充满力量的长腿此刻被长裤与皮靴削得如同钢刀般笔直，每走近一步，场下的人们就越发眼神一凛。

韩朔绕行一圈，最后稳稳站在T台的正中央。他目视前方，连头发丝都没有丝毫动摇。

有权威的时尚杂志记者在看了现场之后形容当时的韩朔，说他有着骑士般的目光。

可徐杺却觉得，那分明是个年轻的王。

骑士是一种谦卑而英勇的象征，骑士精神是一种信仰，它高尚、公正，他们奉行的是骑士法规和骑士宣言，可这些韩朔都没有。他没有信仰，身上也没有丝毫能约束他的条条框框，他不谦恭，也不绅士，更没有承荣而生载誉而死的气魄。他更自由，更孤高，也更狂妄，他的骄傲不容他向任何人和事低头，所以他亲身上阵，英勇无畏，所向披靡。

徐杺没有去观察他人的反应，或许她早就能预料结果，审美虽存在差异，但欣赏总是共通的，韩朔总是有这个能力不让所有期待他的人失望。

结束后，设计师上台，徐杺数着台阶走到圆的中心，她是离他最近的人。

郑东魁在前方用流利的英语发表结束语，徐杺感觉到自己的左手被身旁的人碰了一下，在摄像机拍不到的角度，她微微偏头，余光扫到韩朔唇边散漫的笑。

此刻台下，那些在时尚报刊上出现过无数次的面孔，都饶有兴趣地看着台上的他们，犹如镁光灯打在身上，让人身心滚烫。

下一秒，徐杺站直了些，然后与身旁的人一起站在T台的中央，迎着如雷的掌声向所有人深深鞠躬。

结束后，一群人坐上学校安排的车去参加庆功宴。韩朔已经卸了妆换下衣服，一路上不停有人和韩朔搭话。他来者不拒，什么都能聊，能看出来他今天心情不错，话都比以往多，对谁都不敷衍，但他始终走在徐杺身侧，上车后也自然跟着徐杺坐在后座。

有人让他坐副驾驶座上，这里今晚就数他排面最大，坐在副驾驶座不用跟别人挤。

当时韩朔还没上车，他摆摆手拒绝了。

他们坐在中间一排两人座上，两个位置靠得很近，徐杺坐在靠窗的那边。韩朔伸了个懒腰，却因为脚被前座挡着伸展不开，小小"啧"了一声。尽管此刻放松下来后疲惫也紧随而来，可徐杺感觉内心有种止不住的情绪，让她整晚都处在一种温和安定的氛围中。

前后两座的人似乎看出来了什么，路上都止不住调侃他们，看着他们的目光中分明添上几分了然的意味。

可没人捅破，也没人解释。

直到在酒店餐厅落座，郑东魁让服务员把房间的屏风拉开，众人才发现这原本是一个长方形包厢，被屏风隔开了。此刻隔壁满满当当地坐了一桌今日来看秀的设计师们，Rousteing、Simons、李见洪都在其中。

看着学生们惊讶的表情，李见洪率先站起来，朝他们举起酒杯，笑着说："Congratulations（祝贺）！"

郑东魁笑吟吟地看着这一切。

直到韩朔第一个举起酒杯回敬，他们这一桌的人才都纷纷拿起酒杯，笑着一饮而尽。

这场庆功宴因为添上了隔壁一桌大人物而稍稍有些变味，虽说一晚上下来，除了开始那杯酒，两桌人几乎都是各吃各的，可大伙儿表面上正常吃饭玩闹，实际上都为此存了几分心眼。隔壁那桌用英语交谈的对话，多多少少都进了他们这一桌的人耳朵里。

今晚被起哄最多的当属韩朔和徐杺这对搭档，不仅因为他们俩那点小九九，更多的是今天这场秀谁最受瞩目，大家都心知肚明，场上赢了的人场下总得吃点亏，这是不成文的规矩，所以一群人一杯接一杯给他们灌酒时，他们也没有拒绝。

徐杺还好，大家看在她是女生的分上没有灌太猛，可韩朔就没那么好待遇了。在徐杺看来，他今晚不是在喝酒就是在被别人倒酒，连筷子都没碰几下。有几次她想要帮衬，却都被他看出来了，他手一翻把她的手腕压着，没让她有机会伸出手。

韩朔几圈喝完下来，除了眼神更亮，整个人都还是气定神闲的，看起来对付他们还是绰绰有余。

庆功宴结束，大伙儿也没有续摊，毕竟有不少老师级别的人在，安排不能太放肆，点到即止。郑东魁叫了几辆车让他们自己回去，大伙儿也喝高了，搂搂抱抱往外走。

韩朔站起来的时候，郑东魁叫住了他："韩朔，你留一下。

"还有徐杺。"

两人对视一眼，没有说话。

过了一会儿，他们这桌人都走光了，韩朔才起身往隔壁桌走去。

徐杺跟上。

郑东魁给他们两个安排了两个座位，就在 DR 两个设计师中间。

Rousteing 坐在他们对面，此刻面带微笑，看着他们落座才开口："今天你们的表现都很优秀。"

他说的是"你们"，韩朔和徐杺闻言，同时表达了感谢。

之后是询问时间。

没有多余的铺垫，Rousteing 先从韩朔问起，从他的年龄、走秀经验和个人风格一一详尽地询问。

韩朔喝了一整晚酒，此刻居然也神志清明，语气不卑不亢，流利作答。

后面问题越来越刁钻，从很普通的小事，慢慢询问到韩朔对这个行业的态度和看法。

这虽然是很烂俗的问题，可口头答卷最考验回答者的心理素质，对方是这一行的老油条，能轻易看出来你是假意敷衍还是真心。

韩朔回答了一句让所有人都印象深刻的话。

“我一个人无法决定这个行业的优劣，只是既然站在 T 台上，那么基本的觉悟还是有的，那就是要对得起所有被我淘汰的竞争对手，还有我自己。”

明明是这样狂傲的发言，可徐杺却清楚地看见 Rousteing 眼中浮现出感慨以及赞许的笑意。

模特这个行业，表面光鲜靓丽，可实际竞争比所有人的想象都要残酷，他们不仅需要拥有极高的天赋，还要经历严苛的训练与体态控制，才能真正踏进这个圈子，正式开展时尚征程。

只有同时具备这些条件，并且擅长经营自身且坚定自己要走这条路的极少数人，才能真正走进“超模”这个行列，进入金字塔上的名单。

而要成为所谓的世界顶尖则难上加难，因为当你进入这个领域，真正残酷的竞争才算是正式开始。

如果说天赋是进入这个行业的门槛，那么自信与健康就是金字塔上拼杀的武器，他们需要应对的都是耐力战与心理战，但凡有一丝动摇都会不慎滑倒。在这里，摔倒是最可怕的事，因为“展示”才是他们最大的价值。

而设计师是做出“展示品”的人，所以他们也是最有权力决定“展示工具”的人。

显然，韩朔的这份自信让在场的人都十分认同，徐杺能从他们的目光中感受到他们对他的欣赏与肯定，因为她的视角和他们是一样的，所以更能感同身受。

Rousteing 在得到了自己想要的答案后，就把话题转移到了徐杺身上。

在得知她才大二，是这次大秀最年轻的设计者时，在座的几位设计师都发出明显的惊叹声。虽然徐杺明白，他们这些人早在年纪轻轻时就已取得旁人不敢想象的成就，因为他们不在一个高度上，所以他们才会对她发表赞叹，就像是一个小孩学会走路，也会得到大人的赞许一样。可饶是如此，她依然露出恰到好处的笑容，坦然而谦虚地对他们的夸奖表示感谢。

“你的设计就像是在讲故事，有种东方人的特质。”李见洪在那之后率先发表他的想法，他的笑容中带着温和与鼓励，“浪漫，却浅显易懂。”

徐杺笑着说：“谢谢。”她顿了顿，补充道，“其实我是个不擅长表达的人，所以……是的，我想设计对于我而言就是一门语言。”

“那你很擅长和我们的模特交流。”

李见洪说完，在座的几位都笑了，带着些许暧昧却又无恶意的调侃。

韩朔也勾起嘴角。

徐杺的脸微微一热，她不知道自己有没有脸红，可这种感觉就像在家里被年长的亲戚善意地起哄一样，让她不擅长招架。

最后还是韩朔解救了她。

“她目前在我的工作室工作，大概是这个原因，我们沟通起来也更容易。”

李见洪闻言倒是有些意外：“原来如此。”

因为徐杺是女生，所以大家都没有询问她过于严肃的问题，外国人在这种时候尤其讲究风度，不愿让女士觉得尴尬或为难。只是开玩笑到最后，Rousteing 还问了她一个问题。

“要是给你一个机会，你会选择出国深造吗？”Rousteing 友善地笑着，“不需要紧张，这只是一个询问……其实在国内机会也很多，但国外的环境兴许更适合你。你是一个很有灵气的学生，恰好我的团队每一年都会与法国最优秀的服装设计类大学合作，这是一个很好的机会。不管怎样，我相信我们总会有可以合作的一天。”

身旁的韩朔慢条斯理地举起茶杯，喝了一口。

徐杺只愣了片刻，很快就反应过来。她双手接过 Rousteing 递来的名片，这一刻手上似乎有千斤重，这是多少人梦寐以求的机会，几乎等同于一个现成的 offer，此刻就在她手中。

她沉稳且温和地回复："谢谢您的赏识。如果有那个机会，我一定联系您。"

把人送走后，郑东魁在寒风中用力拍了拍韩朔的肩膀，语气难得雀跃："你小子，没有让我失望。"

韩朔难得语气谦卑："谢谢您了。"

"你不用谢我。我每一年带出去的学生，有多少个能最后走在这条路上，我心知肚明。我做这些和你一样，都是为了对得住我自己，你也是。你以后，能走多远走多远，走不动了，只要对得起自己就行了。"

韩朔点了点头。

"徐杺，你怎么回去？"感慨完，郑东魁准备离开，临走的时候询问徐杺要不要捎她回学校。

可徐杺还没开口，韩朔就在一旁说："不用替她操心了，她回我那儿。"

徐杺朝郑东魁点点头："老师，您路上小心。"

郑东魁瞅着两人这气氛，摆摆手，转身上了代驾的车。

两人在寒风中站了一阵，直到郑东魁的车不见了踪影，韩朔才竖起领子，淡淡地说："走吧。"

徐杺点头。

明明来的时候两人心底都是热烈雀跃的，可经过方才的谈话，两人之间的气氛似乎也被这夜风感染了一样，变得扑朔迷离了起来。

到路边叫了一辆出租车，上车后，两人各怀心事，谁都没说话。

徐杺觉得兜里的名片像在发烫，她看着窗外的街灯，一时间想了很多。

出租车在驶到街口的时候就被韩朔叫停了，他给了钱，两人下车。

往前走五分钟就能到工作室，因为这边是别墅区，周围很安静，只有路灯相隔着打在地上，隐隐照亮前路。

走了一会儿，徐杺忽然感觉到有人把手探进她的兜里。喝过酒的人反应有点慢，等她下意识伸手要抓住韩朔的时候，韩朔已经抽回了手，同时手里拿着 Rousteing 给她的名片。

他们都停了下来。

徐杺看着路灯下男人的侧脸，他正微微仰头，借着灯光看清名片上的内容。

“出国深造。”韩朔呢喃着，下一秒低下头，把名片伸到她的面前，“心动了？”

他挑起一边眉，明暗交错下五官更为立体，也更英俊。徐杺看到他漆黑的双眸，他在笑，却没有真的在笑。

徐杺伸手拿回名片：“当初我对家人承诺过，既然要选这门专业，就要做到最好，这大概是他们都想要见到的结果。”

学服装设计的都知道这门专业在国内没有太多出路，相反出国的利处就太多了，今晚 Rousteing 的意思已然十分明了，恐怕只要是个正常人都不会拒绝这个机会。

徐杺还在走神，面前就已经蒙上一层阴影。韩朔走近了一步，高大的身影挡住了路灯的灯光，影子把她完全笼罩在其中。

徐杺的下巴被抬起，还是那个熟悉的姿势，她能感觉到他掌心中略微粗糙的纹路。很奇怪，他的手掌那么大，却偏偏能每一寸都贴合她的皮肤。她顺势看着他，发现他也同样在打量自己。

这样的距离让徐杺不得不把所有感官都重新集中起来，面对这个男人不能分心，不然很容易被他牵着鼻子走，她安静地等待他的发言。

“你不是会让父母左右的人。”韩朔低沉的嗓音在头顶响起，是他一贯的语调，懒散，却带着聪明的试探，直白明了，“你自己呢？怎么想？”

徐杺攥住名片，手指无意识地摩挲光滑的纸面，她在他的气息下同时也在思索如何回答。

“你想让我怎么想？”徐杺凝视着他，轻声反问。

她的长发被风吹动，声音在昏暗中显得十分平静，她的眼神是平和而温柔的，就像是在看着一个自己不会拒绝的人。那一刻，韩朔有一种不管他说什么她都会答应的错觉。

所以，他就说了，毫不婉转：“并不想要你去。”

徐杺轻轻挑眉，示意他继续说，也像是在反问“凭什么”。

韩朔笑了一声，笑容里有几分得寸进尺：“我说过了，我不喜欢给别人做嫁衣。要是放你出国，他日功成名就，我白忙活一场，太吃亏。的确，出国是一条捷径，很诱人，可你留在我身边，想要的都会有，我答应你，一定会有。”

最后一句话，他的语气稍稍认真了些，声音压低，就像是恶魔在蛊惑。

想要的都会有？

“你知道我想要什么？”徐杺平静地问。

闻言，韩朔的眼神一暗，原本深邃的瞳色此刻更是深不见底，他凝视着她，没有回应。

空气越发安静了。

徐杺感觉自己的耳朵被冷风吹得有些疼。

过了好一会儿，韩朔还是没有开口的意思，徐杺闭了闭眼，然后叹了一口气。

她也不明白自己是为何叹息，是为了命运？还是为了已经看到抉择命运的自己？

不过都不重要，她一直都知道自己想要什么。

“好，听你的。”那么重要的决定，到她嘴里不过随口一句话。

可面前的男人似乎早就预料到她会妥协，勾起唇笑了。

“我没逼你。”

“嗯，我自愿的。”她摇了摇头，捉下他攥住自己下巴的手，无奈地说，“很冷，先回家。”也许是气氛使然，“回家”两个字几乎是没怎么想就脱口而出。

然而徐杺这次的确没有察觉。

韩朔仔细盯了她一会儿，半晌十分自然地把她的手捉在掌心里，随口说着“怎么那么冰”，可说完却没有放手，一直拿手攥着。

他们就这样往前走，谁也没有再开口，谁都没有挣脱，好像真的只是因为太冷了，顺其自然就接受了现状。

今晚月色尤其温柔。

灰色的水泥地上拉出两道冗长的影子，像在冰冷的夜色下互相取暖。

这一刻，他们似乎从未挨得那么近，也可能原本就是一直在默默靠近的，只是如今月光之下，酒意微醺，才让一切都短暂而缓慢地显露出痕迹。

郑东魁将这场秀交给了公司团队做后期，完成后发布在A大的官网和学校官方微博上，受到了大量的转发和关注。期间韩朔的曝光度持续增加，伴随着之前网络上对他的舆论，如今他简直就是路人眼里的矛盾综合体，专业水平有目共睹，可人品却扑朔迷离。

他不像是娱乐圈里的明星，有各种真人秀、采访、综艺节目能让人们从他言行谈吐中找到蛛丝马迹，然后试图主观去分析他的三观和人生态度。他只出现在时尚杂志和时尚报道里，而且多是正面评论，除了品牌方的发布会，他也几乎没有任何采访。

他的硬照总是被夹在一堆明星中间，在如今盛行奶油俊俏类的新生一代男明星里显得如此特别。

人们开始渐渐意识到模特这门职业的确与大家惯性思维中的“明星”似乎有许多不同，对于他的质疑声逐渐少了许多。而经此事后，关注韩朔的路人也多了起来，网络上对于韩朔褒贬不一的评价似乎并不能阻挡他的势头。

与此同时，韩朔的个人工作邀约可以说是源源不绝地涌来，不仅广告，还有电视剧和电影的试镜邀请，但基本都是一些二流制作班底，想要借着韩朔的这波热度顺势捞一笔，可最后几乎都被韩朔拒绝了。

今年过年是在一月十日，所以一月三日的时候，韩朔就宣布给所有人放假了。

韩朔本身就是工作室的老板，又亲自把关手底下每一个人的工作，所以周近他们也丝毫不担心，一听到能放假，个个想都没想就上网订机票去了，连最后想要确认一下过年有没有工作的念头都没有产生过。

奶宝正躺在韩朔的大腿上睡觉，韩朔用手指有一下没一下地顺着它的毛梳着。徐杺打完电话回来看到这一幕，坐下微微笑了。

"订好票了？"韩朔对她挑挑下巴。

"待会儿订。"徐杺说。

她并不着急回去，因为对她来说，过年是她跟着父母应酬的时间，而不是团圆相聚的时间。

她坐在韩朔身边摸了摸奶宝的下巴，忽然问："你过年要干什么？"

韩朔瞥了她一眼，然后慢悠悠地说："跟着 TE 那边去看时装周。"

虽然知道他收到了邀请函，可徐杺没想到他居然会挑在过年的时候出国，同时也有些好奇难道他不回家过年吗？

没等徐杺把疑惑问出口，韩朔已经看穿了她："我爸是大忙人，过年的时候他会比我还忙。"

不知为何，他说这句话的时候，徐杺能从他的眼神中捕捉到一抹极淡的情绪。

他每次不喜欢一个话题的时候就会是这样的眼神，总是带着点冷漠，也有嘲弄的意思。

徐杺顺着他转到别的话题上："那你什么时候回来？你不在，我让张檬先帮忙照顾奶宝。"

奶宝是不可能带回家的，陈姨过年也要回家，幸好张檬的家也在 B 市，可以拜托他先照顾几天，她尽量早些回来就是了。

张檬闻言探过头来，抢着替韩朔回答："不用，老大年初二回来，我可以年初二再回家。我爸妈一向不管我去哪里野，他们对我的要求只有年夜饭这顿人能在就好了，所以我能在别墅照顾奶宝，也省得我那两天白天在家还要被逼着相亲。"

虽然不知道张檬为什么会清楚韩朔什么时候回来，可徐杺还是点点头，说了一声"好"。

再看韩朔，他已经恢复成最开始那样，经过刚才的话题心情好像还没恢复，脸色还是有点臭。他把手塞进奶宝怀里逗它，直到把它弄醒。

恼羞成怒的奶宝一龇牙，"嗷呜"一口把他的整根手指咬进嘴里。

刚开始长牙的小狗控制不好力道，大概是被咬疼了，韩朔"啧"一声，下一秒把手抽出来，不轻不重地就往奶宝脑袋呼了一巴掌。

奶宝发出几声响亮的大叫，张檬闻言立刻看过去，忍不住用谴责的眼神控诉了韩朔一番。

徐杺摇摇头，这才拿出手机订机票去了。

徐杺的机票订的是五号，早在大秀结束之后她就把回家要带的行李都拿回工作室了。

她走的那天早上，韩朔还没有起床，只有张檬睡眼惺忪地爬起来，把她送到机场。

徐杺和张檬现在还多了一层"奶爸奶妈"的革命友谊，临上飞机前，张檬还特意叮嘱徐杺在家玩久一点，他会照顾好奶宝，叫她不用担心。

飞机缓缓起飞，远离了已经变得十分空寂的 B 市，往 W 市飞去。

一踏出机场，徐杺明显变得更寡言少语。她看着这片养育自己长大，却始终不能使她热爱的土地，静默许久，打了一辆车回家。

打开客厅的灯，发现此刻家里没人，徐杺面对这一屋的冷清，仿佛早已习惯。

把行李搬进房间后，她先去厨房给自己煮了一碗面条，应付着吃完，洗碗，上楼洗澡，一切仿佛按部就班，却唯独没有回家的放松和轻快，仿佛这只是她必须履行的义务的一部分。

八点的时候，韩朔打来电话。他也是今天的飞机，此刻应该在机场。

“到家了？”

“嗯。”

“行吧，挂了。”

他特意打电话来，就是为了问她这个。

可想到他将要只身出国，徐杺脑子里不知怎的飞速闪过那天他谈起过年时候的表情，她忽然握着手机轻轻叫了他的名字。

“嗯？”

徐杺看了看窗外漆黑的天空，好久才说：“路上小心。还有……有事给我打电话。”

电话那头传来他低笑的声音。

“傻子。”

他拉长了语调说出这两个字，然后挂了电话，可徐杺能听出来他的心情似乎好了许多。

徐杺握着手机坐在床上发呆。

九点的时候，周蓝玉回来了。

“杺杺，几点回来的？”

徐杺穿着睡衣，在楼梯口回答：“下午回来的。”

“怎么不给我打电话？”

“你们忙，我自己一个人可以的。”徐杺往门外看了看，没有看到徐州平的身影。周蓝玉似乎说了什么，徐杺没听清，随口应了一声，然后说累了，先睡了。

周蓝玉不疑有他，点点头，自己也回房休息了。

徐杺关上房门，打开笔记本和手绘板，开始深化《蓝秀》那边的设计稿，之前交上去的已经全部敲定了，接下来就是一些细节优化。在回来之前她已经完成了六套，还差最后几套，现在画好等过完年回去就可以开始打版制作了。

画完的时候，天居然已经开始亮了。

徐杺停下已然僵硬的手，一边调整呼吸，一边靠在椅子上闭目休息，大概是精力集中太久，疲惫感瞬间占据全身。

她也不知道自己是怎么了，从回来后心里就像多了一块疙瘩，好像有什么事情放不下似的，可具体又说不清是什么让她放不下。

她关了电脑，扔下笔，倒在床上，沉沉睡去。

徐州平在徐杺回来两天后才出现。他回来的时候，周蓝玉的表情淡淡的，没什么表示。两人大概商量了一下过年期间要应酬的人和时间，期间徐杺一直在旁边听着，也不插话，等他们决定好了，她才说没问题。

自从回家以来，韩朔每天早上都会给她打电话，两人虽隔着时差，但时间每次都卡得刚刚好。

挂了电话后，徐杺会上网搜他的照片。他每天的行头都会被摄影师拍下来放到网上，再被国内的营销号疯狂搬运。也有比较专业的时尚博主会点评他的造型，然后一件件扒出他身上每一件衣物饰品的品牌给网友们做参考。今年他刚和 TE 签约，身上几乎都是 TE 的高定新品，这也是他作为形象代言人的义务之一。

虽然他每日如常，可徐杺却敏感地察觉到，随着他回国的日子越近，他的情绪就越发不对劲，倒是也没有变得烦躁或是焦虑，只是徐杺能察觉到两人对话时他明显会有些心不在焉。

周蓝玉在过年前特意抽出一天时间带徐杺去了家这边最大的高端商城，为她添置过年时要穿的行头。

周蓝玉偏爱某个法国轻奢品牌，在这个门店待的时间最长。期间徐杺因为想着韩朔的事明显不在状态，为此周蓝玉好几次提出询问，眉宇间还带着明显的不悦与打量。

见状，徐杺稍稍稳下心神，向母亲解释：“最近在赶工作室的活儿，熬了几晚，所以有点累。”

周蓝玉闻言才放缓了脸色，继续把目光放在眼前的展架上：“都放假了，也别太拼，注意劳逸结合，身体要紧。”说完，她就把手上挑出来的这套交给旁边的销售员，随口报上徐杺的尺码，也不问徐杺是否喜欢。

“嗯。”徐杺看着那件搭在销售员手臂上的宝蓝色长裙，轻应一声。

其实她并不喜欢这种规整又略显厚重的刺绣礼服，那就像是徐州平和周蓝玉给她的感觉，压在人身上密实地贴合着每一寸皮肤，让她有种喘不上气的感觉。

相比之下，她更喜欢薄纱或绸缎质感的面料，配合细密精致的镂空，让人穿上首先感觉到的是舒服。

可徐杺并没有说出口，因为她知道，在这个家里，她的喜好并不重要，她需要维持的是温顺又成熟的形象，作为徐州平和周蓝玉的女儿而存在，而不是作为徐杺。

等徐杺穿着裙子从试衣间走出来时，周蓝玉满意地笑了。

徐杺的注意力则放在了全身镜上，镜中那个精致得有些虚伪的人正跟她做着一模一样的动作，让她觉得滑稽又可笑。

“先买这些，我们再去别的店逛逛。”周蓝玉把卡交给身旁的销售员，然后站在徐杺身边，笑着问，“杺杺，喜欢吗？”

徐杺微微垂下眼帘，看着长裙的裙摆，小腿处那层花边蹭得她的皮肤有些不舒服，可她依然温和一笑，轻声说：“喜欢的。”

上帝说，你有资格不去做你不想做的事。

世界说，你有资格去做任何你想做的事。

而她说，一切都还未到时候。

终于到了年初一。

这一天徐杺起得很早，睁开眼睛之后先拿起了手机，看着时间数时差，然后又放回去，闭着眼睛等待。

可到了九点，还是没有电话打过来。

周蓝玉已经到房门口叫她起床了，还好奇今天她怎么这个点还没下楼吃早饭。

徐杺这才坐起来洗漱换衣服，下楼前再看了一眼手机，然后把它收进周蓝玉给她新买的包包里。

徐州平早上刚到，从徐杺读大学之后他就搬出去住了，似乎是终于可以不用顾忌女儿，夫妻两人彻底进入分居状态。这件事很少人知道，毕竟徐州平留在 W 市的时间本就不多。

吃过早饭，他们一家人出门，奔波了一整天，直到晚上，他们才和一群人热热闹闹地到了香樟花园的包间。等了没一会儿，最大的人物姗姗到来，正是当年那位徐伯伯。过了几年，他已经连升好几级，虽然人过中年，可依旧威仪，作为东家，话不是很多，可他说话的时候，所有人都安静地听，没有人插话。

见到徐杺，徐伯伯有些意外，也有点高兴。知道她在 B 市念设计专业，他点了点头，说："B 市是个好地方，老徐啊，你养了个了不起的女儿。"

徐州平就坐在主位下方，闻言微微一笑："没有的事，小姑娘家一点爱好罢了，做父母的总得顺着孩子的心意。"

"那是必须的，毕竟那是孩子自己的人生，父母站在指导的角度上帮帮忙就好了，我对我家那位也是。"

徐杺看向徐伯伯身边的少年，他和自己一般大，长相只能算中等，因为鼻梁上戴着无框眼镜，所以身上勉强有几分儒雅的气质。

闻言，两人对视了一眼，对方率先低下头去，那厚厚的镜片给人一种假惺惺的感觉。

徐杺低下头喝了一口茶。

晚上到家的时候，徐杺精疲力竭，明明是自己从小到大都擅长应对的场面，今日却让人尤其不耐烦。

徐州平把徐杺送回家就走了，临走的时候给了徐杺一张附属卡，说是今年的红包，徐杺收下了。周蓝玉面不改色进了房间，没有送他。

徐杺洗完澡，躺在床上，这才拿出一天都没有什么机会看的手机。

没有一通未接来电，微信上也只有工作室的伙伴们和学校同学给她发的新年信息，那个人今天一条消息都没有。

年初二也和年初一同样，近十天的联系就这么毫无预兆地中断，韩朔就好像突然消失了一样。

徐杺隐隐有一种预感，这几天一定对他有特殊的意义。

她回忆起之前他提到自己父亲时的表情，然后是张檬说的那句“年初二就回来”……徐杺总觉得自己好像错过了什么细节，心底隐隐不安。

直到年初三早晨，徐杺还是没有接到韩朔的电话，她终于在床上抓起手机拨过去。

可韩朔的手机关机了。

徐杺放下手机，想了想，又拨通了张檬的号码。

得知徐杺的来意，张檬迷迷糊糊地回答：“老大昨天晚上就回来了啊……找不到他……他去扫墓去了，可能因为这个关机了吧。”

“扫墓？”

“是啊。”张檬挠挠头，“今天是他母亲的忌日。刚成立工作室的时候大伙儿出去吃饭，老大随口提起过。每年这一天他都不在，也没人能联系他，我猜他应该是去给母亲扫墓去了。”

徐杺挂了电话。

这一刻，她终于意识到一直被自己忽略的问题在哪儿。

猴子说那幢别墅是韩朔的父亲送给他的，他自己也曾用漠然的语气提起过父亲……却没有人会主动提起他的母亲。

他自己更不会。

徐杺了解他，那些对他越重要的东西，他反而越不会把它们放在嘴边，虽然也不会刻意回避，因为那样太刻意，太容易让人看穿。

他就是那样的人，总是避重就轻，不曾让人真正了解和靠近。

外面开始下起了小雨，只是看着窗外，都让人觉得心头发冷。

老话说年初三不适合拜年，所以今天徐杺一家人难得闲下来。周蓝玉中午就出去了，大概是有她们研究院内的活动。徐州平如果不需要出去应酬，一般也不会特意过来，于是家里只有徐杺一个人。

她躺在床上，什么也没做，把手机放在自己枕头旁边，用一只手握着。

她在等那个人的电话。

可等着等着，不知何时，她就在一片冬雨沥沥中熟睡过去。

徐杺在掌心的振动中骤然醒来。

几乎连看屏幕的时间都没有，她手指下意识往右划，然后把手机搁在耳边。

电话那头很静，男人的呼吸声很清晰。过了一会儿，他才发出一声低哑的声音："在哪儿？"

听到韩朔的声音，徐杺坐了起来。屋内没有开灯，徐杺的房间一片昏暗，窗外小雨未停，竟足足下了一日。她握紧手机，轻声问出和他一样的问题："你在哪儿？"

男人似是自嘲地笑了一声，这一声很轻，让徐杺都有一刻怀疑是不是自己听错了。下一秒，他又凑近话筒，声音一下子变得清晰鲜明："希尔顿酒店，2301。你过来吗？"

那一刻，徐杺觉得他们一定是疯了。

她蓦地觉得世界浑浊一片，唯独耳边这道声音有如神助，像被染上了一层颜色，而且还是翠蓝的玻璃色，有种倔强又脆弱的感觉。

原本在梦中也一直高高悬挂着的心终于慢慢回到平地，却又同时掺杂着某种复杂而疯狂的情绪。

徐杺什么也没说，挂了电话，在夹杂细雨打在窗户上的"哒哒"声的黑暗房间中，忽然慢慢抬起手盖住了自己的眼睛。

她握着手机，忽然觉得那被攥住温热发烫的不是别的，而是自己的心。

坐了约莫有三分钟，她才浑浑噩噩站起来，换衣服，拿伞下楼。

出租车只开了二十分钟就到了希尔顿酒店，徐杺一路穿过大堂走进电梯，一路去往二十三层。

给她按电梯的招待员体贴地递上一张纸巾，轻声询问：“您好，有需要帮忙的吗？”

不用别人说，徐杺在电梯光滑的墙面上就能看到自己苍白狼狈的模样，拜那个失踪了三天的男人所赐。

是三天，不是三年。徐杺这样告诫自己，同时用微湿的手盖住了脸，对好心的招待员摇了摇头。

招待员见状一脸疑惑，可也没有再说话。

出了电梯，沿着走廊找过去，一直到尽头，徐杺对着2301的门牌按下门铃。

开门的刹那，徐杺看到韩朔光着的上半身和一头泡泡，沉默不语。

韩朔也看着她，目光先是上下打量，片刻后朝她歪了歪嘴角，似乎是看到她这狼狈的模样想要嘲笑，可最后勉强忍住了。

他转身拐进浴室继续清洗。

徐杺进了房间，还没关上门，就马上皱起眉头，这屋内的烟味让人窒息，也不知道是抽了多少才能有这么匪夷所思的味道。

她走过去把其中两扇窗户打开，雨伴随着冷风吹进来，然后她看到了空荡荡的房子，连个行李箱也没有。他来这里什么都没带，一个人，就这么从B市过来。

孤零零的，一声不响。

可徐杺觉得更奇怪的是自己，因为她居然一点都不惊讶他会这么做。

浴室里传来的水声因寂静而被放得无限大，让徐杺想起二十分钟前在房间里的自己。

徐杺往浴室走去。

男人用浴巾围着腰部以下，正在弯腰用花洒冲掉头发上的泡泡，白色的灯光打下来，他脊背上的水珠变得特别晶莹。他的肌肉不是壮硕的类型，却很白很结实，肌理细得没有一点毛孔和瑕疵，好看的蝴蝶骨如同一对对称的钩子，像是大鸟才会有的坚硬翅骨，收敛着，等待要展开的一天。

徐杺原以为他会像一只埋头入沙的鹰，可没想到发现他更像独自舔舐伤口的狼，太骄傲，又太让人心动。

徐杺慢慢走过去靠近他，坚定却悄无声息。

直到徐杺的手指抚摸上他的脸颊，热水慢慢浸透她的指尖，然后是整只手掌……徐杺用双手把他的脸从热水中捞起来，有如珍宝一样小心翼翼地捧着他的双颊，她看着他原本略硬的头发乖顺地垂下来，流水沿着他的发梢、睫毛、鼻梁、嘴唇缓缓流下，有的经由他精致的下巴滴落，有的则沿着笔直的脖颈滑下，最后流到那副让人感叹的好身材上。

他的双眼隔着水雾凝视着她，像一头美丽冰冷的野兽。

韩朔笑着挑眉，漫不经心的，这是徐杺第一次看到韩朔这个模样。

徐杺没有说任何话，也没有任何预兆，把他的头搂进自己的胸前。他头发上和脸上的水瞬间把她胸前的布料给打湿了。花洒掉到了地上，很快，她的裤子和鞋子也湿了。

可此时此刻，有谁会在意呢？

沉默只维持了几秒。

徐杺的腰原本抵在大理石的洗漱台上，下一秒感觉到男人双臂环上她的细腰，倏地收紧，随即微微使力就把她整个人托了起来放在了洗漱台上。

徐杺刚坐稳，就感觉到韩朔把头埋得更深。这个高度比起刚刚来说合适多了，他几乎把所有体重都放在她身上，手还稳稳搭在她的腰上，越收越紧，像锁链一样紧紧束缚住，力道大得像是要把她揉搓进怀里，或者把自己嵌进她怀里去。

亲眼看着他从野兽化身大型犬依偎在自己怀里，浑身冰冷的气息慢慢散去……徐杺把下巴搁在他脑袋上，闭上眼睛，这才安心地在心里叹了一口气。

热水源源不断从花洒中涌出，没一会儿浴室就被雾气笼罩住，连镜子都变得模糊一片。

不知道过了多久，徐杺摸着韩朔湿漉漉的脖子，感觉到他的体温在慢慢升高，水珠也正逐渐被他的体温蒸干。

她也是，胸口被他压住的地方正慢慢积攒出一股涌动而燥热的情绪。

似乎是感觉到她不稳的心跳，韩朔把头轻轻抬起。那一刻，两人的呼吸交错在了一起。

他的眼睛垂下，视线落在她的唇上，此刻呼吸沉沉，彼此的气息喷薄在对方的嘴唇上，似乎只靠这个就能把彼此的唇瓣打湿。

徐杺没有动，也没说话，更没挣扎和逢迎，任由他的手臂箍得她生疼。

可无声就是纵容。

她的手指搭在他的后颈，柔滑的指尖就像丝绒，压着他头发的力度都像在引诱。

这时候两人的嘴唇只隔着一根手指的距离，韩朔的鼻翼顶着她的，轻轻蹭着。肌肤相触的那一刻，他的目光里终于清晰闪过一丝狠意，还有炽热的欲，毫不掩饰地表达出想要把她吞吃入腹的欲望。

他的呼吸就像在隐忍般在她鼻翼间游移，因为太近了，徐杺甚至都分不清他的唇瓣到底有没有碰上自己，只能瞧见他的双眸一暗再暗，着了火一样。

终于，他低下头来，却不是亲吻。

他的额头靠上她的肩头，忽然重重地呼了一口气。

徐杺觉得腰很疼，是他在用力揉捏，就像在发泄不满一样。

“你犯规了。”韩朔把脸侧过来，鼻子顶着她的脖子，轻轻嗅着，声音哑得如同含着沙砾。

徐杺垂下眸，低声说：“你也是。”

徐杺知道，韩朔是故意三天都没有找她，想让她担心，让她失控，让她猝不及防。

可明知道是这样，她还是来了。

炽热的欲望没有骤然熄灭，反而像是悬浮在空气中的水分萦绕不散，那是男人和女人之间心知肚明的暧昧。

韩朔抱着她，闻言沉沉一笑，说：“那我们扯平了。”

“徐杺。”也不知道过了多久，韩朔低低地叫了她的名字，他嘴唇贴着她脖子上的皮肤，“我虽然不是什么好人，但也不随便。我说过，我和女人之间，从来都是你情我愿的，所以你想我做什么，首先你得对我心甘情愿。”

空气湿度很高，衣服黏在身上，让人难受，可徐杺没有挣脱他的禁锢，只是点了点头。

徐杺乖乖被韩朔抱着，等他平复欲念。直到男人原本粗重的呼吸渐渐缓和，两人才慢慢分开。

仿佛那一瞬间的意乱情迷只是假象，他似笑非笑地看着她比进门时更狼狈的模样，关上花洒，拉着她走出浴室。

一出浴室，韩朔就冷得缩了起来，两人抬眼一看，前方窗前的地板都已经被飘进来的雨水给弄湿了，冷风还不断灌进来，拍打着窗户发出“哐当哐当”声。

徐杺挣开他的手，走过去把窗户关上。水汽虽然漫上来，但温暖的空气也正在重新凝聚。

韩朔坐在床上，也不擦头，下意识地掏口袋，但里面什么也没有。情热的余韵并非那么容易就能驱散，他虽然对情欲并不陌生，也算是擅长驾驭的类型，可自从徐杺出现起，那股燥热就从未真正平息过。

下一秒，徐杺从架子上拿出一条白色毛巾，盖在他的脑袋上给他擦头发。

韩朔把腿微微岔开，让她站在自己双腿中间，心安理得地享受着她的照顾。

徐杺离他极近，男人有力的大腿肌肉贴着她膝盖左右，还有规律地一下下点着地板。

她专心打理着韩朔的头发，一丝不苟得让韩朔忍不住想笑。

等擦得七八成干，徐杺停下，低头仔细观察他的神态，犹豫了一会儿，问道："什么时候回去？"

韩朔说："明天就回。"

徐杺："……张檬说你今天去给你母亲扫墓了。"

韩朔点点头，脸色没有丝毫变化："大清早去的，中午订的机票。"

到此，徐杺不想再问太多。

她点了点头，对他说："我年初五就回去。今天一天你也累了，好好睡一觉吧，明天……我不来送你了。"

她转身想把毛巾放好，却被他捉住手腕，他仍旧把她固定在怀里。

韩朔紧紧盯着她，半晌才说："徐杺，坏女人不能太心软。"

徐杺看着他的表情，忍不住伸出手抚上他的脸。

韩朔眯着眼睛，然后听见她说："那你给我讲讲。"

"就这么让我白给你讲？"

徐杺轻声说："作为交换，我也给你讲我的。"

韩朔这才笑了，舌头顶了下腮帮："成交。"

五分钟后，徐杺去浴室换上干净的浴袍，把湿掉的衣服裤子交给酒店烘干，然后躺上床。韩朔伸手把她抱在怀里。

韩朔长这么大真的极少有机会能在清醒的状态下和一个女人躺在床上纯聊天，什么也不干，当徐杺安静地躺在他怀里的时候，他真的觉得她是一个奇妙的女人。

韩朔捏着她的细腰，惬意地闭上眼睛，过了一会儿才说了第一句话：“她死于厌食症。”

他把母亲称呼为“她”。

“或许她另一个名字比较让人印象深刻。”韩朔在徐杺耳边说出“她”的另外一个名字。

徐杺愣了愣，竟然觉得这个名字有点耳熟。

或许对于别人来说，这个名字也如人一般只在时尚圈昙花一现过，并不能被称作真正的超模，可对于韩朔来说，不管是她曾得到过的荣誉也好，还是作为模特本身的素养与自律，她都毋庸置疑能担得起这个称呼。

故事其实很短，或许是韩朔本身也无意渲染，所以说得平铺直叙，就像一个不擅长说故事的人在讲叙事文，偏偏作为唯一的听众，徐杺却听得很安静，也很认真。

四十年前，是属于模特界真正的黄金时代。

当时 BIG 5 的活跃带动着整个时尚圈的发展壮大，甚至有人评论，自从五大带领的时代过后，其实整个模特界一直在走下坡路。

韩朔的母亲就是在那个时代诞生的，年纪轻轻就已在时尚圈中崭露头角。

韩朔的外祖母是英国女超模，后来嫁给了亚洲男模特周旭来，两人婚后两年生下了韩朔的母亲。

韩朔的母亲长得极美，仿佛生来就继承了父母所有美好的部分，不仅仅是身高，还有欧洲人性感的五官和风韵，以及东方人的神秘与含蓄。所有人都说她是为了 T 台而诞生的，基因决定了她的优势，也决定了她热爱这个舞台的灵魂。

十九岁时，她被 VG 看中，成为了 VG 最受青睐，也是最年轻的模特。

她热情、大方、坦荡、自信，有着一个女人最好的一切，就像一个太阳。甚至对于某些异性而言，她的光芒已经到了炽热的程度，虽对他们有着强大的吸引力，却并不是每一个人都敢触碰和觊觎。

直到她和韩朔的父亲韩冬溯在一次圈中晚宴上相遇。

韩冬溯当时刚接手公司，他祖上三代经商，祖父在美国发家致富，后来父亲接手后把公司迁回国内，算是为当时国内经济出了一分力。后来，父亲年事太高，就把公司交给了韩冬溯。没过多久，韩冬溯预料到娱乐圈未来可观的发展形势，毅然把公司主业务向娱乐行业靠拢，为此还曾受到父亲的质疑和反对。

一个年轻的男人，还是富有的年轻总裁，总免不了会引来许多女人的关注。

不只是演员和歌手，所有人都在远远观望，伺机而动。

因为韩冬溯实在太英俊。

他很高，目测一米八五以上，虽比不上场上男模特的身高，但相貌和身段却不比在场的任何人逊色。他的脸不似欧美男人那般立体深邃，可五官很硬朗，眉宇间有种淡淡的冷酷，用中国话来说，就是很男人。

许多姑娘都对他一见钟情，包括韩朔的母亲。

而与此同时，韩冬溯也看到了她。

女孩儿们都在害羞地打量他，唯独她，毫不掩饰、大大方方地展示着自己对于他的欣赏。和韩冬溯对视后，她展颜一笑，双颊带上红晕，性感又可爱，很耀眼。

有的爱情偏偏就是来得这么猝不及防，说不清是谁先对谁动心，总之，当韩冬溯牵着她的手上酒店房间的时候，她并没有拒绝。

她不知道，那是一个男人对感情和女人都极其挑剔的二十八年里，头一次对一个人产生这样的冲动。

顺其自然的一夜放纵，她沉沦在男人绝对的掌控欲和占有欲里，无法抽身。

次日清晨，她在韩冬溯怀中睁开眼。男人看着她，低声说："做我的人吧。"

她热情、坦荡，不仅对事业如此，对爱情也是如此，所以她答应了，甚至都没有丝毫犹豫。

两人就这么顺理成章地交往，在她的请求下，韩冬溯并未将两人的关系昭告媒体，也花了钱打点。

他爱她，也尊重她热爱这个行业的心，他的势力版图在当时虽不涉及时尚圈，可他喜欢看她走 T 台的样子，她把她最美的模样都奉献给了 T 台。

她在二十一岁的时候怀上了孩子。

韩冬溯把孩子的去留交给她决定，因为他知道对于一个模特来说，尤其是对于她来说，这个阶段意味着她发展的黄金时期，如今她已经在金字塔上，再坚持一两年，她或许能收获许多人都达不到的成就。而且所有人都这么说。

可她最后还是决定生下来。

她其实是一个温柔的女人，看似大胆狂放，可基因里终究有一半遗传自一个温柔的东方男人。她尊重生命，同时也有一颗渴望成为母亲的心。

她在全盛时期淡出时尚圈一年，生下孩子，并在同样对外界保密的情况下，与韩冬溯领了证，结了婚。他们在塞纳河畔的一个小教堂里举行婚礼，只邀请了双方亲属，不隆重，却温情。

坐完月子，做了有效的身材恢复之后没多久，她在照顾孩子的同时又重新回到属于自己的世界，打算继续在热爱的那个舞台前行。

一年时间对常人来说可能很短，可对一名模特来说，却太长太长。

哪怕她资源不错，身材相貌都保持得很好，可回归的过程并不如想象中如意，一路上磕磕绊绊，还受了不少非议。

新的面孔源源不断地涌进，有更年轻更优秀的天才在参与着角逐。这个行业竞争太残酷，也太现实，所有人都在争分夺秒，稍微有一丝不专心就会丧失许多机会，这一切仿佛都已经注定了她与“顶尖”二字无缘。

可她并未后悔，自始至终都没有，她对韩朔的爱，始终有目共睹。

韩朔三岁的时候被她抱到T台上，她会开心地对他说："亲爱的，你知道吗？这里是这个世界上最神奇的地方。"

她总是会跟他说很多T台上的趣事，譬如走完秀的新人在下台后腿软倒下一片，譬如那个时候并没有特别专业的服装助理，有时候衣服放错了位置，大家都会慌成一片。这里承载着风华绝代，也承载着癫狂喜悦，但更多的是汗水与泪水，这里就是他们事业的一切。

韩朔就这样一直看着徐杺，以最灿烂也最美丽的笑容去讲述那个对于当时的他来说还是那么陌生的世界，然后渐渐从陌生到熟悉，他一只脚迈进了这里，自己却没有察觉。

韩朔的妈妈一天天消瘦，因为年纪，因为生育。

她几乎在潜意识里就对身材敏感，她节制饮食，热衷运动，到后来甚至一天只吃半碗食物。渐渐地，她训练的程度开始大得吓人，或许是为了保持状态，所以身形也越发消减，脸比起生完孩子的时候小了一大圈，因此显得两只眼睛特别大，几乎占了脸的一半，看着十分吓人。

韩冬溯曾经阻止过，可她对T台的热爱与坚持终究使他落败，直到后来,她终于确诊厌食症,一切都犹如寒冬降临,所有人都陷入了痛苦。

可韩朔当时并不懂，他只知道母亲虽然变得越发可怕，可那双眼睛却还是明亮的，像一束光。只要站在T台上，她哪怕瘦得脱了形，也无法掩饰本身的光芒。

临走前，她躺在病床上，瘦得像皮包骨，身上插满了透明的管子和线，像一只用尽力气飞越沧海的蝴蝶，终于筋疲力尽，形消神散。

韩冬溯就在她身边，病房里还有很多医生护士。韩朔当时八岁了，除了婴儿时期，那是他少有的一次哭得那么伤心。

"亲爱的，别哭。"她微微一笑，视线在儿子身上掠过，最后停留在丈夫身上，"我一直都很快乐。"

这是一个把自己的生命为热爱燃烧了一辈子的女人，对自己这一生的唯一一句叙述。

韩冬溯紧紧地握着她的手，他背对着韩朔，在所有人的哭声中显得那么沉默。

渐渐地，韩朔长大了，并且越长大越像妈妈，后来韩冬溯见他的次数越来越少，留在公司的时间越来越多。在韩朔高中以后，父子俩有时候一个月也不会见一次面，见面了也多是无话可说。

高一的时候，韩朔的身高已经飙到了一米八，入学后没多久，他自己去找老师转了学校的特长班。韩冬溯没多久就知道了这件事，毕竟转专业是要告知家长，并需要家长签字认可的。

韩冬溯那一天晚上很早就回家了，他们父子两人第一次坐在餐桌的两边，认真地进行谈话。

韩朔知道父亲不会同意，可他仍然坚持。

三天后，韩朔得到了父亲签过名的同意书，静静地放在茶几上。

而在那之后，韩朔的每一场秀，韩冬溯都没来看过，只在韩朔考入 A 大的那一年，韩朔提出想要搬出去住时，韩冬溯便买了一套别墅送给韩朔。也是因为这件事，韩朔才正式把建立工作室提上了日程。

韩朔没有再说下去。说完这个漫长的故事后，他的表情依旧是淡淡的，语气中没有什么特殊的情绪。可徐杺知道，韩朔的母亲在他生命中的分量一定举足轻重，不仅是因为她孕育出他，还因为她对他的影响远超过他成长至今所经历的一切。她带给他太多，例如爱，每个人的生命中都应该有一份炽热的坚持，值得一个人用一生去燃烧。

他在走着母亲未走完的路，却又走出了和母亲完全不同的路。

徐杺的沉默让气氛变得略显沉重，韩朔却抱着她笑了。

他把头埋在她的锁骨处，嘴唇轻轻碰了碰，因为动作很轻柔，所以看起来像安抚。

徐杺缓缓放松下来，领口因两人的动作而扯松了一点，露出锁骨下一片白皙的肌肤。

这个角度，这个距离，很适合接吻。

可韩朔什么也没做。

韩朔："我说完了，你的呢？"

徐杺低头看着他的发顶，伸手摸了摸，稍微平复了下心情后，缓缓开口，关于她的家庭，关于……那个少年。

她惊讶于自己居然也能这么平静，因此有点理解他此刻的感受。

然而等徐杺说完，她再低头一看，怀中的男人已经闭上眼睛，呼吸均匀，不知道什么时候睡着了。

徐杺蓦地失笑。她缓缓起身，为他盖好被子，然后悄无声息地换上酒店送还的干衣服，转身离开。

再出酒店，雨已经停了，地上到处都是积水，空气中有泥土和青草的气息。冷意渗进衣领，徐杺呼出一口气，打了一辆车回家。

整个城市像是陷入了漫长的沉睡。

可徐杺却觉得自己从未有过这般内心安稳同时又清醒无比的时候，仿佛天不再高，路不再黑，她的世界正逐渐变得清晰又鲜艳。

不管结果如何，要往哪个方向前行，她都不会再感到迷茫和畏惧。

被风吸引
下
吃草的老猫 著
江苏凤凰文艺出版社
JIANGSU PHOENIX LITERATURE AND ART PUBLISHING

# 第九章 赠礼

韩朔在年初四早上就坐飞机回 B 市了，他今天还有工作安排，别人还在休息，他却已经忙了起来。

徐杺当天晚上跟母亲说了自己是年初五的飞机，周蓝玉不解她为什么那么早就要出发，她解释说公司还有事，周蓝玉就点头同意了。

最后道别时，徐州平说："你这么努力挺好的，很快就要大三了，要考虑下毕业之后的方向。如果决定考研或者出国，就用我给你的卡去报班学习，公司的事情可以往后放放。"

徐杺点头。

当天晚上，她睡了个好觉。

第二天早上，徐州平派来的司机把徐杺送到机场。

她拖着一个大号的行李箱，里面是周蓝玉年前给她买的一些新包包和新衣服，虽然她并不喜欢，可也还是按照周蓝玉的嘱咐放到了行李箱里。

下飞机的时候已经是中午了，她边往外走边给韩朔发短信。

徐杺：**我回来了。**

她上车的时候，韩朔估计刚忙完，直接给她打了电话。徐杺刚接通，韩朔就问："到哪儿了？"

"机场。"徐杺说完，又对司机报了学校的地址。

韩朔听到了，说："回工作室，奶宝还没喂。"

徐杺闻言，连忙又跟司机改了地址。

徐杺问：“你在哪儿？”

“《蓝秀》。”

“在谈写真的事？”

“嗯。”

他的声音听上去有些疲惫，大概是这两天连轴转，睡眠不足。

工作室现在全体都还在放假中，只有他这个当老板的还要在外头走动，身边一个帮忙的人都没有。

韩朔：“晚上带你去吃饭。”

“嗯？”

“和服装表演班的人，大二大三的都在。”

徐杺哑然：“他们都不回家吗？”

“都是B市或者B市周边的。”韩朔随口回道，“你宿舍的不也都在B市吗？”

徐杺有些惊讶：“你怎么知道？”

“邹蓝的女朋友不是你宿舍的？她也去，也带上你们宿舍两个。”

“……你认识顾闻？”

“不认识。”韩朔淡淡地说，“不过以前同校，见过几次，高高瘦瘦短头发。因为我们两个班就在斜对面，她在美术班门口看混混似的看过我几次，所以有点印象。”

这个点没堵车，徐杺到别墅的时候是下午一点半。

陈姨还没回来，徐杺用钥匙打开门。不远处的奶宝原本正瘫倒在大理石地面上一副没精打采的样子，一看到她顿时竖起耳朵，然后四条腿一起蹦起来，“汪汪”叫着朝她奔来。

可惜它后腿的劲还是不足，只跑了几步就又瘫软在地上，但小不点仍然锲而不舍地用两条前腿努力蹦跶到徐杺脚边。

徐杺心窝一暖，放开行李箱，弯腰把它抱了起来。

“想我了吗？”徐杺温柔地蹭着奶宝的脸。

奶宝兴奋地伸着爪子，张大嘴轻轻含住徐杺的下巴，像饿极了一样舔了又舔。

徐杺感觉自己的心都软成了一摊水，她抱着奶宝走进厨房，把幼犬粮和牛奶倒在一起，等狗粮稍稍软化后再捏碎一粒钙片混入其中。

她做这些动作的时候，奶宝一直盯着狗粮，不时伸出爪子去够，想碰又碰不着的样子，跟小孩一样。

等钙片都拌进牛奶里，徐杺把奶宝放在地上，将小盘子推到它跟前。

奶宝今天吃晚了，饿得不行，鼻子一碰到湿润的狗粮就恨不得把脸都埋进盆里去，小爪子不停勾着小盆，吃得欢畅极了。

等它吃干净，徐杺把盆清洗好，又带着奶宝到狗盆里大小便。

伺候好了小东西，徐杺才拿着笔记本到仓库去。

奶宝跌跌撞撞地跟在徐杺后面，它现在长大了些，再也不像刚来那会儿吃饱了就睡，睡饱了就吃，而是精力旺盛。

徐杺觉得白天疯狂发泄精力，晚上才会好好睡觉，便索性由着它。

把图纸打印出来后，徐杺开始打版，一开始就沉下了心，再没有停下来过。

韩朔回来后只看到门口的行李箱，也没看见大厅有人，想也没想就迈腿朝仓库走去，一开门就看到徐杺低头做工的身影。

韩朔靠在门框上看了一会儿，之后转身上楼，下来的时候手里拎着一个袋子，是个纯白色的高档礼品袋，中间印着一个不显眼的LOGO（商标）。

徐杺被他敲门的声音惊动，抬头看过去。

奶宝原本在角落里玩，见到韩朔后叫得很大声。可仓库门口有个台阶，它只会下不会上，这会儿只能仰着头看着韩朔，着急得在原地转圈。

徐杺放下剪刀，脱了围裙，走过去把奶宝抱了起来。

下一秒，奶宝就被面前的人抱走，与之交换，韩朔把手里的袋子给了她。

徐杺一看，里面放着一个精致的绒面礼盒。

“Luisa Beccaria（路易莎·贝卡里亚）……”徐杺轻声念着盒子上的英文，这是一个意大利品牌，在国内是没有门店的，“为什么送我这个？”

“不是没给你奖金吗？这个抵了。”韩朔单手抱着奶宝靠在墙壁上，随性而慵懒。

徐杺点了点头。

两人去了客厅。

徐杺先把行李箱拉到房间，韩朔也没事干，一路跟了上来。徐杺打开行李箱的时候，韩朔扫了一眼放在最上面的那条裙子，顿时嫌弃地皱起眉：“你买的？”

徐杺一看，摇摇头：“不是。”

韩朔的脸色这才好看一点。下一秒，他嘲弄地勾起唇，说：“要是你的审美已经堕落成这样，我大概离解雇你不远了……这什么东西，你穿上去要比实际年龄大八岁。”

他弯腰，用一根手指把价值五位数的裙子随手撩起来。这衣服的质地沉得让他的手指都微微往下压，没一会儿就被他扔到床上。他朝徐杺抬了抬下巴，示意她拆开自己送她的礼盒：“打开看看，我的审美可比那不知谁好多了。”

徐杺解释：“那是我妈妈买的。”

“哦。”韩朔嗤笑一声，“幸好审美不遗传。”

无法反驳，徐杺就干脆不反驳。

徐杺把那条被嫌弃的礼服展开，拿衣架挂好放在衣柜里，然后才在男人的目光下不紧不慢地把礼盒从袋子里抽出来，轻轻打开盖子。

韩朔靠在衣柜旁，看着徐杺把裙子拿起来。

米白色无袖长裙垂至地面，小小拖曳出个半弧，如同月光在不经意间洒下，后面是深 V 领设计，腰间以一条同色绸缎细带阻断，又顺着线条做了收腰处理。整条裙子以满天星为装饰，白色的茎，米色的花瓣，参差而细密地装点在腰带以上和裙摆下方，再以微平的荷叶边收底，点到即止，层次丰富细腻。

这条长裙的薄纱和绸缎的组合运用几乎到了精妙的程度，不仅凸显质感，还带着 Luisa Beccaria 这个品牌所特有的童话故事一般的梦幻感，轻薄的面料拿在手里舒服而轻盈，让人感受不到一丝厚重感。

韩朔打量着徐杺的神情，低声一笑："怎么样？"

徐杺的手还放在长裙上面，没有收回。

闻言，她侧过头，认真地对他说："谢谢……裙子很美。"

"而且适合你。"韩朔忽然走上前，把下巴搁在她的肩头，炽热的气息拂过她的脖颈。

他轻嗅她身上的气息，低声道："第一眼看到，就觉得它该穿在你身上。"

这条裙子太温柔，同时又有一股风雨摧折后的坚韧与美丽，仿佛一朵开在悬崖或荒地中独一无二的花，让他第一眼就被吸引，几乎没犹豫就当场买下。

徐杺用手指摩挲着裙子上的满天星轻声说："我很喜欢。没有比这更好的了。"

他可知，满天星是一种耐寒，且对光照条件有着极高要求的花，尤其是在冬季，光照对开花的影响更大。

满天星在冬天被照射 58Klux（光照强度）以上才能开花，和她很像，都需要最强的光才能汲取足够的能量，无法将就，可只要有光，不管多冷都能开花。

徐杺把裙子挂好放进衣柜后，韩朔叮嘱她洗个澡换身衣服，然后自己也上楼了。

他们几乎是差不多的时间在客厅碰面，两人都穿了一套类似的卡其色羊绒衫和黑色长裤，站在一起就像穿着情侣装。

看到徐杺自然而然地套上黑色短款羽绒服而不是常穿的那件棕灰色大衣，韩朔哼笑一声，这才慢悠悠穿上那件夹克外套。等徐杺安顿好奶宝，韩朔拿着车钥匙出门。

今年B市下的第一场雪在一月七日，比往年都要晚，徐杺刚好错过了。

因为过年工厂都停工了，外地的人也几乎还没回来，马路上畅通无阻，一路上都没有堵车。

今日的天也不是灰蒙蒙的，到了晚上六点甚至能看到清晰的月亮轮廓，红霞如同一条长长的缎带延伸到天空尽头，放眼望去，让人分不清白天黑夜。这样绚丽的景色往常极其稀有，算是弥补了没有看到初雪的遗憾。

韩朔边开车边说："《蓝秀》的写真拍完后要去S市拍TE的第一辑广告和宣传短片，之后就要准备WE的发布秀。"

"嗯。"徐杺收回目光，看向他，"我把课安排好，尽量陪你去。"

韩大少爷这才满意地应声。

韩朔还是老样子，喜欢说一句藏一句，但很奇妙的是徐杺如今已经能清晰分辨出他话里的意图。不知道从什么时候开始，他们之间仿佛多了一层无法形容的默契。

车子停在饭店门口，两人一起下车。

"杺杺！"

刚下车，徐杺就听到了顾闻的声音。

她下意识扭头看向饭店门口，顾闻正站在台阶上朝她笑着招手。

文青青和李欣然就站在顾闻旁边，她们也是刚到，正好看见徐杺和韩朔一起从车上下来。李欣然兴奋得脸都红了，文青青张了张嘴，等他们走近时低声打了招呼。

韩朔全程没怎么把注意力放在别人身上，上台阶的时候朝她们点了点头，然后就走在前面接电话。原本徐杺走在顾闻旁边，一直在韩朔后面一个身位，进门后有服务员迎上来，韩朔拿着手机往后看了徐杺一眼，徐杺见状十分自然地上前跟对方报出预定包厢的电话。

韩朔对大部分人来说就是另一个世界的人，平时哪怕在食堂遇见了也没几个人敢上前搭话。他平日里给人的印象，与其说是高傲，倒不如说是相当不容易接近，作为一个本就排外的小圈子里领头的人物，哪怕在同伴看来，他也隔着一定的距离。

可当徐杺站在他身边时，看着他们眼神相交后自然产生的交流，这种感觉就随之变得相当矛盾。韩朔的视线把徐杺包围着，他就像把徐杺圈在了自己的领地中，也默许了她的靠近。

那种感觉和他对着其他人时截然不同，是一种无形的亲密。李欣然有点害羞地拉着顾闻窃窃私语，不好意思再看韩朔。

徐杺注意到身后有一道视线落在他们身上，可她没有回头，仿佛没有察觉。

韩朔挂了电话后注意到她的神情："怎么？"

徐杺摇头："没事。"

服务员登记好后在前面带路，徐杺问顾闻："你们什么时候回来的？"

"我没走啊，和邹蓝一直在 B 市呢。欣然要准备实习，所以提前回来了，青青是回来准备补考。"

"补考？"徐杺微愣，因为她们同宿舍两年了，这还是文青青第一次挂科，"哪个老师？"

文青青跟在后面，看上去有点尴尬："段老师。"

徐杺点头，的确她们这个专业就数段老师最严格，段老师年纪最大，教学也最严谨，很多人都栽在她手里。

"真羡慕你，听说参加了期末联合秀的学生，课都直接给过。"

文青青这么一句像是随口说出的话，让周围的人都微妙地顿了顿。

顾闻若有所觉地看向文青青，刚想说什么，徐杺就先开了口：“算是吧。”

顾闻见状，抿了抿唇，没有说话。

五人到了最里头的包厢，服务员为他们打开门。只见包厢里两张大圆桌都已经快坐满了，大二大三服装表演班的人分成了两桌坐，都是徐杺比较眼熟的人。

见到顾闻一行人进来，邹蓝站起来朝她们招手，笑得傻气又灿烂。

顾闻翻了个白眼，走过去拍了他一下：“快把你傻狍子一样的笑容收一收。”

邹蓝挠挠头：“好久没见朔哥了，有点兴奋。”

韩朔正从邹蓝这边绕到里面去，闻言，他顺手捋了邹蓝的头顶一把，然后在隔壁桌坐了下来。

顾闻想也没想就和邹蓝坐在一起，文青青和李欣然见状也坐在顾闻身边，这样一来徐杺就有些犹豫了。然而还没等她选择坐哪边，韩朔就已经抽开了自己旁边的椅子，下巴一点，示意她坐下。

坐在他们这桌的一群人见状，个个笑得一脸意味深长。

人到齐了，大伙儿便开始抢着要点菜，谁也没有跟谁客气，这又是年后的第一顿饭，气氛热烈得不行，没一会儿就把刚才进门的那点尴尬给冲散了。

韩朔叫了两瓶酒，点点桌子说着随便喝一点，待会儿加场。

两桌人一听，知道韩大少爷今晚又请客，兴奋得差点把桌子都掀了起来。

周近和猴子这几天都没回工作室，他们两个赶开了徐杺旁边的人往她身边凑，问她什么时候回来的。

两个人拉着徐杺七嘴八舌地聊天，以至于有人分酒的时候徐杺没注意到。余光瞥见有人要把酒放在她面前，刚想说话，就听韩朔在一旁淡淡制止：“她不用。”

分酒的人闻言看了徐杺一眼，然后了然地笑了两声，把酒给了旁边的猴子。

猴子和周近从进门起就觉得韩朔和徐杺的气氛不大对劲，不由得面面相觑。

周近悄悄用胳膊顶了顶徐杺的手臂，低声问："你俩……嗯？"

徐杺被他的表情逗笑了，说："想什么呢？"

猴子在一旁看着韩朔，心底嘀咕：这都没搞定，阿朔这个年过得可真是有点失败。

邹蓝他们就在隔壁桌，周近这句话他们当然也听见了。闻言，邹蓝猛然转过头来，瞪大眼睛问："朔哥和徐杺？啊？"

邹蓝这声量让大二这桌都看了过来。

这时候，韩朔开始吃饭了，冷不丁被一群人炽热的目光打扰，当即往旁边横了一眼，隔壁桌立即正襟危坐，不敢八卦。

校霸就是校霸，管这群兔崽子绰绰有余。

顾闻却不怕他，意味深长地瞅了瞅徐杺。

徐杺无奈地在心里叹了口气，假装看不见，也低头吃饭。

吃饱喝足，徐杺起身去洗手，顾闻立马跟上。

进了卫生间，顾闻双眼亮晶晶地把徐杺扯到角落，贼精贼精地压低声音说："你们肯定有情况！"

徐杺没好气地说："……在卫生间呢。"

顾闻才不管："你真的想清楚了？那是韩朔啊！大魔王！你们真的相差太多了……一个是地狱食人花，一个是人间白水仙……看着都不像一个世界的人！"

徐杺笑了，忽然问："那你觉得我们般配吗？"

闻言，顾闻顿时停住叨叨叨的嘴，她想到刚才进门前的画面，踌躇半晌，才一脸纠结地蹦出一个字："……配。"

徐杺有点走神。

顾闻想到刚刚进门时的小插曲，试探着说：“如果你是因为青青，我觉得大可不必，她估计就是小小地忌妒了一下……”

“和青青没有关系。”徐杺摇摇头，拍拍顾闻，示意她让自己先洗手，“我有分寸，我和韩朔……还不是那样的关系，出去别乱说。”

“哦……”

两人回去的时候，韩朔已经结了账，一群人准备去酒吧。见徐杺出来，韩朔对她说：“她让你别和我走太近？”

徐杺一开始没反应过来，等回过神来后似笑非笑地看着他，说：“你在想什么？没有的事。”

韩朔点了点她眉心：“那你皱什么眉？”

她一出来神情就不在状态。

“别人跟你说什么你都当耳边风，你只要听我的话就行了。”

徐杺撩起被风吹散的头发：“要是跟着你走错了呢？”

韩朔停下脚步，垂眸瞅她一眼。

“那就一起修正啊！路走错了有什么关系？反正条条大路通罗马，傻子才会一条岔路走到黑。”他忽然抬手，抓着她的领子把剩余一点拉链拉上，不让冷风灌进去，“反正有我带着你，怕什么？”

他说这话的时候背对着风口，向着她。他身形高大，替她挡了一半的风，所以站在他面前的徐杺几乎不怎么冷。她抬头，在逆光中找到他墨黑的双眸，里头隐约装着她的影子。

配吗？

徐杺同时在心里问自己。

越靠近，才越能发现他们的不同。

韩朔和陈骁一样，身上有着太多她渴求的特质——坚定、大胆、自信，还有能对上心的事情奋不顾身、从一而终的气魄。

然而和陈骁不一样的是，韩朔是需要徐杺的，那是一个模特对一名优秀设计师的需求，也是一个男人对一个女人的需求，所以只有和他在一起的时候，徐杺才能觉得自己是完整的。她给予他想要的一切，他弥补了她所有的缺失，比起亚当和夏娃，他们更像是彼此的肋骨，唯一美中不足的，是她并不确认那里面是否有爱情。

这份感情太轻，又太重，好像不是必须的，可偏偏又使他们陷入渴求，所以才有了两人现在的状态——比旁人更亲近，却又比情人更谨慎。他们能拥抱，甚至能亲密地睡在一张床上，却不能接吻，不能谈爱。

可若要止步于此，又不甘心。

“又发什么呆？”韩朔忽然收紧手心，示意前面的人都走远了。

徐杺回过神来，才意识到自己已经被他牵着来到马路边。现在是红灯，他们同时停下。

这时候已经过了马路的同伴们发现重要人物落在后面，回头一看，就见他们两个牵手站在马路另一边。男人高大英俊，像是一座巍峨的山，女人则安静地站在他身边，两人明明没有靠在一起，却有一种外人无法融入的气场萦绕在他们之间。

不知道是谁先吹着响亮的口哨开始起哄，然后所有人都大笑起来，对着他们的方向开始鬼哭狼嚎，周围的人都好奇地看过来。

而韩朔毫不在意，像是听不到他们的起哄一样，依旧紧紧牵着徐杺的手，拉她过马路。

徐杺没有说话。她静静地笼紧衣领，目视前方，一言不发。

前方灯红酒绿，霓灯璀璨。

他就这样带着她穿过寒风，穿越黑夜，稳稳前行。

酒吧内喧闹无比。

到大半夜时，大家都玩累了，三三两两躺在软座上。

徐杺只喝了一点，还是被大三那群人起哄着喝了几杯。这次韩朔没有帮她，似乎也乐见她和其他人打成一片。

倒是文青青一晚上总是走神，李欣然好几次叫她她都没听见，引来徐杺不少次注目。

对待徐杺的关心，文青青只是勉强笑了笑，说："没事，就是老想着补考的事。"

徐杺之后就没再问了。

顾闻玩累了回到徐杺身边，低声问："那你下学期还在不在学校住啊？"

徐杺上学期开始就经常住工作室，闻言回道："看了课表再说。"

顾闻调侃地看了韩朔一眼："是哦，倒也不用经常回来。"

徐杺去洗手间的时候，发现韩朔也跟了上来。

这是男女共用的单间，她站在洗手盆前，韩朔就倚在门边看她。等她洗完手，他才开口："下学期搬过来住吧。"

用的是肯定句，而且说法太容易让人误解。

徐杺面不改色道："先看看课表，大二的课都挺多的。"

韩朔"啧"了一声，然后说："反正离得近。"

徐杺："那你送我？"

某个起不来的人当没听见。

徐杺摇摇头："两边住吧，没课的时候我还是住工作室这边。"也是为了方便她的工作。

韩朔冷哼一声。

他抬眼看着她，忽然问："在想什么？"

徐杺回过神来，抽出纸巾擦了擦手，说："没事……"

"在想你那室友？"

韩朔当然能察觉到她们女生之间微妙的气氛，也有留意到今晚她们几个的对话。

韩朔突然说："不管在哪个圈子，能力这个东西从来都是天注定。"

他勾了勾嘴角，忽然把徐杺往面前带，低声在她耳边继续说："像咱们这样的天才，就别试图去理解普通人的想法，你也理解不了，因为竞争从出生起就存在。朋友也好，工作伙伴也罢，有的人注定会走在一条路上，有的人则会与你渐渐背道而驰。你为这些人烦恼，最后也不过在浪费时间。”

他提着她几绺头发，漫不经心地把玩，语气一半随意，一半藏了认真。

徐杺知道，韩朔这话虽说得刺耳，却句句在理。

像他这样的人，天赋与努力加一起能远远甩开普通人一大截，没有谁比他更有资格说出这样的话。

他看似朋友很多，可从来没有特意经营每一段交情，他放任身边的人来去，不强求也不挽留，因为他比谁都明白不会有人始终不变。人在每一个阶段都会有不一样的邂逅，有的人和你走着走着就散了，也会有人不知不觉就陪你走过许多时间。这都是自然而然就会发生的事，要什么都去烦恼那可就没完没了了，他也没那个时间。

“我不是。”徐杺忽然说。

“嗯？”韩朔不解。

“我不是天才。”徐杺在灯下直视着他的双眼，“你才是。”

她是仰望着天才的普通人，因为离他近才能看明白很多事。她如今的努力，无非是希望倘若有一天在他不被认同的时候，做最后一个能去理解他的人。

过完年不久就开学了，大二下学期课不算太多，但专业课作业很重，一瞅课表，大家几乎都能预料到结课时的惨状。因此刚开学那一阵，徐杺住学校的时间比较多，大部分时候都是在赶作业。现在她要兼顾工作室那边，所有进度都要提前完成。

文青青这学期倒是经常不在宿舍，对此李欣然还觉得挺纳闷的。而顾闻和徐杺还是老样子，两人心知肚明，却都假装无事发生。

等开学那阵忙过来后，韩朔又提了几次让徐杺搬过来住的事，徐杺都没答应。她现在其实两边住的时长基本相当，也渐渐习惯了这种两边来回的节奏。她把《蓝秀》要求的成衣做好以后，又抽出时间给韩朔做了几套春装，放在衣柜里等回暖的时候穿。

这个年算是彻底过完了，所有人都开始投入到新的工作中。徐杺一边上课一边兼顾工作室，维持在了一个相较平衡的点上。

四月。

徐杺中午下课后坐地铁去往顺义区那边的外景棚，她到的时候大伙儿正好在午休，她一眼就看到了坐在面包车里把自己裹得一身黑的韩朔，他正捧着盒饭窝在车上看手机视频。

现在是初春，早晚温度都低，可一过了早上九点，太阳就会变得很猛烈，紫外线直接照在皮肤上像带着毒。所以除去摄影时间，为了防晒，也为了不被忽冷忽热弄感冒，等待的时候韩朔几乎都穿着长袖长裤，裹得严实。

徐杺走到面包车前，注意到他出汗了，便用手撩起他的刘海，拿纸巾给他轻拭。

韩朔看着走秀视频没说话，也没躲开，目光专注在屏幕上。

徐杺给他擦完汗低头看，发现他看的是不久前才结束的 VG 高定发布秀，主题和阵容秉承往年一贯的高质量，走在 T 台上的也都是一些熟面孔。

张檬也坐在前面一排吃盒饭看手机，可他却没有韩朔那么闲，因为当老板的什么也不干，发微博做公关这种事就全压在他身上。

张檬为此还曾向韩朔抗议过，让韩朔给公司组建一个专门的公关团队，可被韩朔一句“不当家不知柴米贵”给堵了回来。但之后张檬的卡上突然多了一大笔钱，算是韩朔变相给他涨了工资，让他分出一些精力一个人当两个人用。

因为自己骤然变成年薪快到七位数的打工人，张檬只能忍气吞声，痛并快乐地继续给韩朔当牛做马。

这会儿他正用工作室的微博号转发着下个月中旬就要发刊的《模特男士》的官方微博宣传图——

Wind 工作室：4 月 15 日，与你们不见不散。

才发没多久，底下就出现了不少转发和评论，互动数很快直奔五位数。

这也是这小半年工作室微博的常态了，随着以韩朔为首的八个男模特先后签下质量高的资源合约，Wind 工作室的粉丝数也跟着水涨船高，路人们对于他们这个颜值颇高的工作室似乎很有好感。

不过按韩朔的要求，张檬只是替他们开设了超话管理，并没有建粉丝群。超话里规则也很明确，没有娱乐圈打榜打投的那一套，粉丝们平时就是看看颜，偶尔支持下杂志销量，更多人是为了关注他们的穿搭和商务合作。

张檬恨不得自己能长出十只手来，他先把工作室模特们的转发一个个评论了一遍，然后再按照人气顺序点赞各大时尚圈和娱乐圈大 V。

听着韩朔手机视频里的声音，张檬头也不抬地说："看这视频看一天了,休息时间也在太阳底下反反复复地看,也不知道是有多好看……等等！高晓磊转发我们微博了？"

高晓磊是国内时尚圈著名设计师，如今在某知名杂志社担任设计总监。张檬再三确认对面不是高仿号，之后猛地倒吸一口气，埋头想着要怎么回复。

徐杺闻言看向韩朔，她只在乎张檬说的前半句话。韩朔黑着脸瞪了张檬的后脑勺一眼，把屏幕扣上了。

徐杺知道 VG 这个品牌对韩朔来说意味着什么，当年他的母亲是 VG 里唯一一个亚裔女模特，并且受到了 VG 的重用。韩朔的母亲去世后，VG 不知出于什么原因再也没有启用过亚裔模特。

徐杺摸着韩朔脖间渗出的汗水，有一阵欲言又止的沉默。

倒是张檬忽然发现后头没动静了想要回头看，可下一秒就被韩朔一巴掌抽了回去。

韩朔臭着一张脸，冷冷说道："看什么！"

张檬缩着脖子转回去，暗示自己才没有看到老大像只大狼狗一样乖乖被徐杺摸脖子这一幕。

“下午我跟着就行，周岣这会儿应该准备出发了。”徐杺对张檬说。

今天周岣下午要参加一个试拍，他的部分最近都是张檬负责的。

张檬闻言猛地点头，赶紧把最后两口饭吞完，下车去了。

徐杺坐了下来，拿起韩朔的手机看了一眼，果然他手机里存的视频都是各种秀场发布会，VG所占的比例最大，几乎近三年的视频都被下载了。

徐杺放下手机，见韩朔正撑着下巴无聊地看着窗外，不知道在想什么。他的侧脸好看极了，眼窝很深，鼻梁高挺，下巴藏在外套领口里，衬得两片薄唇像柳叶，带出几分薄凉的味道。

一股热风吹过时，韩朔忽然开口：“你看他们走得怎么样？”

徐杺笑了笑，说：“自然是很好。”

闻言，韩朔的眉宇似乎稍稍往下压了一些，下一秒却听见她继续说：“可是这种程度，你也能达到。”

韩朔瞥了她一眼。

“一年。”韩朔忽然说，“这一年是我爬上金字塔的最佳时间。”

越到后面，难度也会越来越大，说到底，这一行吃的也是青春饭。

韩朔说这句话的时候，目光变得前所未有的认真，他就像是闻到了肉味的狼，攥住了目标就咬住不松口，眼睛里写满了野心。

这时候外面的拍摄组开始喊着准备开始，韩朔下了车，伸了个大大的懒腰。

阳光洒在他身上，他的一边侧脸白得像是在反光，连黑色的头发丝都被太阳照耀得映出一层亮泽。因为经过长期训练，他的肢体，尤其是两条长腿每次一动都显得极有力量，特别是舒展开的时候，每一寸肌肤都像是有生命力一样，让人着迷。

徐杺低声说道：“你一定能做到。”

下一秒，她看见他咧起嘴角，仿佛被她取悦了。他黑亮的双眼看向她，刚刚一瞬的狠劲像是一下被阳光驱散：“废话。”

忙活了一天，晚上杂志社的人开着面包车载韩朔和徐杺回工作室。

车子到路口就停了下来，一下车，韩朔当即冷得一个哆嗦。这早春晚上的风像冷露似的，刮在身上不刺人，就是纯粹的冷。徐杺看着他把白天还嫌弃的外套领子全拉起来，双手揣兜里，从远处看上去就像个可疑人物。

“你不冷？”韩朔边走边问。

徐杺摇摇头，她今天里面穿的是针织衫，不像他，只穿了件短袖。

闻言，韩朔冷哼一声：“年轻人身体真好。”

夜空中的星像无数只眼睛，原本气氛甚好，可走着走着，韩朔却突然停了下来，回头看去。

他的表情淡下来，双眸漆黑一片，看着身后昏暗的巷子，仿佛觉察到什么一般带着警惕。

等徐杺意识到什么的时候，韩朔已经转回头去，继续往前走。

“有人跟着。”韩朔开口，验证了徐杺的猜想。

徐杺心底微微一沉。

这种情况以前从未有过，他又不是大明星，国内娱乐记者的关注重心基本不会放在他身上。他出门最多也只会戴一顶鸭舌帽，口罩都不屑戴，也没被特意跟拍过。

这是什么情况？

“回去再说。”说完这句话，韩朔就没再开口了。

虽然他没说什么，徐杺还是看出来他的脸色比刚才更沉了些。

两人回到工作室后，韩朔直接就上楼了。徐杺看着他的背影，在沙发上坐了下来。

顾邱泽穿着短袖和花裤衩坐在沙发上操控着笔记本，屋里暖气足，他这块头也不怕冷，见状头也不抬地问："怎么了？他又作什么妖？"

徐杺侧头去看他的屏幕。

顾邱泽正在看《蓝秀》这次写真的布景方案，他的手指放在右键上，不停地过图。

"回来的时候有人跟着我们。"她看了几眼，忽然说。

"哦。"闻言，顾邱泽手都不带停的，"恭喜啊，说明他最近的热度让人欣慰，不过也有可能是粉丝在跟踪基地……你们为什么不在外头多绕几圈？被粉丝发现我们住哪儿可不是开玩笑的。"

徐杺也没心思听他开玩笑，脑子里一直在思索。

顾邱泽选好了一整套方案才停下，他看了一眼表情微沉的徐杺，才懒懒开口："担心什么？但凡是有目的性的跟踪，很快就会现形，你防着也没用，见招拆招就行了。你看上面那位大哥，像是能随意让人摆布的人吗？"

徐杺盯着顾邱泽看了半晌，似乎觉得有道理，点了点头。

顾邱泽满意地拍拍徐杺的脑袋，然后拉徐杺看他白天选好的方案："来，瞅瞅哥选的这些布景，怎么样？"

之后又过了半个月，没等来不好的事，倒先等来一个大消息。

这个消息最初是郑东魁私下告知韩朔的，据闻 VG 今年将要投资拍摄一部关于时尚圈题材的商业电影。这部电影暗中筹备了整整两年时间，由国际著名编剧大师亲自操刀改编，原型是 VG 品牌发展史上一段浪漫的爱情故事，讲述的是一位奥地利摄影师与一名女超模从邂逅到成为彼此灵魂搭档的整个过程。

男主角已经确认由某届奥斯卡影帝 Downey（唐尼）出演，女主角则定了演艺圈一姐斯嘉丽。众所周知，斯嘉丽同样是模特出身，后在影视圈崭露锋芒，曾获多项最佳女演员提名。

主角定下后，剩下几名重要配角如今正在严格选拔中，消息刚放出去就引起了很大轰动。

郑东魁得到的消息称剧本里最亮眼的一个配角便是里面的男模特卡瑞兹，一名中英混血男超模。

设定上他不仅是VG的代言模特，而且还是使男主角在摄影低谷中彻底明白“模特”这一职业魅力的关键人物。

男主角在一段痛苦的瓶颈时期，因为一次和卡瑞兹的合作彻底找到了人物摄影方向，后来遇到以模特事业作为自己唯一信仰的女主角，两人互为知己并坠入爱河，在合作中结成伴侣，最后成就了两人事业辉煌的一生。

卡瑞兹这个角色是目前所有人都在争抢的，VG为了这个角色开放了大规模的甄选会，想要从男模特里挑选出气质最为贴合的一位。

据说VG当初考虑的第一人选是去年大VG的代言人Lauridsen，可是Lauridsen两年内的档期已经全部排满，最后由经纪公司出面明确推掉了，因此VG更是加大了筛选的范围，想要在第二季度前定下选角，让电影正式进入拍摄流程。

果然在郑东魁的消息后没过多久，韩朔就收到了VG的试镜邀请。当天韩朔表现得很沉默，一直待在二楼没有下来过。徐杺上去找他的时候，他的电脑界面正停在VG发过来的英文邮件上。见她开门，韩朔闭上眼睛，头往后枕在椅背上。

“这是高晓磊推荐过来的名额，明天还得上门去给他道谢。”

当年韩朔刚上大一时，高晓磊是一家叫时非经纪公司的总监，他看过韩朔入学那场走秀，曾邀请韩朔签约，待遇优厚，被韩朔拒绝了。

后来，高晓磊离开时非加入了国内顶尖杂志社的时尚团队，却仍然时刻关注着韩朔的发展动向，其实他们私底下也经常联系，可很少有人知道。

这一次VG的甄选会名额就是高晓磊替韩朔争取来的。说实话，这份人情已经超出了他们的交情范围，但也由此可以看出高晓磊的确很看重他。

徐杺不清楚这些，只是韩朔这么说了，她便点头道："明天上午得去《蓝秀》，下午一起去吧？"

"嗯。"

徐杺知道，关于这部电影，韩朔的内心一定很矛盾。

他这个人一旦定下了什么目标，就会把自己一路的安排都细细规划好，最起码就徐杺所知，除开TE的代言活动，他早已把未来半年内的排期都填满了。VG这次电影的试镜，不说近期要临时做出时间上的变动，如果真被选中，他未来半年的计划也将会被全部打乱……不论结果如何，这也是一项首先要付出代价的决定。

徐杺知道韩朔正在权衡，权衡到底值不值得。

这是一次赌博。

可第二天，徐杺就在韩朔嘴里得到了答案。

见高晓磊的时候，韩朔给他带了礼物。

高晓磊让他们坐下，没有多作寒暄，目不转睛地问韩朔："考虑得怎么样？"

高晓磊似乎早就知道韩朔会权衡利弊，而不是第一时间答应。

韩朔闻言，点点头："去。"

高晓磊"嗯"了一声，似乎也没有太意外。他知道，只要韩朔点头了，就说明韩朔是冲着出演去的。

高晓磊先给韩朔细细分析了这场甄选会，他在时尚圈有很多资源，消息渠道也多，这方面正好弥补了韩朔的不足，还说了些参加试镜的模特名单、评选的主要人员有哪些，以及VG一直以来追求的演出精髓。

可意外的是，对于VG的了解程度，韩朔懂的居然能跟高晓磊不相上下。

高晓磊为此表示诧异："你还特意去做功课了？"说完，他也不等韩朔回答，点点头表扬了韩朔这个态度，"就该这样，你要是认真起来，我相信没人争得过你。首先人设这一点你就比外国人有优势，卡瑞兹是一个中英混血儿，纯外国人轮廓太重了，少了东方人的纤细感，我想这也是 VG 那边迟迟定不下来的原因。这点反而还成了你这次试镜的优势。”

韩朔没说话，只是目光平静了许多，徐杺知道他是想起了自己的母亲。

离开的时候，高晓磊给韩朔使了个眼色。

韩朔撇嘴，对徐杺说：“你去车上等我。”

徐杺点点头，对高晓磊礼貌地告别后，转身离去。

韩朔看着徐杺的背影，半晌转头，就见高晓磊皱着眉头打量自己。

“怎么？”

高晓磊直截了当地问：“你女朋友？”

韩朔笑了一声，手插进兜里，意味不明地说：“还不是。”

这话说得……高晓磊认识他三年了，这还是第一次听他用这个词去形容和一个女人的关系，不禁又多看了徐杺的背影两眼。

老实说，高晓磊刚刚光顾着和韩朔说话，只隐隐记得这个女孩长得挺漂亮，除此之外就没别的印象了。和韩朔不同，她太安静，在韩朔身边的时候就像呼吸都能隐去，和韩朔交往过的那些女生完全不同。

高晓磊回过神来，忽然放沉了语气，认真地对韩朔说：“你谈恋爱，我没意见，也管不着，但是这两年你可给我悠着点，这是你的黄金时期，不宜分心。而且这种事不仅影响你的人气，还会影响各大品牌方对你的评价。现在可不像以前，人们很在乎公众人物的行为举止，孰轻孰重，给我掂量清楚，谈恋爱尽量低调！”

“磊叔，您怎么比我老师还唠叨？”

“我……”

韩朔打断了他：“我有分寸，您就别操心了。”

高晓磊多了解他啊，一听就知道他根本不打算在这方面听劝。高晓磊瞪着韩朔半晌，忽然眯起眼睛问：“就这么喜欢那姑娘？”

韩朔瞅了他一眼。

“您就别八卦了。”意识到高晓磊根本没有什么有价值的事情谈，韩朔十分干脆地摆摆手，“走了。”

看着韩朔的背影，高晓磊气过之后表情更复杂了。他看着韩朔走出门直到再也看不见，然后才自言自语地嘀咕了句：“浑小子，和他爹一样，认准了就跟条狼狗似的。”

高晓磊也算是了解韩朔的为人，他就属于那种越在乎越不会放在嘴边的类型，在他口中能说出口的喜欢，说出去大家都会觉得是在说玩笑话。而如今连喜欢都不肯对别人说，那想必是很上心的。

高晓磊叹了一口气，这些年他作为长辈，一直在为自己的挚友关注着韩朔的动态，明里暗里也帮过很多，算是看着韩朔在这个圈里摸爬滚打的。

思及此，高晓磊又忍不住有点后悔，刚刚自己怎么就没仔细看看那姑娘长什么样？

回去之后，徐杺看着韩朔打开电脑里一份写满了密密麻麻行程安排的日历。

5 月 15 日原本有个杂志约谈，被韩朔画掉了，后来想了想，他又在那个日期上画了一个圈。

随后，韩朔拿起电话联系杂志社改访谈时间。

这个过程最费时也最麻烦，不过也幸亏最近韩朔热度高，这个约谈又是对方主动邀请的，所以对于韩朔的要求，杂志社那边也没有多为难他。经两方协商并且对方负责人确认过摄影棚的闲置时间后，最后访谈的时间改到了 5 月 14 日白天。

徐杺看着他用肩膀夹着手机，把 14 号唯一一点空白填上，没有说话。

挂了电话后，韩朔又去翻七月的日历。

一切顺利的话，VG 的电影开机基本就是定在七月。

日历一摊开，密密麻麻的小字基本铺满空白部分。

徐杺仔细看了一眼，上面标注的分别有 TE 的夏季宣传活动、夏季新款的棚拍、短片摄影、《模特男士》的首个个人访谈以及一套外景，除此以外还有一共八家杂志社的拍摄工作，中旬有一场意大利珠宝品牌 BGL 的慈善庆典走秀，随后就是紧锣密鼓的时装周甄选。

这几乎和如今国内超 A 类模特的工作量旗鼓相当。

韩朔看了几眼就皱起眉头，先把有希望调动的工作都圈出来。

徐杺在一旁盯着，偶尔出声提醒。

好不容易弄完，韩朔头疼地倒在椅背上，还不忘抓着徐杺的手按住自己的太阳穴。他还没张嘴，徐杺就已经自觉动起手来，拇指轻轻按压穴位，以顺时针方向按揉着。

“发布会和 BGL 的慈善庆典不能推，也不能改期，只能先从相熟的几家杂志社下手……《蓝秀》那边好说，让顾邱泽去谈，TE 那边不能期待太高，这是他们第一次选用华人代言人，合作期间最好不要落下话柄……这么一算，能空出来的时间大概有七到十天。”

徐杺说话的时候不疾不徐的，声音如溪流一般清澈舒缓。听着她的分析，韩朔的眉头不知不觉松开不少，胸腔里积攒的烦躁也连带淡下去许多。

“今年的时装周定得晚，七月底到八月才是时装周面试，不如试着和杂志社那边商量一下，把风格和主题相近的期数找一个合适的时间一起拍完，这样前面虽然累一点，但八月会有足够的时间准备时装周。”

虽然这个要求对方可能会有点为难，但是总得尝试一下，实在办不到，也需要做取舍。

韩朔应该早有此意，闻言只是低低地“嗯”了一声，表示自己听进去了。

“这个角色戏份不算太多，保守估计也就两个月时间跨度。”过了一会儿，韩朔睁开眼，低声道，“而且 VG 既然选择找职业模特出演，应该也是看中这个角色并不需要太多台词和演技。”

从高晓磊的话中可以得知，VG 需要的是能表现出一种强烈的个人风格，以及表演和气场能带动主角及观众的模特，这个人物不仅是电影的重要节点，也是男主人公心理转折的关键点。

VG 想要一个能让所有人都过目不忘，并且能引起观众强烈共鸣的人，他可以不用说太多的台词，关键在于出场时那一刻的强大表现力。VG 一直定不下来选角并不是找不到最好的，而是他们始终想找最合适的那一个。

而让徐杺不禁陷入思考的，是关于卡瑞兹这个人设本身。

作为知晓内情的旁观者看来，卡瑞兹这个角色的确很容易让人联想到韩朔的母亲。徐杺也打听过，如今 VG 的首席顾问是已经年过五十的 Micarelli（米卡雷利）女士，当年韩朔的母亲在 VG 活跃之时，正是 Micarelli 女士在 VG 担任首席服装设计师的鼎盛时期，并且 VG 的发展史上公开合作过的中英混血模特也仅有一个……徐杺隐隐觉得，这简直就像是上天给韩朔的机会，仿佛无形中有一股力量牵引着他靠近，这让徐杺觉得既紧张也期待。

韩朔大概也是这么想的，作为和母亲渊源颇深的挚友，韩朔对于 Micarelli 女士的好奇甚至大于角色本身，他头一次在工作上为了一个角色让步。一直以来，他对影视方面都没有表现过多的关注，但他又似乎在卡瑞兹的设定上感受到了一种特殊的共鸣，因此决定参与其中。

越到月底越忙碌。

自从知道韩朔要专心准备 VG 的试镜后，工作室的人都尽量不再给韩朔增加多余的工作量，以往他们的工作行程总要韩朔上下打点确认，现在这份工作都转移到了张檬身上。

张檬每天叫苦不迭，又不敢去打扰韩朔，只能每天拉着徐杺诉苦。但徐杺也忙，这些天她跟着韩朔跑不同的现场，几乎每天都要早出晚归。

徐杺累，但韩朔看着比她更累，他无节制地压榨睡眠时间，只靠着通勤的时间补眠，整个人以肉眼可见的速度消减下去。

随着试镜的时间越近，他便越停不下来，改期和堆积的工作让他的行程排得满满当当，有时候他一天甚至只能睡三个小时，脸色也越来越差。除了工作，其余时间他都是一副生人勿近的样子，为此还被现场的工作人员私下议论过。

就在所有人都在忙碌地准备迎接五一假期到来的时候，一天早晨，顾邱泽忽然冲进徐杺的房间，把刚醒的徐杺捞了起来。

“妹子！妖魔现形了！你还睡？”

徐杺没有介意顾邱泽突然冲进自己的房间，还坐上自己的床，清醒过来后，她第一时间看向他的手机屏幕。

顾邱泽的手机界面停在一条微博上，发微博的是娱乐圈内一个名声比较差的营销号，以言辞刻薄出名，因为爆过几个流量比较大的明星的私生活照，所以粉丝数量并不低，在圈内被称作“内娱垃圾站”。

徐杺只扫了一眼博文，很快皱起眉头。

顾邱泽替她打开图片，有的照片并不算清晰，看得出大部分都是偷拍的，徐杺仔细一看，发现里面有很多都是韩朔和她的同框照——

他和她在浅白的路灯下并肩行走，然后走进同一个住处；她站在车门旁给他擦汗，动作亲昵自然；还有外景拍摄期间给他捧着外套遥遥凝视他工作时的模样……

而最清晰的是他们的最后一张合照，居然是过年聚餐那天晚上，他们两人站在马路边牵手的连拍，镜头摆得很正，一丝摇晃都没有，两人的正脸都看得一清二楚。

这个营销号一共发了九张图，九张图的最后一张图片是韩朔和周红同框的竖向拼图——

在校园里、酒吧里、KTV里……前面几张能看出来当时韩朔应该是二十岁左右，发型比现在短许多。周红搂着他笑得一脸亲密，韩朔则和旁边的人说着话，没什么表情。

拼图的最后一张是去年被徐杺撞见他们那一天拍的，两人站在洗手间门口，周红穿着显眼的包臀短裙朝韩朔笑，而韩朔倚在墙壁上，姿态慵懒，背对镜头，看不清表情。

徐柲拿着手机发怔，顾邱泽在一旁手舞足蹈地分析："简直就是蓄谋已久，你们发现被人跟踪都算发现晚了，你看这照片的时间线，连周红还在学校期间的照片都有。不过我觉得他俩的合照应该是那个女人友情提供的，这角度，明显是以前用来发朋友圈的……但是这些所谓路拍，除了过马路这张清楚明了，其他的分明就是蓄意蹲你们的。"

徐柲这才忽然想到韩朔。

一大早发生这样的事，TE 那边应该马上就会联系他。

没等她下床，韩朔已经出现在她房门口。他头发乱极了，好像刚刚才从床上起来，他昨晚熬了一个通宵，此刻眼里还有红血丝……见房里不止她一个，韩朔挨着门框站了一会儿，随后看向她手上的手机。

徐柲说："我刚看微博了。"

闻言，韩朔"嗯"了一声，正想走进去，却见顾邱泽穿着短裤的大腿旁若无人地挨在徐柲身边，他表情顿时沉了下来，冷冷地瞅了顾邱泽一眼。

顾邱泽得意自己抢先他一步，见状贱笑着从徐柲手里抽过手机，吹着口哨退出房间。

见韩朔走到自己床边，徐柲握住他的手，低声道："我没事。"

韩朔应了一声，反手握住她，随后在刚刚顾邱泽坐过的位置坐了下来。

他的嗓音低哑，对徐柲说："TE 正在处理，但对方有备而来，得花点时间。"

"周红的照片，是她自己给的吗？"

"应该是。"

"是因为 VG？"

"嗯。"

这并不难猜，他们才刚收到 VG 的试镜邀请，营销号就像约好了一样带了一波大节奏。通稿主要点名私生活这一块，明显是想用这些消息降低大众对韩朔的好感度，影响这次的试镜结果。

韩朔事先提防过，察觉到被跟踪的那天晚上他就已经联系了 TE 的公关，因此这次公关才会做得这么及时，否则他们就太被动了。

“这段时间你跟在我身边，别离我太远。”

闻言，徐杺看向他：“你害怕吗？”

“不至于。”韩朔闭了闭眼，下一秒转头看着她，“只要你不怕就行。”

他何曾担心过这种事？这一路走来，质疑的声音难道还少吗？还有明显带着恶意的中伤、揣测，甚至是别有用心的网络暴力，他这些年一个人什么妖魔鬼怪都见过。

他只是放心不下她。

两人对视，徐杺伸出一只手帮他整理头发，然后说：“知道了。别担心我……这些还伤不了我。”

此刻让她心疼的，分明只有他。

闻言，她一边这样想着，一边抚着他眼底下的青色。

虽然明知天才总是要历经许多磨难，可每次看到他因为这些无谓的事情停下脚步，她也总会为此愤愤不平。

韩朔缓缓闭上眼睛，任由她温柔的手指拂过自己的脸颊。

然后，他弯下腰来，低头靠在她身上，过了一会儿，浑身的肌肉都放松下来，似是真的疲惫，没一会儿呼吸就变得匀长。

徐杺轻轻抱着他。

他的身边似乎有很多人，可他又总是一个人。

徐杺明白，在前行的路上，所有人都是孤军奋战的，这一点没有人可以例外。

所幸现在她能在他身边，陪他一起向前。

自从网络上的舆论发酵后，顾邱泽就被迫当起了司机，负责接送韩朔和徐杺。

一天下来，养尊处优的顾邱泽已经怨声载道。到工作室后，韩朔头也不抬地进屋。徐杺在顾邱泽的抗议声中进了厨房，打算给三人做晚饭。

陈姨昨晚就回老家了，除了过年那阵子，她基本上可以说是全年无休，可今年五一她的小孙子难得回家，她就彻底坐不住了，向韩朔请假想回老家看看孙子。

韩朔没多考虑就准了，还给陈姨订了往返机票。

陈姨要五一过后才能回来，在此之前，工作室所有人都得自己解决生活问题。

吃饭还好，大伙儿一起出去吃或者点个外卖，怎么也不会饿死，比较麻烦的是洗衣服。陈姨才刚走一天，洗衣房的衣服已经堆积成山，五颜六色的男式内裤不分彼此地全垒在一个篮子里，看得徐杺直叹气。

这会儿其他人基本都睡下了，忙了一天，硬撑着洗了澡已经是他们的极限。

徐杺知道临近五一他们都累，便在做饭前先把那一筐内裤倒进洗衣机里，打算吃完饭再把其他衣服给洗了。

韩朔下楼的时候经过洗衣房，看见运作的洗衣机里一大摞内裤在里头翻滚，眉头不可觉察地皱了起来。他走到厨房，面无表情地对在里头忙活的徐杺说："不用管他们的内裤，让他们自己洗。"

徐杺在做番茄牛肉面。番茄被利落地切丁，再把牛肉切成大块，和粗面一起依次放进烧开的热水里，厨房很快就散发出一股酸甜的香味。

坐在客厅里的顾邱泽闻见，饿得朝厨房发出一阵鬼哭狼嚎。

听到韩朔的话，徐杺笑着盛了一碗汤，头也不回地说："你的也自己洗？"

闻言，韩朔的嘴角僵了僵，然后说："自己洗就自己洗。"

他一边说着，一边看向徐杺的背影。他最近忙，连带她也跟着奔波忙碌，不仅要兼顾学校的功课，还要跟着他早出晚归，本就纤细的身材看着比过去还要清瘦。

在韩朔看来，洗衣服这种事情她根本不需要理会，等过几天兔崽子们没衣服没内裤穿了，还是得咬牙自己洗。而且那是男人的贴身衣物，她一个姑娘家怎么完全没有一点心理包袱？

韩朔盯着她，越想越不是滋味。

徐杺不明白韩朔在闹什么别扭，盛好面后叫顾邱泽进来吃。外头饿得头脑发昏的男人一听到呼唤立刻蹦起来，奶宝见状嗷嗷大叫，咬着顾邱泽的裤管被他一路拖行到厨房。

看着顾邱泽把面端出去，韩朔冷哼一声，把自己和徐杺那份也端了出去。厨房空下来后，徐杺挠了挠奶宝的下巴，给它准备狗粮和钙片。

奶宝等待的时候一直围在徐杺的脚边转悠，天生咧起的嘴角每一刻都像在笑，只要看着它，好像不管多累都能被治愈。

徐杺把拌好的狗粮放到地上，想要随手拿出手机看看微博动态，可是掏了个空。她这才想起自己回来的时候好像把手机放在茶几上了。

她把奶宝留在厨房，出来的时候看见顾邱泽正在一边嗦面一边看电视，而韩朔低头看着茶几上振动的手机。

见徐杺出来，顾邱泽说："你手机振好久了……"

因为白天有工作，所以徐杺调了静音振动模式，听到顾邱泽的话，徐杺走快了两步，然后在韩朔的注视下拿起手机。

是周蓝玉。

徐杺的心蓦地沉下去，接起电话，下意识往厨房那边走："喂？"

"你在哪里？"

周蓝玉的问题直接而尖锐，语气都是冷的。

徐杺一听就明白，周蓝玉是看到网上的事了，那张照片把她拍得很清楚。

她沉默半晌，说："我在学校。"

厨房里安静极了，只有奶宝吃狗粮的吧唧声。她伸手轻轻捂住话筒，想把大厅电视的声音也隔开。

周蓝玉听到徐杺的回答，语气并没有比方才好多少，能听出来依旧压着怒气："网上的事情我都看到了，你现在不用跟我解释，后天就是五一，你订机票回家，等你父亲过来，你再亲自跟我们说明白。还有，那个你所谓的实习公司，也不准再去，马上办离职。”

周蓝玉每说一句话，徐杺的心就冷下去一分。

等周蓝玉挂掉电话，徐杺垂下手臂，昏暗中的脸变得面无表情。

过了一会儿，奶宝吃饱了，在她腿边蹭，打断了她的思考。她低头，弯腰拾起奶宝的小碗放在洗手盆中清洗。

冷水冲刷着手背，徐杺有一刻忽然感到一阵清晰的疲惫。

拖着不回家这个想法一闪而过，可很快就被她否决，因为一旦这么做就等于彻底没有回头的机会。周蓝玉和徐州平都不好糊弄，她只要有一个不寻常的举动，这些年努力换来的自由有可能会全部失去。

可要她乖乖回去，她又止不住地想起韩朔这几天疲惫的状态，还有因为网上的舆论，对方告知合作需要再议时韩朔平静的回应。

徐杺缓慢关上水龙头，用手轻轻抵着额头，冰凉的水珠顺着手臂滑下。她的脑子里乱糟糟的，理不出头绪。

韩朔不知道什么时候进了厨房，把徐杺的手握在掌心里揉捏，抬起另一只手把她额头上的水抹去：“你家里人知道了？”

顾邱泽不知道什么时候已经关掉电视回房间了，这里只有他们两个人。

徐杺“嗯”了一声，随后听见韩朔开玩笑一般说道：“你妈还会上网？”

徐杺垂眸。

她想说，作为研究院副院长，周蓝玉对于网上的消息还是有很多渠道得知的，哪怕她自己不上网，也会有很多人告诉她。

其实早在看到微博的时候，徐杺已经隐隐能预知到事情最后会发展成这样，可她没有说，也没有表现出蛛丝马迹，因为不想让韩朔在忙得焦头烂额的时候还要为这些事费心，她心底抱着一丝侥幸，希望能蒙混过关。

徐杺大概都不知道自己现在的表情有多糟糕。

出乎预料地，韩朔轻笑一声。他掰过她的下巴，掐了掐她的脸，又恢复成懒洋洋的语调：“趁着假期回去一趟也好，不然我还得分神看着你。”

他黑亮的双眼似笑非笑的，直到徐杺的表情不再像刚刚那么僵硬了，他才继续说：“跟你妈好好兜一兜，不是要装乖女孩吗？那就别想太多，做你想做的事，我在这里等你回来。”

他说出“做你想做的事”和“等你回来”的时候，徐杺的内心似有触动。她轻轻抿着唇，可唇瓣很快就被男人的拇指揉开了，不让她随意蹂躏那个他想碰却没能碰到的地方。

在他的目光下，徐杺很快妥协了。她垂下双眼，低声说：“我很快回来。”

“好。”

第二天，两人像是没事发生一样继续工作。

顾邱泽对于他们两人这微妙的状态十分不解，可秉承“别人的事情少理会”的处事原则，他什么也没问，给韩朔做完最后一天司机，当天晚上就开车出去玩了。

明天就是五一，周近他们也都没有回来，难得有休息时间，大家回家的回家，出去放松的出去放松，三十号晚上，偌大的别墅里只有韩朔和徐杺两个人。

徐杺端着咖啡上楼时，韩朔还在和 TE 讨论关于网上路拍的事。

事情已经过去了快四十八小时，热度比起最开始那会儿已经降下来许多，对方仗着有后台，完全无视 TE 那边的维权，打着擦边球把删照片的动作一拖再拖，气得 TE 的公关负责人跳脚。

韩朔问：“能揪出背后的人吗？”

负责人的语气也很强硬：“这件事已经对你和品牌的声誉造成影响，我们这边正在用法律手段让第三方提供资料，偷拍的人和发布这些消息的人届时都可以让他们承担法律责任。”

过了一会儿，对方又说：“另外，你们工作室也需要对此事发出声明，不要让舆论继续抓住你私生活混乱这一点不放。公关的文章给我们先过目，你们国内环境不比国外，像 Tina（蒂娜）上次被爆那么大的绯闻国外也只是看个热闹就过了。

“这几天除了工作，尽量不要出现在公众场合，等事情结束，还你自由。”

韩朔说：“知道了。”

徐杺见他挂断电话，忽然问：“偷拍的人都能抓到？”

韩朔看了她一眼：“能，让对方交出所谓路拍摄者的信息，或者通过 IP 往下查。这种事 TE 有过很多经验，他们的技术和法务部在国外也是数一数二的。”

徐杺点头。

“去睡吧。”韩朔说完就重新看向屏幕，看样子是准备继续工作。

“你也是。”

“嗯。”韩朔随口应了声。

徐杺离开房间的时候，忍不住转头看着他。

男人专心致志地埋头在屏幕前，他的颧骨因消瘦而显得比以前更明显，让他的五官在微暗的灯下显得尤其冷峻漠然。

他再次鞭打着自己，就像重新又上了一遍发条，仿佛天塌下来也不能让他停下。

很奇怪。

她和他明明已经那么接近，可徐杺还是觉得他仍然是独自一人在战斗着，窝着的身影透出一股形单影只的孤冷。

好像她还差最后一步，才能真正走到他身边去。

# 第十章 奔赴

五月一日上午九点，徐杺准备出门了，她订的是十一点半的飞机。

韩朔靠在门框上，一只手里提着奶宝，表情睡眼惺忪，仿佛刚刚睡醒。

徐杺拖着一个小行李箱，与他对视一眼，说："我尽快回来。这几天要是不想做饭就叫外卖，别随便应付。"奶宝嗷了一声，徐杺笑了笑，补充一句，"……记得喂奶宝。"

也不知道是不是还没睡醒，韩朔的双眼像蒙了一层雾。闻言，他点点头，表示知道了。

"还有……"

韩朔打断了她："又不是不回来，说那么多干吗？"

徐杺止住了话头，过了一会儿微微一笑："也是。"

她在心底数了几秒才转身。

韩朔在这时叫住了她。

他把头靠在门框上，阳光打在他身上也难得没有躲开。他注视着徐杺的表情仿佛徐杺只是出门一趟，没有担忧，也没有不舍，可徐杺却从那样的眼神里似乎感受到了什么，她直觉韩朔是有话想对她说。

可他最后只是眯了眯眼，勾起唇："没事，走吧。"

他说话和回身同样干脆利落，抱着奶宝就进屋了。

五一假期整个小区都没什么人，韩朔连门都懒得关，就这么大大咧咧地敞着，让徐杺看着他消失在门后面。

房子里静悄悄的，在晨曦中透出一股让人不是滋味的冷清。徐杺在原地站了一会儿，抿抿唇，转身走了。

徐杺打了一辆车，路上畅通无阻，十一点左右就到了机场。她一路没怎么说话，只觉得身上没什么力气，意识也昏昏沉沉的，上了车就开始发呆，到了机场办登机牌的时候还是在发呆。

她点了一杯咖啡，坐在等候区刷微博。

现在关于韩朔的讨论度已经没有刚开始那么高了，TE 的公关和声明让很多人的注意力都渐渐开始转移，只有少数吃瓜人还在等一个后续。

点进广场都是前几天的热评，还有一些关于照片本身的讨论，周红的粉丝忙着带话题澄清，话里话外都是在和韩朔割席。

徐杺一目十行，手指动得飞快，却在刷到一条评论时蓦地停住。

△纯路人，可图八让我看了怎么有种……怎么说呢，相互依偎的感觉？讲真，对比一下图九就能发现不一样，我男朋友牵我的时候就这么牵。

这条微博的赞有六百多条，底下的评论全都是差不多的画风。

△单身狗膝盖好痛！

△别欺负单身狗好吗？我是单身狗我也看得出来！

△这层是虐狗的，鉴定完毕。

而徐杺的目光则停留在“依偎”两个字上。

心脏在那一刻好像被什么击中，原本胀痛的胸口仿佛被戳了一个洞，让她突然就有了喘气的空间。

头痛欲裂。

兴许是她的脸色太吓人，旁边一位四十岁左右的男人好心地询问：“姑娘，你没事吧？”

徐杺朝他摇摇头。

这时候广播提示登机，徐杺白着脸站起来。

脑袋因供血不足而产生了一瞬间的眩晕，徐杺在那一秒突然想起了那年夏天，少年在机场时离去的背影。

徐忪握紧了行李箱拉杆，她不想承认，可是就在那一刻，她突然醍醐灌顶——

那人目光里的含义、两人之间相隔一步的距离感从何而来，还有这么多年来她看似在前进，其实一直在原地踏步的原因。

她总是不受控制地被这样的人吸引，因为她希望自己能往前走，渴望冲破身上的枷锁，却狡猾地把希望寄托在别人身上，每每犯着同样的错却不敢承认。

可她明明知道，钥匙从来都只握在她手里，没有人生来就该救赎别人，陷入泥沼中的人需要靠自己拯救。

其实韩朔早就给了她答案，在许多她明明觉察到却不愿深思的细节里。在她认为彼此尚未可以成为对方退路，他却洞察了她所有彷徨的时候，他就曾对她说过——

“你想我做什么，首先你得对我心甘情愿。”

正午的阳光是最炽烈的，透过头顶的玻璃洒下来，落在人身上仿佛能把皮肤都烧红。这种温度也能轻易透过皮肉浸染整个灵魂，让身体的每一个感受都变得如有实质，仿佛在提醒你这才是“活着”。

又一年夏天要到了。

可人不能年复一年地原地踏步，总要有人先做出改变。

五分钟后，在身旁男人诧异的目光中，徐忪猛地转身，拖着行李箱毫不犹豫地往来时的路奔去。

坐上回程的出租车时，徐忪心跳如擂鼓。她把手机关机，然后把目光投向窗外蓝天。

她清楚自己在做什么，她在做当初没有做到的事。

司机是个本地人，戴着耳机，里头也不知道放着什么歌，他哼着哼着忍不住就唱了起来——

在最美的年华里遇见了你，
你让我平静的心泛起了涟漪，
从今后爱的世界无人能代替，
朝思暮盼魂牵梦绕都是你，
在漫长的岁月里与你同行……

司机的儿化音很重，嗓门洪亮，抑扬顿挫。徐杺听着听着，忽然觉得眼眶酸胀。她把头搁在车窗上，嘴角扯起一个微小的弧度，任由如雷的心跳声渐渐把自己淹没。

下午一点半，徐杺在别墅门口下车。

门还是离开时候的样子，敞开着，好像隐隐知道会有人回来。

徐杺拿着行李箱拾级而上，每走一步，她的胸口就越像是要裂开一样——兴奋、疼痛、恍然、无措……

她走到大厅门口才停下，可心跳并没有因此放缓，声音大得仿佛室内的另一个人也能听见。

男人坐在沙发上，面前放着泡面，午餐又是草草解决。

她叮嘱的话，他全当耳边风，根本不会好好照顾自己。

他太聪明了，知道怎么样才能让喜欢他的人心疼。

听到动静，韩朔抬眸看向门口。那一刻，徐杺清楚地看到他漆黑漠然的双眸忽然添了一点光，随后又迅速沉下去，是风雨欲来的征兆。

韩朔看着她。女孩原本扎起的头发因为奔跑而变得微微松散，发尾凌乱，刘海也微微遮住额头。她的唇色和脸一样白，可那双眼睛就像宝石在熠熠发光，让她的美变得生动无比，同时又带着一种让人心疼的易碎感。

徐杺放开行李箱，在他的注视下一步一步缓慢而坚定地走过去。

她每走一步，心跳的力度都大得能让胸腔周围感到疼痛。

韩朔一动不动，直到徐杺走到他面前，低头和他对视。

她深吸一口气，伸手抚向男人的脸。后者的目光落在她脸上，灼热的呼吸和视线烧得她双手微颤。

下一秒，他的气场骤然变了，变得无比凶狠，像待捕猎物的狼。

徐杺倒在沙发上，下意识抱住他的脖子，嘴唇微颤着，似乎想说什么。可下一秒，韩朔的气息已经先一步压下来，排山倒海一般把她罩住。

他按住她纤细的脖子，让她退无可退地仰头贴近自己，用力咬着她的下唇，力道大得仿佛想把她吞吃入腹。

徐杺被他吮疼了，不受控制地发出低呼，双手却更紧地抱住他。

这个动作就像刺激了他，使他的动作更紧迫逼人，却丝毫没有乱了本身的节奏，只是多添了泄愤的力道，把她的下唇吮得红肿而滚烫。

不知道过了多久，徐杺皱着眉头疼出眼泪，俯首在上方的人感觉到了，这才渐渐收住攻势。

徐杺紧紧闭着双眼，她的手指无意识地插进他的头发里，温柔地揉弄。

她能察觉到他的动作从最开始的粗犷，到后面渐渐慢了下来，也温柔下来。

他身上的味道让徐杺感到沉醉而眩晕，也让她爱不释手。

两人分开的时候都喘着粗气。韩朔的破坏欲全被徐杺激出来了，眼里都是想把她撕碎的热度，而徐杺此刻只想把自己嵌进他怀里。于是两人都安静了下来，各自冷静。

过了很久，韩朔才打破平静："在想什么？"

他的声音哑得不行，在耳边响起的时候带来一阵酥麻的战栗，微磁又性感。

徐杺抱着他的脖子，额头相抵，说："在想……以后你会不会让我后悔。"

韩朔的眼底还残留着方才的情欲，闻言，不由得低笑起来："都跑回来了，才想？"

徐杺盯着他，若有所思。

过了一会儿，她点头，像煞有介事般表示赞同："也是。"

他说得没错，都跑回来了，再想这些都是多余的。

既然已经奋不顾身，那就该不问未来，也不问退路。

他就是她的未来和退路。

一静下来，两人对视后又是止不住地心头发痒。徐杺是尝过第一次就上瘾的小孩，而韩朔也乐意满足她的瘾。之后的吻没了方才的粗暴，带来更深的缠绵。

徐杺被他撩得眼神涣散，好像怎么吻也不过分，怎么吻也吻不够。

迷迷糊糊间，韩朔让她转身，她乖乖地趴过去。韩朔撩起她的上衣，让她露出那个文身。

韩朔盯着那个图案，一直没说话。徐杺回头刚想说什么，韩朔就低头咬了上去。他用了四五成力，像在发泄不满，没一会儿就把文身的那块皮肤啃得发红，还留下好几个清晰且重叠的牙印。

徐杺很疼，蝴蝶骨不自觉绷紧，可她很快又强迫自己放松下来，纵容他在自己身后为所欲为。

韩朔的双眼没一会儿就被她的温柔顺从烧得通红。他抬起头，忽然哑声问："你有把我当成过他吗？"

她早就知道，那天晚上他是听完了她的故事的。

徐杺静默半晌。

"没有，一次都没有过。"她的声音犹如一片寂静湖畔，宽广而清澈，纯净得藏不下一点秘密，"他是他，你是你。"

他们太不同了，一个是纯净美好的夏日清风，吹过了就散了，没办法抓住，也不会让人想抓住；另一个则是冬日里的刺骨寒霜，打在人心头上，总要强硬而霸道地留下痕迹，让人感到疼痛的同时又记忆深刻。

韩朔也太聪明，太狡诈，根本不是那个年少而真诚坦荡的陈骁可以相比的。

他说着让她回家，又告诉她做自己想要做的事，他明明知道她想做的事情是什么。

他刻意展露他的孤独，展露他的脆弱，让她不放心，让她舍不得，让她挣破锁铐回到他身边。

徐杺什么都知道。

他太骄傲，想要什么，就想尽一切办法让对方主动投怀送抱。就像今天早上一样，他眼神中写满了想让她留下，可嘴上却什么也不说，宁愿孤独至死，也不愿低头恳求。

不过徐杺觉得那样很好。

因为她的爱里有他这份骄傲。

她也舍不得他向任何人低头。

日光透过落地窗洒在紧紧相拥的两人身上，趴在她身上的男人缓缓弯腰，勾过她的下巴，唇齿相触间，才发出一声威胁似的冷哼："谅你也不敢。"

徐杺闭上眼睛。此时此刻，她才深深感受到，原来笼子外面的夏天，是这样的。

空气黏人燥热。

阳光那么温暖。

鸟拍打翅膀的声音如此清晰。

深爱的男人沉重滚烫而真实。

勇气像是融进每一滴血液，让身体变得轻飘飘的，然而心却变得沉甸甸的，仿佛每走一步都脚踩实地，让人无比安心。

徐杺想，原来自己一直憧憬期盼的所谓活着，是那么值得自己落泪的一件事。

不知不觉间，两人变成了在沙发上面对面相拥的姿势，像一长一短的两道弧，中间唯一的空隙躺着玩困的奶宝，四脚朝天睡得鼻子直冒水泡。

韩朔抱着徐杺，手肘贴着她的腰侧，手掌放在她背上。

静谧的空气中有种名为“满足”的东西，让亲得嘴唇发肿的两人都不愿说话，也不愿动。

这时，韩朔原本放在沙发上的手机终于在一阵摇摇欲坠中掉在地上，徐杺听到动静，稍微转过身捡起来。屏幕还亮着，停留在备忘录界面，公关文只写了一个开头就被她打断了，后面一片空白。

“浪费了一个下午的时间了。”徐杺把手机还给韩朔，虽然嘴上这么说，自己却不起来。

韩朔闻言，收紧手臂把她抱紧了些，抵着她的额头，看着她低笑：“也不亏。”

他这话意有所指，也带着调侃。

徐杺看着他眼里的戏谑，忍不住微微抬起下巴。

亲吻是会上瘾的。

直到奶宝感觉被两人挤压到，想翻身却发现没有翻身的空隙，把爪子抵在韩朔的小腹上，慢慢转醒，彼此胶着的唇才依依不舍地分开。

他们在喘息中对视，同时笑了。

最后还是徐杺先起身，把韩朔也拉起来，一起研究要怎么写这篇公关发言稿。

男人盘着腿把徐杺抱在怀里，下巴放在她肩膀上，看着她打字。

徐杺想了很久，在设计方面一向很灵活的头脑，却在这种事上犯了难。

她微微皱起眉头。

因为认真思索所以并没有察觉到韩朔的视线，下一秒，手机被他抽走。

韩朔双手搭在徐杺肩上，手弯着打字，没一会儿就写了整整一段，却让徐杺越看越心惊。

“你要这么写？”

“嗯。”

“……不行。”

“我是老板我做主。”

徐杺伸手想要拿过手机，可韩朔轻松把手往前一伸，徐杺就够不到了。看到她再次皱起眉，韩朔亲了亲她的脖子，懒洋洋地说：“怕了？”

“对你影响不好。”徐杺老实回答。

“哪儿不好？”他嗅着她身上的气味，笑着说，“是我的眼光不好，还是你不够好？”

明明说的都是一个意思……

徐杺无奈地捧着他的脸，认真地说：“最起码今年不行。”

韩朔深深地看着她。

她在他的事情上总有一些奇怪的坚持，大部分是出于维护。

最后，韩朔还是把手机扔给了她，算是妥协。

他们抱在一起，低声说话，这时的韩朔好像没那么多棱角了，也变得足够有耐心。

他也问了徐杺很多事。

包括她背上的图案，包括……她那时候都在想什么。

徐杺回答的时候很平静，在他面前她不需要再隐瞒了，在他怀里，徐杺知道自己一切都被接受，所以她从未有过地坦诚。

她说，当她交了钱走出店门，感受到阳光照射在身上时，又觉得自己仿佛重新活了过来。

疼痛让一切存在感都变得鲜明。

那一刻，她才微微释然了。

有的人总会在你的人生中匆匆而过。

对方留下什么，你在心里记住就行了。

听她淡淡说完这些，韩朔才笑了，像在嘲笑她蠢。

“不过也聪明，藏在那儿，你妈都不会发现。”

“嗯。”

话题突然牵扯到徐杺家里，气氛稍稍变了。

徐杺看着他。后者察觉到她的凝视，勾起一个漫不经心的笑。

徐杺朝他伸手，摸着他的眉峰：“不用担心，我家那边我有分寸。”

韩朔笑了出来。

“我不担心。”他抓住她的手咬了一口，“我的女人，本事大着呢。”

“嗯。”徐杺微微一笑。

晚上，张檬怕韩朔一个人在别墅寂寞，特意从家里打包了一壶糖水连夜赶到。可一打开门，他就惊了，保温壶差点掉地上。

从客厅拐个弯就可以一眼看到厨房里面，张檬张大嘴，愣愣地看着厨房里的两人。男人高大的身影把身前的人几乎完全罩住了，张檬来时，里面的人正弯腰叼走了一块红薯……

回过神来后，张檬用力掐了一把手臂，顿时疼得“嗷呜”一声叫出来。

这声惊动了厨房里腻歪的两人，韩朔转过身来走到门边，手抵在门框上，冷冷地盯着张檬。

张檬被韩朔的眼神吓得心脏一紧，几乎是条件反射般把手上的保温壶高高举起当保命符，一向口齿伶俐的人这会儿甚至变得有些结巴：“我……我是来……送、送糖水的……”

韩朔的目光又冷冷地落在张檬手上。

徐杺这时走出来解救了他。

她从厨房里探出头，手上还拿着一个勺，看到张檬，微微一笑：“正巧，我也在做。”

张檬看看徐杺，又看看韩朔：“你……你们……”他看着韩朔拉下脸回到沙发上，点开手机“啪啪啪”地打字，才胆战心惊地问徐杺，“徐杺啊，你今天……不是回家吗？”

“最近事情太多，暂时不回去了。”徐杺接过张檬手里的糖水准备拿去加热，“今晚在这儿睡吗？我去给你倒一碗。”

张檬都不记得自己是怎么答应的，等徐杺走进厨房，他才蹑手蹑脚地坐到韩朔旁边。

他刚坐下，韩朔就把手机丢到他手里。

张檬拿起一看，是一篇写好的公关文稿。

他越看越惊讶，大大的脑袋装满疑惑：“这什么……公司是什么？新品牌又是什么东西？”

韩朔淡淡地说：“字面意思。其实去年我就有这个想法，不过时机没到，我就没跟你们说。今年大伙儿发展都可以，条件也基本达到了，趁势而上，把这事儿推上正轨，抓紧点时间，应该可以在时装周甄选之前办好。我会找人专门负责，你们都不用操心。新品牌作为子公司也办起来，你和陈华跟了我几年，我没什么报答你们，这个就当这些年给你们的分红。算上徐杺，你们各自掏一点钱，算入个股。品牌你们自己做，大方向按公司走，其余的看你们自己的想法，我不会干涉太多。”

韩朔说完，张檬完全就是半宕机状态了。

“老大……你认真的？”

“我像开玩笑？”

“……不像。”张檬憋了一口气，再缓缓吐出来。

等他好不容易消化完，徐杺端着三碗糖水走出来，放在茶几上。

张檬忍不住问徐杺：“这是你们一起商量的？”

徐杺摇头：“不是，是他一个人的主意。”

“你不觉得有些疯狂吗？或者……太突然了？”

徐杺笑了笑，眼睛亮亮的：“我以为你已经习惯了。”

张檬再次哑口无言。

过了好久好久，久到糖水都放凉了，张檬才呼了一口气，算是接受了现实。

“我这几年不愿挪窝，一来是懒，二来是觉得跟着老大真的挺好的，也习惯了……没想到这会儿给我这么大的惊喜，我居然还能当上老板了。”张檬感慨，“我今晚就回去看看我有多少活动资金，反正老大你有门路，我就不担心了。现在做品牌说难不难，说容易也不容易，主要是国内市场太杂太乱了。老实说，让我自己做我也觉得没意思，但有老大兜底就不一样了，毕竟我谁都不信，就信老大。”

韩朔听着，也不表态，等张檬表达完自己的想法，他才点头说：“这事儿还没跟陈华说，等他回来我再告诉他。注册公司的话需要去租个写字楼了，还得请人，很多事情要准备，两边一起抓会快一点。”

张檬对注册公司方面还是有些了解的：“我知道，我明天就开始着手看……那什么，徐杺你现在还大二呢，就有钱了？想清楚没有？”

徐杺刚想说话，韩朔就替她开了口：“她那份我会先替她出，你管好自己得了，没个一两百万这活儿就没你什么事儿了。”

张檬憋了一股“您有钱您了不起”的气，终于鼓起勇气提出刚进门时的疑惑：“你们……这是在一起了？”

徐杺睨了韩朔一眼，端着空碗进了厨房。

韩朔被她这眼神看得不痛不痒，扬起下巴对张檬说：“所以你今晚别在这儿睡，消化完就滚，回去仔细数数银行卡里有多少钱，明天报给我。”

大概是被韩朔这理直气壮的态度镇住了，张檬也没再问，坐了一会儿，就一脸如梦似幻地离开了。

等徐杺收拾完碗筷走出来，看到客厅只剩一个人，她问道：“张檬的财政情况怎么样？”

韩朔抬了抬眼：“掏家底的话，两百多万还是有的。”他给张檬和陈华的工资可以说是相当丰厚的，年薪比大厂的总监还要高一些。

不过他们也的确担得起这么多。

徐杺点头。

韩朔见她出神，突然勾了勾嘴角：“怎么不问问你男人我有多少家底？”

徐杺偏过头，似笑非笑地看着他。

她穿着围裙，在灯光下看着他的样子温暖而干净。

韩朔一贯刻薄的眉眼渐渐化开。

他站起来朝她走去，搂住她的细腰，不嫌围裙脏就把她往怀里带，咬着她耳朵说："养十个你都不在话下……所以等会儿跟你妈妈说话的时候有点底气，要是被赶出家门了，我养你。"

说完，他就放开了她，伸了个懒腰，上楼洗澡去了。

大厅里只剩徐杺一个人。

徐杺揉了揉发烫的耳垂，笑了。

她坐到沙发上，把自己的手机拿出来，按下开机键。

现在是十一点半，手机里一通未接来电都没有。

零点一到，手机响了起来，和徐杺预料的一样准时。

徐杺等了一会儿才把手机接通，放在耳边。

周蓝玉隐忍的语气透过手机传来显得更为冰冷："徐杺，你知不知道自己在做什么？"

徐杺语气平淡："妈，我现在还不能离开。"

"你从没有这么不听话。"周蓝玉说完这句话，顿了顿，像是想到了什么，语气骤然沉了下来，"是因为照片上和你走在一起的那个男人？徐杺，你是不是着魔了？大学才是你人生的开始，你把时间浪费在谈恋爱上？你现在最重要的任务是学习，为你的未来做准备！"

徐杺知道周蓝玉想到了谁，但她没有点破："不是你想的那样。"

周蓝玉说："那你立刻回家，面对面跟我说。"

"我并没有打算把时间浪费在别的事情上，接下来我们要准备注册新公司，我不能离开，也只能告诉您这么多。等事情告一段落，我再回家给您和爸解释清楚。"

"公司？"周蓝玉听了都觉得不可思议，"就凭你们这些都没毕业的大学生？徐杺，我不管那个男人对你承诺了什么，可任何行业都没有你想的那么容易！这种不三不四的小明星能给你什么？”

“他不是不三不四的人。”

“徐杺！”周蓝玉哪怕怒极也不会尖声叫喊，多年所处的位置也不允许她这么做，“你为了他，对我这么说话，你还说不是我想的那样？”

徐杺在一片寂静中，轻声回答：“我是为了我自己。妈，我一直以来都知道自己在做什么。”

这句话后，两边都安静下来。

周蓝玉在强迫自己冷静，不要失态，而且这也是第一次，她忽然对这样冷静又执拗的女儿生出一种陌生的感觉。

强压怒火后，周蓝玉的声音彻底冷了下来，一直以来的母女关系不允许她在徐杺面前落了下风。

她最后一次问徐杺，而且是用从未有过的严肃语气：“妈妈最后问你一次，你到底回不回家？”

“抱歉。”

闻言，周蓝玉浅浅地吸了一口气。

“你让我很失望，徐杺。原本这件事我不打算告诉你爸爸，可你不听我的话，这件事我就让他解决，正好你爸过一段时间会去 B 市，你自己跟他解释。要是沟通失败，做好转学的准备，除了 B 市，S 市也有适合你读服装设计的大学，或者出国也是很好的选择。”周蓝玉顿了顿，“等以后你就会知道爸爸妈妈都是为了你好，没有父母会害自己的孩子。”

周蓝玉说完便毫不犹豫地挂了电话。

徐杺看了眼通话时间，五分钟，连一秒都没有多。

徐杺先回自己房间洗了个澡，换了一套干净的睡衣睡裤才上楼去。见书房的灯关着，她轻轻推开韩朔的房门。

韩朔坐在床上，只穿了一条短裤，头发还没干透，凌乱地垂着。

他把笔记本放在大腿上，快速打着字，专心和别人交谈。

察觉到徐杺进来，韩朔抬起头，手上的动作稍微停顿了下。

徐杺的视线从他两条覆着薄薄肌肉的长腿往上，划过三角地带，落在那截细长劲瘦的腰肢上。他的腹肌形状很漂亮，没有健身过度的痕迹，随着呼吸上下起伏，锁骨线条平直而流畅。

韩朔舔舔唇，随她欣赏，过了一会儿才朝她伸手：“过来。”

徐杺这才抬脚走过去。

她膝盖刚碰到床边就被韩朔搂进怀里，他先细细闻了闻她身上沐浴露的味道。

两人身上都干净清爽，黏在一起也不嫌热。

过了一会儿，他单手搂着她，另一只手继续在键盘上打字。徐杺靠在他怀里，低头看他和 TE 那边讨论这份公关稿。

TE 那边表示没有什么大问题，还十分周到地表达了对韩朔新公司的祝福和期待。之后对方指出了稿子上一些言辞方面的修饰病句，韩朔直接在窗口更改，两边的效率高得让人称奇。

等对方发了一句“OK”过来，韩朔抬手把这份稿子直接转发给了张檬，让张檬明天起床把这段文字发到微博上去。

之后，韩朔彻底没有了工作的欲望。

明天开始又得没日没夜地忙，仔细算算，注册公司、准备试镜，之后是一连串的拍摄档期，然后是时装周的选拔……

韩朔把笔记本扔到一边，压着怀里的人就往被窝里钻。

徐杺毫无防备地被他压在被褥里面细密深吻，过程中他嫌热，掀开被子，把她的四肢展开任由自己为所欲为。

旱了小半年的男人一旦被点着，情绪就仿佛燎原般热烈，放任自己坠进温柔乡。

她的气味那么干净，洗发水和沐浴露都是白茶花的味道，和男人粗重的、带着烟草味的气息形成强烈的对比。

她的睡衣是纯棉的，干燥而柔软地包裹着里面白皙莹润的身体，下摆随着她的动作往上掀开一点，韩朔只要稍稍用力就能在露出的腰窝上留下痕迹。

最要命的是她还顺从，一点反抗的欲望都没有，手指像在巡查自己的领地，不停地抚着他的头发、脖颈，每一个动作都带着显而易见的爱意和贪恋。哪怕韩朔再有经验，亲到后面也不受控制地亲出了几分真火来。

男人的身体在这方面明显要比女人诚实多了，几乎是韩朔脑子里的某些念头刚被点燃，徐杺就马上感觉到了。她虽然没有经验，但不是不懂，她的双颊到耳朵旁连着红了一片，乖乖地一动不动。

最后，韩朔像白天一样把她翻了过去。

他吻着她的文身，那处于徐杺有别的意义，所以他每次看见都会带着许多情绪，这能让他快速冷静。

过了好久，韩朔低喘着把额头抵在她的后颈上，揉着她的腰问："你妈怎么说？"

他话题转得那么生硬，让徐杺觉得好笑又感动。

徐杺其实也被亲得浑身燥热，喉咙发干，但是比起韩朔，她似乎要更冷静一些。

徐杺把衣服放了下来，转过身，没有回答他的问题，也给他递了台阶："明天早上还有工作，睡吧。"

她把手放在他的腰间，像是两轮弯月。

韩朔其实也累了，难得一个休息日，在往常他能睡足一天。

徐杺的声音像摇篮曲，没一会儿韩朔的眼皮就沉了下来。欲望不知何时像潮水般褪去，在他快要睡着的时候，好像感觉到有一只手在他腹部游走，然后他听见身前的人小声说了一句："又瘦下去了……"

他还想说什么，但是没能张嘴，就彻底熟睡过去了。

徐杺对他的身体了如指掌，甚至比对自己的还要熟悉，用手丈量完腰围，她抱着他的腰，闭上眼睛。

没有什么比恋人之间的拥抱更能让人安心。

什么都不需要想，什么都不需要担心，只要他们在一起，便可以安稳入睡。

张檬发出微博文章的时候，韩朔和徐杺刚做完《模特男士》的专访。

对方的负责人实在热情，专访提前了一个月也没有丝毫怨言，听说写稿的同事还为此连续加班好几天,过审后又马不停蹄地上交给总编。

虽然只是文字专访，可《模特男士》这边仍然派出了总编来负责主持，足见其重视程度。

作为国内首家面向时尚圈的老牌杂志，这次采访的题干也十分专业精巧，小到日常训练，大到韩朔个人的职业规划，完全没有掺杂半点关于私生活的提问，气氛比徐杺料想中要轻松许多。结束时，对方主编也露出了一个满意的笑容，关掉录音笔后和韩朔礼貌握手，表示期待下次合作。韩朔点了点头。

另一边的摄影团队已经准备就绪，等韩朔准备好后就可以开拍。

化妆的时候，韩朔收到张檬的信息，扫了一眼就登上了微博。工作室已经发出公关文章，两个多小时后，转发和评论的数量都十分可观，没一会儿就自然而然上了热搜榜。

这篇公关文被 TE 修改过后变得十分聪明取巧，先是对发照片的营销号偷拍侵权一事表达了严厉的追究态度，随后又否认了韩朔和周红正在交往的传言，明确表示韩朔没有劈腿，没有私生活混乱，并话里话外暗指此次事件是行业内一次恶劣的竞争，人们的注意力很快就从徐杺身上转移开。

不过这则公告最让人震惊的，还是后面关于工作室注册成为正式经纪公司以及创立原创品牌的内容。

品牌名称和公司挂钩，主打男装高定，同时设立官网同步开放，一下子就把整个档次提了起来，和别的原创品牌拉出了高低。

国内的时尚圈子都被这一波接一波的消息给炸晕了，包括一直关注的工作室粉丝，转发的同时纷纷哀号：

△啊啊啊！恭喜！就是为什么只做男装？

△同上，哭了，难道只能给男朋友买了？可是没有男朋友啊，哇的一声哭出来……

△哇，特意翻了下上次工作室发的宣传照，原来图三图四Ethan身上那套就是这位小姐姐做的，我超喜欢的，那件夹克外套Ethan印象中穿了好多次啊！

△檬哥农奴翻身把歌唱，这会儿估计兴奋得憋不住了吧？不说了，我去他微博蹲着了。

△从这个小姐姐的名字出现开始就关注了，不过小姐姐好低调，好像连微博都没有。讲真，风格太好认了，张檬和陈华虽然也很好，可是想看点新的东西，小姐姐给我哥做的那套短款polo衫也很好看，连近哥那么逗的人设都变得帅气起来了！

△别说了，新公司选址定好没？来三里屯吧，离我家近。

徐杺注意到热评第一的名称甚至被改成了“今天朔杺发糖了吗”，内容是：

△左边看我艾迪，不管有没有在一起，看到照片就被小姐姐颜值圈粉，男帅女美，职业相配，坐等日久生情让我心想事成！

楼下一串回复：

△朔近党表示不服！

△朔猴党瑟瑟发抖！

△朔all的没有吗？

△有，+1。

△有，+10086。

徐杺看到这些，不由得愣了愣。

除了粉丝们愉快自嗨，路人们也颇有兴致地围观，还有不少人在之后发了一系列截图，表示大部分在骂的人都是水军和小号，被点赞推到热评上。

当然也有人始终锲而不舍地问两人到底有没有交往，可很快就被其他热评压了下去。黑粉们不敢轻举妄动了，有几个在评论里冷嘲热讽，很快就被粉丝们骂得狗血淋头。

和 Wind 工作室私交比较好的人也相继转发起来，还有圈内的大 V 们不嫌热闹也转了。

到了傍晚，连高晓磊也转发了，他只写了一句“恭喜”，算是为工作室做了一波免费的宣传广告。

原本网上对韩朔不利的节奏都被这则公告打得七零八碎，不过韩朔显然已经对此事失去了处理的耐心，把后续工作交给了张檬，一门心思扑在了试镜的准备上。

现在除去工作的时间，徐松基本只能在健身房找到韩朔。他会利用有限的时间去锻炼，保持身体状态，也会争分夺秒练习走台步。

他仿佛正在寻找某种感觉，越接近试镜的日期，他的目光就变得越热切，从目光到每一个肢体语言都写满了专注。

而对于两人确认关系这件事，整个工作室都有一种意料之中的惊讶，羡慕忌妒的比较多，毕竟之前他们那种若有似无的“虐狗”已经让人看了很牙酸了，如今公开后更是秀得光明正大毫不收敛。众人看在眼里虐在心里，只能把苦顺着喉咙往下吞。

有一次韩朔练习的过程中小腿发麻刺痛，这是他的老毛病了，也不是疼得难以忍受，但徐松见状马上停下手上的工作，把他按坐在木地板上，伸手为他按摩推拿。

还没到最热的时候，徐松却出了一身热汗。半小时过去，韩朔说了一句“行了”，徐松才擦着汗起身出去洗手。

赵更当时在健身房看到这一幕，终于受不了了，拖着回来的徐松，压低声音说：“你也太宠老大了吧？”

闻言，徐松下意识地看了一眼不远处重新开始练习走台步的人：“有吗？”

“很有！”

别人的女朋友都是被人捧在手心里疼爱，干点重活儿都不乐意，哪有像徐杺这样的，还给男朋友按脚。

徐杺听了只笑了笑，不说话。

可大家都能看出来，他们的相处模式真的和别的情侣不太一样。

沉浸在训练中的韩朔简直是六亲不认，一旦开始，就会沉浸在自己的世界里埋头苦练，眼里容不下别人。有时候徐杺在角落里工作，除非他的老毛病犯了，否则两人真的可以一整天都不交流，好像一点都不会为对方分心。

这种状态一直维持到十三号，后天就是 VG 的试镜了，这时候韩朔才开始有意识地把工作强度调低了下来。

这天晚上，徐杺接到了文青青的电话。

她走到阳台上，看着屏幕上的名字好久，才慢慢接起。

昨天下了一场雨，夜晚没有前几天那么燥热了，偶尔吹过的风也让人很舒服。

徐杺把手机搁到耳边，一边望着院子门口的沥青路，一边听着耳边响起文青青低声哭泣的声音。

她在害怕，也很无措，才打了这通电话。

"杺杺，对不起……"

文青青不停地重复着这五个字。

过了一会儿，徐杺开口打断她："青青……"

"我真的错了！我当时……我当时真的鬼迷心窍……"一听到徐杺的声音，文青青就像抓住了救命稻草，说完这句话她就哽住了，呜咽了好久才继续说，"杺杺，这件事不能……不能闹大……要是被退学，我家里人会打死我的……"

徐杺不着痕迹地叹了一口气。

看到照片的第一眼，徐杺就大概猜到了，毕竟当时站在马路对面的就是与他们同行的人。稍微推断就能知道，那晚状态不好、频频走神的文青青有着最大的嫌疑。

徐杺说不清看到照片时自己是什么感觉，了然、失望……大概都有一些。

可当最后文青青真的如自己所愿哭着打来这通电话时，徐杺却发现自己的内心居然没有一丝波动，也或许是没有愤怒和失望，所以更没有所谓的原谅。

其实徐杺完全可以主动找文青青私下解决，她也有立场开口让韩朔和 TE 那边不要追究，可她并没有这么做。

如今徐杺就像在听着一个做了错事而不知所措的孩子在痛苦求助，可是伤害已经发生，这样的道歉和求助不管怎么说都显得过于苍白。

“青青，你冷静点。”

文青青闻言小声啜泣着，不敢再说话。

这么晚了，她不能在宿舍里说这些，听手机那头的回声，徐杺猜她大概是躲在了教学楼里，也不敢让别人知道。

徐杺安静了一会儿，才对她说：“青青，这件事要不追究是不可能的。”

话音刚落，电话那头的呼吸声明显停滞了片刻。

徐杺接着说：“我知道你会来找我，可你既然知道我对他来说很重要，又为什么不能换个角度想想，他对我而言，也是唯一的底线。你造成的后果无法挽回，我也没有办法代替他原谅你，因为……我也做不到，因为我曾经把你当作朋友。

“但我可以给你一次机会。”

文青青不知何时低声哭泣起来，不知道是因为伤心还是因为后悔，或者是因为别的。

徐杺问：“这件事中和你联系过的人，你还保存着联系方式吗？”

“嗯……”过了一会儿，文青青才带着重重的鼻音应了一声，“我有通话记录，也有邮件记录。”

“把这些发到 TE 联系你的邮箱去，可以做到吗？”

文青青有些迟疑："……这样就行了吗？不会再追究我了吗？"

"嗯。"

闻言，文青青很快停住了哭声。

挂电话前，文青青忽然问："杺杺，我们……还能当朋友吗？"

徐杺安静了半晌。

可她最后也没有回答，这也是她第一次先挂了电话。

握着手机，徐杺重新把目光投向那片被月光铺满的沥青路。

那一刻，她的目光和表情一样平静，平静到近乎漠然。

徐杺想起《解忧杂货店》里曾经有过这么一句话，用来形容对方似乎很不错——

△他们都是内心破了个洞，重要的东西正在从破洞逐渐消失。

从听见文青青松了一口气时，徐杺就知道，她并没有真正地认错。

她只是太害怕了，害怕被追究，害怕承担后果，可她同时也隐隐知道，作为朋友，徐杺并不会真的对她视若无睹。她在等一个可以把自己撇清的机会，所以她才给徐杺打了电话。

就像她自认为有多么喜欢韩朔，可在忌妒和得不到的不甘中，也会选择去伤害他，出于一种近乎报复的心态。

有时候懦弱的灵魂和虚伪的人心一样让人不可直视。

徐杺并不感到愤怒，她牢记着人生中遇到的这些人，时刻提醒着自己不要重蹈覆辙。

身后的浴室门被打开，男人边擦头发边朝她走近，然后环住了她的腰。

训练了一天，他看上去已经筋疲力尽，把头凑到她颈侧，连声音都透着沙哑："和谁讲电话？"

每次到这种时候，徐杺都会觉得很神奇。

他就像活在她心里的一只嗅觉灵敏的兽，一旦有风吹草动他就会感觉到，并且马上出现在她身边。

方才冷下去的心好像又开始变得暖和起来，徐杺回过身，抱住男人劲瘦的腰。

“我会保护你……”

“什么？”韩朔没有听清，抓住她下巴，抬起来。

徐杺笑了笑：“过几天我要请个假。”

“什么时候？干吗去？”

“十七号吧。”

韩朔没一会儿就猜到了，抓抓她的发尾，说得漫不经心：“你妈来抓你回去了？”

徐杺摇摇头，也没隐瞒：“我爸。他来 B 市一个礼拜，十七号那天他去应酬，会带上我。”

徐杺报了一个私人会所的名字，韩朔闻言，挑起了眉。

“那里啊……”

“你知道？”

“我在这儿长大的时候你还在乡下玩泥巴呢。”韩朔说完就抱着徐杺往里走，不打算再继续这个话题，再不睡觉他就要猝死了。

徐杺看他没精打采，也没再追问。

韩朔倒在床上很快就睡着了，睡前还要搂着她不让她离开。徐杺听着他的呼吸和沉稳有力的心跳声，没一会儿也闭上了眼睛。

# 第十一章 故友

终于到了试镜当天。

让所有人都感到意外的是，有一家经纪公司的几位模特在当天同时退出了试镜，在此之前，VG 的负责人也没透露丝毫风声，这让现场的气氛变得尤其紧张，连权当是来陪韩朔的周近和猴子到了场馆也是瑟瑟发抖。

“要是我不小心被选上了，阿朔会不会杀了我？”猴子看着眼前密密麻麻的人，嘀咕了一句。

徐杺笑着看向猴子，下一秒，韩朔一巴掌朝猴子拍了过去：“再说一次？”

四人都笑了，紧张的氛围被缓解不少。

所有人都是提前进场的，时间一到，VG 的负责人准时到场。

现场马上安静了下来，徐杺的目光随着走进来的人来到中央。她回头，却见韩朔的视线直直地落在门边，和周围的人相比显得格格不入。

那道目光如有实质，徐杺随着他的视线向门口看去，只见一男一女低调地站在门后。男人站在女人的侧后方，女人一边听着男人说话，目光平静地扫视现场，仿佛观察，也犹如审视。

女人的相貌和时装杂志上的专访照片相差无几，时间的流逝不仅让她脸上增添皱纹，也增长了无法言说的气质。她的妆容和穿着简约大方，不需要多加修饰，浑身上下都透着一股精心打扮的优雅。

她双手抱臂站在入口处，站在墙体承重柱阴影遮挡的地方。众人的目光几乎都被会场中央负责主持的设计师 Galliano（加利亚诺）吸引，除了韩朔，没有人能在第一时间发现她。

那就是参加这次 VG 试镜的特别评委，Micarelli 女士。

她也是韩朔母亲生前的知己及挚友。

韩朔用从未有过的目光打量着不远处与他母亲年龄相当的女人，如果母亲还活着的话，或许也会是这般模样，保养得当、打扮精致，走在时尚圈的最前沿，永远骄傲，永远让自己活得绚烂多彩。

徐杺伸出手去，在没有人看见的地方轻轻握住了韩朔的手。

韩朔的眸色沉了下去，像最深不见底的湖。

然后，他反握住她的手，两人手心的温度渐渐融合。过了一会儿，两人同时松开。

去吧。

徐杺在心底无声地说。

接下来是属于他的舞台。

经 Galliano 的介绍，试镜一共分为两场。

第一场是男主角第一次为卡瑞兹拍摄的场景，两人第一次见面，男主角就被卡瑞兹天生的气场和镜头感所征服，这也是整部电影中第一个小高潮，需要一出场就将气氛带到高点。

为了挑选出最合适的人选，VG 那边还特意请来了合作多年的摄影师，不仅要看模特们的现场表现，照片效果也会作为挑选的素材之一。

第二场则是卡瑞兹和男主角分别的一幕，也是卡瑞兹为数不多有台词的场景之一。

他们只有五分钟时间看剧本，而且不是为了看台词，而是为了看场景介绍，好展示出最合适的状态去试镜。

准备时间一过，工作人员便上前收回剧本。

徐杺作为陪同助理在场外拿到一份，打开看了起来。

满页的英文叙述徐杺看得毫不费力，编剧的文字功底的确深厚，寥寥几句场景和人物描写就让画面渐渐浮现在眼前。徐杺看着第二场试镜的台词，前后不到十句话，就把卡瑞兹自由的个性烘托出来。

试镜就在这时开始。

因为是公开试镜，工作人员没有清场，被叫到的人要在周围所有人的注视下开始表演。

在场的模特们年纪都不大，但都已经算是身经百战，面对落在自己身上的目光倒不会显得紧张，就是不少人都没有接触过演戏，刚开始的几位表现都略显僵硬。

因为每一个人只有三分钟，所以很快就进行到一半。

周近和猴子的顺序前后挨着，两人心态不错，大概是原本就没抱太大希望，因此一点都没有紧张，随着摄影师的要求摆出不同的动作。

摄影师不停地说着“fine”“smile”，哪怕他已经连续拍了快半小时，高昂的情绪也一点都没有受到影响，仍旧神采奕奕地不停换着角度按下快门。

终于要到韩朔了。

周围的模特们开始窃窃私语，因为最近韩朔可谓是风头正盛，大家都毫不掩饰对他的打量。

韩朔脚步极稳地走到镜头前，摄影师比了一个“OK”的手势，与此同时，韩朔开始动了。

快门声响起来后，周围低声交谈的声音瞬间褪去，大家都情不自禁地盯着场地中央。

显然，韩朔的表现让所有人都感受到了明显的压力。

徐杺把目光从韩朔身上收回来，随后不着痕迹地再次看向门口。

观望了许久的 Micarelli 女士不知何时从阴影中走了出来。她看着和摄影师配合极好的韩朔，双手抱臂，目光意味不明。

三分钟很快结束，摄影师的嗓音明显比之前要高出一个调。

韩朔回来时的表情和准备的时候相差无几，试镜还在继续，三人都没有说话，抱着手臂继续观察接下来的人。

模特和设计师一样，都需要不停地学习和吸收，每一次现场对他们来说都是一次可贵的经验，在观察同行的同时，也让自己做出细致的调整。

第一轮试镜花了足足一个半小时。

到第二轮试镜的时候，让大家惊讶的是，设计师 Galliano 居然亲自上场，作为男主角和试演者对戏。

Galliano 是 VG 首席团队设计师的一员，在圈内地位举足轻重，大家的表情明显没有了刚才第一轮时的轻松。

试镜很快再次开始。

和上一轮一样，模特们一个接一个地走到中间，前后不过十句台词，被一百个人念出来就有一百种感觉，每一个人都凭着只言片语去揣测卡瑞兹到底是一个什么样的人，他们表现或冷淡、或爽朗、或大方。然而徐杺注意到，角落里的 Micarelli 女士自始至终都没有任何表情变化，她观察着每一个表演者的反应。她身后的男人有时候会低声说些什么，她也只是用手指轻轻敲打手背，没有作出任何回应。

周近和猴子也是，两人都没有什么影视方面的天赋和经验，到后来倒是让在场不少人笑出来。

猴子下来之后“嘿嘿”一笑，韩朔这时和他擦肩而过，他走到徐杺身边抱怨道：“太尴尬了，演戏好难。”

周近难得没有和猴子呛声，点头应和：“就是，明明只有十句台词，可和 Galliano 对戏的时候，真的恨不得时间赶紧过。”

说到底，Galliano 并不是一名专业的演员，更多是作为一个审视者站在台上，这不仅不会帮助对手入戏，还会给和他对戏的人徒增压力。

许多下台后的模特都带着埋怨的神色，似乎根本不明白为什么 VG 会让 Galliano 去饰演男主角。

这时，韩朔那边已经开始了。

出乎所有人意料的，他既没有变换表情，也没有刻意摆出姿势，毫不夸张地说，在场的人根本感觉不到他有试图表现出一分演技。摄影师喊开始之前，韩朔懒懒靠在圆柱上，双手抱胸等待，然而当摄影师喊“action”后，他连神态都没有丝毫改变，只是抬眸，直视着 Galliano 的双眼。

那一刻，徐杺在台下居然轻而易举就为这样的他着迷。

Galliano 模仿男主角迷茫的语气念出台词，这是男主角表现出挣扎的部分，在去与留中迟迟做不出抉择。

韩朔听完，忽然嘴角勾起一抹嘲弄的弧度。

这是韩朔自己惯有的一个表情。

一共十句台词，他根本没有丝毫斟酌，完全以自己平日里的语气说出口，就像在和朋友交谈一样自然。

“阿朔……这是在搞什么？”周近看得一脸蒙，小声说，“他这简直是本色出演啊！”

大家也都跟周近一样疑惑。

可只有徐杺，在最初惊讶过后忽然明白过来。

她看到 Micarelli 女士嘴角那抹玩味的弧度，自己也忍不住笑了。

“因为这才是卡瑞兹啊。”

徐杺低声说着，仿佛在自言自语。

这个试镜，主要目的是为了找出最贴近卡瑞兹的模特。

可卡瑞兹是真实存在的吗？

并不是的。

他是一个设定，也是 VG 给予的一个定义，他存在的意义更多是为了代表“超模”这个名词本身。

作为国际一线品牌的代言人，卡瑞兹本身应该充满无限魅力，拥有完美的外表、无法挑剔的身段、从容的气质……而这样的人，必然对自己有着极为强烈的自信，不是依靠强大的天赋和别人的赞美与认可，而是他相信自己就是最好的一个，无人可以替代。

而一个有着强烈自信的人，根本不会努力让自己成为别人，而是认定那个最好的人就是自己。

所以这道题没有正确答案，演员们根本不需要费尽心思去理解和贴近角色，谁把自己当作一个超级名模，谁就能是卡瑞兹。

显然明白这个道理的人并不多，等韩朔结束试镜下台的时候，大家仍然是一脸云里雾里的。只有韩朔和徐杺在人群中不露痕迹地相视一笑。

等韩朔回到人群中，两人再次朝门口看去，Micarelli 女士已经不见了踪影。

试镜第二轮结束后，每个人对于自己能否有希望被选上心里都大概有了底。

不过在他们这一行，被选上或者被筛下来都是家常便饭，越大的机会往往代表越强的竞争，所以大家的神情都还算轻松，结束后互相打着招呼，三三两两地离去了。

当天晚上，韩朔的工作邮箱里收到一封邮件，抬头写着“Micarelli”，内容十分简洁，邀请韩朔明日见面。

韩朔从头到尾看了一遍，抬手打字回复。

他把邮件发出去的时候，徐杺正坐在床头看张檬这一周筛选出来的写字楼地址和资料照片。

韩朔缓缓爬上床，趴在徐杺身上，头枕在她胸前不说话。

徐杺见状停下了工作，低头问他：“要我陪你去吗？”

韩朔闭着眼睛说：“不用，你明天跟张檬去看写字楼，公司选址交给他我不放心。”

他的语气漫不经心，好像并没有多么紧张。徐杺“嗯”了一声后，就把手指插进他的头发里抚摸。两人好半晌都没有说话。

时间一点点过去，正当徐杺以为韩朔要睡着的时候，他却慢慢撑起身来，目光沉沉地看着她。徐杺的手滑下来盖住他的眼睛，把资料放在一边，倾身过去吻住他的唇。

她的吻带着安抚的味道，渐渐地，韩朔把她逼到床头，用柔软的枕头枕着她的后腰。徐杺微微仰起头，承受着男人与平日不同的吻。

直到两人气息凌乱，他才放开她：“明天要是结束得早，我给你打电话。”

听着他微哑的声音，徐杺用手滑过他的鬓角，微微一笑：“好。”

第二天，韩朔提前了半小时到约好的餐厅。这是对方指定的地点，似乎是老字号，开了几十年了，装修风格也一变再变。

韩朔到的时候，Micarelli 女士已经坐在了靠窗的位置上。她妆容依旧精致，穿米白色长裙，肩膀上披着淡绿色丝披。在周围的装修风格的衬托下，她看起来就像外国那些老电影里面典型的西方美人，带着一种别致优雅的古典韵味。

韩朔看了一会儿，才随着侍应生走过去。Micarelli 女士抬头的一刹，韩朔疏离而有礼貌地朝她点头问好，而她如同许久未见的长辈般给了他一个友善的笑容，眼里却丝毫不掩饰探究与打量。

韩朔假装看不见，在她对面落座。

Micarelli 女士向服务员要了一杯拿铁，韩朔要了一杯浓缩咖啡。等服务员离开后，Micarelli 女士看着他，忽然说：“我的挚友当年曾带我来过这家餐厅，不知道过了这么多年，这里的味道会不会有所改变。”

韩朔没有搭话。

他没有露出惊讶或动摇的神情，只是静静地看着她。

“当年就觉得你的母亲是一个很大胆的人，工作、恋爱，天不怕地不怕，让人操心，但又很讨人喜欢，只是没想到……她竟然会大胆到在中国偷偷生下一个孩子。

“真是拿她没办法啊。”

说这些话的时候，Micarelli 女士的表情似乎一瞬间变得柔和下来。她看着韩朔，却像透过他去看着什么地方。他和她的挚友如此相像，那精致的脸型轮廓、饱满的额头、上挑的眼角，还有不笑的时候会让人觉得有些冷漠的神情……看着他，就像看见了当年的那个人。

所以当韩朔出现在视线里时，Micarelli 根本毫不怀疑，他就是那个人的孩子。

Micarelli 觉得很奇妙。

和他面对面的时候，就像在和故友隔着时空进行谈话，她还是鲜艳明媚的，而自己早已在不知不觉间老去，只有两人之间的回忆足够让自己一生缅怀。

徐杺和张檬约好十一点在地铁口碰面。

见面的时候，张檬还纳闷，疑惑地问："你今天一大早去哪儿了？睡到中午再一起出来多好。"

"有点事。"徐杺笑了笑，也没说自己大早上去干了些什么。

张檬见她神色如常，似乎不是什么要紧事，也就没问了。他跟着手机导航出了地铁，第一个写字楼在芳草地，两人走了不到五分钟就到了。

这是个消费比较高的高端商场，环境清静优美，来这儿逛的基本都是些年轻白领，也有不少大学生，商铺不多，办公区占了大半。

写字楼在五层以上，张檬选中的位置在第十三层。

这幢建筑物是一个不规则的蛋形，外墙被铜色玻璃包裹，越往上直径越窄，直到顶部变成一个几何体围合。里头是一个规规矩矩的椭圆形，每一个办公区都像是蜂巢般隔开，从一层正中间往上看，景色尤其壮观。

负责的经理十分热情地为他们做介绍，徐杺翻了翻手上的资料，发现这里的租金要比这个地段的其他写字楼贵很多。

仔细转完一层，张檬深吸一口气，似乎觉得挺满意："我看这里就挺好，又高档又安静，下面商场电影院什么都有，重点是人还少，平时下去买杯咖啡都不用挤。"

徐杺站在围栏边往下看，这里除了屋顶那片玻璃能让阳光洒进来，别的几乎全靠灯光照明。她收回目光，没有说话。

那位经理仔细观察着他们的表情，见徐杺不发表意见，忙补充道："要是你们真的喜欢，价格我们可以详谈，长租的话，我们会有一定的折扣。"

张檬点点头，看向徐杺："怎么样？"

"再看看吧。"

张檬当然没什么意见。

之后两人又跑了两处写字楼，徐杺都没有当场点头。

张檬觉得有点热，后悔没有开车来："还剩三家，下一个去哪儿？"

徐杺看了一眼手机的标注，三个都是现下最热门的商区。

这时，徐杺的手机振动了起来，是韩朔打来的，大概是他那边也结束了。

徐杺接起电话，听见韩朔那头很安静，还有舒缓的钢琴背景音，猜想他应该还在吃饭的餐厅。

"在哪儿？"

徐杺说："准备去双子楼。"

"行。门口见。"

等徐杺挂了电话，张檬贼兮兮地问："老大查岗啊？"

"不是，他待会儿过来，和我们一起看。"

"真黏糊，平时这种事儿他可不会特意过来。"

单身狗一句话说得酸溜溜的。

两人一边聊着，又坐地铁到了双子楼。

这是这两年刚建成不久的大型商区，左右分别是酒店和商城写字楼，建筑外墙被特制玻璃包裹，在阳光折射下熠熠发光，充满了一种具有生命力的科技感，在繁华的车水马龙间宛如一个灵活的巨人。

他们两人都很少来这边，张檬出了地铁站后忍不住感叹道："真气派。”

徐杺看着不远处两幢高耸入云的建筑物，赞同似的点了点头。

两人在门口等了一会儿，韩朔就来了。

碰面的时候，徐杺打量着他，因为太阳毒辣，他鼻梁上还挂了一副墨镜，显得他的五官更加精致，鼻翼更加挺拔。

他今天身上穿的是一件原单黑色牛仔外套，买回来后纽扣被张檬改过，银色金属被无规则锻打后形成个性的切面，随着外套敞开不时反射出亮光，那股慵懒又酷帅的气质引来周围不少女性的注目。

“走。”一走近，韩朔自然而然牵起徐杺的手，不是十指相扣，而是牢牢握住，掌心间没有一点儿空隙。

他一边嫌弃着紫外线，一边迈开长腿往右边一栋走去，显然对这里并不陌生。

周围的人的目光赤裸裸地落在徐杺身上，带着打量、羡慕。

徐杺一路上表情都很平静，走进商场后，她抬起两人的手轻轻摇了摇，无奈道：“这儿很多人。”

她话音刚落，张檬也凑上来酸溜溜地说：“就是！前段时间刚上微博热门，你嫌打粉丝脸不够快吗？”

韩朔没理会张檬，墨镜下的双眼盯着身前的小女人，挑眉问：“不乐意？”

徐杺看着张檬，韩朔也不走了，一副“你要不乐意，我立刻就能松手”的表情，像是等不到回答就不动。

他们就站在门口，进来的人都下意识绕开并打量他们，尤其是女生们的目光更是肆无忌惮。

在余光瞥见似乎有人想要用手机拍照时，徐杺把手重新放了下去：“走吧。”

韩朔冷哼一声，还是不动。徐杺忍住笑意牵住他的手晃了晃，难得像是在撒娇。韩朔这才挑起眉，拉着她走向一旁的电梯。

张檬悄悄走到徐杺身边，低声嘀咕：“就你能忍他那臭脾气。”

徐杺失笑，和那双大而安稳的手紧紧相连。

他们三人一路来到第三十一层，约好的接待经理早早就等在了电梯厅。楼层以电梯为界限分成两边，两块落地玻璃把两个区间完美划分出来。

因为他们本来就是要租下一整层的，所以也没有太纠结，随意选了一边开始往里走。

当走到公共办公区的时候，徐杺微微顿住。

这是一块很大的空间，简单地摆了几张木色办公桌，一眼望去，偌大的落地玻璃窗奢侈地铺遍了整个办公区外围，再往外两三米远就是特制的玻璃层，几乎把所有紫外线都隔绝在外，人就像被裹在一个清透的玻璃房里，把天空的颜色尽收眼底。

“喜欢？”韩朔忽然收紧了手心，仿佛随口问道。

徐杺又看了一会儿，轻轻点头。

之后四人转了一圈，回到电梯口的招待大厅。

韩朔说：“就这儿吧。”

“啊？”张檬闻言愣住，“不多看看？还有两家呢。”

“嗯。”韩朔定下来就懒得再折腾。

“好吧。”

其实张檬也挺喜欢这里的，这个地方比之前看的几个写字楼都更有人气，地段繁华，环境也好，关键是徐杺还喜欢。他和陈华对这些一向不挑剔，当然也就没意见。

在他们商量的过程中，负责经理都没有表现出过多的存在感，只在一些专业的设计角度问题上给予他们对应解答。听到韩朔做决定后，对方也没有露出太意外的表情，只是微笑着点了点头，对韩朔说：“好的。您看是否需要约个时间，我们再详细过一下合同？”

“这周日吧。”

“好的。”经理边说边在平板上记了下来。

这事后面基本由张檬负责，因此张檬也拿出手机把时间记了下来，然后仿佛随口问了一下价格。闻言，经理给出了三个数字，分别是半年、一年和三年的租用金额。

饶是心里有准备，张檬还是在心里暗暗倒吸了一口气。

“太奢侈了！”

张檬抱怨完这一句后就在大厅拉着经理详聊。徐杺则被韩朔拉到向阳面那一边，穿过亮堂的公共区域，一直走到尽头的办公室。

这边有五间办公室，韩朔停下，挑眉问：“喜欢哪间？”

徐杺扫了一眼，心情似乎不错，反问道：“你猜猜看？”

韩朔笑了一声，然后想都没想就牵着她进了右边的第一间办公室。

徐杺的嘴角勾了起来。

此时办公室还没开始布置，所以中间只简单地摆放了一套廉价的办公桌椅当样板。两人来到办公桌前，韩朔稍微用力把徐杺抱上桌面坐着，自己则站在她前面，双手撑在她身侧，双目沉沉地注视她。

“怎么猜出来的？”徐杺笑着问。

她面对着阳光，双脚够不着地面，只能悬空，贴在他腿侧。她攀着他的肩膀，笑得温柔又愉悦。这世上的确有一种人，哪怕骨子里如铁石般坚定，却还是会从里到外散发出柔和的气场，让韩朔总忍不住想一直看下去，不想移开视线。

“你不是喜欢太阳吗？”韩朔意有所指。

这个房间是整层楼采光最好，也是视野最开阔的地方，从这儿往外看，视线范围内几乎没有可以遮挡的高层建筑物，天空一览无遗，整个空间敞亮无比。

说这些话时的他，逆着下午正盛的阳光，在她面前压低眉头，唇畔溢出几分得意的笑。

和阳光一样耀眼。

又和阳光一样温暖。

他了解她所有表情的含义，知晓她的过去，并清楚她的喜好憎恶。只要她心思一动，他就能知道她在想什么。

徐杺双手捧着韩朔的脸，给了他一个奖励和感谢的吻。

安静的空间中，传来唇舌相触的声音。

“那么容易就满足了？”男人含住她的下唇，喘气的尾音性感而撩人，下一秒，他在两人唇间厮磨的间隙中低声说，“再多使点劲儿对我撒娇……这样不管你要再多，我都能给你。”

隔天，徐杺破天荒地睡到了下午两点。

昨晚他们几个在客厅讨论接下来公司装修还有招聘新员工等事宜，一直到凌晨四点才敲定好之后的安排和分工。

张檬和陈华各自准备的两百万已经到账，韩朔请来的咨询师也很尽职，虽然手续各方面有专业的代理处理，但事关公司资产和运营方面的各项事宜都事无巨细地为他们讲解清楚，好让所有人在脑海中都有一个清晰的脉络。

徐杺睁开眼睛的时候，房间内漆黑一片，阳光被厚重的窗帘完全阻隔，空调整夜运作，房间里的味道让人既不舒服又显沉闷。

男人的胸膛就在眼前，韩朔在睡梦中总是会把她抱得很紧，所以徐杺能清楚感觉到自己身上甚至被捂出了一层细汗，难受却踏实。

徐杺小心翼翼地坐起来，一出被窝就打了个冷战。她把空调改了模式，然后进浴室洗了个澡，出来的时候换上了一套略成熟的碎花裙，外面搭了一件米白色花边外套。

她尽量放轻动作出来，却发现男人不知何时已经醒来，睡眼惺忪地靠在床头。他上半身白而劲瘦，腹部的六块腹肌因他躬着身而微微隆起，在昏暗中有种纤细而颓然的性感。

见她打扮得一身清爽，亭亭立在不远处看着自己，韩朔把盖在腰部以下的被子蹬开，坐在床边打量着她。

徐杺走近，手插进他凌乱的头发丝里顺着。

女人盈盈一握的腰上只盖着一层轻薄雪纺，近在咫尺的时候还能闻到柔顺剂的香味。

韩朔看了心痒，用手握住那截细腰，手下的触感让他很满意。

因为刚醒过来，男人本能的反应蠢蠢欲动，韩朔深吸一口气，下一秒把脸埋在她的小腹上，有些烦躁地拱了拱。

徐杺被他这直白的撒娇动作给逗笑了。

下一秒，韩朔不满地在她后腰重重掐了一把。徐杺吃痛地往前缩，手指抚着他的耳郭，温声说："你再睡会儿就起床吃东西，我等会儿就出门了，晚上不知道什么时候回来，别等我。"

韩朔最喜欢她哄人时的语气，透着股理所当然的宠溺。闻言，他的肌肉渐渐放松下来，抱着她的力度也轻了不少。

正当徐杺想着差不多要准备出门的时候，韩朔站了起来，径直进了浴室。

徐杺见他开始拾掇，忍不住跟在他身后问："你今天要出去？"

韩朔准备洗澡，见她站在门口，手盖住她额头往后一推，关门前留下一句："等我十分钟。"

徐杺听着里头传来的水声，不明所以。

徐杺先下楼喂奶宝，这会儿一楼还没人起床，估计是大家昨晚折腾得太晚已经筋疲力尽了。徐杺和奶宝玩了一会儿，然后打开手机给他们定了一个五点到达的外卖，刚付了款，韩朔就下来了。

他的头发只擦了半干，在光线下微闪出好看的光泽。

他穿了一套简单的白T恤配黑裤，脚上踩着运动鞋，难得少年感满满。

韩朔从边柜上拿起车钥匙，徐杺见状猜到了什么，迟疑地问："你送我？"

"嗯，我顺便去找人。"韩朔看到她的表情，顿了顿，"怎么？不敢把我拎出去见人？"

徐杺有点蒙："……你认真的？"

韩朔低哼了声，没马上回答。

过了一会儿，他才说："真的是去找人。"说完，他搂着她的腰往外走。

她好像爱上了这个触感，指尖轻轻点着她的腰侧，直到走到车库开了车锁才放开她。

徐杺只能坐上副驾驶座，扣上安全带。

韩朔挂挡踩油门的模样散发着漫不经心的帅气，他的手腕上没有任何装饰物，腕骨宛如精雕细琢的艺术品，每一寸地方都好看且有力。

他打了一下方向盘，车子驶出前院，往徐杺提到的那个会所开去。

对于徐州平的人际关系，徐杺一直都没有特意去了解过，在这方面她习惯了见招拆招，毕竟过去的场合也不需要做太多准备。

可这次他们要去的会所似乎尤其高级，出入都需要极高的门槛，徐州平嘱咐徐杺到门口了给他打电话，显得比过去每一次都要谨慎。

徐杺猜不出徐州平的用意，只能让自己保持清醒，一路上都在思考徐州平会怎么说服她"回到正轨"。

韩朔把徐杺放到门口，按下车锁。

徐杺下车前问他："你待会儿去哪里？"

"不用你管。"韩朔轻抬了下下巴，"进去吧。"

徐杺看了他一会儿，转身打算下车。

"等会儿。"

徐杺刚停住开车门的动作，身后就响起安全扣松开的声音。男人随即倾身而来，左手扣住她的手腕按在车窗上，下一秒，炽热撩人的气息把她完全覆盖。

徐杺闭上眼，在他舌尖强势探进来的时候轻轻张开唇配合，感觉他今天似乎比以往都要急躁。

从起床到现在，韩朔的胸口就像压了一团火，随着时间的推移，烧得他整个人都在烦躁的边缘徘徊。

徐杺不知道缘由，只是隐约察觉他好像是从知道她今天晚上要和她父亲见面就开始了，也不像在担心，反倒像在别扭。

“嗯……”似乎不满她的分心，韩朔用力吮了一下。

徐杺感受到清晰的痛和麻，意识很快又被卷进这场亲热中。她用另一只手抱着他的脖子，顺着他的头发抚摸，像是依偎，也像是安抚。

韩朔吻了一会儿就松开了。

徐杺见他吃了一嘴口红，轻喘着气无奈地笑了，从包包里拿出湿巾给他仔细擦干净。

等擦完，韩朔抿紧唇，盯着她补好唇妆，才退了回去。

“去吧。”

“嗯。”

徐杺收好口红，下车后站在会所门前给徐州平打了电话。没一会儿徐州平的秘书出来接她，两人进门的时候门口的侍应没有阻拦，徐杺仿佛不经意间转头看向门口，见韩朔的车还停在原地，不知为何还没离开。

“徐小姐？”

秘书在电梯前回头一看，不明所以地唤了她一声。徐杺这才收回视线，和秘书一起上了电梯。

徐州平所在的包间在第三层走廊的尽头，秘书轻轻敲了敲门，有侍应生从里面打开。

徐杺往里看，只见房间里装饰贵重，地板铺的莹玉灰色大理石，天花板上的两盏吊灯照得屋内亮堂堂的，中间一组皮质沙发透出价值不菲的质感。房间里坐了约十二三人，看起来气氛放松而融洽。

徐杺一眼便看到了自己的父亲。

徐州平坐在靠近中间的位置，侧头听着身旁人说话。徐杺一进屋，几乎所有人都停了下来，纷纷看向她。

到底都是些大人物，徐杺感觉不到一丝让人难堪的打量。他们的目光平静地落在她身上，很快就自然移开了。

其中一个和徐州平年纪相仿的男人笑着说道：“老徐，这是你闺女吧？真漂亮啊。”

周围的人闻言也随之附和。

徐州平笑了笑，看向徐杺时表情反倒收敛了些。他朝秘书点点头，秘书低头退了出去，然后他才对徐杺说：“杺杺，怎么不打招呼？”

“叔叔们好。”徐杺的声音让人觉得很舒服。

刚说话的那位见徐州平这样，忍不住笑：“这么严厉干什么？你闺女多乖，我看还是女孩子让人省心，我家那臭小子现在估计才收拾完出门，就是想来蹭个饭。”

原来并不是只有她作为小辈参与。

不过若不是为了迎合别人，徐州平一般也不会在这种场合主动带她出来。

徐州平淡淡地道：“杺杺，来这边。”

徐杺走到父亲身边，刚好有个空位，她轻轻按住裙摆坐下，每一个动作都让人觉得规矩有礼。

不远处有人说：“老徐啊，你这姑娘气质真好，现在还在念书？”

徐州平笑着说：“快大三了，在 A 大学的服装设计。”

“嘿，那真了不得！实习了没？还没打算的话，可以安排到我这儿试试。”

“我家姑娘还差得远呢，还得多学。”虽是这么说，但徐州平还是示意徐杺伸手接过对方递过来的名片。

徐杺接过后不着痕迹地看了眼，上面的名字写着“唐州”，对方经营的是国内一家有名的影视公司，近年来上映的电影有接近百分之四十都是这家公司出品。

听了徐州平的话，唐州收回名片夹，一脸不以为然：“现在的大学生就会念书，读完大学考研又考博，学得没个完。说实话，真的不如早点出来社会见识下，每一个行业都缺新鲜血液，社会经验这种东西就是无价宝。你也别宝贝你闺女不想她出来受苦，难不成我还会让你闺女受委屈吗？”

在座诸位都各有家世背景，互相聊天也跟老朋友一样，可显然这不是徐州平平时深交的圈子，因为徐州平虽然看着随意，但言谈举止却远远没有其他人松弛。都说饭局间的交谈可以看出阶层，徐柲在一些无形的对话和行为中摸到了门槛，知道这里面维持着复杂的上下交叠，徐州平显然是不露痕迹附和的一方。

徐柲借低头喝水的动作掩盖住眸里的漠然，可很快，唐州把话题一转，颇有兴致地问徐柲：“徐柲平时学习怎么样？A 大是不错，就在我那小子母校隔壁，他只比你大三岁，刚毕业。”

徐柲放下水杯，假装听不懂意思，避重就轻地回答：“入校的时候是全校第四，现在不太清楚，学校没有成绩排名。”

“哎哟！第四名！”唐州大声夸奖，似乎是有些意外，“不错，真给你爹长脸！”

徐州平说：“老唐，你可别再打趣我了，学习好都是她应该做到的。我倒是听说你家那位今年在公司实习，做得很不错，子承父业，你更应该高兴才对。”

“是啊！我可算能退休了，他专业也对口，正好等会儿他过来还能和徐柲交个朋友，那浑小子见了漂亮姑娘眼睛都挪不开道！”

“行，我家闺女都没谈过恋爱呢，跟男生相处也害羞，到时候让海川带带她。好久不见，肯定又长帅了。”

徐柲闻言看向父亲，后者没看她，继续和唐州说笑。

听到徐州平这么说，唐州顿时双眼一亮，拍了下手，高兴地说：“可以啊！哎哟，老徐啊，你可真说到我心坎儿里去了！”

徐柲这下终于明白了徐州平的用意。

掌心的名片仿佛在一瞬间变得滚烫无比，身体却截然相反般渐渐冷了下来，在身旁人聊得兴起的时候，徐杺低头把名片放进了包里。

唐海川走进包厢的时候就觉得不对劲了，屋里几乎都是年纪大的长辈，因此徐杺的存在便变得相当显眼，这气氛怎么看都透着股给孩子相亲的意味。

唐州见儿子到了，笑着招手让他过来。唐海川内心感觉自己被爹坑了，但表面上还是那副吊儿郎当的样子。

他才刚坐下就被亲爹拍了下后脑勺："快喊人！"

"徐叔。"唐海川打完招呼，眼睛不受控制地往对面脸色略显苍白的小美人身上瞟，忽然觉得对方有些眼熟。

唐海川从小接触娱乐圈，平常和他混在一起的都是国内地位不错的流量明星。作为唐家未来的接班人，唐海川对圈内的消息远比常人敏锐，他刚毕业就进了他爸的公司开始接管业务也不是没有道理。在唐州看来，自己的儿子天生就适合吃这碗饭，因为唐海川很小的时候就对网络上稍微带点流量的面孔过目不忘，早早就表现出了天赋。

唐海川一直盯着徐杺，心里的雷达使劲搜索，却总是想不起来在哪里见过。

唐州看唐海川盯着人家不说话，心底也乐了，对唐海川说："这是你徐叔的女儿，比你小两届，还是A大高才生呢，学服装设计的。你看看人家，再看看你！"

唐海川闻言，"哦"了一声，朝徐杺伸出手去："失敬失敬，妹妹，叫我海川、川哥都行。"

两位长辈的目光如有实质。

徐杺抿着唇，过了一会儿才伸出手回握住他："叫我徐杺就行。"

听着这个名字，唐海川又走神了，就是觉得很熟悉，好像最近才听过，可怎么都想不起来。他一陷入思考就不自觉地握着徐杺的手忘了松开。

可对于唐海川这显得有些不礼貌的举动，徐州平居然也没有说什么，瞥了一眼就移开了目光，对唐州说：“海川都长大了，长得越来越俊了。”

唐州笑着说：“就是没出息。你瞧，看到你闺女眼睛都挪不开了。”

最后还是徐松自己主动抽回手。

唐海川也不尴尬，绞尽脑汁在想最近微博的圈内热门，隐隐觉得答案快要呼之欲出。

“我就是看着徐松有点眼熟，没有冒犯的意思。”

最后，唐海川放弃了，笑着解释，倒是显得相当实诚。

徐松看着他，漠然的双眸水光凛凛，摇了摇头，表示没有在意。

徐松的脸色实在有些白，全程都没看徐州平，唐海川怎么说现在也算半个人精，观察了下对面父女俩的态度，便猜到了今天大概是怎么一回事。

想不到他也有被自己老子变相安排相亲的一天。

徐松过了一会儿才说：“我们应该是第一次见面。”

唐海川为对方的避重就轻暗笑，点头若无其事道：“我知道，像你这样的美人，我见过就忘不了。”

他们中间隔着两个大人，所以唐海川这样带着调戏的语气很快让唐州竖起眉，瞪了他一眼：“第一次见面给人留点好印象行吗？你看你那流氓样哪儿学来的？”

唐海川为他爹这剃头挑子一头热忍不住在心里苦笑，搞不懂自己这也不是没行情，不至于这么缺德逼着人家姑娘和自己处对象，这么个小美女无依无靠的，让他看了也于心不忍。

徐州平在一旁摆摆手，说：“没事，海川那么能聊才好，我姑娘比较闷，两个人性格互补些更好。”

听徐州平这么说，唐州才笑骂着停下。

这时候旁边几位见唐海川来了，也笑着过来聊天。唐海川心里松了一口气，笑着一一应答。他口头本事随他妈妈，哄得一群长辈眉开眼笑的。

“徐杺啊，要不你坐海川旁边？跟他多学学，女孩子斯文一点没问题，但是也不能老怯场，来来来……”唐州对自己儿子的表现似乎也很满意，他以为这也是唐海川故意在徐杺面前卖弄，说着还挪了下位置，想让两个年轻人坐到一起。

唐海川倒是没什么意见，可他余光一看，哎哟，小美人的脸色都快盖不住了。

不过唐海川觉得徐杺的确长得好看，哪怕他阅人无数，也觉得徐杺冷下脸的样子有种别样的美。

这期间唐州说什么，徐州平都没有反驳，这会儿发现徐杺一动不动，他别有深意地看了徐杺一眼，语气淡淡的，带着警告：“杺杺？”

徐杺在心底深吸一口气。

然而还没等她站起来，唐海川忙笑嘻嘻地坐到了徐杺身边：“别啊，徐叔，女孩子穿裙子不方便，我过去就行。”

唐海川其实没想别的，就是看这么个小美人被她亲爹逼得怪可怜，让人于心不忍。

周围的长辈们见状，都笑着调侃他们。

唐海川却坦然道：“我这是随我爸，对女生要绅士。”

唐州乐得骂了一声：“臭小子！就会贫！”

屋里的人似乎都很高兴，只有徐杺双手交叠放在腿上，双眼看着前方，又似乎谁也没看。她在一片欢声笑语中仿佛独自置身在泥沼，只有她感到痛苦，而周围人仍乐在其中。

徐州平这一招让她感到无力招架，在他眼里，似乎她做的一切都是儿戏，他甚至连和她坐下来好好谈谈的时间都吝啬给予。这种高高在上的俯视感让徐杺感到疲惫，更多的是失望。

就在这时，唐州的秘书突然敲门进来。

不仅唐州的，还有在座的其他几位的秘书也进来了，在各自老板耳边低声说了什么。

唐州听着，突然坐直了些，诧异道："韩总？"

徐州平面露诧异："今天什么日子？"

大家都觉得惊讶，但很快就整理着衣服领带，有几个明显相熟的互相交换着眼神。

唐海川也不知道发生了什么事，只是他很明显感觉到身旁的徐杺好像愣住了。他看过去，只见徐杺愣愣地看着门口，她似乎听到某个字后就开始走神。

五分钟后，门再次被打开，这次是唐州的秘书开的门。

随后进来的男人大约四五十岁的年纪，但是身段高挑挺拔，给人的感觉与年龄截然不符，眼边的细纹让他看上去既儒雅又英俊。他穿着版型很好的 polo 衫，出入这样的场合显得十分随意，却在无形中拔高了原来的门槛，让人清晰感受到了地位的转换。

而徐杺的双眼只落在他身后的年轻男人身上。她似乎听不见其他声音，只看着韩朔。韩朔穿的还是临别前那一套干练简洁的衣服，他也正看着她，目光深邃又炽热。

在看到徐杺的第一眼，韩朔就把手插进了裤兜里。进门的那一刻，她眼中的无助和无措直白而清晰，那种玻璃一样的脆弱感像是一根针刺得他面无表情。她似乎对此刻的自己毫无所觉，只是看着他，眼眶就变得湿润起来。韩朔见状，五指在裤兜里紧握成拳，掌心连着血管，带来一丝隐约的犹如针扎般的阵痛。

韩朔心里疼得想骂人，可看着那样倔强却又仿佛一碰就碎的她，又恨不得立即上前把她塞到怀里，谁也不让看。

他的姑娘受了太多苦，别人不需要学会的成熟隐忍，她反而练得炉火纯青。从相遇的第一眼他就知道，她像渴望生一样渴望爱，让人不忍深究其由，既招人恨，也招人疼。

"韩总？"唐州第一个站起来，笑着面对韩冬溯，"好久不见！大忙人怎么有时间下来招呼我们？"

在座的各位基本人人都称呼对方为“老唐”“老徐”，只有韩冬溯，大家都不约而同地称呼一声“韩总”。

这层身份差距并非凭空而来，韩家上三辈都是国际著名企业家，本就家大业大、根基深厚，后来韩冬溯看准时机进入娱乐圈领域更是占据天时地利人和，获得了至今为止旁人无法复制的成功。如今不仅在国内，甚至包括好莱坞，韩家都有其无法撼动的人脉与资源。

唐州底下的公司再怎么厉害，也远远无法和韩冬溯手握的韩家相比，由全球最大的经纪公司、一线传媒卡卢奇以及全球资源最多的影视公司阳炎联合打造的帝国就像一棵参天大树。

直到现在，阳炎的全球影视资源占有率依然都高高占据榜首，哪怕如今公司的发展路线已经渐渐趋向平稳，但他们依然还是世界影视资源市场的领导者。

韩冬溯平日里的行程很难打听，没想到今日会突然出现在这里，这让在场的人都有些受宠若惊。

徐州平更是诧异，这个会所虽然属于韩氏旗下，平日里用于接待地位很高或者特殊的客人，但徐州平也只在一次接待重要客人时与韩冬溯远远见过，当时韩冬溯特意下来和他们接待的要客聊了两句，并且当天也没待多久，露了个面就离开了。

这是徐州平第二次见到这位传说中的韩总。

还有他身后的少年……

在座所有人的目光都有意无意落在韩朔身上，后者仿佛没有察觉，目光落在徐柲身上，明目张胆，毫不掩饰。

而唐海川看到韩朔的第一眼，心底就是一声惊雷般的震惊，他几乎是立刻就反应了过来。

难怪他会觉得小美人那么眼熟，他平时关注时尚圈没有娱乐圈多，所以一时半会儿真的没有往那方面想，是看到韩朔才如醒醐灌顶般想起那次照片引起的风波。随后，唐海川出了一身冷汗，几乎是下意识地离徐柲远了些。

唐州明显也认出来了韩朔，这位最近风头正盛，名声好坏参半的少年，此刻居然大大咧咧站在韩冬溯身边。他高挑英俊、气质冷然，最要命的是那张脸和从头到脚的气质，明显和韩冬溯有四五分相似。

大家似乎都不约而同地想到了一个可能，诡异地安静下来，静观其变。

谁都没有留意徐杺，因此也没注意到她的肩膀渐渐放松下来。她辛苦维持了几个小时的假象，在看到韩朔的第一眼时开始塌陷，无法挽回般毁灭。一片寂静中，徐杺清楚地听见了自己心里兵荒马乱的声音。

仿佛亲赴战场，周围都是雷鸣炮火声，而她站在原地，面对四周冰冷的恶意，心底居然没有一丝畏惧。

唯一清晰能感受到的，只有那个男人如火般烧灼自己身心的目光。

他在她彷徨无助的时候为她而来。

“哪里。”韩冬溯微微一笑，客套中也带着冷淡，“今天我的孩子难得来看我，想着正好带他下来和各位见一见，毕竟算得上半个同行，以后还请多多照拂他。”

韩冬溯话音刚落，众人都偷偷倒吸了一口气。

他们悄然看向韩朔。

而韩朔在听到韩冬溯的话后收回目光，视线扫了一圈，平静地打了招呼：“你们好。”

这简直比狸猫变太子还要惊悚。

唐州算是在座那么多人当中与韩冬溯关系比较近的一位，可他也从来没有听说过韩冬溯还有个儿子。

这么多年以来，韩冬溯都是一个人，对于合作对象送去的女人也一个都没留在身边过。大家也曾猜测过他是否秘密结婚，把妻子保护得很好。可这么多年也没有让人抓到一丝蛛丝马迹，结果今天突然就蹦出来这么大的一个儿子。

而且……照拂他儿子？韩冬溯的亲生儿子，还需要什么照拂？他跺一跺脚，整个行业都要给他儿子让步。

唐州笑着低声说："……想不到这位居然是韩总的公子……之前韩公子签约 TE 的时候，我们公司还想过挖他过来，可惜没多久他就自己成立新公司了。现在看来倒是我们想太多，韩公子这样的能力放在我们公司才是屈才。"

韩冬溯都没有看韩朔一眼，对唐州说："趁着年轻多做点想做的事情也好，关于他的事，我向来干涉不多，公司也是他自己要做，我并没有参与。"

唐州连忙应和："当然，我家海川也是自己喜欢才做的这一行，现在的孩子都有出息，不一定要靠家里。"

"而且今天那么巧，韩朔的朋友也在。"韩冬溯忽然话音一转，看向徐州平，"徐处长，好久不见。"

徐州平内心一震，在众人的目光中原本下意识要看向韩朔，最后忍住了，看着韩冬溯点头："韩总。"

"名门出贵女，这话真的一点都没错。"韩冬溯把目光缓缓落在徐杺身上，眼神看不出什么变化，可言谈中却尽是显山露水的赞赏，"我的孩子多亏你女儿照顾了，是叫徐杺吧？韩朔都跟我说了。"

闻言，唐海川在一旁滴汗。

这是什么情况？儿子带着爹来给媳妇撑腰？这也太离谱了！

唐海川再次确认自己是被他爹坑了，这简直要比他们圈子里发生的乱糟事还要离谱。

听到这话，徐州平的表情一下子变得微妙起来。

韩冬溯这话让他几乎没有办法接。

这时候徐杺站了起来，她把目光从韩朔身上收回来，直视韩冬溯："韩叔叔，您好。"

女孩子的眼睛又大又亮，哪怕对着自己，眼神都没有惶恐和紧张，相反是安静而柔软的。韩冬溯对她点了点头，对在场的其他人说："突然过来打扰，不希望扰了大家的兴致，就不久留了。徐处长，不知是否方便借一步说话？”

徐州平愣了几秒，最后还是站了起来。

徐杺看着父亲跟着韩冬溯走出门，下一秒原本安安分分站在一旁的韩朔当着一屋大人的面走到她跟前握住了她的手。

徐杺的手很凉，韩朔几乎是立刻皱起了眉，抿紧嘴唇一副要发作的样子。

徐杺马上握紧了他，对他轻轻摇摇头。

韩朔深吸一口气，对着一屋人扔下一句“告辞”，拉着徐杺头也不回地走了出去。

屋内的人这才暗暗松了一口气。他们重新坐了下来，都在各自消化刚才猝不及防扔到他们怀里的这枚炸弹。

唐州拽过唐海川，低声问道：“什么情况？”

唐海川摆摆手，他同样也是身心疲惫，本来想着过来露个脸蹭顿饭，结果还遇上这种事，刚才韩朔落在他身上的目光真的让他惊出一身冷汗：“别问我，爸，我真的被你坑死了……”

韩冬溯在来之前已经跟底下的人吩咐好，他和徐州平出了包厢，没一会儿就被带到另一个空房间。和刚才的包厢相比，这里更像一个茶室，中间立着一扇梨木雕花屏风，屋内点着香，装饰沉稳雅致。

徐州平坐下的时候，看见韩朔牵着徐杺的手走进来。父女两人目光相对，徐杺很快就移开了视线，跟着韩朔在一旁坐下。

韩冬溯看到这一幕什么也没说，等两个孩子在一侧坐好，他才开口：“虽说现在孩子们交往自由，一直以来我对韩朔的干涉也不多，可徐杺是个好姑娘，在这事上总不能随便。我想着既然碰巧在国内，恰好可以和徐处长好好谈一谈孩子们的事。”

徐州平稳着场子，对韩冬溯说：“我对徐杺的交往对象……也没有深入了解，今日我和令郎是第一次见面。”

“我明白，孩子长大了，什么事情都喜欢自己做主，何况感情的事本也不应该交由他人决定。你也别怪徐杺，韩朔以前的确有些不懂事，可他是我儿子，我分得出来他对谁是真心，他很小的时候就是这样，只要认准了一件事就会从一而终，只有这点我不会怀疑。”韩冬溯说话不紧不慢的，比徐州平这个外交官还要沉得住气，每一句话看似公正，细细一读却都是偏袒，“而且据我所知，徐杺现在也在韩朔身边工作，不管于公于私，她对韩朔都有很大的助力，我很感谢她。如果可以，我也希望他们能在双方父母的同意下稳定地交往。

“当然，能不能走到最后都要看缘分，在感情上，我们做家长的给予他们太多压力也没有必要。不过我能答应你，如果将来有一天是韩朔先做出对不起徐杺的事，我会给徐家一个交代。作为交换，我也希望徐处长能相信我的儿子，我觉得，他一定不会让你失望。”

徐州平沉默了很久。

最后，韩朔在父亲的目光中站起来。他看着徐州平，眼神里没有一丝多余的情绪，顺着韩冬溯的话对徐州平说：“我也愿意给您承诺。”

徐杺和父亲在门口分别的时候，韩朔正在韩冬溯的车上说话。

有风吹过，徐州平的沉默被逐渐放大，空气中带着一股显而易见的难堪。

今天发生的一切就像是一把尖刀把这名为“亲人”的假象剥开，韩冬溯的出现让僵局峰回路转，不仅掀开了原生家庭丑恶的面纱，也让徐杺终于不需要再伪装。她不知道这是不是最好的结果，但她仍然在这道清晰的裂痕中感受到了解脱的痛快。

过了不知道多久，徐州平说：“回去吧，你妈妈那里我会跟她说。”

徐杺看着父亲转身的背影，过了一会儿，忽然叫住了他。

徐杺开口，语气显得很平静，没有责怪，也没有难过：“我感激你们，因为你们把我带到这个世界上，所以哪怕你们从未真正地试图理解我，我对你们也没有憎恨。

“可这是最后一次了。虽然这些话很任性，但接下来的路，我不能再为你们妥协，因为我也有了想要做的事，并且以后会拼尽全力去做。过去的我太懦弱，从来没有为了自己而活，可今后的人生我不想再被谁束缚，更不想做让自己后悔的事。

“以后……请让我过属于自己的人生吧。”

最后一句话，徐杺说得很轻，却也很坚定，仿佛在和过去的自己，也是和他们做最后的告别。

等徐州平回头的时候，徐杺已经上了韩冬溯的车，他甚至连她最后表现出来的情绪都没有捕捉到。

直到韩冬溯的车子驶出停车场，徐州平看着车子消失在拐角，才沉默地回到了自己的车上。

韩冬溯的车是长商务车，韩冬溯坐在一头，韩朔和徐杺坐在另一头。

“谢谢您，韩叔叔。”

徐杺坐下来的第一件事就是对韩冬溯表达感谢。

在没有外人的时候，韩冬溯仿佛褪去了身上的距离感，表情变得温和许多，可到底常年身居高位，他总是不自觉散发着一种不怒而威的气场。但徐杺意外地没有感到紧张，或许是因为韩朔当初跟她讲的故事言犹在耳，也或许是他们父子两人比徐杺想象中还要相像，她能察觉到韩冬溯并非外表看上去那么冷淡。

冷漠可以是天生，也可以由孤独造就，徐杺知道，从韩朔的母亲去世后，韩冬溯一直都是独自一人。

韩冬溯看着徐杺微微一笑：“很高兴见到你。”

男人的语气中带着微不可察的安抚：“你已经做得很好，这么多年，辛苦你了。”

徐杺听到这句话的一瞬间微微垂下眼睫。

下一秒，韩朔握紧了她的手：“您别再说了，她哭了遭罪的是我。”

韩冬溯体贴地给了徐杺缓和的空间，她花了很大的力气把翻涌的情绪压下来，途中韩朔一直牵着她。三人都很安静，不说话气氛也不会尴尬。

很快车就开到了他们工作室附近，司机提醒了一声，在路边停靠下来。

这时，韩冬溯才对徐柲说：“徐柲，以后如果遇到什么困难，不管是他的事、公司的事，还是你的事，都可以联系我。不管是作为长辈，还是作为韩朔的父亲，我都乐意帮你，因为你是一个出色的孩子，我希望你们一切都好。”

韩冬溯的语气很温和，在夜里带给人一种笃定的安心。他递给徐柲一张名片，上面是他的私人号码：“韩朔很少会主动联系我，今天却为了你破例，我知道你对他而言一定很重要。要记住，一切的苦难都是暂时的，以后，你们的人生，你们好好走。有你在韩朔身边，我也很放心。”

徐柲伸手接过名片。

好不容易平复下去的情绪因为韩冬溯这番话而变得炽热滚烫，徐柲慢慢平复呼吸，认真且郑重地说：“谢谢您。”

他们在千万人之中相遇，在时间的无涯荒野里，没有早一步，也没有晚一步，一切都是恰好。

于是，他们被捆在了一起，过去的苦痛都变成了成长的养料，让他们可以无须瞻前顾后，往后不管去哪儿都可以结伴而行。

徐柲和韩朔回到别墅的时候，周近和顾邱泽刚结束今天的工作正在客厅打牌。听到开门声一抬头，他们就看到韩朔沉着脸拉着徐柲上楼，好像都没看到他们一样。

周近愣着出了一张牌，喃喃自语：“怎么了这是？吵架了？”

顾邱泽低头看牌，一点都没担心：“玩咱们自己的！一个单身狗还操心人家两口子，闲得你！”

回到房间，韩朔把徐柲径直带去洗手间，自己进去拿走了毛巾，然后去衣柜找了一套衣服，对徐柲说：“先洗个澡。”

他语气不大好，徐杺知道他心里有火。

和韩朔相处的这些时日，徐杺其实已经习惯了去观察他，她也了解他，隐隐明白他为什么生气。但她并没有感到紧张，反而是心里有一块慢慢软了下来，像是燕雀回到了自己的巢，从今天他出现的那刻起，她就有了前所未有的安心。

韩朔说："我去楼下洗。"

徐杺没有动，抬眼看着他。

韩朔被她那双还未褪红的眼睛看着，抱着胳膊故意问："怎么？要一起洗？"

徐杺这才撇过头去。

韩朔冷哼一声，头也不回地走了，重重地关上门。

徐杺站了一会儿，揉揉眼睛，忽然轻轻一笑。

她从衣柜里翻出一套干净的衣服，走进浴室淋浴区。

把温度调到比平时要高一点，徐杺在热水下抱着自己，感觉到体温正慢慢回笼。高温加速了血液循环，鼓噪的心跳声占据了思考的空间，她放空着自己，慢慢体味着这份来之不易的自由。

洗完澡，徐杺穿上宽松的一字睡裙，在浴室吹干头发，收拾完就看见韩朔穿着睡袍坐在床上等她。他长而有力的双腿交叠伸展，看到她出来后眼里像氤开了一片浓墨，眸色深不见底。

徐杺走到他面前，捧着他的脸微微弯腰亲吻他的眉心。她的唇因为沐浴而变得湿热，留下一个清晰而湿润的触感。

韩朔抬手搂住她的腰，把人牢牢掌控在怀中，他浑身冷厉的气场在这个吻下化开得一点都不剩。他不愿意承认，于是惩罚性地掐了她一把，沉声道："你以为这样我就不生气了？"

徐杺闻言勾起唇，明知故问："气什么？"

她今晚和平时都不同，笑意直达眼底，散发着毫无防备的气息，她洗掉了疲惫的同时仿佛也卸下了盔甲，露出了那个真正柔软且毫无保留的自己。

韩朔把这样的她拥紧，目光紧紧攥住她的表情，贪婪地要把这样的她全部占为己有。他忽然把她压到被褥里，徐杺猝不及防，纤细的双腿在跌倒的时候碰撞交叠,映着深色床单,像两道细细的月光,白得晃眼。

韩朔逮着她的下巴，低着头重重地吻她，像在惩罚她坏心思的戏弄。

他的手掌顺着那片滑腻往上，抚摸过的地方就像荒火燎原。

徐杺吻着吻着感觉腰间一紧，她被翻过了身，松垮的睡裙在动作间层层堆叠起来，已然起不到任何遮挡效果。她的长发散乱着盖住脸，韩朔见状边吻着她，边把她的头发拨到一边，用另一只手把裙子脱掉，低头去寻找她的文身。

徐杺没有反抗，她细细地喘息着，趴在那里不说话。

韩朔也没有说话。

他忽然停了下来，看着她雪白背脊上新添的文身。

不知何时，原本只有一边的翅膀变成了一对，一样的颜色，一样的样式，不同的是左边的更崭新也更完整，线条流畅有力，仿佛下一秒就能振翅高飞。

韩朔一直盯着那块看，直到徐杺的呼吸渐渐平稳，他才用手指抚上那道新文的翅膀，仿佛不经意地问："什么时候文的？"

"昨天上午。"

就是去和张檬会合之前。

刚文的线条，周围的皮肤还红肿着，经不起碰，韩朔的手指每一次抚过都会引起徐杺一阵战栗，说不清是麻还是疼。

韩朔就贴着她，她每一个反应都逃不过他。见状，韩朔俯下身，嘴唇轻轻贴上发红的部分，问道："这次疼吗？"

"不疼。"

下一秒，男人重重地往新文的那块地方咬上去。他还是没有留情，没一会儿就在那个图案上留下了一个深深的牙印。

徐杺下意识绷紧全身，吃痛地蜷缩起来。

“疼吗？”

韩朔平静地又问了一遍。

徐杺的身体在他身下止不住地轻颤，他们紧贴在一起，他说话时喷洒的气息透过薄薄的皮肉直通心脏，连同他给予的疼痛肆意彰显着存在感，好像灵魂都能为之一震。

“……疼。”

闻言，韩朔这才满意。

看到这个文身时，韩朔脑子里其实什么想法都没了。在此之前，他的生气是真的，心疼也是。

可仔细一想，她不就是这样的吗？

坚硬又易碎，强韧又温柔。

她会在与他人抗争时挺直脊梁，哪怕是一点破绽也不示于人前，忽明忽暗，因此总显得冷漠而虚伪。可此时她在自己身下，又柔软得像一捧雪，像一朵被摧折后的玫瑰，收起了浑身的冰冷和软刺，纵容他为所欲为。

她的存在挠中了男人最致命的地方，尤其是韩朔这样性格恶劣的坏男人，让他想弄坏她，也想把她罩在玻璃罩里谁也不让碰，只能由自己欣赏。这种占有欲很病态，可这其中也有她的责任，她明知自己在引诱猛兽，却又次次明知故犯。

尤其是今晚，从那个吻开始，她的顺从就明明白白写着诱惑。她把自己当作了奖励，因为他解开了她的锁链，还给了她自由。

她要给，韩朔当然会要，他从来不是什么君子，更不是好人。

韩朔伸手彻底把她解放出来，最后的遮挡物被无情丢在床下，她躺在那里，从后颈到脚指头都是一片细腻柔软的白色，像极了月光洒在床上，圣洁而美丽，唯独文身的地方被沾染，反倒激发人的破坏欲。

韩朔把她翻了过来，目光中蕴含让人战栗的力道，里面写满了索要。

徐杺睁开眼，在自己如雷的心跳声中，她看见韩朔坐直了身，随手拉开睡袍。

如同文艺电影里的慢镜头，男人颀长的身躯在灯下缓缓展现。他是上帝偏心的艺术品，不仅极具美感，也蕴含力量，身材比例完美，能给人带来强烈的视觉冲击。

徐杺想起曾经有一位老师说过，真正的美是直白有力的，她觉得应该就是韩朔这样。她渐渐看得入迷，最初的紧张也在韩朔的目光下消融成水。

韩朔弯腰抱住她。男人沐浴过后身上散发着清爽的味道，徐杺贪恋地搂着他的脖子，心里奇异地泛上一种名为“踏实”的感觉。

徐杺觉得他们就像连体婴，从头到脚每一寸肌肤都无比契合，连渗出的汗水都像黏合剂，恨不得告诉全世界，从今天起，他们就是彼此最亲密的人。

他们在夜色下相拥纠缠，不知道过了多久，窗外漆黑一片，周围万籁俱寂，韩朔才停了下来。

身体还沉溺在欲望中的男人有种无法形容的性感，他的双眼像黑曜石一样明亮，连同身上的汗水在光下也显得晶莹剔透。

徐杺原本已经筋疲力尽，但见到这样的他总忍不住想要贴紧，她这时候离不开他，恨不得长在他身上。

韩朔抱着筋疲力尽的她坐到床边，抽走床单丢在洗衣篓里。

徐杺抱着韩朔的脖子，韩朔动作幅度稍微大点她就会不适地皱眉。

韩朔见状低头问道：“洗？还是睡？”

徐杺闻言，皱着眉头动了动腿。

韩朔明白了，把她抱到浴室，两人一起泡了个澡。快泡完的时候，韩朔出去铺床单，徐杺靠在浴缸里昏昏欲睡，连手指都不想动。

过了一会儿，韩朔拾掇完回来，把她抱起来擦干，潦草地为两人套上睡衣，然后搂着人上床睡觉。

发泄完精力的男人刚倒在床上就睡得死沉，徐杺被他抱在怀里，鼻翼间都是他的味道。他的身体像火炉一样散发着热度，又无意识地把半边身子都压在了她身上，仿佛大型动物的一种圈占行为。

徐杺才刚洗完澡就被煨出了一身细汗。

但徐杺并没有不满，相反，她在这份占有欲中感觉到了前所未有的安心，很快就沉沉睡去。

第二天，徐杺起床的时候，发现室内伸手不见五指，窗帘把阳光挡了个严实，屋内安静得仿佛另一个世界，除了身前的男人可以被清晰感受，其余的感官都变得迟钝。徐杺后知后觉地感觉到了饥饿，还有肌肉酸痛。

徐杺偏头吻了吻正在睡的人的额角，小心翼翼地坐起来。要是她没有记错，他们今天都有工作。

徐杺在黑暗中找着自己的手机，不可控制地发出细微动静。

韩朔醒来后第一眼看到的就是女人的脊背，在微弱的手机屏幕光线下衬得轮廓明显。她很瘦，但不是干瘦，而是身段匀称柔韧，脊梁的弧度很漂亮，流畅的线条下是两个深陷的腰窝。

找到手机后，徐杺低头找拖鞋，随着她微微弯腰的动作，她的好身材更是一览无余。

韩朔的目光在她背上游走，那里全都是痕迹，咬痕、指痕……最严重的地方就是文身和腰窝处，在微弱的光线下都能看出明显的泛红，显得十分可怜。

徐杺刚想起身，一只大手就勾住她的腰把她往后带向床铺。男人的唇印在后背，带着纵情以后的慵懒，哑声问道：“几点了？”

“九点。”徐杺按住他作乱的手，提醒道，“快迟到了。”

她的嗓子还哑着，语气倒是冷静。

韩朔忍不住狠狠嘬了她一口，随即在她吃痛的低呼中坐起来，抱着她进浴室洗漱。

他们昨晚一到家就上楼了，并且一晚上没再下来，楼下的人都多多少少猜得出是怎么回事。这会儿见他们早饭时间姗姗来迟，一群单身狗都在心里“呸”了一声，埋下头，拒绝看这一对大清早发狗粮。

韩朔坐下后踹了顾邱泽一脚，顾邱泽没来得及反应，膝盖被踢中，手里一勺粥差点没捅到鼻子里：“干吗？”

韩朔等陈姨给他倒完粥，冷冷地对顾邱泽说：“我养着你是来白吃干饭的？”

“我也没在吃饭啊……”

片刻后，顾邱泽被韩朔盯得心里发毛，举手投降：“摄影棚在弄了，这不是还在等设计师出图吗？人我也面试了几个，你最后过一眼，要没问题就直接让他们上班。”

新公司的各项筹备工作正在紧锣密鼓进行，韩朔给每个人都安排了工作，摄影这部分当时全都交给了顾邱泽，他在公司挂的好歹是总监头衔，韩朔烦他总是不报进度，当着众人的面儿给他提个醒。

其实顾邱泽工作量比想象中大许多，这阵子他也一直在跟进，就是他还没习惯总是管这管那的，韩朔问了他才想起来报告下，大家伙儿才都知道他有在好好干活儿。

眼看着审核结果这几天该下来了，公司的装修也快完成，到时候软装一进场，新的办公室就可以正式投入使用，大家心里都很期待。

听顾邱泽这么说，张檬和陈华也随口汇报了自己这边的进度——设计师他们这阵子面试了几十个，最后定下五六个不错的。至于其他部门，张檬也面试了一些，都等着韩朔有空的时候去亲自面试一轮，没什么问题就可以安排就职了。

闻言，韩朔眼也不抬，对张檬说：“法务团队我有熟人帮忙，暂时不用管，公司的总账你俩要学会自己看，财务管小不管大。我这边也有靠谱的人，到时候推荐给你，你约个时间和他们都聊聊。至于其他的，让徐杺去面试，定好了告诉我一声就行。”

他最近没那个闲工夫，他得赶在试镜结果出来前把行程都往前赶。

众人默默看向徐杺。

这好歹是公司核心部门的面试，韩朔居然这么轻易就甩手交给她，这简直就是老板娘的待遇。

徐杺面不改色地喝着粥，闻言“嗯”了一声，表示自己知道了。

他们连沉溺在结合的亲密感上的时间都没有，很快就投入到各自的忙碌中。

没过多久，韩朔收到了VG试镜通过的邮件，公司的审核批复也下来了，对工作室众人来说简直是双喜临门。

官网正式开始搭建，徐杺和陈华也在筛选多日后终于敲定了线下铺面的选址，之后又马不停蹄地投入到与设计团队的磨合中去。

张檬和陈华倒还好，徐杺的时间比其他人更难分配，只能利用课业以外的时间见缝插针地参与。尤其是公司落成后，她每天的时间都几乎排得满满当当，不是在上课就是在公司出方案，基本只有在晚上休息的时候才能和韩朔碰上一面。

终于在大半个月后的某日清早，韩朔忍无可忍，把一大早想要偷偷起床的某人压在床上，咬着她肩膀恨恨地说：“你怎么吃完就跑，连个五星评价都没有？”

素了很长时间终于吃到肉的男人再次被强行戒荤，不满都写在了脸上。

徐杺今天还要去面料厂视察，这会儿被压着起不来床，她下意识地够到手机看了一眼时间。韩朔最近和VG那边过合同，进度也很顺利，今天上午难得没事，见状便把她的手抓回来，手机扔在一边，埋头在她颈侧，夺回了她的注意力。

徐杺抚着他的脸，一开始还能顺从地配合，没一会儿就被他带进快感的旋涡中，被情欲攫咬着，再也没有心思思考别的事。

那天出门，徐杺比约好的时间晚了接近一个小时，张檬和陈华也识趣，反正也不是要紧事，都没有上楼催她。

幸好之后没多久，徐杺的课就陆续结了，她的期末作业还被各个专业的老师打了相当高的分数。

不用再兼顾学校那边后，徐杺的忙碌得到了些微缓解，各部门度过了刚开始的连轴转适应期，很快也进入了井然有序的规律运转。

# 第十二章 沉沦

六月二十一日，夏至当天。

Wind 男装在国内的第一家实体店在望京开业，与此同时，官网也同步上线。

作为第一季度也是第一批推出的新品，Wind 的产品呈现出了相当大的诚意，不仅设计精湛迅速出圈，质量在国内同等价位的个人设计师品牌中也是十分上乘的。不管是实体店还是官网，开业的第一天都迅速爆满，实体店内更是在开店之前就排起了长队，后来甚至安排了分流队伍，不少粉丝和博主都慕名前来。

过后没多久，有人发现实体店和官网首页播放的宣传片质量也非常高，有人把原片扒出来放到网上，很快就受到了大量转发。

圈内人称这个视频就是时尚圈广告教科书。顾邱泽经过了一段时间的磨砺，技术方面有了明显进步，有熟悉他风格的人都不敢相信这个短片居然是他导的，让人意想不到。

顾邱泽后来在一片夸奖声中转发了一个时尚圈大 V 的视频分析微博，随后《蓝秀》的现任设计总监用自己的个人号加入了转发队伍，连带着圈内其他大 V 也纷纷转发。

当天晚上八点，徐杺看了官网最后的成交数额，再打电话给在实体店那边坐镇一天的张檬确认。挂了电话后，她笑着对办公室翘首以待的一群人说出一个具体数字。

大家在短暂的安静后忽然爆发出一阵欢呼。

韩朔当时就坐在最后面一张办公桌上，和徐杺隔了七八米远，他们在人群中四目相对，好像都早已预料到结果，在短暂的目光交会中相视一笑。

这是他们倾注了信念和精力的第一仗，赢得那么漂亮。

这个团队如此年轻，所有人仿佛都有着无穷的精力。

他们要大声呐喊，把所有的热情都砸在自己所热爱的事业上，仅仅是为了单纯的胜利，他们就能倾尽全力。

七月初，VG 注资筹备的电影在巴黎正式开机。

电影最后定下的名字叫《Zoolander》，中文翻译过来就是《超级名模》，主要是从一个摄影师的视角去讲述超模的起步到辉煌。

开机地点在意大利 VG 总部大楼，因为电影里会重现许多 VG 公司当年的经典场面，为了对比和纪念，VG 此次还安排了摄影师全程跟拍制作纪录片，到时候会在电影上线后在国外最大的流媒平台免费播出。

开机当日，连已经许久不在媒体前露面的 Micarelli 女士也简装出席，她和 VG 现任首席设计师，以及电影导演 Stiller 一起面对着媒体，身旁两侧是整个主角团队。

韩朔作为电影里唯一一位华人演员，在过程中受到了许多瞩目与提问。

比起斯嘉丽的侃侃而谈，韩朔的回应则显得低调许多，部分尖锐的问题更是被他四两拨千斤地简单带过，外国记者们并没有在他身上讨到丝毫便宜。

他们在面对记者的时候，徐杺就站在人群前排看着他。

这次韩朔出国只带了她一个，张檬有问过需不需要另外带一个助理，也被韩朔拒绝了。这次拍摄时间并不长，人多了反而麻烦。

忽然，肩膀被轻轻一拍，徐杺转过头去，见到来人，表情有些意外:

“你怎么来了？”

居然是许峰。

大热的天，他穿着薄款牛仔外套，头上戴着鸭舌帽，鼻梁上架着一副足以遮掉他半张脸的墨镜，几乎称得上全副武装。

许峰微微弯了弯腰，好让自己不那么显眼：“有工作。”

徐杺想起来了：“AMN 的秀？”

“嗯。”

“你最近发展得不错。”

徐杺这话说得衷心，许峰也勾起唇看着不远处的韩朔：“你们也是。”

徐杺微微一笑，没有评论。

许峰低头看了看她，忽然说：“你还是和第一次见面时一样，老跟在他身边。”

徐杺失笑：“是吗？”

“嗯，简直是鞍前马后，眼睛也只围着他转，只要他在，你准看不见别人。”

徐杺看向他，不懂他忽然说这些是什么意思。

许峰戴着墨镜，徐杺从他的神情中察觉不到一丝异样。他也没有避开她的目光，缓缓开口：“有时候我还挺羡慕他的。”

许峰的话让徐杺忽然想起最近网上那些关于许峰所在的经纪公司一些不好的传闻，她在那一刻似乎明白了他的来意，对他说：“要是有什么需要帮忙的，尽管开口。”

许峰闻言笑出声。

“有劳挂心了。”许峰弯久了腰也累，这会儿站直了些，舒展了下腰，半真不假地说，“其实我还想再努力一下，就是不知道如果我真的想换地儿了，你们那里有没有我的位置。”

徐杺回道：“只要你愿意来。”

许峰开玩笑：“到时候你也会为我这么鞍前马后？”

“要时时刻刻，恐怕不行。”徐杺微微一笑，指了指不远处看向这边的某人，“毕竟这么一个已经够我忙的了。

“我能向你保证的是，我们公司是一个适合你发展的地方，比起上司下属，我们更希望把每个人当作自己的同伴。”

徐杺知道现在国内许多经纪公司表面看着光鲜，实则背地里把模特们当劳动力压榨，尤其是一些刚入行的底层模特，大多都是受害者。

许峰笑意更深了：“我会认真考虑。”

在韩朔走过来的时候，许峰已经离开了，他本来就是利用空闲时间过来看看。

“他来干什么？”韩朔问道。

徐杺跟他说了刚刚的事。

谁知道，韩朔听完一脸似笑非笑地看着她：“还真的是老板娘了，这么大的事也能替我做主。”

周围有人随着韩朔看向他们这边，徐杺无视了他的调侃，低头看了看时间：“还有多久结束？”

“不知道，大概半个小时吧。”

徐杺点了点头：“那我去逛逛，给你选几件新衣服。”

“等我半小时。”

“你要待在这里，不要任性。”徐杺在周围人看不见的角度捏了捏他的手，安抚住一脸不满的男人，转身离开人群。

这是徐杺第二次来意大利，她记忆力很好，很快就在附近找到了她曾去过的几家原创品牌成衣店。

现在正是各家上新款的时候，徐杺目不暇接，挑得认真入迷。

一圈逛下来收获颇丰，徐杺不仅给韩朔买了一些夏装，还给公司其他模特挑了一些符合他们身形气质的衣服，边看还不忘边思考许峰签约 Wind 的可能性。

如今公司里除了韩朔，以周近为首的其他几个模特都是风格比较感性的类型，他们做事随性，也重感情，对于未来的发展规划基本都是韩朔说什么他们做什么，但许峰不一样。

许峰温和，却又理性，做什么事之前心底都要有所打算，现在他们公司刚步上正轨，正需要有许峰这样的人在韩朔身边帮忙。其他人甚至包括自己，终究还是受专业所限，对这个行业做不到知根知底，因此如今很多事韩朔都只能自己决定，连个能商量的人都没有。

徐杺心下有了打算，挑衣服的时候也不知不觉给许峰也挑了几件。最后结账的时候，许峰的那一份徐杺刷的是自己的卡，其他的则是刷了韩朔给的公卡。

徐杺拎着大包小包回到酒店，先洗了个澡，然后坐在床上处理堆积的邮件，没多久韩朔就回来了。

看到地上垒着的一大堆购物袋，韩朔挑眉："大丰收啊。"

然后，他踢了踢其中几个袋子，语气意味不明："这是给许峰的？"

徐杺也不意外他的敏锐："嗯。"

韩朔弯腰，看了一眼单据。

看完后，他把单据丢到一边，把正在专心回邮件的女人压倒在被褥上。

徐杺的睡袍在过程中滑落，韩朔不满地咬住她的肩头，留下一个清晰的牙印："你为什么要给他买衣服？"

徐杺刚洗完澡就被他啃得肩膀都是口水，边躲边说："许峰最近和他的签约公司似乎闹得很不愉快，之前网上就有传闻他们公司对模特待遇很差。"

"所以呢？"

"条件允许的话，我觉得他加入我们的可能性很大。"

"啧。"

"你之前不也有打算扩充队伍吗？我觉得许峰很合适。"徐杺努力跟韩朔解释了一番，把自己思考后的结论告诉他。

韩朔埋首在她胸前，也不知道有没有听进去，全程漫不经心地把玩着她。

讲到后面，徐杺被他弄得气息不稳，边喘着气边问：“……别……嗯？你到底怎么想？”

韩朔沉溺在徐杺的气息中，她刚沐浴完，皮肤清爽微凉，闻着还有一股椰香。他闭着眼，声音在睡袍里显得有些闷闷的：“再说吧。”

他这么说，证明他听进去了，徐杺也不再说了。

她到底不能代替韩朔决定这方面的事，韩朔对于公司的风格和发展路线都有他自己的要求，她能做的只有把她的一些建议和想法说出来，让他去思考是否可行。

下午剧组转移到了外景地，布置好之后准备开始第一轮拍摄。

今天没有韩朔的戏份，他的第一场戏在明天下午，但是作为电影的关键人物，又是没有拍戏经验的新人，他还是和徐杺一起去了现场观摩。

Micarelli 女士也在，韩朔和徐杺到外景地的时候，她正抱着手臂站在一旁。今天是她在巴黎的最后一天，晚上 VG 会为这次开机举办一个小型晚宴，Micarelli 参加完晚上的活动后，明早就会搭乘早班机前往葡萄牙。

见到韩朔，Micarelli 女士朝他点了点头。

出于礼貌，韩朔和徐杺也走上前去打招呼。

Micarelli 女士笑着问韩朔：“你的女朋友？”

“是的。”

“你们很般配。”

徐杺笑了笑，见他们聊起来，便看向拍摄地的方向，体贴地不去打扰他们。

在旁人看来，这一幕着实有些诡异，大家都不解 Micarelli 女士为什么会突然和韩朔这般亲近。但目光中心的两人却丝毫没有在意，甚至后面聊到韩朔在国内成立公司和设立自己的原创品牌时，Micarelli 女士还给了他们不少建议。

“今晚的聚餐，Circe 也一起来吧。”

原本今晚被邀请的只有圈内人，作为助理，徐杺按理说不该出席。

但 Micarelli 发了话，意思就是徐杺可以不必作为助理，而是作为韩朔的女伴同行。

Micarelli 女士走了之后，韩朔唇畔得意的笑容很明显：“她对你很满意。”

“没有的事。”

“Micarelli 虽然看起来很和善，但她对设计的要求一向严苛，近几年 VG 的年轻设计师被她逼走的没有一百也有八十，女魔头的称号不是浪得虚名。”

徐杺的确有听说过这方面的传言：“我以为只是传言。”

“当然不是。”韩朔斜了她一眼，“像 Carl、Luke 这几个同期分散在一些二线服装品牌的设计师，当初都是从 VG 退下去的，他们都曾经是 Micarelli 带的新人设计师，这在圈内不是秘密。”

这些年韩朔一直相当关注 VG 的消息，他也有自己的渠道辨证这些消息的真伪。

但徐杺还是说：“我们现在毕竟不是在工作上有所合作，哪怕她此刻承认我的天赋，也未必代表她会满意我工作时的态度和能力，毕竟这个领域从不缺少天才。”

听着徐杺的话，韩朔看着前方，忽然笑了：“就算到了那时候，她也一定会对你满意的。”

“嗯？”

“因为我也很挑剔，但我对你没有过不满意。”

意大利的风连吹起来都是安静而温柔的，吹过耳畔就像情人在低喃。

徐杺的耳朵有点热。

不知道为什么，韩朔对她的肯定，比他平日里偶尔脱口而出的情话更让她感到心动。

回到酒店后，徐杺换上了韩朔送她的那条 Luisa Beccaria 的连衣裙。她猜测到来意大利会有这样的场合，为了以防万一，她就把这条裙子带上了，在这样不算太隆重却又需要重视的场合穿正好。

徐杺换裙子的时候，韩朔就躺在床上撑着头看她。看着她背对着自己熟练地贴上胸贴，再从下往上拉起裙子，调整腰部的时候，她的手像藤蔓一样灵活地顺着腰侧伸向背后，手臂又细又白，像羊奶膏。

调整好后，她坐到梳妆镜前给自己绾头发，手捧着长发往上梳，背上的文身因此毫无遮掩地暴露在空气中，背部的骨骼和肌肉随着她的动作牵引出精致的棱角，无形中散发出撩人的性感。

徐杺束好头发，插上水晶发卡。因为晚宴并不隆重，所以徐杺把头发微微拨散了一些，让气质显得更放松慵懒。

感觉到背后的目光如有实质，徐杺忍不住在镜中睨了他一眼，出声提醒："你该换衣服了。"

闻言，韩朔这才舔着唇坐起来，径直走到她背后，趁她还没有涂口红，先重重地吻了她。

舌头似压抑已久的兽，卷进对方柔软温热的口腔，他在和徐杺的交往中学到了一件事，就是有的欲求忍耐得越久，品尝起来便越美味。在不知不觉间，他戒掉了过去的狼吞虎咽，变得学会了更沉浸且更耐心地去品尝。

徐杺一手按住他俯下的肩膀，闭上眼睛无奈又顺从地承受着，然后在他的再三索要下艰难地往后仰，从唇缝中吐出几个含混不清的字："好了……"

她的双颊因为这个深吻而泛起红晕，双眸带水。

男人解了渴，这才松开她，回到床边脱下上衣，拿起她给自己挑选的衬衣。

等韩朔换好衣服，徐杺才开始涂口红。她有意把今天的妆容压淡，气色只靠唇色就提了起来。

徐杺站起身，确认没问题了，才走到韩朔身前熟练地给他整理领口。

因为选的是休闲西装，徐杺没有给他搭配领带，内衬是 VG 上个月推出的新款蓝白衬衣。徐杺把下摆规整地掖在他细窄的腰间，让他在身形和比例上的优势瞬间展露出来，却不显得刻意和古板。

晚宴在他们住的酒店举办，他们到楼下餐厅时，气氛正热闹。

“哇！ Ethan，Circe，你们好般配！”斯嘉丽调皮地眨眨眼，对徐杺说，“亲爱的，你的嘴唇肿了。”

徐杺淡笑，只当听见了她的前半句话，面不改色地说了句“谢谢”。

斯嘉丽大笑：“快过来，趁开席前还可以玩两把。Downey 赢了我们好多，大家都在联合起来对付他。”

VG 为了庆祝开机，今晚花了大手笔，请了乐队在旁演奏，中间还摆了香槟塔。再看会场里，牌桌、斯诺克应有尽有，众人穿着打扮都十分艳丽，神情却很放松。

斯嘉丽是和谁都能相处得好的类型，她和徐杺虽然只见过几次，但她十分自来熟，很快就把徐杺当作了自己的朋友。她往徐杺手里塞了一杯香槟，然后挽着徐杺的另一只手来到了斯诺克球桌旁。

电影的主创们都在，男主角 Downey 如今三十三岁，正是欧洲男人最有魅力的年龄。他一手稳稳拿着球杆，一双带电的桃花眼毫不吝啬地往这边送来一个 wink。

徐杺也不拘谨，笑着和他们打招呼。

韩朔在她们身后跟过来。

“嘿！看我又拉来两个盟友！”斯嘉丽兴奋地大喊，大红色束胸长裙使她看起来像一只娇艳的蝴蝶。

韩朔这时候在她身后用英文补充：“是一个。”

徐杺苦笑着看向斯嘉丽，解释道："我不会。"

"那你还被她捉过来？"韩朔冷哼一声，想要伸手把自己的女人捞回来，却被斯嘉丽挡住了。

斯嘉丽摇摇手指："Couple 之中要派出一个代表参加，我都听说了，Ethan 你很会玩这个。"

"所以？"徐杺不解。

"你不参加的话只能让 Circe 上，难道你想让 Circe 在大家面前出糗吗？"斯嘉丽侧过脸，用不大不小的声音对徐杺说"悄悄话"，"他一点都不在乎你！"

徐杺哭笑不得。

这时，Downey 险险失手，大家立刻喊斯嘉丽上去。斯嘉丽也急了，瞪大眼睛问他俩："所以你们两个，谁来？"

徐杺看向韩朔。

后者挑眉，等着她开口。

"……你去吧，我真的不会。"徐杺小声说。

韩朔笑了一声，放下香槟，把外套脱了下来放在她手里，然后慢悠悠地把衬衣袖子挽到手肘处。

以斯嘉丽为首的女演员们开始尖叫，因为韩朔做起这些动作来有一种毫不卖弄的性感，他似乎太明白自己的魅力所在，反倒做得随意。

他接过球杆，走到徐杺面前的时候很自然地弯下腰，用周围人都能听见的声量说："Lucky kiss（幸运吻）。"

徐杺抿唇，抬起头轻轻在他嘴角碰了一下。

斯嘉丽在一旁看得"啧啧"出声，身旁的尖叫声中开始多了几分起哄。

Downey 吹了个口哨，然后对韩朔作出一个"请"的动作。

徐杺和围观的人一起站在一旁。韩朔神态放松，看了桌上一圈，然后找到一个位置，弯下腰去。

衬衣因他的动作绷出一条流畅的直线，他的小臂微微收紧，下一秒，手里的球杆一动，蓝球一杆入洞。

韩朔的思路似乎十分清晰，因为球桌上的彩球剩得不多，他每次留的障碍球都十分漂亮，让Downey频频打空或失误，从他打球时的姿势和计算发球时的干脆利落来看，在这方面他显然是老手。

这局球很快就结束，韩朔打了一场犹如教科书般的漂亮逆转。周围人都被他帅疯了，在场的女生们更是激动得满脸通红。

韩朔直起身，示意裁判重新抽签，旁边的服务员此时也上来重新摆球。

Downey失笑，和他又来了一局。

Downey其实实力不差，无奈对手实力更为强劲，这一局开始，Downey的表情也变得认真起来。

比赛进行得相当胶着，前期双方拿分都很不错，失误也少。

“啊！”

这时，Downey出现了一个失误，大家都惊呼起来。

Downey露出一个无奈的表情，重新摆球。韩朔勾起唇，找准位置弯下腰。

这一次韩朔一杆定了胜负，直接清杆。

最后记分，韩朔再次获胜。两人分数差距不大，但在场的女士们都在笑，因为Downey刚才实在是大出风头，看他吃瘪大家都很高兴。

Downey无所谓地耸耸肩，服气地和韩朔碰了下拳头。

“我们圈子里已经很少有人能打得过我的了，没想到你这么强。”

“不管在哪个圈，我都没输过。”

韩朔这话就有点嚣张了。

Downey听了不仅不怒，反而哈哈大笑。

韩朔回到徐杺面前，徐杺笑着把外套还给他：“没见你玩过。”

“你没见过的事情还多着呢。”韩朔穿好衣服后单手按住她的后颈，还了她一个吻。

Micarelli 见他们这边玩得差不多了，便过来引着韩朔和到场的几位欧洲模特见面。都是一个圈子的，未来也有许多机会合作，因此大家的态度都很和善，有的甚至相当热情。

他们比韩朔早出道几年，是 VG 多次大秀上的熟面孔，但这个行业很少论资排辈，因为时尚圈的更新迭代快得让人目不暇接，没有人能永远站在顶峰。

他们不排外，对同行惺惺相惜，敬重每一个竞争对手，也把对方视作自己优秀的同伴。

在场的人也多多少少能察觉到，只要有韩朔在，Micarelli 女士的态度就会变得很放松，她亲自引见韩朔的行为似乎也给在场的人带去些微暗示。后来宴会上大家都酒意正酣，Micarelli 女士和韩朔相拥告别。韩朔低头在她耳边说了几句话，Micarelli 女士笑着点点头，看了徐杺一眼，转身提前离开。

后来场上的气氛越来越热，已经有不少人醉了，现场的工作人员熟练地通知了各自的负责人。因为大部分人今晚都直接在酒店入住，所以很快就有经纪人下来接人了。

“替我喝？”

他们一群人喝得兴起，韩朔把兑过的酒凑到徐杺唇边。

他一看就不怀好意，但徐杺垂下眼帘，还是就着他的手把杯里的酒一饮而尽。

斯嘉丽已经醉了，被经纪人搀扶着，经纪人努力阻止她继续往下喝，无奈她六亲不认，还在努力反抗。

她看着韩朔和徐杺在角落里腻歪，在经纪人怀里大声抗议：“说好的不能家属代喝呢？欺负我们家属不在啊？啊啊啊，好气啊——”

徐杺还没说话，就感觉到抵在身后的胸膛发出一阵颤动。韩朔笑起来，随后毫不留情地回击，嘲笑斯嘉丽酒量不行。

徐杺能明显感觉到韩朔今晚的心情很好，大概是开机前一阵工作强度实在太大，他难得有这样的时间放松自己。

后半场韩朔基本没怎么喝，酒全都被他喂进了徐杺的嘴里。早在徐杺第一次为他挡酒时，韩朔就把她的酒量摸清了，直到见她眼神开始迷离，韩朔才住了手，让她保持着将醉未醉的状态。

后来人都散得差不多了，韩朔抱着徐杺进了一部没人的电梯。电梯门合上的时候，他把徐杺抵在电梯的角落里，背对着上方摄像头，满眼笑意地看着她，手指按在她水盈盈的双眸旁边。她的眼角因为酒意微微泛红，显得楚楚可怜。

韩朔此刻像极了一条准备吃大餐的大尾巴狼，而徐杺就是那顿美味的盘中餐。小兔子不是不知道自己成为了猎物，却还是心甘情愿地走进陷阱里，她对他的一切索要向来纵容。

电梯到了高层，这个点儿大家都休息了，长廊寂静无比。韩朔搂着徐杺的腰往前走，两人都是一身酒气，可都知道对方没有醉。

韩朔用房卡刷开房门，进去之后托住徐杺的屁股把她面对面抱了起来，丢到床上。

徐杺被他抱起来时还晕着，猝不及防就被他放了下来，在弹性极好的床铺上弹了两下，头发顿时散开。韩朔把手伸过来，拔掉她的水晶发卡随意扔在床头柜上，随即把她的长发撩到一边，张嘴咬住她的耳朵。

徐杺疼得缩了一下。

韩朔在她耳边笑道："你穿着我送你的衣服，你知道男人送女人衣服是什么意思吗？"

徐杺微喘着气，说："我知道。"

她的答案取悦了他。

韩朔的手掌在她小腹游移，隔着轻薄的面料，韩朔能感觉到她的皮肤散发着热度。徐杺觉得头顶的灯有些刺眼，转过了身，让自己趴着，感觉此刻的自己就像一条刚上岸的鱼，身上的人正在找好角度把她好好解剖。

不过很快他就找到了。韩朔的手从背后伸了进来，不着急解下她的衣服，而是伸到前方把她整个人托了起来。

徐杺在他的动作下紧紧闭着眼，放任感官放大数倍，实在没有力气附和。可渐渐地，徐杺听见了一些别的声音，在安静的房间里显得尤为清晰。她紧张地咬住自己的手指关节，去抵御韩朔带给自己的快感。

“别……”

“放轻松。”

韩朔低声哄着她。

徐杺绷紧着身体，努力想要听话，却敌不过他今晚尤为放肆的举动。后来她忍不住转过头看了他一眼，眼神里都是沉默的控诉。

可她不知道，这样带着泪水的“控诉”，只能让男人看了更想使坏。

直到凌晨，韩朔才尽兴了。这是他们在一起后韩朔第一次放开手脚折腾她，哪怕房间里开着空调，最后结束的时候两人都像是刚从水里捞出来的。韩朔低喘着伏在她上方缓劲儿，忽然笑着说：“咱俩现在身上一个味儿。”

他这句话提醒了她，这么多次了，他们没有做过任何安全措施。

但徐杺已经懒得说一句话，酒精已经完全通过汗水挥发掉，她现在累得都抬不起一根手指。

韩朔心情极好地抱着她去洗漱，出来后两人直接睡在另一张床上。怕她着凉，韩朔用被子把两人紧紧裹住。

徐杺这时才疲惫地睁开眼，哑着声音对他说：“明天的戏你自己去吧。”

“好。”

这时候她说什么就是什么。

徐杺抬了抬头，想要看清韩朔。下一秒，韩朔似乎感觉到了她的意图，低下头来用下巴轻蹭她的脸。

徐杺被他完全锁在被窝里腾不出手，只能任由他像一只大型动物一样在她身上留下自己的气息。

徐杺的心就是这样被他一点点蹭软。她舒了一口气，放任自己重新闭上眼睛，同时又想起晚上他在打斯诺克的时候斯嘉丽在自己身边的嘟囔。

“他长得那么没有安全感，你都不怕他变心吗？”

斯嘉丽的语气让她忍不住轻轻一笑，但当时的她并没有回答。

如今躺在他怀里，徐杺又觉得很多问题的答案其实都不重要。

大多数人会凭借着对一个人的直接印象去给对方贴上一些自以为是的标签，后来标签变多了，人们就会信以为真。可韩朔从来都是一个吝啬展露内心的人，他无所谓这些标签，因为他根本不在乎世人对他的评价。哪怕是对亲近的人，他也鲜少会去解释自己的想法和作为，别人能理解就理解，理解不了就算了。某种意义上说，他完全只为自己活着，不管是经营事业还是经营感情，一切都只基于他喜欢和他乐意。

徐杺花了很多时间才在与韩朔的相处中渐渐摸清他的本质。说实话，抛去了光环的韩朔是一个很糟糕的人，他独断专行、霸道蛮横、贪婪放纵……可也是这样的他，对自己认准的人或事会不顾他人的目光坚持下去，他坚信自己的选择就是最好的，并愿意为此赴命，心爱的东西哪怕碎也要碎在自己怀里。就是这种自私和执拗有时候会让徐杺觉得，要是有一天他比自己先阖眼离去，他大概也会把她抱进棺材里，让她陪着自己长眠。

但徐杺觉得这样很好，她不用担心他会离开，她可以和他一起死，倘若他们要面对分离。

在徐杺心里，爱和死永远一致，求爱的意志，也就是甘愿赴死。

第二天，徐杺果然没能醒来。韩朔倒是十分精神，中午起床后简单吃了个午饭，又给徐杺订了餐，之后就出发去了片场。

徐杺是被送餐门铃吵醒的，她怔然爬起来，才意识到自己什么也没穿，随手套了一件睡袍。下地的时候，她差点倒在地毯上，两条腿像不是自己的，大腿内侧酸疼得让她走一步路都艰难。

侍应生把推车放下就离开了。徐杺到浴室洗漱，在镜前发愣了足足半分钟，看着脖颈间明显的痕迹无奈地捂住脸。

徐杺昨晚再失控也记得紧握着拳头，生怕在他身上留下一点伤痕，他倒好，在这方面完全没有顾忌。她现在脖子以下的皮肤几乎没有一块能看的，这样她根本没法出门，在欧洲谁都不会大夏天把自己遮挡得严严实实。

徐杺很快就放弃了出门的打算，打电话叫了客房服务，让酒店先把床单换掉，裙子送去专业洗护，然后才拿起电脑，坐在床上边吃饭边看国内的消息。

VG 的中国官网和微博几乎同时发布了今日电影开机的消息。

《超级名模》这部电影事先没有走漏一点风声，对于网上的消息管控得相当到位，这次突然公布开机照，大家都吓了一跳，看了主创表后更是震惊。不管怎么说，光凭这份名单，《超级名模》可以说是来年阵容最强大的电影之一了，作为商业片而言，各方面都十分能打，把众人的期待值一下子拉到最高。

演员粉们乐翻了天，路人们则都在猜测这部电影到底能不能赚回本，毕竟现在时尚圈题材的电影算是稀罕物，一来是对投资要求高，二来是目前市场是否能承担得起这样大的成本还是未知数。

一时之间，圈内粉丝都在观望，同时还不忘感叹 VG 作为全球数一数二的奢侈品牌家底果真相当雄厚。消息出来没多久，已经有不少博主发起了网络投票，调查到时候会有多少人愿意去电影院贡献票房。

徐杺还特意去看了一眼公司微博底下的反响。

如今公司的微博名已经从“Wind 工作室”改成了“Wind 英模时尚”，张檬为了和经纪公司那边划分开来，还特意开了一个名叫“Wind 风行”的品牌独立账号，经营到现在也已经有了三十多万粉丝。

两个账号的最后一条微博都是在国内的白天发表的，也就是VG中国官网发微博后的五分钟后。

△提前祝电影大麦！

徐杺大概扫了几眼，微博底下的热评几乎都是这样的画风——

△啊啊啊，Ethan要拍电影？谁来打我一下，看我是不是在做梦？

△官博不剧透一下阿朔这次演的是什么角色吗？

△啊——看我都刷到了什么？一大早起床怀疑自己都没睡醒！

△呵，还不是去蹚影视圈的浑水了？之前还把自己抬得那么高。

△会去电影院三刷的！哦不，四刷！五刷看质量！

△一个模特去拍电影能有什么质量？不要谁都扯演技好吗？有辱演技这个词了。

除了少数在嘲讽的黑粉，绝大多数人对韩朔出演电影的期待度都很高。

徐杺又翻了国内几个时尚圈大V的微博，基本都在转发VG的开机照，众人褒贬不一，有的认为这样的专业题材拍成电影的话节奏太快，也有人认为VG的这部电影立意新颖，值得期待。

徐杺一边吃饭，一边跟张檬发微信，现在国内才刚入夜，他们都在忙。

韩朔四点左右就回来了。他的戏过得很顺利，因为前面几乎没有什么台词，导演让他保持试镜的状态去表现。他更是毫无负担，许多镜头都是一次过，耗时较多的反倒是后面补拍各种细节的镜头，还有拍摄一些电影道具组到时候会用到的素材照片。

电影为了尊重历史，届时会还原出一本当年仅在欧洲连载的名为《VG时装》的时尚杂志。

这本刊物在VG创立后的第三年创刊，中间也曾一度改版，如今已经改为《VG全球》在各个国家进行连载发售，是如今全球连载历史最长的时尚代表刊物。

作为电影设定中的VG代言人，到时候韩朔的硬照会大量出现在这本杂志道具里，为此韩朔除了拍戏以外，还要挤出时间去拍很多额外的素材，他的工作量也大多体现在这些地方。

导演说这本杂志会以最大限度去还原，电影杀青后作为纪念会每人赠送一份，之后甚至还会被放进VG的博物收藏馆里。因此哪怕只是作为道具的素材，掌镜的也是VG的御用摄影师卡莱森。可以说VG作为最大投资方，在这部电影上关于所有的细节要求都精细到了极致。

徐杺见韩朔回来，只看了他一眼，就低下头继续握着电子笔画稿。

韩朔走过来看了一眼电脑界面，故意弯下身来问她："不累？"

徐杺余光看见他勾起嘴角，知道他揣着什么心思，没好气地说："不累。"

韩朔静了静，两人无声对峙着，他忽然把手伸到被子里。徐杺"啊"了一声，无奈敌不过他的力道，连人带笔记本都被掀倒在床上。

"还说不累？"

他恶劣地揉了揉，明知故问。

徐杺红着脸把他的"狼爪子"抽出来："别闹了。"

韩朔还压着她，不让她起来。

徐杺把脸埋在他颈边，知道自己疯不过他，怕他再没轻没重地瞎弄，只能小声示弱："还疼着呢……"

韩朔低下头，看着她红透的耳垂，沉沉地笑了，这才放过了她。

徐杺重新坐起来后并没有问韩朔关于拍摄进度的事，比起电影拍摄，她更关心的是之后时装周的甄选。

这个下午，她一直在酒店和张檬一起准备名单、排档期和逐一编写邮件，然而在最后确认的时候，她留了一份心，跟张檬说再等一段时间。

张檬虽然不明白为什么，但出于信任也同意了，反正离时装周的面试还有一段时间，张檬也觉得不需要着急，他对他们公司的模特都很有信心。

徐杺原本的安排是跟着韩朔拍完这一次的进度，可是她查看了一下许峰最近的行程安排，发现 AMN 的秀这周就结束了，这意味着许峰下个礼拜就要回国。再晚的话，公司做报名准备可能会有点匆忙，所以她又问了一遍韩朔，看他想明白没有。

“签约没问题，但是跟着他的那些人呢？”韩朔在床上伸懒腰，闻言淡淡地说，“听说那破公司有好几个新人当初都是因为想跟着许峰才签约的，他会丢下那些人不管吗？”

徐杺没有想到还有这个问题，原来许峰当时说想要努力一把是出于这份顾虑。

“而且为什么处理他的事情你要亲自回去？”韩朔不满地掐住徐杺的腰，“让张檬和他谈就好了。”

徐杺无奈道：“你放过张檬吧，他现在替你处理公司的事，还要为你们做甄选会的准备，你以为他有三头六臂？”

“那就让陈华去。”

徐杺默默看向韩朔。

韩朔这才想起陈华在他们出发没多久也去澳洲谈面料供应的事情了。

“那又怎么样？甄选会越来越近，着急的应该是他，凭什么我们要主动凑上去？”

徐杺知道韩朔不是真的在意这些，只是在为了她提前回国这件事闹别扭。

她轻轻抚摸他的头发，因为要拍电影，他把头发留长了些，做了造型后发丝很硬，倔强地弯曲着。

过了一会儿，徐杺说：“或许是我不忍心那些和你一样骄傲和优秀的人，因为这些事葬送了整个职业生涯，何况对你们来说，浪费时间就是在慢性死亡。既然我们有这个能力帮他，也需要他，为什么不顺手帮一把呢？”

徐杺眼神平静，语气柔和，却不会让人觉得没有说服力。她看待事情总是相当理性，可是这层理性背后也藏着她的体贴，她的理性和大多数人不一样，是带着温度的。

“时尚圈竞争很大，也很残酷，在这条路上前行的你们大多时候都走得很孤独，这本来也是一条只能靠自己的路。但有时候看到我们公司我也会忍不住想，其实这个圈子还是有很多懂你们的人，也有很多人情味，最起码在我们这儿，大家都是相互扶持的同伴，哪怕摔下来了也有人搀扶，这样大家的路才能走得长远……许峰是一个很优秀的模特，难道你也忍心看着他就这么因为伤病离开这个圈子吗？他不仅仅可以成为同伴，也可以是一个很好的对手。”

建立公司以后，徐杺筹划的第一件事情就是给公司聘请一个专业的医生，后来她辗转许多途径联系到一名退休的骨科医生，对方在这个领域名气很大，因为年龄到了才顺着子女的要求退了下来。

后来，徐杺开出了丰厚的条件邀请对方作为外聘医生到公司坐诊，要求是一周最少到公司一次为模特们进行理疗，其他时间任由老人家自行分配。然而当老人家第一次来公司看他们的脚时，当场就皱起了眉头，之后他几乎每天都会到公司坐两个小时。

为此，徐杺还特意改造出一个专门的理疗间，也按照老人家的要求为公司添了一些理疗设备。大家都不再像以前一样不拿自己的身体当一回事，他们这一行对腿部损伤非常大，稍不注意就有可能减少职业寿命。

韩朔闻言一直皱着眉头，后来在徐杺的目光下，他烦躁地把她的脸扣在怀里，低声警告：“谈可以，不带来好的资源，让他立刻滚蛋。”

徐杺拉着他的衣服笑了。

一周后，徐杺定了 AMN 大秀结束隔天的飞机，可惜并没有和许峰遇上。

回国之后，徐杺通过微信联系他。

许峰似乎很忙，很久才回复了她一句“OK”，两人约在第二天见面。

因为走了 AMN 的秀，许峰最近的热度不错，这小半年的高强度工作让他在国内也备受关注，所以他订了一家比较隐秘的西餐厅，徐杺也同意了。

第二天，徐杺准时到达订好的包间，等了一会儿，许峰才姗姗赶来。

如今国内还是盛夏，室外温度高达三十七八度，许峰穿了一件黑色外套还戴了口罩，看起来相当谨慎。坐下后，他摘掉帽子，徐杺看到他额头上还起了一层薄汗。

“抱歉，等久了！”

“我刚到。”

许峰在空调下舒了一口气：“真难得，你会丢下他来找我谈事情。”

徐杺说：“这是公事。”

“是吗？”许峰笑了，只是笑容里透着一股疲惫。

徐杺听说他回国后就在不停地连轴转，网上也有一些关于他和老东家打官司的传闻：“你应该猜得到我来找你是为了什么。”

许峰叹了一口气。

他靠在椅背上，似乎完全放松下来，高大的身子舒展开显得尤其高大。他捋了一把头发：“我知道，因为你主动来找我，所以我也实话告诉你……我回国之后就在跟公司谈解约的事了，可对方态度很强硬，而且用我师弟们的合同来威胁我。我的合约是快到期了，可他们还没有。我们现在闹得很僵，他们在逼我续约。”

徐杺在来之前已经听韩朔说过大概情况，只是没想到比想象中还要糟。

“那你的想法呢？”

“什么？”

徐杺又问了一遍：“你想来我们公司吗？”

许峰无奈地抬眼，苦笑道：“我当时在巴黎跟你说羡慕，不是在说假话，但是徐杺，那些人都是因为我才签的这个公司，我不能丢下他们不管。要是我离开，他们在合同期内的日子会很难过。现在国内这个环境，新人要起来太难了，有我在，他们才不至于更糟。”

徐杺点头，表示明白了。

“要是我们愿意向你承诺，等你的朋友们合约到期，我们公司会给他们一个位置。”徐杺说，“也不行吗？”

徐杺知道许峰在担心什么，果不其然，她话音刚落，许峰明显有点动摇：“这是你的决定？”

徐杺摇了摇头：“是他授意的，我无权这么做。”

“好吧。”许峰说完这句话，沉默了很久。

徐杺也不着急，因为她知道许峰会慎重考虑。他不像周近、猴子在这些事情上不愿意动太多脑筋，而是大多处于带领者的位置，所以他和韩朔一样都十分擅长权衡利弊，徐杺不担心他会想不通。

最后，许峰对徐杺说：“我不能替他们决定，你给我一天时间。”

这个要求合理，徐杺点头：“可以。”

之后两人像普通好友一样吃完午饭，许峰就匆匆离开了。当晚徐杺没有守着手机，很快睡去。

第二天一早，许峰发来短信。

许峰：我同意你们的条件，希望合作愉快。

徐杺笑了笑，随后把信息转发给了韩朔。

没一会儿，韩朔就发来一个句号，表示知道了。

因为许峰的合同已经到期，所以他走得很轻松，连老东家安排给他的经纪人都没有带走。

他约了徐杺在Wind公司见面。

徐杺到公司的时候在接待区没看见人，想给他打电话。

前台员工见状提醒：“徐杺，你在找许峰吗？他刚刚被温太医拉走了。”

老大夫姓温，大家都喜欢叫他“温太医”。徐杺闻言点了点头，表示知道了，收起手机朝理疗间走去。

徐杺打开门，果然看见许峰正坐在按摩椅上。他的脚搭在前面，温医生正用药油给他按脚，手法一看就很给劲，他疼得脸都微微变形了。

徐杺一看许峰的脚，立刻皱起眉。

虽然韩朔的情况也很严重，但许峰的脚看上去更吓人，脚踝部分和后脚板都肿得明显变形了，骨头突起得很不寻常——他明显没有用心护理过。

温医生和徐杺很熟，见她进来，扬眉问道："这个是新来的？"

徐杺点头："嗯。"

"哼，招了个半瘸的进来，有什么用？"

许峰看着温医生，又看看一脸严肃的徐杺，抿了抿唇："有那么严重吗？"

徐杺问温医生："坚持理疗能好转吗？"

"再这么折腾下去，过不了三十岁你就得坐轮椅，别说走秀了。"说着，温医生手上又用了几分力。

药酒的味道很浓，随着按摩力道的加重，许峰的脚已经明显泛红了。

许峰闻言，一边龇牙咧嘴，一边还在乐观道："也挺好，三十岁前我肯定得退了，能再走几年我也知足了。"

他还有精力开玩笑，可徐杺实在笑不出来，看着这样伤痕累累的脚，她心底很不是滋味。

模特的腿代表着他们整个模特生涯的寿命，他们透支着精力，损耗都在看不到的地方，一旦身体再也无法负担这样高压且高强度的工作，就意味着他们再也无法站在T台上，有的甚至无法再如同普通人一样生活。

职业会为他们带来数不清的瘀痕和肿痛，摔倒和失误让他们受伤成为家常便饭，而这些他们从不示于人前，因为这也是他们的骄傲和作为模特应保有的职业尊严。

徐杺想让他们的职业寿命能再延长一些，让那些专注且热爱T台的模特可以更久地站在喜欢的地方展示自己。可这世界上还有更多的人把他们的身体当作榨取利益的工具，使得这个行业如无情的流水线般更新迭代，正如观众们不会轻易记住他们的名字，却会很容易记住他们的一次摔跤。

这些道理他们不是不明白，只是他们仍然选择支付代价，是热爱让他们能始终坚持。

听了许峰的话，温医生再次冷哼一声，这次手里不知道按到哪个关节，许峰狠狠倒吸了一口气，整个人都弹坐起来，额头还出了一层汗。

徐杺递给他一张纸巾："这么疼？"

"这老人家劲儿真大……啧……"

温医生冷冷瞅了许峰一眼，继续着手里的动作："谁让我老当益壮呢。"

许峰不敢说话了，咬着牙努力忍耐。

等温医生做完一个疗程，许峰的身上已经半湿了，理疗室的空调温度本来就比其他地方要高。许峰心有余悸地穿上鞋，脚踏上鞋板的时候，他明显倒吸了一口气，好不容易才适应："我觉得脚都不是我自己的了……但好像的确轻快不少。"

徐杺等了他几个小时，一点都没有不耐烦："温医生是这方面的专家，以后你们打交道的时候还很多，听他的话，多做理疗，平时注意防护，你的脚在我们公司里算是比较严重的。"

许峰笑了笑："毕竟不是每个人都像我这么命好。"

徐杺说："你和上一家公司的解约手续，这几天我会安排律师帮你处理。至于我们这边的合同还需要等韩朔回来，到时你们两个当面谈，这段时间你原定的工作就照常做，我让张檬安排助理给你。"

许峰闻言，问："他没有什么话要你转告给我吗？"

徐杺说："……没有。"

许峰勾起嘴角："是吗？我手上可是有很多属于我自己的资源呢。"

徐杺有时候真的觉得男人在这方面讲话就是要比女人直截了当，但她还是说：“这个我管不着，等他回来，你自己跟他说吧。”

原本徐杺是想把许峰留在国内，自己再去一趟意大利，可韩朔知道后说他下一次拍摄被安排到八月，过两天参加完一场珠宝慈善走秀就会马上回国，徐杺便放弃了订机票的念头。

徐杺这几天的确有些走不开，不是公司的事太忙，而是许峰准备签约 Wind 的消息为他们带来了一些麻烦。他的前东家本就是暴发户出身，背景不算干净，合同到期前就一直用各种手段想把许峰这棵摇钱树留下，没想到最后竟然被 Wind 截和了。

得到消息后，对方当即派了律师联系许峰，甚至还去公司堵人，用合同里的各种捆绑条款来跟许峰扯续约的事，许峰最近的行程也因此受到了极大干扰。

偏偏张檬几个最近都在忙，设计师们也大多在跑工厂和盯打样，白天公司里只有几个手无缚鸡之力的前台小姑娘，每次对方上来胡搅蛮缠，前台都只能打电话通知徐杺处理。

这一天，徐杺接到前台的电话，对方的语气比之前几次还要紧绷，像是用手捂住了话筒，低声说：“他们这次带了两个男人过来，看起来不是什么善茬……许峰刚来公司就被堵住了，温太医也在！”

还有两天许峰的合同就正式到期了，对方到底是急了。徐杺闻言心底止不住一沉，怕他们吃亏，连忙挂了电话往公司赶。

她今天原本打算去机场接韩朔，可计划赶不上变化，路上她发了一条短信让韩朔下飞机后直接回别墅，不想让他坐了十几个小时长途飞机还要掺和到这些事里头。

短信发出去后，徐杺又给黄律师打了电话，这是韩朔从出道起就一直有合作的律师，之前几次对方过来找麻烦都是黄律师出面解决的，徐杺想着这次也先这么应付过去，等回去跟韩朔解释完情况再好好想解决办法。

然而电话是黄律师的秘书接的，对方说黄律师正在开一个重要的会议，等会议结束他会立刻转达。

徐杺皱着眉头，还是把事情大概跟秘书说了一遍。秘书闻言也明白事情的重要性，连忙说一定会让黄律师尽快赶到，让她放心，并且建议她先报警。

下出租车的时候，徐杺被热烈的太阳照得眯起眼睛，她小跑着进电梯，很快就到了公司。

前台一直等着的小姑娘见状连忙朝她招手，语速飞快地说："他们去会议室了！刚刚差点打起来，吓死我了！"

"你们准备好，要是里面不对劲，立刻报警。"

闻言，小姑娘连忙点头。

徐杺快步走向会议室。她一开门，就见许峰一个人坐在左边，右边是对方的律师，还有两名凶神恶煞的高大男人，他们只穿着背心，手臂上还有文身，见她进来只是微微冷笑。

徐杺没有理会对方的目光，径直走向许峰，见他没有受伤，心底才松了一口气。

"徐小姐，你总算来了。"对方律师淡笑着开口。

徐杺仍然没有搭理他，问许峰："温医生呢？"

"我让他先走了，老人家见不得这种场面。"

"动手没？"

"哪敢啊。"

许峰说完这句话，两个魁梧的男人顿时不屑地哼笑。

徐杺这才抬眼看向对方。

哪怕对方是三个强壮的男人，徐杺面对他们时也没有丝毫畏惧。

"陈律师，你们想干什么？"徐杺站得笔直，目光犀利，"我好像早就说过，在你和黄律师得出最后解决方案之前，许峰有权不见你们。"

被点名的陈律师笑了笑："徐小姐，你们这就是在回避问题，没有意义。按合同来看，许先生目前还是我们公司的人，你又何必蹚这趟浑水，紧抓着不放？"

"我们按流程办事，没有违反任何条例，何况许峰已经明确表示不会和贵公司续约，并且已经和我们公司签了意向合同，他的事我们会全权代理。"

陈律师摆摆手："之前许先生的合同里清楚写明，只要他还打算做这行，续约的首选应该是我们公司，否则期间他所代言的合同将重新讨论归属。在还没确定他身上是否背着违约行为之前，你们签的意向合同根本不算什么。而且恕我直言，授权给你和黄律师处理许先生归属问题的纸质文件我们也没有收到，韩先生本人又这么多天都没有出现，我有权怀疑你是越职在和我们浪费时间，侵占职务的严重性应该不需要我这边向你解释。"

对方明摆着就是在死缠烂打，他们知道这段时间韩朔不在国内，故意趁此时机来纠缠，想要干扰许峰的代言合约。

但是他们大概也想不到韩朔今天就回国了，徐杺皱着眉耐心和他们周旋，想要拖到黄律师赶来。

徐杺最担心许峰受伤，先不说他的脚伤原本就严重，眼看着时装周甄选就要到来，要是在这个节骨眼上出问题，他还要等上半年才能再次参加甄选，这对于发展期的他来说简直是致命打击。

可对方显然没有这个耐心，今天他们就是抱着破罐子破摔的目的来的，过程中态度越发尖锐。后来，徐杺几乎整个人站在了许峰身前，她那么瘦弱，却想把许峰完全挡在身后。许峰坐在椅子上抬头看着她，眼神晦暗不明。

他没有动，因为他也知道，现在争执动手的话就是顺了对方的意。他冷着脸拿起手机给外头的前台小姑娘发短信，让她先报警。

"你在干什么？"对方一眼看见许峰的动作，走过来怒喝着就要抢他的手机。

徐杺立刻挡在他面前："你们疯了吗？我们公司每一个房间都有监控。"

谁知，陈律师闻言，不着痕迹地笑了一声："我们知道。"

徐杺的心狠狠一沉。

"让开！"走过来的男人一手拽住徐杺的手臂，想要把她甩在一边。

徐杺用力挣扎着，哪怕手臂被捏得生疼也寸步不让。后来男人终于失了耐心，表情变得狰狞，捏着她纤细的胳膊眼看就要下狠手。

许峰见状忍无可忍地站了起来，怒斥道："住手！"

就在这时，门突然被打开，一道人影疾步而来。徐杺在混乱中只听到重重的"砰"一声，下一秒，被攥住的手臂骤然一松。

她因惯性猛地往后趔趄几步，站稳后抬起眼，正好看见韩朔握着对方的肩，一手把对方的手臂扭到身后，还把对方反手按在桌上。

长长的会议桌被一个体格壮硕的男人这么一摔，顿时发出沉闷的重响。

韩朔却仿佛没有听见，声音低得犹如闷雷："你想死？"

男人的手似乎脱臼了，软软地垂着，短短几秒他就出了一脸汗，在不住痛吟并且下意识挣扎。韩朔看着身形薄薄一片，实则劲儿很大，一手就把他压得动弹不得。韩朔短袖下的手臂肌肉因用力而绷紧，脸色阴鸷，冷声道："谁给你们的胆子敢动我的人？"

韩朔出现得太突然，在场的人几乎都没反应过来，动作也就慢了半拍，一下就被韩朔毫不拖泥带水的动作镇住了。

陈律师回过神来后几乎是立刻站了起来，他身后的另一位男人似乎想冲上来，然而很快就被他拦住了。

徐杺按着胳膊看着韩朔，心底松了一口气。

许峰扶着她，问她伤到哪儿了，她轻轻摇头。

两边僵持着，最后还是那位陈律师先开口："韩先生，你这样的行为已经可以构成伤害罪了。"

“滚。”韩朔抬眼看向他，只一眼就让陈律师表情都僵住了。

这时候，黄律师匆匆赶到，他们的事务所本来就在附近，收到消息后立刻就赶来了。

黄律师进门时正好看见韩朔提着一个男人的领子扔出公司，对方捂着手，表情十分痛苦，站稳后不住喘着粗气。男人的另一个同伴一脸怒极，有好几次都想要冲上去，却被陈律师一声低喝给制止了。

黄律师一脸严肃地对陈律师说：“你们今天的行为我们会保留追究的权利。”

没有如愿收拾一番，还惹来一身骚，陈律师的脸色也不好看。对于今天忽然回国的韩朔他们明显感觉到棘手，最后陈律师冷声说了一句“走”，几人便离开了。

徐杺一直在会议室里，直到外头没了骂骂咧咧的动静，她才按着胳膊坐了下来。空调一吹过，她才发现自己背上出了一层薄汗。

韩朔回来的时候表情依旧难看，他径直走向徐杺，提起她的手臂翻过来看。

她皮肤白嫩，平时被轻轻一抓都会留下痕迹，更别说刚刚那个场面，他再晚来一步，保不齐这胳膊就被硬生生扭断了。此时她的小臂上清晰地留下了五道指痕，而且随着时间推移，瘀青也在变深。

韩朔一只手提着她的胳膊，另一只手捏着她的下巴抬起来，眼神阴沉得仿佛在电闪雷鸣，开口时的语气也冷硬无比：“还有哪里疼？”

徐杺显然是还没缓过劲儿，脸色有些苍白，但还是说：“我没事，不疼。”

这时，许峰在一旁说：“是我判断失误，没想到他们胆子那么大。”

“是我让你不要动手的。”徐杺被捏着下巴，也无法看许峰，“现在这个时候，你们谁都不能受伤。”

“还有工夫抢着担责，之前怎么不想想后果？”韩朔费了好大的力气才忍耐下来，说完也不再看徐杺，对着门口正在小心翼翼观望的前台姑娘命令道，“把那老头叫回来！马上！”

徐杺十次里面九次说没关系都是假话，不仔细检查清楚，韩朔不放心。

说完，韩朔转头看向许峰，目光阴恻恻的：“你最好带够让我满意的东西，不然我就不止让你滚蛋那么简单了。”

气头上的韩朔说的每一句话都不留情面，许峰知道，所以也没有在意。

许峰把手机拿起来，屏幕还停留在录音界面，那群人来的时候他就已经做了防备。

许峰说：“合同我都带来了，顺便送你这个，你最好能一脚把他们端了送他们上西天，我也真是烦透了这群人，一直死缠烂打。”

韩朔伸手拿过手机，一眼都没看，转身扔给了黄律师。

幸好温医生为了保险起见，并没有马上回家，而是下到了一楼的餐厅坐了会儿，打算等事情结束再上去看看。

这会儿接到电话说徐杺受伤了，温医生连忙结账乘电梯上楼，前后花了不到十分钟时间。

温医生一进会议室，就看到韩朔黑成锅底的脸。

见他进来，韩朔放下徐杺的胳膊，让开了位置。

温医生顶着韩朔的目光走到徐杺面前，抬起她的手臂检查了下关节和骨头，摆摆手，说道：“没事，没伤到骨头。”

韩朔这才对许峰示意：“你跟我过来。”

许峰点头，和韩朔一起去了隔壁的办公室。会议室里还剩下徐杺、黄律师和温医生。

温医生说明天给徐杺带一瓶祛瘀的药过来，徐杺点头，之后对两人说：“我送你们吧。”

黄律师率先摆摆手：“不用了，我先回去听听这份录音，Ethan 的意思很好办，我尽快整理好就可以给你们安排起诉。”

徐杺感激地点头。

于是，黄律师又像来时那般，拎着包匆匆走了。

温医生却不着急走，他找了一把椅子坐了下来。徐杺也重新坐下，两人趁着这个短暂的空闲再次讨论起之后的理疗方案。

从时装周甄选开始，他们就都得忙起来了，大部分时间都不在公司，在此之前要安排时间为他们做充分的护理，不同的人有不同的对应疗程。

除此以外，温医生还教了徐杺一些按摩穴位的位置和方法，徐杺学得十分认真，打算记下来让之后请的助理都学习一遍。

有时候，温医生觉得徐杺真是一个神奇的女人，明明自己手臂还伤着，还有闲心操心别人，也不知道这群男人是哪里修来的福气，这辈子能遇到徐杺这样的女人。

后来，韩朔和许峰聊完了，出来看到温医生还在，韩朔顿时皱起眉："您怎么还不走？"

温医生翻了个白眼："你管得着吗？"

到底是长辈，韩朔也不和他呛声，懒洋洋地靠在门口，抬眼对徐杺说："走吧。"

徐杺有时候会觉得韩朔和温医生的相处方式很有趣，两个脾气都不好的一老一少每次见面都夹枪带棒。其实徐杺还想和温医生多聊一会儿，可想到韩朔一下飞机就赶过来处理了这么一出闹剧，又和许峰商量了那么久，一直没休息过，心里到底是不忍，只能对温医生歉意一笑，站起来和韩朔一起离开。

许峰挤了进来，心有余悸地在温医生旁边坐下："真累。"

"怎么？"温医生抬眼。

"和有脑子的人谈事情很累。"许峰感慨，"本来以为他怒极攻心，没想到思路还那么清晰，有的地方我甚至都没有提前想过，他问我我也答不上来。有这么个人管理公司，难怪周近他们可以不带脑子做事。"

这是对韩朔变相的夸奖。

温医生不屑地“哼”了一声，但也没有出声反驳。

“对了，你们刚刚都在聊什么？”

温医生收拾东西起身：“看看你们的脚能坚持到什么时候废掉。净是亏本买卖，一个两个都不让人省心。”

许峰愣了愣。

临走之前，温医生睨了许峰一眼：“从明天开始，除了工作时间，每天准时到公司针灸。今晚徐杺会把你们的行程表发给我，敢少一天，后果自负。”

“……知道了。”

回去的路上，韩朔一言不发，上车之后捏住徐杺的手，低下头左看右看，大概是不喜欢别人在她身上留下痕迹，看完他还不满地“啧”了一声。

“累吗？”徐杺扣住他的掌心，试图转移话题。

闻言，韩朔抬眼，冷笑一声：“累，知道我累怎么还不给我省心？”

出租车司机被韩朔的态度吓得忍不住在倒车镜里看了他们一眼。

徐杺余光瞥见这一幕，低声对韩朔说：“就是怕你过来和他们对上，对方胡搅蛮缠，不知道会说什么难听的话，我就怕你们动手，你和许峰一样，现在都不能受伤。”

徐杺甚至都没有问韩朔是怎么知道公司这边出事了，她给他的短信只让他回家。

谁知，韩朔听完这句话，心情似乎好了不少。他捏了捏她的手，忽然问：“怕我受委屈？”

徐杺看了他一眼，经不住他眼神里透露的愉悦，“嗯”了一声。

“还怕我吃亏？”

“……嗯。”

“你是我男人，还是我是你男人？”

徐杺无奈道："你这大男人主义什么时候……"

她话还没说完，韩朔就压了上来。他一手撑着车门，把她的话都堵在了嘴里。

出租车司机对此像是早就习惯了，目视前方一声不吭，只是车速显然加快了许多。

"我不大男人主义，怎么管得你服服帖帖？"韩朔掐了徐杺的腰一把，说话的时候还抵在她的唇边，语气淡淡的，"回去再收拾你。"

回到别墅后，韩朔刚进屋把行李箱放下，想要扭身抓徐杺，然而客厅的两个人让他顿时停下动作。

顾邱泽摸着下巴看着他们，他穿着一条大裤衩，吹着空调，啧啧有声："一回来就一脸欲求不满，要不要我们把客厅给你腾出来？"

猴子看到这一幕早就愣住了，他嘴里还含着薯片，吓得嘴都忘了合上，一脸蒙。

韩朔黑着脸，丢下行李箱坐下："大早上偷什么懒？"

顾邱泽闻言贼笑一声："大早上？你也不看看现在几点了，想要我们回避直说啊。"

徐杺进来后，顾邱泽敏锐的视线扫到她身上，顿时瞪大眼睛。

猴子再后知后觉也发现了，看着徐杺手臂上那一片可怕的瘀青，脱口而出道："不是……你们，这是玩什么花样？"

韩朔看他们的眼神就像在看两个傻子。

徐杺无奈，只能跟他们说了今天的事。

"那群人又来搞事……"顾邱泽摸摸下巴，"还是别想了，弄死得了。"

韩朔提到这事儿胸口仿佛还有火，他狠吸了一口气："让黄律师整理一下，再找人挖挖那公司的黑料，甄选会前不想再看到他们在我眼前晃。"

"哇，那有得忙了。"猴子抱着大腿晃了晃，"冲冠一怒为红颜啊。"

“不然怎么说你现在还是单身狗？”顾邱泽嘲笑他，“行，我今晚找个兄弟查一下。”后面那句话他是对韩朔说的。

韩朔点点头。

陈姨买完菜回来，见他们四人都在，热情地问他们要不要喝糖水。

韩朔回道：“要一碗。”

陈姨应了一声就进了厨房。

猴子一脸埋怨，却敢怒不敢言。

“看也没有用，时装周面试前敢给我碰这些试试？”韩朔眯着眼睛，“敢抱怨的话不仅要戒碳水，运动量还要加倍，不信你试试。”

为了时装周的选拔，他们工作室已经戒了很长时间碳水了，每天都是规定的营养餐。

猴子哀号一声，抱着枕头倒下了。

徐杺笑了笑。这时陈姨把糖水端出来，她伸手接过：“谢谢陈姨。”

顾邱泽不喜欢吃甜食，但是当他看到韩朔撑着头，注视着徐杺低头小口小口喝糖水的样子，忽然也觉得肚子饿了。

“陈姨，给我也倒半碗！”顾邱泽高喊一声，下一秒就迎来了猴子的怒视。

韩朔也看了他一眼。

晚上七点，张檬一行人回来了。

周近一进屋就倒在了徐杺旁边的沙发上，徐杺看他踢掉鞋一动不动，起身走到一楼的浴室洗了一条热毛巾，出来后敷在他的脚上。

“谢谢……”周近有气无力地抬了抬手。

张檬就没有那么好待遇了，他一回来连气都还没喘匀，就被韩朔拉着处理许峰签约的事。在这件事上，韩朔难得耳提面命，张檬再累也得记下。

哪怕现在张檬已经是公司管理层了，可他和韩朔的相处方式似乎还是和以前一样。他们两人对这种模式早就习惯了，韩朔负责大方向的决策，张檬负责规划和执行，他似乎从未对韩朔的决定产生过任何怀疑，不管韩朔提出多么离谱的要求，他都会下意识先想办法替韩朔完成。有时候他也会被韩朔逼得很辛苦，但总体来说还是享受更多，两人就是一个愿打一个愿挨的状态。

和韩朔确定好了甄选会的名单后，张檬又用手机查机票价格，一边嘀咕着“机票好贵”，一边又上邮箱确认了一遍具体时间，随即马上就订好了机票：“助理又要不够了。”

时装周的面试出结果之后，大部分人都要分头行动，到时候每个模特都最少要配两名助理。

“去请。”

“没钱。”

韩朔扔给张檬一张卡，张檬双手接过，纵声高呼：“老大万岁！”

吃完饭后，张檬在群里发了一份甄选会期间的时间安排表，让大家都存在手机里。

这次除了韩朔，面试的时候大家几乎都要一起行动。出国前一周，公司还有一个高强度集训，以确保大家用最好的状态面对即将到来的时尚圈盛宴。

韩朔这边要同时兼顾着电影拍摄，出国的行程按例是由徐杺负责，这次张檬还意外地给韩朔配了个助理，好帮徐杺分担一下，毕竟下一次拍摄后紧接着就是时装周。韩朔的工作量一般都会是其他人的两到三倍，徐杺一个人忙不过来。

确认完这些后，韩朔就拉着徐杺上楼了。

他推着徐杺进了浴室，虽然说着要“收拾”她，但今天都很注意没碰到她的胳膊。徐杺知道他今天着急上火，全程表现得都很顺从，要多乖有多乖。

从浴室出来后，韩朔光着身子坐在床上，徐杺裹着浴巾给他收拾行李。他这次回国待不了多久，徐杺只把一些要用的衣服拿了出来，等明天再拿下楼干洗。

徐杺收拾好后才走到韩朔面前，他的头发已经干得差不多了，她用手一拨，凉凉的，很舒服。

他眼睛底下的青色让她看了有点心疼，于是，他小声说：“睡吧。”

韩朔抬眼看了看她，搂着她进了被窝。

# 第十三章 吃醋

因为韩朔在电影开拍前就把工作都尽量安排好了，所以回来的这个礼拜，他难得比较空闲。

顾邱泽去联系人的那段时间，韩朔偶尔会去问黄律师进度，不过大部分时间他都待在公司训练或理疗，和顾邱泽一样，每天早出晚归。

其他人也同样进入了紧锣密鼓的集训时间，这阵子温医生在公司的时间也变多了。随着日程逼近，他为每一个人都制定了一对一的治疗计划，好让他们能适应之后时装周的高强度作业。

韩朔回国后的第一次理疗，徐杺在一旁陪同，温医生为他检查时的表情也让徐杺有些不安。她知道韩朔的情况不算很好，在意大利的时候，就算在酒店她也尽量抽时间给他药敷或按摩，但她在这方面完全是门外汉，只懂些皮毛，也不敢下重手，怕弄巧成拙。

温医生检查完韩朔的脚，意外地没有挑刺，淡淡道："没什么大问题，这段时间我会盯紧他。"

徐杺点头。

这天，徐杺坐在按摩椅上等着韩朔做完理疗，不一会儿就睡着了。

徐杺的精力透支严重，从回国后她似乎就一直神经紧绷着，不仅要处理许峰的事，还得操心他们的理疗方案。

她最近每天跟着温医生学半小时按摩手法，白天在公司出方案，晚上回去还要在韩朔身上实践一遍，从早到晚没一刻消停。

屋内的三个男人在徐杺睡下的那一刻不约而同地安静下来。

许峰第一个收回目光，然后看向韩朔。后者慢吞吞地换了一个姿势，可以看出来他的动作很僵硬，针灸的时候下半身全都是麻的，可在平时徐杺醒着的时候，他几乎都会保持着一个姿势直到结束。

许峰看着韩朔额头上冒出的汗，等他换了一个姿势，像没事人一样重新坐好，才说："你真能忍。"

韩朔瞥了许峰一眼，没吱声。

温医生冷哼一声："他也就骨头比较硬。"

韩朔嫌弃他说话嗓门大，皱着眉头道："您小点声会死？"

温医生瞪了韩朔一眼，但声音还是压了下来："我根本不建议你瞒着她，说到底她才是最能照顾你的人，你说你这不是死要面子是什么？面子还能有你的腿重要？"

韩朔懒洋洋地说："和这没关系。"

温医生冷哼一声："你也就只能在我们面前装。"

"您真啰唆。"

温医生见韩朔这副吊儿郎当样就来气，竖起眉头，手一用劲，韩朔的手顿时握成拳，差点没从椅子上蹦起来。

没蹦是因为他实在蹦不起来，现在他的腿又疼又麻，每次做完一个疗程下来他都得缓很久才能站起来。

许峰对韩朔的脚伤程度也很好奇，他看着韩朔疼得变形的表情，问道："徐杺不是说我的脚伤是这儿看起来最严重的吗？"

"那是她看起来。"温医生低头边给韩朔换针边说，"你的脚伤在骨头，他的不仅筋骨和韧带损伤严重，炎症还一直反复，得不到充分的休息和治疗，症状只会随着时间推移而变得越发严重。你说过之前在意大利的时候会有不定期脚麻和失去知觉吧？"

韩朔支着下巴，含混地"嗯"了一声。

温医生冷声道："这就是不可逆的损伤。人的身体都有一个极限，你快到了它就会提醒你这样下去不行，假如你们未来还要保持这样的工作强度，类似的情况只会越来越多。理疗目前只能延缓不能根治，你想瞒着她不让她操心，你以为你不说她就不会猜到？不要太小看女人了。”

许峰缩了缩脖子，一脸心有余悸：“幸好我现在还没有女朋友。”

韩朔对这样的感慨能做出的反应就是没有反应，他也没有反驳温医生的话，他知福，而且也知道自己比大多数人幸运。

他不说不是为了所谓的自尊心，只是既然决定了走这条路，就不可能停下。没有人比他更清楚模特职业病的严重性，他的母亲就永远停在了这条路上。没有人可以代替他们承受痛苦，他能做的只有坚定自己，并且尽量不让这些压力落在身边最亲近的人身上。

有时候看徐杺担心，看她在自己身上费很多心思，韩朔不是不高兴，他喜欢她把全部注意力都放在自己身上，可这种担忧一旦积累多了，就会慢慢变成负担和痛苦，他不希望这样。

他们在一起应该要快乐比任何情绪都多，如果做不到，那么他们在一起也就变得没有意义。

眼看着过了小半个小时，韩朔知道徐杺浅眠，通常睡不久，他给了温医生和许峰一个眼神，示意结束话题。他们默契地安静下来，可这次徐杺睡得比往常要久，足足过去了一个小时才缓缓睁眼。

徐杺醒来的时候，温医生已经下了针在药蒸，机器停下后，韩朔像没事人一样坐了起来，温医生拿热毛巾敷上去给他擦干。韩朔抬眼正好和徐杺的目光撞上，然后勾起唇：“睡得挺好。”

徐杺靠在椅背上歪着头看他，听了这话也不恼，微微一笑，然后目光落到他的腿上。

“温医生，情况怎么样？”

每次理疗结束，徐杺都要问这么一句，温医生已经习惯了。他放下毛巾又去给许峰调整，头也不抬地回道：“还行。”

徐杺这才放心了：“辛苦您了。”

一周后，徐杺和韩朔准备再次出发意大利。临行前，徐杺特意找温医生拿了一些泡腿的药包和药贴。这阵子她的练习小有成效，温医生说她如今的手法已经很到位了，可以每天晚上给韩朔按一按，缓解肌肉疲劳。

出发当天两人来到机场，他们和张檬请的助理约了在这里碰头。这个助理之前一直都是张檬在对接，他们今天出发前才加上微信。

走到约好的登机口前，徐杺看到对方有些意外。她以为张檬会请个男助理，没想到对方是一个女生，年纪看上去比徐杺大几岁，一头长鬈发自由披散在身后。

见到他们后，对方下意识就把长发扎了起来。

“你们好，我是徐柳，是张哥请的助理。”

徐柳的五官长得温婉，气质也柔和干净，她肩上背着个单肩包，推着银灰色行李箱。看到他们的时候，她还有点不好意思，对他们弯了一个四十五度的腰，举止礼貌而周全。

韩朔看了她一眼，朝她点了点头就去了卫生间。

直到他高大的身影消失在人群中，徐杺才收回视线，和徐柳打招呼:“你好，我是徐杺。”

“我知道，之前家里有点事，还忙着办签证，就一直没能去公司跟你们碰面，真的不好意思。”徐柳大概也听张檬说过韩朔的脾气，所以对他的冷淡并不在意。

徐杺听说张檬请的助理一般都是熟人介绍的，猜想徐柳和张檬应该也认识，便尽量让语气不显得那么生疏：“没事的，这段时间要辛苦你了。”

这一次出国任务比较重，拍摄完电影的部分就要马不停蹄去赶时装周面试，徐柳原本是配给周近的，但是另一个助理签证没赶上，只能临时先对调。

徐杺不是话多的人，两人聊了几句就都安静下来。徐柳去把自己的行李托运了，韩朔回来之后三人也没说几句，居然还有些冷场。

不久提示登机了，徐杺刚想伸手，徐柳却先一步把手伸向韩朔的随身行李："我来吧。"

徐柳显然没想太多，她对着韩朔时还有些不好意思，但态度还是大大方方的："听张哥说 Ethan 的腿不好，这些小东西我拿也可以。"

她叫韩朔为"Ethan"，显得既不熟络也不生疏。

闻言，韩朔自己把手伸向行李箱，简略拒绝："不用。"

这是徐杺注意到的第一个细节。

第二个细节则是在到达意大利后。他们预定的是两个房间，韩朔和徐杺一间，徐柳一间。徐杺到房间后刚把行李箱里的药包和药贴拿出来，门铃就响了，韩朔躺在床上不愿动，徐杺便站起来去开门。

徐柳站在门口，手里提着一个礼品袋。见到徐杺，徐柳把礼品袋交给她："这是我之前去问张哥后买的，里面还有几个药包，晚上可以用开水冲开泡下脚，听说效果很好……我听说模特们基本都有脚伤，就准备了一些。"

徐柳的声音柔柔的。

徐杺接过那个礼品袋，打开看了一眼，里面都是他们公司常用的牌子："你有心了。"

徐柳摆摆手："没有的事。"她微微低下头，似乎还有点不好意思，"我第一次跟行程，怕有很多事情考虑不周全，如果我哪里做得不够好，请一定和我说。"

她明明年纪比徐杺要大，言谈举止间却显得比徐杺还要不经事，好像很坦荡真诚。

徐柳说完便转身回了自己房间，徐杺关上门，把礼品袋拿进屋。

韩朔抬头看了看，他刚才都听见了："真把我当瘸的了，得每天泡在药罐子里。"

徐杺说："就是得每天泡，我每晚都监督你。"

说完这句话，徐杺看着礼品袋里的东西，微微有点走神。

她发现徐柳真是个温柔且细心的姑娘，从很多细节都可以察觉到对方的许多想法和自己不谋而合。

不过这也是一件好事，总比来一个粗心大意的助理要好得多。这段时间那么忙，她再细致都难免会有纰漏，多了这么一个细心的姑娘在身边，她也能放心许多。

七月是意大利一年里头最热的时候，剧组的人但凡出外景，再乐观的外国人都会愁眉苦脸，特别是布景道具组的成员，他们几乎个个身材健硕，从早到晚搬搬抬抬，身上的衣服就没有一刻是干爽的。

第一天拍外景的时候，徐杺觉得眼前白晃晃的，地面蒸出层层重影，周围温度高得让人脑袋发晕。

大概是太阳光太强了，她有些不适地闭了闭眼，汗水沿着睫毛滴落。她长长地舒了一口气，艰难地调整呼吸。

他们三个还算是比较好的，准备期间都坐在面包车里，或者在面包车前活动，好歹有微弱的空调吹一吹。

韩朔热得整个人都蔫蔫的，除了拍戏，其余时间一句话都懒得说。

他上半身穿着短袖，下半身却穿着一条皮裤，休息期间也得小心翼翼，不能蹭脏。这条皮裤是剧组从一位时尚买手处借来的 VG 几十年前的经典款，如今已经是有市无价，就连 VG 也只有一条，现在还放在收藏馆里，从不外借。

“站过来一点，要中暑了。”韩朔一边用吸管喝冰水，一边把在整理衣服的徐杺往阴影里拽了拽。

徐杺额头上冒了一层汗，脸红扑扑的，但是嘴唇却发白，看得韩朔皱紧眉头。

徐杺往里挪了挪，低头喝了一口韩朔递过来的水。

“待会儿让化妆师给你补补妆。”徐杺看了看他鼻翼两侧，已经有些脱妆了，可看到不远处的化妆师忙得恨不得长出八只手的样子，暗暗叹了口气，从包包里拿出自己的粉饼给他补妆。

幸好他们的肤色相差不多，徐杺一边小心翼翼给他补上被汗晕开的地方，一边问："徐柳呢？"

她整理到一半徐柳就不见了。

韩朔懒懒地闭着眼："不知道。"

说曹操曹操到，他们话音刚落，徐柳就回来了，手里还抱着一个半米高的冷风机。估计是跑了很远，回来的时候她浑身都是汗，脸晒得比徐杺还要红。

"我见其他演员车里都有，就去问了一下场务，原来是我们没去领，都被领完了，我就又跑去道具组那边拿了一台。"

徐柳插上电源，让冷风机对着韩朔吹，加了凉水后风自动制冷，在炎炎夏日下舒服得让人说不出话。

韩朔的眉头明显舒展开，虽然他什么也没说，脸色却比刚才要好了许多。

徐杺见徐柳用手擦汗，连忙从兜里拿出纸巾递给她："辛苦你了。"

"不辛苦的。"徐柳感激地接过，转过头去慢慢擦了起来。

徐杺给韩朔补好妆以后再用干净的纸巾一点一点把韩朔额头上冒出的细汗抿掉。不过韩朔原本就不是容易出汗的体质，有了这台小型冷风机，很快汗就止住了。

他闭上眼睛靠在皮质靠背上，在太阳光下，他的皮肤白得像在发光，脸上的妆是深色系的，看起来就像是欧洲电影里的俊美吸血鬼。

徐杺收拾包包的时候无意间抬起头，就看见徐柳侧头看向车里，整个人都看出神了。

一时之间，徐杺觉得阳光带给人的眩晕感更重了。

没过多久又到了韩朔的戏份，他睁开眼的那一刹，眼神还是愣怔的，但是很快又恢复了清明。徐杺给他穿上配套的外套，等她整理好后，他才迈步走向导演。

徐杺和徐柳也跟了过去，站在不远处的树荫下看韩朔过戏。

这一次韩朔没有一遍过，大概是大家热得脸色都有些难看，导演也看出来男主角的状态不好，喊了一声停。

导演要跟他们讲戏，韩朔和 Downey 都把外套再次脱了下来，徐杺走上前把韩朔的外套接过。

徐杺知道斯蒂芬导演讲起戏来没半个小时结束不了，便把外套搭在臂弯里，重新退回树荫里。

“他们真辛苦啊。”徐柳感慨道。她第一次见到真正的拍戏，眼里都是新奇，哪怕脸上都是汗也不觉得辛苦。

徐杺也有些佩服她的精力。突然，胃里泛起一股淡淡的恶心，可徐杺什么也没说，只有些难受地晃了晃脑袋。

过了十多分钟，导演那边还没说完，徐杺被服装组的负责人叫住，让她去拿下一组韩朔要用到的衣服。徐杺应了一声，徐柳闻言便开口：“衣服我帮你拿吧？”

徐杺点头，把韩朔的外套交给她，然后转身往帐篷那头走去。

道具和服装组的帐篷离拍摄地不远，徐杺和负责人来到龙门架前，对方尽职地一套一套按照表格核对着，两人还一起检查衣服上有没有明显的问题。

导演那边正好结束，让两位演员就位，重新来一遍。

韩朔热得烦躁，一边拧开水瓶，一边头也不回地喊道：“徐……”

他的“杺”字还没说出口，徐柳已经小跑过来，小声喊了一句：“在呢！”然后把手里的外套摊开准备帮他穿上。

这是徐杺一直以来的动作，平时韩朔穿衣服都是直接往后伸手，徐杺对准了手的位置给他套上，徐柳也跟着学了。

韩朔却微微一顿。

他没有像往常一样往后伸出手，而是把水瓶递给徐柳。徐柳伸手接过的时候，韩朔手指一勾，把外套接了过来，自己穿上了。

徐杺在帐篷前抬头，正好看到徐柳小跑过去的这一幕。

“Circe？”负责人看了眼徐杺的胸牌，不明白这个中国女人为何忽然走神。

徐杺回过头来，负责人一脸关切地指了指她，问：“你的脸色不太好，还好吗？”

徐杺笑着说：“没事的。”

第一个察觉到徐杺不对劲的是徐柳。

徐杺提着龙门架走过来的时候，徐柳回身打算帮忙，看到徐杺的脸色吓了一跳：“徐杺，你嘴唇都白了，你没事吧？”

徐杺被太阳晒得头晕，那股想吐的感觉更明显了。

“没事……”

她话音刚落，徐柳的手已经探了上来。

女生的手细腻微凉，贴上来的那一刻让徐杺舒服得浑身一颤。

“还说没事？你发烧了！”

徐柳的惊呼引来一旁人的关注。

不远处导演喊了一句停，这一遍一次就过了，导演很满意。

徐杺想让徐柳小点声，可无奈不远处的男人听到动静，很快就转头看来。他鹤立鸡群，所以哪怕徐杺此刻眼前眩晕，还是能看到他脸色微变，外套也来不及脱，大步跑过来。

韩朔拨开人群，一手从徐柳手里揽过徐杺，手往她额头一探，脸色顿时沉了下来。

徐杺埋在他怀里，闻着他皮衣上的味道，感觉头更疼了。

她艰难地想要讲好，手触到他胸膛却摸到一手汗，有她的，但更多是他的，把T恤都浸湿了。

“别动。”韩朔迅速把徐杺抱起来。因为穿着皮衣皮裤，他身上的细汗透过粉底渗出来，再被太阳一晒，闪射出晶莹的光泽。

徐柳见状连忙说道：“Ethan，你别紧张！我让同事送我们回去！”

徐杺刚想说什么，韩朔已经抱着她头也不回地大步往车子停靠的方向走去。

徐柳见状也蒙了，但她反应也很快，拿起落下的东西连忙跑去跟剧组那边打了招呼，然后跟着韩朔一起奔上车。

回到酒店，韩朔把徐杺放到床上，徐柳找来体温计给徐杺一量，三十八度九。

“挺高的，要不要去医院？”

“不用。”徐杺打断了徐柳，哪怕在这种时候她的应对也是冷静的，“徐柳，麻烦你一下，去楼下的药店给我买点退烧药，等我吃下了你们就回去，还能赶上下一场戏。”

徐柳一听，完全没有犹豫，转身跑了出去。

韩朔坐在床边，脸色很不好，徐杺见状低叹一声：“把外套脱了，你也想中暑吗？”

“这两天你就在酒店休息。”韩朔脱掉外套，把空调调到26摄氏度，又用被子把徐杺裹好，表情才恢复正常，脸色也没刚才吓人了。

他们认识这么久以来，徐杺从没生病过，韩朔刚刚吓坏了。

其实徐杺一直都不意外自己会生病，只是没想到会那么突然，一点准备也没有。

她不是第一次感觉到身体发出无法负担的警醒，可现在是关键时期，她能坚持就一定会坚持。就像发生今天这样的事，她闭上眼睛第一个想的，就是怎么让自己不耽误韩朔的进度。

韩朔自然知道徐杺在逞强，他抚摸着她发白的脸，也是第一次露出类似无奈的表情。

“赶紧好起来。”除了这句，他没有再说更多。

趁着徐柳回来前，他一手撑在徐杺枕头边，俯身去吻她。

徐杺怕自己传染他，想要扭过头，可浑身使不上劲。韩朔察觉到她的动作，露出几分不满，手都没动，轻而易举吻得更深，牢牢控住她。

徐杺嘴里被他任意翻搅，他身上清冽的气息阵阵传来，徐杺渐渐放弃抵抗，闭上眼睛，感觉肺腑里那股恶心的感觉随着他的呼吸而慢慢被驱逐干净。

徐柳赶回来的时候，就看见韩朔坐在床上低头看着徐杺，而徐杺看向门口，徐柳注意到他们两人的手是牵在一起的。

“辛苦你了。”徐杺歉意地对徐柳说，“下午只剩你一个人，可能会很累。衣服我都检查过了，你一件件对过之后就把它们收进车里。”

徐柳点头：“你放心吧，先把药吃了。”

韩朔接过药，就着水喂徐杺吃下。

徐杺躺下之后就催促两人离开：“去吧，我睡一觉就好。”

韩朔看了眼时间，起身对她说：“我一结束就回来。”

徐杺点头。

她看着两人转身离开，徐柳跟在韩朔身后，轻轻带上门。

屋内一片寂静。

徐杺闭上眼睛，太阳穴还突突地疼，于是她又睁眼看了窗外一眼。此时屋外阳光正好，她却在心底叹了一口气，半晌转过身去，逼迫自己早点入睡休息。

徐杺一下午睡得昏昏沉沉的。

她说不清自己有没有做梦，只是感觉脑子里闹哄哄的，一会儿回到自己十五六岁的时候，一会儿又回到一两年前，只是醒来之后似乎都忘了。她盖着被子，浑身每一处都像被火烧一样，闷出了一身汗。

这时门口传来动静，徐杺仔细听，开锁声伴随着徐柳带着笑意的声音传进耳朵，没一会儿韩朔就进屋了。

他已经卸了妆，只穿了件短袖和牛仔裤，是早上出门前的打扮，身上带着淡淡的香水味。

平时徐杺在的时候，都是等他拍完戏催他卸妆的，否则他懒，能赖到回酒店才卸，今天却是卸了妆再回来的。

徐柳这个助理真的当得很称职。

徐杺转了个身。

“怎么了？”韩朔原本准备脱鞋，余光见她动了，就先走到床边去探她的额头，已经没有那么烫了，他的眉头松下来，“今晚别下楼吃了，我让酒店送上来。”

徐杺咽了咽口水，发现嗓子干得很。她转过头看着他，点点头，开口的时候声音哑得很明显：“你先去洗澡吧。”

“破铜锣嗓子。”韩朔给她倒了杯水，看她接过，才脱了上衣，蹬掉鞋子，光着上身进了浴室。

他门也懒得关，徐杺听着浴室里传来的水声，握着温热的水杯走神。

自己刚刚是在闹别扭吗？

徐杺失笑，觉得自己大概是发烧烧糊涂了。

把水喝完，嗓子才算好了一些，徐杺拿起电话叫了饭。等韩朔洗完出来，门铃刚好响了，韩朔便穿着浴袍开了门。

“啊！”

门外是徐柳，她猝不及防看到韩朔袒露的胸膛，下意识叫了出来。

韩朔还以为是送餐的，这会儿见徐柳这个反应，也不拢拢衣服，直接问：“怎么了？”

他洗完澡后，白天的干劲仿佛都被水冲散了，声音又低又沉，懒洋洋的语调撩得人耳朵发烫，而且也丝毫不在乎被人看。

徐杺面无表情地看着他的背影。

“我……我来问你们去不去吃饭……徐杺身体怎么样了？”

韩朔说：“她没事，休息两天就好了。我们叫饭了，你自己去吃吧。”

“哦……好吧。”徐柳还是不敢抬头，垂着头看自己的脚下，“那我先下楼了，你们好好休息……明天需要我叫你起床吗？”徐柳也是临时想到，平时都是徐杺叫韩朔起床，但是明天徐杺休息，韩朔不知道能不能起得来。

可韩朔想也不想就说：“不用，你睡你的。我们直接一楼集合。”

“好。”

正好这会儿送餐的到了，韩朔一手接过，不等徐柳再说什么，利落地关上门。

“怎么了？这副表情？”韩朔进来的时候看到徐杺的脸，捧着饭笑了出来。

他把圆几推到床边，把饭张罗好，然后坐上床，把徐杺从被窝里捞起来。

徐杺睡觉时出了汗，此刻摸着一手黏腻，韩朔也不撒手，把人整个圈在怀里，胸膛贴着她的背，用最惬意的语气咬着徐杺的耳朵说：“吃醋了？”

徐杺心里没来由地一躁，只是她没有表现出来，也没有挣扎：“你好歹等人走了再关门。”

“哦，嫌我态度不好。”韩朔挖了一口饭喂到她嘴里，见她张嘴吃下，才给自己挖了一勺，“慢慢她就会适应的。我看她挺机灵的，可能早就习惯了。

“再说了，我脾气再怎么不好，你不也习惯了？”

徐杺贴着他，闻言，忽然说：“这能一样吗？”

韩朔继续大口吃饭，徐杺看不到他的表情，心里的烦躁如抽丝剥茧一般，不强烈，却让人不由得恼火。她知道自己不对劲，努力平复情绪，拿起另一个勺子，自己吃了起来。

她才吃两口，韩朔就把她的勺子夺了下来。

“好，算我失言。”他用手抵着她的脸让她转过来，低头舔她的嘴角。

他的头发凌乱，稍稍挡住了双眼，也不知道是想到了什么好玩的事，那双好看而深邃的黑色瞳仁下都是笑意：“的确不一样，那会儿你还敢瞪我呢，记得吗？”

徐杺心里的浮躁不知为何因他一句话而慢慢褪去。

她嘴角勾了勾，但很快就压了下来：“有吗？”

徐杺拿回自己的勺子，重新低头吃了起来。

“有啊。”韩朔一只手抱着她的腰，头搭在她的肩膀上。

他的发梢还是湿的，搁在徐杺的肩窝上，一会儿徐杺就感觉到了凉意。

男人咂嘴，似乎正在回味：“没人敢这么瞪我，就你瞪得人心痒痒……啧。”

当晚，韩朔喂完徐杺吃第二遍药，就抱着她躺下了，两人早早准备休息。一个是白天消耗了太多体力，一个则是因为生病。这种轻微中暑和发烧最难根治，徐杺从回到酒店开始精神都不太好。

不过哪怕生着病，徐杺还是记得叮嘱韩朔贴上药贴。韩朔这会儿也没精力作妖，随便贴好就上床睡觉了。

第二天醒来后，徐杺已经退烧了，但头还是很沉，被韩朔勒令在酒店休息，他换好衣服把人哄得昏昏欲睡才起身出门。

徐杺一个回笼觉睡到中午，这一次醒来时精神要比白天好多了。她原本体质就很好，一向大病少，小病也去得快。徐杺给自己叫了午餐，吃完后又去浴室洗了个热水澡，换了身衣服下楼去了片场。

今天他们还是在昨天的外景地，离酒店不算很远，徐杺也没有打车，慢悠悠走了十多分钟就看到了拍摄地所在的广场。

旁边是公园，此时已经被清场，只有三三两两几个工作人员在收拾东西，徐杺边走近边寻找韩朔的身影。

很快，她就看到了，因为那人就站在阳光下。

导演正在和他们解释走位和镜头，韩朔边听边慢悠悠把外套穿上。原本只有韩朔和导演、化妆师三个人，徐柳这时候突然小跑过来，举着水不知道说了什么，然后徐杺就看到韩朔低下头去咬住吸管，他眼睛还看着导演，目光专注，随便喝了一口就松了嘴，继续和导演说话。

因为他喝水的时候没有弯腰，徐柳只能费劲地抬起手，她的衣袖因动作而滑动，露出白皙的手臂，皮肤在太阳底下白得近乎透明。

徐杺停住了，站在树下静静看着。

徐杺看得出来韩朔和导演讨论得很认真，从他的表情里，徐杺也知道，这会儿哪怕她在他身边，他也未必能够察觉。

这时候，不远处有一名服装组成员见到徐杺，叫了她一声，徐杺正在出神没有听见。等回过神来，她转身，往来时的路走去。

韩朔和导演说完话，忽然听见一声细微的叫唤。他下意识抬头，被太阳照得眯起了眼睛，却仍然顶着日光朝不远处的树荫下看去。

“Ethan？”徐柳顺着韩朔的目光看去，可她视力不好，加上阳光着实刺眼，她只能看到远处只有几个在搬运服装的工作人员。

韩朔收回目光。

他看了看徐柳手中的水瓶，过了一会儿才移开目光。

大概下午五点的时候，徐柳回来了。

徐杺听到敲门声去开门的时候，徐柳手里还提着韩朔今天穿出去的私服。见是徐杺开的门，徐柳还一脸诧异：“啊，徐杺！你能下床了吗？”

“我都快好了。”徐杺看到她手里的衣服，“怎么了？”

“这是 Ethan 落下的。”房间里一览无遗，浴室里也没有动静，徐柳更惊讶了，“Ethan 还没回来？”

徐杺闻言心底一跳：“他没跟你一起回来？”

“没有啊，一结束他就打车走了，我都没发现，他衣服也没换，打他手机也不接。我以为他赶着回来看你，就把衣服给他拿回来了。”

徐杺接过徐柳手里的衣服，闻言轻蹙眉头：“我给他打个电话，你进来坐坐？”

“啊？好，那我坐一会儿。”

徐杺走进屋，把衣服平放在床上，给韩朔打电话。

电话没关机，可也没人接电话。

徐杺又打了第二个。

徐柳问：“没接吗？”

徐杺“嗯”了一声。

“下午拍戏的时候还好好的啊。”徐柳自言自语道。

徐杺看了看外面的天，此刻已经黄昏了，橙红色的天空把每一幢高楼都染上了同样的颜色，像火焰，却不会让人感到灼烧。

是宁静又让人安心的颜色。

不知为何，徐杺忽然舒展眉头。

“算了。”徐杺对徐柳笑了笑，“别管他了，他晚上会回来的。”

“不会有事吧？”

“不会。”

说完，徐杺把手机放在一边，坐在床上把他的衣服都摊平，再用衣架穿上，耐心地一件件挂起来。

徐柳有些看不懂，但她也没问，坐了一会儿缓过气了，也不再久留，回房间休息了。

收拾好衣服，徐杺又在床上等了半小时。不知为何，她隐隐有一种预感，韩朔此刻去做的事大概与自己有关。

这么一想，她的心也静了下来。

房卡开门的声音响起的时候，徐杺睁开双眼，往门口看去。

男人关上房门，头发有些乱，脸上的妆容还没卸下，显得他比往常要俊美妖冶。他手上抱着一大束花，几乎完全把他胸前盖住。

满满一束满天星，没有一丝多余的装饰，只用简单的深蓝色包装纸束住，再用一条白色缎带绑紧，大片的纯白仿佛繁星落入他的怀里。他抱着花走近的时候，徐杺忍不住缓缓笑了。

韩朔像是累极了，坐在床上，把花递给徐杺。

辛苦跑了几家花店才买来的花，被他这么随手送出去，毫无情调可言。见徐杺接过，韩朔才托着下巴，一边休息，一边仔细观察她的每一个表情。

他的脸上有细汗，双眼和汗水一样亮。

“为什么送我花？”

徐杺差点抱不住，这花比想象中要沉，她低头闻了闻，用那片柔和的白色掩盖住唇边的笑。

韩朔一动不动，目光像长在了她身上。

“因为我女人吃醋了，所以想个法子哄一哄。”

他的语气十分淡定随意，可双眼又分明带着清澈慵懒的笑意。

徐杺一怔，看向他。

韩朔低头一笑，忽然拽过她的手，花束顿时散落在床上，凌乱地铺散开，下一秒他欺身而上，把人压在身下。

徐杺的脸有些红，被拆穿了心思，有些难为情。

后背压着散落的花瓣和花梗很不舒服，徐杺动了动，韩朔却牢牢盘踞在她上方，他用手指缓慢抚过她的额头、羞赧的眉眼、有些干燥的唇瓣……他明知这样能撩得她更加无法思考，却恶劣地变本加厉。

直到徐杺恼羞成怒地瞪他一眼，韩朔才笑出声来，手指最终落在她下垂的眼角，用指腹蹭了蹭：“告诉我，你在想什么？”

他整个人压在她身上，只有胸膛以上稍稍留了空隙，她几乎要喘不过气。

徐杺努力调整呼吸，小声回答：“你不是什么都看穿了吗？还问我干什么？”

“但是我想听。”他的笑容里有得意，也有理所当然的挑逗。说完，他咬住她的下巴，放在嘴里轻轻含着，直到她痒得不自觉仰起头，把修长白皙的脖颈完全袒露在他面前，他才一点一点随着她的下颌线往下亲吻。气息喷洒在她最脆弱也最敏感的部位时，他仿佛恶魔一般诱哄：“难得吃醋一次，说出来让我开心开心……还是以前也有过，藏得太深我看不出来？”

“没有……”徐杺任他继续点火，声音有些低，仿佛在喃喃自语，“只是觉得……觉得有些新鲜。”

韩朔一边听着，一边漫不经心地应，表示自己有在听。

他的手从她的小腹往上寸寸丈量，好像要透过那层薄薄的皮肉抚摸到骨骼深处。她那么纤细，好像每一个部分都很脆弱，但她的柔软让这份脆弱变成了包容。

徐松已经慢慢习惯了这种触摸，她把手抬起来抱着韩朔的脖子，继续说："难道你没有觉得我们在某些方面很相似？我看着徐柳，刚开始是有点别扭，可后来仔细一想，又觉得自己很幸运。"

不是忌妒，也不是恼怒，而是一种更近乎怅然的情绪萦绕在她的心上。

遇到韩朔后，徐松觉得他就像专柜里一件昂贵的奢侈品，他身上似乎有满足所有人虚荣心的特质，像钻石一样珍贵，却也同钻石一样坚硬，因此人们对他趋之若鹜，却始终没有人真正地想要得到他的心。

她知道韩朔对此心知肚明，也能察觉到他并不在乎，因为他自己也很难付出真心，所以他从不抗拒别有目的的靠近。对他来说，男女关系大抵就是这样，讲究的是你情我愿，各取所需。

徐松一开始并不认为自己能走到他身边，她只是纯粹被他吸引，就像张檬和陈华这些人一样，渴望他能带给自己不一样的改变和际遇，事实证明他的确做到了。

可后来这份感情不知不觉脱离了轨道，他们默许了这份感情发酵，两人在不住地试探中卸下心防，第一次向除自己以外的人袒露伤口。

不管是对他还是对自己而言，这不是一件容易的事，但徐松认为自己最大的优点就是有耐心，尤其是面对他时，她的底线就会一再放低。她知道这样不好，可她控制不了。

直到现在，她都认为是韩朔选择了她，所以当察觉到徐柳和自己性格相近的那一刻，她会忍不住想，人的一生会遇到许多人，以后的某一天，或许是徐柳，或许是别人，总会有一个人出现，像她这样，无底线对他包容。

到那时，他是否也会被这样的耐心和温柔打动，像爱上她一般爱上别人？

可当他回来的那一刻，徐杺其实已经得出了答案——

不会有了。

世界上没有那么多如果，不管是早一步还是晚一步，他们已经相遇了，而且正因为是这样的幸运，她一旦抓住，就不会再让给别人。

没有人知道她是多么近乎贪婪地拥有着他，那是一种像溺水者抓住孤木一样的本能。

徐杺不再说话，紧紧抱着他。

她这种类似撒娇和占有的行为取悦了韩朔，他沉沉一笑，先是重重地吻着她锁骨下那块薄薄的皮肤，然后回到她唇瓣上，吻上，离开，再吻，再退开……像是玩游戏一样，乐此不疲。

她的唇是软的，触感像韩朔小时候吃的黄桃果冻，也像以前曾经吃过一次的羊奶膏，又腻又弹，让人爱不释手。

黄昏的最后一点光亮洒在他们身上，他们在黑夜即将到来前亲近地融为一体。

不知道过了多久，韩朔终于玩够了，他发现周围的光线缓缓暗了下去，也没有开灯，说话的时候热气喷在徐杺脸上，让徐杺的睫毛微微颤抖。他的眼妆在最后一丝光亮下像是洒上一片清晰的亮粉，手指还在轻点着被自己弄肿弄湿润的嘴唇，缓缓说：“哪里像了？”

徐杺没说话。

他的手肆无忌惮地按住她心口，她的心跳声在昏暗中显得格外清晰绵长。

“对大部分人都伪装着温柔，其实就是对谁都冷漠，看起来乖顺，实际上倔得要死，怎么教都不会改……心眼儿很多，还喜欢口是心非。这样的女人，全世界就独你一个。”韩朔舔舔牙齿，继续说，“以为在我面前藏得很好是吧？就你这心眼儿，故意说这话酸我呢？徐柳跟你哪里像了？嗯？你可别碰瓷别人了。

“而且我这人自负，不是我选的我就不屑要。但你是我发现的，也是我亲自选的，我从来都不是一个有耐心的人，好不容易才把你弄到手，别人给我再好的我也不换……”

他重重地咬了她一口，气息有些粗重，语气恶狠狠的。

徐杺病刚好，身上的毛孔仿佛原本都闭着，闷得难受，可随着他的吻落下，她的毛孔像是一瞬间都打开了，身体里的每一个细胞都叫嚣着要和他贴近。她被他完全剥了出来，背上的花瓣压在皮肤上嵌进去，使疼痛的触感变得更加鲜明，连同他带来的战栗一起混合成一种无法形容的共振。

这男人就不能真正地让她一次……

刚这么一想，徐杺就听见他低喘着说：“不过有句话你说对了……你是幸运的。我也是。”

不仅仅是韩朔选择了徐杺，而且在最合适的时间里，他们遇到了最适合自己的人，并且都毫不犹豫地选择了彼此。他们同样幸运。

感情的世界没有先来后到，他们都是那样挑剔地活着，不容许丝毫将就，一旦认定，就不允许有第三者插足。

在这世上再没有人能比他们更契合对方的需求，他们是彼此最虔诚的信徒。

情到浓时，徐杺咬住快到唇边的低呼，泪眼婆娑地看着攀在自己身上的身影。

汗水交融使肌肤都腻在了一起，黑暗中，每一种感官都被放大到极致。不管是极尽的欢愉，还是心灵的契合，都是相互的，他给一分，她承受一分，同时还他一分。

空气中的呼吸声越来越重，最后结束时他倒在她身上，低下头亲密地亲吻着她汗湿的脸颊和耳后。

“咱们打个赌吧。”韩朔忽然低声在她耳边说。

他的嗓音微哑，十分性感。

徐杺缓过来，应了一声。

“要是我四大时装周都能上，你就答应我一件事。如果做不到，我就许你一个承诺，你要我做什么都可以。”

徐杺睁开眼睛。

以他现在的能力，上四大时装周真的不是一件难事。

可她还是问：“你想要什么？”

韩朔还沉溺在刚才的亲昵中，有一下没一下地啄着她的肩膀。

“你就说你答不答应。”

徐杺望着天花板，抱着他汗湿的身体，只觉得整个人都快融到他的体温里了。这种感觉很舒服，也让人安心。徐杺沉浸在其中，两人同样都享受着事后的温存。

半晌后，徐杺才哑着声音答应他：“好。”

七月底，韩朔的戏份终于杀青。他本来戏份就不多，拍得还很顺利，前后一个月就完事儿了，至于后续的物料补拍的具体时间还要等剧组通知。于是，他们很快就收拾好了东西，出发去和张檬他们会合。

见到张檬的第一件事，韩朔就把徐柳换回给了周近，让张檬再给自己另外配一个助理。

张檬一脸不解：“为什么啊？不是用得好好的吗？”他也没听说过在意大利期间发生了什么事，怎么突然就要换助理？

韩朔看着不远处的人，淡淡地说道：“让你换就换，哪来那么多废话？”

张檬跟了韩朔这么久，从他的眼神和语气中猜到了端倪。

他看了徐杺一眼，惊讶地压低声音：“吃醋了？”

韩朔瞥了他一眼，默认了。

“原来是这样。”张檬连拍了自己好几下，就像发现了新大陆，“不早说！哎哟，我也没注意，差点成罪人了。”

韩朔叼着烟，但没点着：“也没那么夸张。”

“那你那么着急？”

韩朔冷冷瞅了他一眼。

“知道了，知道了，给你换个男的。”

韩朔点了点头，又补充了一句：“只要直男，给我挑个利索点的。”

# 第十四章 赌注

他们工作室几个模特收到的面试邀请几乎都差不多，所以集合后他们便统一安排在一起行动。

四大时装周的顺序依次是纽约、伦敦、米兰、巴黎，四座城市主打的风格也全然不同，所有人都需要通过严格的选拔，并且拥有良好的身体素质支撑，才能得到一名模特的最高邀请函，登上世界认可的舞台。

纽约偏重商业休闲风，新生一代的设计师力量聚集其中；伦敦主走先锋前卫路线，小众且风格独特的品牌占比较多；米兰经典品牌云集，尤其是意大利本土传统品牌占据了主要位置；巴黎则是世界最高端奢侈品牌聚集地，像VG这样的世界一线奢侈品牌每年都不会缺席，主要以高级定制为主，是引领国际时尚潮流的四大时装周的最后一站。

这是他们工作室的模特第一次获得面试邀请函，所有人都跃跃欲试。落地后，他们只做了简单的休息调整，第二天就踏上了选拔会的征程。

因为面试期间徐柲和助理们都不能入内，所以他们都是在车上等，等模特出来后再驾车驶往下一处。

时装周面试期间，所有模特都在与时间和体力赛跑，只是短短一天的行程，他们连午饭都没能坐下来好好吃。助理们趁着他们面试的空当买好简单的餐食，他们上车后就开始吃，并且还不能吃太多，只要勉强减消饥饿感就可以了。韩朔更是一天下来只吃了一片全麦面包，大部分时间都在车上闭眼补眠。

这个行业表面光鲜靓丽，背后付出的一切却很少有人知晓。

徐杺看着一车大男人累得窝在车里闭上眼蒙头大睡，低声让司机把空调调高了些，让他们能睡得更舒服。

然而这一路的确没有想象中那么顺利。

这天，许峰一出面试场地就差点跪倒在地上，被走在身旁的韩朔和猴子稳稳扶住，两人像是早就知道他撑不下去了。这一幕让在外头等待的徐杺一行人看得清清楚楚，助理们连忙从车上下来把他扶到车上，好一阵兵荒马乱。

徐杺当时想要送许峰去医院，却被他阻止了，他坚持要走完当天冗长的面试。

徐杺在他的目光下终究只能沉着脸妥协。助理们让开了位置，徐杺脱掉许峰的鞋子，他的脚踝已经肿起来了，看起来有些吓人。徐杺用医用胶带缠绕上一圈，直到车子驶往下一个面试地点，才解了下来。

当天夜晚，徐杺筋疲力尽地从浴室出来时，看到韩朔按着自己的大腿，坐在床上沉默不语。

她当时心里狠狠一跳，转身就要联系司机，却被韩朔按住。他把她的手按在自己的脚上，淡淡地说："乖，帮我按按。"

徐杺抿着唇沉默，韩朔也不催，一动不动地等着。几分钟后，徐杺搬来一旁的单人沙发，把他的脚搁在自己的大腿上，用温医生教她的方法用力按着穴位。

她低着头，看不到韩朔额头上冒出的细密冷汗，但手心能清晰地感觉到他小腿肌肉明显地僵硬着，只是到最后她也没有抬头去看韩朔的表情。

也不知道按了多久，徐杺的手心已经热得发烫，他的整只脚红得像是充了血。

韩朔示意可以了，缩回腿，舒服地感叹："之前没白练，好多了。"

徐杺抬起头，看到他额头上的汗已经把他的刘海打湿了。片刻后，她用毛巾擦了擦手，站起来转身走向门口，说："我去他们房间看看。"

“嗯。”韩朔随口应了声。

徐杺推开门走出去。

关门的那一刻，她看着韩朔保持着原来的姿势久久没有起身。

一个个房间走下去，徐杺的脸色越发难看。大家的状态都不太好，脚跟红肿、腿部发麻的情况尤其多，助理们按着徐杺的方法坐在床头给他们用药水按摩，他们僵硬地躺在床上，累得连疼都喊不出来。

徐杺最后来到许峰的房间。他精神还算可以，靠坐在床头，正伸直双腿让助理按摩。

“你怎么样？”

闻言，许峰居然还挺乐观地笑着说：“挺好的，还能走。”

徐杺没说话。

“你这副表情我看了害怕。”许峰捶捶大腿，“韩朔那边情况也不好吧？”

他心如明镜似的，徐杺没有说话，表情却说明一切。

“徐杺，别担心。”许峰看她这样，叹了一口气，“难过也不要表现出来。你知道的，你这样只会让他更硬撑。”

徐杺知道，低低地“嗯”了一声。

许峰看着自己的双脚，喃喃道：“没事，都是值得的。”

徐杺按着他的肩膀，垂下眼帘，对他说：“别担心我，我习惯了。”

许峰挑眉看着她：“是不是看着我们这么惨，觉得越来越放不下我们了？”

徐杺听了这句话，微微苦笑：“就没有放得下过。”

许峰哈哈大笑。

和许峰聊了一会儿，为了不妨碍他休息，徐杺还是早早离开了。

回到自己房间门口，徐杺没有立刻进去，而是在门口站了一会儿，也不知道在想什么。

这时候，门突然从里头被打开了。

韩朔浑身湿气地站在门口，肩上搭着毛巾，浴袍敞开着，头发擦了八成干。

他上下打量了徐杺一眼，问道：“怎么去那么久？”

他嘟囔着回身往里走，徐杺进屋后轻轻关上门，目光落在他的脚上。他踩着拖鞋，脚上的充血已经散去，看着和没事人一样。

韩朔随手把电视关掉，丢掉毛巾躺上床，拍拍身旁的位置：“快睡觉，累死了。”

徐杺脱掉外套，爬上床，躺在他怀里。

他身上有沐浴露的清香，还有他惯用的香水的气息，淡淡的，很好闻。

“空调有点低。”徐杺的手伸出被窝，探了探外面的温度。

韩朔已经躺下了，这会儿也懒得起身去拿遥控，于是侧躺着，脚一勾，把徐杺完全包在怀里。他的脚很温暖，把徐杺的小腿夹住，一动不动：“这样就不冷了。”

徐杺也没再说什么，手插进他的头发里，让他像以往一样埋在自己胸前入睡。她抱着他，沉默而隽永。

这样忙碌的日子到了后面，大家的表情也越来越麻木。

徐杺不知道他们在面试的时候表现得怎么样，但是一离开会场，他们全都失去了表情——上车、吃饭、下车，直到一天的面试结束，回到酒店倒头就睡。

助理们也累得够呛，每天早晚和上车的那点空隙都在争分夺秒地为他们做脚部护理，医用胶带用光了一卷又一卷，总算熬到了最后一天的面试。

最后一场面试结束后，他们意外地精神尚可，大概是已经习惯了，所以结束之后也没有露出太明显的疲惫。

助理们眼下的两圈青黑比模特们更明显。

温医生今天下午也赶到了，准备给他们做个全面的检查。

韩朔靠在徐杺的肩膀上，拿着手机在看，一路上没有什么话。

回到酒店后，九个人先回自己房间洗澡，然后统一穿着睡袍去温医生的房间。

张檬特意给温医生订了一间大房，位置很多，他们三三两两地坐好，把脚露出来，让温医生逐一检查。

“比我预想的情况要好些。”看完一圈下来，温医生对徐杺他们说，“助理们功劳不小。”

温医生拿出自己的工作包，没一会儿，给每一个人脚上都扎了十几根长针。扎完一圈，温医生的额头也渗出些汗水，他淡定地用手帕抹去，然后问徐杺：“什么时候出结果？”

徐杺回道：“应该就这几天会陆续下来。”

温医生表示知道了，然后淡淡下达命令：“那这几天他们就别出门了。”

“嗯。”徐杺也是这么想的。

于是，他们忙碌了接近半个月后，又过起了两天足不出户的生活。

温医生每天早上运动过后就会挨个房间为模特们做针灸和按摩，他们一天近乎二十四小时脚上都包着医用胶带，就连吃饭也是助理们送到各自的房间的。面试结果下来后，他们还有更为烦琐而忙碌的试装环节，这一轮仍然会筛下来不少人，因此更不能掉以轻心。

今年四大时装周的时间安排依次是——纽约：9月25日到10月1日；伦敦：10月2日到10月7日；米兰：10月8日到10月13日；巴黎秀场：10月14日到10月21日。前后总共二十七天，大约三百场走秀。

几天后，面试结果逐一下达，韩朔意料之外又情理之中地收到了四大时装周一共六十份面试通过的邮件，其中更是有TE、VG、AN这样的国际一线高端奢侈品牌。作为第一次登上四大时装周的亚洲男模特来说，这样的成绩可谓是十分惊人的。

其次是许峰，纽约、伦敦和米兰一共四十二场。

周近也同样是纽约、伦敦和米兰，数量比许峰少一些，一共是三十六场。

猴子是纽约和伦敦一共二十场。

其他人和猴子差不多，基本都在十场到二十场之间。

除了最后的巴黎秀场只有韩朔被选上，Wind 的其他人基本都能登陆前三大秀场。

这样的成绩在国内已算斐然，张檬收到消息后高兴得差点蹦起来："我的乖乖，可以啊！"

这些天大家都太辛苦了，能达到预想的成绩，大家也都松了一口气。

就连韩朔也露出了这么些天以来的第一个慵懒笑容。他抱着徐杺坐在床上，和大伙儿说话的时候手指有意无意地刮着她的细腰，似乎在提醒她什么。徐杺垂下眸掩住眼里的笑意，抬起手握住了他那只不安分的爪子。

他低下头，瞅了她一眼。她嘴角的笑容像是沾了蜜，看得人心痒痒。

趁着大家聊得正欢的时候，韩朔忽然低头咬住她的耳骨，磨了一下，用只有两个人能听到的声音低语："愿赌服输。"

徐杺抿唇笑着不回答，只是把他的手掌翻过来，用自己的手牢牢握住。

她从未想过自己能赢。

不过她早就知道，哪怕输了，自己也是高兴的。

因为他们的付出都是值得的，所以她才那么高兴。

9 月 25 日。

徐杺凭借工作人员的胸牌进入服装间后台。她今天穿了件宽松白衬衣搭牛仔裤，人显得清爽又伶俐，路过更衣间时还和其他几位已经混熟的服装助理打招呼。

这里的模特都比徐杺高出几乎两个头，走在其中，这些助理们变得毫不起眼。徐杺径直走到韩朔他们的化妆间，没看到人，过了一会儿才被隔壁模特的助理告知他们都去换衣服了。

徐杺等了一会儿他们才陆续出来。他们脸上化着淡妆，经过几天彩排，眉宇间也不见疲色，反倒显得精神奕奕。

他们之间最早上台的是赵更。第一场是 NK 的走秀，他上台的时间是九点半，然后是猴子，九点五十左右。

他们出来后再次坐下补妆，猴子好不容易有空闲，笑着对徐杺说："你怎么还在？有这么不放心吗？"

他们公司也收到了几张邀请函，张檬、陈华，还有公司的两名设计师现在正在外面的观众席位上。

徐杺站在韩朔的椅子后面，闻言对猴子说："我等下就出去。"她弯下腰看猴子的脚，确定胶布没有在他脚上留下明显痕迹，才直起身来。

周近坐在另外一边，看着徐杺这样的举动，顿时乐得笑出来："这都要上场了你就别操心了，放心，现在让我们走上十天十夜都没问题！"

这时候，负责人朝他们这边喊了一声"准备"。

周近和猴子嘟囔了几句站了起来。

徐杺的心跳快了半拍，但表面还是平静的，对两人说："好好走。"

他们"嘿嘿"一笑，摆摆手走了。

韩朔正坐在位置上玩手机，看上去一点都不紧张。

他第一场秀是中午十二点，走的是 DG 的开场，现在这边还没有化妆师。

从知道结果到现在，他的心情一直不错，他没有提赌注的事，徐杺也没问，但是他那股得意的劲儿倒是一点都没掩饰。

在其他人也陆续去准备的时候，徐杺听着前头的音乐，微微俯身对韩朔说："那我先走了，你注意安全。"

韩朔这才从手机屏幕里把头抬起来，深深地望了她一眼。

徐杺笑了，用手轻轻拨开他额前的碎发，印下一个吻。

韩朔眼底染上笑意："去吧。"

徐杺顺着来时的路走出去，拐到旁边的侧门，和工作人员确认后进场。

张檬他们坐在侧后方，看到徐杺的时候朝她小弧度地挥手。现在正是进场高峰，世界各地的先锋时尚媒体、买手、设计师和明星等纷纷入场，门口更是有摄影和粉丝造成小范围的轰动，场馆里夹杂着语言不一的交流。

徐杺慢慢挤过去，走到张檬旁边坐下。

张檬问："怎么样了？"

徐杺："都好。"

"我紧张得快吐了。"张檬诚实地说道。

徐杺低头笑着说自己也是。

首日秀终于开始。

在赵更出现在T台上的一瞬间，徐杺分明感觉到身旁几个人呼吸一窒，那是人在紧张时的下意识表现。可过了一会儿，徐杺发现自己也和他们一样，盯着T台，全程看得目不转睛，直到赵更的身影消失，他们几个才不约而同地笑了。

赵更走得很好，也很稳，神态和台步都有一种恰到好处的松弛。

身边不时有低声探讨的声音响起，后来随着猴子的出场，徐杺的心情也越来越放松，不再像刚开始一样紧张。

张檬他们也是。

到底是设计师，他们的注意力很快就被服装吸引过去，还会不时一起讨论。

直到韩朔出现在T台上，徐杺才再次把注意力放在模特身上。

DG是一个在国外家喻户晓的西班牙时尚品牌，新鲜、不过度的反叛是这个品牌的特色和理念。这一次也不例外，可今年的设计风格却比以往手法更成熟，大量的拼色处理不再直白鲜艳，而是采用灰调对比，把亮色反衬出来。

韩朔的短发全部往后梳去，他身穿拼色短袖外套，露出男性挺拔健壮的上身，下半身搭配浅色牛仔中裤，这样狂野直接的西班牙风格套在一个亚洲男性身上却让人丝毫不觉违和。男人走的每一步都像带着劲，台风却不显粗糙。待他转过身和身后的男模特擦肩而过的时候，徐杺余光看见低头讨论的人明显比刚才要多了起来，还有几个欧洲面孔的设计师笑着交头接耳。

晚上九点，纽约时装周首日完美结束，模特们还要参加after party（余兴派对），于是徐杺和张檬等人便先找了一家餐厅吃饭，再等他们一起回酒店。

吃饭的时候，大家都在上网刷最新的时装周话题，徐杺大概看了一眼。有许多设计师和买手们已经在外国的社交网站上发表了对时装周首日的看法，而且大家对韩朔的评价都很不错。还有几家知名时尚媒体为韩朔简单写了一些评析他台风的小文章，徐杺都一篇篇认真看完了。

作为首次登上时装周就拿下了六十场走秀名额的华人模特，韩朔的关注度似乎从一开始就居高不下。

韩朔从十七岁起便在这个领域展现出了天赋，后来在A大的三年里更是在这个行业中大放异彩，比起那些十五六岁便已经验丰富的模特来说，他算是厚积薄发的类型。

他十九岁开始走上国际T台，在时尚圈的成名之路似乎一直一帆风顺，他没有顺势签下经纪公司，而是直到自己创立公司后才终于应邀登上时装周的演出台，并且首次就成绩斐然，相继被TE和VG钦点为独家模特，成为这次四大时装周中华人模特的领军人物。

人们对这样的他充满了期待与好奇，而这种好奇更多是带着审视的，他获得了多少赞誉与认可，相对应地就要承受多少挑剔的目光。可他首日的表现似乎也交出了自己的答卷——他不惧怕任何人的挑剔，他一步一步走到今天，依靠的是完全的天赋与实力。

这时，徐杺忽然刷到一条消息——

△设计师Rousteing今日抵达纽约。

作为巴尔曼的时尚总监，Rousteing（鲁斯廷）在时装周期间的行程自然不是秘密，几乎是他下飞机的那一刻就已经有媒体捕捉到，并迅速在网上发布消息。

巴尔曼的秀在巴黎时装周倒数第二天，韩朔已经定好走的是压轴位。

当初Rousteing给的名片徐杺还保留着，她也记得当日Rousteing对她的赞赏，她答应了韩朔之后，回去就给Rousteing发了委婉拒绝的邮件，之后也得到了他的回复。

徐杺关上电脑。

韩朔晚上快十二点的时候才回来，他身上有着淡淡的酒气，虽然是交际场合，但他并没有多喝。他抱着徐杺的时候，徐杺闻见了香槟的香甜气息。

韩朔压在她身上，双眼明亮，带了一些微醺的水汽。

他无声地抱着她亲吻，把今日的意气风发都含在了吻里发泄给她，细致而动情。

徐杺没一会儿就挨不住了，浑身通红地躲着他。他的力道大得徐杺抵抗不了，只能酥软在他怀里，边喘边问："其他人呢？"

韩朔哑着嗓子说："被助理带回去了，放心，都没醉。"

徐杺这才放下心来，随即被他带进难以启齿的欲望旋涡中。

徐杺是在纽约时装周的最后一天看到Rousteing的，他坐在靠前面的位置，和一群在国际上名声同样响当当的大设计师坐在一起，看秀的过程中温和且专心致志。

结束的时候，徐杺上去打招呼。

可没想到，Rousteing对于她的出现并不意外，像是原本就等着与她见面一样。

Rousteing 站在秀场的一角，别人都在陆续往外走或者在拿相机拍照，他们两个却在安静地聊着天。

让徐忪更加惊讶的是，Rousteing 这次对她郑重提出了邀请。

事实上，Rousteing 在收到了徐忪的邮件后，仍然一直关注着徐忪的动向，不管是她作为 Wind 品牌负责人设计的作品，还是她在作品上体现的对时尚的敏锐嗅觉，都让 Rousteing 感受到了天赋与共鸣。

Rousteing 知道徐忪已经大三了，也知道 A 大每一年都会有几个交换生机会，他希望徐忪能凭借他的推荐信到法国著名的设计学府学习，并且加入巴尔曼青年设计师训练营，以一名实习服装设计师的身份参与到品牌中去。

这样的机会对徐忪来说无疑是十分珍贵的，这意味着只要她在训练营中表现良好，毕业后将直接成为巴尔曼设计团队的一份子。这个训练营是品牌方与校方合作举办的，目的就是为了培养和招募最优秀的设计师为品牌效力。

Rousteing 的话让徐忪彻底沉默下来。

“Circe，我是认真的，只要你点头，我的推荐信可以立刻发到你导师的邮箱里。我当初对你递出的 offer 至今依然有效。”Rousteing 在谈话中表现出了足够的成熟与耐心，他就像一位慈祥的长辈，在给自己欣赏的后辈一个关于人生路上的建议，“Circe，看清你自己的心，你具有一名优秀设计师应该有的特质，在我眼里，你是一块发光的原石，而我们团队正需要很多像你这样的年轻人。给我们彼此一个机会，你的人生还很长，想要做的事情以后会有很多时间去做，但设计讲究机遇与冒险，偏安一隅会局限你的成长，你我都值得一个更好的机会去尝试更多可能。”

Rousteing 不愧是一名优秀的设计师，他睿智而犀利，平稳的话语下藏着让人折服的力量，震得徐忪有片刻的失语。

正当徐忪在思考要如何回应时，余光便看见韩朔已经换好了衣服，正站在进出后台的展板前静静地看着自己这边。

许多人在看着他，有观众光明正大地用相机对着他拍照，他也没有拒绝或回避。他抱着手臂看着她，却不走近，是安静等待的姿态。

Rousteing给了徐杺时间考虑，随后就和不远处的几位设计师打招呼，一起离开了。Rousteing路过韩朔身边时，拍了拍他的肩膀和他说了会儿话。韩朔低头应了，过了一会儿笑了笑，两人才相互告别。

徐杺这才向韩朔走去。

韩朔对她说："走吧。"

徐杺"嗯"了一声。

张檬早就等在车里了，见他们上车，张檬好奇地问徐杺："大佬跟你说什么了？"

韩朔原本看着车窗外，闻言也回过头看着徐杺，目光沉默又炽热。

徐杺看了他一眼，随后便把事情简单地说了下，张檬坐在副驾驶座上听得倒吸一口气。

只是韩朔就在后面坐着，给张檬十个胆子他也不敢说出"这么个天大的好机会还考虑什么，赶紧去啊"这样的话，他憋了好久才生硬地说："Rousteing真的很欣赏你啊！"

车内一阵诡异的安静。

韩朔一路都没有发表意见，徐杺看着窗外，心思飞得很远。

下车后，一群人各自回房间收拾行李，准备出发前往伦敦。

回到房间后，徐杺和韩朔都默契地没有立刻收拾行李。韩朔坐在床上，不知道在想什么，他忽然紧紧握住徐杺的手。

徐杺低头看着他，手抚上他的脸颊，片刻后开口："你不高兴了？"

韩朔说："没有。"

徐杺说："你不想我去我就不去，对我来说，在哪里都一样。"

韩朔这才抬起双眸和她对视。

他深深地看着她，目光如有实质，就像在探究她说这句话到底是不是发自真心的。

而徐杺不躲不闪，迎着他的视线，手指还无意识地轻蹭他的发尾。

他们都知道，如果是去法国留学，最少要待两年直到本科毕业。韩朔是一个占有欲极强的男人，尤其是对她。当初他们还没在一起的时候他的这种状况就很明显了，如今只会变本加厉，他的欲求总是表现得相当直白，不会藏着掖着。

徐杺不觉得放弃这个机会是对感情的一种让步，当年她能答应韩朔，现在也可以，因为在她心里，的确在哪里都一样。

这个机会对于设计师而言的确千载难逢，但徐杺一直以来要的都不多，她想要变得足够强大足够优秀，都是因为想成为韩朔最好的助力。因为他需要，所以她才更想那么做，因此值不值得这个问题她从来没有想过。在徐杺心里，很多东西早已分出了先后，这无关对错，只是一种个人选择。

然而过了好一会儿，韩朔还是什么也没说。他收回目光，低声说道："收拾行李吧。"

徐杺见状也没有再追问，她搓搓他的发尾，回道："好。"

一行人匆匆忙忙赶上飞机，韩朔他们几个一上飞机就开始补眠，助理们则还醒着，见缝插针地讨论这次时装周的心得。顾邱泽在酒店躺了一天，精神尚可，此刻正托着下巴拿着笔记本修这几天拍的照片。

落地后，他们也没有休息的时间，一行人把行李放到酒店，就直接去了秀场报到。

这期间徐杺和韩朔再也没有时间能好好深谈一次，可徐杺能感觉到韩朔心底始终存思量。他在 T 台上心无旁骛，回到酒店就抓紧时间休息和补眠，似乎和往常并没有什么不同，只是有时候早上醒来，徐杺能感觉到他抱着自己，明明醒了却什么也不说，过了一会儿才转身下床。

到伦敦后，徐杺时不时会觉得胸口闷闷的，她以为这是生病的前兆，也不想让韩朔分心，便没有提过。她最近总感觉自己的免疫力下降了，似乎她从出国后就一直在生病，身体也比以前更容易感到疲惫。

很快徐杺就知道了原因。

那是在伦敦时装周的第五天，徐杺像往常一样回到酒店，叫了一个套餐，打算洗完澡后边吃边看看国内的消息。

可当拿起汤的时候，番茄混合着肉末的那股奇怪酸味忽然让徐杺感到一阵反胃，她当即皱起眉站起来，捂着嘴跑到浴室。

一天没吃东西，吐出来的几乎都是酸水，徐杺难受地漱了口，用毛巾擦完脸后忍不住看着镜子发愣。

她原本以为是最近作息太不规律才导致身体不舒服，可想到某种可能，她的后背有些发麻，心跳都比刚才要快了些。

很快，她就镇定下来，下楼找了附近的药店，买完东西后回酒店测试。

结果出来的时候，徐杺坐在马桶盖上，看着手里验孕棒上的两条横杠片刻，捂住额头。

虽然突然，可细想却没有过于意外，毕竟在每一次亲密中他们两人都不约而同没有做过任何防护措施。其实徐杺能感觉到韩朔大概是不讨厌孩子的，对于怀孕，两人都心照不宣地抱着随遇而安的态度，可偏偏是在这个节骨眼上。

徐杺忍不住在心里叹了一口气。

可当她躺在床上摸着肚子的时候，又明显感觉到心里有一块正微微塌陷，软得一塌糊涂。

她忍不住想起了自己的父母，又想起韩朔在说起他母亲时的神情和语气。他们两人好像从小在内心深处就缺乏一种爱，或许正因如此，他们对“家庭”和“孩子”都有一种复杂的情感。这或许是一种出于情感的投射，他们会对此感到敏感和期待。

晚上韩朔回来的时候，房间的大灯已经关了，只留下门前的一盏昏黄小灯。韩朔悄声进浴室洗完澡，出来后带着湿润的气息缓缓钻到被窝里。

徐杺背对着外面，韩朔把她环在身前。

徐杺缓缓睁开眼。

她呼吸一变，韩朔就感觉到了，他把脸埋进她细软的发丝里，闻着她洗发露的香味，低声问："怎么还不睡？"

徐杺转过身来。

来到伦敦的这几天，她似乎变得比以往更累了，每晚韩朔回来她就已经睡下，今晚居然还醒着。

眼前昏暗一片，仅有窗外的月光让他们勉强看清彼此。两个人都不自觉地沉默下来，韩朔心里有事，徐杺也有。半晌后，两人同时开口，声音重合在一起。

"怎么？"韩朔摸了摸她下巴，示意她先说。

徐杺靠在韩朔怀里，想了想，说："等时装周结束，我有话跟你说。"

黑夜中的男人不知为何勾起唇。

"嗯。"韩朔抱紧了她，语调懒洋洋的，"我也有话对你说。"

徐杺闭上眼睛，忽然感到一阵心安。

他们不再说话，熟悉地相拥而眠，就像两道嵌合的圆弧。

那晚之后，徐杺也不敢再对自己的身体掉以轻心，她没有时间去医院做详细的检查，只能比以往更小心翼翼，去看秀的时候也随身备着小面包，饿的时候吃一块，尽量让自己保证足够的食物摄入与休息。

张檬也曾趁韩朔不在的时候询问过徐杺的打算，可是对于留学的事情，徐杺却回答得含糊其词。韩朔那天的态度她基本明白了，心底其实已经想好了要拒绝，打算等时装周结束后再抽出时间邀请 Rousteing 见一面，对于他的再次邀请她必须得当面礼貌拒绝。

张檬认识徐杺也有一段时间了，从她的表述中大概也明白了她的打算，他虽然没说什么，但眼神里还是写满了可惜。

徐杺笑了笑，没有回应。

现在肚子里揣了一只小魔王，大的又怎么会让她离开？

徐杺其实也舍不得。

在徐杺的万般思虑中，时装周终于迎来最后一天。

周近他们因为通过的面试场数不同，在走完各自最后一场秀后就先回国准备开始新的工作，只有徐杺、张檬和顾邱泽三人一直跟着韩朔，一场不漏地看完全程。

最后一天晚上有VG举办的庆祝派对，Micarelli女士通过韩朔对徐杺发出邀请，可徐杺这时候妊娠反应越来越明显，不想他们看出端倪，所以婉言拒绝了。

韩朔没有太在意，她不想去就不去，只是分别前，韩朔让她在酒店等他回来，先别睡。

徐杺应了下来，她知道韩朔有话和她说，她也是。

巴黎的夜晚天空清澈，明月静静悬在高空清晰可见，徐杺透过酒店的落地窗往外看去，心里一片宁静。

十一点半时，韩朔回来了。

韩朔进门的时候，徐杺正静静站在窗边，侧颜被月光照得白皙而温柔。她穿着白色的丝质睡裙，在灯下闪烁出一层柔滑的光泽，奶白色手臂和小腿露在空气中，似乎一切颜色在她身上都变得纤细而柔软。

韩朔关门后悄无声息地走近，徐杺这时候转过头，恰好落在他怀里。

韩朔迎面把她抱起来，回到床上。他今夜燥热的情绪似乎就在刚才被她一点点冲散了，但到底是怀揣心事，所以他的吻中仍然暴露出一丝急躁，吻到她耳后的时候力道止不住变重，很快就在皮肤上留下一个清晰的痕迹。

徐杺抱着他的头，感觉到他无处安放的情绪。

他的手习惯性地放在她的小腹上摩挲，带着温柔，也带着力度，很快就让那里变得微微发烫。

“我有话告诉你。”

“我有话跟你说。”

两人几乎同时说出这一句话。

两人对视一眼，同时笑了。

韩朔哑着嗓子对她说：“你先说。”

徐杺觉得心跳有点快。

他是会呆住，还是欣喜若狂？抑或把她狠狠搂在怀里笑出声？

她都想象过。

月光洒在她身上，带给她更多勇气。

她温柔地看着韩朔的双眼，韩朔觉得自己都要被那样的眼神吸进去了。就在这时，徐杺收紧了抱住他脖子的手，轻轻在他耳边说：“我怀孕了。”

空气寂静，连脉搏跳动的声音都仿佛在那一刻停滞。

韩朔的眼角却忽然跳了跳，声音似乎比刚才更哑了：“你说什么？”

他这样的反应根本不在徐杺的预料之中，她轻蹙眉头离他远了一些，又重复了一遍：“我怀孕了。”

说完，她观察着他的神色。

真的不是错觉。

一瞬间，男人露出了近似咬牙切齿的表情，太阳穴处青筋直跳。随着她话音刚落，他的双手像是一瞬间想要狠狠收紧，可想到她说的话又骤然生生止住。

下一秒，韩朔把她抱进怀里，手臂正好卡着小心翼翼的力道。徐杺抵在他的胸膛上，看不清他的表情。一片安静中，她听见头顶的人低声骂了两个字，语气中毫无惊喜可言。

旖旎的气氛顿时消失得无影无踪。

徐杺推开他，月光下，她一贯柔和的眉眼变得一片冷漠。

张檬不是很懂他们公司这两口子又搞什么幺蛾子，上飞机的时候一个走在前面，一个跟在后面，两个人从酒店到机场的路上就没说过一句话，甚至连一个眼神交流都没有。

直到上了飞机，张檬冒着死亡的危险，不顾韩朔黑成锅底的脸色蹭过去，低声问道："老大，你又搞什么？徐杺的脸色怎么冷成这样？"

韩朔冷冷瞥了他一眼，语气相当暴躁："不想干了直说，今晚辞职明天滚去八卦杂志上班。"

张檬愣了愣。

下飞机的时候，他们去领行李，徐杺站在一旁正想弯腰拿，身后就有一只大手伸过来，抢在她之前把行李拿走了。

徐杺看了韩朔一眼，后者冷着一张脸，率先走在前面，只留给她一个背影。

"难道是你惹老大生气了？"张檬这时候不知道从哪里窜出来，他刚把韩朔的举动看在眼底，一脸"不应该啊"的诧异表情。

下一秒，徐杺收回目光，留给张檬一句"我看你是想去八卦杂志上班"，便往前走去。

张檬心想，这对就连在吵架时都保持着高水准的默契，还真是见了鬼了。

顾邱泽站在旁边，心底嘲笑着张檬缺心眼儿，吊儿郎当地往外走，从头到尾一句话不说。

回到别墅后，韩朔和徐杺沉默地一前一后回到房间，韩朔把两个行李箱放下，徐杺先去了一趟卫生间，等她出来后就见韩朔从桌上揣起车钥匙，走到她面前，垂眸说："走。"

这是他们"冷战"后韩朔对她说的第一句话。

徐杺觉得这个男人真的被自己惯坏了，在那之后一句解释都没有，只冷着一张脸，也不知道在和谁较劲，她不和他说话，他也不主动找她。

徐杺不理他，坐在床上一动不动。

韩朔挑起眉"啧"了一声，瞪了她一眼，然后拿着车钥匙转身开始找东西。

徐杺见他无头苍蝇一样乱转了好久，才无奈地说："医疗卡在电视机后面。"

韩朔停下，顺利地在电视机后面找到一个卡包。他翻了翻，从里面抽出徐杺的医疗卡。

徐杺站起来，跟着他下楼去。

两人一声不吭来到医院，挂了号，去到妇产科。叫号的时候，韩朔下意识站起来，徐杺眉头抬都不抬地对他丢下一句“坐下”，然后一个人进了设备间。

韩朔重新坐了下来，在周围路人们好奇的目光中，他挠挠头，想要抽烟，可想到这是哪儿又硬生生打消了这个念头，乖乖坐在椅子上抱臂等着。

徐杺按照医生的建议去验了血并且照了 B 超，结果如徐杺所料，且怀孕已经两个多月了。幸好她底子一直很好，所以哪怕怀孕初期一直在奔波，对孩子影响也不大，胚胎发育得很健康。

离开医院的时候，徐杺感受着头顶的阳光，心底终于稍稍安定下来。

反倒是韩朔从头到尾都若有所思。

最后，他像是下定决心，牵起她的手：“跟我去一个地方。”

大概是因为落地后就没来得及喝一口水，韩朔的声音很沙哑。说完，他皱着眉咳了咳，才拉着她上车。

路上，韩朔把车开得很慢，大概是在思考，全程面无表情，也不再说话。徐杺看着车窗外，直到到达目的地，她的眼里才闪过一丝诧异。

海淀长安园公墓。

韩朔把车停好，徐杺打开车门，心底浮现出一份猜想。

韩朔绕到她身边，牵起她的手，紧紧握着，拉着她往里走。

长安园公墓景观很好，一眼望去，远处的山峦气势磅礴，近处的碧湖秀水静谧如画，气质庄重清幽，让人不由得生出肃静之心。

韩朔没有解释，他一声不吭拉着她走过一片片绿地，最后停在一片草坪上。

黑色的光滑墓碑上，照片上美丽的女人灿烂地笑着，唇边有一个小小酒窝。

“是不是很像？”

韩朔看着照片，忽然开口。

徐杺沉默片刻，才把目光从照片上移开，看向韩朔：“嗯。”

他的确更像母亲多一些。不管是笑时明媚又多情的眉眼、高挺的鼻梁，还是面无表情时会显得有些冷淡的脸部轮廓，都很像。

徐杺这才真正明白，为什么 Micarelli 女士看着他时，目光总是会露出那种不易察觉的细腻温柔，为什么韩朔的父亲会对他避而不见。

因为看着他就像看着已经逝去的心爱的人，他的存在太美好，也残忍。

大概是他早就知道，所以已经习惯了，也不再会为这些感到伤心难过。

徐杺慢慢走过去，牵着韩朔的手，把头靠在他手臂上。

“徐杺。”

“嗯？”

“我们结婚吧。”

风吹过，伴随男人清晰的话语，从头顶传来。

徐杺抬起头。

他察觉到她的目光，低下头和她对视，表情淡淡的，就像在说一件十分普通的事，也是一件理所当然的事。

“我考虑了很久，在 Rousteing 找你之后，我认真地想过。其实老实说，我不愿意你去，我这个人很自私，喜欢什么都会想尽办法去得到，得到了就恨不得揣在身上，能时时刻刻看到才好。但是那天我看到你和 Rousteing 说话时的表情，忽然觉得就算你去了，我们之间都不会有任何的改变。”

徐杺可能不知道她和 Rousteing 说话时自己是什么样的表情，但韩朔却看得一清二楚。

他的女人眼底的向往、震动，无声无息地钻进他的瞳孔。

他仔细凝视着微微发怔的她，低声说：“我大概比你想象中还要了解你。”

之后很多年过去，徐杺都还能清晰回想起今天这一幕。

夏天细腻的风，男人身后的青山岩松，他脸上的每一寸肌肤都仿佛离得那么近，还有他那淡然又沉静的目光，无一不紧紧缠住她的感官，让她的每一个细胞都收紧。那种感觉透过血管传到心脏，徐杺感觉到自己的心脏深处产生了一种缓缓收紧的疼痛感，还有一种踏实的安宁。

这个男人，明明不是和她血脉相连，却比世间所有人都要了解她。

也比任何人都离她更近，更亲密。

他们早已密不可分。

哪怕距离再远，都是一起的。

男人说完，缓缓把手放在徐杺的小腹上。才两个多月，肚子甚至没有些微起伏。他的手压着平坦的肚皮，露出了刚听到这消息时那般不满的表情：“本来我是这么想的，可这家伙，来得真不是时候。”

徐杺失笑，开口的时候发现自己的声音比他还沙哑：“怪得了谁呢？”

韩朔恼怒地瞪她一眼。

他忽然转过身，双手抱着她的腰往自己怀里拉近。

“怀着孕会很辛苦，你能照顾好自己吗？”他弯腰，把头抵在她的额头上，低声问。

徐杺也抱住他：“我比较担心没有我在身边，你们都会照顾不好自己。”

“那你要不要再重新考虑一下？”

说完，两人都笑了，觉得这样的腻歪稀罕又新鲜。

徐杺抬起头看着他的时候，感觉到他的手指抹上自己的眼角，她这才察觉到自己竟然控制不住地湿了眼眶。

不是伤心，也不是不舍，是喜极而泣。

“都说怀孕了会比以前爱哭，原来是真的。”他用拇指拭过她的眼角，眼里带着笑意，可眼神却比刚才要认真数倍，眸光清晰而温柔，“开玩笑的。你去吧。”

她既然想飞得更高，他自认也做不到把她拴住。

反正他们还年轻，不过两年，她还会回到他身边来，他们还有很长的一辈子要过。只要这么一想，再不情愿也能释怀。

“明天你给你家里打个电话，等户口本寄过来，我们就去领证。”韩朔一句一句说着，说到后面，语气里甚至没有丝毫讨价还价的空间，“我只给你两年时间，两年时间如果攒不够学分毕不了业，就回来做我们公司唯一一个大学都没有毕业的设计师。”

徐杺失笑，片刻后抱着他，在他怀里轻轻点头。

“好。”

她闭上眼，眼前浮现出有一天，她穿着校服坐在教室里，翻开少年喜欢看的一本书，然后她的目光被书中的一句话给深深吸引住。

△今后你也会喜欢各种各样的人，正因为活着才能这样。

之后，她便一直走下去。

在迷茫又无助中一直向前走，寻寻觅觅，漫无目的，也不知道自己在追寻什么。

直到遇到了他，她才明白了那句话的含义。

可如今她更明白了一件事。

无论今后她怎么活着，是喜悦还是哀愁，是坚定还是迷茫，在她接下来的人生中，都再不会喜欢上谁了，也不会再爱上谁。

因为她早已被他深深吸引，无法自拔。

他是上天给她最好的药，治好了她所有青春期间的病痛，也是上天给她最好的礼物，让她变得勇敢、柔软而坚定。他是她一切的终点，只要他在，她就不会迷失方向，他是她活着的证明。

此生仅有一个。

两人既然已经决定好了，那么接下来的准备都要提上日程。所有手续办下来最快也要一个月，徐杺便打算先给 Rousteing 回复。徐杺仔细写完邮件，前后又检查了一遍，确认无误后便发送出去，之后她关上电脑，转身回到韩朔身边。

时装周之后，更多的工作邀约发到了韩朔的邮箱，韩朔皱着眉，首先把影视相关的邀请全部推掉。

见徐杺看过来，他问："弄好了？"

徐杺点头。

韩朔这时候回复完最后一封邮件，关掉手机转身吻住她，待两人都微微喘息才松开。他抵着她的唇问："是我给你家里打电话，还是你自己打？"

徐杺想了想："我来吧。"

韩朔点头，拿起换洗的衣服进浴室了，把房间让给她。

徐杺拿起手机，走到阳台上给父亲打了电话。

从上次和父亲分别到现在，周蓝玉一次都没有联系过她，大概是对她失望透顶。

电话很快接通，听声音徐杺猜徐州平大概还在应酬，然后人声慢慢淡去，他像是出了包厢，到了一个更安静的地方。

徐杺静了静心，慢慢和父亲说了她要出国的事。

徐州平一直安静地听着。

说到结婚，他更加沉默。

徐杺说完后停了下来，徐州平这才沉沉地说："好。"

对方挂了电话，徐杺在月光下看着渐渐暗下去的手机屏幕，待了一会儿才回到房间。

两天后，徐杺的户口本从家里寄了过来，单独的一本，第一页就是她的名字。

徐杺难得有种"净身出户"的感觉。

韩朔看到却没说什么，当天两人倒腾倒腾，换了身新衣服，就出发去了民政局。

整个工作室没人知道，只有奶宝目送他们出门。

这天是 11 月 1 日，再平常不过的一天。

两人填表，拍照，一切都有条不紊地进行。

等待拍照的时候，周围有很多人都在打量他们，因为韩朔实在太惹眼，哪怕今天徐杺给他戴了口罩和帽子，可他的身高和气质依旧遮掩不住。

“看什么？”

他玩着手机，头也不抬地说。

徐杺没有挪开目光，闻言回答道：“看你好看。”

韩朔笑了一声，露出一副“你在说什么废话”的表情，但眼睛仍盯着手机屏幕，手指不受影响地继续打字。

徐杺看着这样的他，觉得很安心。

她喜欢他现在这样。以前刚认识他的时候，他身边哪怕围绕着很多人，看上去都仿佛形单影只，然而现在，他身上孑然一身的气息已经变淡了，哪怕他丝毫不能融入周围，却不会让人感到不安。

他正在以肉眼可见的速度成长，变得更成熟也更迷人，不管做任何事都让人感觉到了一种明显的安定感。

出民政局的时候，韩朔去取车，徐杺手里拿着两人的结婚证，想了想，用手机拍了一张照片。

他们没有婚礼，也没有见证人，留个纪念也是好的。

Rousteing 很快给了回复，在对徐杺怀孕这件事上表达了诚挚的恭喜，并且推荐信也马上发到了学校负责人的邮箱。负责人联系上了徐杺，徐杺那天特意去学校领了一沓材料，之后想了想，还回了一趟宿舍。

今天周日，舍友们都在。

顾闻原本躺在床上，听见开门声，嘟囔着：“谁啊，怎么门也不敲？”接着起身往下看，顿时“啊”了一声。

然后，整个宿舍都被惊醒了。

文青青有些尴尬地看着徐杺。

顾闻没有察觉，她爬下床一下抱住徐杺："你个大忙人怎么舍得回来找我们了？"

这学期开学后，徐杺就申请了课外实践的名额，至今都没有来过学校，A大作为国内顶尖的服装类学府，对此一直宽容且支持。徐杺笑着，顾闻看了看她，忽然感慨道："我怎么觉得一个假期后你变了好多？"

徐杺问："有吗？"

顾闻郑重点头："有啊！"

徐杺分明比以前更柔和了，以前是那种带着距离感的温柔，现在则更柔软而明亮，双眼都透着自信，仿佛变得比过去更美。

徐杺和她们说了自己准备出国留学的事，结婚和怀孕的事则没有说。

但这已经足够让她们惊讶一阵了。

"这么突然？"顾闻有点惊讶，也有点不舍。

"最早十二月就走。"

徐杺总觉得上课的那段日子就像是上辈子的事情，她觉得自己这一年忙碌且充实，不知不觉已经积累了相当多的经验，也做了许多以前从未想过的事。

所有人都在成长，她也是，紧追着那人的步伐似乎让她变得充满精力，让她不知不觉就走到了许多人的前面。

告别的时候，顾闻说："等你快离开的时候我们再一起吃顿饭吧？当给你送行。"

徐杺点头说："好。"

徐杺出校门的时候，顾邱泽已经在等了。自从回国后，她任何单独行动韩朔都会给她配个司机，公司里谁都忙，就顾邱泽看起来最有空，所以他也勉为其难担此重任。

韩朔没对公司的人说徐杺怀孕的事，是顾邱泽自己看出来的。

徐杺对他的敏锐一向心服。

接近年末，公司所有的模特都开始忙了起来，除了一些杂志的拍摄任务，还有许多品牌也陆续发来了年会的邀请函。这些邮件以前几乎都是韩朔和张檬亲自回复,如今公司为每个模特都配了一个职业经纪人，所以他俩也被解放了出来，开始为来年三月的秋冬时装周做准备。

最近，徐杺发现韩朔待在家里的时间变多了，只要没有拍摄工作，他都会把工作带回家。

来年秋冬时装周他已经收到了不少品牌的邀请函，需要对照时间逐一安排回复。他没有经纪人，有工作的时候带的都是公司的助理，徐杺决定出国后，他们不再像从前一样形影不离，开始默默习惯没有对方在身边的生活。

十一月底，徐杺的妊娠反应更大了，那一阵子她呕吐和疲乏的症状已经让公司最迟钝的周近都感觉到了不对劲，终于在一天早上，周近忍不住问：“徐杺，你是……怀孕了吗？”

韩朔抬起头看了他一眼，手不停地轻轻给徐杺拍背。

顾邱泽“啧”了一声：“大概全世界只有你不知道了。”

周围人都忍不住点头。

“什么？”周近把含在嘴里的粥吐回碗里，完全不顾身边张檬嫌弃的表情，“怎么回事？我是要当干爹了？怎么没人通知我啊？这是什么意思？单亲妈妈带球跑？”

徐杺还没来得及回话，韩朔就已经黑着脸说：“我们是合法带球。”

周近觉得这世界有点玄幻，他们每天朝夕相处待在一个屋檐下，有人都领证带球了他却什么都不知道。

“人与人的信任呢？”

徐杺笑着用水漱口，有身边这群活宝在，再难受也似乎变得可以忍受。

这些日子大家虽然没有明说，但都对她呵护备至，她不是感觉不到。

这些男人看似玩世不恭，除了工作以外整天没个正形，实则也有许多笨拙而体贴的一面，只对亲近的人展现。

因为怀孕，徐杺变得丰腴起来，她之前白白瘦瘦的，现在握着她胳膊都能捏到一圈细腻的软肉。肚子到了四个月已经微微隆了起来，不仔细看其实看不出来，但是韩朔很喜欢把手搭在上面。他有时候回着邮件，另一只手也搭着，似乎自己也没意识到。

徐杺能感觉到韩朔心里对这个孩子有一种掩盖不住的新鲜感，总是不自觉关注着这个生命成长的全过程。他小时候母亲早早去世了，身边也没有其他兄弟姐妹，这个孩子是除了父母以外第一个与他血脉相连的存在。韩朔有时候还会表现得小心翼翼的，徐杺会觉得这样的他有些可爱。

韩朔只有在徐杺受妊娠反应之苦的时候，对孩子的态度有微妙的转变，而且随着徐杺离开的日子越来越近，他的不满也会变得越发明显，时常让徐杺感到哭笑不得。

这天晚上，韩朔难得没有工作，早早就回来了。

过了怀孕的前三个月，茹素多日的男人蠢蠢欲动，在被窝里试探性地抱着徐杺又亲又摸。徐杺今晚也难得没有睡意，见他忍得难受，便由他去了。

韩朔感觉到她的顺从，而且她刚洗了澡，身上又软又香，抱起来手感特别好，他浑身都炽热了起来。韩朔怕压到她，一直撑着双臂伏在她身上，闭上眼埋首在她怀里。

突然，徐杺一僵。

韩朔离得近，自然也感觉到了，一身滚烫顿时冷却下来。他掀开被窝坐起来，头发凌乱地散着，绷紧一张脸看着她的肚子。

徐杺至今也还没有适应这种突如其来的胎动，因为才四个月，所以感受并不明显，却总是会让她莫名吓一跳。她抚着肚子缓和了一下心跳频率，抬头看着韩朔不满的表情笑出声。

韩朔冷冷地看了她一眼，眼神还是幽深而炽热的，像燃着一团火光。

“这小东西有完没完？”韩朔抿了抿唇，“它再这么折腾你，我都要重新考虑让不让你去了。”

徐杺失笑：“折腾谁了啊？”

她到底是身体底子好，妊娠反应并没有太严重。

她凑上去安抚地亲吻韩朔的唇，把他冷硬的唇线吻开，在唇间溢出一句带笑的嘟囔：“没点正行……”

韩朔冷哼一声，女人温柔的吻就像床头的香薰，再烦躁的心情都能很快平复下来。他扶着她的腰，重新让自己沉浸在被打断的柔腻里，连眼角的那点不满也被她完全抚平。

这个女人，真是他命中注定的死结。

# 第十五章 新生

十二月中旬，在天气彻底冷下来的时候，徐杺的手续终于全部办下来了，有 Rousteing 的推荐信，流程过得很快。徐杺的机票订在一个无风无雨的下午，B 市难得的晴天，有太阳给她送行。

韩朔没有去送徐杺，当天他有推不掉的工作，徐杺也不想他因为这点小事不好好工作。对于他们来说，出国一趟犹如家常便饭，所以离开的时候她身边只有顾邱泽陪同。顾邱泽特意把一个到法国的工作计划往前调了半个月，好让某人放心。

十个小时的飞行，落地的时候，徐杺已经很累了，行李几乎都是顾邱泽一个人拿着。他身高体壮，明明那么冷的天却只穿着一件 V 领毛衣和夹克衫，腿上踩着长靴，整个人骚包得不行，在机场一路走来引起不少女性注目。

顾邱泽虽然看着玩世不恭，实则做事利索又靠谱。

两人坐车到了韩朔早早安排好的公寓，房东是个中国妇人，在这里生活了许多年，长得慈眉善目。

房东把他们带到小房子里，细心叮嘱了一番才留下钥匙走了。

顾邱泽把行李放在客厅中间，四处看了看，才摘下墨镜“啧”了一声：“这地儿真憋屈。”

他一米八几的个儿站在其中，的确让本就不大的房子显得格外拥挤。

这房子是徐杺挑的，当时房产中介发来了很多照片，徐杺一眼就看中了这家。怀孕后本就行动不便，这样的大小一个人住正好。到现场后，徐杺看着这细致而温馨的布置，比照片里更让她满意。

房子是两室两厅，所有空间都不大，装修风格更偏北欧一些，在一些小装饰上可以看出房东花了不少心思装点，白色羊绒地毯让小房子看上去格外温馨。

徐杺最喜欢电视旁边的小壁炉。顾邱泽没有用过这玩意儿，但他老家有炕，便举一反三地把木条简单搭上，再用打火机往纸团上点火，壁炉很快便缓缓燃起火光，让客厅里的木质家具都染上了一层淡淡的昏黄。

简单收拾完东西，徐杺和顾邱泽便出去找了家餐厅吃饭，两人又在当地商场购置了不少生活必需品。当天晚上，顾邱泽在客房将就了一晚，第二天陪着徐杺去学校报到。

这时候巴黎这边的学校其实几乎都放假了，只有一些设计专业的学生课拖得比较晚，学校这边很快为徐杺办好了入学手续，之后徐杺就先去了巴尔曼训练营报到。

徐杺首次在班上二十多位学生面前做自我介绍，在提及自己怀孕时，有不少人都瞪大眼睛，随后都朝她友善地鼓掌表示欢迎。

顾邱泽站在窗边，用手机录下这一幕，然后按了发送键，按例向某人报告。

Rousteing 得知徐杺到来的消息后，迫不及待地订好了餐厅和徐杺见面。

在出国前，徐杺考虑到自己的身体情况，在邮件里和 Rousteing 做了大致说明。然而 Rousteing 却认为这完全不会影响到徐杺的留学计划，还表示女性的坚强柔韧使她们具有无尽的潜力，并认为徐杺完全可以在身体条件允许的前提下进行学习与工作。

Rousteing 的态度最终让徐杺彻底安下心来。

顾邱泽把徐杺安顿下来后也没有多待，处理好了这边的工作就回国了。

徐杺终于过起了一个人的留学生活。

法国的冬天很冷，徐杺每天都会很早起床，喝一杯热牛奶，吃一块法式吐司，然后出门上课或者去训练营。

她适应能力很强，很快就融入到了集体中，加上同学们有心帮忙，对她都很照顾，她觉得自己过得相当充实。这种充实和在国内的时候不一样，没有紧张的忙碌，而是一切都有条不紊地进行。她在学习与工作中找到了一个相对舒缓的平衡，也会抽出时间关注工作室的事，这种节奏让人感到很舒服。

唯一的不足就是呕吐的症状还是没有减轻，晚上没有人在身边，她半夜起床总是特别艰难。

韩朔每天都会和她视频聊天，基本是挑她这边是夜晚的时候。

他的话不多，很多时候都在听，徐杺会告诉他自己一天干了什么，过程中他就隔着摄像头仔细端详她的脸色。大部分时候她都穿很多，毛衣把她整个人衬得又小又白，看起来精致又漂亮。

时间过得很快，眨眼就到了圣诞节前一天。

徐杺的学校已经全部放假，巴尔曼那边也有一个不长不短的假期，Rousteing 提前送来了礼物，是一只半人高的玩具熊，身上穿着巴尔曼这一季度的冬装成衣，可爱又别致。

徐杺收到后很喜欢，把自己闲暇时间做的布偶娃娃作为回礼送给Rousteing，她知道 Rousteing 有一位可爱的小孙子。圣诞节前一天晚上，Rousteing 高兴地发来邮件，照片里布偶娃娃被放到了客厅的布艺沙发上，他的小孙子就在旁边和玩偶做出了很相似的表情。徐杺边看边笑，同时回了他一句"圣诞快乐"。

圣诞节当天上午，巴尔曼训练营的人组织了一次聚餐，大家约在拉德芳斯逛圣诞集市，大家互相交换礼物，然后晚上回家吃饭。

徐杺的好朋友圣罗娜是一个开朗的法国女孩，她得知徐杺一个人在法国过圣诞节后，热情地邀请徐杺到她家一起吃火鸡大餐，可徐杺笑着婉拒了。

圣罗娜被拒绝了也不难受，反而调皮地笑了。她摸了摸徐杺的肚子，眨眨眼，说："是不是孩子的爸爸要过来陪你了？"

他们一直没有见过孩子的爸爸长什么样子，徐杺没有说，他们也不会多问。

可徐杺也从没有回避过关于孩子父亲的话题。在圣罗娜看来，每次提起孩子的父亲，徐杺的表情都会比平常要柔和许多，她的眷恋从未掩饰，仿佛从不因为异地而感到不安。

徐杺想了想："他应该来不及陪我过圣诞了。"

圣罗娜疑惑："那你准备一个人过圣诞节？"

徐杺把手盖在她的手上，笑着示意："我还有他啊，今年是我和他过的第一个圣诞节。"

圣罗娜被徐杺这个笑感染得双颊通红，大呼受不了，怀着孕的女人温柔起来简直魅力无穷。

吃完饭后，大家依依不舍地互相告别，徐杺拿着逛集市时买的小挂件和小灯笼，慢慢走回家。

家里有些冷，徐杺把暖气打开，把壁炉点上，然后走进厨房开始做圣诞晚餐。

材料是白天就准备好的，半只火鸡，还有几份小菜，火鸡腌渍了一天已经入味。徐杺把火鸡放进烤箱，然后穿上围裙开始做小菜。

屋内安静得只有刀剁在砧板上的声音，屋外寒风凛冽，后来甚至下起了小雪，徐杺沉浸在这份安宁里，不知不觉就做了很多凉菜。

火鸡快要烤好的时候，门铃却忽然响了起来，打破了这份宁静。

徐杺愣了愣，下一秒，她双眼里如有流星闪烁，有惊喜，也有不敢置信。她围裙都没来得及脱，小跑到门口，门一开，裹着一身霜雪的男人站在门口，几乎和门一样高。

“跑什么？”

男人充满无奈的沙哑声音传来。

徐杺不顾他身上的冷意，扑进他怀里：“不是说赶不上了吗？”

徐杺被冷得一个哆嗦，但还是搂着他不放。

下一秒，韩朔的手指蹭过她的脸颊，然后微微弯下腰，一只手托住她的臀部把她抱起来，走进屋去，还不忘用空出来的手带上门。

“我让张檬给我收尾了，刚好能赶上这班飞机。”

韩朔一进屋就闻到了肉香，他看向厨房，又看到餐桌上的几味小菜，觉得十分有食欲。

“看来我来得正是时候。”

徐杺拍了拍韩朔的手臂，韩朔把她放了下来。

徐杺到厨房看了看锅里的意面，关了火，说：“意面做得不多，但是肉够了，你早点说我就多做点。”

她在昏黄色灯光下笑着，让韩朔忍不住多看了两眼。

“担心赶不上，你会失望。”他脱掉大衣，随手放在沙发靠背上，然后挽起毛衣袖子，抽出一把餐椅坐了下来，“惊喜就该最后登场。”

徐杺想想觉得也是，于是也不再纠结这事了，对于她来说，结果最重要。

这是他们这段时间以来的第一顿烛光晚餐。

徐杺不知道从哪里找来了几根好看的蜡烛点上，一直觉得这种事情矫情的某人看了也难得没说什么。徐杺一边吃着，一边用目光描摹着烛火下男人好看的眉眼轮廓，心底的柔情软成了一摊水。她知道他特意赶来是为了什么，她感觉到全然的满足。

大概是她的目光太炽热，韩朔垫饱了肚子后很快就放下刀叉，抬头看向她。

“好看吗？”

摇曳的昏黄烛光下，他轻挑眉，声音低沉而富有磁性，带着不怀好意。

徐杺撑着下巴笑出来，点点头：“好看。”

明明才半个月不见，他们就像世间所有热恋期的情侣一样，连短暂的分离都不能忍受。

韩朔愉悦地低笑出声，没等徐杺吃完便起身把她抱进房间。

他甚至都没有花时间去好好打量这栋小房子，从进门后目光就一直放在她身上。

爱侣间的分离从来不会只有一方觉得难熬。

韩朔把徐杺放在床铺上细密地亲吻着，他的体温已经恢复了正常，掌心如徐杺记忆中那般炽热滚烫，比壁炉还温暖。

徐杺攀着他的肩膀，仰起脖子任由他如同大型动物在她颈边轻嗅。

她身上有一股淡淡的奶香味，是沐浴露的味道。

她的肚子比前阵子又大了一点，韩朔在那隆起的弧度上轻吻，像在打招呼。

韩朔在黑暗中低笑，把床头的灯给打开了。

两人的视线重新变得清晰，韩朔闷出了一身汗，连睫毛上都浸着汗水，滴落在他手背上被徐杺轻轻吻去。

他们就这样在短暂的分别后把对方反复占有，用直白的情动诉说想念。

这一切都无关节日，只要和心爱的人在一起，他们不需要过圣诞节。

外面不知何时下起了大雪，拉着窗帘滚在一起的两人全然不觉，直至小小的房间玻璃窗上都泛起了雾气，才算云消雨歇。

韩朔嘴痒，亲热够了就翻出裤兜里的口香糖嚼了起来。

徐杺闻着清新的薄荷香，浑身慵懒劲儿也被冲散不少，都半夜一点多了还没睡意，黏黏糊糊地躺在韩朔怀里和他聊天。

韩朔说他这次是从纽约过来的，会一直待到元旦结束，之后参加完巴黎的面试就走。

徐杺听了还挺高兴："其他的工作有冲突吗？"

韩朔"嗯"了一声，懒洋洋地回道："都安排好了，你少操心。"

"脚怎么样了？"

闻言，男人好笑地看了她一眼，掐着她腰上的软肉说："不是每周三次准时准点听那老头给你报告吗？比给我们检查还要风雨无阻。"

徐杺抬起头："你怎么知道？"

"你是老板还是我是老板？"韩朔瞥了她一眼，嗤笑，"在我眼皮子底下搞小动作，不拆穿你还以为人人都像你一样傻乎乎的。"

徐杺笑着捏他的手玩，也不反驳。

韩朔反过来攥住她的手，他一只手就能轻松包裹住她两只手，两人的指缝紧紧贴合。

韩朔边玩边说："让你做好自己这边的事情就可以了，都出国了还得什么都管，身体吃不吃得消？嗯？非得我教训你才行？"他说话的时候，另一只手也没闲着，揉着她软乎乎的肉捏了一把，埋首在她颈边，"要不是看在你身子养得不错，你看我舍不舍得抽你……"

抱着她才能更清楚地知道她到底有没有照顾好自己，刚进屋的时候，韩朔也有看见餐桌一旁放着几瓶钙片和维生素，见面的第一眼韩朔就能确认她在好好生活。不过细细想来，从来都是她在细心照顾着他们，离开了她，公司里的一群大老爷儿们都变糙了。

韩朔摸着她的肚皮，不知道是不是怀孕的缘故，感觉那上面还有一层像凝胶一样的滑腻质感，让韩朔摸着摸着就爱不释手。

徐杺拉住他又要作乱的手。孕妇总是特别敏感，刚才一场亲密下来，她到现在脸都是红扑扑的，连骨头都酥了，身上很累，不愿意再陪他疯。

幸好韩朔也只是解解馋，摸够了就抱住她不动了。

徐杺抬眸看他一眼，才说："本来还有半个月就能去拍宫内写真了，你要看不到了。"

韩朔对这个倒是没有太执着："等出生了再看也一样。"

徐杺哭笑不得："孩子听着呢。"

韩朔看到她无奈的表情，忍不住笑了："让他听，敢折腾你，出生之后我再教训他。"

这下子徐杺终于忍无可忍，用嘴堵住了这个没点爸爸样子的男人的发言，不让他再说话了。

这天晚上，徐杺睡了一个好觉。

徐杺第二天睡到中午才起床，起来的时候发现韩朔还没醒。白天光线好，看得更清楚些，他眼底下的乌青似乎比之前更明显了。

徐杺心疼地用手指摸了摸韩朔的眼角，下一秒，韩朔的手从被窝里伸出来，握住了她的手指。

"不安分。"

男人刚起床，嗓音低哑，十分性感。

他缓缓睁眼，随后又闭上，大概是还在适应时差，神情显得十分疲惫。

徐杺也懒得计较他那点已经算是收敛了不少的起床气了，亲了他一口，柔声说："你再躺一会儿，我去做饭。"

韩朔应了声，很快就抱着被子蜷缩起来。

徐杺轻轻掀开被子下床，到浴室洗漱后就去了厨房。她以为他会赖床很久，没想到没多久就听到房间里传来淋浴的水声。徐杺笑了笑，觉得自己今日格外神清气爽。

她淘了两勺米，然后从冰箱里翻出鸡肉和蔬菜，知道韩朔累了会吃不下太多，只做了三道简单的家常菜。

韩朔从卧室出来后，闻着空气中食物的香味，终于迟钝地感觉到了饥饿。

徐杺转过头来的时候，就看见韩朔双手抱胸靠在墙壁上左右打量这套房子，她笑了笑，问："怎么样？"

韩朔诚实地说：“真憋屈。”

和顾邱泽一样的评价。

徐杺：“我觉得还好，你住的话是有些矮。”

韩朔歪着头，他今天起床后随手套了一件大V领毛衣，倾身的时候领口就顺着一边往下滑，露出一半好看的锁骨，迷人又慵懒。

徐杺边看边想，真养眼，一点都不像一个即将成为父亲的人。

“你要是喜欢这里，可以买下来，以后常住也不是不行。”

徐杺一听韩朔的语气就知道他是认真的，毕竟他也不差这点钱，单论工作而言，他来法国的次数确实也多。可徐杺还是摇了摇头：“我还是喜欢国内的环境，这里住的也不多，何必浪费钱。”

韩朔坐了下来，闻言抬眸看了她一眼：“你老公赚那么多钱，不花白不花。”

他还是第一次这么称呼自己，徐杺感到有些新鲜：“你想花钱？以后孩子生下来有的是地方花，公司要扩大规模也得不少资金，你别大手大脚的。”

韩朔忍不住想，怀孕真的能使人变傻，这个女人以前都没怎么关心他们的财政问题，现在多了一个孩子居然会想那么多。公司现在蒸蒸日上，哪怕就他个人而言，如今也算是慢慢爬到事业顶峰了，别说养一个孩子，养十个都不成问题。

可他也就在心底这么想想，最后还是没说出口。

他觉得徐杺操心的样子还挺可爱的。

这天两人都没有出门，难得有假期，只想躺着，都不愿意动，晚上也早早睡下了。

半夜的时候，徐杺的脚忽然开始抽筋，她在睡梦中皱着眉转醒，刚想坐起来，就被身旁的一只手按下。过了一会儿，男人的大手握住她的小腿肚轻拍揉弄。徐杺睁开眼睛，看到头发乱糟糟的男人坐在床尾，困得连眼睛都睁不开。

“你睡。”

他哑着声音说，说完还打了一个哈欠。

徐杺的腿酸麻酸麻的，在巴黎的这些天，因为怀孕的关系经常半夜抽筋，这还是第一次有人在半夜给她揉腿。她把枕头垫高了些，枕在上面看着韩朔。

韩朔也不管她了，等她的小腿不再僵硬，他才缩回被窝，把她抱住。

“经常这样？”他的声音有些闷闷的。

徐杺“嗯”了一声：“怀孕都这样。”

“啧。”

之后，他也没再说什么。

直到元旦，徐杺每晚半夜都会醒一到两次，韩朔除了第一天睡得安稳，接下来的几天几乎没有睡过一个完整的觉。徐杺觉得又好笑又心疼，因为无论她怎么说，韩朔还是会第一时间起来帮她按脚。而且这方面他比徐杺还要敏感，每次徐杺的腿开始抽搐，韩朔就会立刻醒来。

韩朔离开的那天，徐杺看着他眼底下的青色，感到哭笑不得。

过了半个月之后，有一位大约五十岁的中国女人敲响了徐杺的家门。

这个女人自称是韩朔请来的保姆，姓沈，在徐杺怀孕期间负责照顾她。

当晚，徐杺就给韩朔打了电话。

“不是我让她去的，是爸吩咐的，沈姨照顾我爸好多年了，你要是不喜欢就自己跟他说。”

徐杺愣了愣：“你爸？”

男人语气危险地“嗯”了一声：“谁爸？给你机会再说一次。”

“……爸，怎么会突然让阿姨过来？”

韩朔听着她改口才缓和下语气：“好歹他都要当爷爷了，我就循例报告了下，然后他叨叨叨问我好多情况，再之后没多久就把沈姨塞给我了。

“沈姨子孙满堂，照顾孕妇和孩子的经验能抵上十个你。孩子你要是不想让别人照顾，坐完月子让她回国就行了，怀孕期间有人照顾你我也放心。”

其实徐杺也猜到怀孕后期韩朔会派人来照顾自己，不然他当初也不会费那么大工夫在学校附近找一套两居室。就是没想到这件事还惊动了韩朔的父亲，比起不合适，徐杺更多是觉得不好意思。

徐杺原本就对他们结婚怀孕没有特意告知长辈这件事感到心虚，现在韩朔的父亲不仅知道了，看上去似乎还十分紧张，徐杺更不好意思拒绝。况且她也明显感觉到随着孕周越大，自己生活的有些方面也渐渐变得吃力，有人在一旁照顾自己的确能轻松许多。

见她松口，韩朔满意地挂了电话。

沈姨是一个安静且有教养的长辈，大概是伺候韩朔的父亲久了，她不仅谈吐有礼，并且进退得宜，平时相处起来分寸感拿捏得相当好。她除了照顾徐杺的起居，平日里丝毫不会干涉徐杺的生活，总是默默做着自己的事。

徐杺得空下来会经常和她聊天，一般都是聊一些孕妇保养方面的话题，还有新生儿的注意事项。

沈姨说得很详尽，就连生产时的注意事项都会一一和徐杺说明，好让她心里有个底，到时候不会紧张或害怕。

徐杺都有好好记下来。

眼看着徐杺的肚子一天天变大，现在哪怕穿着厚厚的冬衣都能看见小腹的轮廓。然而在那之后，韩朔都没能再抽出时间过来，他在忙着试装和彩排，徐杺则是在忙着学校的课业与训练营的课题，自从开学后她就变得忙碌起来。

去年国内多名模特登上 Models.com 旗下榜单，引起了国际时尚圈的小范围轰动，大家都亲眼见证了中国模特行业进入崭新阶段的历史性时刻。

其中韩朔以最突出的成绩进入了大家的眼球——Top 50 Men（全球50大男模特榜）、Runway men（男模特秀霸榜）、Social Men（模特社交榜）……

在这么多榜单中最让人意外的有两个，其一是The Money Guys（全球最赚钱男模特榜）中韩朔居然也位列其中，年末的时候他凭借时装周的出色表现一举拿下多家国际奢侈品合作代言，使他黑马一般跃上榜单；其二则是Supers Men（超级男模）这个新增的如今还保留着排名的榜单，韩朔也一跃进入了第50名。虽然是榜单最后一名，可作为第一个登上这个新榜单的亚洲男模特，大家都持着同样震惊且观望的态度。当然，质疑的人也很多，可几乎都被淹没在夸赞的声音下，让人容易忽视。

在这样的热度加持下，这次秋冬时装周韩朔依然是战果累累，场次较于春夏时装周来说虽然减少了，可通过的一线高定品牌却明显变多。与此同时，TE这边又传出和韩朔续约的消息，可谓是双喜临门。

最让人疑惑的是VG，往年这时候应该已经公布代言人消息了，可至今却迟迟没有透露。大家都在猜测韩朔代言的可能性有多大，时尚圈的资深媒体人们甚至有意去挖掘关于韩朔的家世背景，几乎都无功而返。一时之间，韩朔的身世也成了谜，他的家世背景和私生活一度成为了网络上热门的讨论话题。

徐杺在一本时尚杂志上看到过他们出征秋冬时装周的照片，照片里，他们都穿着修身大衣或者是宽松夹克，个个显得身段颀长，气质斐然。韩朔站在他们之间，穿着徐杺给他做的那件夹克，双手揣兜里，脸上架着墨镜，五官深邃而冷漠，在机场甚至都没有看镜头一眼，光凭侧脸就足以帅得让人脸颊一热。

可惜时装周举行的时候徐杺已经孕晚期了，又是那么多媒体的场合，她最后还是放弃了张檬的提议，并没有去看现场。

在时装周首日，徐杺待在家里，正式开始待产。

其实徐杺也提出过并不需要这么早就待产，可 Rousteing 不同意，留给她几个难度颇高的设计作业后就把她遣送回家了，不让她再到训练营工作。

后面的日子里，她只能一边去学校，一边画训练营的稿，完成的作品再通过邮箱发送给 Rousteing。

Rousteing 也时常会询问徐杺怀孕的情况，叮嘱她注意休息。

对此，徐杺无奈之余觉得贴心又感激。

这次公司带队出战秋冬时装周，比起去年，似乎要应付得更游刃有余些。

一来是今年他们公司的每一位模特都有收到一些品牌方的特定邀请函，面试的强度相对减弱了不少，韩朔这小半年又不忘加强对他们进行体力训练，大家都习惯了这样的强度。

二来是累积了经验，行程各方面都安排得比去年更充足也更妥当。温医生这次全程都在，从面试开始就为他们做好防护和治疗，因此今年大家的腿伤症状明显有所缓减，哪怕是一路上舟车劳顿，状态都比去年强太多。

“徐杺那边怎么样了？”他们今天坐飞机飞巴黎，候机的时候，周近坐在韩朔身边，突然问起。

韩朔正在看时尚新闻，这阵子他们的街拍照和采访都被陆续发到了网上。韩朔一目十行地扫过，确定所有媒体发言稿并没有不妥当的地方才把屏幕关上，开了飞行模式。

“还行。”韩朔随口应了声。

周近感叹了一句：“真不容易，徐杺是真的厉害。”一个孕妇独自在异国他乡生活，周近想想就觉得很了不起。

“嗯。”韩朔闭上眼。

他的女人，的确很能干。

刚知道怀孕那会儿，偶尔身体不舒服徐杺也会表现出来，现在肚子大了，反而什么难受都不说了，每次发视频过去她都笑着说自己身子很好，孩子一点都不折腾。

可沈姨私底下向他报告却说，徐杺最近都在找半夜能好好翻身的孕妇枕。沈姨觉浅，经常半夜能听见徐杺发出难受的低吟，可她不习惯半夜喊沈姨，沈姨也不好擅自进去。

孕晚期后半夜要翻身不容易，沈姨说尤其是徐杺这种本就纤瘦的体型，每次翻身都像在打仗，不仅身上会水肿，内脏被挤压也会很难受，基本上孕妇生产前一两个月都是最难熬的时候。

还有几天准备时间，一伙人下飞机后打算回酒店眯一会儿，白天再去报到，韩朔却把行李箱扔给助理，打车就走了。

“什么鬼？就这点休息时间都要去？”张檬看着车子驶远的背影，甚至来不及阻止。

周近打了个哈欠，闻言也不当回事，招呼着张檬赶紧走：“早就知道他忍不住……走吧走吧，别理他。”

徐杺这天晚上早早就睡下了，可睡得并不安稳，半夜醒来，闭着眼睛先在心里叹了口气，想要翻过身。

徐杺翻不过来，正想要坐起来，一只大手却已经扶住她的腰，把她稳稳托了起来。

哪怕是从气味中辨别出来人是谁，但爱人在半夜突然出现还是吓了徐杺一跳。

韩朔感觉到了，手依然稳稳扶着她坐起来，另一只手按在被子上，以防它滑下来：“慢点儿。”

在他的帮助下，徐杺稳稳地坐了起来，侧了下身子，再面对着另一边躺下。

韩朔扶她躺好了以后才开了台灯。

徐杺这才发现他还穿着外套，身上有明显的寒意，似乎才刚到不久。

她靠在枕头上，问：“刚下飞机？”

“嗯。”他坐了下来，挨在床边低头看她，手指拨开她颊边的头发。

“怎么不回酒店休息？”徐杺知道时装周的行程安排，叹了口气，大概是觉得他任性，大半夜还抽时间过来。

韩朔淡淡说道：“特地过来看看你逞强的样子。”

徐杺没说什么。

韩朔看了看床边：“不是说买了什么孕妇枕吗？”

“还没到，网购的。”

“这东西让沈姨去商场买就好了。”

“这阵子都在下雪，外面地又滑，沈姨一个人出去不安全。反正上网买也很快，明天就能到了。”

他们在台灯下小声地说着话，没过多久，徐杺拉了拉他的袖子。

韩朔看了眼时间，脱掉夹克躺了下来。

进屋一阵后，他身上从外头裹进来的寒气已经消散，属于他的独特气味与体温一下子充斥在被窝里，让徐杺满足地叹了一口气，任由他把自己圈在怀里。

因为她肚子大了，韩朔弓着身体，注意不要压到她。

“赶紧睡。”韩朔闭上眼睛，命令道。

徐杺其实早就困了，这阵子她觉得自己的体力比过去消耗得要快许多，她一天能睡十几个小时。

“明天不要过来了，太赶了。”

“闭嘴。睡觉。”

过了一会儿，韩朔睁开眼，感觉到怀中人的呼吸变得平稳。

徐杺睡着后乖巧又安静，于是他可以肆无忌惮地打量她。她脸上多了一些淡淡的斑，韩朔觉得很可爱。

他的手缓缓卷起她的睡裙，手毫无阻隔地贴在浑圆的肚皮上。才两个月没见，她的肚子比记忆中要大了一号，他刚才看着她翻身都觉得有些触目惊心。

听沈姨说，这孩子平常乖得很，像是常常在睡觉，也不好动，大概是个女孩子。

在这方面，两人都相当随缘。

早晨，徐杺能迷迷糊糊感觉到身旁的人起身离开，可她太困了，实在睁不开眼睛，只觉得肚子暖暖的，像是被人捂了一夜没有松开过。她难得有一晚能睡得这么舒服，后来有人低声在耳边说了些什么，她也没听清。

等徐杺完全睁开眼时已经十点半了，昨晚突然出现的男人就像是午夜的一场梦境，只有被窝里残留的气息提醒着她这是真实的。

吃早饭的时候，徐杺问沈姨韩朔是什么时候走的。

沈姨早早就起了，熬了一小锅南瓜粥，又香又糯，徐杺吃得整个人都暖烘烘的。

闻言，沈姨笑着说："六点多吧，他走的时候我才刚起来不久。"

徐杺算了算，他大概也就睡了两三个小时。

沈姨看着徐杺的神情，感慨道："真是想不到，那样的孩子，喜欢一个人的时候会是这样的。"

徐杺有点不好意思接话，慢慢喝着南瓜粥。

"我也算是看着他长大。夫人去世后，他和先生也变得不再像过去一样亲近，后来他搬出去住了，更是几乎不怎么联系家里。他没有依靠别人，自己开工作室开公司，发展得这么好，想必夫人知道了也会很欣慰吧。"沈姨的脸上露出了怀念的神色，"有时候看到这样的他，会觉得骄傲，也会觉得有些寂寞。其实先生一直很关心他，只是……"

她没有再说下去，只是看着徐杺，换了个话题："所以他遇到你，我真的觉得很好，先生应该也是这么想的。他已经很久没有主动联系家里，这次我来照顾你，其实都是他的意思。"

徐杺说："我知道。"

她也明白沈姨没说出口的话是什么，有时候天才总是孤独的，他不需要任何人，某种意义上便是没有人能走进他的心。

巴黎时装周彩排的这几天，韩朔基本每晚都会特意来一趟。

他过来一般只会睡上四五个小时，然后大清早回酒店换衣服洗漱，再出发去秀场。徐杺知道他不会听，所以也懒得劝他。

大秀那几天韩朔就没再过来了，徐杺每天上网关注他的消息，直到巴黎场结束后才再次看到他。

韩朔把行李带了过来。

今天是他们在巴黎的最后一晚，明天就要搭乘早机前往米兰，米兰时装周结束后他们便要回国准备 A 大的毕业秀。

当晚，韩朔抱着她，在她耳边问："预产期是几号？"

徐杺有些昏昏欲睡，闻言想了想，说："还早，四月份。"

韩朔点了点头，也不知道在想什么，最后还是叹了口气，说道："算了。"

徐杺知道他想说什么。

她握住他放在自己肚子上的手，说："我不是不在乎回去看你的毕业秀，可是我这肚子要是回国，估计要出大新闻。"

本来在那次照片事件后，韩朔和她的关系在杂志报道下就显得很暧昧，她知道网络上也有不少一直关注着韩朔感情生活的粉丝。这一次 A 大的毕业秀肯定会引来很多时尚圈媒体，如果她真的挺着孕肚出现在现场，肯定会引起猜测和话题。

他们两人并不在意公开，只是觉得目前还不是时候。如今他们都处于事业上升期，掺杂入多感情话题只会影响双方的步伐，因此他们从没有在公众场合表现得很明显，目前对外他们仍然只是工作伙伴关系。

韩朔沉吟半晌，最后也放弃了："算了，也没什么好看的。肚子那么大，飞来飞去不方便，到时候人多，我也不能分心照顾你。你想看的话，我让顾邱泽给你录像。"

徐杺点了点头。

其实徐杺心底还是想去看的，只是思来想去的确也没有特别好的办法，所以徐杺也没有说出口。

没想到这件事最后还是顾邱泽给徐杺指了一条明路。

在收到韩朔的指令后，顾邱泽在电话里和徐杺说："你要是愿意在后台看的话，我也不是不能把你送进去。"

徐杺觉得顾邱泽这个人真的太有意思了，公司里估计也只有顾邱泽敢无视韩朔的安排。某种程度上，他的叛逆和徐杺一拍即合，于是两人达成共识，默契地背着韩朔私底下商量起回国的事。

这一次，韩朔时装周连带毕业秀一起，忙得脚不沾地，还真的没有时间去管顾邱泽最近那些鬼鬼祟祟的举动。倒是沈姨知道他们的决定后，一直皱着眉劝徐杺不要回去，因为毕业秀离预产期太近了，她比较建议徐杺在家里安心待产。可徐杺觉得身体状态很好，最后还是坚持了，并且再三叮嘱沈姨不要私下跟韩朔说。

沈姨实在没有办法，但又担心出问题，最后还是偷偷私下请示了韩冬溯，表示要和徐杺一起回国。

韩冬溯在这件事上并没有提出反对意见，甚至还帮徐杺安排好了一切。

最后，沈姨和徐杺说："先生还给我们派了车，到时候来来往往也方便。"

徐杺感激地看了沈姨一眼："爸爸……会去看毕业秀吗？"

沈姨摇头："不清楚，但是他们父子关系缓和了不少，要是先生想，还真的指不定会去看。"

徐杺点点头。

于是，回国的日期就这么定了下来。

今年 A 大的毕业大秀就在米兰时装周结束的半个月后，韩朔和周近他们几乎没有休息的时间。作为 A 大近几年来最受瞩目的一届，毕业秀的所有准备都是按最高规格来，韩朔他们回国后就马不停蹄地进入试装和彩排环节。刚下国际秀场的他们状态正佳，哪怕时间如此紧迫，指导老师也挑不出太多毛病。

韩朔照例是走压轴位，而这一次开场则是由周近负责。大秀前一晚，模特班全员到老地方开派对。

经过又一年的沉淀，大家似乎都有些不一样了，但情谊不减，一如往常般打打闹闹。

大三的服装表演生也闻讯而来。这次毕业秀一票难求，他们大一、大二、大三的服装表演班都只能一人一张，别的专业则更不用说，都是一票难求。

邹蓝这阵子被顾闻磨了好久，没办法了才厚着脸皮去找周近。幸好周近还记得顾闻是徐松的室友，很大方地去找负责老师要了三张票，邹蓝为此对周近千恩万谢。

邹蓝陪周近喝了一会儿酒才蹭到韩朔身边，借着酒意大胆地问："朔哥，我大四能不能去你们公司啊？别的地方我都不想去，我想跟着你。"

邹蓝条件很好，大一就陆续有几家经纪公司向他递出橄榄枝，可他都拒绝了。

韩朔今晚没怎么喝酒，他把衣袖捋了上去，手臂线条流畅，骨头凸起的弧度像瓷器一样精致，既有男人味又相当性感。

邹蓝看得出神，明明同是男人，但比较之下还是会有很明显的高下之分，最起码在他看来，韩朔是他崇拜的那种人，气质气场都无法模仿，所以韩朔一直以来都是他的目标。

韩朔今天心情不错，但想见的人不在身边，多少淡了几分兴致。听到邹蓝的话，他"嗯"了一声："想来的话，明天就能来签合同。"

邹蓝愣住了，反应过来后喜笑颜开，嗷嗷叫着朝同伴们扑去。

韩朔也笑了。他站起身往洗手间走去，手从兜里拿出手机，在掌心里摩挲了一会儿，还是拨了一个号出去。

那边久久没接。

韩朔挑眉，挂了电话，没有打第二次。

韩朔没想到的是，此刻徐杺已经坐上了回国的飞机，他给她打电话的时候她正好把手机关机。

顾邱泽趁着最近韩朔没工夫管他，借着工作的由头特意到巴黎接徐杺，怕她身边只有沈姨一个，又怀着孕，难免笨重。这馊主意既然是他想出来的，自然要负责孕妇的人身安全，所以他昨天就到了，在机场和徐杺会合。

飞机落地的时候已经中午十一点多了，沈姨让司机把行李先送回家，然后他们三人坐着韩冬溯派来的另一辆车直接去了学校。

毕业秀开场时间是十二点半，他们赶不到，但徐杺知道韩朔走的是压轴位，所以也不着急，上车后她扶着腰看着车窗外，表情显得十分放松。

时隔半年回到国内，徐杺有一种回到家的实感，就像出了趟远门但仍然挂念着家里。因为这里有割舍不下的人，所以她的根就在这儿，不管走多远，也只有这里能带给她安全感。

离 A 大秀场最近的门是偏门，顾邱泽让司机在那里放他们下车。三人一下车便看见秀场门口挤了许多人，似乎都在想办法进场。

徐杺也注意到秀场门口停了许多媒体的车，今天来的记者数目应该不小。

顾邱泽早早就打听到秀场有一个后门，是工作人员进出的地方，直通后台。那地方估计也有学生蹲守，顾邱泽变魔术一样从兜里掏出一个口罩和一顶黑色宽檐帽，给徐杺戴上。徐杺本来就穿着一件低调的黑色廓形大衣，戴着围巾，再戴上这两个东西，不认识的人一看，几乎只能看到一团黑，脸都只剩下两个眼珠子了，根本不会认出她是谁。

徐杺忍不住笑出来。

顾邱泽满意地看着自己准备的变装，然后朝徐杺伸出左手，前臂弯折在自己胸前，做了一个邀请的动作。

徐杺环上他的手臂。

沈姨无奈地摇头，看着两人往后门走去。

后门果然有不少学生，他们和保安说着什么，可保安说什么都不敢放人进去。里面现在正在做准备，这要是出了什么差错，没人能负责。有校内记者亮起工作牌，保安认真看了才给放行。

顾邱泽三人走近的时候，一群女生都愣了愣，她们的目光几乎都落在顾邱泽身上，大概是觉得他的长相和身段有些眼熟，却又一时半会儿想不起来。还有几个学生也注意到了紧紧跟在他身侧的徐杺，可徐杺一直低着头，安静又低调，他们也只当徐杺是哪里来的老师，稍稍住了嘴，也没再嚷嚷。

顾邱泽出示了韩朔给的工作牌，保安看过后就给他们放行了。进去之后是一条昏暗且放了许多道具的通道，徐杺缓缓松了一口气。

顾邱泽感觉到了，在昏暗中带着徐杺灵活地左穿右插，咧嘴一笑："是不是很刺激？"

"简直顺利过头了。"

徐杺说的也是真心话，刚开始顾邱泽提出这个方法的时候，她还有些不安，可真做起来却发现比想象中还要容易。

顾邱泽耸耸肩："光明正大地走前门是不科学的。你们两个又搞什么隐婚，偶像包袱那么重，不想被媒体发现就只能走后台。其实后台不严，这样的毕业秀我都参加过好几次了，你花几块钱在外面弄一张以假乱真的工作证都可以进来，保安看不出来。"

"你经常这么干？"

"怎么会？我可是专业摄影师，多少人求着我来，我用得着这么干？"

话音刚落，顾邱泽顿了顿，才又继续说："不过大学的时候的确这么干过，毕竟那会儿我也没红。"

徐杺偷笑。

这时候走秀已经开始，换衣间这边空无一人，只有几位老师和学生在控场和收拾。

许多人都围在了侧边的幕布后，正在兴致勃勃地通过幕布缝隙看前面的走秀，还有人兴奋地拿起手机全程录影。

“这边。”顾邱泽眼尖地发现了一个有空隙的角落，拉着徐杺走过去。

这个位置离 T 台比较远，只有两个女生在这边。听到动静后，她们转过头，先看到的便是顾邱泽高大的身躯，她们只能勉强够到他胸口。

顾邱泽挑眉看了那两个姑娘一眼，她们当即红着脸不知所措，余光一瞥，才看到对方身边还有一个女人。

顾邱泽像是护花使者一样抱臂站在徐杺身边，而徐杺则专心看着 T 台，丝毫没有察觉他人打量的目光。

两个女生看到徐杺明显隆起的小腹，悄悄移开目光，心想这大概是学校哪门专业的老师，夫妻俩一起来看秀，不由得隐隐有些羡慕。

这时候大秀刚开了个头，这次毕业秀的主题和季节有关，因此每一小节结束都会展示 VTR（录像）。趁着这个时候，徐杺看向台下，结果一眼就在人群中看见了韩冬溯，他坐在靠前的位置，他这种级别的人物学生们基本都不认识，所以没有引起多大轰动，只有不远处持着摄影设备的媒体难掩兴奋地一直有意无意地拍着他这边。可大家的注意力都在台上，自然就忽略掉了。

徐杺看着韩冬溯专注看着台上的侧脸，心底安定了下来。

这时，顾邱泽唤回了徐杺的注意：“看。”

其实不需要顾邱泽呼唤，徐杺也能感觉到，那个人从幕布后走出来的瞬间，大家的反应都明显有所不同，尤其是摄影灯的闪烁频率，让在场所有人都知道这个人是特别的。

徐杺看着一步一步往前走的男人，他背挺得很直，直视前方，仿佛对台下的一切都视而不见。

徐杺的手情不自禁抚上肚子。

沈姨也在看，她看不懂这些，只是目光含着欣慰。在韩朔下台后，她就收回了目光，显然她也发现了韩冬溯，对徐杺说："先生也来了。"

徐杺点点头："我看到了。"

沈姨欣慰地笑了，目光里似乎还有泪光："真好。"

是啊。

真好。

大学是一个征程，也是人生的一个重要阶段，而韩朔正在以自己最完美的姿态谢幕，去迎接一个全新的未来。

他从不往后看，也没有做过任何让自己后悔的事。

从只有自己一个人，慢慢地，越来越多人追随，他从未辜负任何人对他的期待。

他让所有爱他的人打从心底感到骄傲。

徐杺在心底默念：

你看到了吗？这就是你的父亲，在他所热爱的领域里所向披靡的模样。

不知道是否是孩子突然有了感应，徐杺忽然感觉到小腹像被踢了一下，这一下和以往的感觉都不同。

毕业秀的时间已经过了大半，韩朔再次出场，走最后的压轴。

韩冬溯已经站了起来，准备提前退场。

沈姨最先发现徐杺的异样，她看着徐杺忽然煞白的脸，几乎是立即瞪大眼睛问道："怎么了？"

顾邱泽和身旁的两个女生都被沈姨的叫声吓了一跳。

徐杺捂着肚子的力气越来越大，小腹的阵痛越发清晰，她咬着牙靠在顾邱泽伸来的手臂上，腿有些软，小声说："好像……要生了……"

顾邱泽听了脑门直抽："什么？"

他当时心里第一个反应是——完蛋了。

他根本来不及多想，在那两个女生惊恐的目光中，飞速把徐杺横抱起来，也多亏他一直有健身，抱着一个怀孕九个多月的孕妇还能健步如飞。

徐杺冒出了一头冷汗，她感觉到腿间似乎湿了一片，余光看见沈姨边跑边打电话。

三人到侧门时，徐杺看到韩冬溯正等在车旁，一看到他们，他立刻打开车门。

“去医院。”

顾邱泽满头大汗，连忙把徐杺平放在后座上，然后沈姨一手拂开他，马上钻了进去。

“哎哟！都劝你不要长途跋涉回来了！羊水破了！”沈姨解开徐杺的大衣，也不顾前面有两个男人在，探了探裙底，懊恼地说。

徐杺这时候脑子嗡嗡的，像是扭成了一团的棉花，一时之间也听不清沈姨在说什么。

她首先听到的是韩冬溯的声音，他像是隐忍着情绪并且强装镇定：“……徐杺，别怕，爸爸带你去医院，都已经准备好了，不会有问题的。”

徐杺捂着肚子，因为穿着毛衣，她眼皮上的汗像是流进了眼睛里，晕开了一片。她看着车顶，一边忍着疼，还一边不忘欣慰地想：我不怕，生他的孩子，有什么好怕的？

下场后，韩朔一边解开领口，一边回到化妆间。

后台吵吵闹闹的，大家都很兴奋，韩朔在众人的庆贺声中走到最里面，坐下歇息。

这时候，旁边走过几个女生，都是学生会过来帮忙的，一边收拾东西，一边小声聊天。

“听说刚才婷婷她们站的那个地方有一个怀孕的老师羊水破了，她老公立刻把她抱起来往外送，吓死人了。”

“我就听说那老师的老公很帅，长得高大又有男人味……啊！真幸福啊。”

“可是为什么老师要在后台看啊？”

她们离韩朔近，韩朔一字不漏地听着，有些出神。

他皱着眉，心底没来由地涌上不好的预感。他拿起手机，开机准备给顾邱泽打个电话。可电话一打开，十几个未接来电就霸占了整个屏幕。他手指一划，看到了几条顾邱泽发来的短信。

周近就坐在韩朔身边，他看到韩朔突然站起来，脸色青黑，披着外套往外走。

所有人都吓了一跳。

“怎么了？”猴子赶过来一看，不知所措，“不是，待会儿就要采访了，他去哪儿啊？”

周近摇摇头，他还是第一次看到韩朔这么难看的表情。他站了起来，迅速换下身上的衣服：“我跟出去看看。”他内衬也没脱，直接套上外套，裤子也来不及换，跟着冲了出去。

可在门口女生们意外又惊喜的尖叫声中，哪还有韩朔的身影？没一会儿，周近就被十几个场外的女生围住了，一个个举着手机求合照，最后还是猴子出来拽了他一把，才把他给解救出来。

顾邱泽坐在医院的长凳上，拿着手机给张檬发短信。徐杺还躺在里头等着进产房，羊水刚破，还在宫颈扩张期，产房里有两个专业的护士和沈姨照看着，韩冬溯和顾邱泽在外面等。

顾邱泽面对韩冬溯也没多紧张，只觉得韩朔这家人是真的厉害。知道他们回来，韩冬溯居然早就准备好了一家私立医院的病房给徐杺应付突发状况，没想到最后还真的派上了用场。

这时候，手机忽然响了，顾邱泽头疼地接通电话。

那头男人低沉压抑的声音直截了当地响起：“在哪儿？”

顾邱泽看了看病房，说出一个具体方位，韩冬溯闻言也看了过来。

五分钟之后，韩朔就赶到了。

他是跑来的，虽然外面披了件外套，可里头还是最后走压轴的时候穿的那套衣服。一路过来，他脸色黑如锅底，又穿着这样另类的服装，引来不少医生护士的关注，要不是看在他是韩冬溯司机接过来的人，估计在门口都能被保安拦下。

他跑到顾邱泽跟前，咬着后槽牙冲着顾邱泽留下一句“等下收拾你”，然后转过头问韩冬溯：“怎么样了？”

韩冬溯站了起来，招手叫来个护士，冷静地对韩朔说：“你去换套衣服再消个毒，然后进去看着她，我都安排好了。”

韩朔开始脱外套。

进去之前，他停了停，忽然对韩冬溯说：“爸，谢了。”

闻言，韩冬溯的脸上没有动容的痕迹，只微微一笑，回道：“说什么话……这是我儿媳妇！”

门关上了。

韩冬溯重新坐了下来。

他们在这边安静等待的时候，学校那边已经一团乱。

作为今天媒体最想采访的人物突然就凭空消失了，校方这边一边跟媒体周旋，一边头痛无比地找人，只知道小半个小时前韩朔像一阵风似的跑了出去，之后就不知所终了。问服装表演班的人，大家也都摇摇头说不知道。

几个负责人欲哭无泪，恨不得把韩朔这样不服学校管教的毕业生捉回来抽打一百万遍。

周近他们揣着手机一起出去合照，接受采访。

中途，周近手机振了一下，他和猴子相视一眼，同时拿起来一看，又几乎是同时爆出了一句脏话。

摄影师们举着相机，看着他们的反应，一脸蒙。

三个小时后，张檬他们全部到了医院。

赵更他们没法那么快赶到，表示一结束就赶过来。顾邱泽让他们别急，说生孩子这种事时间很长，而且他们赶来也没用，只会影响医院安静。

说完这话，顾邱泽就被张檬狠狠拍了一下：“你还在这儿说风凉话？想想待会儿怎么谢罪吧！”

顾邱泽摊摊手：“能怪我吗？她怀着孕呢，一声令下我哪敢不从啊？”

张檬又气又急，哆嗦着指了顾邱泽好久，最后深吸一口气，抱臂坐下，低骂一句：“……我一个母胎单身的男人为什么突然体会了一把自己的孩子要出生的感觉？”

顾邱泽斜了张檬一眼，还有心思开玩笑：“你猜你这句话被里头那位听到，他是会先收拾你还是收拾我？”

张檬想骂人，可看着顾邱泽衣服上那一块湿了又干的痕迹，又生生忍了下来。

病房里。

徐杺习惯了阵痛之后，脸色已经没有最初那会儿惨白了。她躺在床上，腿张开着，按照护士的教导尽量不出声，每次阵痛都忍着。

每隔一会儿就有护士掀开她腿上的白布看看宫口张开的情况，然后还安慰她这个过程时间很长，让她多忍耐一下，保存体力，第二个生产阶段才不会受太多苦。

徐杺点头表示明白。

他那边怎么样了呢？

不知道是否是幻觉，徐杺好像听到了开门的声音。

她顺着声音转头一看，在沈姨“哎呀”一声中，她的脸又白了白，阵痛又开始了。她咬着牙伸出手，下一秒就被一只宽厚的大手牢牢握住。

沈姨马上让开了自己的位置。

韩朔谁也没看，握着徐杺的手坐在她床前。因为消毒过，所以他穿着医院的绿色隔离衣，俊脸上面无表情，唯有那双黝黑的眼像是写满了千言万语，沉沉闪烁。

“你真是越来越大胆了。”他一边压低声音在她耳边说着，一边用空出来的手撩开她被汗水浸湿的头发,最后手指落在她苍白的唇瓣上，轻轻按了按，“之后再跟你算账。”

徐杺深吸一口气。

“今天出生多好啊。”徐杺说，“他看到你在台上的样子，就迫不及待要出来见你，我拦不住。”

她这会儿还有余力开玩笑，韩朔都被气笑了：“求情也没用，等生下来，大的小的一起教训。”

“唔……”

随着时间的推移，徐杺感觉到之后的阵痛越来越明显。她不知道时间具体过了多久，只依稀记得护士走了一次又一次，期间还有一个医生进来询问情况，大概是在询问阵痛时长和间隔，护士一一准确地回答了。

最后一次进来一个女医生，挑起布仔细看了看，然后笔一画，吩咐护士们把徐杺推进产房。

这时候已经过了好几个小时了，韩朔这期间寸步不离地看着她，看着她从一开始还能跟他说说话，到后面痛得明显眼神都开始涣散了，他也一直凝视着她，紧紧握住她的手，未曾放开。

“家属先准备一下。”

这时候，护士准备推徐杺进产房，韩朔才松开手，看着她被推进里间。

生产对于徐杺来说，大概是这辈子最痛，也是记忆最深刻的过程。

等真正开始生的时候，徐杺才知道，原来要迎接一个生命的诞生，是要承受如此之痛。她的神经绷紧着，每一次用力额头都能冒出青筋，她随着医生的指导一直调整呼吸,却依旧觉得自己的五脏六腑都在移位。

她的手一直被一道熟悉的力道捉紧着，可身边那人从头到尾一声不吭，她也就没有分心去留意。她能感觉孩子的身体慢慢从体内剥离，最后医生把孩子抱起来的时候，她整个人犹如一条上了岸的鱼，连喘气都艰难。

医生抱着孩子，先给她看了一眼。是个男孩，浑身湿淋淋的，又白又小，像一只肉团子。

徐杺闭上眼睛，觉得整个胸腔都空了，好像这时候才终于可以正常呼吸。

心里松了口气后，徐杺很快就睡了过去，完全不知道在外头等了一晚上的男人们个个欢呼雀跃，差点把人家医院的房顶给拆下来。

徐杺醒来的时候是后半夜。

她嗓子干涸，眼睛也干涩得难受。她手微微一动，趴在床头的男人抬起头来。不过一晚的时间，他整个人明显憔悴了几分，胡楂冒了出来，双眼里有十分明显的红血丝。

四目相对，徐杺看见他像是下意识一般伸出手，摸了摸她的脸。待她虚弱一笑，他的太阳穴才轻轻一跳，伸手按了床头的护士铃。

“儿子呢？”她哑着声音问。

可男人这时候只看着她，听到她醒来后第一个问题，他也没有好脸色，用比她还低还哑的声音说：“儿子什么儿子？”

徐杺勾了勾他的手指头。

韩朔的脸色才缓和下来一些。

在医生们还没进来前，韩朔倾身过去，把她抱在怀里。

“生孩子又丑又费劲，仅此一次，下不为例。”他悄无声息地低叹了一口气，抱住她的这一刻，他才像是缓过神来，用下巴抵在她头顶，半晌后轻声说，“辛苦了。”

徐杺贴着他温热的锁骨。

静谧的夜里，唯有他陪在身边。

他们安静地依偎在一起，心也始终贴近。

徐杺再次看到儿子是在第二天早上，韩冬溯来医院之后。

孩子这时候已经做完了体检，被放到保育箱里带了过来。韩冬溯让医院在徐杺床边安排了一个位置，好让徐杺随时能看到孩子。

其他人在医院等了一晚，半夜回去睡了一觉，第二天中午才结伴过来。

他们进房间的时候就看到韩朔坐在床头，徐杺靠在他怀里，眼睛眨都不眨地盯着保育箱里的孩子看。

“搞啥呢？这么一副望眼欲穿的样子？”张檬走到保育箱旁，边笑边“哎哟”了一声，“这小猴子，眼睛好像老大啊！”

“让我瞅瞅……嘴唇也像。”

大家闻言都凑过去看，个个都觉得新鲜。

韩朔嫌弃他们人多，没一会儿就开口轰人：“才刚生下来你们就能看出像谁了？别瞎扯。”

“你还别说，我看着眼睛和嘴巴真的挺像你。”被众人挡住视线的徐杺这会儿才有工夫从他怀里抬起头，笑着附和。

这时候，韩冬溯出去接完电话回来，听到徐杺这句话，也点了点头，淡淡地说：“和他小时候一模一样。”

韩朔扯了扯嘴角，懒得搭理他们。

韩冬溯昨天从孙子出产房后就一直看着，连体检都全程陪同，这会儿倒是不和年轻人挤了。进来的时候，他手里多了一个盒子，说完话就走到床前，把盒子交给徐杺。

“你们领证的时候我在国外，没来得及给你礼物。东西不算贵重，是韩朔他太祖父传下来的玉镯，和这个小的是一对儿，韩朔小时候也戴过。谢谢你给爸爸生了个机灵的小孙子。”

徐杺闻言没有推拒，双手接过，礼貌地打开一看，里头放着一大一小两只手镯。大的那只是很纯很深的莹绿，质感润泽，小的颜色比大的要浅些许，看成色就知道是极好的。

韩朔拿起大的那只，牵起徐松的左手，微微一卡就戴上了，徐松根本来不及反应。

韩朔举起她的手腕，专注地打量了一会儿，然后才握住她的手放在自己的大腿上，淡淡地说："这玉我妈也只戴了几年，以后注意别马虎，磕着了你得哭，这玩意儿贵着呢。"

徐松哑口无言。

韩冬溯看了韩朔一眼。

父子俩之间没有多少交流，韩冬溯收回目光，从西装外套里又拿出两个红包，给了徐松："这是红包。"

"谢谢……爸爸。"

第一次当面这样叫，徐松还是有些不好意思，白皙的脸上泛上一层淡淡的红晕。

韩冬溯微微一笑。

"这段时间在医院好好调养，要是想回家坐月子，就带上沈姨……然后抽个时间，带孩子去看看……你妈妈。你父母那边我会准备好东西去和他们见个面，孩子你要是想带着去法国，也可以让沈姨过去帮你看着，这样你学业上就可以少分心许多。"

说到韩朔的母亲时，韩冬溯顿了顿，但也很快就继续说了下去，却不知道是在嘱咐谁。

徐松靠在韩朔怀里，闻言，她抬头看着韩朔。

韩朔正沉默着，察觉到她的目光后挑眉看向她。

徐松忽然握了握他的手。

韩朔沉默不语。

"爸爸，我有一个请求，您可以听一听吗？"

听到徐松的话，韩冬溯愣了愣，然后点头："你说。"

徐松的声音又柔又静，看着韩冬溯的目光纯粹沉静，声音里带着些许笑意："我和韩朔这几年都会很忙，要是可以，孩子我想请爸爸帮我们照顾。要是您忙的话，孩子就留在 B 市，让沈姨和我们别墅里的阿姨一起照看，您看可以吗？

“还有孩子的名字……我们一时之间也没有想好，爸爸您能给我们拿主意吗？”

韩冬溯微微发怔，过了一会儿才说：“我不忙……可是……你确定吗？”

徐杺不露痕迹地捏了捏韩朔的手。

韩朔瞥了她一眼，然后直视着自己的父亲，说：“既然这样，那就爸替我们看两年吧。徐杺来年毕业，最快也要那时候才回国，等我们稳定下来，两年也差不多了。”

过了好久，韩冬溯才说了一声“好”，声音有几分微哑。

之后，韩冬溯出了房间，似乎是开始张罗孩子的事，电话一刻不曾停过。

徐杺嘴角染上笑意。

韩朔看见了，低头轻轻掐了她一下，淡淡说道：“心眼儿真多。”

徐杺看着被张檬小心翼翼抱起来的儿子，轻笑出声：“你不乐意吗？我以为你不想带孩子。”

徐杺休息了一晚，今晚的脸色比昨天好多了，说完这句戳心的话，她抬起头看着韩朔。因为离得近，所以韩朔轻易就能看到她纤长的睫毛，还有她黑亮眼底一闪而过的狡黠。他手心痒痒，搂住她肩膀的手不由自主地紧了紧。

“小狐狸……”

徐杺和他腻歪了一会儿，然后终于忍不住向不远处那群看着孩子吱哇乱叫的男人们唤了一声，让他们把孩子抱给她。

张檬贼笑几声，抱着他干儿子在徐杺面前晃荡了一会儿，然后在韩朔警告的目光中，“嘿嘿”笑着把孩子放到徐杺怀里。

一摸到儿子的襁褓，徐杺就下意识想要收紧手臂。可孩子太软，奶乎乎的，徐杺也不敢用力。

这会儿被张檬他们一吵，孩子悠悠转醒，睁着双黑葡萄似的黑亮眼睛盯着眼前看。

徐杺见他睁开眼也毫不哭闹，嘴角忍不住勾了起来，心里软得一塌糊涂。

张檬看到这一幕忍不住对韩朔调侃："老大啊，你就算心疼徐杺，也不能不让她抱孩子啊！瞧她那抱着都不肯撒手的样儿！让别人瞧见还以为你要拆散他们母子呢！"

这会儿韩朔的目光也被徐杺怀里的孩子勾了去，理都不理张檬，因为孩子正看着他，眼睛油亮。

徐杺顺着儿子的眼神看过去，对韩朔说："你看，儿子都知道自己长得像你。"

韩朔却哼笑一声："是因为这世界上所有生物都能分辨美丑，包括这些人类幼崽。"

徐杺挑起眉。

韩朔被她带笑的眼神看得"啧"了声，下一秒，他低下头，在儿子的注视下亲了亲徐杺的眼睛，然后低声说："你也不丑，只是不能和我比较。"

徐杺闻言勾起了唇，也不反驳。

"这家庭教育都成什么样子了？"顾邱泽一进房间就看到这一幕，调侃道。

一看到顾邱泽，某个大魔王终于记起来要和他"秋后算账"。

"给你工资就不爱干正事。"韩朔冷冷地看着吊儿郎当的顾邱泽，"下个月开始，工资减半，什么时候改过这坏毛病了就什么时候再说。"

顾邱泽这人没有什么明显的弱点，唯一就是爱财，被人断了享乐的财路，比胖揍他一顿还要令他生不如死。

闻言，顾邱泽果然眼珠子都快瞪出来了，痛骂自己的七寸被人拿捏得太准。

“作为把你媳妇儿送到医院的救命恩人，你就这么对待我？”顾邱泽一米八几的大高个，佯装心痛地捂住胸口，“你怀里那个才是罪魁祸首，这生了儿子就将功抵罪了是吗？我不服！我又不能生孩子！这对我不公平！”

“你能生我也不稀罕你。”

徐杺听他俩拌嘴，忍不住在韩朔怀里闷笑。儿子感觉到妈妈的胸膛在轻轻震动，这才把目光移向妈妈好看的脸蛋上，动着软软的胳膊和腿就要往她脸上蹭。

韩朔眼疾手快地一把揪住儿子差点蹬到徐杺的一条腿，瞪了他一眼：“安分点！”

“咿呀——”儿子听不懂，努力想把自己的腿从韩朔手里解救出来。

韩朔一边不顾儿子的抗议把他的腿压下来，一边看着徐杺，说：“谁说将功抵罪？她……我一样罚。”

“罚什么你倒是说说？”顾邱泽一脸“我信了你的邪”的表情。

韩朔闻言，嘴角露出一个极妖孽鬼畜的冷笑。

“我罚我媳妇儿还能怎么罚？”

众人见状，齐声大骂了一句“禽兽”。

徐杺红着脸拍了他一下，把儿子的脚从他手里解放出来。

这时候，护士进了房间，对徐杺说：“现在可以尝试喂母乳了。”然后对房间里的一群男人下了逐客令，“你们其他人就别聚在这里了，对产妇和婴儿都不好。先出去等候。”

一群单身狗们闻言，这才注意到他们不知不觉就待到了这个点儿，压根儿没让徐杺好好休息，便挠挠头对他俩说：“那我们就先走了，明天再过来看你们。”

韩朔：“明天也不用来，活儿不够你们干的？给你们那么高的工资当着我的面旷工？胆子越来越肥了你们。”

众人接二连三地把白眼翻给这个连自己老婆时间都要霸占的男人。

看着他们个个把自己的话当耳边风，韩朔笑骂一声。护士等他们都出去后关好门，大概跟徐杺说了一下喂母乳的注意事项，之后也出去了，留着夫妇两人照顾孩子。

徐杺也没扭捏，淡定地把衣服卷起来，托着儿子的头放到自己怀里。她身子恢复得不错，这会儿已经有奶了。闻到奶香，儿子的嘴摸索了一下便准确地含住乳头，咂巴咂巴着吸了起来。

徐杺的心一下子就化成了一摊水。

没有哺育过孩子的人大概不会懂得这样奇妙的滋味。

而她完全没有注意到男人看到这一幕后，一双眼都沉了下来。

要是徐杺能回头看一眼，大概就能知道他刚刚说的“惩罚”完全不是玩笑话。

韩朔看着自己女人恬静又温柔的样子，最终只能干咳了咳。

他面无表情地想。

不着急，来日方长。

徐杺坐月子期间暂时留在了 B 市，韩冬溯安排了沈姨继续照顾她，期间还送来许多补品，让沈姨换着花样做。徐杺也不盲目吃，吃了一周补品，之后就和沈姨商量起菜单，除了一些催奶的食物，别的食物都要合理并适量摄入。

孩子的名字在这期间也定下来了。

韩冬溯再三斟酌后，为孩子取名叫韩启，寓意新的开始。

徐杺很喜欢这个名字。

韩启满月的那天，韩冬溯并没有大办酒席，而是按照徐杺的意思，只在家里摆了两桌，宴请了相熟的朋友。

这时，邹蓝已经办完了签约手续，所以徐杺也叫上了顾闻。

顾闻听到这个消息的时候惊得差点没叫出来。

当她亲眼见到孩子的时候，更是眼睛都湿了，她联想到之前在毕业秀时依稀有听到同学说起过，还有韩朔之后闹出的一系列大动静，她捉住徐杺的手，问：“是毕业秀那天？”

徐杺苦笑着点头。

顾闻都要哭了："你这个浑蛋……连我都瞒着！"

她们抱在一起，徐杺像哄孩子一样拍着顾闻的头，仔细想想自己在大学也收获了一段纯粹的友谊。不管是过去还是现在，顾闻都始终把她当作真正的朋友，并未因为她的任何转变而待她有所不同。

吃饭的时候，顾闻的眼睛还是红红的。邹蓝止不住地转头看，最后还是顾闻瞪了他一眼，他才消停下来。

韩冬溯已经很久没有在家感受过如此热闹的氛围，在妻子去世后，他总是在各个国家徘徊，身边更是没有多少年轻人能与他相处。虽然孤身一人能让他感到平静，可时间久了，在无人的夜里，难免会感到几分寂寞。

韩朔带来的这群年轻人，在韩冬溯看来都很好，每一个都朝气蓬勃，自信洋溢，没有因他的身份对他过于拘泥。

一个人的心思如何，看眼神最直观，他们所有人直视对方的时候都坦荡而真诚，他们不仅仅是朋友，更是在一条路上并肩携手的战友，这份情谊弥足珍贵。

徐杺给韩冬溯倒酒的时候，能察觉到他的心情似乎很不错。韩冬溯今晚话不多，可低头饮酒的时候，表情分明少了几分克制，多了几分笑意。

徐杺是第一个离席的。她跟韩冬溯说了一声，韩冬溯对她点点头，之后她离桌上楼去看韩启。

韩冬溯专门整理了他主卧旁边的小房间出来做韩启的婴儿房，又找专门的人进来重新清理过。

韩启两周前才出院，对新环境稍微有些不适应，这半个月，徐杺几乎寸步不离地陪着。

徐杺打开门，见沈姨坐在婴儿床边，韩启已经醒了。

这孩子精力充沛，听沈姨说比别的孩子睡的时间要少许多，也不爱哭，常常睁着一双眼睛看着旋转的小玩具，眼珠子机灵得不行。

徐杺让沈姨下去吃饭休息。沈姨贴心地为这对母子留下空间，关上门离开了。

徐杺把咿咿呀呀的韩启抱起来，走到床边坐下，给他喂奶。

喂到一半，韩朔也上来了。

他今日兴致好，身心都很放松地与父亲和朋友们对饮，所以他一进来，徐杺就能闻见他身上弥漫着清甜的香槟气息。

开门后见到徐杺在喂孩子，韩朔关上门并落锁，走到她身边坐下。

徐杺瞥他一眼：“你坐远一点。”

他身上的酒味虽然不熏人，但让孩子闻见总归不太好。

韩朔闻言挑起眉，眼睛盯着她，反倒坐得离她更近了些，炽热的手臂贴着她的胳膊。

徐杺被这气息撩得心里一紧，下一秒就听见韩朔冷哼一声：“哪儿那么娇气？自古都没有老子给儿子让道的道理。”

徐杺哭笑不得。

这时候，韩启吃饱了，开始打嗝，徐杺的注意力就全被韩启吸引了去。

韩朔被她身上那股奶香味勾得眼神都变得无比危险。

他的目光如有实质，双眼直勾勾地看着她。

徐杺抿唇，红着脸低头，不看他。

她想，不管是多少年后，只要他用这样的眼神看着她，她都能感到害羞。

# 第十六章 圆满

徐杺在坐完月子之后没多久就启程了，而韩朔也同样进入忙得脚不沾地的紧密行程中。

其中重中之重毫无疑问就是《超级名模》相关的预热和宣发工作，电影为了赶上威尼斯国际电影节，如今正在做剪辑和收尾工作，最终定在八月首映，在此之前，主创团队需要在欧洲进行各种各样的宣传。

徐杺开学没多久，周围的人都在讨论这件事，随着宣发强度提高，韩朔也开始频繁在欧洲媒体上露面。

这一年，韩朔在时尚圈名声大振，又加上有电影加持，在年轻人中人气很高。徐杺身边的圣罗娜就是他的狂热女粉，徐杺经常能看见她捧着时尚杂志翻来覆去地欣赏韩朔的部分，只要是有韩朔内容的刊物，她都会第一时间买回来，还会邀请徐杺一起看。

“我的梦想就是给这个男人做一身衣服。”有一天，圣罗娜从外头冲进来，把最新一期《男色》拍在徐杺的工作台上，脸红红的，说完还不停地给自己脸上扇风。

徐杺停下手上的工作，随手拿起来翻开。

《男色》作为国外时尚杂志，一向以性感的拍摄风格著名，这是韩朔第一次登上这本杂志，还是卷首企划，版面仅次于封面上的国际巨星贾斯丁。

纸张是带着哑光色泽的铜版纸，画面上一片颓靡的黑白灰，男人穿着敞开的衬衫，下半身是配有腰带并且裤链半解的牛仔裤，含而不露地显出半边 CK 标志，衬着紧窄的腰身和胯骨，让人看到就不自觉喉咙发干。他站在料理台旁，手臂随意地搭在大理石台面上，眼神若有似无地瞥到镜头。他虽然面无表情，可眼底却分明藏着一种居高临下的挑弄。

麦凯瑞作为《男色》的王牌摄影师，掌镜和后期都无可挑剔，从窗外透进来的一束光是整个空间里唯一的色泽，韩朔的目光衬着那一抹金色，身体的每一寸都极近完美，他的存在似乎就彰显着“性感”本身。

圣罗娜在一旁大呼受不了，徐杺一页一页看过去。

版面的确不少，足足九页内容，徐杺一处不漏全部看完。不得不承认，这个男人在当上爸爸之后，气质变得越发拿人了。

明明还是少年的年纪，眼神却已经添了十拿九稳，他太懂自己的优势在哪儿，仅靠一双眼就能让人感觉被牢牢攥住，无法脱身。

“真不知道这样的男人私底下是什么样的，做他的女人简直要幸福死了！”圣罗娜指着韩朔那完美的人鱼线和胸肌腹肌，用垂涎的语气犯花痴。

徐杺把她的宝贝杂志还给她。

私底下是什么样？

徐杺笑了笑，没说话。

让徐杺没想到的是，临近八月时，Rousteing 也收到了威尼斯国际电影节组委会的邀请，并且之后 Rousteing 还询问她是否愿意作为女伴与他同行。

邀请徐杺的时候，Rousteing 的表情甚至有些调皮，他是整个训练营中唯一知道韩朔和她关系的人。

一开始，徐杺有点担心这么多学生中 Rousteing 只邀请她一个人是否合适，然而 Rousteing 很快就打消了她的顾虑。

他对徐杺说：“Circe，这个世界连上帝都是偏心的，尤其是在这个竞争如此残酷的行业，你该为你的天赋与被特殊对待感到骄傲。”

说着，他眨眨眼：“而且你的丈夫将在那里大放异彩，你不想亲眼见证吗？”

徐杺承认自己被说服了。

当她晚上跟韩朔说起这件事的时候，韩朔安静了一会儿，然后说：“所以你拒绝了我，却答应了和别的男人走红毯？”

徐杺没想到他的重点在这里，不由得失笑。

“Rousteing 真的是一个很好的老师。”

在巴尔曼工作的这些日子，徐杺充分了解到，这个亦师亦友的长辈，一旦看重你，他将毫不吝啬地倾囊相授。

若不是因为韩朔，徐杺觉得自己毕业之后会毫不犹豫地选择留下。

感觉到徐杺的话语间透露出淡淡的惋惜，韩朔更不满了：“别忘记了你答应过我什么。”

“知道了。”徐杺的声音里不自觉带上几分轻哄，“《男色》我看了，拍得很好。”

话题绕开。

韩朔冷哼一声：“那个摄影师恨不得把我扒光。”

徐杺打趣道：“那你还接？”

韩朔低声说了句什么，下一秒就挂了电话。

徐杺却听得分明，他说的是——

“因为那是最快发售的杂志，这样你能快点看到。”

徐杺握着手机，低头笑了。

刚离开那会儿，韩冬溯一周会跟徐杺视频三四天，基本摄像头都对着婴儿床，韩冬溯很少说话，端着一杯咖啡安静地让徐杺慢慢看。他偶尔会问徐杺最近的学习和工作情况，比起韩朔，反倒是徐杺更像他的孩子。

徐杺也已经适应了自己的新身份，叫起“爸爸”来越发自然。

韩冬溯也会给她很多事业上的建议，当知道她要和 Rousteing 一起出席电影节时，韩冬溯也是很赞同的。

有一次挂视频前，韩冬溯对徐杺说："韩启的事我跟你父母说了，他们刚开始有点震惊，可也很快就接受了。"

说完这句，韩冬溯就没有再说别的，仿佛只是一个普通的告知。他很了解徐杺和父母的关系，如今大部分和那边的沟通工作都是他在做。对于他来说，这并没有什么大不了，他只想让自己的孩子高兴，徐杺在嫁给韩朔后便也是他的孩子，他把握分寸一直相当好。

徐杺说了句"谢谢爸"，然后跟镜头里的两人说了声"晚安"，就关了摄像头。

八月中旬，徐杺陪同 Rousteing 出席电影节。

Rousteing 向来低调，和在红毯上争奇斗艳的演员们不同，所以徐杺为了配合他，接受了他的建议，把她的一次课题作业提前赶出来作为自己当天的礼服。那是一条丝绒黑色长裙，裙摆做成人鱼尾的形状，顺滑的面料上只简单点缀了哑光珠烁，像夜幕中低调闪耀的星光。

两人在威尼斯落地后休息了一晚，第二天按照规定时间抵达会场。

此时地毯两旁的媒体们已经严阵以待了，因为大部分演员都还未到场，所以只有一些性质比较偏向点评类的媒体挤在最前面，采访着一些投资人和设计师。

电影节组委会特意为 Rousteing 安排了专用车，司机为他们打开车门。徐杺扶着 Rousteing 的手下车，他们 露面，周围的快门声响得比方才要频繁些。

这是徐杺第一次在大场合中露脸，大家对她并不熟悉，不少记者露出疑惑的神色。

徐杺挽着 Rousteing 的手臂，嘴角始终带着淡笑的弧度，他们在红毯上站了一会儿。等媒体拍完照，Rousteing 便在前方主持的示意下带着徐杺进了会场。

有人领着他们一路走到指定座位。

坐下后，Rousteing 问徐柲："感觉怎么样？"

徐柲点头："还不错。"

Rousteing 笑了："你的眼里写满了不感兴趣。"

徐柲跟着笑了。

什么都瞒不过他。

之后外头渐渐热闹起来，徐柲知道，是演员们到了。

这里是一个让他们任意发光的舞台，只要踏上红毯，没有人想要比别人低调。

很快，徐柲看到了韩朔。

今天韩朔做了一个高调的造型，头发全部往后梳，露出额头和美人尖，妆容恰到好处。他身上穿着一套 VG 今年夏季的休闲款高定，既没有年长男演员的那种正式庄重，又没有少年的肆意稚气，他气质独特，又带着性格本身独有的张扬。

男演员们在这种场合总没有女演员们花枝招展，他身边同行的 Downey 和他一样，在一身火红的斯嘉丽的对比下，简直像是素颜上阵。

斯嘉丽最开始挽着 Downey 的手，进场后就松开了，不时和身边的熟人打招呼，也有和身边两位男士交流。

这时候，不远处有人喊斯嘉丽的名字，斯嘉丽见是自己合作过的导演，兴奋地迎上去。

徐柲看到韩朔和 Downey 无声交换了一个眼神，一脸被解救的无奈，随后两人迈开长腿径直往他们的座位走去。

他们被安排的位置在徐柲的左后方，中间隔着一条过道和十几排座椅，徐柲不能看太久，见他们坐下后就转回头来，继续和 Rousteing 交谈。

而在她回过头去的下一秒，韩朔眼神一扫，也看到了她。

场内音乐舒缓，灯光被有意压暗，女人安静的侧脸在耳侧珍珠耳环的衬托下，莹白得如同羊脂玉。从他这个角度看过去，那纤细嫩白的脖颈就是昏暗中唯一一点亮色，吸引着他的目光。

Downey 顺着韩朔的目光看过去，也看到了徐杺。他微微一笑，这才像想起什么，对韩朔低声问："当爸爸是什么感觉？"

韩朔收回视线，瞥他一眼。

Downey 继续揶揄："一直听说你们模特圈要么不结婚，要么早生娃，看来是真的。年纪轻轻当爸爸，想替全世界采访你的感想。"

韩朔的手肘懒懒搭在扶手上。

"等你结了婚不就知道了？"他刻薄地说，"我也听说你们圈子结婚离婚都当家常便饭。"

Downey 被他撑了也不生气，摸摸鼻子，好脾气地笑了。

《超级名模》作为近几年里唯一一部以时尚圈为题材打造的商业电影，从消息发出以来就受到了各方极大的关注，尤其是像电影节这样的重量场合，评委多多少少都有一些本土偏向，所以最后出结果的时候可以说是少了许多悬念。

《超级名模》最终拿下几个重量级提名，并且最后也获得了银狮奖、最佳编剧奖和最佳女主角奖，可惜的是金狮奖最后还是败给了今年欧洲的一部艺术类电影《天醒》，可按总体成绩来说确实喜人。

颁奖的时候，徐杺不时跟着人群回头看。《超级名模》团队周围的气氛早已躁动起来，大家相互贴脸亲吻，然后逐一上台领奖。

这期间，韩朔和徐杺对视了一次，可很快就被斯嘉丽的贴面吻打断了。影片中，斯嘉丽饰演的模特魅力十足，如她本人一般，对最佳女主角奖她本就势在必得，如今得偿所愿，她在座位上捧着导演的脑袋使劲亲对方的脑门，周围人见状被逗得哈哈大笑。

冗长的颁奖和发言之后，徐杺起身去卫生间，这会儿大家都沉浸在热闹中，走廊上没几个人。徐杺走进卫生间，径直来到镜前，打开手提包准备补妆。

因为一直没有喝水，她的嘴唇有些干燥，不自觉地抿了抿，想要拿湿纸巾润湿。

这时，她察觉到身后的目光。

徐杺抬起头，在镜中看到韩朔靠在墙壁旁的身影。

他正注视着她，目光从她的背影落到镜中。

徐杺忍不住微微一笑。韩朔见状便走进来站到她身后，前前后后打量着她。过了一会儿，他双手撑着大理石台面，俯身吻住她。

她的口红还没擦干净，韩朔一亲上来就沾上了，他的舌尖舔过她干燥的唇瓣，一下子就把那块儿润湿了。

她身上换了一种香水味，清淡又撩人，哪怕穿着黑色长裙，气质也干净得勾人。

徐杺的身体被他吻得渐渐热了起来。

韩朔问："Rousteing 什么时候走？"

徐杺睁开湿雾的双眼，低声回答："比你们先走。"

韩朔"嗯"了一声，然后从西装兜里掏出一张房卡——他们入住的是同一家酒店。

"我很快回来。"

说完，他嘴唇又覆了上来，争分夺秒地填补对她的渴望。

徐杺觉得他们就像在偷情，毫不畏惧地在这个随时都可能有人进来的卫生间里亲吻，他还给了她一张房卡……这个想象让徐杺的唇边溢出几分笑意。

韩朔当然知道她在笑什么。

"老实点。"韩朔哑着声音放开她，"还没跟你算账。"

也不知道这"算账"说的是她"带球"跑回国的那次，还是她陪同 Rousteing 出席电影节这次，抑或……是那天在韩启房间那次。

他们在这里磨蹭太久了，徐杺推开他，不让他再胡闹，把房卡放进自己的手提包里，然后拿出口红。她今天选的不是大红色，是略暗的正红，盖子打开，轻轻一旋，下一秒口红就被韩朔夺走。

他掰过她的下巴，对着灯光熟练地涂好。过程中，徐杺抬起头，把他的表情一点不落地看进眼里，比起吻掉她的口红，为她涂口红的韩朔看上去更性感。

涂好后，韩朔把口红还给徐杺，转身回了男洗手间。他把蹭到嘴角的口红擦掉，整理妥当才回到会场。

徐杺回到 Rousteing 身边坐下，她一袭低调的黑色长裙在鲜艳明媚的众人当中实在不起眼，可在韩朔看来，在场没有谁比她对自己更有吸引力。

韩朔好好回味了一遍刚才女人成熟又撩人的吻，在心底失笑。

每个人都在成长。

他的小女人也是。

徐杺回到酒店后先回自己房间换了身衣服，才收拾了行李上楼去了韩朔的房间。

徐杺用房卡打开房门，电子锁发出“滴”的机械音，她进门后看着干净整洁的床铺和沙发，围着屋内走了一圈，最终在角落里找到了他的行李箱。箱子没扣好，徐杺打开一看，发现里面装的只有几件正装，连套睡衣都没有。

徐杺无奈地把箱子收好，然后进浴室洗了个香喷喷的澡，出来的时候随手拿过一件浴袍，裹着自己走出去。

韩朔不知道什么时候回来的，徐杺出来的时间就见到他坐在床头，身上衣服也没换。她顿了顿，边擦头发边说：“去洗澡吧。”

“嗯。”

床前的男人似笑非笑地应了一声，徐杺假装没有接收到他的目光，到化妆镜前擦水乳。

韩朔看着她纤细的背影，嘴角勾了勾，大大方方地把身上的西装脱下来，边解开领口边走进浴室洗澡。

淋浴声音响起的那一刻，徐杺才回过头，拿起被他随手丢到床上的外套整理好再好好挂在衣柜里。

韩朔洗了没多久就出来了，身上散发着热气，头发是湿的，肩上搭着一条浴巾。

徐杺本来在看消息，见状便放下手机朝他伸手，想要帮他擦头发。然而，韩朔迎面坐上床，两条长腿跪在她腰侧，把她径直压倒在床褥里。

浴巾掉到了一边，可此时无人在意。

到最后，徐杺意乱情迷，甚至分不清东南西北，感觉浑身骨头都软掉了。

韩朔把她捞起来。他的指尖腻腻的，也不知道是汗水还是什么，点着她细腻的曲线，然后咬着她耳朵，笑着说："长大了。"

徐杺没力气回应他这种意有所指的调侃，她正对着窗户这边，睁开被汗水打湿的眼睛，把安静的月光看进心里。

韩朔这时候低声在徐杺耳边说了些什么，徐杺回过神来，微微侧过头看着他。

他是在她坐月子的时候抽空做的结扎手术，做完之后很快就恢复了。

难怪他刚才也没有做安全措施，徐杺只以为他是不爱用。

"怎么不和我商量一下？"

"和你商量什么？"他咬着她的耳朵吃吃地笑，"本来也就是个小手术。"

徐杺转过身抱住他的脖子，语气平静："我以为你还想要个女儿。"

韩朔懒洋洋地蹭着她白腻的胳膊，随口说道："孩子有一个就行了，多了就麻烦。"

他低头，看见女人垂下的睫毛，像化妆刷一样。他伸手捏住她的下巴，把她的脸抬起来，说："徐杺，长这么大，我还没做过一件让我后悔的事。我和你一样，知道自己想要什么，我也了解你，知道你想要什么。"他凑近闻她的鼻息，轻声说，"我们才是彼此生命中最重要的人，孩子多还是少，我都不能把他和你一视同仁，我知道你也是。韩启是我们给对方最好的礼物，这事儿，求的就是独一无二，多了就容易厚此薄彼。”

他因为吃饱喝足，难得有了耐心，说话都带着蛊惑。

徐杺嗫嚅着：“……我又不反对，你不用跟我解释那么多。”

韩朔挑眉：“哦。”

徐杺心底被他说服了。

可她还是忍不住问：“你是不是被我生韩启时候的样子吓到了？”

“还好？就是真的丑，像一只上了实验台的青蛙。”

徐杺愣了愣。

韩朔又说：“等你以后就知道了，臭小子长大后也要娶媳妇儿生孩子，男人等找了喜欢的姑娘到时候根本顾不上爹妈。如果之后再生个女娃，小时候你得操心她长大，到青春期的时候要担心她会遇到危险或者变态，长大之后还得担心她选男人的眼光……你想多体验几次这种感觉？”

说完，韩朔露出嫌弃的神色：“我才不要。”

徐杺翻过身去，不再搭理他。

温柔的夜色下，她被裹进一个炽热的怀抱。男人低笑着，好像早就料定了她拿他没办法。

徐杺闭上眼睛，无奈又满足地在心底叹息一声。

《超级名模》顺利上映并且收获颇丰，首周海外票房一线飙红破了两个亿，稳稳拿下了首周票房冠军。

这时候，国内还未上映，可趁着这波势头也早早定档在十月黄金周。微博早已经被国外的剧透炸翻了，演员粉们抓心挠肝，路人们看了一些片段后也表示十分期待。

随后，《超级名模》在国内上映，首周票房 6.7 亿，虽然比不上同期引进的超级英雄系列大电影，但是作为题材不算热门的商业电影来说，可以说是独占鳌头，首周票房排在第二位。

徐杺那会儿已经开始和训练营的其他人一起进入巴尔曼设计组实习，她出的方案质量最高，经常被选中，许多新人都表示她简直是个设计天才。

Rousteing 越发器重她，大家私底下都在猜测徐杺会不会一毕业就和巴尔曼签约，那样她将会成为巴尔曼最年轻的华人设计师。

徐杺在百忙之中也有和圣罗娜一起翻《超级名模》的影评看，圣罗娜看海外的，徐杺看国内的。

正如所有人预料的那样，韩朔所扮演的男模特卡瑞兹惊艳到了世界各地的影迷们，除却韩朔个人的粉丝疯狂吹捧，对韩朔不算熟悉的路人也表示卡瑞兹这个人物简直就是演神了，卡瑞兹亦正亦邪的一面被韩朔演绎得太到位了。

有知名影评家在写到韩朔部分时，曾用这么一句话形容——这是一名真正的超模该有的气质。

徐杺很明白这句话的意思，大概看过这部电影的人都能懂得这句话的含义。韩朔出现在大银幕上的一瞬，就像一件完美无瑕的艺术品展示在观众们的眼前，并且瞬间明白有的人只是站在一片光影中，你都能情不自禁屏住呼吸，因为他的存在和所有人都不同。

接下来，韩朔再次在时尚圈引起轩然大波。

十月黄金周电影上映期间，VG 海外和 VG 中国官方微博同时发布了韩朔已签约 VG 代言的消息，同时也宣布了接下来时装周的模特名单，韩朔的名字出现在签约模特一栏里，标注尤其醒目。

这不仅是 VG 第一次选用华人模特做代言，也是 VG 首次让华人模特担任 Top Show（顶级大秀）的开场。

消息公布以后，各大时尚版面发的都是韩朔的通稿，Wind 的官网以及韩朔的个人公众平台号更是被闻讯而来的路人挤爆。韩朔以这种强势且锐不可当的方式，以模特身份再次进入了国际大众的视野。这一次，所有人都记住了他的名字。

还有一家专业的时尚媒体把近两年来关于韩朔的各项数据做成了直线数据图发布出来，其中包括代言数量、走秀场次、Top Show 走秀场次，以及上国际热门的频率，甚至连几年前韩朔考入 A 大的那场正式出道秀中各界专业人士对他作出的评语也贴了上来，并称他为近两年内当之无愧的时尚黑马，说他身上仿佛有什么特质，吸引着最顶尖的品牌对他加以青睐。

仔细算算，韩朔和徐杺在电影节之后又快两个月没见了。

这期间，徐杺趁着欧洲的假期回国了一次，可那时候赶上时装周准备期，两人便没在国内碰上。

徐杺回韩家看了韩启，没多久又被公司召回了法国。

好久不见，韩启已经完全不像刚出生时那么瘦小了，他被韩冬溯养得白白胖胖的，两条手臂和小腿白得像藕节一样，眼睛还是一样纯净机灵。见到妈妈，他也很懂事，双手用力拍着床铺，朝着徐杺“嘎嘎”直笑，像只傻狍子。

徐杺录了好多视频，每天都会发给韩朔看，但是大忙人爸爸看完甚至没有时间回复，每次他都只回一个句号当作已阅。

当韩朔和公司的模特们转战巴黎的时候，巴黎的天气已经冷了下来，他们落地后在机场就被记者和路人包围了。作为时尚之都，这里哪怕是一个普通人都多多少少会关注这个圈子，韩朔的人气在国外也一直只增不减，所以有很多粉丝前来接机。

徐杺大清早在去公司的路上，看起了粉丝上传的接机视频。

经过一年时间，男人们的气质越发沉淀，可眉宇间的张扬还在。看到周近、许峰他们在机场勾肩搭背，状态很不错，徐杺微微笑了。

这时候，镜头一阵晃动，然后随着粉丝们压抑的尖叫声，徐杺看到了韩朔。高大的男人最后一个缓缓走出来，大家都在前面慢悠悠地走，他也不着急，一直在低头看着手机。

他在时装周前把原本留到肩头的长发剪短了，发型比平时乱，大概是在飞机上睡过的缘故。他的衣领上挂着一副墨镜，双眼漆黑狭长，薄唇微抿，脸上明显带着几分起床气，神情漠然。

周围有不少人叫他们的名字，周近他们笑嘻嘻地朝接机的粉丝打招呼。只有韩朔谁都没有看，只是抬头淡淡瞥了一眼，目光像冷风一样掠过摄像头。

持着摄像头的人手上不停摇晃着，尖叫声持续不断。

徐杺关掉了视频，点开手机，上面是今天早上起床时收到方才在镜头前面无表情的男人向她发来的三个字的信息。

Ethan 朔：我到了。

徐杺：嗯。

她简单回复，随后收起手机，走进公司。

徐杺经常能想起最后在巴黎的那一年。

哪怕是之后发生过更多际遇，徐杺也不得不承认，在巴黎的这两年里是她成长最为迅速的阶段。两年里，她跟着训练营的导师和Rousteing 做了很多很有意义的设计课题，其中出来的成品也有不少，让她渐渐在时尚设计圈崭露头角。

Rousteing 喜欢带徐杺出席许多名流和设计师举办的晚宴，徐杺也比以前更习惯这种交际场合。她原本就是个很有洞察力的人，和她对话和相处都会让人觉得很舒服。

Circe这个名字在这两年期间渐渐出现在时尚杂志的设计师一栏上，有不少人开始猜测这个女华人设计师毕业后的去向。

徐杺毕业前两个月，Rousteing 邀请她参与半年后的 VG 大秀企划，所有人都知道这是 Rousteing 正式给她递出了橄榄枝，然而她甚至没有考虑，很快就拒绝了。

当时，Rousteing 脸上露出惋惜的笑容，虽然在一开始徐杺已经把自己的态度表达得很明白了，但 Rousteing 仍然在为无法挽留她而遗憾。

可到底是看重徐杺的才华，所以 Rousteing 也没有后悔这两年对徐杺的倾囊相授。对于徐杺而言，Rousteing 就是她的伯乐，他们也因此成为忘年交。在这两年的相处中，两人几乎很少能体会到辈分和身份的差距，Rousteing 让自己处于一个平等的视角和她相处，他们在这段关系中互相都有所收获。

徐杺再三表达了对 Rousteing 的感激，并邀请他来看自己的毕业秀，他表示一定会去。

为了这场毕业秀，徐杺准备了足足大半年，可以说是她这两年里的心血之作。

这次与徐杺合作毕业秀的一共有三名男模特，都是本校的大四毕业生，土生土长的巴黎男生，长得纤瘦高挑，五官深邃多情。

他们都是已经签约经纪公司的模特，专业水平也很拔尖，如今还在发展初期，所以对于这次毕业秀也很期待。作为服装界有名的大学，当天来看秀的优秀设计师也会有很多，毕业生都摩拳擦掌地期待着展现出自己最好的状态。

毕业秀当天，徐杺早早地踏着晨雾来到学校。

她今天穿得比以往都要正式——量身裁剪的礼服，每一寸面料都完美贴紧她的身体轮廓，燕尾服形式的中性领口，用一条黑色缎带代替领带绕着脖子一圈并且打上一个精致的蝴蝶结，胸部以下则被包裹在黑色的套裙里，轮廓舒展，让人显出一份自如的克制。

徐杺走进后台，跟管理服装的工作人员一起检查了一遍衣服。

这时，模特们才陆陆续续化好妆。

三个男模特精神都不错，身上有淡淡的香水味，徐杺安排他们去换衣服，然后走到人少的地方打开手机看网站。

前几日 Wind 有一小半男模特都去参加一个奢侈品牌的新品发布秀了，当然也包括韩朔，据说昨天刚结束，还有不少路拍传出来。

在这一年时间里，进步的不只是她。

如今 Wind 在国际的活跃度和知名度都大幅度提高，公司名下的签约模特也从一开始的八九个人，到现在的二十多个。这在行业内其实并不算多，可在这方面，韩朔一向要求在精不在多。

徐杺看完一圈后又看了眼聊天软件，见没什么新的消息，才关上了手机。

外面的会场已经开始热闹起来了，透过墙壁都能听到人们讨论的声音。

徐杺转身往回走，给模特们做最后的检查。

圣罗娜刚检查完，她的模特是前几个出场，这时候她已经有空来徐杺这边凑热闹了。见徐杺回来，她也跟着帮忙，和徐杺边干活儿边聊今天都会来些什么人。

一切准备就绪后，她们和其他同学一起出了后台，在安排好的位置坐下。

徐杺稍稍侧过头就看到了 Rousteing，他坐在秀场的前方，身边都是一群眼熟的设计师，一群人偶尔会凑到一起低头聊天。

毕业秀开始了。

这一届的作品无疑是很优秀的，还有摄影机和无人机全程拍摄记录，规模足以赶上一场品牌发布秀。

台上的模特们踏着音乐节拍走着专业的台步，每一次转身都干脆利落，服装和布景形成十分协调的画面。

最后三名模特逐一出场的时候，众人的反应要比刚才热烈不少。

这是大家都期待的 Circe 的作品，果然没有让人失望，流畅的剪切线条，衣物简洁却富有层次感，有巴尔曼的品牌特色，却也不尽然，个人风格实则更加明显。

到了设计者介绍的环节，徐杺大大方方地朝着台下微笑。她手持着麦克风，纤细的胳膊显露在精致的套裙下，有种青瓷一样的质感。

年轻的中国女人说着一口生动流利的英文，简洁地讲述自己的设计灵感和创作过程。

众人被那舒缓的声线攥紧耳朵，结束的时候都给予了她响亮的掌声。

徐杺鞠躬的时候看到了韩朔。

如今在时尚圈已然站稳脚跟的男人坐在第三排，专注地注视着她的一颦一笑。

之后是采访和合照时间。

徐杺最先被邀请和 Rousteing 一起接受采访。

徐杺走到镜头前的时候，余光瞥到不远处站着的韩朔。他虽然戴着墨镜，可风衣长裤却一点都不低调，许多人惊讶于他这时候为什么会出现在这里。周围有人拿着相机甚至麦克风走上前去，他遥遥看了眼徐杺这边，居然也没有拒绝，合照和签名都来者不拒。

徐杺这才安心把注意力落回到采访上。

对于徐杺回国的决定，媒体们自然是惊讶的，他们转而去询问 Rousteing 的感想。

Rousteing 不仅默许了徐杺的话，还给出了一个更大的消息："我很惋惜，巴尔曼将失去一位优秀的设计师，但我尊重 Circe 的决定。这两年她的努力和进步我比谁都清楚，我也很期待她回国后的个人秀，我已经得到了她的邀请，并且一定会出席。"

徐杺回国后要办第一次个人秀的事情知道的人不到十个，如今被这么突然地说出来，大家的表情都相当精彩，争先恐后地想要询问出更多细节。

徐杺微微一笑，应对自如："到时候会给各家媒体发邀请函，希望大家一定赏脸。"

采访结束后是团队合照，大家都互相结伴拍照。

经过训练营的两年时间，班上已经有好几位同学与巴尔曼签了助理设计师合同，也有三两个同学和徐杺一样闯出了一些名声，打算自己创立品牌。

徐杺和他们一一合照完，再与大家告别，天色已近黄昏了。

韩朔不知何时已经离开了会场，徐杺走到校门处看见眼熟的车停在路边，走过去打开车门，弯腰坐了进去。

她刚刚关上车门，男人的一只手就把她圈进了怀里。那个在镜头前总是略显冷淡的男人此刻亲密地把她抱在胸前，她自然地抬头，迎接他霸道而炽热的吻。

直到张檬在前头轻咳几声，徐杺才摸着韩朔的脸把他推开一点。

韩朔用拇指揩去她嘴角的水渍，低声淡淡评论："干得不错。"

徐杺笑了，问："媒体们都问你什么了？"

韩朔勾了勾唇："问我为什么在这里，问我为什么舍弃美洲的阳光海滩。"

"那你怎么说？"

"因为我的人在这里。"

徐杺名义上还是 Wind 的设计师。

张檬这时候才有机会插话："真的，你还是快点回来吧。之前你说要搞童装，我们几个都忙死了，好不容易把方案赶出来，老大还说等你回来再看。还有秀场的地方我也安排好了，布置你自己弄，我可不帮你了。"

徐杺真心实意地对张檬说："谢了，我回去就接手。"

做男款童装是徐杺在三个月前提出的主意。

Wind 男装主要针对的都是男性成年群体，徐杺是在给韩启做衣服时突然来了灵感。品牌设立了两年，扩展新的方向可以增添品牌的活力，而且男童装在国内原创设计中也不缺乏市场。

徐杺把这个想法和张檬大概说了一下，然后和 Wind 的设计师团队开了个视频会议，大家都觉得有尝试的空间。作为决定人的张檬那会儿刚忙完手头上的活儿，一听就直接拍板同意了，于是大家又开始了愉快并痛苦的做方案时期。

徐杺的那份其实已经完成了，打算回去打个样给韩启试试后，她再决定用哪几套。

韩朔见徐杺和张檬两人不知不觉聊得火热，不满地捉住她的下巴把她的脑袋转过来，问道："你都没什么别的话想对我说的？"

张檬作呕吐状："老大，你能别那么恶心吗？虽然我知道这两年里你们两个见面时间不多，但别以为我不知道你总是偷偷来法国……大伙儿睁一只眼闭一只眼是懒得拆穿你，现在就我一个，能不能顾及一下我的感受？"

"闭嘴。"

"我不。"

韩朔的眼神冷冷地扫了过去。

张檬和韩朔相处那么多年了，还是习惯性屈服在韩朔的淫威之下，这会儿他缩了缩脖子，不敢吱声。

徐杺双手抚着韩朔的脸扭过来，拯救了张檬。

她笑着用额头抵上去时，韩朔的目光也收了回来，静静等待着。

"我回来了。"徐杺眼底温柔而缱绻。

这一声低语，把男人心里的不满全都驱散干净了。

车内，张檬趁着等红灯，透过倒车镜偷偷去看后座突然静下来的两人。

男人的脸贴着女人的脖颈，因为被遮挡着，脸上的表情看不清，只能瞥见他的嘴唇轻轻开合了几下，不知道低声说了句什么，然后女人就笑了。

张檬再次把目光转向前方，忍不住愉悦地吹了一个口哨。

啊，天气真好。

对于所有人而言，眼前的每一刻似乎都变得无比宝贵，他们谈情说爱，他们坦率地面对世界，对爱人袒露着自己。

徐杺闭上眼，那一刻，她仿佛听见了丹佛和格兰德河的火车呼啸着驶向群山。

他们都在更远的地方追逐属于自己的星星。

# 番外一 这些年

韩朔迷迷糊糊地睁开眼，被夏威夷的太阳晒得不自觉用手挡在眼前。

这什么破地儿，太阳又大又毒，涂几百层防晒都不顶用。一看周围，各种肤色的人应有尽有，大胆的外国女人浑身赤裸地躺在日光浴下，压根儿不在乎被人看见。

韩朔缓慢地坐起来，目光在太阳伞下环绕一圈，很快就落在了远处一伙人身上。

徐杺带着孩子在学游泳，她耐心好，背对着太阳踩在海边的软沙上，牵着韩启的手，笑着似乎在说什么。顾邱泽和周近站在旁边，有时候会伸出手去提韩启的小腿。八岁的男孩胳膊和腿都瘦得跟豆芽菜一样，不过他很白，正戴着深蓝色的泳镜努力在水里扑腾。

这样看上去，那四个人更像是一家四口……

韩朔扯了扯嘴角，面无表情地喝了一口冷啤。

没多久，徐杺就注意到韩朔醒了。她把韩启交给顾邱泽他们，自己先上了岸。

她披着一件薄外套，里头穿着比基尼，因为紫外线太强，她的脸泛上一阵红色，但其他地方的皮肤还是雪白的。

“不陪儿子玩会儿？”

徐杺走到他面前，拿起一瓶水喝了几口。

韩朔看着她白天鹅一样仰起的脖颈，磨了磨后槽牙，一手把她拉到身边，用大拇指磨蹭着她的下巴。

“下飞机前谁跟我说的让我注意别晒黑？陪这臭小子玩一天我下个月就得被 VG 的人骂一顿。”

徐杺想了想，觉得也是。她拨开韩朔干燥的头发，然后亲了他额头一口，安抚道：“那算了，反正儿子怕你。”

韩朔没好气地瞥了她一眼。

明明他们两人对韩启的陪伴都不多，但韩启却很黏徐杺，他好像觉得和妈妈的每一次相处时间都是赚来的，因此格外珍惜。可是对同样没怎么陪自己的爸爸，韩启总是扭扭捏捏，相比起来，他甚至更喜欢黏着顾邱泽一点。

徐杺看着韩朔的表情，心底其实也有点为这对别扭的父子忍俊不禁。

这时候，韩启跑回来了，没了妈妈他似乎不乐意游那么久，虽然他总是一身的劲儿。

他浑身湿漉漉地跑到徐杺身边，徐杺用毛巾把他包住。

因为徐杺坐在韩朔身边，所以韩启一抬头就能看到爸爸那面容冷峻的脸，不由得把头缩到妈妈怀里。

徐杺没说话，在儿子看不见的地方拍了韩朔的大腿一下。

韩朔收回目光，在心底冷哼一声，麻烦的臭小子。

徐杺搞不懂为什么这对父子越长大越不对付，明明她怀着韩启的时候，韩朔经常会表现出对孩子的兴趣。韩启刚生下来的时候，看到韩朔时眼珠子也总是挪不动。可如今随着韩启长大，两人反倒不如以前坦率了。

晚上，他们一起回酒店吃大餐。

这次休假说起来也是个意外，原本他们来夏威夷是为了工作，可后来外景组的人出了些变故，只匆匆拍了几组外景就结束了行程。韩朔见时间还早，反正也空出时间来了，就索性让顾邱泽带着韩启一起过来玩。

韩启虽然看着瘦，但是食量很大，龙虾一只一只吃得很是尽兴。反观韩朔，他吃得很均衡，大部分食物都是计算好热量才入嘴。

周近也是，这个常年体重在危险边缘徘徊的男人，吃得比韩朔还要斤斤计较。

顾邱泽倒是和韩启吃到一块儿去了，一米八几的大高个，吃相豪爽。

韩启最喜欢顾叔叔，不仅长得有男人味，说话做事还很豪爽，而且容易亲近。

徐杺见韩启故意学着顾邱泽的吃相大口大口吃东西，只觉得无奈又好笑。

所以这一晚，徐杺不顾韩朔的眼神抗议，抱着韩启回了韩启单独的房间。

大概是长期跟着爷爷的关系，韩启的生活习惯和国外的孩子比较像，懂事又独立，很早就能自己睡了，刷牙洗脸什么的也没让大人们操过心。

小家伙有些自恋，既自豪于自己比别的孩子懂事，又喜欢听大人夸他能干，等他自己洗漱完扑到床上，被徐杺摸摸头表扬的时候，他双眼亮晶晶、脸颊红扑扑的，像一只小哈士奇。

徐杺抱着他躺进被窝里。

韩启对于和徐杺这样的亲近显得羞赧又兴奋，因为小时候徐杺不在他身边。等他稍微记事一点了，印象中妈妈也总是被爸爸霸占着，所以他们母子俩这样的相处时间其实并不多。

徐杺抱着儿子倒是没有什么不习惯的。

母亲独有的馨香围绕着韩启，他很快就感到昏昏欲睡了。

“韩启，今天高兴吗？”

“高兴的。”

徐杺笑着问：“喜欢这里吗？”

“嗯……”

韩启是喜欢运动的，他一向是个精力旺盛的孩子。

“是爸爸做主让你过来一起玩的，他知道你会喜欢这里。”

韩启张了张嘴，没说话。他一直以为这一次又是和以前那样，是顾叔叔带着他过来玩的。

小家伙扭扭身子，半晌轻呼一声：“知道了。”

徐杺没有再说话，哄着他入睡。

这一夜，韩启睡得很沉，可他也起得早，一睁眼，他吓了一跳，看到爸爸站在床头看着自己。

韩朔见儿子像小鹿一样瞪着自己，皱了皱眉，对他做了一个噤声的动作。

徐杺闭着眼睛，呼吸平稳，还在睡。

韩启忽然觉得心脏跳得很快。他难得觉得自己和爸爸在做一件只有他们俩知道的事，像是男人之间拥有的小默契。

韩启小心地从徐杺胳膊里爬出来，站在床上晃晃悠悠的。

韩朔看他一眼，伸手把他拎起来带到浴室，让他洗漱，然后带着他下楼吃早饭。

今天就数他俩起得最早，餐厅里此刻也没什么人。

韩启吃着面包，有一口没一口地喝着忌廉汤，偷偷看爸爸，心底有些小紧张。

这时候，沙滩上已经开始有人影了，早晨有浪，有几个人在冲浪，不自觉就把韩启的目光吸引了去。

韩朔注意到他走神，忽然问：“想游泳？”

韩启微微低头，不好意思地说：“还没学会……”

不知道为什么，在别人面前能坦然说出来的事儿，在父亲面前就特别不好意思。

韩朔喝了一口水：“上去拿泳裤。别吵醒你妈妈。”

然后，父子俩又各自回了一趟房间，韩启还特别小心，全程小心翼翼的，生怕吵醒妈妈。

顾邱泽也起床了，穿着背心沙滩裤人字拖来到餐厅，远远看见徐杺坐在靠窗的位置上吃早饭。他去打了一盘早饭，然后坐过去跟她打招呼。

徐杺笑着说：“早。”说完之后眼睛就看向窗外，目光中带着温柔的笑意。

顾邱泽啃着一块法式吐司，顺着她的目光往外一看，当即“啧”了一声。

韩朔正带着韩启在游泳。

韩启今天比起昨天来说游得流畅多了，韩朔站在他旁边，时不时双手抱胸，看着他踩水。

不一会儿，小家伙扑腾扑腾游了几个来回，猛地一头扎出来，用手抹去鼻子上的水，开心地说了些什么，男人嫌弃地勾起唇，没搭腔。

阳光打在男人宽阔的肩膀上，也洒在男孩细白的胳膊和腰上。

他们两个长得有七八成像，远远看去，这一幕完美得就像一张艺术照，构图饱满，色泽明艳。

顾邱泽摇摇头，对徐杺说：“你真可怕。”

用脚指头想想都知道是什么契机能让那傲娇的男人愿意带着儿子去游泳。

顾邱泽一直觉得徐杺是他认识的女人当中最有脑子的一个，不仅能驾驭最麻烦的男人，还能游刃有余地处理这些父子感情之类的芝麻小事。

徐杺托着下巴又看了一会儿，才回过头笑着看顾邱泽：“打算什么时候找女朋友？”

三十三岁的顾邱泽淡定地把吐司啃完，不紧不慢地说：“女人我又不缺。”

“长期稳定的那种。”

“别吧，麻烦。”

闻言，徐杺笑了笑，不说话。

“要是遇上你这样的女人，我会很害怕，知根知底又不知不觉把我吃得死死的。被蒙在鼓里的感觉真不好，我还是喜欢蠢一点的女人。”

徐杺的手指轻轻敲着桌面：“蒙在鼓里……”

她低头，嘴角溢出一个淡淡的笑。

不远处的韩启咋咋呼呼说着什么的时候，韩朔眼睛一眯，看到了靠在窗边和顾邱泽一起吃早饭的女人。

两人不知道说了什么，徐杺正在低头笑。

韩启看到爸爸不理他了，就顺着爸爸的目光转过头去看。他视力好得很，一眼就看到了妈妈和顾叔叔，高兴地下意识喊道：“啊！妈妈起床了！”

韩朔冷哼一声：“早起了……”

可这句话很快就被海浪声盖过了，韩启都没听到。

在那之后，韩朔虽然还是每天躺在太阳伞下，可父子两人的关系却慢慢变得和谐起来。韩启也再没有一开始那么别扭了，偶尔还会主动早起，等着韩朔带他去吃早饭。

他们在夏威夷待了一周，直到回去前，才发现他们几个人在夏威夷游玩的照片被放到了网上。

最开始是路人无意中发现的，说在夏威夷度假看到长得很像韩朔和周近的人，拍了照片发到了国外的社交平台上，后来照片中还出现了顾邱泽的身影，粉丝们就基本确定了。随后，各大营销号也争相转发做通稿，其中存在感最强的当然是韩启，不过照片模糊，因为拍照的路人不敢凑得太近。

谁都知道韩朔最讨厌私生活被打扰，哪怕如今已然跻身国际一线也不例外。每年 Wind 在起诉私生饭以及维护肖像侵权方面都花了很大的人力财力，久而久之，人们便懂得了敬而远之。照片出来后，孩子的脸几乎模糊成了马赛克，但徐杺大家还是能认出来的，从照片和视频里的互动来看，韩朔和她的亲密实在太显眼了，明眼人一看就知道是怎么回事。

他们回国后刚下飞机，就接到公司的公关打来的电话，让他们走特殊通道。

韩朔挂了电话，牵着徐杺往外走。顾邱泽抱着还没睡够的韩启，和周近走在后头。

徐杺用空着的那只手刷微博，发现有关的话题已经刷上来了，几乎所有人都在讨论孩子到底是谁的。

△我不信！朔哥一副禁欲脸，你跟我说他有老婆？

△睁大眼睛看看啊，近哥和顾神也在啊！凭什么就说是 Ethan 的孩子啊？

△我也不信，凭什么会平白无故蹦出个孩子？石头里蹦出来的儿子？

△顾神的孩子吧？

△照片上怎么看都不像是我近的娃啊？朔粉能不能别转移视线在我家身上啊？

△吃瓜。我觉得是朔哥的孩子应该没错，看背影就是一家三口。

△我的 CP 要成真了，哈哈哈！

四人从特殊通道走出机场的时候，发现这个出口也蹲守了一部分人，大概是早就知道他们的行程，提前等在这里的。

看到他们四人出来，几乎所有人都站了起来，十几台摄像机同时往他们的方向拍。

徐杺下意识要松手，韩朔却没放，由着那些镜头对着他们的手狂拍。

这些年大家看着韩朔在亚洲模特圈中登顶，直到跻身在世界超模前列，身价涨得让所有人都惊叹，几乎称得上是亚裔模特的传奇。哪怕如今他已经过三十岁，可在时尚圈中仍然没有要淡下去的迹象。

这两年虽说因为脚伤，他减少了许多活动，但是代言数依然在亚洲模特中位列第一。

而对于韩朔牵着的徐杺，大家也都不陌生。

这个从法国留学回来的年轻设计师，毕业后便拒绝了多家一线品牌的聘请，最终回到 Wind 继续担任设计师一职。

回国半年后，她举办了自己的第一次个人秀展，许多国际知名设计师纷纷出席捧场。当年那场秀的排场极大，韩朔更是亲自压轴，引来当时时尚圈的一片热论。

后来主要由她负责开设的 Wind 童装系列一上线，销量便每月飙红，哪怕到现在都仍然为 Wind 贡献着近乎一半的 KPI，不管是在国内还是国外，都有着极高的人气与市场。

这几年，徐杺也上了许多时尚周刊和服装访谈的版块，是各大时装周以及品牌大秀的常客，她在工作上并不低调，活跃在各个时尚圈子里，交友也十分广泛，然而私生活却鲜为人知。

也是照片爆出来以后，大家才反应过来，一直以来徐杺好像都鲜少提及工作以外的事，人们对她的了解更多都是与行业相关。说她有可能怀孕生子，大家搜尽她毕业后的工作行程，都找不到一点蛛丝马迹。

记者们举着录音笔伸向两人，嘴上不停地在问：

"Ethan，请问你这次去夏威夷是和自己的儿子度假吗？"

"徐小姐，请问你和 Ethan 是什么关系？网上照片里的男孩是你们的孩子吗？"

"方便透露一下吗？"

顾邱泽这时候跟在后面走出来。

周围闹哄哄的，韩启懵然醒来，发现眼前挤了一堆人，一开始没反应过来，被吓了一跳。

前面的记者们一看到韩启，眼神瞬间一亮，因为这孩子的五官和韩朔实在太像了，后面持着摄像机的人几乎是下意识都把镜头对准了他。

韩启刚开始是吓了一跳，等反应过来也不害怕，一直抱着顾邱泽的脖子不撒手，圆圆的眼睛一直看着镜头。

可怜顾邱泽就算再强壮，也不能阻挡从四面八方挤过来的记者和摄像机。周近也在扬手帮他挡，但还是有漏网之鱼。

他们一边艰难地往前走，一边喊着“让开”。然而就在这时，前方一个持着摄像机的人被后面的记者推得一个踉跄，笨重的黑色镜头眼看着就要撞到韩启脸上，千钧一发之际，一只大手猛然伸过来把往下砸的摄像机稳稳按住。

韩朔阴沉着脸，摄像机撞在他手里发出很重的声响，可他眉头都没皱一下，他另外一只手还牵着徐杺。这时候，他冷声开口：“你们是哪家媒体的？”

韩朔一开口，大家都不敢出声了。

他冷着脸把镜头往后一推，然后在众人慌乱的目光中把顾邱泽身上的孩子单手抱了过来。

孩子受了惊，牢牢抱着韩朔的脖子不撒手。近距离一对比，两人的五官气质更为相像。

周围的人被韩朔的表情吓得让出一条道，韩朔便一手牵着徐杺，一手抱着孩子上了公司的车，好像丝毫不在意刚才被拍到的照片会被怎么使用。

然而等大家心有余悸地回到杂志社后，才明白为什么韩朔没有当场让他们删除照片。他们回去后立刻就被叫去开会，连副总级别的高层都出面了，严令今天去机场的记者们删除所有关于男孩的照片，一张都不能流出。

而 Wind 也没有对孩子的事做出回应。

因为官方的态度，粉丝内部也吵了起来。虽说超模结婚每年都有，可国内外的粉丝对待时尚圈的观念到底有所不同，哪怕韩朔不止一次在采访中表达过自己对职业以及对粉丝的态度，也有让工作室加以管控，可不能接受他谈恋爱结婚的粉丝依旧很多。这次节奏一出来，已经有许多比较疯狂的粉丝在广场上带大名辱骂，并且有人私信辱骂工作室。

这一晚，徐杺刚挂掉电话，身后的男人擦着头发就抱了上来。

“老头子说什么了？”

徐杺把手机放在一边，转身给他擦头发：“爸让我们别担心。”

韩朔似笑非笑地勾了勾唇，对老头子的偏心嗤之以鼻。

当年他自己单干的时候就没这种待遇，照片绯闻应有尽有，果然孙子就是比儿子亲。

“你怎么想？”徐杺边擦头发边问他。

两人早些年因为不想影响对方的工作，所以在这方面一直比较注意，这一两年他们其实已经不太在乎曝不曝光的问题了，只是韩启要不要在大众面前露面这件事，他们两个一直都在反复斟酌。他们平时也一直很小心，却没想到因为这次临时发起的假期给暴露了。

听了徐杺的话，韩朔也没有马上回答，垂着头像是在思索。在头发快被擦干的时候，他忽然抬起头，看着徐杺，问：“你想办婚礼吗？”

徐杺顿了顿。

她看着他漆黑的双眼，那一向淡漠的黑色瞳孔里有着微不可察的温柔。

徐杺用手抚上韩朔的眼角，问：“你认真的？”

韩朔的睫毛被她摸得轻颤：“你不想？”

徐杺笑了笑：“三十多岁的人了，穿婚纱怕不好看。”

韩朔看着她。

昏黄灯光下，女人的肌肤白皙如玉，身材也苗条纤细，岁月好似不曾在她身上留下过痕迹。最起码在韩朔看来，这个女人和当年并没有什么区别，眼神还是那么平静温柔，抚摸着他的那双手，还是轻易就能抚平他所有的烦躁。

“很美。”

徐杺听到他这么说，顿了顿，然后轻声笑了出来。

是很愉悦的笑。

韩朔佯装不快地把她压在床褥上，薄唇贴着她的上唇，气息充满危险：“那我呢？”

她说她老了，那他呢？

徐杺弯着双眼吻上他。

唇齿相依的辗转间，她像是低叹般说：“你还是和当年一样。”

面容还是那么俊美。

眼神还是那么坚定。

还是她最爱的模样。

两人抱在一起就像一团火，十年如一日，一点都不见腻。很快，他们就沉溺在对方的气息里，四肢交缠，谁都不愿先一步抽离。

说办婚礼就办婚礼，第二天早上听到消息，张檬他们个个目瞪口呆。倒是韩启这小家伙知道爸妈要办婚礼，立刻丢掉手里的镜头跳起来，在沙发上一蹦一跳地说：“好耶！”

“你悠着点！”顾邱泽眼疾手快接住自己六位数的镜头，差点没忍住一巴掌拍在韩启的屁股上，转头问韩朔和徐杺，“这么突然？你们想在哪里办？”

“巴黎。”韩朔圈着徐杺的腰，对所有人说，“简单搞一个派对，请 些熟人就行，不用那么隆重。”

韩启欢呼一声，抱住了闻声而来的奶宝，一人一狗嘴角咧起的弧度几乎一摸一样。

在陈华和韩朔开始商量婚礼细节的时候，张檬仍然没有回过神来，失神地去调整之后众人的档期。

韩朔问道：“那婚纱呢？”

“我自己做。”徐杺靠在韩朔怀里，“刚好这个月的稿子都过了，之后我就开始做婚纱，公司的活儿暂时让徐培他们多担一点，年底我另外给他们红包。”

徐培是公司的设计师，主要和徐杺一起负责童装系列。

“行。”韩朔一边跟陈华说话，也没有漏掉身旁的声音，等徐杺低头用笔记本调工作计划的时候，他搂着她肩膀的手紧了一下，“老板娘真大方。”

“也不好让人白加班。”徐杺闻言笑着看他一眼，“反正你的也是我的，我有大方的资本。”

韩朔勾了勾唇，也不反驳，似乎挺喜欢她这么说：“嗯。”

一个月后，韩朔和猴子去参加 TE 的新品发布秀。

国外的媒体早就摩拳擦掌等待着呢，走秀一结束，韩朔按着平时的安排接受媒体采访，记者们拿着准备好的问题向他一一提问，有人反复试探，也有人直指他的私生活。

韩朔看了一眼镜头，表现得十分镇定，并且没有回避问题：“我从没有说过自己是单身，也从未否认过任何交往和结婚的传闻。”

大家都愣住了，都没想到这个男人居然那么简单直白地给了他们确切的答案，并且是以这种形式公开。

“没什么好问的，我的确已经结婚了，我的妻子大家也都认识。如大家所见，我们这几年都把重心放在事业上，所以只领了证，没有办婚礼。

“婚礼在下个月，请圈内一些朋友……是的，不打算邀请媒体。

“孩子是我的。怎么，难道他长得不像我？

“他的未来我无权决定，等他长大，要是想要进入这个行业，我不会阻止，可目前我们并不希望他的日常生活被打扰。众所周知，Wind 从不介意维权，希望各位媒体自行斟酌，否则后果自负。”

隔日，韩朔的采访出来后，世界各地的争论几乎都停止了，有人欢呼雀跃，有人难过得像是失恋。但正如韩朔说的，他不是流量明星，圈内的那套规则在他身上无效，他一直不说也只是认为没有必要交代自己的感情生活。在这方面，从出道起他就是这个态度，今后也不会改变。

其实韩朔的很多粉丝对此并不在意，大部分人都很快就接受了，而其他人也在慢慢接受中渐渐把注意力放在了孩子身上。

那是谁？大魔王韩朔的孩子啊！母亲颜值又是那样高，两人的孩子岂不逆天了？

阿姨粉们光想象了一下就坐不住了，然而搜遍全网也没有搜到一张关于孩子的正面照。之前在夏威夷偷拍的照片也都很模糊，压根儿看不清楚脸，网媒这一块更是齐声噤口，对孩子的事全部避而不谈。

韩启的相貌一时之间在互联网上成了一个谜，有看热闹不嫌事大的路人纷纷在最近火爆的亲子综艺节目微博下“艾特”韩朔和徐杺，使出浑身解数要安利这对高颜值夫妇带着孩子参加。

其实不用粉丝路人们“艾特”，节目组早已经在消息出来后找上门了。

这几年各电视台热门节目策划在韩朔这边屡次碰壁，可耐不住韩朔的高人气，大家都锲而不舍。

孩子的消息爆出来之后，国内几档国民度极高的亲子综艺都觍着脸亲自联系韩朔，可韩朔依然如以前一样，毫不留情地拒绝了。

韩朔的态度如此，让一些投资人、策划人私下觉得他不知好歹，心底愤愤不平，想要搞一些小动作。可这一次上面给的压力却不同以往，有关于这个孩子的事就像被一只无形的大手罩着，任所有人的手再长也伸不到孩子身边。

以至于到后面，一些资本方也疑惑了，这个韩朔到底是什么背景？

不公开韩启这件事是徐杺决定的，作为孩子的母亲，她斟酌再三，还是觉得至少现在不应该公开。孩子需要一个有利成长的环境，至于以后的事就以后再说，到时看韩启自己愿不愿意。

韩启的条件好，长大之后如果没什么意外，估计也和他父亲一样，是一个走 T 台的好苗子。可徐杺能看出来，自己儿子的兴趣好像不在这个领域上。上次，她带他去看韩朔的走秀，小家伙也是兴致缺缺的，反倒是从小就爱跟着顾邱泽捣鼓相机和镜头。

连顾邱泽都能看出来他的偏爱，还曾笑着打趣说："看来我是后继有人了！"

徐杺希望韩启能做自己真正感兴趣的事，也想让他经历普通人的炽烈青春，受人瞩目不是不好，但年纪过小，太容易受影响，徐杺希望最起码在他能自己独立思考之前，能给他一个健康独立的成长环境。

韩朔对此倒是一直不表态，在孩子的教育上他很少插足，只要大方向不偏离，他几乎是任由韩启自由生长，大部分时候都是徐杺在操心。

很快就到了婚礼当日。

韩朔几年前在巴黎买了一栋别墅，婚礼就在别墅里举行，圈内与他关系好的基本都邀请了过来，还有不少是徐杺这几年深交的关系人。

Wind 的所有工作人员亲自装饰婚礼现场，围着泳池简单布置了一圈，象征性地摆了个香槟塔。徐杺穿着简洁的短款婚纱，被一堆人簇拥进韩朔的怀里。

比起婚礼，这更像一个泳池派对，除了徐杺，所有人都穿着比基尼泳裤欢呼大叫。韩启穿着泳裤跟着爸爸出来，之后没一会儿就发现爸爸不见了，他抬起头只能看到清一色的大长腿。长得或艳丽或俊美的叔叔阿姨不时蹲下来捏他的小胖脸，他不满地皱眉，可家教使他只能皱着眉头嘟起嘴，大声挨个喊人。

"Lauridsen uncle！ Eson 哥哥！ Pejic 姐姐！"

Lauridsen 不满地戳他的脸："为什么他们就是哥哥姐姐，你叫我就是叔叔？"

大长腿们好久没见小家伙了，都想念得紧，"哎哟"一声无视了 Lauridsen 的抗议，七嘴八舌地用英语和韩启交流。

韩启的脸都被扯得变形了，但还是努力用口齿不清的英语回应：

“别捏……都是 Eson 哥哥教我的！”

最后，还是他亲爱的周近叔叔把他从众人的魔爪中解救出来。

周近把小家伙扛在肩上，韩启一下子就能“俯瞰”众人了。他揉揉自己的脸，左右看了看，没一会儿就看到自己的爸妈正被簇拥在泳池中央，妈妈坐在一个贝壳形的充气艇上，爸爸站在水里，已经浑身湿透了。

那边已经玩疯了。徐忪因为被韩朔抱上大贝壳充气艇，所以婚纱只湿了裙摆，可韩朔在泳池里满身狼狈。

能看出来韩朔今天很高兴，不管众人怎么闹，他的眼角都始终带着笑。最后岸上的人用水枪对准他们喷，韩朔把充气艇转过一边去，用自己的背顶住水枪的射击。

徐忪笑得不行，努力扒着水转回来。韩朔伸手一捋头发，水珠顺着他的脸颊流下来，他抬头看着徐忪，笑语沉沉。

这样一来，徐忪的婚纱也湿了，大家不好对付新娘子，也停下了水枪，开始大喊“kiss（亲吻）”。

徐忪撩开头纱。她的刘海湿答答地垂落，然后她弯腰捧住韩朔的脸，坐在充气艇上大方又热烈地和韩朔亲吻在一起。

韩启在泳池边捂住自己的双眼，然后在众人的尖叫声中又偷偷透过指缝往外看，笑得像个傻子。

后来场面失控，大贝壳也不知道被谁推翻了，韩朔一把搂住徐忪的腰，把她箍在怀里。徐忪的脚点不到地，但是一点都不害怕，一直靠在韩朔怀里。被众人闹着做一个个脸红耳热的夫妻游戏，韩朔照单全收，徐忪也尽力配合。

最后浑身狼藉的两人上岸，抱过还在偷看的儿子走到香槟塔前。

韩朔把儿子扛在肩上，韩启接过韩朔递过来的香槟，小心翼翼地把瓶口对准最顶上的酒杯。随着香槟慢慢倒入，香槟塔渐渐被染上了淡淡的金黄色。

“结婚快乐！”

徐忪身上的婚纱已经全部都湿了，隐约露出里面的内衣。韩朔单手抱着她，几乎全挡在她身前不让别人看。猴子订的蛋糕现在才送到，可是大家压根儿没有吃的欲望，挖起来一块就乱砸。

韩朔首当其冲，身上已经被奶油糊满了。这个有轻度洁癖的男人今天却连眉头都不皱一下，好好把妻儿护在怀里，偶尔留个空隙让韩启反击。最后实在挨不住大家一起围攻，韩朔便沉声喊道："都够了啊！"

语气似威胁，却又不可怕。

徐杺的心像浸在了蜂蜜里。她看着陪同他们一起长大的好友们，觉得时间过得真慢，岁月似乎没有在他们身上剥夺多少东西，所以他们依旧年轻鲜活、富有朝气。

这是上天的眷顾，因为他们都坦坦荡荡，因为他们都爱憎分明。

顾邱泽今晚是最忙的，他没有参与起哄，一直手持相机拍照，那些混乱、温馨、欢乐的场景，最后被他做成电子相册，发到今天来的所有人的邮箱里。

这样欢快的婚礼之后，生活仍然在继续。

随着韩启长大，他果然对摄影渐渐表现出浓厚兴趣。

初一的时候，韩启进了学校的摄影社团，私底下也爱跟着顾邱泽到处走，加上他的父母依然经常抛下他，所以两个人就像结伴的候鸟一样全球各地飞。

可韩启早就习惯了，他越长大也越理解父母在彼此心里永远都是排第一，他排个第二也很知足。

每个学期，韩启会向父母汇报四次成绩，基本每次都维持在年级前三，可爸爸对他的成绩不感兴趣，所以看了也只是撇撇嘴。倒是妈妈看过之后会笑着捏捏他的脸，温柔地表扬他。

那时候，韩启就会红着脸学爸爸歪歪嘴，嘿嘿一笑，说："还行吧。"

高一之后，韩启报了学校的特长班，准备以后考艺术类大学，专攻摄影。

当时他的文化成绩考国内重点学府是没问题的，可他已经考虑清楚，韩朔和徐杺自然尊重他的决定。

韩启高二的那一年，韩朔的双腿终于无法负担他继续工作。

当晚，韩朔临时终止了许多活动，次日一早直接回国了。

那天，韩启接到消息后心急火燎地回家，看到大厅内韩朔聘请的理疗师正在给他做检查，徐杺就坐在他身边，握着他的手。虽然徐杺脸上没有什么表情，可她那双眼却紧紧盯着韩朔的腿。

韩朔的面容和平时一样，只是牢牢握着徐杺的手，两人的掌心之间没有一丝空隙。

看到韩启回来，徐杺叫了他一声。韩启的身高已经过了一米八，遗传了父亲的优秀基因，甚至还有继续往上蹿的迹象。

可他的身板还是纤细，这个年纪的少年就像一棵茁壮成长的小树苗，虽然看起来单薄，可身体里却藏着无数可能。

韩启坐在母亲身边，手臂一伸，揽过母亲的肩膀。

徐杺一直僵着的脊背这时才像是微微放松了一点，然后渐渐靠在韩启的臂弯里。

理疗师检查完一头汗，然后安慰他们说："没事的，目前来看只是突发症状，我今天回去准备一下，明天过来我科室拍片。"

徐杺点点头，张檬起身送理疗师出门。

韩启盯着父亲的双脚，他虽然什么话都没说，可"坚持"和"信念"这两个词越发在心里扎根。

韩启第一次清楚地感觉到这两个词的含义也是因为父亲，到后来看着父母在他们的领域努力前行，他虽年少，却已经把某些东西牢牢记在了心里。

他心中最美好珍贵的品质，不是透过血脉中继承的，而是来自他生命中最重要的两个人的言传身教。

徐杺从儿子怀里直起身，仿佛刚才展露的脆弱只是韩启的错觉。

徐杺握了握韩朔的手，淡淡地说："让你不听我的。"

韩朔不说话，可之后的日子里，他却也肯放下工作，配合治疗。

韩朔的脚伤是陈年堆积出来的老毛病，虽然这十几年他一直都有做护理，但是工作强度大，自然比周近他们要耗费更多精力，疗程也没有周近他们做得多。

之后在徐杺的帮助下，韩朔调整了许多工作安排，幸好在做完几个疗程后他的腿恢复情况可观，最起码医生说暂时没问题了。韩朔又抓紧时间在这大半年内把工作完成，这期间徐杺一直待在他身边，连带着工作也边走边做。

韩启也随即进入高三。

作为准高考生，他心态平稳，上学期跟着学校一起到画室集训了半年，等再回到学校的时候，写着“战胜高考”的横幅已经被高高挂起，他进入了高强度复习阶段。

因为培训半年没有碰文化课，所以韩启回校后的第一次考试总分比高二的期末考下降了大概三十多分，可仍然排在全校前五十，艺术班第一。

韩朔这一年工作明显减少，徐杺也有时间在家里照顾他，韩启过起了高三走读的日子。

大年三十这一晚，韩启结束班级聚会回来，刚进大厅就看到母亲在织一件新毛衣，她身边有一件已经织好的成品，看那冷淡的黑色，韩启撇撇嘴，知道那是给他亲爸的。

屋内明亮又温暖，张檬他们都各自回家过年了，别墅里只剩他们一家三口。

韩启放下斜挎包，坐到母亲身边。今天她出乎意料的安静，眼睛一直看着电视。

韩启好奇地也看过去，发现这是一个科技频道，好像是一个机器人大赛的采访。

母亲什么时候对这方面也感兴趣了？

这时候，记者终于采访到这个比赛的优胜者。

获胜公司是日本数一数二的科技集团，主要研发智能机器人，他们公司的清洁小机器人在全球都很热销，功能性很强，并且性价比很高。

让韩启诧异的是，被采访的团队主设计师居然是一名中国男人。

他看上去大概三四十岁，除了眼角的细纹，整个人都显得十分年轻，眉宇间更透着几分意气风发。他双手插在白色长袍的兜里，边笑边沉着地回答记者们的问题。

“这人好厉害啊。”韩启看完旁白对这个男人的简介，忍不住感叹了一句。

徐柲笑着低头，开始重新缠绕手上有些乱的线球，柔声附和道：“是呢。”

这时，韩朔洗完澡从楼上下来，刚好新闻已经转成下一条。韩朔瞥了电视一眼，进了厨房热糖水。

韩启见气氛有些微妙，乖乖帮母亲拿着毛线球。他看了看这漂亮的宝蓝色，嘿嘿笑着：“妈，上次那件黄色的我同学都说我穿了好看。”

徐柲点了点儿子的鼻子，擦掉他脸上不知道什么时候沾上的脏东西，笑着说：“年轻人就该穿点鲜艳的颜色，别像你爸似的，越老越爱穿黑白灰。”

“嗯？”韩朔端着糖水走出来，坐下听到这话，捏了她耳朵一把。

韩启翻了个白眼，对于父母这习惯性的秀恩爱实在无法适应，青春期的男生看到这么黏糊的画面就忍不住抗议。从小到大他别的不说，光狗粮一定管饱。

韩朔骂了句“臭小子”，搂着徐柲靠在沙发上看电视。

徐柲边织，边跟韩启讨论毛衣上要织什么花纹。

韩启这个岁数正是爱打扮的年纪，大概是从小跟着父母叔叔们长大，耳濡目染，眼光审美比起身边的男生来说要优秀不止一星半点，平时穿着打扮就跟个小大人一样。

这会儿他跟母亲头靠头说着现下年轻人喜欢的图案，还拿出手机给徐杺比画，却不知徐杺其实比他更了解，毕竟她做男装已经快二十年了，这种嗅觉还是有的。可看到儿子说得那么高兴，她只埋头笑着，然后指尖一绕，三两下就织好了一小片韩启说的那个图案一角。

“妈，你真棒！”韩启高兴得眉头都飞了起来，笑得像一只傻乎乎的柴犬，“难怪同学们都羡慕我。”

韩朔嗤笑一声：“马屁精。”

晚上上楼休息前，韩朔还不忘把沙发上那件黑色毛衣拿起来带走。

今晚韩朔放开了去折腾徐杺的时候，徐杺就知道他是听到新闻内容了。

哪怕男人已经四十岁了，可灯光下那劲瘦的身体却一点都看不出来哪里老，没有赘肉没有啤酒肚，六块腹肌依然整整齐齐。徐杺渐渐有些吃不消了，她抱紧他的腰，手指有意无意地在他敏感的地方挠着。

男人浑身僵住，低头深深凝视她一眼，然后闷哼出声。

徐杺喘着气转过身趴着，两人好久都不说话。

没一会儿，韩朔伸出手指点在她微微勾起的嘴唇上，低声不满地问：“有那么开心？”

徐杺有气无力地咬住他的指尖，然后松开，笑着说：“儿子都那么大了，你还别扭什么？”

韩朔冷哼一声。

徐杺听到这一声，转过身来抚着他的脸，在灯光下仔细端详，喃喃地说：“幸好儿子性格不完全像你。”

比起韩朔的淡漠，什么事都藏在心里，韩启从里到外都是鲜明而直白的。大概也是他跟着顾邱泽多了，随了那个大男人一样敢爱敢恨，什么情绪都会放在脸上。

韩启初中的时候奶宝去世，那天他抱着奶宝哭得满脸鼻涕眼泪，像是天塌了那么难过，那也是他人生中第一次面对真正的离别。最后在徐松的帮助下，他亲手在院子里埋葬了奶宝。

不管是人还是物，只要韩启付出了感情，他就会拿出一片真心去看待，所以徐松总说韩启的感情是炽热又直接的。不像韩朔，人前总是没什么情绪，只有在她面前才会稍微表现出直白的一面。

徐松觉得韩启这样很好，她虽然能清晰分辨韩朔的爱憎，可并不代表她能懂得所有人的想法，包括韩启。人的一生精力太有限，她却好像已经被一个人牢牢拴住了，除了这个男人的喜怒哀乐，她觉得自己已经没有精力和能力去深究别人的情感，哪怕那个人是自己的亲生儿子。

在这一点上，明显韩朔也是如此。

这并非是一种不负责任，毕竟“爱”并不能代表全部。作为父母，徐松觉得能让孩子从他们身上学到什么，或者是能被关爱着健康长大就足够了。正如韩朔以前说的，孩子以后也一定会遇到那个能把自己看得十分透彻的人，而那个人才会是孩子生命中最重要的，对方会伴着他老去，长眠以后骨灰也会被放在一起，这才叫生死相依。

所以对于韩启这样会直接表达自己喜恶的性格，徐松觉得既放松又欣慰，也多亏儿子那么懂事，从小到大都没有让他们操过心。拧巴的人一个就够了，要是身边有两个拧巴的男人，徐松想想都会觉得心累。

韩朔从她的话语间听出了她对自己的一些嫌弃，眯着眼捏着她腰间的肉拧了拧，下一秒，他咬住她的肩膀，用最直接的方式宣示自己的不满。

他就是这么一个性格不完美的男人，可那又怎样？

他们还不是得爱着对方活下去。

第二天早晨，徐松在韩启的叫唤声中醒来。一睁开眼，她便看见男人皱紧的眉头，她坐起来，被子滑下去，露出一片白皙的肌肤。

徐松往窗外看，此时外面一片白，刺眼的阳光打在地板上留下斑驳的剪影。徐松披上睡袍走到窗边，这才发现外头居然下了一夜的雪。

整个城市被这一夜的大雪覆盖住了，连空气都仿佛变得清透起来，瑞雪兆丰年已经很多年都没有过了。一般过年时，他们几乎都在国外忙着时装周，今年因为韩朔的腿伤他们首次缺席，因此这还是他们这几年来第一次在家过年。

靠近窗户时，听到韩启的声音更响亮了些，徐杺往下一看，顿时笑了。穿着她亲手织的白色毛衣的少年正双手拢在嘴边叫她，那么冷的天，他却只穿了白毛衣和一条黑色长裤。这么一看才能直观感受到他长大了，透过毛衣能看到微微隆起的肌肉线条，俊美的容颜和她深爱的男人十分相似，可不一样的是少年的眉眼中是最纯粹的欢喜，气质如同冬日里的暖阳。

徐杺靠在窗边，笑着对他挥挥手。

韩启见把母亲喊起来了，顿时咧开嘴笑了，继续努力堆雪人。

他手快，也不怕冷，没一会儿就滚出来一个大大的雪球，又圆又结实。

不一会儿，身后的男人摸了上来："那臭小子又在发什么疯？"

韩朔带着起床气不满地嘀咕，身边没了她的温度，他连床都不想多待。

顺着徐杺的目光往下看，韩朔嗤了一声："无聊不无聊？"

这时候，韩启的雪人堆好了。

他堆的雪人一年比一年好，也一年比一年大，头和身子都很圆。他还从屋内找来张檬落下的围巾包住雪人的脖子，让它看起来更生动。

然后，他开始疯狂拍照，脖子上挂着单反，手里拿着手机，玩得乐此不疲。他把照片发到和朋友们的聊天群里，疯狂"艾特"所有人欣赏他的作品，还给父母的手机也发了照片。

徐杺靠在韩朔怀里看着这一幕，心底安然又沉静。

以前，她总觉得自己生命中缺失了很多东西，她费尽心思去寻找，过程中跌跌撞撞。

后来，她想要的都有了。

岁月静好，现世安稳，所爱之人皆安然。

“新年快乐。”韩朔低头亲她的脖子，他低哑的声音还是带着困倦，“今年有什么愿望？”

徐杺摇摇头，抱住了他。

她已经没有什么想许的愿望了。

因为那些都已成真。

# 番外二 那些年

小韩启四岁的时候第一次跟着父母去法国。

其实爷爷也带着他去过许多地方，但和父母一起出行的机会却不太多。在他两岁前，他一年当中与父母碰面的次数都很少，大部分时间都是靠着视频电话交流。

徐杺虽然有心去做一个称职的母亲，但于她而言，某个男人理所当然并轻而易举就得到了她全部的关注，尤其是韩启小时候刚好处于韩朔的事业上升期，她不得不把大部分重心都放在韩朔身上。

所以对于这次出行，徐杺也是抱着期待的。和儿子相处的时间每分每秒都像是赚来的，并且都来之不易，倒不是觉得有所亏欠，只是私心想要和儿子相处更多。

到了法国，三人直接去了当年徐杺度过孕期的小屋。

徐杺回国后没多久，韩朔就自己做主把房子买下来了，他也有购置一些其他的房产方便平时工作。因为职业关系，两人来法国的次数不少，房子平时空置着，偶尔安排人来打扫。

他们和原房东已经相处得十分熟络，偶尔过去，原房东也会特意来和他们打招呼。

房子早就翻修过，但风格没怎么变，略矮的房檐，北欧风格的家具，还有那个一直存在的小壁炉，这一切都让整个空间充满了古朴怀旧的味道。

对于从小接触欧洲童话的韩启来说，这里像是爷爷说过的童话小屋，和平时住的大房子一点都不一样。

看得出来儿子很喜欢，徐杺也笑了。她眉眼弯弯，抬头刚想看一眼那个每次来都抱怨屋檐太矮的某人，就看见韩朔正勾着嘴角凝视她，那眼神无比专注，却又含着笑意，像壁炉里燃起的火苗，把她的脸烧得有点滚烫。

“你笑什么？”她故作冷静地问，随即听见男人嗤笑出声。

韩朔的手指掠过儿子胖乎乎的脸蛋，随后蜻蜓点水般掠到她鼻梁上。男人低沉的嗓音回荡在不大的空间里，显得质感十足：“你管我，笑也不行？”

徐杺正想说什么，没想到韩启这时也学着爸爸的动作把手往徐杺脸上伸，被韩朔眼疾手快地攥住小手指，笑骂一句：“臭小子，你不可以。”

这一幕似曾相识，韩启学着喊了一句：“不可以！”

徐杺终于忍不住笑出声。

他们这次来法国主要是来参加戛纳电影节，《超级名模》后韩朔在欧洲彻底打响了知名度，几乎每年都会应邀出席。徐杺则和往年一样，陪同 Rousteing 参加。

第二天，夫妻俩带着韩启来到徐杺当年就读的大学。

五月芳菲，校园里一片由冬入春之景，气候也湿润舒爽。韩启一路咿咿呀呀地用手指对着空气点来点去，偶尔一只鸟掠过，也能让他眼前一亮。

很快，他们这养眼的一家人就受到了不少人的关注，更有几个人认出来戴着墨镜的韩朔。但因为韩朔是出了名的不爱私下被打扰，所以人们只是远远看着，并没有上前。

这所大学因为是服装类名校，所以在校园里出现圈内人物是常有的事，这里的学生都很尊重隐私，所以徐杺并不担心会有人拍照或上传外网。

于她而言，这里和 A 大一样，都是她的母校，是她怀着韩启，度过了人生中最自由也最有意义的两年的地方。

不远处就是教学楼，这幢教学楼是有名的双子楼，两栋大楼之间用彩虹形状的天梯相连，从下往上看是一个抽象的上衣版型形状。徐杺握着韩启的手比画出那个形状，韩启兴奋得手舞足蹈。

就在此时，徐杺听见一道熟悉的声音："Circe！"

徐杺和韩朔转过头去。

不远处，烫了一头爆炸鬈发的女人看着他们，一脸惊喜，她手里抱着一份教案，兴奋地朝他们走过来。

等走近了，徐杺才认出来对方："圣罗娜？你的肤色……"

圣罗娜骄傲地仰起专门去美黑了的脸："好看吗？"

"好看。"

这个活泼开朗的女孩儿当年是徐杺在学校里最好的朋友，关于她和韩朔的关系，在毕业当天她也向对方坦白了。当时得知自己在正主面前花痴对方丈夫的圣罗娜瞪大眼睛，第一反应不是羞愤，而是让徐杺送她几张韩朔的签名。全世界都知道韩朔脾气不大好，能拿到他亲笔签名的人少之又少，徐杺当时哭笑不得地同意了。

"Hi！这个小可爱！"几年后的圣罗娜明显已经过尽千帆，看到韩朔的时候也没有多大反应，反倒是没一会儿注意力就被韩启带跑了。

她腾出一只手，饶有兴趣地勾着韩启的手指："Hey！我们见过！"

韩启突然被一个陌生人调戏也不害怕，瞪着又大又圆的眼睛"呀"了一声。

他这可爱的反应逗得圣罗娜咯咯直笑，圣罗娜感慨道："和爸爸真像！Circe，你们家的基因简直好得让人忌妒！"

韩朔挑眉。徐杺注意到后，笑了笑。

逗弄完小韩启，他们四人沿着教学楼一直往里走。

圣罗娜毕业之后就留在了学校担任导师，并且成为了巴尔曼训练营的负责人。徐杺有时候也会听 Rousteing 提起圣罗娜，但真正看见成为老师的圣罗娜时，还是有种新鲜的感觉。

不得不说圣罗娜很适合这个职业，从学生时代开始，她就是一个对服装充满热情并且善于分享的人。她热爱各种风格，并且总是勇于尝试。或许 Rousteing 就是看中她这一点，才会在毕业的时候毫不犹豫地留下她。

“Rousteing 现在估计刚下课，他今天难得在学校，你们是约好的吗？”

闻言，徐杺点头。

圣罗娜把他们带到教室门口就告辞了，临走的时候还和徐杺约好下次带着韩启来个闺密茶会，徐杺在韩朔眯起的目光中笑着答应下来。

进门后视野开阔不少，这是一个长方形的阶梯教室，徐杺也曾在这里听过课。他们来的时候，Rousteing 正在讲台收拾教案，一抬头见到他们，双眼一亮，高兴地放下教案来和徐杺拥抱。

韩朔及时把韩启接了过去，徐杺和对方来了个久久未见的贴面吻。

徐杺笑着问：“身体还好吗？”

Rousteing 年纪大了，徐杺平时总是会发邮件询问他身体情况，并为他推荐专业的保健品。

闻言，Rousteing 朗声大笑：“还是那样！”

两人拥抱完转过身去，韩朔对 Rousteing 点了点头。

Rousteing 的目光落在了韩启身上，眼神里透着明显的怜爱：“来让我看看，这就是当年折腾你的那个小家伙？”

韩朔用下巴点了点儿子的头，低声说：“叫 uncle。”

从小跟着爷爷学习的韩启反应很快，他脱口而出：“Uncle！”他像是复读机一样念了好几声。

Rousteing 高兴得直抖胡子，连说了好几句“fine”，随即扭头对徐杺说：“真是个聪明的孩子！”

简单的寒暄后，韩朔带着韩启参观大学，留下久未见面的师徒细聊出席电影节的安排。

在没有徐杺陪同的时候，韩朔大多时候都会选择让孩子自己走路。

徐杺能见孩子的机会不多，所以但凡见到，就不怎么愿意撒手。但韩朔不乐意惯着这小胖子，年纪轻轻被爷爷喂得跟个糯米团子一样，一点都看不出来他爸这瘦高个儿的基因。

所以刚下空地，韩朔就把韩启放了下来，还抽了一下他的屁股墩儿，说：“自己走。”

韩启有点怕爸爸，闻言缩了缩脖子，听话地自己走。只是他踉跄着走了没两步就有了兴致，很快就撒开脚丫子“飞奔”起来。

韩朔看着儿子那肉墩的灵活小身影，没忍住，偏头笑出声：“慢点儿。”

校园里行人不多，偶尔有三三两两的人走过，都会对高挑惹眼的韩朔行注目礼，也会有人兴奋得满脸通红并窃窃私语，但韩朔并不在意。

他上次来还是徐杺毕业秀的时候，那会儿他直接去的秀场，没有时间看看这座学校。然而这是他的女人当年那么渴望来的地方，他静静地看着这些水泥地，还有周围的一草一木，以及带着年代感的红墙高楼，幻想着当年她大着肚子走在校园里是什么光景。

想着想着，他就有点走神了。

韩朔想，要是没大着肚子，徐杺肯定也会像那些走过的女孩儿一样，青春洋溢，如同一枝等待绽放的百合花。他一直都知道她是个多美的女人，外表纤细温柔，内心渴望挣扎，这样的矛盾会让人感受到迸溅的吸引力，没有一个毛头小子不会被这样的女人吸引，他当年也一样。

而这样气质的东方女人在外国男人眼里无疑是一块美味的蛋糕，他大概会有数不清的情敌。他都能想象到被追求时她礼貌而疏离地拒绝别的男人时是什么样子，越想便越心痒。

走了一圈，韩启走累了。

这时候周围的人也越来越多，似乎是认出了韩朔，闻讯而来的年轻人开始蜂拥而至。

韩朔见状叫了韩启一声，韩启早就走不动了，闻言立刻双手展开，让韩朔轻松抱起。

被父亲抱起的感觉和母亲截然不同，韩启体验到了全新的高度，圆溜溜的双眼闪烁着新奇的亮光。

韩启指着周围突然多起来的人，本来想回过头去叫爸爸看，一回头却被韩朔勾起的嘴角吸引了，手指忍不住点了那漂亮的嘴角一下，傻乎乎地问："爸爸笑什么？"

韩朔嫌弃地把脸往后移了移，躲开了他戳过来的手，嘴角却没放下："笑你。"

韩启听不懂。

韩朔也不管韩启能不能听懂，喃喃自语："居然还得感谢这臭小子……啧。"

他正想抱着小家伙往回走，却在下一秒停住。

正往这边走的女人脸上带着哭笑不得的表情，似乎在责备他把孩子带到那么远的地方，让她找了那么久。

但她长裙偶尔被风吹起，恬静地笑着走过来的这一幕，不知为何，和韩朔方才想象中的一幕渐渐重合了。

韩朔不动了，抱着孩子好整以暇地等她。

没有人知道这短短五十多米的距离他看她看得有多仔细，好像要把那些自己没有参与的时光通通补全。

"看什么？"终于来到父子俩面前，徐杺伸手接过儿子，嗔怪地看了韩朔一眼。

韩朔垂眸，突然盖住了儿子的眼睛。

徐杺挑眉："你干什……"

还没说完，嘴唇就落下了一个微凉的触感。

周围的路人发出此起彼伏的惊叹。

徐杺的脸一下子全红了，眼里快速闪过一丝无奈和羞赧。最后那红又散了，像夕阳下的最后一抹霞光，被藏在了能被妥善安放的地方。

幸好这男人兴之所至只是一个浅浅的亲吻，很快就放开了。可没等徐杺松一口气，庆幸他还懂得分寸没有给儿子造成多大影响，下一秒他就笑着说："剩下的晚上补。"

韩启一脸不明所以。

徐杺终于忍无可忍，抱着一脸蒙的儿子转身走了。

韩朔低笑，在原地看着母子两人的背影好一会儿，才迈着大长腿跟过去。

当然，晚上该"补"的，也有好好"补"了。

这是后话。

## 番外三 Stars and Wings

韩朔是在四十五岁的时候正式宣布退圈的，在这个平均退圈年龄二十四岁的行业里，韩朔的T台事业可以说是十分长寿。

虽说他后期减少了工作量，但他仍一直活跃在国际时尚圈的顶峰，并且随着年龄的增长，他的魅力甚至不减反增，几乎不见老态。

这是他宣布退圈后第一次出席公众活动，不少媒体都派出了记者和摄影师全程跟踪报道。

"好紧张……"韩启的同事咽了咽口水，拿着相机一直在拍摄现场乱转。

今天是A大的周年校庆，特别来宾的分量都很重，同事还从没有见过这么大的阵仗，一边拍照一边嘀咕。

韩启笑了笑，但他似乎丝毫不受现场氛围影响，目光很专注，一直在调试镜头。

他今天穿着一件黑色T恤和褐色日系工装裤，持着相机的手臂隐隐露出结实的肌肉，沉重的相机在他手上被端得极稳，让他看上去有种介于少年和男人之间的干净性感。

走秀开场前，全场的摄影机都动了起来，一直对准了观众席拍。韩启和同事在摄影位调试设备，偶尔镜头掠过观众席，韩启就会看见坐在中央位置的一男一女，他们安静地看着T台，偶尔灯光会在他们脸上打下投影。今天他们都穿了一身低调的黑，一些小配饰采用了红色，无形中透着亲密。韩启忍不住朝他们按下快门，然后低头检查照片。

这场秀 A 大准备了半年多，所有布景和效果都是一流水准，连国际知名设计师Circe也协助了策划。她作为A大的校友，提供了不少帮助。

“我去趟洗手间。”韩启拍了拍同事的肩膀。

“那你赶紧回来。”

韩启应了一声，把相机挂在脖子上，离开座位。

这时候洗手间没什么人，大家几乎都在前面接受媒体采访和合影。韩启刚洗完手出来，就撞上了刚才照片里的人。

徐杺朝他招招手。

韩启看了看周围，方才还表现得沉着淡定的人此刻乖乖朝对方走过去：“妈。”

徐杺今天穿了一身丝绒黑裙，细长白皙的脖颈间围着一条红色丝巾，和韩朔的红色领花是一套的。

韩启看了牙酸，嘀咕道：“每次你和爸穿衣服都秀死了，生怕别人不知道你俩是一对。”

徐杺忍住笑，用手理了理韩启的头发，刚才她就看见他在最前面忙得一头汗：“今天结束后跟我们一起回去吗？”

“我还要工作呢，今晚应该回不去了。”韩启乖乖让徐杺给自己整理刘海，“这周末我再回去，你让陈姨给我煮糖水。”

最近韩启在一家媒体公司实习，他还没毕业就通过校招进了大厂，工作任务重，每天加班加点累死累活也没几个钱，但韩朔也不管他，徐杺也没有阻止。

在他们看来，韩启能做喜欢做的事比什么都重要。徐杺能看出来自己的儿子对此乐在其中，他从小就不怕辛苦，也从未因为家里的条件而让自己过得多么特殊，这是他自己的骄傲和坚持。

“好，你工作小心。”

徐杺今年也已经四十多岁了，但在韩启眼里，这世界上还没有哪个女人能比自己的母亲还美——不是那种明艳张扬的美，而是一种让人看着很舒服的漂亮。

韩启忍不住把相机拿起来，献宝一样给她看：“你看，这是刚刚我拍的。”

徐杺低头看着相机。昏暗的环境下，她和身旁的男人并肩坐着，韩朔微微侧身和她说话，他们两人哪怕没有目光交会，也从照片里透露出一股无法形容的默契和亲密。照片里，韩朔握着她的手，在无人知晓的角度里两人一如既往地依偎在一起，刚好被镜头捕捉下来。

徐杺忍不住笑了笑。

韩启看着徐杺勾着嘴角，低声哼唧：“你们也太腻歪了。”

“这话你留着跟你爸说吧。”徐杺捏了捏儿子的鼻梁，“这周记得回家。”

说完，徐杺便进了洗手间，韩启也赶紧趁着没人悄悄回到工作位置。

“咦？你为什么去了趟卫生间身上变得这么香？”韩启一回到座位上，他的同事便一脸好奇地问。

韩启提起领子闻了闻，随即面不改色地说道：“在洗手间碰见旁边的人在喷香水，可能沾到了。”

“……男人喷橙花 36？”做他们这一行的，时尚嗅觉都十分敏锐，闻言同事又仔细闻了闻，确认这是自己认知中的香水型号，更是满脸问号。

韩启轻咳一声，假装一本正经地低头检查相机：“谁说男人就不能喷橙花香了？做咱们这行不要刻板印象行不行？”

突然被扣帽子的同事愣了愣。

没过多久，大秀开始了，现场的灯光彻底暗了下来，只有 T 台两侧打着装饰和照明光。

这一次 A 大的秀主题名叫“Stars and Wings”，从天花垂下的悬空穹顶挂着鲜花与小灯，巨大的镜面作为墙壁让整个空间得到了无限的延伸。随着音乐鼓点的节奏，模特们逐一出场，他们目视前方，面容倨傲又坚定。

这一次参与走秀的有不少是最近活跃在国际上的新面孔，韩启跟拍的时候不忘偷偷看向观众席那边，父母两人此刻都看得十分专注。

如今 Wind 已然是国内前三大模特经纪公司，这些年韩朔开始渐渐退居幕后，把公司管理全部交给了张檬，自己则更频繁地参与到国内的大秀中去，为 Wind 寻找有潜力的新人，并担任他们的策划人。

对于 A 大这次参加走秀的模特们来说，这也是一次被选择的机会，他们所有人都在全力以赴。因为被韩朔选中，意味着被认可，他是目前华裔模特中走得最高也是最远的人。

走秀持续了四十分钟，最后完美落幕。

主持人上台做了简单的介绍，随后负责导师上台致谢并且讲述这次大秀的理念。掌声雷动中，最后在众人的期待下，主持人请出特别来宾为此次大秀做总结感想和发言。

“救命，大魔王就是大魔王，这气场！”同事兴奋得满脸通红，从韩朔起身到上台的一路，他手上的相机就没停过。

韩启应了一声，端着相机缓缓聚焦到那个人身上，看他在 T 台中央站定，深 V 黑色西装领口处的深红色曼斯特德存在感极强，和他人一样，不需要多余的装饰便可体现气场。

韩朔上台之后，全场都寂静了下来。他点了点麦克风，确认有声音后淡淡开口：“我跟主办方说了不想上台，但没有办法，我还欠老郑一点人情，最后还是被迫赶鸭子上架，上台来说几句。”

台下的人被他直白的开场白逗得笑出声。郑东魁更是笑皱了一张脸，在台下说了一句“臭小子”。徐杺勾起嘴角，目不转睛地看着闪光灯下的男人。

韩朔说：“我知道你们想让我上台说什么，其实对我来说，退圈都没什么大不了，但如果有人想听故事，我也不介意挑着说一些。”

他的声音富有磁性，缓缓道来。

“我正式出道是在A大，对我来说，这里是我真正开启模特生涯的地方，我在这里遇到了很多伙伴，组建工作室、创立公司，还遇到了我一生中最爱的女人。当然，我也在这里受过挫。谁也不可能一开始就混得好，尤其是模特这个行业，说再多辛苦委屈在别人看来都是虚的。别人总以为我们轻松赚钱，其实也没这些人想的那么轻松，最起码很多人都坚持不到能赚大钱的时候。没站稳之前，什么苦都得受，比如被无缘无故改档期、被嘲讽是个三流明星、每天只睡三个小时、腰伤、脚伤……这些事数都数不清，我相信今天走秀的很多人都经历过这些，因为那也是我经历过的。”

有人在韩朔说出“最爱的女人”时朝着徐杺起哄吹口哨，到后面人们纷纷开始鼓掌。徐杺全程没有移开目光，眼神专注而安静。

“没有哪一行是容易的，走这条路的人很孤独，哪怕是最爱的人也未必能理解你。我很喜欢一句谚语，叫‘Per aspera ad astra’，意思是‘穿越逆境，抵达繁星’。我们有身为模特的骄傲，因为这是我们一步步走出来的路，所以不管什么时候离开，我们都不会向人抱怨自己遭受的痛苦。我比较幸运，能在中途遇到心疼和陪伴我的人。或许有人会说我的状态还不错，不必那么早退下来，但其实这些都是爱我的人辛苦换来的，没有她，我根本走不到现在。”

韩朔看了一眼台下，和注视着自己的那个人四目相对。

“当然，我说这些只是为了告诉一些想继续走在这条路上的人，疲惫、受伤、困境、误解，这些虽然都是未来一定缺少不了的体验，时尚没有你想象的那么有温度，但这条路上仍然不缺乏爱你和愿意陪伴你走过来的人。理想和热爱虽然必不可少，但感性和浪漫也不可或缺。从前我不相信这些，但后来我遇见了很多，至于我为什么能走到这里，是因为这个行业还有许多人情味在，我庆幸我能遇到，我也希望未来中国时尚圈里也能有更多这样的人，Stars and Wings（星星和翅膀），有会看星星的浪漫，也有展翅高飞的勇气，只有这样的人才能走过坎坷之旅，找到自己的星星。”

台下掌声雷动，韩启的目光随着那人的话语轻轻颤抖，摄像机一路追随着他。

韩朔下台后径直回到座位，在众人的目光下，他俯首亲吻了自己的爱人。

尖叫声和口哨声似乎要冲破屋顶。

他们一如既往爱得张狂而热烈，多年后也未曾改变。